BASTEI
LÜBBE

Von Peter Freund sind bei Bastei Lübbe Taschenbücher lieferbar:

15707-5 Laura und das Geheimnis von Aventerra
15817-1 Laura und das Siegel der Sieben Monde
15883-6 Laura und das Orakel der Silbernen Sphinx

Dieses Buch ist auch als Lübbe Audio erhältlich

Mit Illustrationen
von Tina Dreher

Über den Autor:

Peter Freund lebt und arbeitet in Berlin. Er war viele Jahre in der Film- und Fernsehbranche tätig, zunächst als Leiter und Manager verschiedener Kinos, dann im Filmverleih und seit 1993 als Producer. Als Autor, Dramaturg und Produzent zeichnete er für zahlreiche Fernsehproduktionen verantwortlich.
Mit seinen LAURA-Romanen hat er sich weltweit eine große Fan-Gemeinde geschaffen. Seine Bücher erscheinen in siebzehn Ländern.
Die meisten seiner Romanfiguren erfand er für seine inzwischen erwachsenen Kinder, die nicht genug bekommen konnten von seinen fantastischen Geschichten.
Peter Freund im Internet: www.freund-peter.de

Peter Freund

LAURA

und der Fluch der Drachenkönige

Roman

BASTEI LÜBBE

BASTEI LÜBBE TASCHENBUCH
Band 15 942

1. + 2. Auflage: Dezember 2008

Vollständige Taschenbuchausgabe
der bei Ehrenwirth erschienenen Hardcoverausgabe

Bastei Lübbe Taschenbücher und Ehrenwirth in der Verlagsgruppe Lübbe

Ein Projekt der AVA international GmbH
Autoren- und Verlagsagentur, Herrsching
Illustrationen: Tina Dreher, Alfeld/Leine
Titelillustration: Franz Vohwinkel, Seattle
Umschlaggestaltung: Gisela Kullowatz
Satz: Kremerdruck GmbH, Lindlar-Hartegasse
Druck und Verarbeitung: CPI – Ebner & Spiegel, Ulm
Printed in Germany
ISBN 978-3-404-15942-0

Für meinen Papa,
einen wahren Krieger des Lichts

Kapitel 1 Das verwunschene Tal

Der Himmel spannte sich wie ein riesiges blaues Zelt über die Welt von Aventerra. Die Sonne stand hoch im Zenit und sandte sengende Strahlen auf das Fatumgebirge hinunter. Um die schroffen Gipfel flirrte die Hitze, und selbst in den engen Gebirgstälern war es unerträglich heiß. Auch in der Talsenke, die sich in die Ostseite des Gebirges fraß, herrschten Temperaturen wie in einem Backofen. Die Luft, die sich unter dem dichten Dach der Baumwipfel staute, war so feucht, dass die Blätter und Blüten des tropischen Dschungels glänzten wie von frischer Farbe überzogen.

Das braune Lederwams klebte Laura Leander am Oberkörper, und ihre Jeans waren so schwer, als seien sie mit Wasser vollgesogen. Nur mit Mühe konnte das Mädchen in der schwülen Luft atmen. Der Rucksack mit den drei Bruchstücken von Hellenglanz, dem Schwert des Lichts, lastete gleich einem Mühlstein auf seinem Rücken. Keuchend vor Anstrengung zügelte es das Pferd. Sturmwind blieb sofort stehen. »Ho, mein Alter, ho«, ächzte Laura. »Lass uns einen Augenblick verschnaufen.«

Der Hengst bewegte träge den Kopf und ließ ein zustimmendes Schnauben hören. Auch sein Fell war von dunklen Schweißflecken gezeichnet, Schweif und Mähne troffen vor Nässe. Lauschend stellte der Schimmel die spitzen Ohren auf und spähte aus den großen schwarzen Pferdeaugen aufmerksam nach vorn, wo sich der schmale Pfad zwischen den Bäumen verlor.

Laura war der Erschöpfung nahe. Kraftlos hing sie im Sattel. Sie fühlte einen stechenden Schmerz in der Brust, ihre Lunge rasselte wie ein asthmatischer Blasebalg. Schwerfällig wischte sie sich das nasse Blondhaar aus der Stirn. Salzige Schweißtropfen rannen ihr in die Augen und brannten wie Feuer. Für einen Moment konnte Laura den Dschungelpfad, dem sie seit dem frühen Morgen folgte, nur durch einen wässrigen Schleier erkennen. Wie ein endloser Riesenwurm wand er sich durch die dicht stehenden Urwaldriesen, die ihn säumten. Fleischige Lianen schlängelten sich von Baum zu Baum, Moos und Flechten hingen wie grüne Speichelfäden von den Zweigen. Unterschiedlichste Schlingpflanzen mit üppigen, farbenprächtigen Blüten spannten sich gleich einem gigantischen Netz zwischen den überwucherten Stämmen, sodass es fast den Anschein hatte, als lauere irgendwo im Verborgenen eine mordgierige Spinne auf Beute.

Erneut holte Laura tief Luft. Der faulige Geruch raschen Werdens und Vergehens stieg ihr in die Nase, während unheimliche Laute an ihr Ohr drangen: ein Knacken und Knistern, untermalt von höhnischem Keckern und bedrohlichem Knurren. Waren das wilde Tiere, die, verborgen in der grünen Pflanzenwirrnis, auf sie lauerten? Oder wurde sie von den Schwarzen Kriegern Borborons verfolgt? Oder von anderen gefährlichen Geschöpfen, die ebenfalls im Dienst der Dunklen Mächte standen und sie daran hindern sollten, ihre große Aufgabe zu erfüllen? Beklommen sah Laura sich um. Wann bin ich endlich am Ziel?, fragte sie sich. Wie weit ist es denn noch bis zu diesem verwunschenen Tal, in dem der wundersame See verborgen sein soll?

Der See, der das Geheimnis des Lebens kennt!

Wie aus weiter Ferne wehte ein Laut an ihr Ort. Er war kaum vernehmbar – und dennoch schien es Laura, als schwinge darin eine Warnung mit. Trotz der Hitze beschlich sie ein Frösteln. Gänsehaut prickelte über ihren Rücken. Laura hielt den Atem an und spähte nach oben. Der Himmel schien mit einem Mal endlos weit entfernt zu sein. Die steilen Felswände der Schlucht dagegen rückten plötzlich näher zusammen.

Das ist doch nicht möglich, oder?

Ich muss mich täuschen!

Ein banges Gefühl stieg in Laura auf. Alle Zuversicht, die sie noch vor Kurzem erfüllt hatte, war mit einem Schlag wie weggeblasen.

Ein ungeduldiges Schnauben riss das Mädchen aus den Gedanken. Sturmwind scharrte unruhig mit den Vorderhufen, als wolle er ihr bedeuten, endlich weiterzureiten. Gleichzeitig war ein Fiepen zu vernehmen, und nur einen Augenblick später streckte ein seltsames Pelztierchen den Kopf unter Lauras Lederwams hervor, reckte ihr die spitze Schnauze entgegen und sah sie aus schwarz funkelnden Knopfaugen an, die von dunklen Flecken umrandet waren.

»Was ist denn los, Schmatzfraß?«, fragte Laura verwundert.

Behände kletterte der Swuupie auf Lauras rechte Schulter. Dort streckte es den buschigen, schwarz-weiß geringelten Schwanz in die Höhe, entfaltete die dünnhäutigen Fledermausflügel, die es auf dem Rücken trug, und ließ erneut ein Fiepen hören.

Da endlich begriff Laura: natürlich!

Sturmwind und Schmatzfraß hatten ja Recht! Sie musste weiter. Sie durfte nicht wankelmütig werden und vor der großen Aufgabe zurückschrecken, die das Schicksal ihr übertragen hatte. Sie musste dafür sorgen, dass das zerbrochene Schwert so schnell wie möglich wieder zusammengeschmiedet wurde. Denn nur mit seiner Hilfe würde sie ihren Vater aus der Gewalt des Schwarzen Fürsten befreien können. Deshalb musste sie schleunigst den versteckten See erreichen. Den See, der von der gleichen Quelle gespeist wurde, der auch das Wasser des

Lebens entsprang. Da er alle Geheimnisse kannte, wusste er auch von dem großen Mysterium, welches das Schwert des Lichts umgab.

Laura schnalzte leise mit der Zunge. Sofort trabte Sturmwind an und trug seine Herrin weiter, immer den schmalen Pfad entlang. Kurze Zeit später schon lichtete sich das Dickicht, Bäume und Sträucher wuchsen spärlicher, bis sie schließlich ganz verschwanden und sich die nackten Wände des schmalen Canyons vor den Augen des Mädchens erhoben. Die Felsen ragten schier endlos in die Höhe und versperrten dem Sonnenlicht den Weg zum Boden der Schlucht, die höchstens fünf Meter breit war und sich zusehends verengte, bis sie schließlich in einen schmalen Durchlass von nicht einmal einem halben Meter mündete.

Erneut hielt Laura ihr Pferd an. Sturmwind würde das Nadelöhr nicht passieren können. Sie musste ihn zurücklassen und dem Pfad allein folgen. Die Frage war nur, ob dieser sie auch an ihr Ziel führen würde.

Beunruhigt kniff das Mädchen die Augen zusammen und spähte durch den Engpass. Wie ein verheißungsvolles Versprechen gleißte dahinter helles Tageslicht auf. Verbarg sich dort tatsächlich das verwunschene Tal? Oder lauerte dort vielleicht nur … *Gefahr?*

Wieder war es Sturmwind, der ihre Bedenken zu zerstreuen suchte. Wie eine barsche Aufforderung hallte das ungeduldige Wiehern des Schimmels von den Felswänden wider. Jetzt stell dich nicht so an, Laura!, schien er ihr sagen zu wollen. Geh endlich weiter – oder hast du alle Mühen auf dich genommen, nur um im letzten Moment zurückzuschrecken?

Laura zuckte zusammen. Sturmwind hatte ja Recht! Sie hatte bereits unzähligen Gefahren getrotzt seit jener Nacht, in der sie in den Kreis der Wächter aufgenommen worden war, und immer wieder ihr Leben aufs Spiel gesetzt, um den schwierigen Aufgaben gerecht zu werden, die das Schicksal ihr zugedacht hatte. Was hatte sie nicht alles gewagt, um sie zu erfüllen! Sie hatte den Kelch der Erleuchtung aufgespürt und ihn zurück nach Aventerra, in die Welt der Mythen, gebracht. Sie hatte das Geheimnis um das Siegel der Sieben Monde entschlüsselt und selbst das todbringende Orakel der Silbernen Sphinx gelöst – und da sollte sie vor diesem schmalen Felsspalt zurückschrecken?

Das war doch lächerlich!

Laura richtete sich entschlossen auf, und der Wankelmut fiel von ihr ab wie ein lästiger Umhang, den ein Windstoß von den Schultern fegt.

Sie stieg aus dem Sattel und trat zu Sturmwind. »In Ordnung, Alter«, sagte sie, während sie dem Hengst zärtlich über die feuchten Nüstern strich. »Warte hier auf mich. Es wird bestimmt nicht lange dauern.« Dann wandte sie sich an den Swuupie, der immer noch auf ihrer Schulter thronte. »Du bleibst auch hier, Schmatzfraß«, sagte sie, »und leistest Sturmwind Gesellschaft.«

Offensichtlich hatte das putzige Tierchen sie verstanden. Es breitete die Flügel aus und flatterte auf den Rücken des Schimmels, wo es sich im Sattel niederließ und Laura flehentlich anschaute.

Das Mädchen begriff sofort. »Wie kann man nur so verfressen sein«, tadelte es den Swuupie im Scherz, bevor es in die Satteltasche griff und einen Duftapfel hervorholte. »Verschluck dich bloß nicht in deiner Gier«, warnte es nachsichtig lachend, während das Tierchen gierig nach der Frucht griff und sich laut schmatzend darüber hermachte. Nach einem letzten Klaps auf den Hals von Sturmwind drehte Laura sich um und ging festen Schrittes auf den Durchlass zu, als das Licht am anderen Ende mit einem Male heller wurde.

Weithin sichtbar krönte Burg Ravenstein die sanft gewellte Hügellandschaft. Wie eine riesige Katze aus Stein, die im Mittagsschlaf vor sich hin döst, lag das dreigeschossige Internatsgebäude inmitten einer weitläufigen Parklandschaft. Nur der hohe Ostturm mit der zinnenbewehrten Aussichtsplattform schien darüber zu wachen, dass niemand die Stille störte. Die Ziegeldächer und die mit Efeu berankten Mauern sahen aus, als habe die Sonne ihnen einen silbrig glänzenden Anstrich verpasst. Auch das überlebensgroße Reiterstandbild des Grausamen Ritters, das sich im Park erhob, erweckte den Anschein, als sei es aus purem Silber und nicht aus nüchternem Granit gefertigt.

Die Luft über der grünen Kunstrasenfläche des Sportplatzes flirrte vor Hitze. Er war ebenso menschenleer wie der benachbarte Skateboard-Parcours. Am Rand des nur einige Dutzend Schritte entfernten Basketballcourts jedoch saß ein schmächtiger Junge. Obwohl er im Schatten einer mächtigen Weide hockte, waren seine blonden Haare verschwitzt. Schweißtropfen glänzten auf seinem schmalen Gesicht, und über die dicken Gläser der großen Hornbrille, die seine Stupsnase zierte, zogen sich klebrige Rinnsale. Lukas Leander bemerkte das alles gar nicht. Während er einen vergammelten Tennisball unablässig auf den roten Tartanboden tippen ließ – *Plopp! Plopp! Plopp!* –, starrte er abwesend vor sich hin. Die fröhlichen Rufe und das Gelächter seiner Mitschüler, die im nahen Drudensee Abkühlung von den für Ende Juni ungewöhnlich hohen Temperaturen suchten, klangen wie aus weiter Ferne an sein Ohr. Selbst das pummelige Mädchen, das sich ihm nun mit dem unbeholfenen Watschelgang einer übergewichtigen Ente näherte, bemerkte er nicht. Erst als es unmittelbar vor ihm stand, sah der Junge irritiert auf.

»Was ist denn mit dir los, Lukas?«, fragte Kaja Löwenstein und verzog verwundert das sommersprossige Gesicht.

»Mit mir?« Falten kräuselten die Stirn des Jungen. »Was soll denn mit mir los sein?«

»Oh, nö!« Missmutig rümpfte das Mädchen mit den Korkenzieherlocken die Nase. »Du ziehst ein Gesicht wie nach neun Tagen Regenwetter. Dabei scheint die Sonne wie verrückt – und morgen ist auch noch der letzte Schultag.«

»Ja, und?«

»Das fragst du noch?« Der Rotschopf pustete die Wangen auf und ließ sich schwerfällig neben ihm auf den Boden plumpsen. »Ich dachte, du freust dich auf die Sommerferien genauso sehr wie ich und alle anderen Ravensteiner!«

Natürlich freute sich Lukas ebenfalls auf die Sommerferien. Sehr sogar, denn dass er ein überaus strebsamer und hochintelligenter Schüler war, dem das Lernen ungeheuren Spaß bereitete, vermochte nichts daran zu ändern, dass ihm die langweiligsten Ferien allemal lieber waren als ein noch so aufregender Schultag. Zumal er sich überhaupt nicht mehr daran erinnern konnte, wann er zuletzt so etwas wie Langeweile verspürt hatte. »Ja, schon«, gab Lukas also zurück, doch sein Lächeln wirkte überaus gequält. »Klaromaro freue ich mich auf die Ferien …«

»Na, also! Alles andere wäre auch nicht normal.«

»Aber trotzdem …«

»Hä? Was ist denn los?«

Lukas schaute das Mädchen über den Rand seiner verschmierten Brille an. »Ich mach mir Sorgen um Laura!«

Kaja bewegte erst zweimal stumm den Mund wie eine ratlose Kaulquappe, bevor sie dem Jungen antwortete. »Aber dazu hast du doch gar keinen Grund! Deine Schwester hat ihre Aufgaben bisher doch prima gelöst. Sie hat nicht nur das zerbrochene Schwert gefunden, sondern ist auch noch rechtzeitig durch die magische Pforte nach Aventerra gekommen.« Sie nahm den kleinen Rucksack vom Rücken und begann darin herumzuwühlen. »Und glaub mir, Lukas, sie wird auch euren Papa aus der Dunklen Festung befreien, da bin ich ganz sicher!«, fuhr sie fort, ohne aufzublicken.

»Ah, ja? Bist du das?« Lukas ließ den Ball in der Tasche seiner blauen Baumwollshorts verschwinden. »Deinen Optimismus möchte ich haben!«

»Oh, nö!« Erneut blies das Pummelchen die Wangen auf. »Laura hat es wirklich nicht verdient, dass du ihr so wenig zutraust.«

Unwirsch schüttelte der Junge den Kopf. »Ich weiß, sie hat ganz außergewöhnliche Fähigkeiten, aber …«

Das Mädchen rückte näher an ihn heran. »Ja?«

»Laura war doch noch nie auf Aventerra – von einer kurzen Traumreise einmal abgesehen. Sie kennt sich dort doch gar nicht aus!«

»Na und?« Kaja hatte einen Schokoriegel aus dem Rucksack geholt und riss die Verpackung auf. »Der Hüter des Lichts und seine Helfer werden schon aufpassen, dass ihr nichts passiert.«

»Und wenn nicht?« Vor Sorge um seine Schwester war Lukas' Gesicht ganz grau geworden. »Woher willst du wissen, was Laura dort erwartet? Was ist, wenn sie sich aus irgendeinem Grund ganz allein durchschlagen muss und keinen hat, der ihr gegen ihre Feinde beisteht? Und dass mit diesem Schwarzen Fürsten und seinen Vasallen nicht zu spaßen ist, das weißt du genauso gut wie ich!«

Der Schokoriegel war so weich, dass er beinahe zerfloss. Doch das schien Kajas Appetit nicht im Geringsten zu mindern. Sie verschlang ihn mit einem Happs. »Wa, wa!«, sagte sie mampfend, auch wenn sie nicht mehr so zuversichtlich dreinblickte wie noch wenige Minuten zuvor.

Lukas sah sie verständnislos an. Er wartete, bis sie aufgegessen hatte, und deutete dann auf ihren Mundwinkel. »Du hast da noch was.«

»Danke.« Kaja lächelte verlegen und fuhr sich mit dem Handrücken über die Lippen, verschmierte die Schokokrümel aber nur über das Kinn.

Lukas konnte sich ein Grinsen nicht verkneifen.

Das Pummelchen ließ sich davon nicht stören. »Ich meine«, fuhr es ungerührt fort, »immerhin hat Laura mit dieser Syrin schon mal einen ihrer gefährlichsten Gegner ausgeschaltet, oder nicht?«

»Logosibel!« Lukas nickte bestätigend. »Es scheint allerdings nicht einfach gewesen zu sein, dieses Monster zu besiegen. Du hast ja die Spuren in der Halle an der Freilichtbühne selbst gesehen, die deuteten auf einen verdammt harten Kampf hin.«

»Und trotzdem hat Laura gewonnen!«, bekräftigte Kaja. »Und wer sich gegen einen so mächtigen Feind wie Syrin durchsetzen kann, der schafft auch noch ganz andere Sachen. Nur schade, dass Laura nicht miterleben konnte, welche Folgen ihr Sieg gehabt hat.«

Lukas kräuselte die Stirn. »Du meinst, dass Dr. Schwartz gleich am nächsten Tag als Konrektor zurückgetreten ist und Professor Morgenstern überdies gebeten hat, die Leitung des Internats wieder zu übernehmen?«

»Ja, genau!« Kaja hob den Zeigefinger, als wollte sie ihre Aussage unterstreichen. »Schwartz hat doch felsenfest damit gerechnet, dass diese fiese Gestaltwandlerin Laura überwältigt und ihr die Schwertteile entreißt. Die Niederlage seiner Verbündeten muss ihm einen Schock versetzt haben, sonst hätte er doch nie auf seinen Posten verzichtet! Und das haben wir nur Laura zu verdanken!«

»Wahrscheinlich hast du Re-« Der Junge brach abrupt ab und blickte erstaunt zum Besucherparkplatz. Dort stand ein junger Mann und winkte ihm aufgeregt zu.

»Ist das unser Sportlehrer?« Mit eng zusammengekniffenen

Augen schielte Kaja zum Parkplatz. Offensichtlich brauchte sie dringend eine Brille.

»Sieht ganz so aus«, murmelte Lukas, während der hoch aufgeschossene Blonde ihm erneut zuwinkte, als wolle er ihm bedeuten, schnellstmöglich zu ihm zu kommen.

Seltsam, dachte Lukas. Was kann Percy bloß so Wichtiges von mir wollen?

Der Felsspalt war noch enger, als Laura vermutet hatte. Obwohl sie schlank war, gelang es ihr nur unter größten Mühen, sich in die Öffnung zu zwängen. Sie war schon fast hindurch, als sie plötzlich stecken blieb und weder vor noch zurück konnte. Schon stieg Panik in ihr auf, als sie mit einem verzweifelten Ruck doch noch loskam. Ratsch!, machte es, und ein großer Riss klaffte in dem Lederwams. So was Blödes!, schalt Laura sich im Stillen. Die schöne Jacke von Alarik! Was er wohl dazu sagen wird? Warum hab ich die auch nicht ausgezogen! Es ist schließlich heiß genug.

Das Mädchen blieb schwer atmend stehen und ließ den Blick in die Runde schweifen. Vor ihm öffnete sich ein kleiner Talkessel, dessen senkrechte Felswände bis in den Himmel zu reichen schienen. Aus dem gegenüberliegenden Massiv stürzte sich ein mächtiger Wasserfall in die Tiefe und ergoss sich tosend in einen kleinen See.

Ein erleichtertes Lächeln verzauberte Lauras hübsches Gesicht.

Endlich!

Endlich habe ich mein Ziel erreicht, kam es Laura in den Sinn. Da fiel ihr auf, dass sie sich urplötzlich in einer völlig anderen Welt befand. Keine Spur mehr von der üppig wuchernden Vegetation des tropischen Dschungels. Eine liebliche Blumenwiese, die in voller Blüte stand, erstreckte sich vor ihr bis zum kaum hundert Meter entfernten Ufer des Sees. Die unerträgliche Schwüle war einer sanften Brise gewichen, angenehm warm und gleichzeitig erfrischend. Bunte Schmetterlinge spielten im Wind, Bienen summten, Vögel zwitscherten. Mit offenem Mund blickte Laura sich um. Seltsam, dachte sie. Ich habe doch nur wenige Schritte zurückgelegt. Ihre Verwunderung war jedoch nur von kurzer Dauer. Schließlich hatte sie in den letzten Monaten immer wieder erlebt, dass es vieles gab, was mit dem menschlichen Verstand nicht zu begreifen war. Gleichwohl existierte es und hatte zudem eine tiefere Bedeutung, auch wenn sich diese nicht auf Anhieb erschloss. Selbst den anderen Wächtern nicht, die mit ihr gegen die Dunklen Mächte kämpften und im Gegensatz zu den meisten anderen Menschen in der Lage waren, hinter die Oberfläche der Dinge zu blicken. Auch sie mussten bei so manchen Erscheinungen darauf hoffen, sie irgendwann mit Hilfe ihrer besonderen Gaben zu entschlüsseln. So verbannte Laura die lästigen Gedanken aus ihrem Kopf. Wenn die Zeit reif war, würde sich ihr das Rätsel des verwunschenen Tales schon erschließen, dessen war sie sich sicher. Sie hatte Wichtigeres zu tun, hatte sie diesen Ort doch aus einem ganz bestimmten Grund aufgesucht.

Entschlossen näherte Laura sich dem Seeufer. Seltsamerweise wurde das Rauschen des Wasserfalls nicht lauter. Noch merkwürdiger aber war, dass der See, der höchstens dreißig Schritte im Durchmesser maß, glatt wie ein Spiegel blieb, obwohl sich die mächtige Kaskade in ihn ergoss. Während Laura sich noch wunderte, vernahm sie plötzlich eine Stimme in ihrem Inneren. »Es ist wie es ist, auch wenn du es nicht begreifst«, flüsterte diese.

Von einem plötzlichen Impuls getrieben, kniete Laura sich nieder und beugte sich vor, um von dem Nass zu schöpfen, wich aber sogleich erschrocken zurück. Drei Gesichter blickten ihr von der Wasseroberfläche entgegen. Das mittlere war unverkennbar ihr eigenes Spiegelbild. Links daneben erschien das Gesicht eines Babys, das Laura aus blauen Augen neugierig anschaute und ihr ein freundliches Lächeln schenkte. Hatte sie dieses Neugeborene schon einmal gesehen? Wie sonst war es zu erklären, dass es ihr so vertraut vorkam? Das ernst dreinblickende Frauengesicht zu ihrer Rechten erkannte Laura jedoch sofort.

Es war ihre Mutter Anna Leander, die seit vielen Jahren tot war!

Während Laura sich noch fragte, was das bedeuten mochte, vernahm sie über sich einen heiseren Laut. Laura schaute auf. Ihre Nackenhaare sträubten sich. Hatte sich die scheußliche Harpyie, in deren Gestalt die Schwarzmagierin Syrin sie vor etlichen Wochen angegriffen hatte, nicht genauso angehört?

Aber Syrin war tot! Erschlagen vom Kopf des riesigen Drachenmodells, das sie mit Hilfe ihrer Schwarzen Künste zum Leben erweckt hatte. Doch war es nicht denkbar, dass sich noch weitere Gestaltwandler in den Reihen der Dunklen Mächte befanden? Teuflische Kreaturen, die sich ebenfalls in jedes beliebige Wesen verwandeln konnten, um ihre Widersacher anzugreifen? Laura sprang auf.

Oh nein!

Ging es jetzt schon wieder los? Schreckten Borboron und seine Vasallen denn vor nichts zurück? Sollten sie sich sogar über das uralte Gesetz der »Leeren Hand« hinwegsetzen, um sie, Laura, an der Erfüllung ihrer Aufgabe zu hindern?

Kapitel 2 Der Geist, der über dem Wasser schwebt

Aber das … das ist doch nicht möglich!« Fassungslos blickte Lukas in die Runde, doch weder Percy Valiant noch Miss Mary Morgain machten den Eindruck, als wollten sie ihn auf den Arm nehmen. Und Professor Aurelius Morgenstern schon gar nicht. Der Direktor des Internats schien den blonden Jungen und die beiden Lehrer gar nicht wahrzunehmen, die sich im geräumigen Wohnzimmer seines Hauses eingefunden hatten. Da die Angespochenen stumm blieben, setzte Lukas nach: »Ich hab Syrin doch mit eigenen Augen gesehen. Und Sie doch auch, Miss Mary, oder?« Hilfesuchend wandte er sich an die zierliche Frau mit dem kastanienbraunen Haar, die neben ihm an dem großen Holztisch saß. Die Tischplatte war mit kunstvollen Intarsien geschmückt: ein großes Rad mit acht Speichen, das entfernt an eine Kompassrose erinnerte. Diese Speichen allerdings symbolisierten nicht die verschiedenen Himmelsrichtungen, wie Lukas von seiner Schwester wusste, sondern standen für die großen Sonnen- und Mondfeste im Jahreslauf.

Die Lehrerin hatte keinen Blick für die meisterhafte Verzierung. »Lukas hat Recht.« Mit braunen Rehaugen sah sie ihren Kollegen Percy an, der ihr gegenübersaß. »Ich kann seine Aussage nur bestätigen. Und Kaja Löwenstein und Magda Schneider natürlich auch: Als wir drei vorgestern Nacht in der großen Halle neben der Drachenthaler Freilichtbühne ankamen, lag die Frau unter dem Kopf des riesigen Drachen …«

»Du meinst sischerliisch Niffi, *n'est-ce pas*?«, fragte Percy, dessen dicker Akzent trotz seiner vielen Jahre in Deutschland immer noch seine Herkunft verriet. »Unseren neuen Drachen?« Ein spitzbübisches Lächeln verlieh dem Franzosen ein jungenhaftes Aussehen.

»Genau den meine ich: diesen monströsen mechanischen Drachen, den ihr für eure Open-Air-Aufführung angeschafft habt«, bestätigte Miss Mary ohne eine Spur von Ironie. »Sein Kopf lag auf dem Boden und hatte diese unheimliche Gestaltwandlerin zu Tode gequetscht.«

Percy kniff das linke Auge leicht zusammen. »Bist du dir dessen auch gewiss?«

»Klaromaro!«, kam Lukas der Lehrerin zuvor. »Syrin war tot, ganz bestimmt. Dieser Drachenkopf ist doch so schwer, dass er selbst Superman zerschmettert hätte! Das wissen Sie doch genauso gut wie wir, Monsieur Valiant!«

»Natürlich weiß er das.« Miss Mary lächelte Lukas besänftigend an, bevor sie sich wieder dem Kollegen zuwandte. Wie zur Bekräftigung ihrer Aussage beugte sie sich vor. »Auch wenn der Riesenkopf die Frau fast vollständig verdeckt hat, konnten wir deutlich erkennen, dass sie nicht mehr am Leben war. Sie hat nicht mal mehr gezuckt. Schließlich haben ihre Hände darunter vorgeragt. Obwohl ...« Die bloße Erinnerung ließ sie erschaudern. »Eigentlich waren es gar keine richtigen Hände, sondern eher so etwas wie ... wie ...«

»Geierkrallen«, half Lukas ihr auf die Sprünge.

»Genau!« Erneut lächelte die Lehrerin den Jungen an. »Geierkrallen – diese Bezeichnung trifft es genau.«

»Wenn du es sagst!« Percy Valiant grinste unsicher. »Verste't miisch bitte niischt falsch, i'r beiden, aber trotzdem ...« Er hob die rechte Hand und kratzte sich unschlüssig hinter dem Ohr. »Als iisch in die 'alle kam, war weit und breit keine Frau me'r zu erblicken. Weder eine leib'aftiische noch eine tote!

Und auch Niffi stand *exactement* an der Stelle, wo i'n 'annes, der Drachenlenker, am Abend davor abgestellt 'atte!« Ratlos schaute er Lukas und Miss Mary an. »I'r müsst doch zugeben, dass das irgendwie niischt riischtig zusammen passt – eure Aussagen und was iisch mit eigenen Augen gese'en 'abe.«

Lukas dachte einen Augenblick nach, bevor er antwortete: »Ich kann mir das ja auch nicht erklären, Monsieur Valiant.« Der Junge stupste die Brille von der Nasenspitze zurück an ihren Platz. »Sie vielleicht, Miss Mary?«

»Nein.« Die Lehrerin schüttelte energisch den Kopf. »Und trotzdem bleibe ich dabei, Percy: Es war alles genauso, wie wir es dir geschildert haben.«

Ihr Kollege antwortete nicht sofort. Offensichtlich konnte er sich noch immer keinen Reim auf das merkwürdige Geschehen machen. »Wenn iisch miisch rescht entsinne, dann 'abt i'r auch be'auptet, dass alle Neonleuschten an der 'allendecke zersprungen waren«, sagte er nach einer Weile.

»Waren sie ja auch«, ereiferte sich der Junge.

Percy antwortete nicht, aber ihm war anzusehen, dass er keine defekten Lampen in der Halle entdeckt hatte.

Lukas legte den Kopf in den Nacken und starrte verkniffen zur niedrigen Zimmerdecke, an der einige Stubenfliegen ziellos umherkrabbelten. Sie wissen offenbar genauso wenig wie wir, wo es lang geht, kam es ihm in den Sinn. Als er sich wieder an den Lehrer wandte, stand ihm Ratlosigkeit ins Gesicht geschrieben. »Und wenn sich am nächsten Tag jemand in die Halle geschlichen hat und heimlich wieder alles in Ordnung gebracht hat? Die Taxus und Dr. Schwartz zum Beispiel? Oder Albin Ellerking?«

»Ausgeschlossen!« Percy Valiant schüttelte den Kopf. »'annes 'at gleisch am nächsten Morgen in aller 'errgottsfrü'e ein Textbuch aus dem Büro ge'olt und dann abgeschlossen, weil die Tür offen stand.«

»Und nach ihm hat niemand mehr die Halle betreten?«, fragte Lukas mit wenig Hoffnung.

»Nein. Niischt bis 'eute Vormittag. 'öchstens …«

Das Gesicht des Jungen hellte sich auf. »Ja?«

»Bedauerliischerweise 'at 'annes es versäumt, einen Blick in Niffis 'alle zu werfen. Es wäre also durschaus mögliisch, dass man die Schäden noch in der Nacht beseitiischt 'at. Was iisch allerdings für ziemliisch unwa'rscheinliisch 'alte. Wo 'ätten sie denn Lampen 'erbekommen sollen mitten in der Nacht? Und wie Niffi zu steuern ist, weiß außer 'annes und mir auch niemand!«

Lukas antwortete nicht, sondern starrte nur gedankenverloren vor sich hin. Deshalb entging ihm, dass Percy und Miss Mary ein schmales Lächeln wechselten.

»Wie es aussie't, müsst i'r eusch wohl getäuscht 'aben – alle vier«, fuhr Percy, wieder ganz ernst, fort. »Das wäre schließliisch nur allzu leischt verständliisch. Überleg doch mal: Es war mitten in der Nacht, und i'r wart sischerliisch völliisch übermüdet. Zudem werdet i'r eusch riesiische Sorgen um Laura gemacht 'aben! Das alles 'at bestimmt dazu gefü'rt, dass i'r allesamt einer Täuschung des Geistes unterlegen seid!«

»Nein, nein und noch mal nein!« Lukas sprang vor Erregung auf. Einen Augenblick sah es fast so aus, als verlöre er die Beherrschung und wolle seinem Sportlehrer an den Kragen gehen. Dann aber beruhigte er sich wieder. Zwei-, dreimal atmete er tief durch, bevor er die rechte Hand hob und Zeige- und Mittelfinger in die Höhe reckte. »Das schwöre ich bei allem, was mir heilig ist!«

»Niischt nötiisch!« Ein spitzbübisches Grinsen legte sich auf Percys Gesicht. »Iisch glaube dir auch so!«

»Was?« Die Gesichtszüge des Jungen entgleisten, während er zunächst Miss Mary und dann Percy Valiant anblickte. »Und was soll dann das ganze Getue …?«

»Iisch wollte nur se'en, ob du diisch von mir verunsiischern lässt oder niischt. Aber diesen Test 'ätte iisch mir wo'l sparen können. Schließliisch bist du Lauras Bruder. Auch wenn du im Gegensatz zu deiner Schwester niischt dem Kreise von uns Wäschtern ange'örst, 'ätte iisch wissen müssen, dass du diisch niischt so leischt ins Bocks'orn jagen lässt!«

»Natürlich nicht!« Lukas schnaufte vor Empörung. »Ich muss doch kein Wächter sein, um zu wissen, was ich gesehen habe.«

Erstmals meldete sich nun der Professor zu Wort. »Bist du dir da auch ganz sicher, Lukas?« Der Klang seiner sonoren Stimme ließ den Jungen überrascht den Kopf wenden. »Nicht alles ist so, wie es auf den ersten Blick erscheinen mag – aber das hat dir deine Schwester mit Sicherheit längst beigebracht, oder?«

Der Junge nickte nur.

Ein Lächeln tanzte über das faltige Gesicht des Direktors. »Das ist schließlich das Erste, was man lernen muss, wenn man in unseren Kreis aufgenommen wird – und darüber hinaus auch der Grund, weshalb ich Percy gebeten habe, dich ein wenig in die Mangel zu nehmen.«

»In die Mangel? Mich?« Lukas war die Verwunderung anzusehen. »Weshalb das denn?«

Der alte Mann seufzte, bevor er fortfuhr: »Auch wenn ich meine Vermutung durch nichts belegen könnte, bin ich fest davon überzeugt, dass in den nächsten Wochen so einiges auf dich zukommen wird, Lukas.«

»Auf mich?« Lukas wirkte völlig perplex. »Aber wieso denn? Soll das heißen, dass die Dunklen es jetzt auf mich abgesehen haben?«

Aurelius Morgenstern nickte nur stumm.

Ein schneller Blick verriet Lukas, dass Miss Mary und Percy die Meinung des Direktors ganz offensichtlich teilten. Lukas wurde schwummerig, und seine Knie begannen zu zittern.

Mit banger Miene starrte Laura zum Firmament, als sie einen zweiten Schrei hörte. Er klang wie der Ruf eines Adlers, doch in dem gleißenden Licht waren keinerlei Umrisse auszumachen – weder die einer Harpyie noch die eines Raubvogels. Seltsam, dachte Laura. Was hat das zu bedeuten? Oder habe ich mir diese Laute nur eingebildet?

Sie wandte den Blick wieder zum See. Zu ihrer Verwunderung waren die Gesichter des Neugeborenen und ihrer Mutter von der Wasseroberfläche verschwunden. Nur ihr eigenes Spiegelbild schimmerte ihr noch entgegen. An der Stelle, an der sich Annas Gesicht befunden hatte, ragte ein einsames Schilfrohr aus dem Wasser.

Laura hätte schwören können, dass es vorher noch nicht dort gewesen war. Jetzt aber wiegte das Schilf sich sanft im Wind, als habe es seit ewigen Zeiten nichts anderes getan. Obwohl die Morgenstunde längst verstrichen war, hingen dicke Tautropfen an den Blättern. Am obersten baumelte eine mehr als zwei Finger lange Larve. Unter ihrer dünnen, durchscheinenden Haut bewegte sich etwas – ein Schmetterling wahrscheinlich, der den beengenden Kokon abzustreifen versuchte, um endlich ins Leben zu schlüpfen.

Laura kniete nieder, um das wundersame Schauspiel aus der Nähe zu beobachten, als sie ein Blubbern vernahm. Silbernen Perlen gleich stieg ein Schwall von Luftblasen in der Mitte des Sees empor, die an der Oberfläche zerplatzten. Das Wasser sprudelte, als koche es. Gleichzeitig begann der See zu dampfen. Schlieriger Dunst waberte daraus empor, ballte sich mehr und mehr zusammen, bis eine gewaltige Nebelwolke über dem Gewässer stand. Nur Augenblicke später verfinsterte sich der Himmel. Schwarze Schatten senkten sich über das Tal. Laura wurde von Panik erfasst.

Was hatte das zu bedeuten?

Mit angehaltenem Atem schaute sie sich um, konnte jedoch

niemanden entdecken. Trotzdem fühlte sie, dass sich jemand in unmittelbarer Nähe befinden musste.

Die Haare in ihrem Nacken richteten sich auf, Gänsehaut prickelte gleich einem Ameisenheer über ihren Körper. Da ertönte die Stimme einer alten Frau. »Laura! Laauraaaa!«, rief sie.

Das Mädchen wirbelte herum und spähte nach allen Seiten – doch noch immer war niemand zu entdecken.

Aber … das verstehe ich nicht.« Lukas sah Aurelius Morgenstern konsterniert an. »Monsieur Valiant hat doch eben erst betont, dass ich nicht zu euch Wächtern gehöre.« Mit theatralischer Geste hob er die Arme. »Natürlich stehe ich voll und ganz auf Ihrer Seite und bin jederzeit bereit, Sie nach besten Kräften zu unterstützen. Aber trotzdem – weshalb sollten Ihre Feinde plötzlich mich im Visier haben?«

Percy Valiant kam dem Professor mit der Antwort zuvor. »Weil i'nen jedwedes Geschöpf, das auf der Seite des Liischts ste't, ein Dorn im Auge ist, des'alb! Und außerdem …«

Die Falte auf Lukas' Stirn erschien erneut. »Ja?«

»Streng dein kluges Köpfschen doch einmal an, Lukas.« Der Sportlehrer musterte seinen Schüler eindringlich. »Du bist jetzt der einziische aus eurer Familie, der siisch noch auf unserer Erde befindet. Mariüs, dein Vater, wird seit langem in der Dunklen Festung gefangen ge'alten, und Laura muss die Zeit bis zum nächsten Sonnenfest ebenfalls auf Aventerra verbringen und kann diisch da'er niischt beschützen.«

»Das braucht sie auch nicht«, entgegnete Lukas in beleidigtem Ton. »Ich bin schließlich alt genug, um auf mich selbst aufzupassen.«

»Natürlich, Lukas, das wissen wir doch«, entgegnete Aurelius Morgenstern und legte dem Jungen besänftigend die Hand auf den Arm. »Aber dennoch …«

»Ja?« Lukas blickte den Direktor aus schmalen Augen an.

»Unseren Feinden ist es wohlbekannt, dass deine Schwester dich über die Maßen liebt …«

Der Junge sah aus, als habe er in eine Zitrone gebissen, konnte jedoch nicht verhindern, dass seine Wangen sich rot färbten.

»… auch wenn du ihr manchmal ganz gewaltig auf die Nerven gehst.«

Lukas kicherte leise.

»Was iisch, nebenbei bemerkt, durschaus nachvollzie'en kann«, mischte der Sportlehrer sich ein.

Aurelius tat, als habe er die Bemerkung überhört. »Und dennoch, Lukas: Wenn dir etwas zustoßen sollte, würde Laura das selbst auf Aventerra nicht verborgen bleiben.«

Verwundert kniff Lukas die Augen zusammen. »Wie soll das denn gehen?«

»Ganz einfach.« Die Stimme des Professors klang beinahe feierlich. »Ihr beide seid nicht nur durch Blutsbande miteinander verbunden, sondern auch durch starke Gefühle füreinander. Lauras Schmerz wäre riesengroß, wenn dir ein Leid zustoßen würde.«

Die Miene des Jungen verdüsterte sich. »Ich verstehe. Sie glauben, dass die Dunklen mir schaden wollen, um Laura abzulenken.«

»Genau. Schließlich muss es einen Grund dafür geben, dass Dr. Schwartz mich gleich nach Mittsommernacht gebeten hat, das Amt des Direktors wieder selbst zu übernehmen. Vermutlich muss er sich um Dinge kümmern, die nach Lauras Ritt durch die magische Pforte viel wichtiger geworden sind als die Leitung des Internats.«

»Sie meinen doch nicht etwa – um mich?«

»Leider doch.« Aurelius Morgenstern lächelte gequält. »Unseren Feinden traue ich alles zu, jede erdenkliche Teufelei. Sie wollen mit allen Mitteln verhindern, dass Laura ihre Aufgabe erfüllt. Deshalb werden Borboron und seine Vasallen ihr das Leben auf Aventerra so schwer wie möglich machen und auch nicht davor zurückschrecken, dir hier auf der Erde etwas anzutun.«

»Aber …« Lukas fühlte, wie sich Beklemmung in ihm breitmachte. »Ich dachte, so was dürfen sie nicht tun. Genauso wenig, wie sie gegen einen Wächter vorgehen dürfen, der noch nicht im Vollbesitz seiner Fähigkeiten ist …«

»Es ist ihnen tatsächlich verboten, sich an Eleven oder an Unbeteiligten zu vergreifen. Aber« – Morgenstern schnaubte grimmig – »dieses Verbot hat sie bisher auch nicht davon abgehalten, Laura nach dem Leben zu trachten.«

Der Professor hatte leider Recht!

»Zudem darfst du nicht vergessen, dass dieses uralte Gebot nur für die Dunklen selbst gilt«, fuhr Aurelius Morgenstern fort. »Für Dr. Schwartz, Rebekka Taxus und wer sonst noch zu ihnen gehören mag. Ihre Geschöpfe und Helfer jedoch sind nicht daran gebunden. Und von diesen Kreaturen gibt es mehr, als uns lieb ist – und ständig kommen neue dazu!«

Percy Valiant erhob sich, stellte sich neben den Direktor und musterte Lukas mit eindringlicher Miene. »Womit wir wieder am Ausgangspunkt unserer Unter'altung angelangt wären! Diese überaus mysteriösen Vorgänge, die siisch in der Mittsommernacht in der großen 'alle zugetragen 'aben, machen doch me'r als deutliisch, dass die Gefa'r, die von dieser Syrin ausgeht, mitniischten gebannt ist.«

»Hä?« Lukas verdrehte die Augen. »Tut mir leid, aber ich verstehe nicht so ganz …«

»Ah, non?« Percy war sichtlich überrascht. »Dabei ist es doch *très simple*: Ganz offensiischtliisch ist diese Syrin noch am Leben.«

»Das ist völlig unmöglich!«, widersprach Lukas vehement. »Kein Mensch kann so ein schweres Gewicht überleben.«

»Schon möglich, Lukas.« Der Professor sah ihn mit unergründlichem Blick an. »Aber du vergisst offenbar, dass es sich bei der Gestaltwandlerin eben nicht um ein Wesen aus Fleisch und Blut handelt! Außerdem …«

»Ja?«

»Seit Syrin das Rad der Zeit trägt, das sie eurem Vater entwendet hat, ist sie nahezu unverwundbar. Es wurde aus dem gleichen Gold wie der Kelch der Erleuchtung geschmiedet und verleiht seinem jeweiligen Träger ungeheure Kräfte.«

Lukas wurde bleich. Wie hatte er das nur vergessen können? Laura hatte ihn doch schon vor längerer Zeit in das Mysterium des goldenen Amuletts eingeweiht, das über Generationen im Kreise der Wächter weitergereicht wurde, bis es durch einen unglücklichen Umstand der Gestaltwandlerin in die Hände gefallen war. Klaromaro!, durchfuhr es ihn wie ein Blitz. Geschützt durch das Rad der Zeit, könnte sie tatsächlich überlebt haben!

»Unsere Feinde scheinen einen teufliischen Plan ausge’eckt zu ’aben«, sagte Percy. »Sonst ’ätten sie siisch doch niischt die Mü’e machen müssen, sorgfältiisch alle Spuren zu tilgen, die auf i’re Anwesen’eit in der ’alle ’indeuteten. Dass i’r, Miss Mary und du, in der Nacht ebenfalls dort gewesen seid und alles mit eigenen Augen gese’en ’abt, konnten sie ja niischt wissen, *hein*?«

»Stimmt.« Lukas musterte den Lehrer abwartend.

»Gleischzeitig ’aben sie auch jeden ’inweis auf die gewalttätiische Auseinandersetzung zwischen Laura und dieser Syrin zuniischte gemacht – und was meinst du wo’l, was sie damit bezwecken?«

»Nun …« Erneut kerbte sich eine Falte in Lukas’ Stirn, während sein Superhirn auf Hochtouren ratterte. »Vielleicht sollen wir denken, dass Laura ohne den geringsten Widerstand von ihrer Seite nach Aventerra gelangt ist?«

»Genauso ver'ält es siisch, *certainement*!« Aufgeregt stieß Percy den Zeigefinger in Lukas' Brust. »Diese 'inter'ältiischen Kreaturen wollen uns in Siischer'eit wiegen. Wir sollen uns niischt beunru'igen wegen Laura – genau das steckt da'inter!«

Lukas nickte zustimmend. »Damit könnten Sie Recht haben.«

»Ich fürchte sogar noch Schlimmeres«, mischte sich Professor Morgenstern ein. »Ich bin sicher, dass Syrin nach Aventerra zurückgekehrt ist, um dort weiterhin Jagd auf Laura zu machen!«

»Aber …« Der Junge wurde ganz bleich. »Das wäre ja furchtbar. Laura ist sicher fest davon überzeugt, dass die Gestaltwandlerin tot ist. Schließlich haben wir das ja auch geglaubt.«

»Genau das bereitet mir große Sorgen, zumal wir keinerlei Möglichkeiten haben, Laura zu warnen«, erklärte Aurelius Morgenstern. »Deine Schwester schwebt in allergrößter Gefahr, ohne es auch nur zu ahnen!«

Lauraa!«, rief die Stimme wieder. »Hier bin ich, Laura!«

Erneut richtete das Mädchen den Blick auf den See. Tatsächlich – die Worte schienen aus der Mitte des Nebels zu kommen, der über dem Wasser stand. Laura kniff die Augen zusammen und starrte angestrengt in den Dunst, als sie Augen mit faltigen Lidern zu erkennen glaubte, die wie ein Spuk darin aufschimmerten. »Ähm«, rief sie heiser. »Meint Ihr … vielleicht mich?«

»Wen denn sonst?« Die Stimme kicherte belustigt.

»Wer … wer seid Ihr?«

»Ich bin die, die immer war und immer sein wird, Laura.«

Laura?

Woher wusste die Stimme ihren Namen?

Verwundert schüttelte das Mädchen den Kopf. »Und … wie heißt Ihr?«

»Ach.« Ein Seufzer kam aus dem Nebel. »Manche nennen mich die Stimme, die die Geschichten durch die Zeiten trägt. Für andere bin ich der Geist, der über dem Wasser schwebt. Wichtig ist nur, dass mein Name Anfang und Ende zugleich ist, obwohl ich weder das eine noch das andere bin.«

Laura war unfähig zu antworten.

»Ich habe auf dich gewartet, Laura«, fuhr die Stimme fort. »Ich wusste, dass du kommen wirst.«

Die Augen des Mädchens wurden groß. »Ihr wusstet, dass ich … Aber woher denn?«

»Ach.« Wieder klang ein Seufzen aus dem Nebel. »Es ist ein Jammer mit euch Menschenkindern. Ihr braucht so lange, bis ihr hinter die Oberfläche der Dinge zu sehen vermögt und sie versteht – dabei ist alles so einfach!«

»Das … Das behauptet Ihr. Aber –«

»Wie du weißt, ist das Schwert des Lichts in drei Teile zerbrochen, weil ein Mensch es zu einer frevelhaften Tat missbraucht hat. Deshalb kann auch nur ein Menschenkind die Schuld tilgen, die auf Hellenglanz lastet. Das ist doch einsichtig – oder nicht, Laura?« Die Stimme klang plötzlich herrisch.

»Ähm«, räusperte sich das Mädchen. »Ja … ja, schon. Aber woher wusstet Ihr, dass ausgerechnet mich dieses schwere Los treffen würde?«

»Tztztz! Du begreifst immer noch nicht! Namen sind Schall und Rauch, Laura, und nicht weiter von Bedeutung. Das Einzige, was zählt, ist die Aufgabe, die dir aufgetragen wurde, und deshalb bin ich auch mehr als verwundert.«

»Verwundert? Warum denn?«

»Weil du so lange zögerst, mir die Frage zu stellen, die dir auf der Zunge liegt. Dabei bist du doch aus diesem Grunde zu mir gekommen, oder nicht?«

»Ähm … na… natürlich!«

»Worauf wartest du dann noch? Nur den wenigsten wird das große Glück zuteil, mit mir sprechen zu können. Aber es hat ganz den Anschein, als wolltest du diese einmalige Gelegenheit ungenutzt verstreichen lassen.«

»Nein, nein!«, entgegnete Laura rasch. »Natürlich nicht! Ich bin gekommen …«

»Ja?«, klang es ungeduldig aus dem Nebel.

»… um Euch zu fragen …«

»Jetzt mach schon, Laura!«

»… wie das Schwert wieder in seinen ursprünglichen Zustand versetzt werden kann.«

»Na, endlich!« Erneut war ein Seufzer zu vernehmen. »Wurde ja auch Zeit!« Wie zu sich selbst fuhr die Stimme fort. »Es ist so schrecklich mit diesen Menschenkindern. Es dauert ewig, bis sie endlich zum Kern der Dinge durchdringen – falls es ihnen überhaupt gelingt.« Ein ärgerliches Brummen war zu hören, bevor die Stimme verstummte.

»Ich … Ich will Euch ja nicht drängen, aber …« – Laura legte den Kopf schief und blickte abwartend in den Dunst – »… wolltet Ihr nicht meine Frage beantworten?«

»Jetzt hör sich mal einer dieses Gör an!« Die Stimme klang mehr als vorwurfsvoll. »Erst dauert es endlos lange, bis es mit seinem Anliegen herausrückt – und dann hat es nicht ein Quäntchen Geduld!«

»Aber …«, wollte Laura schon protestieren, unterließ es dann aber doch lieber. Was immer dieses launische Wesen sein mochte, es war wohl klüger, es nicht zu verärgern. Sonst würde es ihre Frage am Ende noch unbeantwortet lassen, womit jede Aussicht, ihre Aufgabe zu erfüllen, zunichte sein würde. Deshalb wartete sie geduldig, bis die Stimme wieder zu sprechen anhob.

»Nur die Dunkelalben, die in den Feuerbergen beheimatet sind, wissen das Schwert wieder in seinen ursprünglichen Zustand zu versetzen.«

»Die Dunkelalben?«, fragte Laura verwundert. »Ich dachte, die stehen auf der Seite von Borbor-«

»Wirst du wohl still sein und mich nicht dauernd unterbrechen!« Die Stimme klang nun ernsthaft erzürnt.

Laura schluckte betroffen und schwieg.

»Es waren die Dunkelalben, die Hellenglanz vor undenklichen Zeiten gefertigt haben – und zwar aus dem gleichen Material wie das Schwert Pestilenz. Und so ist die eine Waffe sowohl das Spiegelbild wie auch das genaue Gegenteil der anderen. Sie gehören untrennbar zusammen – wie das Licht und die Dunkelheit, das Gute und das Böse –, aber das solltest du ja inzwischen gelernt haben, nicht wahr, Laura?«

»Na… Natürlich«, beeilte sich das Mädchen zu versichern. »Und wie Plus und Minus oder wie das Leben und der Tod.«

»Was du nicht sagst!«, spottete die Stimme, um dann besänftigt fortzufahren. »Wenigstens ist die Mühe, die man sich mit dir gemacht hat, nicht gänzlich vergebens gewesen. Dann wirst du sicherlich auch wissen, aus welchem Metall die Dunkelalben die beiden Schwerter geschmiedet haben.«

»Aus welchem Metall?«

»Ja, natürlich. Oder hast du vielleicht angenommen, sie wären aus Holz geschnitzt?«

»Ähm.« Laura machte ein ratloses Gesicht. »Ich … Ähm … Ich habe nicht die geringste Ahnung.«

»Dachte ich's mir doch«, seufzte die Stimme gequält. »Dann will ich es dir verraten, Laura. Als die Dunkelalben in der Morgenröte unserer Zeiten die Schwerter Hellenglanz und Pestilenz geschmiedet haben, verwendeten sie dazu das edelste und zugleich seltenste Metall, das unter der Sonne zu finden ist: Sterneneisen!«

»Sterneneisen? Nie gehört. Was soll das denn sein – Sterneneisen?«

»Das wirst du schon herausfinden, wenn du danach suchst«, antwortete die Stimme.

»Und wenn nicht?«

»Ach, Laura.« Ein tiefer Seufzer klang aus dem Nebel. »Dann wird all dein Streben vergeblich sein, fürchte ich. Du wirst deine Aufgabe nicht lösen können und ohne deinen Vater in deine Welt zurückkehren müssen. Das heißt …«

»Ja?«, fragte Laura und hielt den Atem an.

»Das heißt – falls es diese dann überhaupt noch gibt. Ohne die Hilfe von Hellenglanz werden Elysion und seine Verbündeten das Dunkle Heer des Schwarzen Fürsten wohl nicht mehr lange in Schach halten können. Und sollte das Schwert gar Borboron in die Hände fallen, wird er die Krieger des Lichts besiegen und das Ewige Nichts die Herrschaft antreten. Damit aber wird das Ende von Aventerra besiegelt sein – und das des Menschensterns ebenfalls.«

»Ich weiß«, antwortete Laura gequält. »Also verratet mir doch bitte, wo ich dieses Sterneneisen finden kann. Ihr könnt doch nicht wollen, dass uns alle solch ein schreckliches Schicksal ereilt.«

Aber kein Laut drang mehr aus der Nebelwolke.

»Ich bitte Euch!«, flehte Laura, als sich der Nebel genauso plötzlich wieder aufzulösen begann, wie er gekommen war. Die dunklen Schatten verflüchtigten sich. Das Licht kehrte zurück, und bald war das gesamte Tal wieder von strahlendem Sonnenschein durchflutet. Eine Weile noch herrschte unwirkliche Stille, dann war das Zwitschern der Vögel wieder zu hören, das Summen der Bienen und das Flüstern des Windes.

Plötzlich bemerkte Laura eine Bewegung zu ihren Füßen. Es war der Kokon, der an dem Schilfhalm vor ihr hing. Er platzte auf, und heraus schlüpfte eines der wunderlichsten Geschöpfe, die Laura jemals erblickt hatte. Im ersten Moment dachte sie, es sei eine Elfe, denn es war von feingliedriger, fast zerbrechlicher Gestalt und besaß ein anmutiges Puppengesicht, das von langem Blondhaar umspielt wurde. Auf seinem Rücken befanden sich vier Fügel, durchscheinend wie die einer Libelle. Dann allerdings bemerkte das Mädchen, dass das Wesen über ein Paar schmächtiger Arme und gleich vier schlanke Beine verfügte.

Laura keinerlei Beachtung schenkend, verharrte das zierliche Geschöpf unschlüssig auf dem Halm, bevor es die silbrigen Flügel ausbreitete. Laura sah ihm verwundert nach, bis es sich mit schwirrenden Schwingen im strahlenden Blau des Äthers verlor.

Kapitel 3 Dunkle Machenschaften

Rebekka Taxus stöhnte. Diese verdammte Hitze! Der Schweiß lief ihr in Strömen den Rücken hinunter, und das pinkfarbene Polokleid klebte wie eine zweite nasse Haut an ihr. Einfach widerlich! Außerdem hatte sie wahnsinnige Kopfschmerzen, und der Kreislauf spielte verrückt. Dauernd wurde ihr schwindelig. Flimmernde Sternchen kreisten vor ihren Augen, sodass sie keinen klaren Gedanken fassen konnte. Ihr Mund war so trocken wie ein staubiger Scheunenboden. Sie brauchte dringend Abkühlung.

Die Lehrerin hastete ins Badezimmer und wollte sich eben über das Waschbecken beugen, als ihr Blick in den Spiegel fiel – und schlagartig war die Erinnerung wieder da. Obwohl die entsetzlichen Ereignisse schon unzählige Stunden zurücklagen, standen sie wieder so deutlich vor ihrem geistigen Auge, als hätten sie sich eben erst abgespielt:

Die Dämmerung hatte eingesetzt. Die Schwärze der Nacht wich einem dunklen Grau, und im breiten Schilfgürtel des Drudensees stimmten die ersten Vögel ein Morgenlied an. Die endlose Lichtsäule der magischen Pforte, die immer noch über der kleinen Insel in der Mitte des Sees stand, verblasste, während Quintus Schwartz, Albin Ellerking und sie die Große Meisterin mit maßlosem Entsetzen anstarrten.

Die bleiche Frau sah einfach schrecklich aus. Als sei sie unter einen Bulldozer oder einen Panzer geraten. Sie blutete aus mehreren Wunden auf Stirn und Kinn, ihre fahlen Wangen

waren aufgeschürft. Aus ihrem dunklen Haarschopf sickerten rote Rinnsale hervor. Quer über ihrer Nase klaffte ein breiter Spalt, aus dem Blut floss. Ihr smaragdgrünes Kleid war voller dunkler Flecken, und selbst der goldene Anhänger, den sie an einer Kette um den Hals trug, war mit Blut besprenkelt.

Rebekka fragte sich, wer der Großen Meisterin diese Verletzungen zugefügt haben konnte. Ob das wohl Lauras Werk war? Die bleiche Frau mit den gelb glühenden Reptilienaugen verlor nicht ein Wort darüber, sondern zischte nur: »Anstatt mich anzuglotzen, als wäre ich ein siebenschwänziger Höllenhund, hättet ihr vorhin lieber die Augen offen halten sollen! Dann wäre dieses Balg bestimmt nicht durch die Pforte entwischt.«

»Wir haben getan, was wir konnten, Herrin.« Quintus Schwartz senkte den Blick auf die feuchten Planken des schmalen Bootssteges, auf dem sich die kleine Gruppe versammelt hatte, und verneigte sich vor der wütenden Frau. »Aber Ihr wisst so gut wie wir, dass Lauras Schimmel kein gewöhnliches Pferd ist – deshalb war es uns einfach unmöglich, die beiden aufzuhalten.«

»Was du nicht sagst«, entgegnete die Große Meisterin und grinste den Mann mit dem Cäsarengesicht maliziös an. »Dabei wäre das gar nicht nötig gewesen.«

»I… I… Ich … ähm … verstehe nicht«, stotterte der Dunkle überrascht und tauschte einen schnellen Blick mit seiner Kollegin und Ellerking, die ebenso verblüfft waren wie er. »Wir hätten Laura nicht aufhalten müssen?«

»Nein, es hätte gereicht, ihr die Bruchstücke des Schwertes zu entreißen«, entgegnete die Große Meisterin mit vorwurfsvoller Miene. »Das war doch die Aufgabe, die Borboron euch übertragen hatte – habe ich Recht?«

Quintus und Rebekka schwiegen betreten, während Albin Ellerking so tat, als gehe ihn das nichts an. Er machte sich an den Ruderbooten zu schaffen, die am Steg vertäut waren.

»Ob ich Recht habe, will ich wissen?« Das blutüberströmte Gesicht der Frau verzerrte sich vor Wut, sodass es einer dämonischen Fratze glich.

»Na… Na… Natürlich, Herrin«, beeilte sich Dr. Schwartz zu antworten. »Natürlich habt Ihr Recht. Wir sollten das Schwert in unseren Besitz bringen, weil es die Macht des Schwarzen Fürsten ungeheuer stärken würde. Elysion und die anderen Kreaturen des Lichts hätten ihm dann nur noch wenig entgegenzusetzen.«

»Genauso ist es!« Die Reptilienaugen der Gestaltwandlerin glühten wie giftgelbe Lichtzeichen des Bösen durch die scheidende Nacht. »Wenn Hellenglanz wieder in seinen alten Zustand geschmiedet wird und seine magischen Kräfte sich mit denen von Pestilenz vereinen, kann niemand mehr uns daran hindern, dem Ewigen Nichts zur Herrschaft zu verhelfen! Aber leider …« – Ein theatralischer Seufzer quälte sich aus der Tiefe ihrer Kehle – »… habt ihr auch diesmal versagt.« Sie machte einen raschen Schritt auf die beiden zu, die unwillkürlich zurückschreckten. »Ihr lasst immer mehr nach in eurem Bemühen, sodass ich fast den Eindruck gewinnen muss, dass euch unsere gemeinsame Sache nicht mehr am Herzen liegt.«

»Aber, Herrin! Nichtss wäre falscher alss dass!« Rebekka verzischte die S-Laute so stark, dass sie wie eine lispelnde Schlange klang. »Ihr wissst ganz genau, dasss wir alless in unsserer Macht Sstehende getan haben, um Laura und den anderen Wächtern dass Leben zur Hölle zu ma-«

»Ach, tatsächlich?«, fiel die Große Meisterin ihr barsch ins Wort. »Und was haben eure Bemühungen gebracht? Nichts, rein gar nichts! Weder konntet ihr verhindern, dass dieses Balg den Kelch der Erleuchtung gefunden hat, noch wart ihr in der Lage, ihn Laura wieder abzujagen.«

»Das ist richtig, Herrin.« Quintus Schwartz verzog gequält

das Gesicht. »Aber daran waren nur unglückliche Umstände schuld …«

»Schluss mit dem elenden Geschwätz!«, fuhr die Gestaltwandlerin nun auch den hochgewachsenen Mann an. »Ihr habt euch noch jedes Mal von diesem Gör übertölpeln lassen und nicht eine der euch übertragenen Aufgaben erfüllt.«

Quintus Schwartz schluckte und blickte erneut betreten zu Boden.

Auch Rebekka Taxus schwieg. In ihrem Inneren begann es zu gären. Aber es war bestimmt besser, die Vorgesetzte nicht noch mehr in Rage zu versetzen. In ihrem Zorn war sie nämlich zu allem fähig.

»Und was ist mit meinem besonderen Schützling?«, meldete sich die aufgebrachte Frau schon wieder zu Wort. »Habt ihr auch wirklich dafür Sorge getragen, dass –«

»Natürlich, Herrin«, unterbrach Dr. Schwartz sie beflissen und verbeugte sich. »Er ist bestimmt wohlbehalten an sein Ziel gelangt – auch ohne Eure Begleitung!«

»Das will ich hoffen.« Die Stimme der Großen Meisterin glich der einer Viper. »Sollte ich allerdings feststellen müssen, dass ihr auch in dieser so ungemein wichtigen Sache versagt habt, dann …«

Rebekka Taxus schloss die Augen. Sie wagte nicht daran zu denken, was in diesem Falle geschehen würde. Sie war nur noch von einem einzigen Gedanken beseelt: Wenn die Große Meisterin doch endlich verschwinden und nach Aventerra zurückkehren würde! Dann hätten wir für die nächsten drei Monate wenigstens Ruhe vor ihr! Und so schielte sie voller Hoffnung zum Horizont.

Zum Glück konnte es nicht mehr lange dauern, bis die Sonne aufgehen würde. Die Herrin musste sich beeilen, wenn sie die magische Pforte noch durchschreiten wollte.

Als habe die Frau mit den Reptilienaugen diese Gedanken

erraten, blickte sie nun ebenfalls zum Himmel. Ein hintergründiges Lächeln spielte um ihre schmalen Lippen, als sie sich wieder an ihre Helfer wandte. »Denkt bloß nicht, dass ihr während der nächsten drei Monde untätig sein könnt, nur weil Laura sich in unserer Welt aufhält.«

»Nein, nein, natürlich nicht«, versicherte Quintus Schwartz unterwürfig.

»Ihr wisst, was ihr zu tun habt!« Der Zeigefinger der Großen Meisterin schoss auf die beiden Dunklen zu. Er erinnerte Rebekka an die dürre Kralle einer riesigen Krähe, sodass sie unwillkürlich den Kopf einzog. »Ihr habt dafür zu sorgen, dass dieses Internat hier endlich geschlossen wird. Es ist uns schon lange ein Dorn im Auge. Seit seiner Gründung benutzen unsere Feinde es dazu, ihren Nachwuchs zu schulen, daher wird es höchste Zeit, dass wir diesem widerlichen Treiben ein Ende setzen, verstanden?«

»Aber natürlich, Herrin, selbstverständlich.« Dr. Schwartz dienerte so eifrig wie ein Wackeldackel auf der Hutablage eines Autos. »Ihr könnt Euch ganz auf uns verlassen. Nicht mehr lange, und Ravenstein wird nur noch Geschichte sein. Wir werden alles daransetzen, dass der Schulbehörde nichts anderes übrig bleibt, als das Internat ein für alle Male zu schließen!«

»Das will ich hoffen!« Die Gestaltwandlerin quälte sich ein Lächeln ab, das sie nur noch unheimlicher aussehen ließ. »Solltet ihr allerdings ein weiteres Mal versagen, wird Borboron mit seiner Geduld am Ende sein …« – Ein böses Lachen geisterte über ihr blutverschmiertes Antlitz – »… und dann möchte ich wirklich nicht in eurer Haut stecken.«

Rebekka Taxus konnte kaum noch an sich halten. In ihr brodelte es gewaltig. Was bildete diese aufgeblasene Kreatur sich eigentlich ein! Was hatte die alte Hexe denn gegen Laura ausrichten können?

Nichts. Absolut nichts!

Dabei verfügte sie über weit größere Kräfte als alle Helfershelfer Borborons – und war dem Mädchen dennoch unterlegen. Schon wollte sie zu einer bissigen Antwort ansetzen, als sie sich anders besann und sich rasch auf die Lippen biss, um jede unbedachte Bemerkung zu unterdrücken. Doch zu spät!

Verdammt!

Rebekka wurde so siedend heiß, als koche das Blut in ihren Adern. Wie hatte sie nur vergessen können, dass die Große Meisterin sich ebenfalls aufs Gedankenlesen verstand – sogar weit besser als sie selbst! Deshalb wusste sie, was ihr, Rebekka, durch den Kopf gegangen war.

Mit der Schnelligkeit einer Viper schoss die Frau im smaragdgrünen Gewand auf ihr Gegenüber zu und funkelte sie aus Schlangenpupillen an. »Du bist doch eine glühende Verfechterin unserer Sache?«, fragte sie lauernd. »Oder sollte ich mich da täuschen?«

»Äh …« Rebekka verstand nicht, worauf die Gestaltwandlerin hinaus wollte. »Nein, Herrin, natürlich nicht.«

»Dann bist du sicherlich auch bereit, das jederzeit unter Beweis zu stellen?«

»Wenn Ihr ess befehlt«, antwortete die Gefragte gedehnt. Noch immer begriff sie nicht, was die Große Meisterin im Schilde führte.

»Wie großherzig von dir!«, lobte die Frau mit der blutigen Fratze. »Das ist mehr, als ich erwarten konnte. Nicht jeder würde meine schrecklichen Wunden auf sich nehmen, damit ich unversehrt in meine Welt zurückkehren kann. Danke, vielen Dank.«

Rebekka wurde bleich wie ein Totenschädel.

Oh nein! Nicht schon wieder!

Am liebsten hätte sie laut aufgeschrien. Die Wunde auf ihrer Stirn, die die Große Meisterin erst vor einigen Wochen auf sie übertragen hatte, war noch nicht richtig verheilt – und da sollte sie noch viel schlimmere Verletzungen auf sich nehmen?

Das war ungerecht! Verdammt ungerecht sogar!

Hilfe suchend wandte sie sich an Quintus Schwartz. Doch der Komplize senkte nur betreten den Blick, was auch der Großen Meisterin nicht verborgen blieb.

Ein kaltes Lächeln huschte über ihr fahles Gesicht, bevor sie wieder ernst wurde. »Schließe die Augen!«, zischte sie Rebekka an.

Die Lehrerin zögerte, bevor sie allen Widerstand aufgab und gehorchte.

Die Gestaltwandlerin senkte beide Hände auf Rebekkas karmesinrote Rastalocken, warf den Kopf in den Nacken und murmelte beschwörende Worte, die weder die Lehrerin noch Dr. Schwartz verstehen konnten.

Obwohl der Dunkle wusste, was geschehen würde, starrte er wie gebannt in das geschundene Antlitz der unheimlichen Frau. Es ging alles ganz schnell: Die Blutungen versiegten, und die schrecklichen Risse und Abschürfungen schlossen sich wie von Geisterhand, bis nicht mehr die kleinste Schramme in Syrins Gesicht zu erkennen war.

Dafür aber war nun Rebekka Taxus von den Wunden gezeichnet, die die Große Meisterin mittels ihrer schwarzmagischen Kräfte auf sie übertragen hatte. Im Nu war das Antlitz der Lehrerin von Blut überströmt, und sie stöhnte vor Schmerzen.

Die Große Meisterin schien das nur zu amüsieren. »Du tust bestimmt gut daran, schnellstmöglich einen Arzt aufzusuchen«, säuselte sie hämisch und tätschelte gönnerhaft die Schulter der Verletzten. »Wenn sich die Wunden entzünden, bleiben mit Sicherheit Narben zurück.« Damit wandte sie sich ab und machte ein paar Schritte auf den Steg hinaus.

Albin Ellerking, der immer noch neben den Booten kauerte, sprang sofort auf. »Steigt bitte ein, Herrin«, sagte er mit einem fast bodentiefen Bückling. »Ich rudere Euch hinüber zur Insel.«

Die Große Meisterin hatte nur ein Lachen für den Gärtner mit den spitzen Nachtalbenohren übrig. »Als ob ich auf die Hilfe von euch Erdenwichten angewiesen wäre!« Sie trat ans Ende des Steges, reckte beschwörend die Hände zum Himmel – als ihr plötzlich noch etwas einfiel. Blitzschnell drehte sie sich um und wandte sich an Quintus Schwartz, der beflissen einige Schritte auf sie zu machte, während Rebekka Taxus die Zähne zusammenbiss, um die Schmerzen besser zu ertragen. »Beinahe hätte ich etwas vergessen«, sprach Syrin den Dunklen mit barscher Stimme an.

»Ja, Herrin?«

»Behaltet diesen Kerl im Auge – ihren Bruder!«

»Ihr meint …« – Dr. Schwartz glotzte wie ein ratloser Ochsenfrosch – »… Lukas?«

»Ihren Bruder, ja, genau! Wen denn sonst?«

»Aber warum? Ver… Ver… Verzeiht die Frage, Herrin – aber Lukas ist weder ein Wächter wie seine Schwester, noch ist er im Zeichen der Dreizehn geboren.«

»Als ob ich das nicht wüsste!« Syrin schien die Verwirrung zu genießen, die ihre Anordnung ausgelöst hatte. »Und dennoch ist Lukas Leander alles andere als ein gewöhnlicher Mensch!«

»Was?« Die Verwunderung des Lehrers steigerte sich noch mehr. »Aber … das habt Ihr uns nie erzählt!«

»Nein?« Noch immer spielte ein überlegenes Lächeln um Syrins Lippen. »Wirklich nicht?«

Wortlos schüttelte Quintus Schwartz den Kopf, während Rebekka Taxus die Frau am Ende des Steges nur mit offenem Mund anstarrte.

»Und warum, meint ihr, haben wir uns damals so viel Umstände mit dieser Anna gemacht?«, fuhr die Gestaltwandlerin da auch schon fort. »Mit der Mutter der beiden Bälger? Ihr erinnert euch doch bestimmt noch an den Tag ihres Unfalls?«

»Na… Na… Natürlich!« Dr. Schwartz nickte und warf der Herrin einen unterwürfigen Blick zu. »Trotzdem weiß ich nicht …«

»Dann solltest du einfach deinen Kopf anstrengen, mein Lieber«, sagte Syrin harsch. »Denk noch mal genau darüber nach, was damals alles geschehen ist – ich bin ganz sicher, dass dir auch ohne meine Hilfe aufgehen wird, weshalb ihr ein besonderes Augenmerk auf diesen Kerl haben sollt!« Damit drehte sie sich um und hob erneut die Hände. Kaum hatte sie eine unverständliche Beschwörung gemurmelt, als ein Ruck durch ihren Körper ging. Von geheimnisvollen Kräften angehoben, lösten sich ihre Füße von den Planken des Steges, und dann schwebte Syrin, wie von einem unsichtbaren Luftkissen getragen, knapp über der Wasseroberfläche auf die Insel und die sich darüber erhebende Lichtsäule zu. Kaum hatte die magische Pforte sie verschluckt, löste diese sich auch schon auf. Im selben Augenblick erhellte ein rotgoldener Schein den Himmel im Osten: Die Sonne ging auf.

Rebekka Taxus schüttelte sich, und wie ein Schleier fiel die Erinnerung von ihr ab. Das verletzte Gesicht starrte ihr blass aus dem Spiegel entgegen. Die Heilung hatte kaum Fortschritte gemacht. Dabei hatte sie sofort einen Arzt aufgesucht. Er hatte die Verletzungen nicht nur gereinigt und desinfiziert, sondern die tieferen Wunden auch geklammert und verpflastert. Doch sobald Rebekka die Pflaster löste, strömte das Blut stets von Neuem. Ein schlimmer Verdacht stieg in der Lehrerin auf: Offensichtlich verfolgte Syrin eine teuflische Absicht damit. Die Verletzungen waren wohl als Menetekel gedacht und sollten sie ständig an ihre Aufgabe erinnern. Wenn diese Vermutung richtig war, dann würde ihr Gesicht erst dann wieder hergestellt sein, wenn ihr Auftrag vollständig erfüllt war.

Rebekka Taxus verharrte reglos vor dem Spiegel und starrte sich aus zusammengekniffenen Augen an – als ihr wie aus dem Nichts eine Idee kam. Die quälende Hitze war schlagartig vergessen, der Schwindel und die Kopfschmerzen waren wie weggeblasen.

Ja, natürlich!

Warum hatte sie nicht eher daran gedacht? Dabei war alles doch so einfach! Ein kleiner Anstoß genügte – und schon würde eine Lawine ins Rollen kommen, die so gewaltige Ausmaße annahm, dass sie diesen alten Zausel von Professor und alle seine Wächterkollegen ein für alle Male aus dem Wege räumen würde! Und dann wäre die Bahn frei.

Für die Dunklen Mächte – und das Ewige Nichts!

Wer hätte gedacht, dass du so clever bist, lobte Rebekka sich im Stillen selbst und lächelte böse. Soll Ravenstein doch vor die Hunde gehen. Ich würde alles tun, um den Untergang des Internats noch zu beschleunigen.

Ihr nächster Gedanke jedoch überraschte sie selbst. »Ssorry, Lukass«, murmelte sie heiser. »Aber schließslich isst ess ja nicht meine Schuld, dasss du nichtss von dem Geheimniss ahnsst, dass du seit der Sstunde deiner Geburt mit dir herumträgsst!«

Los! Los! Los!« Die Sklavenaufseherin ließ die Peitsche über die Rücken der Jungen in den zerlumpten Kleidern tanzen. »Macht, dass ihr nach draußen kommt! Und dann in zwei Reihen aufstellen, aber schnell!«

Alienor biss sich auf die Lippen, während sie hilflos mit ansehen musste, wie unbarmherzig die Frau einen Teil der Insassen aus der Knabenunterkunft hinaus auf den Burghof der

Dunklen Festung trieb. Dabei hätte es der Schläge gar nicht bedurft, denn die Sklaven gehorchten widerspruchslos. Folgsam huschte einer nach dem anderen mit stumpfen Blicken ins Freie. Die Ketten an ihren Füßen klirrten auf dem Pflaster, während sie in Zweierreihen im Schlagschatten der hoch aufragenden Burgmauer Aufstellung nahmen und mit gesenkten Köpfen warteten.

Nur wenige Bewohner der düsteren Festung nahmen von dem Vorgang Notiz. Die Mehrzahl der Mägde und Knechte ging teilnahmslos weiter ihrer Arbeit nach. Auch die unzähligen Ritter in den schwarzen Rüstungen, die über den großen Hof verteilt waren, hatten keinen Blick für die Jungen. Sie standen in Gruppen zusammen oder lagerten um die hell lodernden Feuer, die selbst in den Sommermonaten nicht verloschen. Sie wurden gebraucht, um die immerwährende Kälte zu mildern, die die Dunkle Festung wie ein unsichtbares Tuch einhüllte. Andere Recken übten sich an den Waffen oder kümmerten sich um die kaum zu bändigenden Streitrosse der Schwarzen Garde. Wieder andere widmeten sich der Meute der zweiköpfigen Hundebestien, deren Wohlergehen ihnen weit mehr am Herzen lag als das Los der Sklaven. Nur ein paar Küchenmägde, die vor dem Eingang zum Versorgungstrakt mit den Vorbereitungen zum abendlichen Mahl beschäftigt waren, hoben die Köpfe und beobachteten verstohlen die Vorgänge in ihrer Nähe.

Alienor hatte sich in den langen Wochen ihres Aufenthalts in der Trutzburg des Schwarzen Fürsten mit einigen von ihnen angefreundet, und so mischte sich das Mädchen mit den blonden Zöpfen unter sie, um das Geschehen möglichst unauffällig zu verfolgen. Es musste schließlich einen besonderen Grund haben, dass die Sklaventreiberin ausschließlich Jungen in den Hof gescheucht hatte – und zudem nur die größten und kräftigsten von ihnen.

Die Geduld des Mädchens wurde nicht lange auf die Probe gestellt. Kaum hatten sich die hohlwangigen Knaben, angetrieben von lautstarken Befehlen und erbarmungslosen Peitschenhieben, zur Zufriedenheit der Aufseherin aufgereiht, als Borboron auch schon aus dem Hauptportal der Festung trat und auf die Sklaven zuschritt. Obwohl Alienor nun schon geraume Zeit in der Dunklen Festung weilte, fuhr sie beim Anblick des Schwarzen Fürsten immer noch zusammen. Er war von imposanter Statur. Wie immer trug er einen schwarzen, bis zum Boden reichenden Umhang um die kräftigen Schultern. Das Gesicht mit der Adlernase und dem schmallippigen Mund war totenbleich, und seine Augen glühten wie flüssige Lava. Während Borboron sich in Begleitung eines zweiten Mannes, dem Anführer der Schwarzen Garde, näherte, bemerkte Alienor das riesige Schwert, mit dem er gegürtet war. Bei jedem seiner Schritte teilte sich sein Umhang, sodass der mächtige Griff von Pestilenz hervorlugte. Alienor würde das Schwert nicht einmal mit zwei Händen halten können.

Als Borboron bei den Knaben angelangt war, verbeugte die Aufseherin sich so tief, dass ihre Stirn beinahe den gepflasterten Boden berührte. »Ich habe strikt nach Euren Anweisungen gehandelt, Herr«, säuselte sie und wagte nicht, dem Tyrannen ins Gesicht zu schauen. »Ich habe die kräftigsten Sklaven ausgesucht, die wir zurzeit in Gewahrsam haben.«

Der Schwarze Fürst schenkte ihr nicht einen Blick. Wortlos schritt er die Reihen der verängstigten Jungen ab, die mit gesenkten Köpfen vor ihm standen. Hin und wieder blieb er vor einem von ihnen stehen, prüfte mit einem raschen Griff die Stärke seiner Brust- und Armmuskulatur oder den Zustand seines Gebisses, gerade so, als habe er ein Stück Vieh vor sich, das es vor dem Kauf zu begutachten galt.

Diese erniedrigende Behandlung versetzte Alienor einen Stich ins Herz. Doch sie wusste, dass sie nichts dagegen unternehmen konnte. Selbst das kleinste Aufbegehren wurde in den Mauern der Dunklen Festung grausam geahndet, und der geringste Widerstand gegen Borboron konnte den sofortigen Tod bedeuten. An Flucht war erst recht nicht zu denken. Nicht einem einzigen Sklaven war es bislang gelungen, sich lebend aus der Gewalt des Schwarzen Fürsten zu befreien. Alienor konnte also nur darauf hoffen, dass ihre Kräfte so lange reichen würden, bis sie von dem Hüter des Lichts und seinen Verbündeten befreit werden würde.

Als der Schwarze Fürst die Inspektion beendet hatte, deutete er auf einige der Jungen. »Den! Den! Und den da!«, befahl er. Seine Stimme schien aus den Schlünden der Hölle zu kommen. Sie klang so dumpf, dass eiskalte Schauer über Alienors Rücken jagten.

Wie von einem Giftschleicher gestochen, wieselte die Frau auf die angezeigten Sklaven zu und trieb sie mit Peitschenhieben aus der Reihe. Es dauerte nur wenige Augenblicke, bis sie gut zwei Dutzend der Jungen von der Gruppe getrennt hatte.

Mit zufriedener Miene nickte Borboron dem Anführer seiner Leibgarde zu. Sofort kam Leben in den Mann mit der schwarzen Rüstung, der bislang unbeteiligt dabeigestanden hatte. Er nahm Haltung an.

»Du weißt, wo du sie hinzubringen hast, Aslan! Sie werden schon sehnlichst erwartet. Also beeil dich gefälligst! Und wehe dir, wenn du auch nur einen von ihnen unterwegs entwischen lässt.«

»Keine Sorge, Herr! Meine Männer und ich werden sie ständig im Auge behalten.« Der Kommandant salutierte, bevor er wie ein bissiger Hütehund auf die Sklaven zuschoss. »Vorwärts!«, bellte er. »In Zweierreihen, marsch!« Dann machte er auf der Stelle kehrt und ging in Richtung der Stallungen davon. Die Jungen folgten ihm wie eine Herde Schafe, die zur Schlachtbank geführt wird.

Borboron schien den Anblick zu genießen, denn während er dem seltsamen Zug nachblickte, konnte Alienor ein Lächeln auf seinem fahlen Gesicht erkennen. Heißer Zorn machte sich in ihr breit, als plötzlich ein Getuschel an ihr Ohr drang. »Die Armen«, wisperte eine der Küchenmägde ihrer Nachbarin zu. »Sie werden bestimmt in die Erzminen gebracht!«

Überrascht über so viel Mitgefühl, wandte sich das Mädchen der drallen Maid zu, die eine irdene Schüssel mit grünen Sumpfbohnen auf dem Schoß hatte und sie in mundgerechte Stücke schnippelte, während sie den Unglücklichen nachsah. Sie hieß Marucha, wenn Alienor sich recht erinnerte. Alienor ging vor ihr in die Hocke. »In welche Erzminen denn?«, fragte sie flüsternd.

Marucha blickte sich verstohlen um. Doch weder der Schwarze Fürst noch sonst jemand schenkte dem Küchengesinde Beachtung, und so wandte sich die Magd wieder Alienor zu. »Auch wenn du erst wenige Monde bei uns weilst, müsstest du schon von den Minen in den Feuerbergen gehört haben.«

Alienor schüttelte nur den Kopf.

»Dort wird das Erz geschürft, aus dem die Dunkelalben die Waffen für Borborons Krieger schmieden. Die Arbeit in diesen Gruben ist entsetzlich hart und obendrein gefährlich. Tödliche Unfälle sind an der Tagesordnung, und viele der Bergleute sterben an Erschöpfung.«

»Vielleicht hat er aber auch etwas ganz anderes mit ihnen vor, Marucha«, meldete sich die verhärmte Dürre zu Wort, die neben ihr saß und Knollenfrüchte schälte.

Jokana vergewisserte sich, dass keine Zuhörer in der Nähe waren, dann beugte sie sich vor und flüsterte: »Ich musste gestern Aslan und einige seiner Männer bedienen. Sie sind erst spät von einem Patrouillenritt zurückgekehrt, und so hatten sie einen Mordshunger.« Sie grinste. »Und einen kräftigen

Durst noch dazu, wie ihr euch vorstellen könnt. Sie haben sich also nicht erst die Mühe gemacht, in den Speisesaal zu gehen, sondern sind schnurstracks zu mir in die Küche marschiert. Während ich ihnen ein schnelles Mal bereitet und sie bedient habe, konnte ich einiges von ihrer Unterhaltung aufschnappen.« Sie machte eine kleine Pause, als wolle sie ihre neugierigen Zuhörerinnen auf die Folter spannen.

»Ja, und?«, drängte Alienor.

»Sie haben davon gesprochen, dass Borboron einen raffinierten Schachzug ausgeheckt hat. Wenn alles nach seinen Plänen läuft, wird die Kampfkraft des Dunklen Heeres schon bald gewaltig anwachsen, und Elysion und seine Krieger des Lichts werden uns hoffnungslos unterlegen sein.«

»Was?« Das Mädchen schluckte. »Wie soll das denn gehen?«

»Keine Ahnung.« Erneut zuckte die verhärmte Magd mit den Schultern. »Ich kann nur Aslans Worte wiederholen. ›Dann werden wir schnurstracks gegen Hellunyat ziehen und diese elenden Kreaturen angreifen‹, hat er zu seinen Männern gesagt, ›und nichts und niemand wird uns mehr aufhalten können. Wie ein Sturm werden wir über sie hinwegfegen und sie mit Mann und Maus vernichten. Die Gralsburg wird dem Erdboden gleichgemacht, und die Stunde des Ewigen Nichts wird endlich kommen!‹ Genau das hat er gesagt!«

Alienor fühlte Angst um ihren Herrn, den Hüter des Lichts, und seine Gefährten, die sie auf Hellunyat zurückgelassen hatte, als sie sich auf die Suche nach ihrem Bruder Alarik machte. Eben wollte sie Jokana nach weiteren Einzelheiten fragen, als sie aus den Augenwinkeln eine Gestalt wahrnahm, die aus dem Burggebäude kam und auf Borboron zueilte: Es war Syrin, ihre Herrin.

Die Gestaltwandlerin hatte sich drei Monde lang nicht in der Trutzburg des Dunklen Fürsten blicken lassen und war erst kürzlich völlig überraschend zurückgekehrt. Niemand hatte es für nötig gehalten, Alienor über den Grund ihrer Abwesenheit aufzuklären, erst recht nicht ihre Herrin selbst. Sie danach zu fragen, hatte Alienor nicht gewagt. Dies hätte mit Sicherheit eine Bestrafung nach sich gezogen. Schließlich wurde von einer Sklavin erwartet, dass sie ihrer Besitzerin ergeben gehorchte und sie nicht mit ungebührlichen Fragen belästigte. Alienor wusste nur eines: Wenn Syrin sich höchstpersönlich in den Burghof zu ihrem Gebieter begab, dann musste es dafür einen wichtigen Grund geben.

Sie richtete sich auf und schlich unauffällig näher an Borboron heran, der Syrin mit undurchdringlicher Miene erwartete.

»Schnell, mein Gebieter!«, rief Syrin ihm zu. Ihre hastigen Schritte ließen den goldenen Anhänger in Form eines Rades an ihrem Hals hin und her baumeln. »Der Fhurhur bittet Euch, eilends auf den Balkon zu kommen. Die Stunde Eures Triumphes ist nahe, behauptet er!«

Die Augen des Schwarzen Fürsten leuchteten auf wie ein glutrotes Feuer, und ein erwartungsfrohes Strahlen erhellte sein finsteres Gesicht. »Endlich!«, stieß er hervor und marschierte mit weit ausladenden Schritten auf den Eingang der Festung zu. Als er bemerkte, dass Syrin ihm nicht auf der Stelle folgte, herrschte er sie über die Schulter an: »Wo bleibst du denn, bei allen Dämonen? Oder willst du dir dieses erfreuliche Ereignis entgehen lassen?«

»Nein, nein, Herr«, versicherte die Gestaltwandlerin rasch und eilte ihm nach. »Natürlich nicht!«

Nachdenklich beobachtete Alienor, wie die beiden in der Burg verschwanden. Was geht hier vor?, fragte sie sich. Bestimmt nichts Gutes!

Dem Mädchen wurde ganz bang ums Herz. Wenn der Schwarze Fürst von einem erfreulichen Ereignis sprach, dann konnte dieses sich nur gegen die Krieger des Lichts richten. Schließlich gab es für Borboron nichts Schöneres, als Elysion und dessen Getreuen Schaden zuzufügen. Alienor beschloss, dem Tyrannen heimlich zu folgen. Es konnte bestimmt nicht schaden, über seine teuflischen Machenschaften Bescheid zu wissen.

Kapitel 4 ❧ In den Klauen des Ungeheuers

Es ging schon auf den Abend zu, als Laura die letzten Ausläufer des Fatumgebirges endlich hinter sich gelassen hatte. Der Dschungel lichtete sich, und der schmale Weg wurde nun von lichtem Mischwald gesäumt. Er erinnerte Laura an die Wälder rings um Ravenstein, auch wenn die Laub- und Nadelbäume, die hier standen, ihr beinahe zur Gänze unbekannt waren. Nur die knorrigen Trotteleichen und schlanken Weinbuchen, auf die Alarik sie am Vortage hingewiesen hatte, erkannte sie an den Blättern und Früchten wieder. Im leichten Trab ritt sie unter den Baumwipfeln dahin, die sich wie ein grüner Baldachin über den wenig benutzten Pfad spannten, bis sich eine kleine Senke vor ihr auftat. Für einige hundert Meter fiel der Steig leicht ab, um dann wieder gemächlich bergan zu führen.

Dunst stieg zwischen den Bäumen jenseits der Talmulde auf. Wie die wabernden Finger einer riesigen Hand strichen die Nebelschlieren durch die Kronen. Laura wurde klar, dass sie das gesetzte Tagesziel vor Einbruch der Dämmerung nicht mehr erreichen würde. Der Wald erstreckte sich bis zu einer Hügelkette am Horizont, wo bereits das Abendlicht leuchtete. Ob jenseits der Erhebung die weite Grasebene begann, die die Grenze zum Hochland von Karuun markierte, von der Alarik ihr auf dem Ritt zum Fatumgebirge erzählt hatte?

Sturmwind verlangsamte den Schritt und ließ ein unwilliges Schnauben hören. Mir reicht's!, schien er seiner Herrin sagen zu wollen. Lass uns rasten und morgen weiter reiten!

Laura zog die Zügel an. Gar kein dummer Vorschlag, überlegte sie. Es ist bestimmt besser, jetzt nach einem Lagerplatz zu sehen, als nach Einbruch der Dunkelheit im Wald umherzuirren. Zudem musste sie dringend einen Wasserlauf finden, an dem sie ihre zur Neige gehenden Trinkvorräte auffüllen könnte. »Mir soll's recht sein, Sturmwind«, antwortete sie deshalb ihrem Schimmel und lenkte ihn hinunter ins Tal.

Leider war dort nicht die geringste Spur eines Gewässers auszumachen. Dafür erspähte Laura einige Schritte abseits des Weges eine kleine Lichtung. Der verträumte Platz war von hohen Bäumen gesäumt und mit weichem Gras und Blumen bewachsen. Das dichte Gebüsch, das die Nordseite säumte, bot gewiss Schutz vor kaltem Nachtwind. Laura beschloss, ihr Lager davor aufzuschlagen, und lenkte ihr Pferd dorthin.

Nachdem sie Sturmwind abgesattelt hatte, befreite sie ihn von der Trense, damit er besser grasen konnte. Dann breitete sie die Decken aus und überprüfte ihren Proviant. Er würde noch ein paar Tage reichen. Nur die Trinkvorräte bereiteten ihr Sorgen. Die Wasserflasche war nur noch halb voll. Sie besänftigte den gefräßigen Swuupie mit einem Duftapfel, ließ sich auf der Decke nieder und hing ihren trüben Gedanken nach. Wie ein lähmendes Tuch legte sich ein Gefühl der Einsamkeit über sie. Sie fühlte sich von aller Welt verlassen und ganz allein. Und genau das bin ich ja, begriff sie. Ich bin ganz auf mich selbst gestellt! Sie konnte sich nicht daran erinnern, so etwas zuvor erlebt zu haben. So weit sie zurückdenken konnte, hatte es immer jemanden gegeben, der ihr zur Seite gestanden hatte.

Ihre Eltern.

Ihr Bruder.

Ihre Freunde.

Und natürlich auch die anderen Wächter. Noch niemals war sie so allein gewesen wie in diesem Moment.

Mit großen Augen starrte Laura vor sich hin. Wie soll das nur weitergehen?, dachte sie bekümmert. Wie soll ich meine Aufgabe bewältigen, wenn ich mich nach nur einem Tag des Alleinseins schon so entsetzlich einsam fühle? Fast unbemerkt kroch die Kälte in ihre Glieder. Sie schlotterte und klapperte mit den Zähnen, nahm es jedoch gar nicht wahr. Wie unsichtbare Geister schlichen sich Worte in ihren Kopf und hallten darin wider:

Allein! Allein! Allein!

Wieder und wieder vernahm sie das Flüstern ihrer Gedanken: *Allein! Allein! Allein!*

Da war ihr, als könne sie ein Raunen hören, klar und deutlich, auch wenn es kaum lauter war als ein Hauch, den der Wind an ihre Ohren trug. Überrascht hob das Mädchen den Kopf – und da erst bemerkte es den Nebel, der zwischen den Bäumen aufgezogen war.

Komisch, dachte Laura, wo kommt der denn so plötzlich her? Noch vor wenigen Augenblicken war die Luft klar, und jetzt wabern Schleier im Geäst wie ein dunkler Raubvogel, der immer engere Kreise um seine Beute zieht. Zudem wird es immer kälter – gerade so, als habe der Dunst jegliche Wärme von der Lichtung gesogen.

Und dann kamen Worte aus dem Gewölk:

»Allein! Allein! Allein!«

Lauras Nackenhaare stellten sich auf. Gänsehaut prickelte über ihre Arme, als sie sich tiefer in das Lederwams verkroch.

Sturmwind erlöste sie. Sein vorwurfsvolles Wiehern vertrieb die lähmende Angst, die sich Lauras bemächtigt hatte. So ein Blödsinn!, schalt sie sich selbst. Ich hab mir dieses Flüstern bestimmt nur eingebildet. Und plötzlich fiel ihr ein, dass sie vergessen hatte, ein Feuer anzuzünden. Um sich zu wärmen und die dummen Gedanken aus ihrem Kopf zu vertreiben – und um Tiere von ihrem Lager fernzuhalten.

Raubtiere und noch viel Schlimmeres.

Wie aus einer Trance erwacht, richtete Laura sich auf und blickte sich suchend um. Auf der Lichtung war kein Stück Feuerholz zu entdecken. Sie musste sich wohl oder übel in den nebligen Wald begeben, um trockene Zweige zu sammeln. Nachdem sie Schmatzfraß und Sturmwind ermahnt hatte, sich bis zu ihrer Rückkehr ruhig zu verhalten, trat sie zwischen die Bäume.

Laura hatte noch keine fünf Schritte zurückgelegt, als sie beinahe vollständig von Dunst umgeben war. Nur mit Mühe konnte sie den Erdboden erkennen. Zu ihrem Glück jedoch erspähte sie schon nach kürzester Zeit einen umgestürzten Baum. Der Wind musste ihn schon vor längerer Zeit entwurzelt haben, denn sein Geäst war trocken. Laura bückte sich danach, als sie ein Geräusch hinter ihrem Rücken vernahm. Ihre Rechte flog zum Griff des Dolchs an ihrem Gürtel, aber da wurde ihr auch schon klar, dass es zu spät war: Jemand stand direkt hinter ihr.

Plötzlich fuhr Syrin herum. Alienor zuckte zurück und ging hinter einer Säule im Treppenhaus in Deckung, aber die Herrin hatte sie bereits entdeckt. Ihre bleiche Miene verzerrte sich zu einer wütenden Fratze, während sie das Mädchen aus gelben Reptilienaugen anstarrte.

Oh nein!

Alienor sah sich im Geiste bereits im Kerker oder auf dem Auspeitschbock!

Da herrschte die Gestaltwandlerin sie auch schon an: »Was fällt dir ein, du elendes Balg!«

Das Mädchen zog den Kopf ein, es wagte nicht zu antworten. »So was nennt sich also meine persönliche Sklavin?«, keifte die Herrin weiter.

Das ist das Ende, dachte Alienor und schloss die Augen.

»Warum bist du nicht zur Stelle, wenn ich dich brauche?«, hallten Syrins Worte an ihr Ohr, ohne dass sie deren Bedeutung richtig verstand. »Ich habe schon die ganze Zeit nach dir gesucht! Jetzt mach endlich, damit wir das große Schauspiel nicht versäumen!«

Jetzt … mach … endlich?

Mit offenem Mund starrte das Mädchen seiner Herrin nach, die sich bereits wieder umgedreht hatte, um dem Schwarzen Fürsten zu folgen. Denn Borboron war ihr längst enteilt. Nur seine Stiefeltritte hallten noch aus einem der oberen Stockwerke herunter. Es dauerte einige Augenblicke, bis Alienor begriff, dass ihr weder Verlies noch Peitsche drohten. Im Gegenteil: Syrin hatte sie sogar ausdrücklich eingeladen, Augenzeugin des geheimnisvollen Geschehens auf dem Balkon zu werden. Und so setzte sie sich endlich in Bewegung und hastete, immer zwei Stufen auf einmal nehmend, die mächtige Steintreppe hoch.

Als Alienor in den Thronsaal trat, verschwand Syrin gerade durch die Balkontür ins Freie. Borborons wilde Hundemeute lungerte vor dem Kamin herum und stritt sich um Knochen mit blutigen Fleischfetzen. Die zweiköpfigen Kreaturen schenkten dem Mädchen keine Beachtung. Sie waren viel zu sehr damit beschäftigt, sich die größten Brocken zu sichern und mit wütenden Bissen jeden zu vertreiben, der ihnen die Beute streitig machen wollte. Das Mädchen beeilte sich, aus ihrem Blickfeld zu gelangen. Behände durchquerte es den riesigen Saal im obersten Stockwerk der dunklen Trutzburg und folgte seiner Herrin hinaus auf den großen Balkon, der gleich dem Horst eines Aasgeiers in schwindelnder Höhe über dem Burghof schwebte.

Der Tag neigte sich dem Ende zu, und die ersten Vorboten der Dämmerung krochen bereits wie hungrige Schattentiere über die schneebedeckten Gipfel, die am fernen Horizont aufragten. Düstere Wolkenfetzen trieben um die zinnenbewehrten Türme der Feste. Ein riesiger Krähenschwarm drehte am Himmel seine Kreise. An der Balkonbrüstung stand ein Männchen in scharlachrotem Kapuzenumhang und spähte mit gespannter Miene nach Nordwesten.

Borboron trat auf die Gestalt zu und herrschte sie ungeduldig an: »Wo bleibt er denn, beim Teufel?«

»Nur noch etwas Geduld, Herr.« Die krächzende Stimme des Fhurhurs erinnerte an einen Raben. Sein Gesicht war von kränklich gelber Farbe und von zahllosen Altersflecken übersät. »Es ist schließlich eine gewaltige Strecke bis zum Fatumgebirge. Selbst der schnellste Flieger kann sie nur unter größten Mühen in der Spanne eines Tages zurücklegen.«

Der Tyrann zog die linke Braue hoch. »Als ob ich das nicht wüsste«, brummte er mürrisch. »Und dennoch …«

»Zudem müsst Ihr bedenken, dass er die gleiche Strecke bereits auf dem Hinweg bewältigen musste«, fuhr das Männchen unbeirrt fort. »Der lange Flug hat ihn mit Sicherheit angestrengt, sodass er etlicher Stunden Rast bedurfte!«

Von wem reden die nur?, fragte sich Alienor verwundert, als sich nun auch der Schwarze Fürst an die Brüstung lehnte und mit zusammengekniffenen Augen zum westlichen Horizont starrte. Die Sonne stand nur noch knapp darüber und tauchte einen schmalen Streifen des Abendhimmels in blutiges Rot.

Eine ganze Weile verharrte Borboron reglos, bevor er sich wieder an den schmächtigen Alten wandte, der in seinem Kapuzenumhang zu versinken drohte. »Und was ist, wenn er seinen Auftrag nicht ausgeführt hat?«

»Das halte ich für ausgeschlossen, Herr.« Der Fhurhur deutete eine Verneigung an, hielt dem bohrenden Blick seines Gebieters jedoch stand. »Schließlich habt Ihr Euch erst jüngst selbst davon überzeugen können, wie treu er Euch ergeben ist. Im Traumwald bei den Traumspinnern – erinnert ihr Euch nicht?«

»Natürlich! Aber …«

»Gurgulius hasst die Kreaturen des Lichts ebenso wie wir, Herr. Die Gelegenheit, sich eine von ihnen zu schnappen, hat er sich mit Sicherheit nicht entgehen lassen.«

Gurgulius?

Eine bange Ahnung stieg in Alienor hoch und machte sich in ihrem Inneren breit. Wen sollte sich dieses schreckliche Ungeheuer denn schnappen?

»Das will ich doch sehr hoffen!« Borboron sah den Schwarzmagier hochnäsig an. »Besonders für dich, natürlich. Sollte es diesem Drachen nämlich einfallen, mich zu hintergehen, dann …« Er verstummte und verengte bedrohlich die Augen.

Der Fhurhur verstand auch ohne Worte, was der Tyrann ihm bedeuten wollte. Er dienerte beflissen. »Ich habe vollstes Vertrauen zu ihm, mein Gebieter«, sagte er, um dann leise hinzuzufügen: »Schließlich zählt er seit undenklichen Zeiten zu meinen verlässlichsten Verbündeten.«

Mit einem Ausdruck der Verachtung trat Syrin an ihn heran. »Aber nur weil du ihn mit Hilfe deiner Schwarzen Künste gefügig gemacht hast«, bemerkte sie fast vorwurfsvoll.

»Was du nicht sagst, Weib!«, hob der Fhurhur eben zu einer spöttischen Erwiderung an, als er plötzlich abbrach, seine Rechte ausstreckte und zum Himmel deutete: »Seht Ihr, Herr – Gurgulius kehrt zurück!«

Auch Alienor wandte den Blick in die angezeigte Richtung. Und wirklich: Vor dem blassen Himmel zeichnete sich die Silhouette eines gewaltigen Drachen ab, der sich mit raschen Schwingenschlägen näherte. Er besaß zwei Köpfe und einen schlangenähnlichen Schwanz, den er beim Fliegen hin und her bewegte. Das Untier hatte die Festung fast schon erreicht, als

Alienor das leblose Bündel entdeckte, das in den gekrümmten Krallen seiner Vorderfüße hing.

War das die »Kreatur des Lichts«, von der der Fhurhur gesprochen hatte? Die Gurgulius der Allesverschlinger sich in seinem Auftrag schnappen sollte?

Bestimmt!

Aber um wen mochte es sich dabei handeln? Das Mädchen verzog grübelnd die Stirn, als ihm schlagartig alles klar wurde.

Natürlich!

Aus diesem Grunde also hatte Borboron dem Gefangenen vom Menschenstern, der im Verlies der Dunklen Festung eingekerkert war, das Gewand abgenommen! Und der Fhurhur den Drachen ausgiebig an dem stinkenden Kleiderfetzen schnüffeln lassen, bevor er ihn am Morgen des vorangegangenen Tages auf den Weg geschickt hatte! Weil er Gurgulius mit dem Geruch eines Menschenkindes vertraut machen wollte! Der Drache war blind, verfügte aber über eine feine Nase, sodass er seine Opfer schon von weitem an der Witterung erkennen konnte. Es musste ein Mensch sein, den der Drache in seinen Klauen trug! Wie zum Beweis für die Richtigkeit ihrer Vermutung war das unglückliche Geschöpf in den Krallen des Drachen in ein Kleidungsstück gehüllt, wie es nur von den Bewohnern des Menschensterns getragen wurde.

Ein Strahlen legte sich auf das Gesicht des Schwarzen Fürsten. »Das Vertrauen, das du in Gurgulius setzt, scheint tatsächlich gerechtfertigt zu sein«, lobte er das Männchen, bevor er Syrin barsch anherrschte: »Los! Gib der Wache Bescheid, dass sie umgehend den Gefangenen zu uns bringt.« Etwas sanfter fügte er dann hinzu: »Er wird die Ehre sicherlich zu schätzen wissen, sein Balg als einer der Ersten begrüßen zu dürfen!«

Alienor erbleichte.

Oh nein!

Gurgulius trug das blonde Mädchen vom Menschenstern! Laura, die Kelchträgerin, der sie, Alienor, bereits vor einigen Monden auf der Dunklen Festung begegnet war. Und nun war auch sie in den Fängen des Schwarzen Fürsten. Damit war ihr Schicksal besiegelt! Und das ihres Vaters natürlich auch, denn ohne Lauras Hilfe würde er den Kerker des Tyrannen nicht lebend verlassen.

Die Stimme ihrer Herrin riss Alienor aus den schrecklichen Gedanken. »Hast du nicht gehört, was unser Gebieter befohlen hat?«, herrschte die bleiche Frau sie zornig an. »Worauf wartest du noch?«

Eilends wandte Alienor sich ab und wollte eben ins Burginnere huschen, als ihr auffiel, dass etwas nicht stimmte. Zögernd verharrte sie und spähte zu dem leblosen Bündel in den Krallen des Drachen hinüber. Laura hatte ihr Haar lang getragen, bis hinunter auf die Schultern. Gurgulius' Opfer jedoch hatte einen kurzen Schopf wie ein Junge. Er war von dem gleichen Blond wie der ihres Bruders. Und auch sein ledernes Beinkleid sah genauso aus wie die Hosen von Alarik.

Alienors Herz begann schneller zu schlagen. Das Blut stieg ihr in den Kopf und dröhnte in ihren Ohren wie ein wilder Schwarm von Stachelhornissen. Es überlief sie heiß und kalt, während sie voller Entsetzen auf den Drachen starrte.

Sein grün geschuppter Leib schimmerte im Schein der untergehenden Sonne. Mit weit aufgerissenen Mäulern flog er unter heiserem Gebrüll auf den Balkon zu, stellte die Schwingen auf und verharrte vor der Brüstung. Dann streckte er die Vorderbeine und ließ seine Beute achtlos zu Boden fallen. Stinkender Drachenodem schlug Alienor ins Gesicht, als Gurgulius zum Abschied einen lauten Schrei hören ließ. Dann drehte er ab, schraubte sich kraftvoll in die Höhe und flog davon.

Der Fhurhur blickte dem Untier mit Wohlgefallen nach,

bis es in den düsteren Wolken verschwunden war, die ständig über der Burg hingen.

Borboron dagegen eilte auf die leblose Gestalt zu, die mit dem Gesicht nach unten auf den Marmorfliesen des Balkons lag. Hastig kniete er sich nieder und drehte den Unglücklichen um. Einen Herzschlag später jedoch sprang er wie von einem Giftschleicher gestochen wieder auf und starrte den Fhurhur mit wutverzerrtem Gesicht an. Rote Höllenglut leuchtete in seinen Augen. »Verflucht!«, schrie er. »Wie konnte das passieren?«

Alienor aber war, als bliebe ihr Herz stehen. Sie musste sich auf die Zunge beißen, um ihren Schmerz nicht laut hinauszuschreien.

Alarik!

Es war ihr *Bruder*!

Ein Schemen kam aus dem Dunst auf Laura zu. Sie fuhr zurück und schnappte nach Luft. Alles in ihr schrie nach Flucht. Schon wollte sie in panischer Angst davonstürzen, als sie das seltsame Wesen erkannte, das aus den Nebelschlieren auf sie zuhüpfte.

»Oh nein, ich fasse es nicht!«, stöhnte Laura auf. »Du hast mich zu Tode erschreckt, Malhiermalda!« Sie ging vor dem merkwürdigen Wesen in die Knie und schloss es in die Arme. Auf den ersten Blick sah es aus wie ein großer blauer Ball. Beim zweiten Hinsehen jedoch war zu erkennen, dass es sich bei dem Ballon lediglich um einen riesigen Kopf handelte, der auf einem winzigen Rumpf saß. Sechs dünne Sprungbeine und zwei noch dünnere Ärmchen gingen davon ab.

Als sei ihm das Ganze überaus peinlich, wand sich das seltsame Geschöpf aus der Umarmung, sprang drei Schritte zurück, bevor es erneut auf das Mädchen zuhüpfte.

Laura starrte den Platzwechsler voller Verwunderung an. »Ich fasse es einfach nicht – du lebst?«

»Was denn sonst? Was denn sonst?« Aufgeregt sprang der Mutari vor ihr nach links und dann nach rechts. »Oder glaubst du, einen Geist vor dir zu haben?«

»Ähm –«, hob Laura stotternd an, wurde aber sofort wieder unterbrochen.

»Ich würde es vorziehen – Und wie! Und wie! –, wenn wir unser Gespräch an einem gemütlicheren Ort fortsetzen könnten. Oder hattest du nicht vor – Oh, oh! –, ein Feuer zu entfachen?«

Wenig später brannte ein helles Lagerfeuer auf der Lichtung. Im Schein der lodernden Flammen wirkte der Wald weniger bedrohlich, und auch die Nebelschwaden hatten sich fast vollständig aufgelöst. »Ein Glück«, sagte Laura und nahm einen Schluck von dem würzigen Tee, den sie aufgebrüht hatte. »Der war ja richtig unheimlich.«

»Wer?« Malhiermalda sah sie mit seinen runden Kulleraugen erstaunt an. Offensichtlich hatte er ihr nicht richtig zugehört, während er unruhig um das Feuer gehüpft war. Dass er trotzdem nicht einen Tropfen Tee aus seinem Becher verschüttete, erschien Laura wie ein kleines Wunder.

»Der Nebel«, erklärte sie geduldig. »Was denn sonst.«

»Der Nebel?« Der Mutari tat erstaunt. »Ich habe – Oh, oh! – keinen Nebel gesehen.«

»Hä?« Laura wusste nicht, was sie davon halten sollte. Es war doch nicht möglich, dass dem Platzwechsler die düsteren Schwaden nicht aufgefallen waren. Oder erlaubte Malhiermalda sich nur einen Scherz mit ihr?

Ist ja auch egal!, entschied sie im Stillen. Schließlich gab es eine Frage, die sie weit mehr beschäftigte. »Wenn ich ehrlich bin«, sagte sie zu dem Mutari, »dann hätte ich nicht im Traum damit gerechnet, dich jemals wiederzusehen. Schließlich habe ich mit eigenen Augen gesehen, wie die Silberne Sphinx dich aufgefressen hat.«

»Oh, oh! Erinnere mich bloß nicht daran!« Im flackernden Feuerschein konnte Laura erkennen, dass Malhiermalda eine Leidensmiene zog. »Das war ganz schrecklich! Sogar ganz schrecklich schrecklich! Zu meinem großen Glück jedoch hat dieses Ungeheuer – Oh, oh! – mich mit Haut und Haaren verschlungen!«

»Zu deinem großen Glück?«, fragte Laura verblüfft. »Du wirst von einem Untier verschlungen und nennst das Glück?«

»Weil's doch stimmt! Weil's doch stimmt!« Der Mutari hüpfte wie ein Sprungball auf und ab und verzog das blaue Ballongesicht zu einem Grinsen. »Die Sphinx hat mich zwar mit ihrer langen Zunge gepackt und in ihr gefräßiges Maul gezogen. In ihrer Gier jedoch hat sich mich heil hinuntergeschluckt!« Malhiermalda verdrehte die Augen. »Oh, oh, mir wird jetzt noch übel, wenn ich nur daran denke.« Wieder sprang er nach links und anschließend nach rechts.

»Und was geschah dann?«

»Kaum war ich im Magen des Untiers angelangt – Wie hat das dort gestunken! Übel, übel! –, da gab es plötzlich einen Riesenknall, und ich wurde durch die Luft geschleudert.«

Natürlich, erinnerte sich Laura. Die Sphinx hatte ihn kaum verschlungen, da habe ich ihre Frage auch schon beantwortet, und sie ist zerplatzt!

»Was dann geschah«, fuhr Malhiermalda fort, »daran erinnere ich mich nicht mehr. Als ich wieder zu mir kam, hing ich jedenfalls in einer Baumkrone, und es hat mich nicht wenig Mühe gekostet, wieder auf den Boden hinunterzuklettern.«

»Das ist ja nicht zu fassen«, sagte Laura kopfschüttelnd und schenkte dem Platzwechsler ein erleichtertes Lächeln. »Da hast du in der Tat Glück gehabt.«

»Sag ich doch, sag ich doch!« Das zerbrechliche Wesen feixte das Mädchen schief an. »Nicht auszudenken, wenn du die Orakelfrage nicht richtig beantwortet hättest – oh, oh!«

Vorwurfsvoll hob es Laura ein winziges Fingerchen entgegen. »Hat aber auch ewig gedauert, bist es endlich so weit war.«

»Werd bloß nicht frech!«, antwortete Laura mit gespieltem Ernst und drohte dem Mutari ebenfalls mit dem Zeigefinger. »Sei froh, dass ich überhaupt auf die richtige Lösung gekommen bin. Schließlich hat das vor mir noch keiner geschafft.«

»Wird wohl so sein, wird wohl so sein.«

»Was ich nicht verstehe ...« – Laura blickte nachdenklich ins Feuer, bevor sie sich wieder dem Platzwechsler zuwandte – »... was ist denn mit den Überresten der Sphinx geschehen? Mit all den Silberbrocken, in die sie zersprungen ist?«

»Oh, oh! Übel, übel!«, jammerte Malhiermalda und schlürfte lautstark einen Schluck Kräutertee. »Sie hat sich wieder zusammengefügt, was sonst?«

Die Augen des Mädchens wurden groß wie Untertassen. »Sie hat sich – was?«

»Wieder zusammengefügt und ist jetzt wieder genauso gefährlich wie zuvor. Wenn nicht – Oh, oh! – noch viel gefährlicher! Wird schließlich eine Menge Wut im Bauch haben, weil du sie übertölpelt hast.«

Fassungslos starrte Laura das zierliche Geschöpf an, das keinen Augenblick still hielt. »Sag, dass das nicht wahr ist!«

»Hast du das nicht selbst gesehen, oder was?« Malhiermalda stellte den Becher ab und hüpfte wie ein sechsbeiniges Rumpelstilzchen um das Feuer. »Hast du etwa geglaubt – Oh, oh! –, mit nur einer richtigen Antwort Zugang zu allen Geheimnissen des Lebens zu erhalten?«

»Ähm«, stammelte Laura. »Dann ist also alles wieder genauso wie zuvor? Jeder, der das Tal betreten will, muss vorher die Orakelfrage der Silbernen Sphinx richtig beantworten? Selbst ich, wenn ich noch mal an den See gelangen will?«

»In der Tat! In der Tat!« Malhiermalda wackelte mit dem Kopf. »Und – Oh, oh! – ich fürchte, dass es jetzt noch viel schwieriger ist. Selbst dir wird es wohl kaum ein zweites Mal gelingen, das Rätsel zu lösen. Oh, oh! Übel, übel!«

Unfassbar!

Mit offenem Mund starrte Laura ins Feuer. Aventerra war voller Geheimnisse und offensichtlich weit gefährlicher, als sie es sich jemals vorgestellt hatte. Alles Geschehen im Reich der Mythen schien eigenen Gesetzmäßigkeiten zu gehorchen, die nicht das Geringste mit den Naturgesetzen gemeinsam hatten, die das Leben auf der Erde bestimmten. Kein Wunder also, dass sie mit dem beschränkten menschlichen Verstand nicht zu fassen waren. Es dauerte eine Weile, bis sich die Erkenntnis aus dem Dämmer ihres Unterbewusstseins zur Gewissheit verdichtete: Entweder akzeptierte sie die Welt von Aventerra genauso, wie sie sich ihr präsentierte – und mochte sie ihr auch noch so rätselhaft erscheinen! –, oder sie würde daran verzweifeln und zu Grunde gehen. Denn kein Mensch würde das große Geheimnis von Aventerra jemals richtig begreifen können.

Versonnen starrte das Mädchen ins Feuer, als die Worte des Platzwechslers wie aus weiter Ferne an sein Ohr hallten: »… dir denn aufgetragen?«, fragte Malhiermalda.

»Hä?« Laura schreckte aus den Gedanken auf und starrte das Ballongesicht ratlos an. »Was hast du gesagt?«

»Was man dir am See aufgetragen hat – Oh, oh! –, das wollte ich wissen.«

»Ach so!« Das Mädchen räusperte sich. »Also, der Geist, der über den Wassern schwebt, hat mir befohlen …«

»Ja?«

»… dass ich Sterneneisen besorgen soll.«

Der Platzwechsler blieb schlagartig stehen. »Sterneneisen?«, fragte er, und nicht eine Faser seines zerbrechlichen Körpers regte sich.

»Ja.«

Der Mutari verharrte noch mindestens drei weitere Herzschläge lang völlig regungslos, bevor er beide Händchen vors Gesicht schlug. »Oh, oh! Übel, übel!«, stöhnte er und seufzte tief. »Dann kann ich dir nur einen Rat geben, Laura!«

Das Mädchen kniff die Augen zusammen. »Einen Rat?«

»Ja!« Der Platzwechsler hüpfte noch aufgeregter hin und her als zuvor. »Einen guten Rat sogar, denn er kann dir – Oh, oh! – das Leben retten.«

»Aber –«, hob Laura an, wurde aber sofort wieder unterbrochen.

»Du kannst von Glück reden – Oh, oh! –, dass du die Begegnung mit dieser schrecklichen Sphinx heil überstanden hast!«, ereiferte sich Malhiermalda und klang nun fast wie ein Prediger, der seine Zuhörer mit aller Macht von seinen Heilsversprechen zu überzeugen suchte. »Aber gegen deine neue Aufgabe war das das reinste Vergnügen. Oh, oh! Übel, übel! Wenn dir dein Leben lieb ist, Laura, dann suchst du dir ein friedliches Plätzchen und hältst dich dort versteckt, bis du wieder in deine Welt zurückkehren kannst.«

»Wie stellst du dir das denn vor?« Unwirsch schüttelte Laura den Kopf. »Ich bin noch nie vor einer Aufgabe davongelaufen und werde das auch diesmal nicht tun! Außerdem: Was soll dann aus meinem Vater werden?«

»Aus deinem Vater?« Der kleine Kerl verharrte für einen Moment und kratzte sich mit den beiden Händen am riesigen Ballonkopf. »Oh, oh! Übel, übel!«, seufzte er dann. »Das ist natürlich ein Problem. Oh, oh!« Malhiermalda schien ernsthaft bekümmert. »Dann stürze dich halt ins Unglück, wenn du nicht anders kannst!« Als wolle er seine Aussage unterstreichen, hob er die Ärmchen in die Höhe. »Aber erwarte bloß nicht, dass ich dich begleite. Ich habe dir schon einmal geholfen, und das – Oh, oh! – hätte mich beinahe das Leben gekostet! Mehr kannst du wirklich nicht von mir verlangen.«

Trotz ihrer Anspannung musste Laura schmunzeln. Der

Platzwechsler sah auch zu komisch aus, wenn er sich aufregte! »Das tue ich ja auch nicht«, beruhigte sie ihn. »Ich bitte dich bloß um eine Auskunft. Kannst du mir vielleicht sagen, wo ich dieses Sterneneisen finden kann?«

»Nichts einfacher als das!« Malhiermalda schien erleichtert. »Gehe immer deiner Nase nach – und dann immer geradeaus. Irgendwann wirst du schon darauf stoßen!«

»Vielen Dank auch!« Laura machte keinen Hehl aus ihrer Enttäuschung. »Das ist echt ein toller Tipp!«

Malhiermalda hatte offensichtlich kein Ohr für die Ironie. »Sag ich doch! Sag ich doch!«, kommentierte er erfreut, bevor er wieder so unruhig herumzappelte, als könne er sich nur noch mit allergrößter Mühe an Ort und Stelle halten. »Wenn du dich stets danach richtest, Laura, wirst du das Sterneneisen schon finden!« Ohne die Antwort des Mädchens abzuwarten, drehte er sich um und hüpfte grußlos davon wie ein kleiner Springteufel auf der Flucht.

Laura war einen Augenblick so verdattert, dass sie keine Worte fand. Dann sprang sie auf und rief ihm nach: »Nur noch eine Frage! Bitte!«

»Keine Zeit, keine Zeit!«, rief der Platzwechsler jedoch zu Lauras Enttäuschung nur. Schon schien er endgültig im Schatten des Waldes zu verschwinden, als ihm im letzten Augenblick noch etwas einfiel. »Ein letzter Rat noch!«, krähte er. »Wenn du schon nicht auf mich hören willst – Oh, oh! Übel, übel! –, dann nimm dich wenigstens vor den Graumahren in Acht!«

Laura starrte nachdenklich hinter ihm her.

Den Graumahren?

Sie hatte noch nie von diesen Wesen gehört.

Kapitel 5 ❧ Ein seltsamer Traum

Alienor stöhnte entsetzt auf und starrte wie benommen auf Alarik, der immer noch reglos auf dem Balkon lag. War er noch am Leben? Das Mädchen zitterte am ganzen Körper. Der Wunsch, auf den Bruder zuzustürzen und sich von seinem Zustand zu überzeugen, wurde so übermächtig, dass Alienor ihn kaum bezähmen konnte. Aber das wäre das Falscheste gewesen, was sie hätte tun können! Solch unüberlegtes Handeln hätte nur den Verdacht des Schwarzen Fürsten erregt und ihm vielleicht sogar verraten, dass Alienor auf der Seite des Lichts stand und sich nur unter einem Vorwand in die Dunkle Festung eingeschlichen hatte.

Und das hätte mit Sicherheit ihr Ende bedeutet!

Sollten die Dunklen herausfinden, wer sie wirklich war, wäre ihr Leben verwirkt. Und Alariks natürlich auch. Deshalb durfte Borboron unter keinen Umständen erfahren, dass die Beute des Drachen ihr Bruder war. Alienor biss die Zähne zusammen, um ihre Verzweiflung nicht laut hinauszuschreien.

Der Herrscher packte Alarik grob an den Schultern und schüttelte ihn so rüde, als sei er nichts weiter als ein wertloses Kleiderbündel. »Aufwachen, verdammt noch mal! Öffne die Augen, zum Teufel!«

Doch der Junge zu seinen Füßen rührte sich nicht.

Der Schwarze Fürst holte aus und schlug dem Wehrlosen mit dem Handrücken ins Gesicht. »Wach auf, du Hund – oder du wirst sterben!« Seine Hand fuhr an den Griff des mächtigen

Schwertes, das an seiner Seite baumelte – und da konnte das Mädchen nicht länger an sich halten.

Alienor stürzte schon auf den Schwarzen Fürsten zu, um ihm in den Arm zu fallen, als der Fhurhur ihr zuvorkam und sich schützend vor den Jungen stellte. »Nicht doch, Herr!« Seine krächzende Altmännerstimme klang brüchig wie Eis. »Bedenkt, was Ihr tut!«

Für einen Moment schien Borboron sprachlos – dann aber verzerrte grenzenloser Zorn sein Gesicht. »Was fällt dir ein, beim Teufel!«, schrie er das Männchen an, während er das Schwert aus der Scheide zog und es hoch über seinen Kopf hob. »Wie kannst du es wagen, dich mir entgegenzustellen?«

Zu Alienors Erstaunen hielt der alte Mann dem Blick des Tyrannen stand. »Weil ich Euch helfen will, Herr«, entgegnete er leise. »Was nutzt es Euch, wenn der Junge stirbt? Nichts! Wenn Ihr ihn dagegen am Leben lasst, zumindest vorerst, kann er uns vielleicht wertvolle Hinweise liefern.«

Obwohl Borboron das Schwert immer noch zum Schlag erhoben hatte, wirkte er unschlüssig.

Wie eine Furie schoss Syrin auf den Fhurhur zu und fauchte: »Wer sagt denn, dass diese Kreatur des Lichts überhaupt noch unter den Lebenden weilt?« Mit einer blitzschnellen Drehung wandte sie sich ab und blickte ihren Gebieter unterwürfig an. »Hört nicht auf sein Geschwätz, Herr! Er will nur nicht wahrhaben, dass dieser elende Drache schmählich versagt hat – genau wie damals auch!«

Der Fhurhur sah aus, als wolle er der Frau im smaragdgrünen Gewand augenblicklich an die Kehle springen. Nur die Gegenwart seines Gebieters schien ihn daran zu hindern, ihr Gewalt anzutun.

Syrin blieb nicht verborgen, wie sehr es in dem Schwarzmagier kochte. Unter hämischem Grinsen fuhr sie fort: »Erkennt Ihr jetzt, Herr, wie vorausschauend es von mir gewesen ist,

meine eigenen Pläne zu spinnen und mich auch nicht durch falsche Beteuerungen davon abbringen zu lassen?«

Borboron antwortete nicht. Seine belustigte Miene verriet jedoch, dass ihn der Streit seiner Vasallen durchaus zu ergötzen schien.

»Schon damals hat Gurgulius sein Opfer entkommen lassen«, stichelte die Gestaltwandlerin weiter. »Und jetzt hat er genau den gleichen Fehler wieder begangen!«

»Hüte deine Zunge, Weib!« Das Männchen im scharlachroten Umhang schien kaum mehr an sich halten zu können. »Gurgulius ist blind – das weißt du ganz genau! Er konnte doch nicht ahnen, dass dieser Bengel das Wams mit der Schwertträgerin getauscht hat!«

Ein breites Grinsen verunstaltete Syrins Gesicht nur noch mehr. »Dann hättest du ihn vielleicht darauf vorbereiten sollen. Schließlich untersteht Gurgulius einzig und allein deinem Befehl – und niemandem sonst!« Damit wandte sie sich von ihm ab und machte einen Schritt auf den Tyrannen zu.

Alienor kam es fast so vor, als husche ein Anflug von Zärtlichkeit über das fahle Antlitz ihrer Herrin – auch wenn das kaum vorstellbar war.

»Keine Angst, Herr«, sagte Syrin. »Auch wenn Gurgulius seinen Auftrag nicht ausgeführt hat, wird dieses Menschenkind uns nicht entwischen. Dafür habe ich gesorgt, wie Ihr wisst! Und was diese Kreatur hier betrifft …« Sie wandte sich dem immer noch besinnungslosen Knappen zu und bedachte ihn mit verächtlichen Blicken. »Offenbar hat der Drache ihn so schwer verletzt, dass er das Bewusstsein nicht wiedererlangen wird. Da könnt Ihr ihm genauso gut gleich den Garaus machen.«

Oh nein!

Voller Entsetzen schlug Alienor die Hände vors Gesicht. Borboron würde doch hoffentlich nicht auf die Worte ihrer grausamen Herrin hören?

Nein – bitte nicht!

Noch ehe der Schwarze Fürst antworten konnte, ging das scharlachrote Männchen vor ihm in die Knie. »Ich bitte Euch, Herr«, sagte es und verneigte sich so tief, dass seine Stirn die Bodenfliesen berührte. »Gebt mir Zeit bis morgen früh – und Ihr werdet mit ihm reden können, das verspreche ich Euch.« Es richtete sich wieder auf und sah den Schwarzen Fürsten mit flehendem Blick an. »Ich bitte Euch, Herr! Auf ein paar Stunden kommt es doch nicht an!«

Alienor wagte kaum zu atmen. Das Blut pochte so laut in ihren Adern, als ticke die Uhr des Schicksals in ihr. Würde der Tyrann der Bitte des Schwarzmagiers nachgeben? Oder würde er auf die grausame Syrin hören, was Alariks sicheren Tod bedeutete?

Natürlich, Chef, klar doch. Genauso machen wir es!« Quintus Schwartz nickte beflissen, während er den Telefonhörer ans Ohr presste. Ein unterwürfiges Lächeln stand wie festgefroren auf seinem Gesicht. Plötzlich drehte er den Kopf und schielte mit schrägem Blick zu Rebekka Taxus, die mit halbem Hintern auf der Kante des Schreibtisches saß. »Das werde ich ihr gerne bestellen, Chef. Sie wird sich bestimmt darüber freuen.« Nach einem Abschiedsgruß legte er den Hörer auf, erhob sich vom Schreibtischstuhl und trat auf die Kollegin zu, die ihn abwartend musterte. »Er findet deinen Plan einfach genial«, sagte er, »und wird umgehend alles in die Wege leiten!«

Rebekka Taxus lächelte zufrieden. »Schön. Aber ich habe auch nichtss anderess erwartet.«

»Hey!« Dr. Schwartz drohte ihr spielerisch mit dem Zeigefinger. »Heb jetzt bloß nicht ab, Rebekka. Nur weil du ein Mal eine gute Idee gehabt hast.«

»Ein Mal?« Ein verächtliches Lachen hallte durch das Di-

rektoren-Büro auf Burg Ravenstein. »Darf ich dich daran erinnern, wer die Idee mit der Vogelscheuche gehabt hat?« Pinky legte den Kopf in den Nacken. »Und wer hat vorgeschlagen, Laura und Lukass in den Winterferien mit Kevin Teschner bekannt zu machen, damit ssie ssich mit ihm anfreunden, hä? Wesssen Idee war dass denn, Quintuss?«

»Ja, ja, ist ja gut!« Dr. Schwartz trat einen Schritt zurück und hob beschwichtigend die Hände. »War doch gar nicht als Vorwurf gemeint! Der Chef hat ja Recht: Was du dir da hast einfallen lassen, ist wirklich genial – und noch dazu so einfach! Wir müssen die Dinge nur anschieben, und dann nimmt alles von ganz allein seinen Lauf!«

Rebekka Taxus erwiderte nichts. Nur das zufriedene Lächeln, das um ihre Lippen spielte, zeigte, wie sehr sie die Anerkennung genoss. Dann fiel ihr etwas ein. »War ess nicht leichtssinnig, ssich hier zu treffen?«

Quintus zog die Stirn kraus. »Du meinst, weil ich die Internatsleitung wieder abgegeben habe?«

Rebekka nickte stumm.

»Ganz im Gegenteil. Hier können wir sicher sein, dass uns niemand belauscht. Und außerdem hatte ich noch keine Gelegenheit, richtig Abschied zu nehmen.« Er wandte sich ab und ließ den Blick über die gediegene Einrichtung aus edlem Eichenholz schweifen, über die zimmerhohen Regale, die zwei Wände einnahmen und Akten bargen, über die dunkle Holzvertäfelung der anderen Wände, die bis zur halben Höhe reichte, und über die zahllosen Gemälde in den stilvollen Rahmen, die sich vom weißen Rauputz abhoben und die bisherigen Direktoren von Ravenstein zeigten. Auf dem letzten Bild in der Reihe war Professor Aurelius Morgenstern zu sehen, der gegenwärtige Leiter des Internats. Quintus Schwartz warf die Lippen auf und seufzte. »Eigentlich schade«, sagte er versonnen.

Die Lehrerin sah ihn verständnislos an. »Wass?«

»Eigentlich hatte ich darauf gehofft, eines Tages den Platz hinter diesem Schreibtisch einzunehmen«, antwortete Dr. Schwartz mit einem Anflug von Wehmut. »Nicht nur vorübergehend, sondern auf Dauer. Und natürlich hätte ich zu gerne mein Porträt an dieser Wand gesehen. Aber daraus wird wohl nichts mehr.«

»Ganz besstimmt nicht, mein Lieber«, zischte Rebekka Taxus. Ihre Augen begannen zu leuchten, und für einen kurzen Moment hatte es den Anschein, als ringele sich ein Dutzend Vipern auf ihrem Kopf. »Wenn alless sso läuft wie geplant, wird Ravensstein in ein paar Wochen nur noch Geschichte ssein. Zumal ich im Augenblick nichtss erkennen kann, womit unssere Feinde dass noch verhindern könnten.«

Quintus Schwartz nickte. »Und das haben sie sich selbst zuzuschreiben. Ehrlich gesagt ist es mir einfach unverständlich, wie sie einen solchen Fehler begehen konnten.«

»Dass ssoll nicht unssere Ssorge ssein, Quintuss.« Rebekka Taxus grinste, während sie ihrem Kollegen gönnerhaft die Schulter tätschelte. »Ich jedenfallss kann ess kaum mehr erwarten, biss ess endlich sso weit isst. Und dann wird auch diesse aufgeblassene Ku-«

»Pass auf, was du sagst!« Dr. Schwartz schlug entsetzt die Hand vor den Mund. »Nicht auszudenken, wenn das der Großen Meisterin zu Ohren kommt!«

»Wie ssollte ess denn?«, zischte seine Kollegin ungehalten. »Ssie befindet ssich doch auf Aventerra!«

»Ja, und?« Ehrliche Sorge schwang in seiner Stimme mit. »Du weißt ganz genau, dass ihre Kräfte mit menschlichen Maßstäben nicht zu begreifen sind. Und die von Borboron schon gar nicht! Außerdem kann man nie wissen –« Er brach ab und schaute sich verstohlen um.

»Wass denn?«

»Manchmal haben selbst die Wände Ohren, Rebekka«, antwortete Quintus Schwartz mit hintergründigem Lächeln. »Oder solltest du davon noch nichts gehört haben?«

Die Lehrerin war sichtlich ungehalten.

Ihr Kollege jedoch hielt ihrem durchdringenden Blick stand, als sei er von dieser Möglichkeit felsenfest überzeugt.

»Wie auch immer.« Mit einem abfälligen Schnaufer suchte Rebekka ihre Irritation zu überspielen. »Ich bin jedenfallss heilfroh, dasss ssie ssich auf unsserem Schwesstersstern befindet – und Laura auch.«

Dr. Schwarz nickte stumm.

»In den nächssten drei Monaten kann unss diessess Balg nicht mehr sso schnell in die Quere kommen – und sso dürften wir keine großsen Probleme haben, mit Morgensstern und sseinen Helfern fertig zu werden. Und wass diessen Lukass betrifft –« – Sie brach ab und verengte die Augen – »bei ihm dürfen wir nicht die gleichen Fehler machen wie bei sseiner Schwesster. Und desshalb müsssen wir diessen Ssuperschlaumeier aussschalten, bevor er unss richtig gefährlich werden kann!«

Erschrocken schlug Laura die Augen auf. Sie fuhr hoch und warf ängstliche Blicke ins Rund der Lichtung, auf der sie ihr Nachtlager aufgeschlagen hatte. Doch es war nichts Verdächtiges zu entdecken. Alles war friedlich. Sturmwind graste ein paar Schritte von ihr entfernt im Licht der beiden Monde. Schmatzfraß kuschelte sich zu Lauras Füßen an die wärmende Filzdecke und schlummerte sanft vor sich hin. Gelegentlich ließ er ein leises Schmatzen hören, als wolle er seinem Namen selbst im Schlaf Ehre bereiten.

Erneut spähte Laura umher; sie starrte zwischen die Stämme der Trotteleichen, Weinbuchen und all der anderen Bäume, die wie ein stummes Heer von Wächtern ringsum standen. Außer ihren beiden Begleitern war weit und breit kein Lebewesen auszumachen.

Keine Schwarzen Reiter.

Keine Drachen.

Und erst recht kein Alarik.

Eigenartig!

Nachdenklich blickte Laura in die erlöschende Glut. Hatte sie alles nur geträumt? Dabei war das Geschehen doch so real gewesen. Viel zu wirklich für einen Traum! Sie hatte die Schwarzen Reiter Borborons doch ganz deutlich gesehen. Wie ein Rudel hungriger Wölfe waren sie auf ihren pechschwarzen Pferdeungeheuern hinter ihr hergehetzt und unaufhaltsam näher gerückt.

Dann, wie aus dem Nichts, war Alarik vor ihr aufgetaucht. Warnend hatte er die Hand gehoben und gesagt: »Hüte dich vor dem Zorn der Drachen, Laura, denn sie sind gefährlicher als alle Heere des Schwarzen Fürsten!« Dann hatte er mit ernster Miene zum Horizont gedeutet, an dem eine Kette schroffer Vulkankegel aufragte. Als Laura den Blick dorthin richtete, begann die Erde unter ihren Füßen zu beben. Gleichzeitig schossen riesige Feuerzungen aus den Gipfeln, gefolgt von mächtigen Rauch- und Aschewolken, die sich wie ein Menetekel vor die Sonne schoben.

Alarik wiederholte seine Warnung. »Hüte dich vor dem Zorn der Drachen, Laura!«, mahnte er, während er zum Horizont blickte. Als habe die Erde sie mit der Asche ausgespien, erschienen dort vier riesige Drachen. Ihre schuppigen Leiber schimmerten aquamarin, flammend rot, sonnengelb und silbrig. Schon wollten sie sich auf Laura stürzen – doch da schreckte sie aus dem Schlaf auf.

Nachdenklich starrte Laura in den glimmenden Aschehaufen ihres Lagerfeuers. Was hatte dieser merkwürdige Traum bloß zu bedeuten?

Ihr Bruder Lukas war fest davon überzeugt, dass es sich bei Träumen um Botschaften des Unterbewusstseins handelte. Nicht selten, hatte er Laura erklärt, sendet es dem Träumenden Hinweise auf eine drohende Gefahr. Aber wenn Lukas Recht hatte – weshalb hatte sie dann von den Schwarzen Reitern und den Drachen geträumt? Dass diese unbarmherzig Jagd auf sie machten und nicht einen Augenblick zögern würden, sie zu töten, wusste sie doch längst! Schließlich war sie ihnen schon mehrere Male erst in allerletzter Sekunde entkommen.

Wozu dann dieser Traum? Und warum war Alarik darin vorgekommen?

Laura blickte versonnen vor sich hin und seufzte. Vielleicht gab es ja auch Träume, die keine tiefere Bedeutung hatten und einen nur deshalb heimsuchten, weil man sich intensiv mit bestimmten Dingen beschäftigte. Wie eben mit den Schwarzen Reitern, vor denen Laura seit ihrer Ankunft in Aventerra auf der Hut war. Und natürlich musste sie seit den schrecklichen Ereignissen im Fatumgebirge auch ständig an den zweiköpfigen Drachen denken, der Alarik geschnappt hatte. Allein die Erinnerung daran trieb ihr den Angstschweiß auf die Stirn.

Der tapfere Knappe hatte sein Leben verwirkt, weil er sie vor dem gefräßigen Ungeheuer retten wollte! Den Anblick des Jungen, der hilflos im Maul des Ungeheuers zappelte, würde sie bis an ihr Lebensende nicht vergessen.

Als Laura diese Gedanken verscheucht hatte, dämmerte es bereits. Im Osten schmückte ein schmales Band aus grauem Licht den Horizont. Höchste Zeit, sich auf den Weg zu machen und mit der Suche nach dem geheimnisvollen Sterneneisen zu beginnen. Obwohl Laura nicht wusste, wohin die Suche sie führen würde, war sie sicher, dass ein weiter, gefahrvoller Weg vor ihr lag. Wie das heimtückische Gift einer Natter wollten sich erneut Zweifel und Ängste in ihr ausbreiten. Ob ich das Sterneneisen jemals finden werde?, grübelte sie, als ihr wie aus dem Nichts der Lieblingsspruch ihrer Großmutter Lena in den Sinn kam. Marius, ihr Vater, hatte ihn gelegentlich zitiert: »Wer nicht anfängt, wird nicht fertig!« Laura grinste unwillkürlich. Wie Recht Oma doch hatte! Sie rappelte sich so hastig auf, als habe sie nicht eine Sekunde zu verlieren, weckte den Swuupie und legte Holz auf die Feuerstelle. Dann kniete sie davor nieder und blies in die Glut, um das Feuer neu zu entfachen. Sie war so beschäftigt damit, dass sie das seltsame Geschöpf gar nicht bemerkte, das sich am Rande der Lichtung hinter einem Baum versteckt hielt und sie beobachtete. Es glich einem grauen Schemen, dessen Konturen mit dem Dunkel des Waldes verschmolzen. Obwohl das Wesen über einen Kopf, einen Rumpf und je zwei Arme und Beine verfügte, veränderte es, gleich einem Nebelschwaden, unablässig die Gestalt. Nur die Augen waren deutlich auszumachen: Sie glichen glühenden Kohlen und waren unverwandt auf Laura gerichtet.

Der letzte Schultag begann mit prächtigem Sommerwetter. Die Sonne zeigte sich von ihrer besten Seite und brannte schon weit vor acht Uhr so heiß vom wolkenlosen Himmel, als wolle sie das Ende des Schuljahres mit einem Freudenfeuer begrüßen. Die Ziegeldächer von Burg Ravenstein glänzten wie bonbonrotes Geschenkpapier auf den Internatsgebäuden, deren altehrwürdige Mauern silbrig-grüne Efeuranken schmückten. Beim Frühstück im großen Speisesaal waren Lehrer und Schüler in allerbester Stimmung. Unbeschwertes Geplauder war zu hören, Frotzeleien machten die Runde, und sorgloses Gelächter ertönte. Die Heiterkeit war fast mit Händen zu greifen und ließ die Luft summen und vibrieren. Kein Wunder – nur noch die Abschlussfeier in der Turnhalle trennte die

Ravensteiner von dem Moment, in dem sich die Sommerferien wie ein ungelesenes Buch voller Abenteuer vor ihnen ausbreiten würden.

Wohin Lukas Leander auch blickte, er sah überall nur fröhliche Gesichter. Magda Schneider, die nicht nur genauso alt war wie seine Schwester, sondern ihr auch sehr ähnlich sah, alberte mit Kaja Löwenstein herum. Am Tisch schräg gegenüber scherzte Philipp Boddin mit seinem Bank- und Zimmernachbarn Alexander »Hoppel« Haase. Trotz der Hitze verbarg Mr Cool den semmelblonden Schopf unter seiner Strickmütze. Selbst der notorische Stänkerer Ronnie Riedel, der meistens übel gelaunt war, schien ausnahmsweise mal nicht mit dem linken Fuß aufgestanden zu sein. Mit breitem Grinsen flüsterte er Max Stinkefurz, der wie immer neben ihm saß, etwas ins Ohr. Einen Witz vermutlich, denn der Fettwanst, dessen Familienname Finkensturz lautete, prustete in dem für ihn typischen Gewieher eines tollwütigen Esels los.

Auch am Tisch der Lehrer, der auf einem kleinen Holzpodest an der Stirnseite des weitläufigen Raumes platziert war, herrschte gute Laune. Rudolf Wagner, der Sach- und Gemeinschaftskundelehrer mit dem streng nach hinten gekämmten pechschwarzen Haar, der wegen seiner asiatisch anmutenden Augenpartie nur »Dschingis« genannt wurde, plauderte aufgeräumt mit Magister Sebaldus, dem Deutschpauker. Geschichtsprofessor Schnuffelpuff flirtete scheu mit Edelgard Holunder, der spillerigen Biologielehrerin. Sogar Professor Aurelius Morgenstern, Percy Valiant und Miss Mary Morgain trugen ausnahmslos entspannte Mienen zur Schau. Ebenso Dr. Quintus Schwartz und Rebekka Taxus, die für gewöhnlich selbst dann verkniffen wirkten, wenn sie sich um ein einnehmendes Lächeln bemühten, schienen mit sich und der Welt zufrieden zu sein. Die Aussicht auf sechs freie Wochen, die nichts als Sonne, Spaß und Erholung verhießen, hatte wohl auch dem Kollegium einen kräftigen Schub frischer Energie verliehen.

Lukas hatte sich ebenfalls von der allgemeinen Heiterkeit anstecken lassen. Die Sorgen um die Schwester, die ihn noch am Vortag gequält hatten, waren spurlos verflogen. Er ließ sich ein Brötchen mit seinem Lieblingsbelag schmecken: Frischkäse mit Erdbeermarmelade.

»Wo wewällst wu wir won wiel wesser!«, nuschelte Kaja, mit vollen Backen kauend. Mit einem entschuldigenden Grinsen wischte sie die Krümel, die ihr beim Sprechen aus dem Mund gefallen waren, wie beiläufig unter den Tisch.

»Ich hab noch mal über das nachgedacht, was du gestern gesagt hast«, flüsterte Lukas und schnippte einen Schweißtropfen von der Nasenspitze. »Wahrscheinlich hast du Recht, Kaja: Der Hüter des Lichts und seine Verbündeten wissen doch auch, dass Laura sich auf Aventerra nicht auskennt. Sie werden deshalb bestimmt gut auf sie aufpassen und sie nach besten Kräften unterstützen!«

»Sag ich doch!« Der Zeigefinger des Pummelchens schnellte auf das Gesicht des Jungen zu, sodass er unwillkürlich zurückzuckte. »Du wirst sehen: Im Nachhinein wird Laura der Ausflug nach Aventerra wie ein aufregender Abenteuerurlaub vorkommen.«

Der Junge legte die Stirn in Falten. »Hört sich ja fast an, als würdest du sie beneiden.«

»Na ja, wer von uns hat schon die Möglichkeit, solche fantastischen Geschichten zu erleben wie Laura? So gut wie niemand, oder?«

»Ist doch auch logosibel, du Spar-Kiu.« Lukas kniff das linke Auge zusammen und blickte das Pummelchen neugierig an. »Was machst du eigentlich in den Ferien?«, fragte er Kaja, um einen möglichst beiläufigen Ton bemüht.

»Frag lieber nicht!« Das Pummelchen pustete die Wangen auf und ließ dann die Luft lautstark durch die gespitzten Lippen entweichen. »Ich bin so was von stinkig! Stell dir vor: Meine Alten haben alles arrangiert, ohne mich auch nur mit einem Wort nach meiner Meinung zu fragen. Ich muss für vier Wochen nach England, in ein gottverlassenes Nest irgendwo in Wales.«

»Ach, du Ärmste!« Die Stimme des Jungen troff vor Ironie. »Das hört sich ja ganz schrecklich an!«

»Nicht wahr?« Kajas empörtem Gesichtsausdruck war zu entnehmen, dass sie es völlig ernst meinte. »Und dann hab ich auch noch jeden Tag vier Stunden Englischunterricht! Damit ich endlich besser werde und ordentliche Noten schreibe.« Lukas antwortete nicht, und Kaja klagte ungerührt weiter.

»Ich kenn dort doch niemanden.« Ihre Stimme klang weinerlich. »Und was machst du in den Ferien?«, wollte sie dann wissen.

»Ach«, antwortete Lukas gedehnt und zuckte unschlüssig mit den Schultern. »Keine Ahnung. Vielleicht bleibe ich sogar noch ein bisschen hier im Internat, wenn der Professor mir das erlaubt.«

»Was?« Kaja schnappte ungläubig nach Luft. »Hat eure Stiefmutter denn nichts vor mit euch? Sayelle macht doch sonst immer so viel Action, oder?«

»Klaromaro!« Kaja hatte Recht. »Vermutlich hat Sayelle einiges mit uns geplant. Mir wird jetzt schon schlecht, wenn ich nur daran denke. Aber zum Glück kommt sie erst nächste Woche wieder.«

Kaja sah ihn fragend an.

»Sie ist immer noch geschäftlich unterwegs, in Asien. Eigentlich wollte sie ja schon früher zurück sein …«

»Ich weiß.« Kaja nickte. »Hat Laura mir erzählt.«

»… aber einen Tag vorher hat sie angerufen und erklärt,

dass sie länger bleiben muss. Weil ihr Boss nicht auf sie verzichten kann.«

»Du meinst diesen Zeitungsheini?« Das Mädchen grinste vieldeutig.

»Genau. Aber Maximilian Longolius besitzt nicht nur Zeitungen«, hob Lukas zu einem seiner allseits gefürchteten Vorträge an. »Ihm gehören auch zahlreiche Rundfunk- und Fernsehsender. Und außerdem noch eine Kette von privaten Kliniken und Sanatorien, wie ich erst neulich erfahren habe. Mittlerweile besitzt er Zweigstellen in allen wichtigen Ländern Europas – selbst in den USA hat er längst eine Niederlassung.«

»Aha.« Kaja klang wenig beeindruckt. »Und jetzt will er wohl auch noch die Japaner und Chinesen beglücken?«

»Logosibel!« Lukas verzog angewidert das Gesicht. »Mister L scheint ein ähnlicher Typ zu sein wie dein Vater: Er kann offensichtlich nie genug bekommen. Deshalb sondiert er in Sayelles Begleitung gerade den asiatischen Medienmarkt und sucht nach einem geeigneten Standort für eine Geschäftsstelle.«

»Wie aufregend!«, höhnte Kaja und verdrehte die Augen.

»Sollen sie doch. Ich find's nur schade, dass sie nicht länger wegbleiben. Denn dann …« Er brach ab, weil er aus den Augenwinkeln sah, dass Dr. Schwartz und Pinky Taxus sich von ihren Stühlen erhoben und auf den Ausgang des Speisesaals zugingen. Offensichtlich wollten sie sich in die Turnhalle begeben, wo in einer Viertelstunde die Schuljahresabschlussfeier beginnen würde. Eigenartig, dachte Lukas, während er sie aufmerksam beobachtete. Was haben sie dort so früh verloren? Schwartz ist doch gar nicht mehr für die Feier verantwortlich, auch wenn er sie organisiert hat. Plötzlich trübte sich sein Blick, und die Konturen des Speisesaals verschwammen vor seinen Augen. Stattdessen meinte er den ehemaligen Konrektor und die Mathelehrerin im dunklen Direktoratsbüro zu sehen. Pinky beugte sich zu Schwartz und lispelte ihm zu: »Wetten, dasss er vergissst, dass zu melden? Und damit ssitzt der alte Zaussel in der Falle!«

Lukas blinzelte erschrocken – und alles war wieder genauso wie zuvor. Die beiden Dunklen passierten gerade seinen Tisch. Rebekka Taxus drehte ihm den Kopf zu, schielte für einen Moment verstohlen auf den leeren Platz neben ihm, auf dem für gewöhnlich Laura saß, um ihn dann mit unverhohlenem Triumph anzugrinsen – und genau in diesem Augenblick wurde Lukas klar, welch entsetzlichen Fehler sie, die Beschützer und Mitstreiter von Laura, begangen hatten!

Oh nein!

Der Junge wurde aschfahl im Gesicht. Wie hatte ihnen nur ein solch schlimmer Fauxpas unterlaufen können! Wieso hatten weder er noch Percy Valiant oder Miss Mary an das Naheliegende gedacht? Und selbst dem Professor war es nicht in den Sinn gekommen. Ein geradezu unentschuldbares Versäumnis – aber jetzt war es wohl zu spät, es wiedergutzumachen.

Lukas wurde ganz schwindelig, als er an die Folgen dachte. Schwarze Flecken tanzten vor seinen Augen.

Kapitel 6 ❧ Drohendes Unheil

Alienors Magen knurrte so laut wie ein gefräßiger Klauenmork auf Beutefang. Dabei lag das Frühstück noch nicht lange zurück und war zudem reichlich gewesen, auch wenn es wie üblich nur aus warmer Wollziegenmilch und trockenem Brot bestanden hatte. Die Verpflegung in der Dunklen Festung war zwar nicht besonders abwechslungsreich, aber kaum einer der Bewohner musste darben. Selbst die Kindersklaven nicht, zu denen auch Syrins persönliche Sklavin gehörte.

Alienors Hunger hatte einen anderen Grund: Den größten Teil ihrer Mahlzeiten pflegte sie heimlich in den Kerker zu bringen, um sie dort den Gefangenen zuzustecken. Als wären diese nicht schon gepeinigt genug, mussten sie als Einzige auch noch Hunger leiden. Der Fraß, der ihnen vorgesetzt wurde, war ungenießbar und so kärglich, dass viele von ihnen ohne die Hilfe des Mädchens längst an Entkräftung gestorben wären. Alienor wusste, dass solche Samariterdienste strengstens verboten waren. Ihr drohten schlimme Strafen, falls sie erwischt würde. Und dennoch: Sie konnte es einfach nicht ertragen, wenn jemand Qualen erdulden musste, und so unternahm sie alles, um die Not der Gefangenen zu lindern. Zum Glück war ihr Tun bislang unentdeckt geblieben. Niemand wusste, dass sie nach dem Frühstück regelmäßig die Backstube der Dunklen Festung aufsuchte, um sich dort mit Brot und Gebäck einzudecken. Die Bäcker, die stets in den grauen Stunden des frühen Morgens arbeiteten, hatten ihren Dienst dann schon beendet.

Gerade schlich sie auf den Arbeitstisch neben dem Backofen zu, wo die noch warmen Brote aufgereiht waren und einen köstlichen Duft verströmten, als plötzlich Maruchas Stimme an ihr Ohr schallte: »Alienor? Bei allen Dämonen – wo treibst du dich denn rum?« Die Magd klang besorgt. »Alienor! Jetzt zeig dich doch endlich!«

Alienor verharrte und biss sich nervös auf die Lippen. Sollte sie sich zu erkennen geben? Oder sollte sie lieber schweigen und darauf hoffen, dass die Küchenmagd sie nicht in der Backstube vermutete? Andererseits war es ziemlich ungewöhnlich, dass Marucha nach ihr suchte, daher musste es einen wichtigen Grund dafür geben. »Ja, ja, ich komme ja schon!«, rief sie deshalb hastig. Einen Moment noch war sie versucht, sich einen der Laibe zu greifen und ihn unter ihrem zerschlissenen Gewand verschwinden zu lassen. Doch sie besann sich anders und schlüpfte aus der Backstube und eilte durch den langen Flur, der von den rußenden Flammen der spärlich verteilten Fackeln in ein zuckendes Dämmerlicht getaucht wurde. Am anderen Ende erschienen die Umrisse der Küchenmagd. Als Alienor bei ihr angelangt war, blieb sie, leicht außer Atem, stehen. »Was gibt es denn so Wichtiges?«, fragte sie mit unschuldiger Miene.

Marucha ignorierte ihre Frage. »Was treibst du denn in der Backstube um diese Zeit?«, erkundigte sie sich vielmehr und bedachte das Mädchen mit einem schrägen Blick.

»Äh … in der … in der Backstube?«, stotterte Alienor.

»Ja, in der Backstube.« Die Magd kniff misstrauisch die Augen zusammen, und eine abweisende Falte lief quer über ihre Nasenwurzel. »Oder willst du vielleicht behaupten, dort hinten …« – Sie deutete mit dem Kopf in die Tiefe des Ganges – »… befänden sich eure Sklavenunterkünfte?«

»Äh … Äh … Natürlich nicht!« Fieberhaft suchte das Mädchen nach einer Erklärung, um den offensichtlichen Argwohn der Frau zu zerstreuen. »Ich … Ich …«

»Ach, lass gut sein!« Zu Alienors Überraschung winkte Marucha plötzlich ab. »Soll mir auch einerlei sein.« Dann aber setzte sie in ernstem Ton hinzu: »Wenn ich dir einen guten Rat geben darf, Mädchen: Lass dich nicht erwischen, sonst ist es um dich geschehen. Ich habe schon viele gekannt, die ihren Kopf wegen weit geringerer Vergehen verloren haben!«

Alienor war sprachlos. Marucha wusste von ihrem heimlichen Treiben und hatte sie trotzdem nicht an die Wachen verraten! Was bedeuten musste, dass sie ein Herz besaß. Dabei stand die alte Magd schon lange im Dienste des Schwarzen Fürsten. Ob es außer ihr noch andere Bedienstete in der Burg gab, die keineswegs rückhaltlos auf der Seite der Schwarzen Mächte standen?

»Jetzt glotz mich nicht so an, als wäre ich ein wild gewordener Feuerdrache«, holte Maruchas Stimme sie aus ihren Gedanken. »Beeil dich lieber, dass du endlich zu deiner Herrin kommst! Sie hat getobt und gedroht, dich auspeitschen zu lassen, wenn du nicht augenblicklich im Thronsaal erscheinst!«

»Ja, ja, ich mach ja schon!«, murmelte Alienor und hastete erleichtert davon.

Lukas trat gerade durch den Torbogen, der aus dem Innenhof der Burg hinaus auf den Besucherparkplatz führte, als er aus den Augenwinkeln ein Auto wahrnahm, das sich auf der Landstraße mit großer Geschwindigkeit näherte und den Blinker setzte, um in die Einfahrt zur Burg abzubiegen – ganz offensichtlich der Wagen von Kommissar Bellheim. Überrascht wandte der Junge den Blick zur Straße, um sich zu versichern, dass er sich nicht getäuscht hatte – doch da war nichts.

Kein Auto.

Und erst recht nicht das des bärbeißigen Kriminalkommissars.

Verwundert schüttelte Lukas den Kopf. Er musste sich getäuscht haben. Dabei hätte er schwören können, dass er ein Auto gesehen hatte. Eigenartig! Welch seltsame Streiche einem die Einbildung doch manchmal spielte.

Nachdenklich ging er weiter. Er hatte die Turnhalle noch nicht erreicht, als er erneut ein Auto in den Augenwinkeln bemerkte, das sich mit großer Geschwindigkeit auf der Landstraße näherte – oder war es wieder nur ein Produkt seiner Fantasie?

Verwirrt schloss er die Augen. Als er sie ein paar Sekunden später wieder öffnete, war der Wagen jedoch immer noch da, setzte gerade den Blinker und bog auf die Einfahrt ein, die zum Parkplatz führte. Die Reifen wirbelten kleine Staubwolken auf, während sie mit kaum vermindertem Tempo über den Kiesweg rollten.

Es war tatsächlich ein laubfroschgrüner Golf. Der Dienstwagen von Kriminalkommissar Wilhelm Bellheim. Er wurde von seinem hageren Assistenten Anton gesteuert, während der Kripobeamte mit der bärbeißigen Bulldoggenmiene wie ein übelgelaunter Buddha auf dem Beifahrersitz thronte.

Seltsam, dachte Lukas. Wie kommt es, dass ich diesen Wagen schon vorhin zu sehen glaubte? Und was kann die Kripo in Ravenstein wollen? Ausgerechnet am letzten Schultag?

Ein banges Gefühl stieg in ihm auf. Trotz des Sonnenscheins legte sich ein dunkler Schatten auf sein Gemüt.

Laura schwitzte. Seit geraumer Zeit schon trug Sturmwind seine Reiterin im steten Trab über das weite Grasland. Ein leichter Wind strich über die Hochebene. Saftige Halme wiegten sich in der Brise, sodass Laura sich vorkam, als reite sie durch grüne Wogen, die sich bis zum Horizont erstreckten.

Busch- und Strauchgruppen und gelegentlich ein kleiner Hain ragten wie Inseln aus dem Gräsermeer empor, das von einer Hügelkette mit dunklen Basaltkegeln begrenzt wurde. Verglichen mit der feuchten Hitze, unter der Laura noch am Tag zuvor gelitten hatte, war die Luft zwar angenehm trocken, aber nicht weniger heiß – und so klebte Lauras Zunge wie ein trockener Schwamm an ihrem Gaumen.

Ohne Sturmwind anzuhalten, griff das Mädchen zu der Wasserflasche am Sattelknopf. Sie war leer, bis auf ein paar spärliche Tropfen.

Laura richtete sich im Sattel auf, schirmte die Augen mit der rechten Hand gegen die Sonne ab und spähte suchend in die Ferne. Gleich darauf erhellte sich ihre angespannte Miene: Kaum einen halben Kilometer von ihr entfernt zog sich ein schmaler Streifen Auwald hinunter in eine Senke. Das üppige Grün deutete darauf hin, dass sich ein Gewässer, ein kleiner Bach oder See vielleicht, in der Mulde befinden musste. Voller Ungeduld schnalzte Laura mit der Zunge. »Los, Alter!«, spornte sie den Schimmel an. »Du hast doch bestimmt auch Durst. Wenn du dich beeilst, kriegst du gleich was zu saufen.«

»Und du natürlich auch, Schmatzfraß«, fügte sie schnell hinzu, als der Swuupie seinen Kopf unter ihrem Lederwams hervorstreckte und vorwurfsvoll fiepte.

Sturmwind machte seinem Namen alle Ehre und stürmte auf den Hain zu, als wolle er mit dem Wind um die Wette laufen. Fast hatte es den Anschein, als fliege der Schimmel über die grasige Ebene, und so dauerte es nicht lange, bis Laura am Rande der Senke angelangt war.

Das sanfte Murmeln eines Wasserlaufes drang an ihr Ohr, und ein glitzerndes blaues Band schimmerte zwischen den Stämmen auf. Das Mädchen wollte eben absitzen, um hinunter zum Bach zu eilen, als gellende Schreie der friedlichen Stille ein jähes Ende setzten: »Hilfe! Zu Hilfe!«

Es war eine helle Jungenstimme.

Die panischen Rufe kamen vom jenseitigen Rand des Wäldchens. Laura war augenblicklich klar, dass der Unglückliche sich in allergrößter Bedrängnis befinden musste. »Lasst mich in Ruhe, ihr Monster!« Seine Stimme war schrill vor Angst und überschlug sich fast. »Hilfe! So helft mir doch!«

Laura zögerte nicht eine Sekunde. »Los, Sturmwind!«, befahl sie ihrem Schimmel. »Lauf, so schnell du kannst!« Eines weiteren Ansporns bedurfte es gar nicht mehr, denn der Hengst flog bereits wie entfesselt davon.

Es war empfindlich kalt im prächtigen Thronsaal der Dunklen Festung. Auch das lodernde Feuer im Kamin konnte nicht verhindern, dass die Kälte an Alienors Beinen emporkroch. Das Mädchen schloss die Tür hinter sich und trug vorsichtig einen Krug mit Wasser zum Tisch. Dabei spähte es verstohlen hinüber zu der Gestalt, die leblos in einem Lehnstuhl vor dem Thron des Schwarzen Fürsten hing.

Alarik hatte das Bewusstsein noch immer nicht wiedererlangt. Das Gesicht ihres Bruders konnte Alienor allerdings nicht erkennen, denn der Fhurhur stand neben ihm und hatte sich über ihn gebeugt.

Borboron saß eher gelangweilt da, während Syrin das Treiben des Schwarzmagiers ebenso gespannt beobachtete wie Alienor.

Das Mädchen stellte den Krug auf die große Tafel, die weitgehend im Dunkeln lag, da der Schein des Feuers sie nicht erreichte. Sorgsam darauf bedacht, nicht ins Licht zu treten, gab Alienor vor, das Geschirr abzuräumen, auf dem sie dem Schwarzen Fürsten das Frühstück serviert hatte. Ständig schob sie die Teller und den Becher hin und her, um ihren Abgang hinauszuzögern. Sie wollte es miterleben, wenn ihr Bruder erwachte. Borboron und seinen Vasallen durfte das jedoch nicht auffallen, sonst würde ihre Herrin sie mit Sicherheit umgehend des Raumes verweisen.

Es gab allerdings noch einen weiteren Grund, aus dem Alienor sich im Hintergrund hielt: Wenn Alarik wieder zu sich kam, durfte auch er ihre Gegenwart nicht bemerken. Zumindest nicht sofort. Die Gefahr, dass er voller Erstaunen zu erkennen gab, dass sie Geschwister waren, war zu groß.

Auch Syrin schien langsam die Geduld zu verlieren. Sie musterte den Fhurhur verächtlich, bevor sie sich an Borboron wandte. »Es ist genauso gekommen, wie ich Euch bereits gestern prophezeit habe«, zischte sie. »Das Warten war reine Zeitverschwendung. Diese Kreatur wird nicht mehr unter die Lebenden zurückkehren – und selbst dieser Wicht …« – Erneut sah sie den Schwarzmagier aus funkelnden Reptilienaugen an – »… und seine erbärmlichen Künste werden nicht das Geringste daran ändern.«

Der Schwarze Fürst rührte sich nicht.

Um die schmalen Lippen des Fhurhurs jedoch spielte ein kaum wahrnehmbares Lächeln. »Du musst es ja wissen, Weib!«, sagte er mit unverhohlenem Spott und richtete den Blick auf seinen Gebieter. »Seid Ihr bereit, Herr?«

Als der Herrscher zustimmend nickte, streckte der Schwarzmagier beide Hände über dem leblosen Alarik aus, hob den Blick zur Decke und bewegte die faltigen Lippen.

Alienor konnte die beschwörenden Worte nicht verstehen. Sie waren in einer Sprache gehalten, die sie noch nie gehört hatte.

Plötzlich verstummte das Männchen im scharlachroten Kapuzenumhang. Es hielt die rechte Hand nun dicht vor Alariks Gesicht und schnippte mit den Fingern.

Einen Augenblick lang geschah nichts – doch dann kam Leben in den Jungen.

Alienors Herz pochte heftig. Das aufsteigende Blut ließ ihre

Wangen kribbeln. Aufgeregt rückte sie näher an die Gruppe heran.

Während sich der Schwarzmagier mit triumphierendem Gesichtsausdruck an den Schwarzen Fürsten wandte, ließ Syrin den Kopf gleich einem missmutigen Aasgeier vorschnellen und starrte grimmig auf den Jungen.

Da schlug Alarik die Augen auf. Verwirrt schaute er sich um. Beim Anblick des Fhurhurs und der Gestaltwandlerin schien ihm zu dämmern, in wessen Hände er gefallen war, und er fuhr merklich zusammen.

Der Schwarze Fürst betrachtete Alarik so abschätzend, dass Alienor das Schlimmste befürchtete. Zu ihrer Erleichterung jedoch lächelte Borboron den Gefangenen nun freundlich an. »Weißt du, wo du dich befindest?«, fragte er überraschend sanft.

»Nicht genau, Herr«, erwiderte Alarik mit brüchiger Stimme. »Aber wenn ich recht vermute …« Er brach ab und ließ den Blick umherschweifen.

Alienor zog sich hastig ans andere Ende der Tafel zurück und senkte den Kopf, damit der Bruder sie nicht erkennen konnte. Dennoch schielte sie verstohlen zu ihm hinüber, damit ihr auch nicht eine seiner Regungen entging.

»Wenn mich nicht alles täuscht, dann befinde ich mich in der Dunklen Festung. Und Ihr, Herr …« – Er brach ab, als suche er nach der passenden Bezeichnung – »… Ihr müsst dieser schreckliche Borboron sein, der Anführer der Dunklen Mächte!«

Während die Mundwinkel des Tyrannen belustigt zuckten, schoss Syrin wie eine bissige Hündin auf den Jungen zu. »Pass auf, was du sagst, du Kreatur!«, zischte sie wütend und hob die Hände. »Ein falsches Wort noch, und ich drehe dir höchstpersönlich den Hals um!«

»Halte dich im Zaum, Weib!«, wies der Schwarze Fürst sie mit herrischer Stimme zurecht. »Oder hast du schon vergessen, dass er unser Gast ist?« Er klang, als meine er seine Worte durchaus ernst. Nur sein Schmunzeln verriet, dass er sich einen grausamen Scherz mit Alarik erlaubte. Während die Gestaltwandlerin sich schmollend zurückzog, fragte Borboron scheinbar besorgt: »Du hast bestimmt Durst.«

Alarik nickte nur.

»Hey, Sklavin! Fülle einen Becher mit Wasser und bring ihn unserem Gast!«

»Ja, Herr.«

Alarik drehte überrascht den Kopf und blickte erstaunt in ihre Richtung.

Dem Schwarzen Fürsten war die plötzliche Gefühlsregung des Jungen nicht verborgen geblieben. Misstrauen verschattete gleich dunklen Gewitterwolken sein Gesicht, und die zu schmalen Schlitzen zusammengekniffenen Augen blitzten rot auf. »Was ist los, Junge?«, fragte er in schneidendem Ton. »Was hast du plötzlich?«

»Ähm«, antwortete Alarik. »Wa... Wa... Was meint Ihr?«

»Warum schaust du die Kleine so an?« Er beugte sich so weit vor, dass sein muffiger Atem dem Jungen beinahe die Luft nahm. »Kennst du sie? Los, raus mit der Sprache! Und wage bloß nicht, mich hinters Licht zu führen!«

»Ich sehe ... Äh ... Ich sehe sie so an ... weil ...«

»Ja?« Die Stimme des Schwarzen Fürsten war schneidend. »Los, mach schon!«

»Weil ...«

Alienor wagte nicht zu atmen. Ein falsches Wort von Alarik – und sein Leben wäre verwirkt.

Und das ihre auch.

Kapitel 7 ❧ Der Kampf mit den Klauenmorks

Als Laura auf Sturmwinds Rücken den Wald umrundet hatte, erblickte sie die grässlichsten Geschöpfe, die ihr jemals zu Gesicht gekommen waren: zwei übermannsgroße Kreaturen, die riesigen Straußen glichen. Die massigen Körper der Biester und auch ihre schlanken Hälse waren mit tiefroten Schuppen überzogen, die mit spitzen Dornen besetzt waren. Die Köpfe ähnelten denen urtümlicher Seeungeheuer. Gefährliche Haifischzähne blitzten in den gähnenden Mäulern auf, während die gespreizten Schwingen an die von Drachen erinnerten. Die langen Straußenbeine jedoch waren mit Krallen und Spornen bewehrt, die den metallenen Klingen von Kampfhähnen glichen.

»Hilfe!«, gellte erneut ein Schrei – und endlich erblickte Laura den Jungen. Er lag zwischen den Monstern hilflos am Boden und versuchte, die wütenden Attacken mit bloßen Händen abzuwehren. Er blutete bereits stark. »Lasst mich in Ruhe, ihr Teufel!«

Die Angreifer jedoch zeigten sich völlig unbeeindruckt. Wieder und wieder schnappten und traten sie nach dem Wehrlosen. Es konnte nicht mehr lange dauern, bis sie ihn zerfetzt haben würden.

Wie ein Blitz sprang Laura aus dem Sattel und stürmte auf die Riesenvögel zu. Noch im Laufen zog sie Alariks Schwert. »Verschwindet, ihr Ungeheuer!«, schrie sie wie von Sinnen, »oder ihr werdet es bereuen!«

Sofort ließen die Monster von ihrem Opfer ab und reckten ihr die Hälse entgegen. Ihr Fauchen klang wie das der blutrünstigen Raptoren in den »Jurassic-Park«-Filmen.

Laura begriff, dass ihr ein harter Kampf bevorstand, dessen Ausgang völlig ungewiss war. Dennoch stürmte sie unbeirrt weiter. Als die Bestien in Reichweite waren, hob sie ihr Schwert und teilte blitzschnelle Hiebe aus. Aber die Klinge prallte wirkungslos am Schuppenpanzer ihrer Gegner ab, wenn sie nicht ins Leere ging, weil die Tiere geschickt auswichen. Plötzlich stand Laura neben dem Verletzten. In seinen weit aufgerissenen Augen war große Angst zu lesen. »Bist du verletzt?«, keuchte Laura besorgt.

»Kümmer dich nicht um mich!«, rief der Junge. »Pass lieber auf, dass die Klauenmorks dich nicht auch noch erwischen!«

Schon griffen die Ungeheuer wieder an.

Laura parierte mit gezielten Schwerthieben. Dieses Mal konzentrierte sie sich nicht auf die schuppenbewehrten Leiber, sondern auf die schlanken Hälse. Ihre Schläge erzielten jedoch keinerlei Wirkung, sodass Laura den Schnabelhieben nur mit Mühe ausweichen konnte. Die Reißzähne der Klauenmorks verfehlten sie nur um Millimeter. Dafür grub sich eine mörderische Kralle in ihr linkes Bein. Während der feste Stoff ihrer Jeans zerriss wie dünnes Pergament, verspürte Laura einen brennenden Schmerz am Oberschenkel. Doch darum konnte sie sich jetzt nicht kümmern, denn die Viecher hatten wieder kehrtgemacht und stürmten nun erneut heran.

Laura verharrte reglos auf der Stelle und ließ sich erst im allerletzten Moment wie von einer Axt gefällt zu Boden sinken. Während die überraschten Viecher, getragen vom eigenen Angriffsschwung, über Laura hinwegfegten, hieb sie mit der Waffe nach der Unterseite ihrer Leiber – und erkannte erleichtert, dass sie richtig vermutet hatte: An dieser Stelle waren die Biester verwundbar. Ihr klagendes Fauchen jedenfalls ließ vermuten, dass sie verletzt waren. Von neuem Mut beseelt, sprang Laura auf, um sich für den nächsten Angriff zu wappnen.

Schon sah es so aus, als würden die Klauenmorks erneut blindlings auf sie zustürmen, als sie verharrten und sich aufteilten. Das Mädchen ständig belauernd, stolzierte einer der Angreifer einen Viertelkreis nach rechts, während der andere nach links schritt. Entsetzt bemerkte Laura, dass sie sie in die Zange genommen hatten.

Hektisch von einem zum anderen schauend, um sich keine Regung der Bestien entgehen zu lassen, überlegte Laura, wie sie die nächste Attacke überstehen könnte.

Als habe die Vorfreude über den bevorstehenden Triumph die Klauenmorks übermannt, stießen sie seltsame Laute aus, die an kollernde Truthähne erinnerten. Dann verstummten sie, reckten die Hälse und spreizten die Schwingen. Ein letztes Mal noch taxierten sie ihr Opfer mit lauernden Blicken, bevor sie zum Angriff übergingen.

Laura war ratlos. Ihr Kopf flog so geschwind hin und her, dass ihr beinahe schwindelig wurde. Sie konnte nur hoffen, dass die Biester ein weiteres Mal auf ihre Finte hereinfallen würden.

Ruhig, ganz ruhig!, befahl sich das Mädchen im Stillen, während es völlig regungslos abwartete, bis die Klauenmorks so nahe heran waren, dass es ihren heißen Atem auf den Wangen spüren konnte. Dann erst reagierte Laura.

Die Biester schienen damit gerechnet zu haben, dass sie zu Boden gehen würde. Ihre Hälse schossen wie Peitschen vor, die Seeschlangenmäuler öffneten sich, um die Reißzähne in ihre Beute zu schlagen – nur dass Laura sich gar nicht am Boden befand. Sie hatte ihren Fall nur angetäuscht und war stattdessen blitzschnell zurückgesprungen. Die wütenden Bisse der Klauenmorks gingen ins Leere!

Noch bevor die Ungeheuer sich von der Überraschung erholen konnten, hatte Laura beiden weitere Stiche in den Unterbauch versetzt. Giftgrünes Blut strömte aus den Wunden der Getroffenen, die sich unter Schmerzgeheul zu einem weiteren Angriff formierten.

Da ertönte ein lautes Wiehern.

Wie von Furien gehetzt, donnerte Sturmwind auf die Klauenmorks zu. Er bäumte sich auf und trommelte in wildem Stakkato mit den Vorderhufen auf Lauras Feinde ein. Überrascht wichen die Riesenvögel zurück, während Laura die Ablenkung zu einer neuerlichen Attacke nutzte: Tief fuhr die Klinge in die Bäuche der Ungeheuer, aus denen der giftgrüne Saft in Strömen floss. Mit heiseren Schmerzensschreien schwangen sich die Bestien in die Lüfte und flatterten in panischer Flucht davon. Sturmwind wieherte triumphierend.

Nach einem raschen Blick auf ihren verletzten Oberschenkel – auch wenn die Wunde höllisch brannte, war es zum Glück nur ein oberflächlicher Kratzer –, trat Laura zu dem Jungen und half ihm auf. »Alles in Ordnung?«, fragte sie, während sie ihn musterte.

Er war vermutlich in ihrem Alter, obwohl er eine Handbreit größer war. Erst jetzt fiel Laura auf, dass er grünliches Haar und spitz zulaufende Ohren hatte, genau wie Albin Ellerking, der Internatsgärtner von Ravenstein. Sein ebenmäßiges Gesicht schimmerte in einem sanften Kupferton und bildete damit einen Kontrast zu seinem Haar. Seine Augen waren schwarz und mandelförmig, wie die eines Indianers. Trotz aller Fremdartigkeit fand Laura ihn ansehnlich, ja, sogar schön. Nur seine Kleidung war gewöhnungsbedürftig: Sie bestand aus einer ärmellosen Jacke und eng anliegenden Hosen, die beide aus einem giftgrünen Stoff gefertigt waren, der an Loden erinnerte. Aus den ungesäumten Hosenbeinen lugten bloße Füße hervor. Sie waren von Schmutz verkrustet.

»Vielen Dank der Nachfrage«, antwortete der Junge und verbeugte sich vor Laura, »ja, alles in Ordnung.« Er schien den ersten Schock überwunden zu haben, denn ein zaghaftes Lächeln stand auf seinen Lippen. »Und vielen Dank auch, dass du mich vor den Ungeheuern gerettet hast, obwohl das kaum nötig gewesen wäre.«

Laura verdrehte die Augen.

Na, super!

Da hatte sie sich in Lebensgefahr begeben – nur um sich dann so etwas anhören zu müssen. Der Kerl hatte vielleicht Nerven! »Tatsächlich«, knurrte sie durch die Zähne und gab sich keine Mühe, ihren Ärger zu verbergen.

»Ich wäre bestimmt auch allein mit den Biestern fertig geworden. Schließlich bin ich Magier!«

»Du bist … was?«

»Magier!« Der Junge machte eine übertriebene Verbeugung und streckte ihr dann die schmale Hand entgegen, an der Ringe mit fremdartigen Ornamenten glänzten. »Darf ich mich vorstellen: Venik der Magier! Und wie heißt du?«

Noch immer starrte der Schwarze Fürst Alarik unverwandt an. »Wird's bald!«, grollte er mit seiner kehligen Stimme. »Kennst du die Sklavin?

Alarik warf der Schwester, die mit angehaltenem Atem am Tisch stand, einen verstohlenen Blick zu. »Nein, aber sie erinnert mich an meine Schwester«, erklärte er.

Borboron wirkte überrascht. Er schien mit jeder Antwort gerechnet zu haben, nur nicht mit dieser.

Syrin musterte Alarik so scharf, als wolle sie die Augen in sein Gehirn bohren.

Oh nein!, durchzuckte es Alienor. Sie will seine Gedanken lesen!

In diesem Moment begriff Alienor, wie geschickt Alariks Antwort gewesen war. Als habe er geahnt, dass die Frau mit den Reptilienaugen sich auf das Gedankenlesen verstand und jede seiner Antworten auf ihre Richtigkeit überprüfen würde, hatte er nichts als die Wahrheit gesagt. Am liebsten wäre sie auf den Bruder zugestürmt und hätte ihn in ihre Arme geschlossen. Wie klug er doch ist, dachte sie vergnügt, während sie die Vorgänge weiter beobachtete.

»An deine Schwester also?«, wiederholte der Schwarze Fürst, nachdem die Gestaltwandlerin mit einem enttäuschten Achselzucken zur Seite getreten war. »Und wer bist du?«

»Meine Name ist Alarik, Herr! Alarik von Gleißenhall.«

»Dann entstammst du also der Herrscherfamilie, die das Güldenland regiert?« Borborons Miene erhellte sich.

Alarik antwortete nicht. Schweigend senkte er den Kopf und biss sich auf die Lippen. Er schien sich zu ärgern, dass er so unbedacht gewesen war, seinen vollen Namen zu nennen.

»Wie man sich erzählt, verfügt dein Vater über große Reichtümer«, fuhr Borboron fort, während er sich erhob und auf den Jungen zutrat. »Vielleicht ist er ja daran interessiert, mit mir ins Geschäft zu kommen?«

»Niemals!« Mit einem Ruck hob der Junge den Kopf und blickte den Tyrannen furchtlos an. »Mein Vater steht auf der Seite des Lichts und macht keine Geschäfte mit den Dunklen Mächten!«

Stimmt, dachte Alienor. Unsere Familie zählt seit alters her zu den treuesten Dienern Elysions.

»Nein?« Der Schwarze Fürst lächelte verschlagen. »Weißt du, dass eure Urahnen dereinst sogar Handel mit den Drachenkönigen getrieben haben, die den Kriegern des Lichts alles andere als freundlich gesonnen sind?«

»Das kann nicht stimmen!« Alariks blaue Augen blitzten. »Ihr müsst Euch irren!«

»Ich verstehe!« Ein schmales Lächeln verlieh Borborons fahlem Gesicht gespensterhafte Züge. »Dein Vater hat das bislang schamhaft für sich behalten.« Er hob die Arme und seufzte

theatralisch. »Nun, Alarik von Gleißenhall, dann will ich König Malik nicht vorgreifen. Er soll dir selbst offenbaren, welcher Makel auf der Dynastie derer von Gleißenhall lastet! Was mich im Moment viel mehr interessiert …« – Er stützte sich auf die Lehne von Alariks Stuhl und beugte sich dicht zu ihm herunter – »… Warum hast du dieses Mädchen vom Menschenstern auf seiner Reise zum Fatumgebirge begleitet?«

Der Junge zögerte nicht einen Augenblick mit der Antwort. »Weil Laura für die Sache des Lichts streitet genau wie ich!«, erklärte er mit kühnem Trotz.

»Dann weißt du sicherlich auch, was sie vorhat?«

»Nein, Herr, leider nicht.« Ehrliches Bedauern zeigte sich auf dem Gesicht des Knappen. »Schließlich hatten wir den verwunschenen See noch längst nicht erreicht, als Euer Drache mich geschnappt hat.« Er richtete sich im Stuhl auf, und sein Körper straffte sich. »Aber selbst wenn, würde ich es Euch nicht verraten!«

»Selbst nicht, wenn du sterben müsstest?«

»Selbst dann nicht.« Furchtlos sah Alarik den Schwarzen Fürsten an. »Ich kann doch nicht zulassen, dass Ihr und Eure Krieger die Oberhand gewinnt, um dem Ewigen Nichts zur Herrschaft zu verhelfen!«

Alienor fiel vor Schreck beinahe ein Teller aus der Hand. Wenn Borboron etwas noch mehr hasste als offenen Widerspruch, dann war es das klare Bekenntnis für die Sache des Lichts!

Syrin konnte nicht mehr an sich halten. Das Gesicht zu einer wilden Fratze der Wut verzerrt, sprang sie wie ein Derwisch vor Alarik auf und ab. »Du elender Wurm!«, schrie sie, und einmal mehr hatte Alienor den Eindruck, als schwebe der Kopf einer riesigen Schlange auf dem Hals der Gestaltwandlerin, wenn auch nur für den Bruchteil eines Augenblicks. »Du weißt, dass du damit dein Todesurteil gesprochen hast!«

Noch immer schien Alarik die Ruhe selbst. »Und wenn schon«, erwiderte er, während er dem stechenden Blick der Tobenden standhielt. »Tötet mich nur – aber das wird Euch nichts nutzen. Dadurch werdet Ihr Laura nicht aufhalten können. Ihr wisst doch genauso gut wie ich, dass sie immer noch unter dem ganz besonderen Schutz steht, den das Gebot der ›Leeren Hand‹ ihr gewährt.«

»Was du nicht sagst, Alarik von Gleißenhall!« Borboron schob Syrin rüde zur Seite. »Das mag ja seine Richtigkeit haben …« – Er wandte sich wieder dem Jungen zu – »… aber könnte es nicht sein, dass du etwas übersiehst? Eine winzige Kleinigkeit vielleicht?«

Alienor hielt den Atem an. Das Antlitz ihres Bruders verfärbte sich. »Was … Was meint Ihr, Herr?«

»Nun.« Als belustige die Angst, die Alarik ins Gesicht geschrieben stand, den Herrscher nur, ließ der erneut ein gespensterhaftes Lächeln sehen. »Wie mir scheint, hast du vergessen, dass das Gebot der ›Leeren Hand‹ allein für mich und meine Krieger gilt – jedoch keineswegs für die zahlreichen Geschöpfe, die auf unserer Seite stehen – habe ich nicht Recht, Alarik von Gleißenhall?«

Natürlich!, dachte Alienor. Borboron hat Recht. Bestimmt hat er seine widerwärtigen Kreaturen längst auf den Weg geschickt, damit sie Laura mit aller Macht von ihrer Aufgabe abbringen.

Alarik war zusehends blasser geworden. »Ihr glaubt doch nicht im Ernst«, sagte er, um Tapferkeit bemüht, »dass die etwas ausrichten können gegen Laura? Mit der Kraft des Lichts wird sie jedes Hindernis überwinden, und sei es auch noch so groß. Zumal …« Er schien einen Augenblick nachzusinnen, bis sich seine vollen Lippen plötzlich zu einem ebenso breiten wie zufriedenen Lächeln verzogen.

Was nicht nur Alienor, sondern offensichtlich auch Borboron ein Rätsel aufgab. »Du verkennst den Ernst deiner Lage«, hob der Tyrann an, die Augen von roter Glut gefärbt. »Sonst würde dir das Lachen vergehen.«

»Ganz im Gegenteil, Herr.« Alarik strahlte nun fast. »Ich weiß, dass ich keine Gnade von Euch zu erwarten habe. Aber ich weiß jetzt auch, dass Laura das Orakel der Silbernen Sphinx gelöst haben muss! Sonst würdet Ihr doch nicht so viel Aufhebens um sie machen!« Ein Gefühl des Triumphes ließ ihn strahlen. »Und ich schwöre Euch: Der Tag ist nicht fern, an dem sie ihren Vater befreien und Euch für Eure schändlichen Taten zur Rechenschaft ziehen wird!«

Oh nein!, schrie eine Stimme in Alienor auf. Damit hat Alarik sein Leben verwirkt.

»Wie lange wollt Ihr Euch diese Unverschämtheiten denn noch bieten lassen, Herr?«, geiferte Syrin, bebend vor Zorn. »Tut endlich, was Ihr schon gestern Abend hättet tun sollen. Tötet diesen Knaben, denn er wird uns nichts verraten können, was wir nicht ohnehin schon wissen. Selbst wenn er der Sohn von König Malik ist, ist er vollkommen nutzlos für uns!«

»Du irrst, Syrin.« Beinahe belustigt schüttelte der Tyrann den Kopf. »Dein grenzenloser Zorn scheint dir die Sinne zu vernebeln. Zumindest trübt er dein Urteilsvermögen – und das zum wiederholten Male. Sonst hättest du auf Anhieb erkannt, dass der Junge wie geschaffen ist für meinen Plan.«

Der hünenhafte Tyrann packte Alarik an den Schultern, zog ihn vom Stuhl hoch und drehte ihn um die eigene Achse. »Schau dir den Jungen doch nur an! Er ist groß und kräftig und gewiss auch ausdauernd und zäh. Und dass er über großen Mut verfügt, hat er doch gerade eindrucksvoll bewiesen, nicht wahr?«

Syrin deutete ein Nicken an.

»Deshalb kann ich mir niemanden vorstellen, der besser für unsere Zwecke geeignet wäre als Alarik – habe ich nicht Recht?«

»Äh«, stammelte die Gestaltwandlerin, bevor sie sich wieder fasste. »Natürlich, Herr, natürlich!«

Zufrieden lächelnd schob er den Jungen auf die Gestaltwandlerin zu. »Dann sorge dafür, dass er der Sklavenaufseherin übergeben wird!«, befahl er ihr barsch. »Und zur Hölle mit ihr, wenn sie nicht gut auf ihn aufpasst, bis er mit dem nächsten Transport in die Feuerberge verfrachtet wird!«

Schnurgerade Stuhlreihen waren in der Turnhalle aufgebaut. Die Lehrer und Schüler hatten Platz genommen und blickten erwartungsvoll auf das Rednerpult, das schräg unterhalb des Basketballkorbs an der Stirnseite des Raumes stand. Doch die buschigen Lorbeerpflanzen, die es wie stumme Bodyguards links und rechts flankierten, zierten nur ein leeres Pult. Noch immer war keine Spur von Professor Aurelius Morgenstern zu sehen. Und auch Miss Mary Morgain und Percy Valiant ließen noch auf sich warten.

Lukas wurde langsam unruhig. Besorgt warf er einen Blick auf die Armbanduhr: bereits zwanzig Minuten nach zehn! Irgendetwas stimmt da nicht, flüsterte ihm eine innere Stimme zu. Die lassen uns doch nicht ohne Grund so lange schmoren. Der Professor weiß doch, dass es die meisten Schüler kaum erwarten können, dem Internat den Rücken zu kehren und in die Ferien zu düsen. Morgenstern ist schließlich kein Unmensch.

Nicht nur unter den Schülern, sondern auch in den vorderen Reihen, die für das Kollegium reserviert waren, war inzwischen Unruhe aufgekommen. Dr. Schneider-Ruff schüttelte ebenso verständnislos den Kopf wie Edelgard Holunder, die neben ihm saß. Sebald Mages flüsterte mit Dschingis Wagner, der nur ratlos die Brauen hochzog.

Lukas drehte sich um und schielte zu Attila Morduk hinüber. Der Hausmeister saß am Steuerpult der Lautsprecheranlage, die er auf Geheiß von Dr. Schwartz eigens für die Abschlussfeier besorgt hatte. Als er den fragenden Blick des Jungen bemerkte, verzog er das runde Gesicht und fuhr sich mit den Pranken über die Glatze. Keine Ahnung, schien er Lukas bedeuten zu wollen, ich weiß auch nicht, wo die bleiben!

Was geht hier vor, verdammt noch mal?

Da wurde die Tür aufgerissen, und zwei Männer betraten die Turnhalle: Kommissar Bellheim und sein Assistent Anton. Während Letzterer am Eingang zurückblieb, als fürchte er, einer aus der Menge der Versammelten könne die Flucht ergreifen, begab sich sein bulliger Chef mit dem militärischen Stoppelhaarschnitt zielstrebig zum Rednerpult. Der Mantel, auf den er trotz der Sommerhitze nicht verzichtet hatte, wehte wie ein unheimlicher schwarzer Schweif hinter ihm her.

Bellheim griff zum Mikrophon und bog es für seine Größe – er maß kaum mehr als einen Meter und sechzig – zurecht. Die schrillen Laute einer Rückkopplung piekten wie akustische Nadelstiche durch den Raum und erschreckten die Ravensteiner. Auch der Kommissar verzog schmerzvoll das Gesicht und warf Attila einen empörten Blick zu. Morduk machte sich hektisch an den Reglern zu schaffen, bis die Misstöne endlich verstummten.

Ein erleichtertes Aufatmen ging durch die Reihen.

Bellheims Gesicht wirkte jedoch genauso finster wie zuvor. Vorsichtig tippte er mit dem Zeigefinger ans Mikro. »Eins, zwei«, sagte er. »Eins, zwei, Test.« Schließlich richtete er das Wort an die Versammelten. »Ähm …«, begann er. »Für alle, die mich noch nicht kennen: Mein Name ist Bellheim, Wilhelm Bellheim, und ich arbeite bei der Kripo in Hohenstadt. Entschuldigen Sie bitte die Störung, meine Damen und Herren, aber seien Sie versichert, dass ich nicht hier wäre, wenn es sich nicht um eine ernste Angelegenheit handeln würde.«

»Warum kommt er nicht endlich zur Sache, zum Geier?«, flüsterte Magda Schneider, die direkt neben Lukas saß.

Einige der Umsitzenden kicherten.

Nur Lukas war nicht zum Lachen zu Mute.

»Wie einige von Ihnen bestimmt schon wissen«, fuhr der Kommissar auch schon fort, »ist eine Schülerin des Internats seit zwei Tagen spurlos verschwunden.«

Worte der Überraschung waren allenthalben zu hören, sodass der Kommissar die Stimme heben musste, um die wild durcheinanderredenden Schüler und Lehrer zu übertönen. »Sie besucht die 7b und heißt ... Laura Leander!«

Überrascht starrten die Jungen und Mädchen Lukas an. »Hast du nicht gesagt, Laura wäre krank?«, flüsterte Mr Cool.

»Genau«, ereiferte sich Hoppel links neben ihm. »Und würde sich in eurem Haus in Hohenstadt auskurieren?«

Lukas senkte den Kopf und schwieg. Natürlich hatte er die Mitschüler, die sich am Tage nach Lauras Verschwinden nach ihr erkundigt hatten, auf diese Weise zu beschwichtigen versucht. Er musste ziemlich überzeugend geklungen haben, denn nicht einer von ihnen hatte seine Aussage in Zweifel gezogen. Auch Lauras Lehrer, die weder zu den Wächtern noch zu den Dunklen zählten und deshalb nicht das Geringste von den fantastischen Geschehnissen auf Burg Ravenstein ahnten, hatten sich mit dieser Erklärung zufriedengegeben. Kein Wunder also, dass die Mitteilung des Kommissars für sie eine Überraschung bedeutete.

Kaja und Magda dagegen, die zumindest teilweise in das große Geheimnis eingeweiht waren, zogen betroffene Gesichter.

Dr. Schwartz und Pinky Taxus jedoch grinsten triumphierend.

Deshalb also!, ging es Lukas mit einem Mal auf. Deshalb konnten es die beiden gar nicht erwarten, in die Turnhalle zu kommen. Sie wussten, dass Bellheim hier aufkreuzen würde. Das bedeutet …

»Nach unseren Erkenntnissen wurde Laura am späten Nachmittag des einundzwanzigsten Juni zum letzten Mal gesehen«, erklärte der Kommissar. »Seitdem fehlt jede Spur von dem Mädchen, sodass sich seine Stiefmutter veranlasst sah, eine Vermisstenanzeige zu erstatten.«

»Was?«, entfuhr es Lukas gegen seinen Willen. Vor Überraschung blieb ihm fast die Spucke weg. Aber Sayelle ist doch in Asien unterwegs! Und hat sich seit Tagen nicht mehr gemeldet. Weder bei Laura noch bei mir. Sie kann doch gar nicht wissen, dass Laura … Aber da dämmerte es ihm, woher der Wind wehte.

Dr. Schwartz und Pinky!

Sie mussten die Stiefmutter nicht nur informiert, sondern auch zu der Anzeige gedrängt haben! Und sicherlich hatten sie auch die Kripo mit ersten Informationen versorgt.

Lukas rutschte tiefer in den Sitz. Wie raffiniert ihre Feinde doch waren! Deshalb also hatte Dr. Schwartz am Morgen nach Lauras Verschwinden die Internatsleitung niedergelegt: Weil er und Pinky damit gerechnet hatten, dass Professor Morgenstern Lauras Verschwinden nicht anzeigen würde. Was allerdings seine Pflicht als Schulleiter gewesen wäre! Mit diesem Fehler hatte Morgenstern ihnen also einen willkommenen Anlass geliefert, ihm erneut die Polizei auf den Hals zu hetzen.

Lukas wurde ganz schwummerig vor Augen, und die Ausführungen des Kommissars drangen nur noch durch dichten Nebel an sein Ohr.

»Laura wurde mir als sehr verantwortungsbewusste Schülerin geschildert, die bisher noch niemals von der Schule oder von zu Hause weggelaufen ist. Sie hätte auch nicht den geringsten Grund dazu. Ich kann daher nicht verhehlen, dass wir die Angelegenheit sehr ernst nehmen«, fuhr Bellheim fort. »Ich will den Teufel ja nicht an die Wand malen, aber wir können ein Verbrechen nicht mehr ausschließen, auch wenn wir natürlich darauf hoffen, sie wohlbehalten wiederzufinden. Ich darf Sie daher alle, ob Lehrer oder Schüler, ganz herzlich darum bitten, unsere Arbeit nach besten Kräften zu unterstützen. Jeder, der uns sachdienliche Hinweise liefern kann, weil er Laura vielleicht unmittelbar vor ihrem Verschwinden noch gesehen hat und so weiter, wende sich bitte an meinen Assistenten.« Er wies auf die hagere Gestalt, die wie eine gekrümmte Bohnenstange neben dem Ausgang lehnte. »Anton wird die Aussagen zu Protokoll nehmen, und ich verspreche Ihnen, dass wir jeder Spur nachgehen werden. Lauras Klassenkameraden sollen sich bitte alle zu unserer Verfügung halten. Sie werden gebeten, das Internat nicht zu verlassen, bevor sie eine Aussage gemacht haben. Und ihr Bruder …« – Bellheim stellte sich auf die Zehenspitzen und spähte durch die Reihen der Schüler, als hoffte er, Lukas zu entdecken. Dabei kannte er ihn doch gar nicht! – »… ihr Bruder Lukas wird gebeten, sich unmittelbar nach der Zeugnisverteilung im Büro des Direktors einzufinden. Ich danke Ihnen.« Damit bog der Kommissar das Mikrophon wieder hoch und verließ nach einem kurzen Nicken in Antons Richtung den Raum.

Unter den Schülern und Lehrern begann es zu brodeln wie in einem Stock wild gewordener Bienen. Ein geradezu irrwitziger Redeschwall setzte ein, und die hitzigen Diskussionen stoppten selbst dann nicht, als Dr. Schwartz ans Mikro trat und lautstark Ruhe forderte.

Kaja sah Lukas ängstlich an. »Was machen wir denn jetzt, Lukas?«, flüsterte sie beklommen. »Wie willst du diese fantastische Geschichte bloß der Polizei erklären?«

Kaja hatte den Nagel auf den Kopf getroffen. Es gab einfach keine vernünftige Erklärung für Lauras Verschwinden. Zumindest nicht für einen normalen Menschen – und schon gar nicht für einen Kriminalkommissar. Bellheim würde weder ihm noch jemand anderem abnehmen, dass Laura sich bester Gesundheit erfreute und sich im Augenblick auf Aventerra befand. Der Beamte, in dessen Job nur handfeste Indizien und gesicherte Fakten zählten, würde bei seinen Nachforschungen nicht eine konkrete Spur von Laura entdecken. Wie sollte er auch? Deshalb musste er annehmen, dass ihr etwas zugestoßen war. Und es war Bellheims Pflicht herauszufinden, wer dafür die Verantwortung trug. Lukas ahnte längst, auf wen am Ende der Verdacht des Kommissars fallen würde.

Auf Professor Aurelius Morgenstern natürlich!

Schließlich hatte der Direktor keine plausible Erklärung dafür, warum er als Leiter des Internats das plötzliche Verschwinden der Schülerin nicht gemeldet hatte. Weder Lauras Mutter noch der Polizei. Damit hatte sich Morgenstern nicht nur einer eklatanten Verletzung seiner Amtspflicht schuldig gemacht, sondern sich zugleich dem schrecklichen Verdacht ausgesetzt, selbst etwas mit dem Verschwinden des Mädchens zu tun zu haben. Einem Verdacht, den Morgenstern durch nichts auf der Welt würde zerstreuen können. Zumindest nicht in den nächsten drei Monaten. Und da unglücklicherweise nach wie vor ein Mordverdacht auf ihm lastete, würde sich die Schlinge um seinen Hals immer weiter zuziehen.

Kapitel 8 Ein ungeheuerlicher Verdacht

Venik sah Laura überrascht an. »Warum willst du wissen, wohin ich unterwegs bin, Laura?«

»Ähm«, antwortete das Mädchen gedehnt. »Weil es doch einen Grund haben muss, weshalb du dich in dieser gottverlassenen Gegend herumtreibst.«

»Gottver-was?«, fragte der Junge verwundert.

Gottverlassen, wollte Laura eben wiederholen, als ihr einfiel, dass dieses Wort einem Bewohner von Aventerra wahrscheinlich völlig unbekannt war. Sie hatte keine Ahnung, ob auf dem Schwestergestirn der Erde so etwas wie Religionen oder Weltanschauungen existierte. Aber wenn doch, dann unterschieden sich diese mit Sicherheit von denen auf der Erde.

»Warum du dich in einer so einsamen Gegend herumtreibst, wollte ich wissen«, erklärte sie also rasch. »Wo weit und breit niemand zu sehen ist.«

»Ach so!« Der Junge lächelte verständnisvoll. »Ganz einfach – weil ich auf der Suche bin – und auf der Flucht!«

»Auf der Flucht?« Unwillkürlich drehte sich Laura um und ließ mit angespannter Miene den Blick umherschweifen, als rechne sie damit, dass Veniks Verfolger jeden Moment auftauchen würde. »Vor wem denn?«

»Vor Borboron und seiner Schwarzen Garde«, erklärte der Junge. »Aber keine Angst, im Augenblick sind wir außer Gefahr. Schließlich bin ich ständig auf der Hut und meide die

Gegenden, in denen sich der Tyrann und seine Krieger häufig herumtreiben.«

Veniks Beteuerungen zum Trotz spähte Laura neuerlich in die Runde, bevor sie sich wieder dem Jungen zuwandte. »Bist du sicher, dass wir hier nicht in Gefahr sind?«

»Ganz sicher sogar!« Venik nickte. »Hier im Hochland von Karuun gibt es niemanden, von dem wir was zu befürchten hätten – wenn man von den gewöhnlichen Schurken, Halsabschneidern oder Meuchelmördern einmal absieht.«

»Ach, ja?« Laura runzelte die Stirn. »Dann bin ich ja beruhigt.«

Venik, der die trockene Ironie in ihrer Stimme gar nicht zu bemerken schien, nickte. »Ja«, sagte er ernst. »Und dann gibt es natürlich noch die Sklavenjäger, die immer auf der Jagd nach Beute sind. Aber solange ich bei dir bin, hast du selbst von diesen nichts zu befürchten. Schließlich werde ich als Magier mit solchen Kleinigkeiten spielend fertig.«

»Ach ja!«, kommentierte Laura trocken. »Davon konnte ich mich eben ja mit eigenen Augen überzeugen!«

»Ach!« Der Junge winkte ab. »Das war nur ein kleiner Missgriff, weiter nichts. Ich muss irgendwie zwei Zaubersprüche verwechselt haben, sonst hätte ich die Klauenmorks mit Leichtigkeit in die Flucht geschlagen. Aber leider …« – Er seufzte, und Laura glaubte Wehmut in seinen Augen zu sehen – »… leider war meine Ausbildung noch nicht beendet, als mein Vater –« Venik brach ab, und sein fröhliches Gesicht verschattete sich wie ein Frühlingshimmel, an dem Regenwolken aufziehen.

Laura fühlte Mitleid in sich aufsteigen. »Was ist mit deinem Vater?«

»Ach – das ist eine traurige Geschichte. Viel zu traurig, um sie zu erzählen.« Er bemühte sich um ein Lächeln. »Außerdem haben wir jetzt Wichtigeres zu tun. Wir sollten lieber Ausschau nach einer Siedlung halten. Ich habe Hunger und Durst und seit Tagen nichts Vernünftiges mehr zwischen die Zähne gekriegt. Und zur Abwechslung fände ich es nicht schlecht, mal nicht unter freiem Himmel zu schlafen.«

Wenn ich ein Magier wäre, würde ich mir jeden Tag die köstlichsten Mahlzeiten herbeizaubern, kam es Laura in den Sinn. Und natürlich auch den lauschigsten Schlafplatz, den man sich nur denken kann. Noch im gleichen Moment ging ihr allerdings auf, wie albern diese Vorstellung war. Magische Kräfte waren viel zu wertvoll, um sie an Alltäglichkeiten wie Essen und Trinken zu verschwenden! Daran konnte man auch so gelangen. Und gewiss war die nächste Ansiedlung nicht weit. Dazu musste man nur lange genug reiten. Da erst fiel ihr auf, dass Venik ganz offensichtlich über kein Reittier verfügte.

Als habe der Junge ihre Gedanken gelesen, stieß er einen lauten Pfiff aus – überraschenderweise spitzte er dazu weder die Lippen, noch steckte er die Finger in den Mund! –, und schon trat ein Tier zwischen den Bäumen hervor. Es war gezäumt und trug ein sattelähnliches Gestell auf dem Rücken – und war dennoch alles andere als ein Pferd. Vielmehr ähnelte es einem Ochsen, obwohl die Beine viel länger und schlanker waren als die eines gewöhnlichen Rindes. Mit dem Schwanz verhielt es sich ähnlich. Die beiden Hörner jedoch schienen direkt aus der mächtigen Stirn zu wachsen. Und unterhalb seines fleischigen Maules hing ein langer Ziegenbart. Dessen Zotteln waren ebenso schwarzweiß gescheckt wie das Fell, das sich über den muskulösen Körper spannte. Grazil wie eine Gazelle trat das Tier vor den Jungen.

Laura staunte. So einen Vierbeiner hatte sie noch nie gesehen.

»Alles in Ordnung, Kraomir?« Sanft kraulte Venik das Fell des seltsamen Wesens. »Die Monster haben dir einen fürchterlichen Schrecken eingejagt, nicht wahr?« Damit wandte er sich an Laura. »Kraomir fürchtet sich vor den Klauenmorks«, erklärte er. »Was auch nicht weiter verwunderlich ist. Schließlich gehören die Hornbüffel ja zu ihren bevorzugten Beutetieren, nicht wahr?«

»Die ... Die Hornbüffel?«, fragte Laura gedehnt.

»Die Klauenmorks verspeisen mit Vorliebe deren Kälber – Kraomir hat Panik bekommen, als die Ungeheuer aufgetaucht sind. Er hat mich abgeworfen und sich zwischen die Bäume geflüchtet, sonst hätten die Monster mich doch niemals erwischt.«

Ohne eine Antwort abzuwarten, schwang Venik sich in den Sattel. »Los, komm«, rief er dem Mädchen zu. »Oder willst du hier alleine bleiben?«

»Nicht so hastig«, rief Laura ihm zu und nestelte die Wasserflasche vom Sattelknopf. Nachdem sie sie gefüllt und Sturmwind seinen Durst gestillt hatte, kletterte sie auf den Rücken ihres Hengstes. »Wo reiten wir denn hin?«

Der Junge deutete in die Ferne. »Bevor die Ungeheuer mich überrascht haben, habe ich in dieser Richtung Rauch aufsteigen sehen.« Damit schnalzte er mit der Zunge und trieb den Hornbüffel an.

Kraomir preschte davon. Trotz seiner plumpen Gestalt war er erstaunlich schnell, sodass Sturmwind einige Galoppsprünge brauchte, um zu ihm aufzuschließen.

Seite an Seite ritten Laura und Venik dahin. Keiner von ihnen bemerkte das Wesen mit den rot glühenden Augen, das gleich einem grauen Nebelschwaden im Hain gelauert hatte. Nun sank es zu Boden und schien zu zerfließen. Doch es schlängelte sich als zuckendes Gewimmel schemenhafter Tentakel zwischen den Grashalmen dahin und folgte den beiden Reitern.

»Jaaaa!« Mit einer triumphierenden Geste deutete Syrin auf den Sehenden Kristall, der vor ihr auf dem Tisch stand. »Es hat geklappt! Seht doch, mein Gebieter, alles läuft genauso, wie ich es Euch versprochen habe! Dieses Balg vom Menschenstern hat meinen Helfer nicht entdeckt. Er wird sich an Lauras Fersen heften und sie nicht mehr aus den Augen lassen, wo immer sie sich auch hinwenden mag!«

Der Schwarze starrte auf die kindskopfgroße Kugel, in deren Innerem Laura und Venik auf ihren Reittieren zu sehen waren, die über eine grasige Ebene sprengten und von dem in irrwitziger Geschwindigkeit dahinschlängelndem Gewürm verfolgt wurden. Ein böses Lächeln huschte über das Antlitz des Tyrannen. »Ich habe nichts anderes erwartet«, beschied er ihr kühl. »Und nach den Misserfolgen, die du dir geleistet hast, will ich doch sehr hoffen, dass dein Plan aufgeht. Schließlich steht eine Menge auf dem Spiel – auch für dich!«

»Ich weiß, Herr!« Mit der rechten Krallenhand fuhr Syrin über die Kristallkugel. Das Bild in deren Innerem verblasste, bis es schließlich ganz erlosch. »Aber seid getrost – diesmal wird es uns gelingen, Laura zu vernichten. Nicht einmal das Gebot der ›Leeren Hand‹ wird sie retten. Sie bewegt sich jetzt in unserer Welt, und auf Aventerra ist meine Macht um vieles stärker als auf dem Menschenstern.«

Die Reptilienaugen funkelten giftig gelb. »Was immer Laura auch tun und wie viel Unterstützung sie auch erfahren mag, sie wird Aventerra nicht lebend verlassen!« Die Gestaltwandlerin warf sich in die Brust, sodass das Rad der Zeit, das um ihren Schlangenhals hing, ins Baumeln geriet. Sanft legte sie Borboron die Hand auf die Schulter. »Das schwöre ich Euch bei meinem Leben, mein Gebieter!«

Während der Schwarze Fürst ihre Hand wegwischte wie ein lästiges Insekt, sagte er: »Du hast hoffentlich nicht vergessen, dass ich dich beim Wort nehmen werde, wenn du erneut versagen solltest.«

»Nein, nein, Herr, natürlich nicht.« Unterwürfig senkte die Gestaltwandlerin den Kopf. »Ich hoffe nur…« Sie brach ab, als fehle ihr der Mut, die restlichen Worte auszusprechen.

»Ja?« Borboron fasste sie grob unters Kinn. »Nur zu, Syrin – ich tue dir nichts!« Seine Lippen zuckten hämisch. »Jedenfalls jetzt noch nicht.«

Die Gestaltwandlerin schluckte. Trotz der Furcht, die in ihre Augen geschrieben stand, sprach sie weiter. »Ich hoffe, dass Ihr dann endlich erkennt, wer Euch und unserer gemeinsamen Sache von größerem Nutzen ist: dieser erbärmliche Wicht von Fhurhur, der sich einen Schwarzmagier schimpft und Euch zu helfen vorgibt, dabei aber kläglich versagt – oder ich, Eure untertänigste Dienerin.«

Der Schwarze Fürst erwiderte nichts. Das überlegene Grinsen, das um seine blutleeren Lippen spielte, verriet, wie sehr er die erbitterte Rivalität seiner Helfer genoss. Gab es etwas Besseres als Vasallen, die sich im Wetteifer um seine Gunst gegenseitig zu überflügeln suchten und deshalb mit allen ihnen zur Verfügung stehenden Mitteln gegen die Kreaturen des Lichts zu Felde zogen?

So kommen wir doch nicht weiter, Herr Professor.« Mit stechendem Blick musterte Kommissar Bellheim Aurelius Morgenstern, der wie versteinert hinter dem Schreibtisch seines Büros saß. Die grellen Strahlen der Nachmittagssonne schienen ihm direkt ins Gesicht und ließen es noch blasser wirken. »Wie sollen wir dieses Mädchen denn finden, wenn Sie mir nicht alles erzählen, was Sie wissen?«

»Aber das habe ich doch, Herr Kommissar«, erwiderte Aurelius ganz ruhig. »Herr Valiant und ich haben Laura Leander am Nachmittag des einundzwanzigsten Juni zum letzten Mal gesehen und sie seitdem nicht mehr zu Gesicht bekommen.« Er warf dem Sportlehrer, der wie Miss Mary und Lukas auf einem Stuhl an der Wand Platz genommen hatte, einen zustimmungsheischenden Blick zu.

Der Blonde nickte.

Aurelius Morgenstern hob wie zur Entschuldigung die Hände. »Tut mir leid, Herr Bellheim, aber ich kann Ihnen beim besten Willen keine vernünftige Erklärung für Lauras Verschwinden liefern!«

Wie Recht der Professor doch hatte!

Lukas bewunderte den alten Mann, der die Nerven behielt, obwohl ihm längst klar sein musste, dass er sich in einer misslichen Lage befand. Der arme Morgenstern ist einer hungrigen Spinne ins Netz gegangen und muss ohnmächtig mit ansehen, wie sein Jäger unablässig weitere Fäden um ihn spinnt, dachte Lukas.

»Ich verstehe Sie nicht.« Der Kommissar warf dem Direktor einen lauernden Blick zu. »Sie sind doch ein intelligenter Mensch und müssten wissen, wie verdächtig Sie sich damit machen.« Als der Direktor sich jeden Kommentars enthielt, seufzte Bellheim theatralisch und schlug die Augen zur Decke. »Also gut, wie Sie wollen. Dann fasse ich den Stand unserer Ermittlungen noch mal kurz zusammen: Die überwältigende Mehrzahl der Befragten hat übereinstimmend ausgesagt, Laura Leander zuletzt während des gemeinsamen Abendessens am einundzwanzigsten Juni gesehen zu haben. Ihr Bruder Lukas …« – Er schielte in Richtung des Jungen – »… und ihre Zimmergenossin Kaja Löwenstein dagegen erklären, das Mädchen habe sich etwa *eine halbe Stunde* vor Mitternacht von ihnen verabschiedet und Ravenstein mit unbekanntem Ziel verlassen. Ist das richtig, junger Mann?«

Lukas nickte.

»Was allerdings im Gegensatz zu den Aussagen von Dr. Quintus Schwartz und Frau Rebekka Taxus steht. Die beiden wollen nämlich beobachtet haben, wie Laura *kurz vor Mitternacht* in Begleitung ihres Bruders und ihrer Freundin Katharina Löwenstein das Burggebäude verließ. Was sowohl von Lukas als auch von dieser Kaja bestritten wird. Diese gaben vielmehr zu Protokoll, bei dem Mädchen in ihrer Begleitung habe es sich um …« – Er zog den Notizblock hervor, den er hinter dem Rücken gehalten hatte, und warf einen schnellen Blick darauf – »… um eine gewisse Magda Schneider gehandelt, die bei diesem nächtlichen Ausflug die Kleidung von Laura Leander trug. Was Magda in der Tat bestätigt hat. Die Begründung, die sie dafür anführte, war allerdings mehr als merkwürdig.« Er sah die im Büro Versammelten der Reihe nach eindringlich an. »Angeblich hat Lukas Leander sie darum gebeten.« Der Kommissar, der gerade bei Lukas angelangt war, blieb vor ihm stehen. »Warum, Lukas? Warum hast du Magda Schneider die Kleidung deiner Schwester gebracht und sie dazu überredet, sie überzuziehen und mit dir und Kaja einen Spaziergang zum Drudensee zu machen? Und zwar ausgerechnet mitten in der Nacht?«, fragte er mit schneidender Stimme.

»Ähm … Nur … Ähm«, stammelte Lukas ganz in der Manier seiner Schwester. »Nur so …«

»Ja?« Der kantige Schädel des Kommissars schnellte vor wie der einer angriffslustigen Bulldogge. »Ich höre?«

»Ähm … Nur so zum Spaß.«

»Du erwartest doch nicht, dass ich dir das abnehme!«, donnerte Bellheim.

Obwohl er Lukas mit seinen Blicken förmlich zu durchbohren schien, wich der Junge ihm nicht aus, sondern schaute ihn unverwandt an.

»Diese ganze Maskerade war keineswegs ein Spaß«, fuhr

Bellheim fort, und die Falten in seinem Gesicht, die ihn um einige Jahre älter aussehen ließen, bewiesen, wie heftig sein Kriminalistengehirn arbeitete. »Dadurch sollte wohl vielmehr der Eindruck erweckt werden, dass sich Laura am einundzwanzigsten Juni kurz vor Mitternacht noch auf dem Gelände der Burg befand. Die entscheidende Frage ist nur – warum?« Damit drehte er sich um und ging wieder auf den Schreibtisch zu. Die stämmigen Arme auf die Platte gestützt, beäugte er nun den Professor misstrauisch. »Sollte mit dieser Scharade vielleicht bewiesen werden, dass Laura zu diesem Zeitpunkt noch am Leben war – obwohl sie in Wahr-«

»So ein Quatsch!« Lukas sprang auf. »Das stimmt doch überhaupt nicht!«

»Nein?« Wilhelm Bellheim fuhr herum und stemmte die Hände in die Hüften. »Wieso? Kannst du vielleicht beweisen, was mit Laura in der fraglichen Nacht geschehen ist? Nämlich in der Zeitspanne zwischen halb zwölf und kurz vor Mitternacht, um exakt zu sein? Was ist in dieser ominösen halben Stunde mit deiner Schwester passiert, Lukas? Wurde sie entführt? Oder vielleicht sogar … umgebracht?«

»Aber das ist doch Unsinn!« Lukas fühlte ohnmächtige Wut. Er war zu keinem vernünftigen Gedanken mehr fähig. »Das … Das … sind doch … nichts weiter als dumme Vermutungen!«, schrie er den Kommissar an.

»Ach, ja?« Die Mundwinkel des Kommissars zuckten kaum merklich. »Nenne es, wie du willst. Ich für meinen Teil zähle nur eins und eins zusammen und vertraue auf die Erfahrung von über zwanzig Dienstjahren. Und die sagt mir, dass an dieser Geschichte etwas faul sein muss – und zwar oberfaul. Und dass du offensichtlich mehr weißt, als du zugeben willst. Fragt sich nur – warum, Lukas?« Er beugte sich zu dem Jungen hinunter, bis seine Nasenspitze die von Lukas beinahe berührte. »Und warum hast du deinen Mitschülern am Morgen des 22. Juni erklärt, deine Schwester befände sich in eurem Bungalow in Hohenstadt, obwohl das nachweislich nicht der Fall war?«

Lukas musste schlucken, und Schweiß trat auf seine Stirn.

Sag, dass das nicht wahr ist, Paravain!« Der Hüter des Lichts blickte den Anführer seiner Leibgarde mit zunehmender Verzweiflung an. »Und warum überbringt Pfeilschwinge uns diese schlimme Botschaft erst jetzt?«

Der junge Ritter im schlichten weißen Gewand warf Morwena einen Hilfe suchenden Blick zu. Die Heilerin, die an dem prächtigen Tisch in der Mitte des Thronsaals lehnte, zuckte jedoch nur ratlos mit den Schultern.

»Nun, Herr … der Bote des Lichts wollte erst noch einem Gerücht nachgehen«, antwortete Paravain. »Ihm ist zu Ohren gekommen, dass sich im Leuchtenden Tal seltsame Dinge abspielen.«

Elysion kniff verwundert die Augen zusammen. »Und?«

»Er hat erfahren, dass bereits eine Delegation der Flatterflügler auf dem Wege hierher ist, um Euch persönlich Bericht zu erstatten, und hat seinen Erkundungsflug deshalb abgebrochen.«

»Gut. Aber was dieses Mädchen betrifft …« Der greise Mann mit dem ergrauten Haar verstummte und starrte abwesend vor sich hin. Tief in Gedanken, strich er sich über den weißen Bart, der ihm bis auf die Brust reichte.

Paravain und Morwena wagten nicht ihn zu stören. Es war so leise im großen Thronsaal von Hellunyat, dass selbst weit entferntes Vogelgezwitscher durch die geöffneten Fenster zu hören war.

Endlich löste sich die Starre, die den Hüter des Lichts befallen hatte. »Laura muss also Sterneneisen besorgen, damit das

Schwert des Lichts wieder in seinen ursprünglichen Zustand geschmiedet werden kann?«

»So ist es, Herr.« Paravain deutete eine Verbeugung an. »Die Stimme, die die Geschichten durch die Zeiten trägt, hat so laut gesprochen, dass Pfeilschwinge sie hell und klar vernehmen konnte. Und da der Geist des Wassers um alle Geheimnisse des Lebens weiß, wie Ihr uns gelehrt habt, gibt es wohl keinen Grund, an diesen Worten zu zweifeln.«

»Damit hast du Recht«, murmelte der Greis, bevor er neuerlich in Schweigen verfiel.

Morwena musterte den Gebieter besorgt. Ihr war, als sei sein ohnehin schon blasses Antlitz noch eine Spur fahler geworden. Kündigte sich eine Krankheit an? Oder hatte ihm die Nachricht des Adlers die Blässe ins Gesicht getrieben? »Die Kunde scheint Euch zu beunruhigen, Herr«, sagte sie.

»Du täuschst dich nicht, Morwena.« Der Herrscher machte einen Schritt auf die Heilerin zu und bemühte sich zu lächeln, was ihm allerdings misslang. »Es ist dieses Menschenkind, um das ich mich sorge – und zwar über die Maßen. Denn wenn die Botschaft des Adlers zutrifft, dann ist Lauras Leben verwirkt!«

»Verwirkt?«, fragte Morwena ungläubig.

Elysion nickte. »Du hast doch bestimmt schon von den Drachenkönigen gehört, die über das Drachenland herrschen?«

»Natürlich«, antwortete die junge Frau hastig. »Mehr als mir lieb ist – auch wenn ich noch keinen von ihnen leibhaftig zu Gesicht bekommen habe.«

»Das ist besser so, glaub mir, und du solltest stets darauf bedacht sein, ihnen aus dem Weg zu gehen.« Der Hüter des Lichts senkte die Lider und starrte einen Moment in die Ferne, bevor er sich wieder an die Heilerin wandte. »Dabei gab es Zeiten …«

»Ja?« Neugierig sah die Heilerin ihren Gebieter an, und auch der Weiße Ritter bedachte ihn mit fragenden Blicken.

»In jenen Tagen, als die Welten noch jung waren und die Morgenröte ihrer Existenz aus dem Dunkel der Zeiten heraufdämmerte, stand die Zeit im Zeichen der Drachen!«

Morwena und Paravain tauschten verwunderte Blicke, wagten Elysion aber nicht zu unterbrechen.

»Sie waren die mächtigsten Geschöpfe unter der Sonne«, fuhr der Hüter des Lichts fort. »Es gab niemanden, der sich mit ihnen hätte messen können, und so war es ganz natürlich, dass sich ihnen jeder unterwarf – jedes Geschöpf, ob groß oder klein. Ihr Reichtum war unermesslich, denn sie beherrschten die Reiche der vier Elemente – Erde, Wasser, Feuer und Luft. Alle Schätze, die diese bargen, standen unter der Obhut der vier Drachenkönige, von denen jeder über eines der Reiche bestimmte. Der Erddrache, dessen Schuppen den leuchtendgelben Blütenblättern der Sonnenblumen glich, war Herr über das Land. Er regierte über Wälder und Felder, Wüsten und Steppen, Täler, Berge und Höhen. Der blauhäutige Wasserdrache herrschte über die Quellen, Bäche, Flüsse, Meere und Seen. Der flammend rote Feuerdrache über die heiße Glut im Bauch und auf der Haut der Erde, über die Flammen und Lohen mitsamt ihrer zerstörerischen Kraft. Und der wie Silber schimmernde Sturmdrache befahl über die Lüfte und Winde, die um die Welten wehen, angefangen von der kleinsten Brise bis hin zum Orkan. Diese vier Drachenkönige wechselten sich ab in der Herrschaft über das gesamte Drachenland. Sie waren in ihrer Klugheit stets darauf bedacht, die Elemente zu achten, die ihnen als heilig galten. Sie nahmen jeden in Schutz, der sich ihrer Obhut anvertraute und ihre Gesetze respektierte. Solange jeder ihre Macht anerkannte und sich nicht an ihren Schätzen vergriff, herrschte Frieden auf der Welt. Von ihrem nördlichen Rand bis zur südlichen Grenze, vom fernen Osten, wo am Morgen die Sonne aufgeht, bis zum Westen, wo sie am Abend ihr müdes Haupt bettet –«

»Dann muss ihr Reich damals viel größer gewesen sein als heute, Herr?«, unterbrach Paravain.

»Es war unermesslich! Anfangs umspannte es sämtliche Lande Aventerras und reichte bis zum Menschenstern.«

»Und wie kommt es, dass ihr Herrschaftsgebiet jetzt nur noch die Regionen jenseits der Feuerberge umfasst?«, wollte Morwena wissen.

Elysions Blick schweifte erneut in die Ferne, und Paravain war, als habe sich Wehmut darin eingenistet. »Das ist eine lange Geschichte«, sagte der Greis schließlich. »Viel zu lang jedenfalls, um sie an einem einzigen Tag zu erzählen. Für heute nur so viel: Alles begann damit, dass die Habgier in unsere Welt kam und immer mehr Kreaturen den Drachenkönigen ihre unermesslichen Schätze neideten. So wurde der Keim der Zwietracht gesät, und der Wind der Zeiten verstreute ihre Früchte in alle Himmelsrichtungen. Die Saat ging auf und wurde zum Ursprung allen Übels. Die Welt teilte sich in Gut und Böse, jene unversöhnlichen Kräfte, die sich seitdem fortwährend bekämpfen. Schon vom ersten Augenblick ihrer Existenz an versuchte jede Seite unablässig mehr Macht zu erringen, und obwohl sich die Drachen beharrlich weigerten, sich einer der verfeindeten Parteien anzuschließen, blieb diese erbitterte Auseinandersetzung auch für sie nicht ohne Folgen. Im Laufe der Zeit wurde ihr Einfluss immer weiter zurückgedrängt, und so ist ihr Reich jetzt nur noch verschwindend klein. Vom Menschenstern hingegen wurden die Drachen bereits vor undenklichen Zeiten gänzlich vertrieben, und so darf es nicht verwundern, dass sie auf dessen Bewohner nicht gerade gut zu sprechen sind.«

»Sie hassen auch die Menschen? Ich dachte, dass sie nur gegen uns und unsere Verbündeten Groll hegen?«

»Uns ergeht es nicht halb so schlimm wie den Menschen.« Der Herrscher seufzte tief.

»Ihr sprecht in Rätseln, Herr.« Paravain runzelte die Stirn. »Was wollt Ihr damit sagen?«

Abwesend strich Elysion sich über den Bart. »Die Drachen hassen die Menschen so abgrundtief, dass sie einen entsetzlichen Fluch über sie ausgesprochen haben.«

Das Gesicht der Heilerin nahm einen besorgten Ausdruck an. »Dann sollte Laura ihnen lieber aus dem Weg gehen und einen weiten Bogen um das Drachenland machen.«

Der Hüter des Lichts schwieg und starrte für eine Weile gedankenverloren vor sich hin. Fast schien es, als wäge er sorgfältig ab, was er der jungen Frau antworten solle. »Nun«, hob er schließlich an, »wenn Laura ihre Aufgabe erfüllen und das Schwert des Lichts in seinen ursprünglichen Zustand zurückversetzen will, wird das nicht möglich sein.«

»Und warum nicht?«

»Hast du nicht verstanden, was ich vorhin erzählt habe?« Elysions Tadel war nicht zu überhören. »Am Anfang der Zeiten regnete es Eisen von den Sternen – und zwar in jenem Teil von Aventerra, der noch heute von den Drachenkönigen beherrscht wird. Somit befindet sich das erstarrte Erz noch immer in ihrem Besitz!« Die Stimme des greisen Mannes war brüchig wie altes Pergament. »Noch niemals haben sie auch nur eine Unze dieses Metalls, das kostbarer ist als alle anderen unter der Sonne, hergegeben – von einer einzigen Aus-«

»Oh nein!«, fiel ihm die Heilerin ins Wort. Angst verschattete ihr hübsches Gesicht. »Dann kann Laura ihre Aufgabe unmöglich erfüllen!«

Paravain machte einen Schritt auf die Heilerin zu und legte den Arm um ihre Schulter. »So kenne ich dich gar nicht«, sagte er und bemühte sich um ein aufmunterndes Lächeln. »Vergiss nicht, Morwena – bislang hat Laura noch alle ihre Aufgaben gelöst, selbst die allerschwierigsten. Warum also sollte sie diesmal versagen?«

»Weil noch nie jemand gegen die Drachenkönige bestehen konnte.« Morwena ergriff seine Hand. »Selbst Borboron und seine Heerscharen nicht – und der Schwarze Fürst hat schon zahlreiche Anläufe unternommen, um sie aus ihrem Reich zu vertreiben. Aber alle Versuche waren bislang erfolglos.«

»Ich kann Morwena nur beipflichten.« Der Hüter des Lichts sah den Anführer mit ernstem Blick an. Tiefer Kummer nistete in den Falten seines Antlitzes. »Dabei hast du nicht einmal Unrecht, Paravain. Laura hat sich tatsächlich als viel mutiger und tapferer erwiesen, als ich es noch vor einigen Monden vermutet hätte. Dass sie selbst das Orakel der Silbernen Sphinx zu lösen vermochte, das zuvor noch jedem zum Verhängnis geworden ist, hätte ich ihr niemals zugetraut …«

»Eben!«, bekräftigte Paravain. »Ich erinnere mich noch ganz genau an Eure Worte von damals.«

»… aber diesmal verhält es sich anders«, fuhr Elysion ungerührt fort. »Selbst wenn Laura es tatsächlich schaffen sollte, in den Besitz von Sterneneisen zu gelangen, hätte sie ihre Aufgabe doch erst zur Hälfte erfüllt. Denn sie müsste Hellenglanz auch noch zusammenschmieden lassen – und das halte ich für ausgeschlossen.«

Die junge Heilerin jedoch wollte sich damit nicht zufriedengeben. »Und warum?«, setzte sie nach.

Der Hüter des Lichts hob tadelnd den Finger. »Hättest du mich vorhin nicht unterbrochen, würde sich die Frage erübrigen!« Ein Schatten legte sich auf das Gesicht von Elysion. »Nur ein einziges Mal haben die Drachenkönige sich von einer kleinen Menge Sterneneisen getrennt – zu jener Zeit, als die Mächte des Guten und des Bösen sich noch nicht in unerbittlicher Feindschaft gegenüberstanden. Damals haben die Drachenkönige die Dunkelalben aufgesucht, die ihre ergebenen Untertanen waren – und gleichzeitig die kunstfertigsten Schmiede von ganz Aventerra. Sie haben ihnen einen Korb voll Sterneneisen überreicht und sie beauftragt, zwei Schwerter daraus zu schmieden, wie sie die Welt bis dahin noch nicht gesehen hatte und die um vieles mächtiger waren als alle anderen Waffen: das Schwert Hellenglanz und das Schwert Pestilenz. Ersteres haben sie uns, den Kriegern des Lichts, zum Geschenk gemacht und das zweite unseren Feinden, den Dunklen Mächten.«

»Aber …« Der junge Ritter sah seinen Herrn verständnislos an. »Warum haben sie das getan?«

»Ich kann darüber nur Vermutungen anstellen. Entweder wollten die Drachenkönige damit beweisen, über wie viel Macht sie mit diesem Sterneneisen verfügen. Oder sie haben darauf gehofft, dass die gegensätzlichen Kräfte zur Besinnung kommen, sobald die Schwerter ihnen vor Augen führen, wie viel Unheil solche Waffen anzurichten vermögen. Sollte das ihre Absicht gewesen sein, so haben sie sie verfehlt.« Er schüttelte sich, als könne er die bedrückende Erkenntnis abwerfen. »Wie auch immer: Nicht lange danach haben die Dunkelalben sich auf die Seite des Schwarzen Fürsten geschlagen. Seither sind sie Borboron treu ergeben. Bedauerlicherweise …«

Paravain und Morwena hielten den Atem an. »Ja?«

»… wissen nur die Dunkelalben das Schwert des Lichts wieder zusammenzuschmieden.«

Kapitel 9 Der Graumahr

Lukas senkte den Blick. Er wusste, dass es auf die Fragen des Kommissars keine befriedigende Antwort geben konnte. Die Lage war so hoffnungslos, dass er das Unheil, dass sich über ihnen zusammenbraute, fast körperlich zu spüren meinte.

Erneut wandte Bellheim sich an den Professor. »Und warum haben Sie, Herr Direktor, Laura Leander nicht vermisst gemeldet, als Ihnen ihr Verschwinden aufgefallen ist? Denn dass sie plötzlich nicht mehr da war, wird Ihnen ja nicht entgangen sein. Zumal Sie eine enge Beziehung zu ihr pflegten, wie mir berichtet wurde.«

Morgenstern räusperte sich und sah ihn mit gespielter Unschuld an. »Sie haben doch selbst erwähnt, welche Erklärung Luka-!«

»So ein Unsinn!«, fiel der Kommissar ihm ins Wort. »Ihnen musste doch klar sein, dass es sich dabei um eine dreiste Lüge handelte. Frau Sayelle Leander-Rüchlin hatte Sie schließlich über die Dauer ihrer Geschäftsreise in Kenntnis gesetzt, wie Sie uns selbst bestätigt haben.«

Professor Morgenstern wich dem Blick des Kripobeamten aus und sah zu Boden wie ein ertappter Lügner.

»Was sollte das Mädchen also zu Hause?«, fuhr Bellheim unerbittlich fort. »Dort war doch niemand. Und wie sollte Laura überhaupt nach Hohenstadt gekommen sein? Mitten in der Nacht und ohne Auto?«

Morgenstern erwiderte nichts. Auch ihm schien längst aufgegangen zu sein, dass jede weitere Erklärung seine Lage nur verschlechtern würde.

»Nein, Herr Professor. Lukas mag diese fadenscheinige Geschichte von der Erkrankung seiner Schwester seinen Mitschülern aufgetischt haben, aber Ihnen mit Sicherheit nicht!« Bellheim beugte sich vor. Sein Blick glich dem eines Luchses, der im sicheren Versteck auf ein argloses Opfer lauert. »Umso merkwürdiger ist es, dass Sie sich bei niemandem nach Laura Leander erkundigt haben. Weder bei einem der Kollegen noch bei einem der Schüler. Und Sie haben es auch nicht für nötig erachtet, Lauras Mutter von Lauras Verschwinden zu unterrichten und eine Vermisstenanzeige zu erstatten, wie es jeder verantwortungsbewusste Internatsleiter getan hätte. Warum das alles, Herr Professor?«

»Das habe ich Ihnen doch bereits erklärt!« Verzweiflung verlieh der Stimme von Aurelius einen brüchigen Klang. »Weil ich es schlichtweg vergessen habe – so einfach ist das.«

»Entschuldigen Sie bitte – aber für wie blöd halten Sie mich eigentlich?« Der Kommissar war richtig laut geworden. Seine geschwollene Halsschlagader pochte. »Sie sind doch viel zu gewissenhaft, um so etwas zu vergessen! Wie wir unseren Akten entnehmen konnten, haben Sie bereits mehrere Schüler oder Schülerinnen Ihrer Lehranstalt als vermisst gemeldet, nicht wahr? Bislang sind auch alle wieder gesund und munter ins Internat zurückgekehrt. Doch diesmal, so fürchte ich, wird das nicht der Fall sein.«

Der Professor warf dem Beamten einen scheuen Blick zu, als wolle er ihn nicht noch mehr in Rage versetzen. »Warum nicht, wenn ich fragen darf?«

»Weil es einen Grund dafür geben muss, warum Sie sich laufend in Widersprüchen verstricken. Und weil es viel zu viele Ungereimtheiten gibt.« Bellheim schnaufte und zog den Hosenbund hoch, der trotz des breiten Gürtels unter den Bauch gerutscht war. »Ich muss gestehen, dass ich noch nicht so recht durchschaue, was hier gespielt wird. Aber das werde ich schon noch herausfinden. Und wenn ein Zusammenhang besteht zwischen dem spurlosen Verschwinden von Laura Leander und dem von Rika Reval, wie ich allmählich vermute …« – Bellheim baute sich direkt vor dem Professor auf –, … dann möchte ich nicht in Ihrer Haut stecken.«

Aurelius Morgenstern wurde noch blasser, und auch Percy und Miss Mary wich die Farbe aus dem Gesicht.

Der Kommissar schien die Betroffenheit zu genießen, die seine Worte ausgelöst hatten. Ein grimmiges Lächeln lag auf seinen Lippen. »Sie haben richtig gehört: Auch von der Archäologin, die Ihnen bestens bekannt sein dürfte, fehlt immer noch jede Spur. Genau seit dem Tag übrigens, an dem sie sich mit Laura Leander getroffen hat – und zwar hier auf dem Gelände von Burg Ravenstein!« Erneut ließ Bellheim den Blick in die Runde schweifen, bevor er den Professor wieder ins Visier nahm. »Wie Sie wissen, bin ich nach wie vor fest davon überzeugt, dass Sie Pater Dominikus ermordet haben. Noch habe ich Ihnen die Tat nicht zweifelsfrei nachweisen können – aber das ist nur eine Frage der Zeit, verlassen Sie sich drauf.« Drohend fuchtelte er mit dem Zeigefinger vor dem Gesicht des Direktors herum. »Und was Laura betrifft: Sobald mir auch nur das kleinste Indiz vorliegt, dass Sie in die Geschichte verwickelt sein könnten, werde ich Haftbefehl gegen Sie beantragen. Und dass Ihr Internat die entsprechenden Schlagzeilen überleben wird, wage ich zu bezweifeln! Die Presse wird gnadenlos über Sie herfallen, sodass die Schulbehörde nicht untätig bleiben kann. Ein Internatsdirektor, der es nicht für nötig hält, das spurlose Verschwinden einer Schülerin anzuzeigen, und noch dazu nicht die geringsten Anstrengungen unternimmt, um sie zu finden, ist einfach untragbar! Das ist

Ihr Untergang, Herr Professor Morgenstern – und der Ihres Internats!«

Ohne die Versammelten noch eines Blickes zu würdigen, stiefelte der Kommissar zur Tür. Während er sie aufriss, drehte er sich doch noch einmal um. »Wenn Ihnen noch was einfallen sollte, was zu Ihrer Entlastung beitragen kann – Sie wissen ja, wo Sie mich finden.« Damit warf er die Tür hinter sich ins Schloss.

Laura deutete auf eine Senke, die im flirrenden Licht der Nachmittagssonne lag. Ein knappes Dutzend schilfgedeckter Hütten, aus Baumstämmen zusammengefügt, rahmte einen kleinen Platz. »Du hast Recht gehabt! Dort liegt ein kleines Dorf.«

»Ich habe immer Recht!«, erklärte der Junge grinsend, und seine schwarzen Augen blitzten schelmisch. »Ich bin schließlich ein Magier!«

»Nur fast!« Laura erwiderte sein Grinsen. »Deine Ausbildung ist ja noch nicht beendet, und damit bist du noch immer ein Eleve – schon vergessen?«

»Natürlich nicht. Deshalb bin ich ja auch auf der Suche nach einem Lehrer, der mir zur Meisterschaft verhelfen kann – schon vergessen?«

Das Mädchen ließ ein unbeschwertes Lachen hören.

»Los, Laura!«, rief Venik. »Wer den Dorfplatz als Erster erreicht, hat einen Wunsch frei!« Damit rammte er die nackten Fersen in die Flanken des Hornbüffels.

Kraomir tat vor Schreck einen Sprung und stürmte los. Im Ochsengalopp preschte er den Hügel hinunter und hielt auf die Siedlung zu.

Na, warte!, dachte Laura. Ich werde es dir schon zeigen, du Möchtegern-Magier! Sie schnalzte mit der Zunge und zog leicht am Zügel. Augenblicklich jagte Sturmwind davon. Es dauerte nicht lange, bis er den Hornbüffel hinter sich gelassen hatte. Der Hengst war bereits auf dem fast kreisrunden Platz inmitten der Hütten angekommen, da hatte Kraomir gerade mal den Rand der Ansiedlung erreicht.

Laura zügelte den Schimmel und blickte sich um, als ihr auffiel, dass kein lebendes Wesen zu sehen war. Auch nicht der geringste Laut war zu hören.

Das Dorf wirkte verlassen.

Verwundert runzelte das Mädchen die Stirn. Ist das denn möglich?, dachte es. Venik hat doch Rauch aufsteigen sehen.

Erneut ließ Laura den Blick in die Runde schweifen. In jedem der Reetdächer befanden sich Öffnungen, durch die der Qualm, der von den Kochstellen in den Hütten aufstieg, aus dem Inneren entweichen konnte. Doch von einer Rauchfahne, und sei sie noch so winzig, war nichts zu entdecken. Dafür hing der beißende Geruch eines gelöschten Holzfeuers in der Luft. Laura blähte die Nasenflügel wie ein witterndes Tier und schnupperte. Kein Zweifel: Noch vor kurzem hatte hier irgendwo ein Feuer gebrannt.

Wie zur Bestätigung ließ Sturmwind ein Wiehern hören. Dazu scharrte er mit den Hufen, als wolle er seine Reiterin auf etwas aufmerksam machen.

Laut schnaufend erreichte Kraomir sein Ziel. Als Venik Lauras misstrauische Miene bemerkte, runzelte er die Stirn. »Was ist denn los?«, fragte er.

Laura wollte eben antworten, als sie aus den Augenwinkeln eine winzige Bewegung gewahrte: Das grobe Tuch, das vor dem Eingang der Hütte zu ihrer Linken hing, beulte sich ein wenig – offensichtlich hielt sich jemand dahinter verborgen!

»Vorsicht!«, flüsterte das Mädchen dem Begleiter zu, während seine Hand nach dem Griff des Schwertes tastete.

Da wurde der Vorhang zur Seite geschoben, und eine Frau schob sich zögernd ins Freie. Die Jahre hatten tiefe Kummerfalten in ihrem Gesicht hinterlassen. Sie trug ein einfaches Gewand aus dunklem Leinen und ein dunkles Kopftuch, unter dem sich einige graue Strähnen hervorstahlen. Mit scheuem Blick musterte sie die Reiter, die reglos im Sattel saßen. Plötzlich schlug sie die Hände vors Gesicht und murmelte unverständliche Worte.

Lukas wollte gerade den Computer einschalten, als es an seiner Zimmertür klopfte. Überrascht blickte er zur Uhr: Es war kurz vor acht.

Eigenartig!

Wer mochte ihn um diese Zeit besuchen? Fast alle Ravensteiner hatten das Internat inzwischen verlassen. Selbst Kaja hatte sich vor einer Stunde von ihm verabschiedet, wenn auch schweren Herzens und in großer Sorge. Erst nachdem er ihr versprochen hatte, sie per Handy über die Entwicklung auf dem Laufenden zu halten, war sie in die protzige Limousine geklettert, die ihre Eltern geschickt hatten.

Gespannt blickte Lukas zur Tür. »Ja?«

Zu seiner Überraschung trat Philipp Boddin ins Zimmer.

Mr Cool.

»Hey«, sagte er mit scheuem Lächeln.

Lukas erhob sich, während der Junge näher kam, und bot ihm den Schreibtischstuhl vor seinem Computer an. »Ich dachte, du wärst schon weg«, sagte er erstaunt. »Wolltest du nicht in die Berge fahren?«

»Stimmt. Ich hatte einen Kletterkurs gebucht, bevor ich mit meinen Alten Urlaub in Kreta mache.«

»Einen Kletterkurs?«, staunte Lukas. »Sag bloß, du kannst bergsteigen?«

»Yo.« Mr Cool grinste, wie es seinem Spitznamen entsprach. »Und gar nicht mal so schlecht.«

»Aber?«

»Der Kurs ist kurzfristig abgesagt worden, mangels Teilnehmern, und ich hab keine Lust, jetzt schon mit meinen Eltern rumzuhängen«, erläuterte Philipp. »Und außerdem …«

Lukas ahnte, was kam. »Ja?«, fragte er gedehnt.

»Die Sache mit deiner Schwester … die will mir einfach nicht aus dem Kopf.«

»Aha.« Die dicke Hornbrille rutschte auf die Nasenspitze. »Und wieso?«

»Weil …« Das Gesicht von Philipp nahm einen gequälten Ausdruck an. »Weil ich überhaupt nicht mehr durchblicke, deshalb!« Er brach ab und stierte einen Augenblick lang verkniffen vor sich hin. »Ich meine … erst tut Laura so, als ob ihr was an mir liegen würde … und dann beschimpft sie mich plötzlich und behauptet, ich wäre ein mieses Schwein und ein Feigling.«

Lukas kniff die Augen zusammen und biss sich auf die Lippen, während er stumm zuhörte. Er erinnerte sich nur allzu gut an den Vorfall, auf den Mr Cool anspielte.

»Und dann, an dem Tag, an dem sie verschwindet«, fuhr der Junge fort, »taucht sie wieder bei mir auf, entschuldigt sich für alles und bittet mich um meine Klamotten, meine Strickmütze, die Jack-Wolfskin-Jacke und so wei-«

Lukas zog die linke Braue hoch. »Hast du das auch der Polizei erzählt?«

»Yo, klar!«, entgegnete Mr Cool mit leichtem Vorwurf im Blick. »Du hast doch selbst vorgeschlagen, dass wir bei der Wahrheit bleiben sollen, wenn wir von der Kripo gefragt werden.«

»Ist ja gut«, brummte Lukas nur. Philipp hatte ja Recht. Er hatte ihm – und natürlich auch Kaja und Magda Schneider – eingeschärft, Bellheim oder seinem Assistenten die Vorgänge in der fraglichen Nacht einfach so zu schildern, wie sie sich zugetragen hatten. Andernfalls hätten sie sich wahrscheinlich bloß in Widersprüche verstrickt, was die ganze Sache nur noch zusätzlich kompliziert hätte.

Und sie war eh schon kompliziert genug!

»Ich steig da einfach nicht mehr durch!« Anklagend deutete Philipp mit dem Zeigefinger auf Lukas. »Und deshalb ...« Unruhig kippelte er mit dem Stuhl und wippte mit den Füßen. »Deshalb habe ich beschlossen, noch eine Weile hierzubleiben. Weil ich endlich wissen will, was gespielt wird. Was ist denn mit Laura los, verdammt noch mal?«

Lukas antwortete nicht, sondern sah Mr Cool nur aus schmalen Augen an. Sollte er ihn in das große Geheimnis einweihen? Sollte er ihm die fantastische Geschichte offenbaren, die sich, unbemerkt von den meisten Menschen, in und um Ravenstein und weit darüber hinaus abspielte? In der Laura eine wichtige, wenn nicht sogar die wichtigste Rolle zukam?

Würde Mr Cool das verstehen?

Und würde er das große Geheimnis für sich behalten?

Lukas mochte Philipp. Er war auch davon überzeugt, dass er ein anständiger Kerl war, dem man trauen konnte. Und er hatte Laura damals auch nicht verschwiegen, dass er den Verdacht, den sie gegenüber Mr Cool hegte, für völlig unberechtigt hielt.

Andererseits: Durfte er diese wundersame Geschichte einfach erzählen? Schließlich hatte seine Schwester ihn nur unter dem Siegel der Verschwiegenheit in das große Geheimnis eingeweiht, und so stand auch nur ihr die Entscheidung zu, wer davon wissen sollte und wer nicht.

Aber vielleicht konnte Philipp ihm irgendwie behilflich sein? Zumal es nach Anbruch der Sommerferien in Ravenstein so gut wie niemanden mehr gab, auf dessen Hilfe er zählen konnte.

Lukas biss sich auf die Lippen.

Verdammt!

Diese Entscheidung war auch zu schwierig!

Dann aber beschloss er, das Geheimnis für sich zu behalten. Ist bestimmt besser so, dachte er. Und allemal sicherer!

Dann ist Alarik also tot?« Mit feucht schimmernden Augen schaute die Alte das blonde Mädchen im braunen Lederwams an. Laura saß im Kreise der Dorfbewohner in der Mitte des großen Platzes an einem Feuer. Es waren nicht mehr als zwei Dutzend und ausnahmslos Frauen, Mädchen und Kleinkinder. Nicht ein Mann oder Junge war unter ihnen auszumachen.

»Ich fürchte, Ihr habt Recht, Eileena.« Laura nickte beklommen und warf einen verwunderten Blick auf den Swuupie, der sich in den Schoß der Frau geschmiegt hatte und gierig an einem Apfel knabberte, den sie ihm hinhielt. »Alarik hat mit mir das Obergewand getauscht, um den Drachen von mir abzulenken – und das hat ihn wahrscheinlich das Leben gekostet.«

»Als ob ich es geahnt hätte.« Eileena weinte. Abwesend streichelte sie Schmatzfraß über das samtene Fell, während sie seufzend flüsterte: »Alariks Herz war schon immer größer als sein Verstand, und so war es vorauszusehen, dass sein unbedachter Mut ihm eines Tages zum Verhängnis werden würde.«

Laura suchte nach passenden Worten, um die bekümmerte Frau zu trösten, doch ihr fielen keine ein. Wortlos holte sie ein Taschentuch aus ihrer Hosentasche und reichte es der Alten. »Ihr müsst Alarik sehr gut gekannt haben, wenn Ihr so um ihn trauert.«

»Die Erklärung ist einfach.« Die betagte Frau lächelte scheu. »Bevor ich mich vor wenigen Wochen dazu entschlossen habe, in meine Heimat zurückzukehren und in diesem Dorf, in dem ich vor vielen Sommern geboren wurde, mein Leben zu beschließen, stand ich auf der Gralsburg Hellunyat in Diensten. Dort habe ich den Knappen fast täglich gesehen. Genauso wie seine Schwester Alienor – und natürlich auch diesen Vielfraß hier.« Sie kraulte den Swuupie am Bauch.

Das Tierchen schnurrte genießerisch.

Laura kam aus dem Staunen nicht mehr heraus. »Und den Hüter des Lichts auch?«

»Selbstverständlich.« Eileena nickte. »Ich habe Elysion regelmäßig das Mahl bereitet und auch für Morwena und Paravain gekocht. Wenn mich nicht alles täuscht, dann müsstest du die beiden doch kennen, nicht wahr?«

Das Mädchen lächelte. »Natürlich. Ich habe den Weißen Ritter und die Heilerin schon zweimal getroffen. Am Ostarafest und erst jüngst zur Mittsommernacht – beide Male haben sie den Hüter des Lichts in das Tal der Zeiten begleitet und dort auf mich gewartet.«

»Das kann doch nicht sein.« Venik ließ die gebratene Hühnerkeule sinken, an der er die ganze Zeit genagt hatte, und blickte Laura ungläubig an. »Das würde ja bedeuten, dass … dass du dieses Mädchen vom Menschenstern bist, von dem man sich seit einiger Zeit in weiten Teilen Aventerras erzählt.«

»Genau.«

»Ich Tölpel!« Venik schlug sich an die Stirn. »Dass ich das nicht eher gemerkt habe! Dabei hätte mir das doch gleich auffallen müssen.«

Überrascht hob Laura die Brauen. »Wieso denn?«

»Weil nur ein Bewohner des Menschensterns so unbedacht sein kann, es gleich mit zwei Klauenmorks aufzunehmen – deshalb!« Noch im gleichen Moment brach der Junge in schallendes Gelächter aus. Er schien sich so über seinen Scherz zu freuen, dass er sich kugelte und sich den Bauch halten musste.

Auch die Kinder ließen sich von seinem Gelächter anstecken. Nur aus den Gesichtern der Frauen wollte die Traurigkeit nicht weichen.

»Lass dich nicht ärgern, Laura!« Eileena schenkte Laura ein aufmunterndes Lächeln. »Venik meint es bestimmt nicht so. Schließlich weiß er ganz genau, dass du ihm das Leben gerettet hast – genau wie Alarik das deine.« Sie seufzte. »Du bist offensichtlich genauso mutig, wie er es gewesen ist, Laura.« Ihr verschleierter Blick schweifte in die Ferne, bevor sie sich wieder den Besuchern zuwandte. »Ich würde mich freuen, wenn ihr meine Gäste sein würdet und die Nacht hier bei uns im Dorf verbringt. Es kann schließlich nicht schaden, jemanden in seiner Mitte zu haben, der mit Waffen umzugehen weiß.«

»Darauf würde ich nur allzu gerne verzichten. Aber ich vermute, dass Ihr diese Bemerkung nicht ohne Grund gemacht habt.«

»Du bist nicht nur tapfer, Laura, sondern auch klug.« Dann berichtete Eileena von einem Überfall, der erst fünf Tage zurücklag. Sklavenjäger waren im Schutz der Nacht über die Dorfbewohner hergefallen wie ein Rudel reißender Klauenmorks. Die wehrlosen Dörfler, allesamt friedliebende Bauern, hatten den schwer bewaffneten Kriegern nichts entgegenzusetzen. Nach nicht einmal fünf Minuten hatten die Jäger alle Männer und Knaben auf dem Dorfplatz zusammengetrieben wie eine Herde Vieh, die zur Schlachtbank geführt werden soll. Nur dass die Gefangenen nicht der Tod, sondern die Sklaverei erwartete, auch wenn das aufs Gleiche hinauslief.

»Die Ärmsten«, bemerkte Laura voller Bedauern. »Wisst ihr zufällig, wohin man sie verschleppt hat?«

»Wahrscheinlich haben sie das gleiche Schicksal erlitten wie all die Unglücklichen vor ihnen. Es war nicht das erste Mal, dass die Sklavenjäger hier aufgetaucht sind. Die Männer werden in die Erzminen des Schwarzen Fürsten verschleppt.« Die

Alte brach ab und blickte nachdenklich vor sich hin. »Was mit den Knaben geschieht, wissen wir nicht«, sagte sie dann.

Eileenas Gesicht zeigte Ratlosigkeit. »Borboron muss sich eine neue Teufelei ausgedacht haben. Zur Arbeit in den Minen taugen die Jungen nicht. Bei der schweren Plackerei würden sie wie die Fliegen sterben, und so müssten sie, kaum dass sie die nötigen Handgriffe beherrschen, wieder durch Neulinge ersetzt werden.«

Klingt einleuchtend, dachte Laura. Was aber kann der Anführer der Dunklen Mächte stattdessen im Schilde führen? Wozu braucht er die Jungen? »Habt Ihr nicht wenigstens eine Vermutung, was mit ihnen geschehen wird?«

»Schon. Allerdings ist die mehr als vage.« Bedächtig wiegte Eileena den Kopf. »Möglicherweise hat es etwas mit ihrer Größe zu tun.«

Laura verstand nicht, was die Alte meinte. »Mit der Größe der *Jungen*, meint Ihr?«

»Genau. Sie sind kleiner und schmaler als ausgewachsene Männer – und vielleicht ist genau das der Grund, weshalb die Sklavenjäger sie gefangen haben.«

»Aber …« Laura starrte sinnierend vor sich hin. »Wobei könnte Borboron denn die schmächtige Statur der Jungen von Vorteil sein?«

Keine der Frauen schien auch nur die geringste Ahnung zu haben, und auch Eileena konnte die Frage nicht beantworten. »Ich weiß es nicht, Laura. Wirklich nicht.«

»Und außerdem«, überlegte das Mädchen laut, »warum haben sie dann die Mädchen verschont? Die sind doch noch zierlicher als Jungen?«

»Aber in der Regel auch wesentlich schwächer als sie«, gab die betagte Magd zu bedenken.

»Mit Ausnahme von Laura natürlich.« Das war Venik, der sich einen bissigen Kommentar offensichtlich nicht verkneifen konnte. »Die nimmt es mit jedem Jungen auf, und zwar spielend!«

Bevor Laura ihm antworten konnte, wies Eileena den vorlauten Magier zurecht. »Dir wird der Spott schon noch vergehen. Spätestens dann, wenn du den Sklavenjägern in die Finger fällst.«

Venik schwieg und senkte zerknirscht das Haupt.

Eileena wandte sich wieder Laura zu. »Ich weiß ja nicht, was ihr beiden vorhabt. Aber wenn ich euch einen Rat geben darf, dann solltet ihr eine Weile bei uns bleiben. Hier seid ihr in Sicherheit, denn ich glaube nicht, dass die Sklavenjäger unser Dorf in naher Zukunft erneut heimsuchen.«

Das Angebot klang wirklich verlockend. Allerdings ... »Das geht leider nicht«, antwortete Laura mit gequältem Lächeln. »Jedenfalls nicht bei mir.«

Venik sah enttäuscht aus. »Und warum nicht?«

»Weil ich eine Aufgabe zu erfüllen habe«, erklärte Laura ruhig.

»Und?« Der Junge wirkte ungeduldig. »Kannst du uns auch verraten, was für eine Aufgabe das ist?«

»Natürlich.« Mit sanftem Lächeln schaute Laura in die Runde der Frauen. »Ich muss Sterneneisen besorgen – und zwar so schnell wie möglich. Solange das Gebot der ›Leeren Hand‹ mich vor Borboron und seinen Kriegern schützt.«

Veniks Kopf fuhr herum, und sein schlanker Jungenkörper straffte sich, als hätten Lauras Worte eine Saite in seinem Inneren zum Klingen gebracht. Seine schwarzen Augen funkelten aufgeregt.

Die Frauen am Feuer waren erschrocken.

Eileena war blass geworden. »Sterneneisen?«, fragte sie heiser. »Hast du tatsächlich Sterneneisen gesagt?«

»Ja – warum?«

»Weil du lebensmüde sein musst – deshalb!«

Unbeirrt hielt Laura dem Blick der Alten stand, in dem Vorwurf und Sorge sich die Waage hielten. »Das habe ich schon mal gehört, Eileena. Nur wüsste ich zu gerne, was daran so gefährlich sein soll.«

»Das will ich dir sagen«, antwortete die Magd. »Ich hoffe, dass du danach deinen Entschluss noch mal überdenkst. Hör also gut zu, Laura.« Sie rückte näher zu ihr heran, und auch die anderen, die mit am Feuer saßen, beugten sich vor, um keines ihrer Worte zu verpassen. »Wie der Hüter des Lichts uns oft genug erzählt hat« – die Alte war unwillkürlich in ein Flüstern verfallen, als wage sie die schreckliche Nachricht nicht laut auszusprechen –, »handelt es sich bei diesem Sterneneisen um das kostbarste und seltenste Metall, das unter der Sonne existiert. Es ist im Besitz der Drachenkönige und nur in ihrem Reich zu finden …«

»Prima!«, unterbrach das Mädchen ganz aufgeregt. »Dann weiß ich jetzt endlich, wohin ich mich wenden muss!«

Sorgenvoll wiegte Eileena das ergraute Haupt. »Dieses Wissen wird dir leider nicht viel nutzen, Laura.« Die Alte schluckte. »Die Drachenkönige hegen einen unbändigen Hass gegen euch Menschen – und haben deshalb einen Fluch gegen euch ausgesprochen. Sie haben geschworen, jeden Bewohner des Menschensterns zu töten, der die Grenzen ihres Reiches gegen ihren Willen überschreitet. Bisher haben sie keinem Menschen den Zugang zu ihrem Herrschaftsgebiet gewährt, und es ist nicht anzunehmen, dass sich das jemals ändern wird!«

Mr Cool hatte sich kaum verabschiedet, als Lukas' Handy klingelte. Als der Junge den Namen der Anruferin hörte, fiel er vor Schreck beinahe vom Stuhl: Rika Reval! Die Archäologin, die seit Wochen spurlos verschwunden war und von der Polizei fieberhaft gesucht wurde.

»Frau Reval?«, fragte Lukas ungläubig. »Wo um alles in der Welt treiben Sie sich denn rum?«

»Sorry, aber am Telefon kann ich dir das nicht verraten.« Die Stimme der Frau klang leise und gehetzt. »Sie sind nämlich hinter mir her. Ein Albino verfolgt mich …«

Konrad Köpfer!, schoss es Lukas durch den Kopf.

»… und vielleicht werden meine Telefonate abgehört.«

Der Junge war sich nicht sicher, ob er Rika richtig verstanden hatte. »Aber wieso denn?«

»Aus dem gleichen Grund, aus dem sie deiner Schwester das Leben zur Hölle machen«, flüsterte die Archäologin. »Sie haben von mir verlangt, dass ich ihnen die Schwertteile besorge.«

»Das haben wir uns schon gedacht.« Lukas nickte grimmig. »Die Typen schrecken doch vor nichts zurück.« Er zog die Augenbrauen zusammen. »Aber wieso gehen Sie nicht zur Polizei?«

»Machst du Scherze?« Die Stimme der Frau klang bitter. »Hast du schon vergessen, dass mein Institutsleiter Anzeige gegen mich erstattet hat, weil ich angeblich die Schwertspitze gestohlen habe? Außerdem würde es mich nicht wundern, wenn Kommissar Bellheim mit diesen Typen unter einer Decke steckt.«

Der Verdacht ist mir auch schon gekommen, überlegte Lukas. Warum ist der Kerl sonst so versessen darauf, den Professor hinter Gitter zu bringen?

»Und deshalb bin ich lieber abgetaucht«, fuhr Rika fort.

»Gute Idee!« Der Junge atmete hörbar auf. »Laura und ich haben uns große Sorgen um Sie gemacht. Wir haben schon befürchtet, dass Sie eventuell –« Er brach ab, weil er schon beim bloßen Gedanken zu zittern begann.

»Dass ich tot bin – wolltest du wohl sagen?«, ergänzte Rika, um dann ein bitteres Lachen hören zu lassen. »Stimmt – viel hätte nicht gefehlt, und ich hätte meine Weigerung, mit ihnen zusammenzuarbeiten, tatsächlich mit dem Leben bezahlt.«

Lukas antwortete nicht. Die Worte der Archäologin hatten ihm wieder schlagartig bewusst gemacht, wie gefährlich Lauras Feinde waren.

Lebensgefährlich!

»Hör zu, Lukas!« Rikas heiseres Flüstern brachte den Jungen in die Gegenwart zurück. »Ich habe Informationen, die euch vielleicht helfen könnten. Deiner Schwester und besonders dem Professor. Deshalb würde ich dich gerne treffen.«

»Klaromaro!« Lukas' Herz machte einen Sprung. »Und wo?«

»Du weißt doch, wo Laura von dieser Harpyie angegriffen wurde?«

Der Junge runzelte die Stirn. »Meinen Sie den Alt-«

»Pssst!«, fuhr die Archäologin hastig dazwischen. »Keine Namen! Soll doch niemand wissen, wo wir uns treffen.«

»Ja, klar«, brummte Lukas und ärgerte sich, so unbedacht gewesen zu sein. »Und wann?«

»Sagen wir – um Mitternacht? Oder ist dir das zu spät?«

»Quatsch!«

»Schön.« Die Anruferin klang erleichtert. »Aber falls dir etwas dazwischenkommt, sag mir bitte rechtzeitig Bescheid. Du hast doch meine Handynummer?«

»Logosibel!«, antwortete der Junge und konnte es kaum erwarten, Rika Reval endlich wiederzusehen.

Eileenas Hütte war in schummriges Dunkel getaucht. Durch die schmalen Fensteröffnungen sah man nur das Schwarzgrau der Nacht. Das Holzfeuer unter dem bauchigen Eisenkessel war bis auf wenige Flämmchen heruntergebrannt. Die alte Magd und ihre beiden Gäste saßen auf dem Boden vor der Feuerstelle. Gleich daneben hatte sich Schmatzfraß zu einem Knäuel zusammengerollt und schnarchte leise vor sich hin. Dampf stieg aus dem rußgeschwärzten Kessel, und der würzige Geruch eines Kräutertees waberte durch den kleinen Raum, in dem Eileena kochte, wohnte und schlief. Mit einer Schöpfkelle füllte die Alte zwei irdene Becher und reichte sie ihren Besuchern.

»Danke, Eileena.« Laura ergriff das Trinkgefäß. »Und vielen Dank auch, dass wir bei Euch übernachten dürfen.« Vorsichtig probierte sie das heiße Gebräu. Es war herb und hinterließ einen bitteren Nachgeschmack auf der Zunge. Während Laura den Becher absetzte, schaute sie Eileena forschend an. Die hatte sich inzwischen Nadel und Faden geholt und flickte nun den Riss in Alariks Lederwams. »Ihr macht das offensichtlich nicht zum ersten Mal«, bemerkte Laura beim Blick auf Eileenas geschickte Finger.

»Gewiss nicht.« Die Magd lächelte versonnen. »Die Handarbeit hat mir schon als Kind Spaß gemacht. Und diese Jacke ist doch erst einen Sommer alt, sodass es sich mit Sicherheit lohnt, sie wieder in Ordnung zu bringen.«

Laura zögerte, bevor sie das vorherige Gesprächsthema wieder aufnahm. »Ihr wisst also wirklich nicht, warum die Drachen diesen Fluch über uns Menschen verhängt haben?«

»Nein.« Die Alte schüttelte das Haupt. Sie hatte das Kopftuch abgelegt, sodass ihr schütteres graues Haar bis auf die Schultern hing. Der schwache Widerschein der Flammen malte rötliche Flecken auf ihr Gesicht. »Selbst Elysion scheint den Grund dafür nicht zu kennen. Jedenfalls hat er nie ein Wort darüber verlauten lassen.«

»Schade«, murmelte Laura enttäuscht, bevor sie wieder in nachdenkliches Schweigen versank.

Venik, der Laura und Eileena gegenübersaß, beobachtete die beiden verstohlen, während er sich an dem Kräutertrank labte.

»Du brauchst dich nicht zu grämen.« Die Alte hielt mit dem Flicken inne und legte die Hand behutsam auf den Arm des Mädchens. »Auch wenn es diesen Fluch nicht gäbe, würdest du es kaum schaffen, in den Besitz von Sterneneisen zu gelangen.«

»Aber ich muss das Sterneneisen unbedingt bekommen!« Laura hatte die Worte fast verzweifelt herausgeschrien. »Ganz egal wie!«

»Aber wie stellst du dir das vor, Laura?« Eileenas Frage verriet Sorge. »Selbst Borboron ist bisher immer daran gescheitert. Und du kannst sicher sein, dass er alles versucht hat. Nicht einmal vor List und Heimtücke ist er zurückgeschreckt. Doch die Macht der Drachenkönige ist groß, vor allem in ihrem eigenen Reich. Innerhalb seiner Grenzen vermag niemand gegen sie zu bestehen. Schon der Versuch, gegen sie vorzugehen, käme einem Selbstmord gleich.« Eileena beugte sich näher zu dem Mädchen und strich ihm tröstend über das Haar. »Ich kann deine Enttäuschung ja verstehen, aber du musst dir dieses Unternehmen aus dem Kopf schlagen.«

»Das kann ich nicht, Eileena, selbst wenn ich es wollte. Ich darf meinen Vater nicht im Stich lassen, und deshalb muss ich alles versuchen, um meine Aufgabe zu erfüllen.« Feierlicher Ernst schwang in Lauras Stimme mit. »Selbst wenn ich daran scheitern sollte.«

Die Alte schwieg. Während sie das Mädchen eindringlich musterte, nahmen ihre Augen einen feuchten Schimmer an. War es Mitleid, das ihr die Tränen in die Augen trieb? Oder die Gewissheit, dass Laura lieber in ihr Verderben laufen würde, als ihren Rat zu befolgen?

»Versteht mich doch, Eileena.« Ein Flehen lag in Lauras Blick. »Wenn Ihr an meiner Stelle wärt, würdet Ihr genauso handeln.«

Die Magd schwieg noch immer, doch der Druck ihrer Finger, die sich auf Lauras Hand legten, war beredt genug.

Laura lächelte dankbar. »Mit Hilfe meiner besonderen Fähigkeiten und der Kraft des Lichts ist es mir schon mehrmals gelungen, scheinbar unlösbare Aufgaben zu meistern. Und ich bin sicher, dass es auch diesmal nicht anders sein wird.«

»Außerdem werde ich Laura begleiten«, meldete Venik sich überraschend zu Wort. Er klang völlig unbekümmert, als verkünde er etwas Selbstverständliches.

Laura wandte sich zu dem Jungen. »Das ist lieb von dir, Venik, aber das kann ich nicht zulassen. Du hast doch gehört, was Eileena erzählt hat: Mein Unternehmen ist lebensgefährlich. Ich will nicht, dass du meinetwegen dein Leben aufs Spiel setzt.«

»Tatsächlich?« Die Augen des jungen Magiers wurden schmal. »Wer sagt denn, dass ich es deinetwegen tue?«

»Ähm«, stotterte das Mädchen verwirrt. »Ich ... Ich dachte ...«

»Warum sollte ich nicht eigene Gründe dafür haben?«

»Haben diese Gründe vielleicht mit deinem Vater zu tun?«

»Das habe ich nicht gesagt«, antwortete Venik eine Spur zu schnell. Seine Wangen röteten sich, als habe Laura ihn bei etwas Verbotenem ertappt. »Wie auch immer: Zwei zusammen sind allemal stärker als zwei alleine. Und mit Hilfe meiner magischen Künste und deiner besonderen Fähigkeiten sollten wir gegen diese Drachenbrut doch bestehen können, meinst du nicht?«

»Euch beiden ist nicht mehr zu helfen.« Die Magd schüttelte resigniert das Haupt. »Aber zumindest in einem solltet ihr auf mich hören: Es ist spät geworden, und ihr solltet euch jetzt zur Ruhe betten, damit ihr neue Kräfte schöpfen könnt. Denn die werdet ihr mit Sicherheit brauchen.«

Laura nickte zustimmend. »Beantwortet mir bitte noch eine Frage, Eileena.«

»Was willst du wissen?«

»Was hat es mit diesen Graumahren auf sich, vor denen der Platzwechsler mich so eindringlich gewarnt hat?«

»Ach, Laura!« Die Alte seufzte und legte das geflickte Wams zur Seite. »Gibt es nichts Erfreulicheres, worüber wir reden können?«

»Ähm«, stotterte Laura verlegen. »Ich weiß nicht, was …«

»Die Graumahre«, hob die Magd mit ernster Miene an, »gehören zu den gefährlichsten Geschöpfen von Aventerra. Sie sind entsetzlicher als ausgehungerte Raubtiere.«

»Heißt das, dass sie einen fressen?«

»Nein.« Eileena schüttelte den Kopf. »Weit schlimmer: Sie ergreifen von ihren Opfern Besitz. Dabei gehen sie so unauffällig vor, dass man sie zunächst überhaupt nicht bemerkt. Auf diese Weise gelingt es ihnen, sich unerkannt an ihre Beute heranzuschleichen. Sie verfolgen ihr Opfer über einen langen Zeitraum und begleiten es so lange, bis sich der richtige Zeitpunkt ergibt, an dem sie von ihm Besitz ergreifen können. Das mag einen oder zwei Monde dauern, manchmal sogar ein oder zwei Sommer. Aber wenn diese schrecklichen Wesen erst einmal zugeschlagen haben, gibt es kein Entrinnen. Sie lassen ihre Beute nicht wieder los und zehren deren Lebensmut und Energie vollkommen auf. Denn das ist es, was die Graumahre zu ihrer Existenz benötigen. In dem gleichen Maße, in dem sie sich von den Kräften ihrer Opfer nähren, lässt deren Lebenswille nach. Die Opfer sehen am Ende alles nur noch Grau in Grau, sodass das Leben ihnen schließlich nicht mehr lebenswert erscheint. Und das bedeutet für viele von ihnen das Ende.«

Laura lauschte der Magd mit offenem Mund. Hektische Flecken zeigten sich auf ihren Wangen, so sehr versetzte das Gehörte sie in Schrecken.

Auch Venik schien von diesen furchtbaren Wesen noch nie zuvor gehört zu haben.

»Hütet euch vor den Graumahren«, flüsterte Eileena eindringlich. »Wenn sie eurer habhaft werden, ist kaum noch Rettung möglich. Du wirst dann nie mehr auf den Menschenstern zurückkehren können, Laura. Und natürlich wird es dir auch versagt bleiben, deine Aufgabe zu erfüllen.«

Während Laura diese Warnung noch im Kopf herumging, schmiegte sich draußen ein grauer Schemen an die Reisigwand der Hütte. Dicht neben der Fensteröffnung stehend, schien er mit dem Dunkel der Nacht zu verschmelzen. Seine Konturen verschwammen und änderten ständig die Form; bald streckten sie sich, bald waberten sie zur Seite. Das einzig Beständige an der Gestalt waren ihre rot glühenden Augen.

Offensichtlich belauschte der Graumahr das Gespräch in der Hütte. Die Worte der Magd schienen ihm zu gefallen. Obwohl Graumahre keinen Mund besaßen, hatte es den Anschein, als lächle er zufrieden. Doch Zufriedenheit kannte das Schattenwesen nicht. Sie war ihm ebenso fremd wie Kummer, Schmerz oder gar Mitleid.

Kapitel 10 ❧ Schrecken in der Nacht

Wie eine wächserne Scheibe hing der Mond über dem Wolfshügel. Die verkrüppelten Wachholderbüsche und verdorrten Brombeersträucher auf dem Alten Schindacker erweckten im diffusen Licht den Eindruck, als habe ein achtloser Abdecker Gerippe auf diesem ungeweihten Flecken Erde entsorgt. Der kühle Nachtwind ließ die Zweige zittern wie morsches Gebein, und der unheimliche Jagdruf einer Eule wehte von ferne heran. Das aufgeregte Quieken einer Maus wurde laut und erstarb sofort wieder. Nur dumpfe Laute waren noch zu hören.

Der Rote Tod trieb die Schaufel energisch in den Boden unter einem Machandelbusch. Die Erde war locker und ließ sich ohne besondere Mühe ausheben. Dennoch war das blutleere Gesicht des Rothaarigen von Ärger gezeichnet. Nicht, dass das Graben zu mitternächtlicher Stunde dem Roten Tod Mühe bereitet hätte. Nicht die geringste! Schon vor Hunderten von Jahren war ihm das Gefühl körperlicher Anstrengung abhanden gekommen. Er konnte jede Arbeit erledigen, ohne auch nur einen Anflug von Müdigkeit zu spüren. Auch Hitze und Kälte wusste er nicht mehr zu unterscheiden. Mochte es um ihn herum brütend heiß oder eisig kalt sein, der Rote Tod fühlte stets die immergleiche Grabeskühle, die sein Herz verströmte.

Die Arbeit ging dem Roten Tod spielerisch von der Hand, sodass das Loch rasch größer und tiefer wurde. Aber je weiter

er grub, umso mehr ärgerte er sich. Was bildeten sich diese Leute bloß ein? Gut – das Schicksal hatte ihn dazu verdammt, ihnen zu dienen und sich als gefügig zu erweisen. Aber mussten sie deshalb mit ihm umspringen, als sei er ihr Leibeigener? Mussten sie ihm die Aufträge stets so kurzfristig übermitteln? Und konnten sie ihre Aktionen nicht besser planen, sodass er bestimmte Tätigkeiten nicht zweimal ausführen musste wie diese? Wozu – in Dreiteufelsnamen! – hatte er diese Grube vor einiger Zeit zugeschippt, wenn er sie nun wieder ausheben sollte?

Kein Wunder, dass die Auftraggeber bislang so erfolglos gewesen waren – bei der schlampigen Vorbereitung! Aber ihn, ihn fragte man ja nicht. Man legte keinen Wert auf die umfangreichen Erfahrungen, die er im Laufe der Jahrhunderte gesammelt hatte. Dabei wusste er doch viel mehr als sie! Schließlich war er selbst in Regionen vorgedrungen, deren Existenz sie allenfalls erahnen konnten.

Doch verblendet und von sich eingenommen, wie sie waren, scherten sie sich keinen Deut darum! Aber wozu die Aufregung? Am Ende würde er auch seine jetzigen Gebieter überleben, wie alle ihre Vorgänger.

Dieser Gedanke gefiel dem Rothaarigen. Er hielt in der Arbeit inne, richtete sich auf und warf einen prüfenden Blick auf den länglichen Gegenstand, der neben dem dichten Busch stand. War es eine einfache Holzkiste, oder handelte es sich gar um einen Sarg?

Mit glimmenden Augen maß der Rote Tod die Grube ab, auf deren Boden er stand. Sie ist tief genug, entschied er. Genau richtig für den Zweck. Kurzerhand warf er die Schaufel auf den Erdhügel, den er ausgehoben hatte, und stieg aus dem Loch. Dann sah er sich sorgfältig nach allen Seiten um.

Niemand war zu sehen.

Gut so, dachte er zufrieden lächelnd. Augenzeugen konnte er bei seinem verderblichen Unternehmen wahrhaftig nicht gebrauchen.

Das schwarze Tuch der Nacht hatte sich über die Dunkle Festung gesenkt. Spärliche Feuer glommen im Burghof vor sich hin. Bis auf die Wachen an den Toren und auf den Zinnen hatten sich die Schwarzen Krieger schlafen gelegt. Ihre doppelköpfigen Hunde dösten vor dem Feuer. Die Meute der Bluthunde, die auf die Sklaven abgerichtet waren, hatten die Aufseher längst in den Zwinger gesperrt.

Alienor ließ dennoch äußerste Vorsicht walten. Ganz in den Schatten der Mauer getaucht, schlich sie auf die Unterkünfte der Jungen zu. Die Kindersklaven waren getrennt nach Geschlecht untergebracht. Es war strengstens untersagt, den eigenen Schlafsaal zu verlassen. Bei Ungehorsam drohten schwere Strafen.

Aber Alienor musste es einfach riskieren. Sie musste mit ihrem Bruder sprechen, bevor er mit dem nächsten Transport weggeschafft wurde. Glaubte man den Gerüchten, die am Abend in der Küche die Runde gemacht hatten, dann konnte es schon bald so weit sein. Marucha, die offensichtlich beste Beziehungen zur Schwarzen Garde unterhielt, hatte gehört, dass sich ein Trupp Sklavenjäger auf dem Weg zur Dunklen Festung befand. Ihr Streifzug durch das Hochland von Karuun war anscheinend überaus erfolgreich gewesen, und nun wollten sie ihre Beute bei ihrem Herrn abliefern.

Als Syrins Leibsklavin genoss Alienor viele Freiheiten, darunter die, sich nicht an die üblichen Schlafens- und Ruhezeiten halten zu müssen. Ihre Herrin war bekannt für ihre Launen, und so hatte es beim Dienst habenden Aufseher auch nicht den geringsten Verdacht erweckt, als Alienor ihn kurz vor Mitternacht passiert hatte. Weitaus schwieriger würde es sein, unbemerkt in den Saal der Jungen zu gelangen, denn auf einer der Eingangsstufen hockte ein hünenhafter Trioktid. Er hielt seine Lanze auf dem Schoß und schielte mit allen drei Augen zu dem Feuer hinüber, das kaum zwanzig Schritte von ihm entfernt brannte. Offensichtlich hätte er sich nur allzu gern an dem Kartenspiel seiner Kollegen beteiligt, das dort im Gange war. Und der Wein, der dort in einem bauchigen Krug die Runde machte, hätte ihm sicherlich auch geschmeckt. Aber Dienst war Dienst, und Schnaps war Schnaps, und jeder, dem das nicht in den Schädel wollte, wurde um denselben kürzer gemacht, sollte Borboron von der Verfehlung erfahren.

Angestrengt spähte Alienor um die Ecke der Mauernische, in der sie sich verborgen hielt. Solange der übellaunige Trioktid auf den Stufen saß, war es unmöglich, unbemerkt an ihm vorbeizukommen. Es musste ihr irgendwie gelingen, ihn vom Eingang wegzulocken.

Sie könnte ein Steinchen in den verschatteten Mauerwinkel werfen, der sich auf der gegenüberliegenden Seite befand. Vielleicht würde der Wächter aufstehen, um nach dem Rechten zu sehen.

Schon bückte sich das Mädchen, um Ausschau nach einem geeigneten Wurfgeschoss zu halten, als sich eine Gestalt am Feuer erhob und auf den Eingang der Unterkunft zuhielt. Der Schwarze Krieger schwankte. Dicht vor dem Wächter blieb er stehen. »Wie siehss auss, Ulanuss«, fragte er mit schwerer Zunge. »Schpielss du noch ’ne Runde mit, odenisch?«

Der Trioktid verzog mürrisch das Gesicht. »Nichts lieber als das«, antwortete er. »Aber du weißt doch: Wenn der Herr davon Wind bekommt …«

»Musse ja nissch!«, antwortete der betrunkene Krieger und grinste breit, bevor er mit großspuriger Geste über den fast leeren Hof wies. »Issa kaum eine mewach – un isch un meine Kameaden schweigen wien Grab!«

Der Wächter schien mit sich zu kämpfen. Er schielte nach links – Alienor drückte sich rasch tiefer in die Nische – und rechts und kratzte sich hektisch hinter dem Ohr. »Also gut«, sagte er schließlich und erhob sich mit einem Ruck. »Die Bälger schlafen sowieso – und wenn sich einer von den Hauptleuten blicken lässt, behaupten wir einfach, ich wäre auf Kontrollgang gewesen und hätte nur eine kurze Pause bei euch gemacht!«

»Saisch doch!« Der Betrunkene klopfte dem Trioktiden auf die Schulter, bevor er sich bei ihm unterhakte und mit ihm in Richtung Feuer wankte. Sie hatten noch keine zehn Schritte zurückgelegt, da war Alienor schon die Stufen emporgehuscht und im Gebäude verschwunden.

»Psst!«, flüsterte der Trioktid und blieb stehen.

»Wassiss?«

»Da war was – dort am Eingang!«

»Quasscchh!«, gab der andere zurück und winkte ab. »Du hörss schon Geschpensser, wass?« Damit zog er den Kameraden mit sich fort.

Alienor hatte keine Schwierigkeiten, ihren Bruder zu finden. Viele der Pritschen im Schlafraum der Jungen waren leer, da Borboron bereits viele Sklaven hatte fortschaffen lassen. Außerdem schien Alarik mit dem Besuch der Schwester gerechnet zu haben. Er kauerte auf einem Lager im hintersten Winkel des Raumes und winkte Alienor heran, kaum dass sie ihre Nase durch die Türöffnung gesteckt hatte.

Die Geschwister umarmten sich innig. Im fahlen Licht des Mondes glichen sie zwei Statuen, die miteinander verwachsen waren. Als sie sich voneinander lösten, hatten beide Tränen in den Augen.

Bevor Alarik das Wort an die Schwester richtete, blickte er

sich vorsichtig um. Doch keiner der anderen Jungen war noch wach. Die Arbeit, die sie tagsüber in der Dunklen Festung zu verrichten hatten, war so hart, dass sie meist sofort in einen erschöpften Schlaf fielen, sobald sie sich auf dem Lager ausstreckten.

»Ich wusste immer, dass du noch lebst«, flüsterte Alarik. Mit einer unbeholfenen Geste strich er Alienor übers Haar.

Alienor drückte fest die Hand des Bruders. »Dann kannst du dir auch vorstellen, wie es mir ergangen ist, als du plötzlich verschwunden warst.« Seit sie sich das letzte Mal gesehen hatten, waren mehr als sechs Monde vergangen. Es gab so viel zu erzählen, doch sie beschränkten sich auf das Notwendigste. Alarik verging fast vor Rührung, als er erfuhr, dass seine Schwester sich mit Absicht in die Hand des Dunklen Herrschers begeben hatte, weil sie ihren Bruder dort vermutete.

»Aber wie willst du wieder entfliehen?«, fragte Alarik. »Nach allem, was man hört, ist noch keinem der Sklaven jemals die Flucht aus der Festung gelungen.«

»Mach dir nicht zu viele Sorgen! Es findet sich schon eine Gelegenheit«, erklärte Alienor in beruhigendem Ton. »Mit der Kraft des Lichts werden wir die Freiheit wiedererlangen – ganz bestimmt.«

»Ich hoffe nur, dass du Recht behältst. Ich will dich nicht verlieren«, flüsterte Alarik. »Weißt du, wohin der Schwarze Fürst die Sklaven transportieren lässt?«

»Darüber gibt es nur wilde Gerüchte. Die einen vermuten, die Erzminen in den Feuerbergen wären euer Ziel. Andere wiederum meinen, dass Borboron mit euch andere Pläne verfolgt.«

Alariks Miene verdüsterte sich. »In jedem Fall werden sie uns unterwegs gut bewachen.«

Der Klang seiner Stimme gefiel Alienor nicht. Er hörte sich so mutlos an. »Und wenn schon«, sagte sie und rüttelte ihn an der Schulter. »Solange es noch Hoffnung gibt, dürfen wir nicht aufgeben!«

Ihr Bruder schaute sie nachdenklich an und lächelte überraschend. »Du hast ja Recht«, erklärte er. »Deine Worte erinnern mich an Laura, das Mädchen vom Menschenstern. Sie hat das Gleiche gesagt, auch wenn sie es anders ausgedrückt hat: ›Nur wer aufgibt, hat schon verloren.‹« Plötzlich kam Alarik etwas in den Sinn. »Laura hat gesagt, ihr Vater würde in dieser Festung gefangen gehalten.«

Alienor nickte. »Ich kenne sein Verlies und habe schon häufig mit ihm gesprochen.«

Alarik legte ihr die Hand auf die Schulter. »Dann solltest du ihm berichten, dass Laura nach Aventerra zurückgekehrt ist, um ihn zu befreien. Das wird ihm neuen Mut verleihen und ihm helfen, so lange durchzuhalten, bis seine Tochter ihre Mission erfüllt hat!«

»Bestimmt!« Alienor lächelte den Bruder aufmunternd an. »Vielleicht sollten wir uns ein Beispiel an Marius nehmen? So lange schon ist er hier gefangen und muss schreckliche Qualen erdulden – und dennoch hat er bis heute nicht die Hoffnung verloren. Aber was Lauras Vater vermag, dass können wir auch!«

»Gewiss.« Noch einmal berührte er ihr Haar. »Geh jetzt, Alienor. Der Aufseher kann jeden Moment zurückkommen. Pass auf dich auf!«

Alienor umarmte den Bruder. Sie musste ein Schluchzen unterdrücken. Als sie davonhuschen wollte, hielt er sie zurück. »Glaubst du, dass es stimmt, was der Schwarze Fürst behauptet hat? Dass unsere Ahnen einst Handel mit den Drachenkönigen getrieben haben? Und dass ein Makel auf unserer Familie lastet?«

»Nein«, hauchte das Mädchen. »Ganz bestimmt nicht!«

»Weißt du, was merkwürdig ist?« Alarik sah die Schwester

beklommen an. »Seit mich Gurgulius, dieses doppelköpfige Ungeheuer, aus seinen Fängen gelassen hat, bin ich von einem seltsamen Gefühl beseelt: Mir ist, als sei mein Tod nur aufgeschoben.«

»Das ist doch Unsinn!«, widersprach Alienor heftig.

»Ich wünsche mir, dass du Recht behältst. Aber Borborons Worte haben meine Vorahnungen nur noch bestärkt.«

»Aber …« Alienor schluckte. »Du musst dich täuschen, Bruder. Der Schwarze Fürst hat mit Sicherheit gelogen.«

»Warum sollte er?« Alarik starrte abwesend vor sich hin, und im Schein des Mondes glich sein Gesicht einer Totenmaske. »Das war keine Lüge, Alienor. Ich spüre, dass mein Schicksal untrennbar mit den Drachen verbunden ist.«

Schon fünf Minuten vor der vereinbarten Zeit stand Lukas auf dem Wolfshügel und starrte hinunter auf den Alten Schindacker. In der Nacht wirkte der aufgelassene Friedhof noch um einiges unheimlicher als am Tag. Die verkrüppelten Büsche und Sträucher schienen gleich finsteren Schattentieren über den ungeweihten Flecken Erde zu kriechen, und trotz der sommerlichen Jahreszeit stieg eine schneidende Kälte aus der Senke empor. Lukas überkam ein Frösteln, das noch stärker wurde, als aus der Ferne die dumpfen Schläge einer Kirchturmuhr an sein Ohr hallten.

Mitternacht!

Plötzlich war dem Jungen, als nehme er eine Bewegung aus den Augenwinkeln wahr. Er drehte den Kopf – und sah eine Gestalt neben einem Busch. Sie hatte eine Schaufel in der Hand und hob eine Grube aus. Im gleichen Moment riss die dichte Wolkendecke auf, und im bleichen Mondlicht schimmerten die Haare des Unbekannten auf.

Sie waren feuerrot wie die von Konrad Köpfer!

Entsetzt zuckte Lukas zurück – als ihm auch schon aufging, dass er offensichtlich erneut auf ein Trugbild hereingefallen war: In der Senke war niemand.

Schon gar nicht der Rote Tod.

Seltsam, dachte der Junge. Leide ich plötzlich an Halluzinationen?

Trotz des Grusels, der ihn befallen hatte, nahm Lukas allen Mut zusammen und tappte hinunter auf den alten Tierfriedhof. Kahle Wacholderbüsche und Brombeergestrüpp, dürres Gras und Flechten bedeckten den Boden. Im Mondlicht konnte der Junge den verwitterten Grabstein des Henkers von Ravenstein erkennen. Nachdem ihn seine schrecklichen Schandtaten in den Wahnsinn und schließlich in den Tod getrieben hatten, war er vor vielen Jahrhunderten wie ein Kadaver verscharrt worden. Der Priester hatte sich geweigert, den Toten mit dem sündhaften Lebenswandel in geweihter Erde zu bestatten. Seitdem fand der Rote Tod, wie er allgemein genannt wurde, keinen Seelenfrieden und fristete sein Dasein als Wiedergänger, der ständig zwischen der Welt der Toten und Lebenden hin- und herwandelte. Neben der Stelle, an der Lukas noch vor wenigen Augenblicken diesen Roten Tod zu sehen geglaubt hatte, bedeckte ein flacher Erdhügel das alte Grab. Der Junge erinnerte sich, dass es erst unlängst zugeschüttet worden war – von wem auch immer.

Ob Köpfer wieder in seinem Sarg liegt?, ging es ihm durch den Kopf, als das erneute Schlagen der Turmuhr ihm anzeigte, dass es bereits eine Viertelstunde nach Mitternacht war.

Von Rika Reval war immer noch keine Spur zu entdecken. Dabei hatte sie doch so auf wichtig gemacht! Und ihn ermahnt, ihr bloß Bescheid zu geben, falls er verhindert sein sollte.

Vielleicht ist sie aufgehalten worden?

Oder – der Gedanke ließ Lukas schlucken – ihr Verfolger hat sie erwischt?

Erneut starrte der Junge auf den Erdhügel zu seinen Füßen. Wenn der Wiedergänger tatsächlich hinter Rika her ist, müsste sein Grab dann nicht offen stehen?, kam es ihm in den Sinn.

Die Kälte kroch ihm die Beine hoch. Lukas schlang die Arme um den Oberkörper und trippelte unschlüssig auf der Stelle, bis er schließlich das Handy aus der Tasche holte und Rikas Nummer eintippte. Es dauerte nur Augenblicke, bis die Verbindung hergestellt war – und da meinte Lukas, das Blut in seinen Adern müsse gefrieren: Das dumpfe Handyklingeln, das an sein Ohr drang, kam aus dem Boden vor seinen Füßen.

Direkt aus dem Grab von Konrad Köpfer!

Die Wangen des Gefangenen waren eingefallen und mit Bartstoppeln übersät. Doch die Augen in den tiefen Höhlen glänzten, als er Alienor gewahrte, die vor dem Gitter seines Verlieses stand. »Laura ist diesem schrecklichen Drachen tatsächlich entkommen?«, fragte Marius Leander.

Sie nickte.

»Gott sei Dank!«, hauchte der Mann, der in das grobe Gewand eines Knechtes gekleidet war, seit der Schwarze Fürst ihm sein zerlumptes Hemd abgenommen hatte. »Aber wie –«

»Pssst! Nicht so laut!« Alienor legte den Finger auf den Mund und deutete auf das Tischchen, das vor den dicken Gitterstäben im schmalen Gang des Kerkers stand. Die Fackel, die darüber in einem Wandhalter steckte, blakte und ließ Schatten über das Gesicht des Trioktiden tanzen, der auf einem Holzschemel in sich zusammengesunken war. Sein Wuschelkopf ruhte auf der Tischplatte, während er mit offenem Mund vor sich hinschnarchte. »Das erzähle ich dir bei anderer Gelegenheit. Nicht, dass er aufwacht und uns überrascht!«

»Keine Angst.« Marius lächelte müde. »Das wird schon nicht passieren. In der Nacht hat immer nur ein Kerkerwärter Dienst, und dann steht der Kerl hier ausnahmsweise nicht unter der Fuchtel seines hageren Kumpanen, der ihn nur herumkommandiert. Das hat er weidlich ausgenutzt. Er hat heute wieder so viel Wein getrunken, dass ihn in den nächsten Stunden keine fünfzig Teufel wach kriegen würden.«

»Nur schade, dass die Schlüssel zu den Verliesen des Nachts in der Wachstube verwahrt werden«, sagte Alienor, »sonst wäre die Gelegenheit günstig.«

»Stimmt.« Marius verzog das Gesicht. »Aber irgendwann werde ich aus diesem finsteren Loch schon rauskommen. Spätestens wenn Laura mit dem Schwert des Lichts in der Dunklen Festung auftaucht und Borboron für seine Verbrechen Rechenschaft ablegen muss.«

Alienor nickte. »Mit Sicherheit. Auch wenn das noch einige Zeit dauern kann.«

Marius trat näher an das Gitter heran und fuhr sich geistesabwesend durch das verfilzte Haar. »Ich glaube fest daran, dass Laura mich befreien wird, und auf einen Tag mehr oder weniger kommt es nicht mehr an.«

Das Mädchen betrachtete das dreckverkrustete Gesicht des Gefangenen. Seine Zuversicht war bewundernswert. Trotz seiner bemitleidenswerten Verfassung schien er niemals die Hoffnung zu verlieren.

»Bestimmt.« Alienor lächelte ihn zum Abschied aufmunternd an. »Sobald ich was Neues erfahre, lasse ich es dich wissen.«

Sie wollte sich abwenden, als Marius sie zurückhielt. »Nur eine Frage noch.«

»Ja?«

»Ich bin schon so lange hier, dass ich jegliches Zeitgefühl verloren habe. Aber wenn Laura erst vor wenigen Tagen in

Aventerra angekommen ist, dann liegt die Mittsommernacht noch nicht allzu weit zurück?«

»Ja, das stimmt.«

Der Gefangene senkte den Blick. »Bei uns auf der Erde müsste es jetzt also auf Ende Juni zugehen«, murmelte er. »Und das könnte bedeuten, dass sich bei ihm die ersten Anzeichen bemerkbar machen.«

Alienor blickte den Gefangenen forschend an. »Du siehst aus, als würde dir etwas Sorge bereiten.«

»Ach!« Marius winkte ab und mühte sich zu einem Lächeln. »Es ist nur …«

»Wenn es etwas Wichtiges ist, solltest du es mir sagen.«

»Lauras Bruder Lukas wird bald dreizehn. Und möglicherweise verfügt auch er über besondere Kräfte.«

»Wie ist das möglich? Dein Sohn ist doch kein Wächter.«

»Nein. Aber wenn ich die Aufzeichnungen, die seine Großmutter hinterlassen hat, richtig gedeutet habe, dann könnte es sein, dass Lukas ein Schattenseher ist!«

Professor Morgenstern blickte Lukas mit ernster Miene an. Das Mondlicht verlieh ihm das Aussehen eines ehrwürdigen Druiden, der mitten in der Nacht eine weihevolle Zeremonie abhielt. »Bist du sicher, dass du auch die richtige Nummer gewählt hast?«

»Klaromaro!« Leicht genervt verzog Lukas das Gesicht. »Laura und ich haben doch öfter mit Frau Reval telefoniert.«

»Wenn das stimmt …« – Attila Morduk kratzte sich mit der rechten Hand am kahlen Schädel, während er sich mit der linken auf die mitgebrachte Schaufel stützte –, »… würde das bedeuten, dass irgendjemand ihr Handy hier verbuddelt hat.«

»Genau.« Lukas schluckte. »Wenn nicht sogar …« Der Gedanke schnürte ihm die Kehle zu.

»Quatsch!«, widersprach der Hausmeister. »Du hast doch vor wenigen Stunden noch mit ihr gesprochen. Außerdem wissen nur sie und du, dass ihr euch hier treffen wolltet. Es wäre schon ein absurder Zufall, wenn sie in der Zwischenzeit nicht nur umgebracht, sondern auch ausgerechnet hier vergraben worden wäre.«

Stimmt, dachte Lukas. Und trotzdem … Er wandte sich an den Professor. »Sollen wir nicht lieber die Polizei informieren?«

»Ich weiß nicht.« Aurelius Morgenstern wiegte bedächtig den Kopf. »Irgendwie werde ich das Gefühl nicht los, dass Bellheim auf der Seite unserer Feinde steht.«

»Stimmt.« Der Junge linste über den Rand seiner Hornbrille. »Genau das vermutet Frau Reval auch.«

»Selbst wenn das nicht der Fall sein sollte …« – Der Professor strich sich bedächtig über die graue Haarmähne – »… was ist, wenn tatsächlich nur ihr Handy hier im Boden liegt? Der Kommissar ist ohnehin schon nicht gut auf mich zu sprechen. Wenn wir ihn wegen eines vergrabenen Telefons aus dem Bett holen, fühlt er sich doch auf den Arm genommen. Und das würde meine Lage bestimmt nicht verbessern.«

Der Professor hatte dem Hausmeister kaum zugenickt, als der auch schon zu graben begann. Das Erdreich war ziemlich locker, und so kam Attila schnell voran. Es waren noch keine zehn Minuten vergangen, als seine Schaufel auf Holz stieß. Der Hausmeister hielt inne, kratzte sich am kahlen Schädel und schaute Morgenstern fragend an. »Hört sich an, als wäre hier eine Kiste verbuddelt.«

Unschlüssig knetete der Professor sein Kinn. Nach kurzem Nachdenken nickte er Lukas zu. »Wähl bitte noch mal die Handynummer von Frau Reval!«

Erneut drang das Klingeln aus dem Boden, etwas lauter, aber noch genauso dumpf wie zuvor.

Der Hausmeister musterte Aurelius abwartend. Als dessen Entscheidung immer noch auf sich warten ließ, spuckte Attila in die Hände. »Sind wir Angsthasen, oder was?«, fragte er mit grimmiger Miene. »Wir haben es angefangen, also lasst es uns auch zu Ende bringen.« Damit schaufelte er weiter. Kurze Zeit später hatte er den vergrabenen Gegenstand freigelegt. Es war tatsächlich eine Holzkiste.

Ein Sarg!

Lukas stockte der Atem.

Oh Gott!

Hoffentlich bedeutet es nicht das, wonach es aussieht! Während der Junge geräuschvoll Luft durch die Lippen sog, blickte Attila Morduk seinen Vorgesetzten erneut an.

Auch der Professor holte erst tief Luft, bevor er dem Hausmeister beklommen zunickte.

Der Zwergriese konnte den Sarg mühelos öffnen, denn der Deckel war nur aufgesetzt. Als er ihn zur Seite legte, flutete das Mondlicht in die Kiste.

Oh nein!

Lukas musste sich auf die Lippen beißen, um nicht laut aufzuschreien: Im Sarg lag eine reglose Gestalt, die ihn mit offenen Augen anstarrte.

Rika Reval!

Während Attila die Tote wie versteinert anblickte, stöhnte der Professor entsetzt und schlug die Hände vors Gesicht.

Obwohl Lukas eisige Schauer über den Rücken liefen und sein Herz jeden Moment stehen zu bleiben drohte, konnte der Junge den Blick nicht abwenden. Er hatte noch nie eine Leiche gesehen, und trotzdem erkannte er auf den ersten Blick, dass Rika schon länger tot sein musste. Plötzlich japste er nach Luft und deutete mit schreckgeweitetem Blick in den Sarg. »D… D… Das gibt's doch nicht«, stammelte er. »Wie kommt denn Mr Cools Sonnenbrille da rein?«

»Das möchte ich auch gerne wissen!«, ertönte da eine bärbeißige Stimme. Gleichzeitig flammte gleißendes Licht auf dem Wolfshügel auf, und eine gedrungene Gestalt trat aus der blendenden Helligkeit.

Kommissar Wilhelm Bellheim.

Zielstrebig ging er auf Aurelius Morgenstern zu. »Darf ich Sie bitten, mich aufs Kommissariat zu begleiten. Wie es aussieht, haben Sie mir einiges zu erklären!«

Kapitel 11 ❧ Die Botschaft des Orakels

Der Hüter des Lichts sah die junge Heilerin enttäuscht an. »Und mehr haben die wissenden Dämpfe dir nicht offenbart?«

Wie zur Entschuldigung hob Morwena die Hände. »Es tut mir leid, Herr. Als ich gefragt habe, wie wir dem Mädchen vom Menschenstern behilflich sein können, gab uns das Orakel nur diese Worte: ›Wenn aus Licht Dunkelheit wird und aus Dunkelheit Licht, wird sich das Schicksal entscheiden. Und nur der wird die Prüfung bestehen, der die wahre Natur der Dinge erkennt.‹«

Elysion nickte versonnen. Sein Blick wanderte über die Ebene von Calderan. Durch die geöffneten Fensterflügel des Thronsaals strömte milde Nachtluft. Der herbe Duft des Wispergrases wehte herein, das die ausgedehnte Ebene bis hin zu den Drachenbergen am Horizont bedeckte. Die silbrigen Blüten der Gräser glitzerten im Licht der beiden Monde, die rund und schwer am Himmel hingen: der gelbe Goldmond und der blaue Menschenstern. Die schlanken Halme wiegten sich im sanften Hauch des Windes, der über sie hinwegstrich. Ihr myriadenfaches Aneinanderreiben erzeugte ein hauchfeines Flüstern, das wie ein vielstimmiges Konzert feinster Feen- und Elfenstimmen durch die Luft schwirrte. »Und?«, hob Elysion schließlich an. »Wie deutest du die Botschaft der Dämpfe?«

»Der Orakelspruch will sich mir diesmal nicht so recht erschließen, Herr«, antwortete die Heilerin. »Der erste Teil meint offensichtlich den Tag, dem alle Bewohner Aventerras schon mit großer Erwartung entgegensehen …«

»Du meinst den Tag, an dem der Menschenstern den Goldmond verschluckt, um ihn nach einiger Zeit wieder auszuspucken, wie unsere Vorfahren dieses seltene Ereignis beschrieben haben?«, unterbrach Paravain sie mit gerunzelter Stirn.

»Gewiss!« Morwena nickte. »Obwohl es keinen Sinn zu machen scheint; schließlich wird es noch geraume Zeit dauern, bis sich der Goldmond verfinstert und unsere Welt in Dunkelheit taucht.«

»Ja«, sagte Paravain. »In der Nacht vom zwölften auf den dreizehnten Tag des dreizehnten Mondes dieses Jahres, so haben es die Astronomen schon seit langem berechnet. Dann wird aus Licht Dunkelheit und aus Dunkelheit Licht – wie es das Orakel prophezeit hat.«

Ein Schatten legte sich auf Morwenas Gesicht. »Dennoch glaube ich nicht, dass sich Lauras Schicksal erst in dieser Nacht erfüllt – danach habe ich die Wissenden Dämpfe ja gefragt.«

»Und warum nicht?«, fragte der Weiße Ritter.

»Weil Laura unmöglich so lange in unserer Welt bleiben kann. Das hätte unvorhersehbare Konsequenzen für ihr Leben auf dem Menschenstern. Und außerdem könnte ihr Vater zu diesem Zeitpunkt bereits unrettbar verloren sein. Wenn es ihr bis zum Tage der Herbstnacht nicht gelingt, ihn aus der Gewalt des Schwarzen Fürsten zu befreien und mit ihm in ihre Welt zurückzukehren, wird sein Leben in größter Gefahr sein.«

Der Hüter des Lichts trat zu seinen Gefolgsleuten und wandte sich an die Heilerin. »Auch wenn ich gewiss nicht zum Schwarzsehen neige, vermag ich dir kaum zu widersprechen, Morwena.« Nachdenklich spielte er mit dem goldenen Amulett, das um seinen Hals hing. »Schließlich wird Borboron den

Befreiungsversuch schon dadurch zu verhindern suchen, dass er Lauras Vater erneut in die Todesstarre bannt. Und wenn das Mädchen scheitern sollte, sei es an den Drachen, an den Dunkelalben oder an Borboron selbst, wird der Schwarze Fürst seinen Gefangenen wohl kaum mehr daraus erlösen. Marius müsste dann also bis ans Ende aller Zeiten in steinerner Starre verharren.« Der Hüter des Lichts blinzelte und räusperte sich, als müsse er sich sammeln. »Zum Glück aber ist noch nichts entschieden, und die Waage des Schicksals hat sich weder zur einen noch zur anderen Seite geneigt«, fuhr er dann fort. »Wir dürfen noch immer hoffen, dass Laura am Ende erfolgreich sein wird.«

Die junge Frau schien die Zuversicht des greisen Herrschers nicht zu teilen. »Allerdings wird sie ohne unsere Hilfe auskommen müssen.«

»Was meinst du damit?« Paravain schaute Morwena vorwurfsvoll an. »Natürlich werden wir Laura helfen – mit allen Mitteln, die uns zur Verfügung stehen!«

Die Heilerin hielt Paravains stechendem Blick stand. »Der Orakelspruch besagt eindeutig, dass es allein in Lauras Händen liegt, ihre Aufgabe zu bewältigen!«

»Morwena hat recht, mein junger Freund«, mischte sich Elysion ein. »Natürlich können wir Laura gegen die Übergriffe der Dunklen Mächte beistehen, sobald die Frist für das Gebot der ›Leeren Hand‹ verstrichen ist.« Er fuhr sich über den langen weißen Bart. »Die wahre Natur der Dinge muss Laura jedoch selbst erkennen, dabei können ihr auch wir nicht helfen, Paravain.«

Der Weiße Ritter wandte sich ab, ging zum Fenster und starrte hinaus in die Nacht. Seine Mundwinkel zuckten, und seine blauen Augen wurden schmal. Die Worte seines Herrn und die darin versteckte Mahnung behagten ihm nicht.

Kommissar Bellheim ließ das Erdreich noch einmal durch seine rechte Hand rieseln, bevor er sich aufrichtete und den Professor wie eine bissige Bulldogge ansah. »Ich bin zwar kein Experte in Sachen Spurenermittlung«, sagte er, »aber dass dieses Grab erst vor kurzem schon mal ausgehoben wurde, kann ich trotzdem erkennen.«

Aurelius Morgenstern antwortete nicht, sondern sah den Beamten nur abwartend an.

»Und genauso offensichtlich ist es, dass Frau Reval schon vor längerer Zeit ermordet wurde. Wahrscheinlich erdrosselt, wie die Würgemale an ihrem Hals nahelegen. Diese Sonnenbrille allerdings« – Er hielt die Plastiktüte mit dem Beweisstück dem Professor direkt vors Gesicht – »hat Laura am Tage ihres Verschwindens getragen, wie dieser Junge …« Hilfe suchend schaute er seinen Assistenten Anton an, der inzwischen dazugekommen war.

»Philipp Boddin«, half der hagere junge Mann ihm auf die Sprünge.

»… wie Philipp Boddin ausgesagt hat. Und damit, Herr Professor, ist plötzlich alles klar!«

Lukas warf Attila Morduk einen fragenden Blick zu. Doch der letzte der Zwergriesen schien ebenso ratlos wie er.

Auch Professor Morgenstern konnte dem Kommissar offensichtlich nicht folgen. »Was meinen Sie damit?«, fragte er.

»Ganz einfach.« Ein trimphierendes Grinsen zierte Bellheims Bulldoggengesicht. »Dass ich jetzt endlich verstehe, warum Sie dieses Mädchen aus dem Weg geräumt haben.«

»Was?« Ein Ausdruck des Entsetzens legte sich auf Morgensterns Gesicht. »Aber das ist doch absurd!«

»Keineswegs.« Mit erhobenem Zeigefinger begann der Kommissar zu dozieren. »Wenn wir davon ausgehen, dass Sie Frau Reval umgebracht haben –«

»Unsinn!«, brauste der Professor auf. »Warum sollte ich?«

»Das werden wir schon noch herausfinden«, fuhr Bellheim unbeirrt fort. »Außerdem – wenn Sie mit dem Tod der Frau nichts zu tun haben, warum graben sie dann klammheimlich ihren Sarg aus, anstatt uns zu verständigen?«

Aurelius Morgenstern machte nur eine resignierte Geste und blieb stumm.

»Sehen Sie!«, triumphierte der Beamte. »Dann will ich Ihnen mal erläutern, wie ich die Sache sehe: Nachdem Sie Frau Reval ermordet haben, standen Sie vor dem Problem, die Leiche verschwinden zu lassen, und da ist Ihnen die Idee mit diesem alten Grab gekommen!« Anerkennend nickte er und brummte mehr für sich: »Gar nicht mal so übel, der Gedanke!« Damit blickte er den Professor wieder an. »Offensichtlich hat Laura Leander Sie beim Eingraben des Sarges überrascht – und deswegen musste die unliebsame Zeugin ebenfalls sterben.«

Während Aurelius Morgenstern die Augen zum nächtlichen Himmel hob und immer wieder den Kopf schüttelte, fuhr Lukas den Kriminalbeamten wütend an: »So ein Quatsch! Laura lebt – wie oft muss ich Ihnen das noch sagen?«

»Tatsächlich?« Mit einem süffisanten Lächeln schaute Bellheim den Jungen an. »Und warum gibt sie dann kein Lebenszeichen von sich?«

Lukas biss sich auf die Lippen und schwieg. Schließlich war ihm längst klar geworden, dass der Kommissar ihn nur auslachen würde, wenn er ihm erzählte, wo Laura sich befand!

Wieder wandte sich Bellheim an den Professor. »Noch weiß ich nicht, wie Sie Lauras Leiche beseitigt haben. Auf alle Fälle aber ist Ihnen entgangen, dass ihre Sonnenbrille in Frau Revals Sarg gelandet und mit ihr vergraben worden ist.«

Morgenstern schnaufte verächtlich. »Selbst wenn Ihre abenteuerlichen Vermutungen zutreffen sollten – was keineswegs das Fall ist, wie ich betonen möchte! –, warum sollte ich den Sarg dann wieder ausgraben?«

»Das liegt doch auf der Hand, Herr Professor«, erklärte der Kommissar. »Als ich Ihnen heute früh erklärt habe, dass ich einen Zusammenhang zwischen dem Verschwinden der Frau und des Mädchens vermute, ist Ihnen Ihr Fehler offensichtlich wieder eingefallen – weshalb Sie und Ihre Helfer nun die Sonnenbrille aus dem Sarg holen wollten. Schließlich beweist die eindeutig, dass ich mit meiner Vermutung richtig lag. Und deshalb, Herr Professor, darf ich Sie nun bitten, uns ins Kommissariat zu begleiten.«

»Haben Sie einen Haftbefehl?«, fragte der Professor leise.

»Habe ich etwas von Verhaften gesagt?«, blaffte der Kommissar. »Und wenn, dann bräuchte ich auch keinen. Bei einem derart dringenden Tatverdacht, wie er hier vorliegt, kann ich Sie auch ohne Haftbefehl festhalten. Für achtundvierzig Stunden, um genauer zu sein – und danach sehen wir dann weiter. Und jetzt kommen Sie endlich!«

Aurelius Morgenstern senkte den Blick und nickte ergeben. Als er sich in Bewegung setzte, um dem Kommissar zum Wagen zu folgen, wirkte er unendlich erschöpft.

Bevor auch der Assistent davonging, hielt Lukas ihn zurück. »Woher wussten Sie denn, dass wir hier auf dem Alten Schindacker sind?«

»Wir haben einen Hinweis bekommen«, erklärte Anton. »Eine Frau hat behauptet, hier würde ein Grab ausgehoben.«

Lukas wurde augenblicklich alles klar. Wahrscheinlich die gleiche Frau, die mich in diese Falle gelockt hat, dachte er verbittert. Und ich Idiot bin nicht nur darauf reingefallen, sondern habe auch noch den Professor mit reingezogen! Bekümmert sah er dem Direktor nach. Hoffentlich steht er das durch, dachte er beklommen. Ganz schön heftig, was in letzter Zeit auf ihn eingeprasselt ist.

Aurelius Morgenstern war schon fast am Polizeiauto angekommen, als er sich noch einmal umdrehte. »Lukas!«

»Ja?«

»Vergiss bitte nicht, dass du auf den Hohenstädter Friedhof gehen wolltest, um das Grab von Lea Mano zu gießen!«, mahnte er mit eindringlichem Blick, bevor er in Bellheims Dienstwagen stieg, der umgehend davonbrauste.

Der Junge schaute dem Polizeiwagen nach, bis die Dunkelheit ihn verschluckt hatte. Dann wandte er sich an Attila Morduk. »Komisch«, murmelte er. »Kennst du eine Lea Mano? Oder ihr Grab?«

»Weder noch«, brummte der Hausmeister.

Laura und Venik waren aufbruchbereit. Im Sattel sitzend, blickte das Mädchen die betagte Frau, die zum Abschied vor die Hütte getreten war, erstaunt an. »König Malik, der Herrscher des Güldenlandes?« Laura lenkte ihren Schimmel näher. »Alariks Vater?«

Eileena nickte eifrig. »Er residiert auf Burg Gleißenhall, wie du vielleicht weißt.«

»Nein, aber …« Das Mädchen wechselte einen raschen Blick mit Venik. Der Junge schien genauso überrascht wie sie selbst. »… Warum glaubt Ihr, dass König Malik mir weiterhelfen kann?«, fragte Laura dann weiter.

Mit einer raschen Geste verscheuchte die Alte zwei vorwitzige Tauben, die zwischen ihren Füßen nach Futter suchten. Während diese erschreckt aufflatterten, begann Eileena zu erzählen: »Die Drachenberge, die das Güldenland im Norden begrenzen und es von der Ebene von Calderan trennen, tragen ihren Namen nicht von ungefähr. Vor langer Zeit haben Drachen in diesem Gebirge gehaust und über die riesigen Gold- und Silbervorkommen gewacht, die tief im Inneren der Berge verborgen lagen. Offensichtlich hatten sie mit den Bewohnern des Güldenlandes Frieden geschlossen, denn niemals hat man gehört, dass es zu irgendwelchen Auseinandersetzungen gekommen wäre.«

»Und warum ist das heute nicht mehr so?«, fragte Laura, andächtig lauschend.

»Vor vielen Jahren haben die letzten Drachen das Güldenland verlassen und Zuflucht in ihrer Heimat gesucht. Die Gründe dafür liegen bis heute im Dunkeln. Einige munkeln, ein so starkes Heimweh habe sie übermannt, dass selbst alle Reichtümer der Welt sie nicht mehr in der Fremde zurückhalten konnten. Andere wiederum behaupten, die Herrscher des Güldenlandes hätten einen Handel mit den Drachen geschlossen, woraufhin diese sich ins Drachenland zurückzogen und ihnen ihre Gold- und Silberschätze überließen. Wie auch immer: Für die Königsfamilie hat sich die Sache gelohnt. Nach dem Abzug der Drachen verfügte sie plötzlich über einen so gewaltigen Reichtum, dass sie selbst die Dächer ihres Stammsitzes mit purem Silber überziehen lassen konnte. Doch auch die übrigen Bewohner des Landes leben seither in großem Wohlstand – und so zählt das Güldenland zu den wenigen Regionen Aventerras, in denen seit langer Zeit Frieden herrscht.«

Laura musterte die Magd mit gerunzelter Stirn. »Aber warum sollte König Malik mir weiterhelfen können?«, fragte sie skeptisch.

»Weil seine Vorfahren einst in friedlichem Einvernehmen mit den Drachen gelebt haben. Die Herrscherfamilie muss diese Geschöpfe sehr gut gekannt haben, viel besser als alle anderen Bewohner Aventerras. Dieses Wissen über die Drachen ist über die Generationen bestimmt nicht ganz verloren gegangen. Die Burg liegt ohnehin auf eurem Weg, deshalb solltet ihr König Malik unbedingt einen Besuch abstatten.«

»Der Vorschlag klingt vernünftig.« Laura wandte sich an den Jungen auf dem Hornbüffel. »Was meinst du, Venik?«

»Auf jeden Fall«, antwortete der. »Wenn es dort tatsächlich jemanden gibt, der etwas über die Drachen weiß, dann kriegen wir das raus. Nicht umsonst bin ich Magier, nicht wahr?«

»Ja, ja«, antwortete Laura grinsend, bevor sie nach einem letzten Gruß an Eileena Sturmwind antrieb. Der Hengst fiel in Galopp, Kraomir hatte Mühe, ihm zu folgen.

Die alte Frau sah den beiden noch eine Weile nach, bevor sie in ihre Hütte zurückkehrte. Sie bemerkte nicht, dass der Graumahr aus dem Brunnen hervorkroch und die Verfolgung von Laura und Venik aufnahm.

Wegen des nächtlichen Abstechers zum Alten Schindacker schlief Lukas bis weit nach elf Uhr. Dann erst quälte er sich aus dem Bett, zog seine Sachen über und schlurfte gähnend hinunter in den ersten Stock, wo er sich in der Internatsküche ein spärliches Frühstück zusammensuchte. Der Koch und die übrigen Küchenhelfer waren ebenfalls in die Ferien abgereist, und so blieb dem Jungen nichts anderes übrig, als sich selbst zu versorgen. Fräulein Pieselstein, die Internatssekretärin mit der piepsigen Mäusestimme, kümmerte sich zwar rührend um das leibliche Wohl von Aurelius Morgenstern, doch sie hatte sich strikt geweigert, auch Lukas und Philipp zu verköstigen. Attila Morduk hatte den beiden zwar angeboten, die Mahlzeiten mit ihm in seiner Hütte einzunehmen, doch Lukas verspürte absolut keine Lust auf die Gesellschaft von Attilas geliebten Schlangen, Echsen, Spinnen und Leguanen, mit denen er seine Behausung teilte.

Als Lukas die Milchflasche, aus der er sein Glas gefüllt hatte, wieder in den Kühlschrank zurückstellen wollte, fiel sein Blick zufällig aus dem Fenster – und im gleichen Augenblick entglitt die Flasche seiner Hand und zerschellte mit einem lautem Knall auf den schwarz-weißen Bodenfliesen. Dass sich eine weiße Lache zu seinen Füßen ausbreitete, bemerkte Lukas nicht. Soeben trat ein halbes Dutzend Männer aus der Haustür des efeubewachsenen Häuschens, dass der Direktor bewohnte. Kommissar Wilhelm Bellheim und andere Kriminalbeamte. Der bullige Kommissar ging an ihrer Spitze und strahlte über das ganze Gesicht.

Verdammt!

Er hat was entdeckt, was den Professor belastet, wurde Lukas augenblicklich klar.

Der Junge vergaß das Frühstück und hastete hinaus in den Burghof, wo der laubfroschgrüne Dienstwagen des Kripobeamten parkte. Die hagere Gestalt seines Assistenten lehnte an der Fahrertür. Wie ein Irrwisch schoss der Junge auf Anton zu. »Was soll das?«, fragte Lukas vorwurfsvoll. »Wie kommt Ihr Chef dazu, das Haus des Professors zu durchsuchen?«

»Reg dich ab, mein Junge!«, sagte Anton beschwichtigend, während Lukas vor ihm stehen blieb. »Wir haben einen Durchsuchungsbefehl, falls es dich interessiert.«

»Der Richter hat ihn sofort ausgestellt, als ich ihm die Sachlage geschildert habe«, erklärte der Kommissar, der inzwischen herangekommen war.

»Wer weiß, welchen Unsinn Sie ihm erzählt haben«, brummte Lukas und bedachte Bellheim mit finsteren Blicken.

»Nichts als die Wahrheit.« Der Kommissar grinste. »Und deshalb bin ich auch nicht im Geringsten überrascht, dass wir ein weiteres Beweisstück gefunden haben, das deinen verehrten Direktor belastet.« Er drehte sich zu einem der Beamten um und gab ihm einen Wink. Der öffnete seinen Koffer und holte einen Plastikbeutel mit einer Strickmütze daraus hervor.

Lukas erkannte sie sofort. Sie gehörte Mr Cool. Laura hatte sie in der Mittsommernacht getragen! Natürlich begriff er augenblicklich, was das bedeutete. Ihm wurde ganz schwindelig.

»Da staunst du, nicht wahr, mein Junge?« Bellheim klang

heiter. »Professor Morgenstern hatte sie in der Kommode in seinem Wohnzimmer versteckt.«

»Aber...« Lukas rang um Worte. »Das ergibt doch alles gar keinen Sinn! Warum sollte er ein belastendes Indiz denn aufbewahren?«

»Das kann ich nicht sagen, jedenfalls im Moment noch nicht.« Der Kommissar zuckte mit den Schultern. »Ich weiß nur eins: Der Strick um den Hals deines Direktors zieht sich immer weiter zu. Und es würde mich wundern, wenn wir nicht schon bald weiteres Material gegen ihn entdecken würden.«

»Anfangs habe ich gedacht, dass Sie ein guter Polizist sind«, entgegnete der Junge düster. »Aber langsam wird mir klar, dass ich mich getäuscht habe. Sonst würden Sie doch merken, dass diese angeblichen Indizien allesamt manipuliert und dem Professor untergeschoben worden sind!«

»Quatsch!«, bellte der Kripobeamte. »Und der Richter wird das genauso sehen und Haftbefehl erlassen.«

Lukas war der Verzweiflung nahe. »Aber Professor Morgenstern ist unschuldig! Er hat mit Lauras Verschwinden absolut nichts zu tun!«

»Das behauptest du!« Bellheims Zeigefinger zielte auf die Brust des Jungen. »Aber kannst du das auch beweisen?«

Der Junge schluckte. Wie denn?, dachte er für sich. Solange Laura sich auf Aventerra befindet, kann das niemand beweisen!

Der See glitzerte im Licht der Sonne. »Das ist genau das, was ich jetzt brauche«, rief Laura Venik zu, »ein kühles und erfrischendes Bad!«

Die beiden waren gut vorangekommen. Zu Lauras Überraschung hatte Kraomir doch mit Sturmwind Schritt halten können, und Venik hatte sich als geschickter Reiter erwiesen.

Unermüdlich überquerten Pferd und Büffel das Hügelland, das sich scheinbar unendlich nach Südosten ausdehnte. Obwohl Laura das Lederwams inzwischen ausgezogen hatte und nur noch ein luftiges T-Shirt zu den Jeans trug, war sie wie Venik nach kürzester Zeit schweißgebadet. Sie waren den ganzen Vormittag ohne Rast geritten. Beim Anblick des verführerisch funkelnden Sees merkte Laura, dass sie alle dringend eine Pause brauchten. Deshalb ließ sie Venik hinter sich und galoppierte auf das Ufer zu. Dort sprang sie aus dem Sattel, warf Schuhe und Jeans von sich und stürzte sich in die Fluten. Ihre Wasserscheu, die ihr noch vor einigen Monaten jedes Bad verleidet hatte, war inzwischen verflogen.

Das Nass war angenehm kühl. Der Geruch, den es verströmte, war seltsam vertraut. Der See erinnerte sie an Sonne, Spaß und fröhliches Kinderlachen.

An Sommer und unbeschwerte Ferien.

Plötzlich musste Laura an die herrlichen Urlaubstage ihrer frühen Kindheit denken, die sie mit ihrem Vater, der Mutter und Lukas verbracht hatte. Wie glücklich wir damals doch waren!, dachte sie wehmütig, doch sie verscheuchte den Gedanken und wagte sich ins tiefere Wasser vor.

Der See war so klar, dass Laura bis auf den Grund sehen konnte. Nach kurzem Zögern holte sie tief Luft und tauchte. Aus dem sandigen Boden, der rasch abfiel, wuchsen ihr Pflanzen entgegen, die sie noch nie gesehen hatte. Sie sahen aus wie gemalt und schienen geradewegs den Seiten der Poesiealben entsprungen zu sein, die in der Grundschule durch die Reihen ihrer Freundinnen gegangen waren. Wunderlich geformte Muscheln waren zwischen ihnen verstreut. Sie leuchteten in einem knalligen Rot und besaßen eine fast symmetrische Herzform. Als es unter der Oberfläche der Schalen plötzlich zu pulsieren begann, bekam Laura einen Schreck und verschluckte sich.

Prustend tauchte sie auf. Als sie endlich wieder Luft bekam, wollte sie sich eben nach ihrem Begleiter umsehen, als sie eine junge Frau bemerkte, die in einiger Entfernung im seichten Wasser stand. Sie trug ein schlichtes weißes Kleid und hatte ihr den Rücken zugewandt. Als die Frau sich zu ihr umdrehte, konnte Laura erkennen, dass sie ein Baby auf dem Arm trug. Laura hielt den Atem an. Es war ihre Mutter! Und das Kind glich dem Kind, das sie auf dem Wasserspiegel des Sees im Fatumgebirge erblickt hatte!

Anna Leander lächelte und winkte Laura einladend zu, während sie weiter in den See hineinschritt. Komm, Laura, schien sie ihr bedeuten zu wollen, komm und folge mir!

Lauras Beine bewegten sich wie von selbst. Von einer unsichtbaren Macht geleitet, folgte das Mädchen der Frau mit dem Baby, die immer weiter ins Wasser hineinging und plötzlich unter die Oberfläche tauchte.

Laura folgte ihr. Sie glitt hinunter und erblickte Anna, die ein gutes Stück vor ihr mit ruhigen Schwimmzügen dem Grund des Sees entgegenstrebte. Das Baby schwamm direkt an ihrer Seite. Seine Bewegungen waren die eines geübten Schwimmers. Immer weiter tauchten die beiden dem Seegrund entgegen, von dem ein magischer Sog auszugehen schien.

Laura konnte nicht anders. Sie musste ihnen einfach folgen. Da spürte sie einen Klammergriff im Nacken. Mit Gewalt wurde sie aus dem Wasser gerissen.

Kapitel 12 Der See der Erinnerung

Der Anruf bei der Hohenstädter Friedhofsverwaltung brachte Lukas keinen Schritt weiter. »Tut mir leid«, sagte die freundliche Angestellte. »Aber bei uns ist keine Lea Mano bestattet.«

»Sind Sie sicher?«

»Natürlich. Unsere Unterlagen reichen mehr als hundert Jahre zurück, und seitdem ist auf unserem Friedhof keine Frau mit diesem Namen beerdigt worden. Und aus der Zeit davor existieren keine Gräber mehr.«

Lukas bedankte sich und beendete das Gespräch. Er stützte das Kinn auf die Hand und starrte grübelnd auf seinen Schreibtisch. Eigenartig, überlegte er. Der Professor hat das bestimmt nicht ohne Grund gesagt. Im Gegenteil: Dass er mir diesen Auftrag trotz seiner misslichen Lage erteilt hat, beweist doch, wie ungeheuer wichtig er ihm war. Fragt sich nur, was sich dahinter verbirgt.

Dass es sich um eine verschlüsselte Mitteilung handeln musste, war Lukas längst klar geworden. Schließlich wollte der Direktor mit Sicherheit alles daransetzen, sie dem Kommissar zu verheimlichen.

Andererseits glaubte Morgenstern offensichtlich, dass Lukas den versteckten Hinweis ohne größere Probleme entschlüsseln könnte. Aber es war wie verhext! Sosehr der Junge sein Superhirn auch anstrengte, er fand keine Erklärung für die kryptischen Worte.

»Lea Mano, Lea Mano«, murmelte er vor sich hin, während er den Namen auf einen Notizblock kritzelte. »Lea Mano.«

Handelte es sich am Ende gar nicht um eine Frau? War vielleicht etwas ganz anderes damit gemeint?

Verzweiflung stieg in Lukas auf. Der Gedanke, dass er den sicherlich überaus wichtigen Hinweis des Direktors nicht verstand und den Professor oder sich selbst dadurch vielleicht noch zusätzlich in Gefahr brachte, peinigte ihn so sehr, dass er schon fürchtete, wahnsinnig zu werden.

Lass mich los, verdammt noch mal!«, schrie Laura. Doch der Mann, der sie inzwischen in die seichte Uferzone gezogen hatte, hielt sie eisern fest, mochte sie auch noch so wild strampeln und um sich treten. »Loslassen, sofort!« Damit schlug sie mit den Fäusten auf ihn ein. »Ich will zu meiner Mutter!«

»Glaub mir: Deine Mutter ist nicht hier«, sprach der Mann mit sanfter Stimme. »Ganz bestimmt nicht«, sagte er mit Nachdruck.

»Doch!« Laura deutete auf das Wasser. »Dort hinten im Wasser! Sie taucht!«

»Tatsächlich?« Die großen grünen Augen des Mannes blickten ernst. »Hast du schon einmal erlebt, dass jemand so lange unter Wasser bleibt?«

»Ähm«, machte Laura überrascht und spähte zu der Stelle, wo die Mutter in den See getaucht war. Weder dort noch sonst wo war die geringste Spur von Anna und dem Baby zu entdecken.

»A… Aber …«, stammelte das Mädchen und bemerkte, dass ihm gegen seinen Willen Tränen in die Augen traten. »Sie muss hier sein. Ich hab sie doch gesehen!« Erneut wollte Laura sich losreißen, um sich in den See zu stürzen.

»Beruhige dich!« Der Mann hielt sie unerbittlich fest, während er auf sie einredete. »Bitte! Ich werde dir alles erklären.«

Der flehende Unterton seiner Worte ließ Laura zur Besinnung kommen. »Da bin ich aber mal gespannt«, brummte sie, immer noch missmutig, während sie dem Dunkelhaarigen aus dem Wasser folgte.

Unter den tief herabhängenden Zweigen einer Torkelweide graste ein weiterer Vierbeiner. Er war etwas feingliedriger als der Schimmel und trug zwei dünne, spindelförmige Hörner auf der Stirn. Sie glänzten in der Sonne, als wären sie aus Elfenbein.

Sichtlich überrascht vom Anblick des Fremden, glitt Venik, der soeben herantrabte, vom Rücken seines Hornbüffels. »Wer ist das denn?«, fragte er mit misstrauischem Seitenblick auf den triefenden Mann. »Gehört ihm das Zweihorn?«

»In der Tat – Melusine gehört mir. Und verzeiht, dass ich mich noch nicht vorgestellt habe: Ich heiße Riaanu und lebe am Oberlauf des Schlangenflusses, der in diesen See mündet.«

Ohne zu beachten, dass seine Hirschlederhose und sein Leinenkittel vor Nässe troffen, ließ er sich im Gras nieder und forderte Laura und Venik auf, es ihm gleichzutun. »Der See der Erinnerung ist gefährlich«, erklärte er, nachdem auch Laura und Venik sich vorgestellt hatten. »Er bietet einen so einladenden Anblick, dass man den unbändigen Wunsch verspürt, sich augenblicklich in die Fluten zu stürzen.«

»Unsinn!«, widersprach Laura mürrisch. »Bei der Hitze hier würde man auch in jedes andere Gewässer springen – und zwar auf der Stelle.«

Riaanu wahrte die Ruhe. »In der Umgebung dieses Sees ist es immer heiß«, erklärte er. »Das ist ein Bestandteil der Illusionen, die er erzeugt.«

»Illusionen?«, wiederholte das Mädchen ungläubig. »Welche Illusionen denn?«

»Jeder, der den Verlockungen des Sees nachgibt und in ihm badet, wird augenblicklich von Erinnerungen an längst Vergangenes übermannt. Je länger man im Wasser verweilt, desto lebhafter und plastischer werden sie, bis sie schließlich real erscheinen.«

»Aber – was ist daran so schlimm? Es spricht doch nichts dagegen, sich an die schönen Momente seines Lebens zu erinnern, oder?«

»Natürlich nicht.« Der Mann lächelte. »Gefährlich wird es erst, wenn man sich so tief in seinen Erinnerungen verstrickt und sich so sehr darin verliert, dass das Verlangen übermächtig wird, ganz in sie einzutauchen – was im Falle dieses Sees tödlich enden kann.« Riaanus Augen glänzten wie Smaragde. »Versteht ihr, was ich meine?«

»Klar«, sagte der Junge leichthin. »Für einen Magier wie mich ist das doch kein Problem.«

Laura hingegen war nachdenklich geworden. »Willst du damit sagen, dass meine Mutter und dieses Baby …«

»… nichts als Illusion waren – genauso ist es, Laura. Es handelte sich um Bilder, die deine Erinnerung dir vorgegaukelt hat, nachdem du mit dem Wasser in Berührung gekommen bist.«

»Aber Anna wirkte so real, als habe sie tatsächlich dort gestanden.«

Der junge Mann legte mitfühlend eine Hand auf ihren Arm. »Das ist ja das Böse daran.«

»Aber was hatte dieses Baby zu bedeuten? Und warum habe ich die beiden vor kurzem schon einmal gesehen?«

Riaanu hob ratlos die Brauen. »Das weiß ich nicht, Laura. Es erklärt jedoch, warum die Illusion vorhin so stark war. Offensichtlich beschäftigt sich deine Erinnerung schon seit geraumer Zeit mit den beiden – und deshalb warst du besonders empfänglich für den Einfluss des Sees. Du wirst in der nächsten Zeit sicher noch öfter mit Trugbildern zu kämpfen haben. Sei auf der Hut und wappne dich, damit du nicht auf das hereinfällst, was man dir vorzugaukeln versucht!«

»So was sagt sich leicht«, antwortete Venik an Lauras Stelle. »Dabei ist es gar nicht so einfach. Mein Vater zum Beispiel beherrschte das Kunststück, sich in jemand anderen zu verwandeln – und zwar so perfekt, dass es niemandem auffiel. Nur schade, dass er mir das nicht mehr beibringen konnte.«

Trotz der hellen Mittagsstunde herrschte Zwielicht im Wohnraum von Albin Ellerking. Dr. Schwartz hatte sich vor dem Internatsgärtner aufgebaut und musterte ihn streng. »Hast du dir alles genau eingeprägt?«

Der Mann mit den tiefgrünen Augen verzog unwirsch das Gesicht mit der Knubbelnase. »Aber natürlich«, sagte er mit piepsiger Stimme, die so gar nicht zu seiner kräftigen Statur passte. »Ihr wisst doch, dass ihr euch voll und ganz auf mich verlassen könnt.«

»Ach, tatssächlich?« Rebekka Taxus kam aus dem Schlagschatten der Wand und schoss ihm giftige Blicke zu. »Hasst du nicht schon sso manchen unsserer schönen Pläne verbockt – oder ssollte ich mich da falsch erinnern?«

»In der Tat.« Die spitzen Nachtalbenohren des Gärtners zuckten. »Ich habe mir nicht mehr vorzuwerfen, als ihr euch selbst. Aber bitte: Wenn ihr unbedingt einen Sündenbock sucht, brauche ich ja gar nichts mehr zu machen.«

»Wie du möchtesst.« Die Frau zischte wie eine angriffslustige Kobra. »Ich bin nur auf die Reaktion der Großsen Meissterin gesspannt, wenn ssie erfährt, dasss du ihr den Gehorssam verweigersst.«

»Nur zu! Verpetz mich doch, wenn dir danach ist!« Wütend kniff Ellerking die Augen zusammen. »Aber dann wird unsere

Herrin auch erfahren, wie du in ihrer Abwesenheit über sie herziehst – und dann möchte ich nicht in deiner Haut stecken, Rebekka, wirklich nicht.«

Bevor Pinky antworten konnte, ging Dr. Schwartz dazwischen. »Schluss jetzt!«, donnerte er. »Hört endlich auf, euch wie pubertierende Bälger aufzuführen. Dazu gibt es doch nicht den geringsten Grund. Schließlich läuft alles nach Plan.«

»Klar!« Der Gärtner klang immer noch verstimmt. »Aber nur, weil ich die glorreiche Idee hatte, den Weg nachzugehen, auf dem Laura in der Mittsommernacht das Internat verlassen hat. Sonst hätten wir niemals bemerkt, dass sie diese Sonnenbrille und die Strickmütze an dem Platz vergessen hat, wo Bauer Dietrich mit ihrem Pferd auf sie gewartet hat.«

»Zu irgendetwass mussst du ja gut ssein!«, höhnte Rebekka, bevor der vorwurfsvolle Blick ihres Kollegen sie zum Schweigen brachte.

»Das war eine Superidee«, lobte er, »und eine tadellose Leistung. Die Große Meisterin und selbst Borboron werden stolz auf dich sein. Deshalb vertraue ich darauf, dass du auch während unserer Abwesenheit alles zu unserer vollsten Zufriedenheit erledigst.«

»Ist doch klar!« Ellerkings Piepsstimme hatte bereits wieder einen versöhnlichen Klang. »Wir haben Morgenstern dahin gebracht, wo wir ihn haben wollen – und warum sollten wir mit diesem Lukas nicht auch noch fertig werden?«

»Dass will ich dir ssa-«, hob Pinky an, als Schwartz sie so wütend anblickte, dass sie verstummte und sich beleidigt zurückzog.

Der Lehrer wandte sich an den Gärtner. »Mach alles genauso, wie wir es besprochen haben. Behalte den Jungen im Auge, was immer er auch unternehmen mag, und erstatte dem Chef regelmäßig Bericht, verstanden?«

»Ich bin ja nicht blöd«, brummte der Nachtalb.

»Und wenn sich was Außergewöhnliches tun sollte, rufst du ihn sofort an, klar?«

»Natürlich!«

Quintus Schwartz trat einen Schritt näher. »Bist du auch sicher, dass Lukas immer noch nicht bemerkt hat, was es mit dem alten Kamin auf sich hat?«

»Wie denn?« Zum ersten Mal legte sich ein verschlagenes Grinsen auf das Nachtalbengesicht. »Er hat doch nicht die geringste Ahnung, dass der Schacht direkt an seinem Zimmer vorbeiführt und man deshalb jedes Wort verstehen kann, das dort gesprochen wird.«

»Gut! Sehr gut!« Die Augen des Dunklen glühten tiefrot auf. »Sorge dafür, dass das auch weiterhin so bleibt. Und was die Aktion im Stall betrifft – ist alles vorbereitet wie besprochen?«

»Aber ja doch«, brummte Ellerking. »Wie oft soll ich euch das denn noch versichern? Wir warten nur noch auf die passende Gelegenheit zum Zuschlagen! Ihr könnt beruhigt fahren und euch eurer Aufgabe zuwenden.«

»Mit dem größten Vergnügen!« Die Vorfreude stand Quintus Schwartz ins Gesicht geschrieben. »Schließlich werden viele Eltern schon bald aus der Presse erfahren müssen, dass das Internat Ravenstein wohl kaum der geeignete Ort ist, dem man die lieben Kinderlein guten Gewissens anvertrauen kann.« Ein unverhohlenes Grinsen machte sich auf seinem solariumgebräunten Gesicht breit. »Dann werden sie doch mehr als dankbar sein, wenn sich ihnen eine vernünftige Alternative bietet, nicht wahr? Für uns aber ergibt sich damit endlich die lang ersehnte Chance …« – Wieder leuchteten seine Augen tiefrot auf – »… in aller Ruhe und völlig ungestört unseren eigenen Nachwuchs auszubilden!« Damit stimmte der Mann ein so schauriges Gelächter an, dass es selbst Albin Ellerking eiskalt über den Rücken lief.

Alienor überquerte gerade den Burghof, als ein klirrendes Geräusch das Öffnen der großen Flügeltore ankündigte. Schon stürmte ein Trupp gedrungener Steppenponys durch das Südtor. Beim Anblick der in schwarzes Leder gekleideten Reiter drückte Alienor sich an die Mauer. Die Gesichter der Männer mit den gelben Augen waren von schwarzen Zotteln bedeckt, und aus ihrem wild wuchernden Haar schauten pelzige Spitzohren hervor: die Wolfsköpfigen!

Alienor zitterte.

Sie hatte die Sklavenjäger noch nie gesehen. Wie eine Horde Schafe wurden zwei Dutzend aneinandergefesselte Jungen in den Hof getrieben. Kaum hatten sie unter der strengen Aufsicht des Anführers, der mit einer Lederpeitsche herumfuchtelte, Aufstellung genommen, da erschien Borboron. Er lächelte wohlgefällig.

»Das habt ihr gut gemacht, du und deine Männer, Kroloff. Sie sind klein und kräftig und werden die ihnen zugedachte Aufgabe sicher gut erfüllen können.«

»Nichts freut uns mehr, als Euch zufriedenzustellen, Herr«, antwortete der Anführer mit hechelnder Stimme. »Diesmal war es nicht so einfach. Das Hochland von Karuun ist nur dünn besiedelt. Wir mussten viele Dörfer durchkämmen, bis wir diese Knaben beisammen hatten.«

Der Schwarze Fürst verzog belustigt das Gesicht. »Wenn ihr so weitermacht, wird sich die Jagd dort bald nicht mehr lohnen. Aber die Karuuner haben kein besseres Schicksal verdient. Sie verstehen zwar tüchtig zu arbeiten, sind jedoch stur wie Vieh und unterstützen noch immer Elysion und seine Kreaturen des Lichts mit all ihren Kräften.«

»Ganz recht, Herr«, hechelte Kroloff. »Wir haben diesen armseligen Dörflern gezeigt, wer in Aventerra regiert.« Er drehte sich zu seiner Meute um. »Nicht wahr, Männer?«

Ein unheimliches Gelächter war die Antwort.

Der Schwarze Fürst wartete, bis das bellende Lachen verstummt war. »Die Erwachsenen –«

»Haben wir, wie üblich, im Sammellager abgeliefert«, kam der Anführer der Frage zuvor, bevor er in plötzlicher Sorge das Wolfsgesicht verzog. »Das war doch richtig, Herr? Wir sollten doch nur die Jungen hierher bringen?«

»Ganz recht, Kroloff.« Der Tyrann klopfte ihm auf die Schulter. »Doch bevor ihr euren Lohn in Empfang nehmt, möchte ich euch noch um etwas bitten.«

Der Wolfsköpfige wusste genau, dass es sich keineswegs um eine Bitte handelte. Er deutete eine ungelenke Verbeugung an und warf Borboron einen schrägen Blick zu. »Nur zu, Herr.«

Mit einer herablassenden Kopfbewegung deutete der Dunkle Herrscher auf die verschüchterten Sklaven. »Bringt diese Bälger zu ihrem Bestimmungsort! Meine Garde ist gerade auf dem Weg dorthin. Sie soll nicht länger als nötig auf so kräftige Helfer verzichten müssen.«

»Wie Ihr wünscht, Herr.« Erneut dienerte Kroloff, obwohl seine Miene verriet, dass er von dem Vorschlag nicht begeistert war.

Dem Schwarzen Fürsten entging der Unmut seines Gefolgsmannes nicht. »Es liegt ohnehin auf eurem Heimweg, und selbstverständlich sollt ihr für eure Mühe auch entlohnt werden.«

Die Miene des Wolfsköpfigen, in dessen Augen eben noch unterdrückter Zorn gefunkelt hatte, entspannte sich. Seine Männer ließen ein zufriedenes Knurren hören.

»Ich danke Euch!«, sagte Borboron. »Ihr werdet noch einen weiteren Jungen mitnehmen. Doch zuerst dürft ihr euch stärken. Der Fhurhur …« – Er deutete auf das Männchen im scharlachroten Kapuzenmantel, das sich abseits im Schatten der Mauer gehalten hatte – »… wird euch das Ziel genau beschreiben. Ihr habt nicht länger als eine Stunde, dann will ich euch wieder durchs Tor reiten sehen!«

»Zu Befehl, Herr!«, antwortete Kroloff, bevor er seine Männer zum Eingang der Trutzburg geleitete. Alienor fiel auf, dass ihre Bewegungen an den federnden Trab von Wölfen erinnerten.

Der Schwarzmagier wandte sich an den Schwarzen Fürsten. »Ich verstehe Euch nicht, Herr«, sagte das gelbgesichtige Männchen mit der Rabenstimme. »Warum habt Ihr diesen Hunden eine Entlohnung versprochen? Sie sind Eure Untergebenen und Euch zu absolutem Gehorsam verpflichtet.«

»Natürlich!« Ein hintergründiges Lächeln spielte um Borborons Lippen. »Aber die Aussicht auf ein paar Silberstücke wird diese Narren dazu anhalten, sich zu beeilen und nicht einen der Sklaven entwischen zu lassen. Du weißt doch: Je mehr Helfer uns im Leuchtenden Tal zur Verfügung stehen, desto eher werden wir an unser Ziel gelangen.«

»Gewiss, Herr, gewiss.«

»Und was die Wolfsköpfigen betrifft: Aslan weiß bestens darüber Bescheid, welchen ›Lohn‹ er ihnen auszuzahlen hat.«

Der Fhurhur verbeugte sich mit höhnischem Grinsen. »Verzeiht die dumme Frage, Herr.«

»Gern.« Vorfreude ließ Borborons Fratze aufleuchten, und die Lava-Augen in den tiefen Höhlen glühten. »Der Tag ist nicht mehr fern, an dem unser Plan Früchte tragen wird, und noch bevor die Drachenkönige erahnen, was im Gange ist, wird es schon zu spät sein. Dann ist die Stunde unseres Triumphes gekommen!«

Die Arme hinter dem Kopf verschränkt, lag Lukas auf dem Bett in seinem Internatszimmer und starrte finster an die Decke. Sein Hirn arbeitete auf Hochtouren, ohne dass er zu einem vernünftigen Ergebnis gekommen wäre. Trotz aller Anstrengungen hatte er das Rätsel um Lea Mano immer noch nicht gelöst. Was immer der Professor damit auch gemeint haben konnte, das Geheimnis hatte sich ihm einfach nicht erschlossen. Er musste Aurelius Morgenstern auf andere Art und Weise helfen.

Angeregt durch ein Buch über die Arbeit eines FBI-Profilers, das er erst kürzlich gelesen hatte, versuchte er sich in die Denkweise von Kommissar Bellheim hineinzuversetzen. Was, so fragte er sich, hat der Typ eigentlich in der Hand? Okay, Laura ist zweifelsohne verschwunden. Aber weder Kaja noch Magda noch ich selbst sind strafmündig, und deshalb haben wir nicht das Geringste von der Justiz zu befürchten. Und es ist auch nicht verboten, eine Mitschülerin zum Tragen der schwesterlichen Kleidung zu überreden. Ebenso wenig sind mitternächtliche Spaziergänge strafbar. Mir kann also nicht das Geringste passieren und den beiden Mädchen schon gar nicht.

Gänzlich anders dagegen verhielt sich die Sache bei Professor Morgenstern. Dass er auf Lauras spurloses Verschwinden nicht reagiert hatte, rückte ihn in ein schlechtes Licht. Da der Kommissar den Direktor ohnehin schon reichlich suspekt fand – immerhin hielt er ihn nach wie vor für den Mörder von Pater Dominikus! –, war es nur folgerichtig, dass er ihn verdächtigte, auch im Fall Laura die Finger ihm Spiel zu haben. Und auch seine Vermutung, Lukas habe mit Hilfe von Magda Schneider die Anwesenheit seiner Schwester nur vortäuschen wollen, war ja vollkommen richtig.

Sie hatten diese Scharade in der Mittsommernacht doch inszeniert, weil die Dunklen nicht merken sollten, dass Laura in der großen Halle von Drachenthal nach dem fehlenden Schwertteil suchte. Das Ablenkungsmanöver war ihnen auch bestens gelungen, bereitete ihnen nun aber zusätzliche Probleme.

Denn eines war sicher: Bellheim würde bestimmt nicht die Hände in den Schoß legen.

Lukas sah den bulligen Mann förmlich vor sich, wie er an seinem Schreibtisch saß und verbissen die Akten mit den Untersuchungsergebnissen studierte. Es war düster in dem kleinen Kabuff, die alten Tapeten an den Wänden vergilbt von Zigarettenrauch. Die Schreibunterlage auf der Tischplatte war dunkelgrün wie der Schirm der Lampe, die einen Lichtkegel auf die Papiere warf, über denen Bellheim brütete, einen qualmenden Glimmstängel zwischen den Fingern. Das schwarze Tastentelefon rechts neben ihm schrillte. Ohne den Blick von den Dokumenten zu wenden, griff der Kripomann zum Hörer. »Ja?«, brummte er und lauschte angestrengt. Plötzlich zuckte er wie elektrisiert zusammen, und sein Rücken straffte sich. »Würden Sie das bitte wiederholen?«, fragte er mit dem lauernden Blick eines Raubtiers. »Sie haben also tatsächlich in der fraglichen Nacht … Sie sind sich absolut sicher, und es ist keine Täuschung möglich? … Gut, sehr gut! Dann darf ich Sie bitten, ins Kommissariat zu kommen und Ihre Aussage zu Protokoll zu geben. Ich danke Ihnen.« Er legte auf und rieb sich freudestrahlend die Hände. »Na, also! Ich wusste doch, dass er mir was verschweigt!«

Als Bellheim sich wieder den Akten zuwandte, klopfte es an der Tür. Doch der Kommissar reagierte gar nicht darauf. Den Kopf auf die Arme gestützt und wie ein Säugling an seiner Zigarette nuckelnd, vertiefte er sich in die Unterlagen und ließ sich auch durch das neuerliche Klopfen nicht stören …

Da wurde Lukas bewusst, dass das Geräusch von seiner Tür kam. Verwirrt schüttelte der Junge den Kopf. Die Szene in

Bellheims Büro war ihm so real vorgekommen, als erlebe er sie persönlich mit. Andererseits beschäftigte ihn das Problem natürlich ungemein, und so war es nicht weiter verwunderlich, dass er sich fast leibhaftig in die entsprechende Situation hineinversetzte. Genau das machte ein guter Profiler doch auch!

Aber warum hatte er dann am Vortag diese Vision von Bellheims Wagen gehabt? Oder von dem Gespräch zwischen Dr. Schwartz und Pinky? Und warum hatte er in der Nacht geglaubt, den Roten Tod auf dem Alten Schindacker zu sehen?

Merkwürdig, höchst merkwürdig, das alles!

Das Klopfen an der Tür wurde jetzt so laut, dass es Lukas aus dem Grübeln riss. Er richtete sich auf, setzte die Brille auf die Nase und blickte zum Eingang. »Ja?«

Das Wort war noch nicht verklungen, als Mr Cool die Tür aufriss und in sein Zimmer stürzte. »Schnell, Lukas«, rief er, und seine Augen waren groß wie Untertassen. »Schalt den Fernseher an! Du wirst nicht glauben, was du da siehst!«

Angeführt von Riaanu, der sich im Güldenland bestens auskannte, erreichten Laura und Venik gegen Abend Burg Gleißenhall. Sie thronte auf einer Erhebung inmitten fruchtbaren Landes und war mit ihren verschachtelten Gebäuden, spitzen Türmen und verspielten Zinnen, verwinkelten Erkern und Gauben weithin sichtbar. Laura fühlte sich an ein Schloss aus einem Märchenbuch erinnert.

An einer Gabelung hielt Riaanu sein Zweihorn an und deutete auf den staubigen Fahrweg, der sich durch satte Wiesen und Felder zum Burgtor schlängelte, das nicht weiter als eine Meile entfernt war. »Folgt immer der Straße«, sagte er. »Dann könnt ihr euer Ziel nicht verfehlen.«

Überrascht zog Laura die Stirne kraus. »Verlässt du uns schon?«

»Ja.« Der junge Mann schielte unruhig zur Sonne, die immer tiefer sank. »Ich muss dringend weiter.«

»Dann werden wir König Malik eben von dir grüßen«, schlug Venik vor.

»Besser nicht.« Riaanus Blick wirkte plötzlich gehetzt. »An eurer Stelle würde ich mit keiner Silbe erwähnen, dass ihr meine Bekanntschaft gemacht habt, wenn ihr nicht auf Maliks Gastfreundschaft verzichten wollt.«

Dem Mädchen und dem jungen Magier blieb kaum Zeit, sich bei ihrem kundigen Führer zu bedanken und sich von ihm zu verabschieden, denn Riaanu sprengte plötzlich auf seinem Zweihorn in südlicher Richtung davon. Als das Mädchen sich wenige Augenblicke später umdrehte, um ihm noch einmal zuzuwinken, war keine Spur mehr von ihm zu entdecken.

Kapitel 13 ❧ Ein schäbiger Fernsehauftritt

Sayelle Leander-Rüchlin – wie immer tadellos frisiert – blickte direkt in die Kamera. Hinter ihrem Kopf war ein Porträt von Laura eingeblendet. Das Gesicht der Stiefmutter war blass und so gramverzehrt wie das einer Schmerzensmadonna.

Wahrscheinlich alles nur Show, dachte Lukas, während er auf den Fernsehschirm starrte, über den die Achtzehn-Uhr-Nachrichten von »WWM-TV« flimmerten. Die Abkürzung stand für »WorldWideMedia-Television«, wie Lukas wusste, wurde von ihm aber nur »WorldWideManipulations-TV« genannt. Der Sender gehörte Max Longolius, und mit Sicherheit war es niemand anderer als Mister L gewesen, der Sayelle zu diesem Aufsehen erregenden Auftritt vor einem Millionen-Publikum verholfen hatte.

Natürlich – wer denn sonst?

Die Stiefmutter machte ihre Sache gut. Verdammt gut sogar, wie Lukas voller Anerkennung zugestehen musste. Mit der gequälten Miene und dem Mitleid erregenden Blick ihrer Augen – für den Tränenfilm hatte bestimmt ein Maskenbildner gesorgt! – musste sie auf unbedarfte Zuschauer wie die perfekte Inkarnation einer leidenden Mutter wirken.

»Jeder, der mich kennt, weiß, wie sehr mir das Wohlbefinden meiner Kinder am Herzen liegt«, hauchte Sayelle mit dünner Stimme ins Mikro. Sie sah aus, als werde sie gleich in Tränen ausbrechen. »Und insbesondere natürlich das meiner

Tochter Laura …« Lauras Foto wurde kurzzeitig bildschirmfüllend eingeblendet. »Denn Mutter und Tochter, das ist eine ganz besondere Beziehung, wie mir die Mütter unter den Fernsehzuschauern mit Sicherheit bestätigen werden. Deshalb bitte ich Sie alle, die Sie draußen vor den Fernsehapparaten sitzen und mir zusehen, ganz herzlich: Bitte helfen Sie mir, meine Laura wiederzufinden! Und helfen Sie auch meinem Sohn Lukas …«

Lukas war so fassungslos, dass er keine Worte fand. Besonders als nun auch noch ein Porträtfoto von ihm gezeigt wurde.

»… damit der verzweifelte Junge seine Schwester bald wieder in die Arme schließen kann. Denn sonst …« – Sayelle fing nun tatsächlich an zu weinen. Zwei dünne Tränchen verirrten sich auf ihre Wangen – »… sonst hat unser Leben doch gar keinen Sinn mehr.« Sie machte eine kurze Pause und räusperte sich, als müsse sie die Stimme wiederfinden. »Wer Laura gesehen hat oder uns einen sachdienlichen Hinweis auf ihren Aufenthaltsort geben kann, der wende sich bitte an WWM-TV oder an die Kriminalpolizei in Hohenstadt. Die entsprechenden Rufnummern werden gleich eingeblendet. Schauen Sie sich das Foto meiner Tochter noch einmal ganz genau an. Bedenken sie aber, dass Laura zum Zeitpunkt ihres Verschwindens möglicherweise andere Kleidung trug, nämlich die eines Jungen.«

»Bellheim hatte wohl nichts Eiligeres zu tun, als ihr den Inhalt deiner Aussage zu stecken«, knurrte Lukas Mr Cool ins Ohr, bevor er sich wieder dem Bildschirm zuwandte.

»Eine Jacke mit dem Logo von Jack Wolfskin«, ließ Sayelle gerade verlauten, »und eine gestreifte Strickmütze. Möglicherweise hatte Laura auch eine Sonnenbrille auf und die Haare zu einem Knoten zusammengebunden.« Die Stiefmutter machte eine Pause und bemühte sich um ein Lächeln. »Ich danke Ihnen, liebe Zuschauer – und ich danke WWM-TV für die Gelegenheit, mich an Sie wenden zu dürfen. Und natürlich auch für die ausgesetzte Belohnung: Jeder von Ihnen, der dazu beiträgt, meine Tochter wiederzufinden, erhält einhunderttausend Euro. Ich wiederhole: einhunderttausend Euro!«

Philipp, der im Sessel neben Lukas im Fernsehzimmer lümmelte, stieß einen anerkennenden Pfiff aus. »Cool! Ihr Macker muss ja ordentlich Asche besitzen.«

»Und wie!« Lukas machte eine abwertende Geste. »Die Hunderttausend sind für den doch nicht viel mehr als ein Taschengeld!«

»Echt?«

»Logosibel!«, grummelte Lukas, griff zur Fernbedienung und schaltete den Fernseher aus, um dann düster vor sich hinzubrüten.

Mr Cool erhob sich. »Also, ich weiß nicht«, begann er zögernd. »Diese Sayelle, eure Stiefmutter … die hat auf mich schon den Eindruck gemacht, als würde sie sich echt Sorgen um Laura machen.«

»Tatsächlich?« Lukas lachte verächtlich. »Deshalb ist sie ja auch sofort bei mir aufgetaucht und hat sich erkundigt, wie es mir geht, nicht wahr? Und natürlich wollte sie auch wissen, wie und wann ich Laura zum letzten Mal gesehen habe.«

Philipp schob die Strickmütze aus der Stirn und kratzte sich am Kopf. »Dann war das alles nur Show?«

»Klaromaro!« Lukas erhob sich und verpasste dem Sessel einen Fußtritt, als trage der Schuld an der schäbigen Inszenierung. »Das war Schmalz-TV in reinster Form.« Erneut musste der unschuldige Sessel als Blitzableiter für seine Empörung herhalten. »Zumindest nehme ich das ganz stark an. Dass Sayelle zur Polizei marschiert ist, ohne sich bei mir nach Laura zu erkundigen, deutet doch darauf hin, dass sie von Dr. Schwartz und der Taxus eingeweiht worden ist. Außerdem habe ich sie schon lange im Verdacht, dass sie mit den Dunklen unter einer Decke steckt. Und wenn meine Vermutung zutrifft, dann müsste Sayelle auch wissen, dass Laura in den nächsten drei Monaten nicht zurückkommen wird.«

»Tut mir leid, Lukas, aber ich verstehe nur Bahnhof.« Mr Cool glotzte seinen Mitschüler an wie ein Ochsenfrosch. »Wer sind denn diese Dunklen? Und worin ist eure Stiefmutter eingeweiht? Und woher willst du wissen, dass Lau-«

»Tu mir bitte einen Gefallen, Philipp!« Lukas stellte sich dicht vor den größeren Jungen und sah ihn mit ernster Miene an. »Auch wenn ich dir das nicht näher erklären kann – glaub mir einfach, was ich dir sage, okay?«

Für einen Moment musterte Mr Cool ihn nachdenklich. Dann nickte er. »Okay, einverstanden. Nehmen wir einfach an, du hast Recht mit deinen Vermutungen. Aber dann würde dieser Fernseh-Auftritt von Sayelle doch überhaupt keinen Sinn machen, oder?«

»Ganz im Gegenteil!«, entgegnete Lukas und linste über den Rand seiner Brille. »Weil sie damit nämlich gleich mehrere Fliegen mit einer Klappe schlägt.« Zum Aufzählen nahm er die Finger seiner linken Hand zu Hilfe. »Erstens unterstreicht sie damit die Ernsthaftigkeit ihrer Vermissten-Anzeige und erhöht damit – zweitens – gleichzeitig den Druck auf die Polizei, von der eine mobilisierte Öffentlichkeit schnellstens Ergebnisse erwartet. Womit – drittens – automatisch auch der Druck auf Professor Morgenstern erhöht wird, denn Sayelle ist bestimmt nicht entgangen, dass Bellheim ihn auf dem Kieker hat. Was wiederum – viertens – ihr in die Hände spielt, denn wenn es nach unserer Stiefmutter ginge, hätte sie den Direktor längst abgesägt.«

Mr Cool schien erstaunt. »Was hätte sie denn davon?«

»Das ist doch offensichtlich!«, entgegnete Lukas. »Wenn es den Dunklen gelingt, einen der ihren zum Direktor von Ravenstein zu machen, können sie den Wächtern dort das Leben zur Hölle, wenn nicht sogar völlig unmöglich machen – und genau das ist ihr Ziel!«

»Aha«, brummte Philipp, auch wenn sein Gesicht zeigte, dass er der Erklärung nicht ganz folgen konnte.

»Ich wette daher jeden Betrag«, fuhr Lukas fort, »dass schon morgen die Schmierblätter aus dem Verlag von Mr L in die gleiche Kerbe hauen und mit allen Mitteln gegen Morgenstern hetzen werden. Und fünftens kann man nie wissen, ob durch diesen Fernsehauftritt nicht irgendwelche Wirrköpfe dazu animiert werden, sich das Blaue vom Himmel zusammenzuspinnen. Und ihre angeblichen Augenzeugenberichte führen dann dazu, den Professor oder sonst wen nur noch zusätzlich in Verdacht zu bringen – womit wir also fünf wunderbare Gründe für diese Schmierenkomödie hätten.«

Wieder ließ Mr Cool einen anerkennenden Pfiff hören. »Alles was recht ist, Lukas – Sherlock Holmes ist gegen dich der reinste Waisenknabe!«

Lukas blickte ihn nur herablassend an, als wolle er ihm bedeuten: So ein billiges Lob hat ein Super-Kiu wie ich doch gar nicht nötig.

Philipp ließ sich nicht anmerken, ob er die Zurechtweisung verstanden hatte oder nicht. »Die Sache hat nur einen Haken«, sagte er kühl.

Auf Lukas' Stirn erschien die typische Falte. »Und der wäre?«

»Deine Argumentation setzt voraus, dass eure Stiefmutter tatsächlich weiß, dass Laura in der nächsten Zeit nicht wieder zurückkommt. Die Frage ist nur: Bist du dir dessen auch sicher?«

Lukas zögerte einen Moment mit der Antwort. »Nein«, sagte er dann. »Hundert Prozent sicher bin ich mir nicht.« Er legte Mr Cool die Hand auf die Schulter. »Aber ich habe die feste Absicht, das schnellstmöglich herauszufinden – und wenn du Lust hast, kannst du mir dabei helfen.«

Laura und Venik wurden von König Malik zunächst ziemlich kühl empfangen. Das änderte sich jedoch unvermittelt, als der Magier ausplauderte, dass Laura vom Menschenstern stamme. Von da an gab sich der Herrscher aufgeschlossen, und er lud seine jungen Gäste sogar zum Abendessen im Kreis der königlichen Familie ein, was Laura freute, ihr aber auch Bauchschmerzen verursachte. Sollte sie dem Herrscher erzählen, was seinem Sohn Alarik widerfahren war? Nach langem Überlegen entschied sie sich dagegen. Schließlich wusste sie nicht, ob der grausame Drache den Knappen getötet hatte. Das war zwar mehr als wahrscheinlich, aber solange noch ein Rest an Hoffnung bestand, dass Alarik überlebt hatte, war es unverantwortlich, Malik und seine Familie in Trauer zu stürzen. Zumindest redete Laura sich das ein.

Zu ihrer großen Erleichterung verlief der Abend in entspannter, angenehmer Atmosphäre. Das Essen, das von Dienern in prächtiger Livree aufgetragen wurde, war so köstlich, dass Venik nicht genug davon zu bekommen schien. Die Familie des Königs präsentierte sich von ihrer besten Seite. Seine Gemahlin, Königin Auli, war eine ebenso hübsche wie kluge Frau, die sich äußerst interessiert an den Verhältnissen auf der Erde zeigte. Auch Prinzessin Maira und Prinz Merinik, die jüngeren Geschwister von Alienor und Alarik und genauso blond wie die beiden, überhäuften Laura mit Fragen, sodass sie keine Gelegenheit fand, ihr eigentliches Anliegen vorzutragen. Zudem fühlte das Mädchen sich im Kreis der Herrscherfamilie so wohl wie schon lange nicht mehr, und so beschloss es damit bis zum nächsten Morgen zu warten.

Als Venik dann auch noch aufgefordert wurde, einige Beispiele seiner magischen Kunst zu zeigen, waren die Drachen und das Sterneneisen endgültig vergessen – zumindest für diesen Abend. Der junge Magier ließ zunächst feinste Porzellanteller, edle Kristallgläser und wertvolles Silberbesteck durch die Luft schweben, was König Malik anfangs offensichtlich beunruhigte. Venik aber tat das mit so viel Geschick, dass nicht ein Teil davon zu Bruch ging und der Herrscher sich entspannt zurücklehnte. Maira und Merinik klatschten vor Entzücken in die Hände. Angespornt durch ihren Applaus, entfachte der Junge das Feuer im Kamin wie von Geisterhand, während er gleichzeitig die Kerzen der beiden Tischkandelaber zum Erlöschen brachte. Und als er dann auch noch dafür sorgte, dass das seidige Blondhaar von Prinzessin Maira senkrecht zu Berge stand, wollte die Begeisterung kein Ende nehmen.

Schließlich blickte König Malik auf die Uhr – das Zifferblatt und das Federwerk waren in ein kunstvolles Gehäuse aus mehrfarbigem Glas eingearbeitet, das mit wertvollen Edelsteinen besetzt war – und wurde ganz bleich. »Meine Güte, so spät schon«, murmelte er und klatschte in die Hände.

Es dauerte nur wenige Augenblicke, bis die Tür geöffnet wurde und eine Kammerzofe eintrat, eine unscheinbare ältere Frau von leicht gebückter Gestalt, die im Gegensatz zu den Dienern ein schlichtes dunkles Gewand trug. Ihre silbergrauen Haare waren zu einem Zopf geflochten und auf dem Hinterkopf zu einem Knoten geschlungen. Ehrerbietig verneigte sie sich vor dem Herrscher. »Majestät?«

»Es ist höchste Zeit für die Prinzessin und den Prinzen, Saiima. Bring sie bitte zu Bett, und zeige auch unseren Gästen ihre Kammern.«

Erneut verbeugte sich die Zofe. »Sehr wohl, Majestät.«

König Malik aber wandte sich an Laura. »Sollen wir euch ausschlafen lassen, oder möchtet ihr lieber geweckt werden?«

Laura wischte sich mit der goldbestickten Damastserviette

über den Mund. »Es wäre schön, wenn man uns wecken könnte. Wenn möglich mit dem ersten Hahnenschrei.«

Maira und Merinik schnitten Grimassen, während Königin Auli sagte: »Dann müsst ihr beim Frühstück auf die Gesellschaft von uns dreien verzichten. Nur mein Gemahl steigt so früh aus den Federn.«

»Das ist schade. Dann wollen wir jetzt von Euch Abschied nehmen und Euch für Eure Gastfreundschaft danken«, antwortete Laura mit entschuldigendem Lächeln. »Wir haben nämlich viel vor am morgigen Tag, und meine Großmutter sagte immer: ›Wer nicht anfängt, wird nicht fertig!‹«

Zu Lauras Verwunderung war ihr, als sei Saiima bei diesen Worten überrascht zusammengezuckt und habe ihr einen erstaunten Blick zugeworfen. Als sie die Zofe jedoch näher in Augenschein nahm, war davon nichts mehr zu bemerken.

Mitten in der Nacht schreckte Lukas plötzlich aus dem Schlaf. Er fuhr in seinem Bett hoch und blickte sich verwirrt um. Die Uhr auf seinem Schreibtisch war nur ein Schemen. Erst nachdem er die Brille aufgesetzt hatte, konnte er die Leuchtziffern erkennen: Viertel vor eins.

Eigenartig, dachte er. Das ist mir noch nie passiert.

Für gewöhnlich schlief er so tief, dass er nicht vor dem Klingeln des Weckers erwachte. Plötzlich erinnerte er sich, was er unmittelbar vor dem Aufwachen geträumt hatte: von einem Drachen mit zwei Köpfen. Er war über und über mit grünen Schuppen besetzt gewesen, besaß zwei mächtige Flügel und einen langen, schlangengleichen Schwanz. Das Ungeheuer hatte ihn mit heiserem Brüllen verfolgt.

War er deshalb aufgewacht?

Der Traum verwirrte ihn. Er träumte nur selten.

Der zweiköpfige Drache war allerdings verblüffend realistisch gewesen. Sofern man Geschöpfe, die einem im Traum begegneten, überhaupt so bezeichnen konnte. Selbst jetzt sah Lukas das Schuppenmonster so deutlich vor Augen, als sei es ihm leibhaftig begegnet.

Plötzlich erinnerte Lukas sich, dass Laura ihm von einem zweiköpfigen Drachen erzählt hatte, den sie in der Ostaranacht auf Aventerra gesehen hatte. Aber Laura hat nur die beiden Köpfe erwähnt, dachte der Junge und fuhr sich durch sein verstrubbeltes Haar. Dass dieser Drache mir so überaus realistisch vorgekommen ist, kann nichts mit ihrer Erzählung zu tun haben.

Aber womit denn dann?

Lukas zog eine Grimasse und kratzte sich am Kopf, während er versuchte, den seltsamen Traum zu begreifen. Ist ja auch egal, sagte er sich schließlich und wollte schon wieder aufs Kissen zurücksinken, als er das Brüllen hörte: Wie aus weiter Ferne hallte der Furcht einflößende Laut an sein Ohr. Das Gebrüll hatte sich genauso angehört wie das des Monsters in seinem Traum!

Lukas schlüpfte wieder unter seine Bettdecke. Wie komme ich nur auf einen solch dummen Gedanken? Es gibt keine Drachen! Zumindest nicht auf der Erde.

In diesem Moment klang das Brüllen erneut an sein Ohr. Wieder schien es weit entfernt zu sein – doch er hatte es deutlich gehört.

Lukas schlug die Decke zurück, sprang mit einem Satz aus dem Bett und eilte zum Fenster. Er schob den Vorhang zur Seite und spähte hinaus. Doch da war nichts: Vom Schein des Mondes in einen silbrigen Glanz getaucht, präsentierte sich der Park von Ravenstein in gewohnter nächtlicher Stille. Nirgendwo war etwas Verdächtiges oder Außergewöhnliches zu entdecken.

Und schon gar kein Drache!

Lukas wollte gerade wieder ins Bett schlüpfen, als er einen Lichtschein bemerkte: Im Wohnhaus der Lehrer, das nicht weit von der Burg im Park lag, flackerte es hinter einem der Fenster im zweiten Stock auf. Als durchsuche jemand das Zimmer mit einer Taschenlampe. Lukas stockte der Atem, denn er wusste genau, dass das Fenster zum Arbeitszimmer von Percy Valiant gehörte. Der Sportlehrer hatte es all die Jahre mit Marius Leander geteilt, bevor dieser nach Aventerra verschleppt worden war.

Der blonde Lehrer hatte Ravenstein am Nachmittag zusammen mit Miss Mary verlassen, um die Englisch- und Französischlehrerin in deren schottische Heimat zu begleiten, wo er ein paar Tage ausspannen wollte.

Der Lichtschein war kaum wahrzunehmen, denn die dicken Vorhänge hinter dem Fenster waren zugezogen. Doch je länger Lukas dorthin starrte, umso sicherer war er, dass dort jemand herumschnüffelte. In dem Arbeitszimmer befanden sich weder Geld noch sonstige Wertsachen – daher konnte es sich kaum um einen gewöhnlichen Einbrecher handeln.

Aber was hatte der oder die Unbekannte dann mitten in der Nacht dort zu suchen?

Lukas beschloss, der Sache auf den Grund zu gehen.

Der Wald glich einem Märchenwald. Die dicht belaubten Kronen der Baumriesen ließen nur wenige Lichtstrahlen ins Unterholz dringen. Winzige Staubkörnchen und kleine Insekten tanzten darin. Der Waldboden war mit einer dicken Schicht aus vermodertem Laub und verrottenden Pflanzen bedeckt, sodass Laura die eigenen Schritte nicht hörte. Nie zuvor hatte sie diesen Wald betreten – und doch erschien er ihr auf seltsame Weise vertraut. Endlich lichtete sich der Forst, und zwischen den Bäumen schimmerte vor ihr ein Gemäuer auf.

Wie magisch angezogen, ging Laura darauf zu. Während das Mädchen noch überlegte, wo es die Ruine schon einmal gesehen hatte, trat eine Frau in sein Blickfeld.

Mama!

Entsetzen stand in Annas Gesicht. Sie gestikulierte wild, deutete in Lauras Richtung und rief panisch: »Laura! Sei vorsichtig, Laura!«

Schon hörte Laura Schritte in ihrem Rücken, ein Tapsen, das näher und näher kam. Kalte Schauer jagten über den Rücken des Mädchens, und der zarte Haarflaum auf seinen Armen richtete sich auf. Laura warf sich herum, um dem Grauen beherzt ins Auge zu sehen – als sie aus ihrem Traum aufschreckte und im Bett hochfuhr. Im ersten Moment wusste sie gar nicht, wo sie sich befand. Zitternd blickte sie sich um. Dann, ganz allmählich, ging es ihr auf: auf Burg Gleißenhall, in der Kammer, die Saiima ihr am Vorabend zugewiesen hatte. Durch das hohe Fenster, das auf den Hof der Burg hinausging, flutete fahles Mondlicht.

Laura atmete erleichtert auf, und ihr Puls beruhigte sich wieder. Nichts weiter als ein Traum! Eben wollte sie sich wieder auf das Kopfkissen zurücksinken lassen, als sie die Schritte von neuem hörte. Sie kamen vom Burghof.

Wieder spürte Laura die Armee winziger Eistrolle, die über ihren Rücken marschierte. Dennoch verspürte sie den Drang, den Geräuschen auf den Grund zu gehen. Nach kurzem Zögern schlug Laura die Decke zurück und stieg aus dem Bett. Als sie zu dem Leuchter griff, der auf dem Nachttisch stand, fiel ihr ein, dass sie nichts besaß, mit dem sie die Kerze anmachen konnte. Saiima hatte vergessen, ihr Zündhölzer dazulassen.

Doch wozu verfügte sie eigentlich über besondere Kräfte? Laura lächelte unwillkürlich, während ihre Augen schmal wurden und sie die Kraft ihrer Gedanken auf den Docht konzentrierte. Gehorche mir!, befahl sie im Stillen. Füge dich der Kraft des Lichts!

Nur einen Augenblick später flammte die Kerze auf und tauchte das Zimmer in ein spärliches Licht.

Da bemerkte sie, dass die gespenstischen Schritte verstummt waren. Laura trat ans Fenster, schob den Tüllvorhang zur Seite und blickte hinaus: Im Burghof, direkt unter ihrem Fenster, stand eine Frau. Sie war in ein weißes Gewand gekleidet, das vor Nässe troff.

Laura schluckte.

Wer mochte das sein?

Da hob die Frau den Kopf und blickte ihr direkt ins Gesicht – es war ihre Mutter.

Anna Leander!

Das Mädchen wich erschrocken einen Schritt zurück. Der Kerzenhalter fiel zu Boden und zerschellte mit lautem Geklirre. Die Flamme erlosch. Schlotternd starrte Laura auf die Trümmer – bevor sie sich erneut ans Fenster wagte und sich mit angehaltenem Atem vorbeugte.

Der Burghof war menschenleer.

Als Lukas das große Portal hinter sich schloss und auf die Freitreppe hinaustrat, die in den Innenhof der Burg führte, wehte ihm laue Nachtluft ins Gesicht. Die sanfte Brise trug den Duft frischen Heus heran, das auf den umliegenden Wiesen trocknete. Als der Junge die Stufen hinunterhuschte, wurde ihm bewusst, dass es ziemlich leichtsinnig war, ohne jede Unterstützung einem Einbrecher gegenüberzutreten. Was, wenn der Eindringling bewaffnet war?

Aber wen hätte Lukas um Hilfe bitten sollen? Fast alle Lehrkräfte und Schüler hatten das Internat bereits verlassen. Nur Philipp und er waren noch da. Es hatte Lukas einige Überredungskunst gekostet, bis der Direktor ihnen – gegen den ausdrücklichen Protest von Attila – erlaubt hatte, noch ein paar Tage auf Ravenstein zu bleiben. Deshalb wollte er den Hausmeister jetzt lieber nicht belästigen.

Und den Professor hatte die Polizei in Gewahrsam!

Er hatte kurz überlegt, ob er Mr Cool wecken sollte. Aber zum einen wusste er nicht, wie Philipp reagieren würde, wenn er mitten in der Nacht aus dem Schlaf gerissen wurde. Zum anderen war es vielleicht doch möglich, dass er sich getäuscht hatte. Und vor Mr Cool wie ein Angsthase dazustehen, der wegen ein paar harmloser Lichtreflexe Alarm schlug, darauf konnte er gut verzichten!

Als Lukas den Sockel der mächtigen Steinsäule passierte, die das Vordach trug, hob er den Blick zum Gesicht des Steinernen Riesen. Doch Portak gab kein Lebenszeichen von sich und stierte nur stur geradeaus. Vielleicht sollte ich ihn zum Leben erwecken?, dachte er kurz, verwarf den Gedanken aber sogleich wieder. Es war ihm zwar schon mal gelungen, den Giganten aus seinem steinernen Schlaf zu holen, um Laura und Kaja vor dem sicheren Tod in der Alten Gruft zu bewahren, aber welchen Grund sollte er ihm diesmal nennen? »Sorry, Portak, aber ich glaube, ich habe Licht in Percys Arbeitszimmer gesehen …?«

Nein, lieber nicht!

Der Steinerne Riese würde sich bedanken, wenn er auf einen vagen Verdacht hin aus seiner Granitruhe aufgeschreckt wurde.

Als Lukas die beiden Buchsbaumhunde passierte, die in der Nähe des Südwestturms aus dem dichten Rasen wuchsen, hatte er für einen Moment den Eindruck, sie würden sich bewegen. Er blieb stehen, um die Pflanzenskulpturen näher in Augenschein zu nehmen. Schließlich kannte Lukas ihr Geheimnis: Albin Ellerking, der Internatsgärtner, konnte sie auf geheimnisvolle Weise zum Leben erwecken. Dann verwandelten sie sich in Dragan und Drogur, die reißenden Doggen der Dunklen Mächte. Die grünen Hunde verharrten jedoch reglos an ihrem Platz. Nur die kleinen Blätter an den Zweigen raschelten leise im Wind.

Er musste sich getäuscht haben. Es ist sicher nichts weiter als ein Schatten oder ein Schimmer des Mondes gewesen, der gerade hinter einer dicken Wolke verschwunden ist, dachte Lukas, während er dem Kiespfad zum Wohnhaus der Lehrer folgte. Der Käuzchenschrei, der gleich darauf durch die Nacht hallte, konnte ihn ebenso wenig schrecken wie die Fledermäuse, die zwischen den Wipfeln der alten Parkbäume lautlos ihrer Beute nachjagten.

Vor dem Eingang zum Lehrerhaus blieb der Junge stehen. Wie tote Augen blickten ihm die dunklen Fenster der Vorderfront entgegen. In keinem von ihnen war auch nur der schwächste Lichtschein zu erkennen. Sollte er sich doch getäuscht haben?

Er beschloss dennoch nach dem Rechten zu sehen.

Sicher ist sicher!

Der Schlüssel zu Percys Arbeitszimmer hing immer noch an seinem Bund. Der Lehrer hatte ihm den Ersatzschlüssel nach dem unerklärlichen Verschwinden von Marius anvertraut, weil Lukas in den Unterlagen des Vaters, in seinen Büchern und natürlich auch in seinem Computer tagelang nach einem Hinweis auf dessen Aufenthaltsort gesucht hatte – ohne Erfolg. Wie hätte er ahnen können, dass der Vater von Borborons Schergen nach Aventerra entführt worden war? Da der Schlüssel gleichzeitig auch für die Eingangstür passte, hatte Lukas keine Mühe, in das Gebäude zu gelangen.

Drinnen war es still wie in einem Geisterhaus. Und dunkel wie in einem Grab. Schon griff Lukas nach dem Schalter, als ihm einfiel, dass es besser wäre, auf Licht zu verzichten. Sollte sich im Haus tatsächlich ein Eindringling befinden, könnte er dadurch gewarnt werden. Und so tastete er sich, sorgfältig darauf bedacht, keinen Lärm zu machen, ins Obergeschoss.

Der Flur, der zu Percys Arbeitszimmer führte, glich einem gefährlichen Schlund im Rachen eines Ungeheuers. Dem Jungen wurde unwohl in seiner Haut. Sein Schritt verlangsamte sich, während er dicht an der Wand entlang auf die Tür am Ende des Ganges zuschlich. Mit einem Mal war ihm, als höre er Laute: ein seltsames, kaum wahrnehmbares Wispern, das aus den angrenzenden Zimmern zu kommen schien. Als würden dort winzige Wesen eine geflüsterte Unterhaltung führen!

Ein eisiger Schauer überlief Lukas. Sein Herz raste, und das Blut rauschte in seinen Ohren.

Vor der Tür zum Arbeitszimmer blieb er stehen und atmete tief durch. Ruhig! Nur ruhig!, redete er sich zu – und da erkannte er, dass er sich keineswegs getäuscht hatte: Durch den Spalt unter der Tür schimmerte Licht! Im gleichen Augenblick konnte er Stimmen hören: Sie kamen aus dem Inneren des Raums.

Lukas legte das Ohr ans Türblatt und lauschte angestrengt: Es musste sich um zwei Personen handeln, einen Mann und eine Frau.

Der Mann hörte sich verärgert an. »Wie konntest du nur so leichtsinnig sein!«, zischte er. »Du solltest das Buch doch schon vor geraumer Zeit verschwinden lassen. Nicht auszudenken, wenn es ihm in die Hände gefallen wäre und er unseren Plan durchschaut hätte.«

»Ist ja gut, ist ja gut«, antwortete die Frauenstimme. Sie klang zerknirscht. »Jetzt haben wir es ja. Sieh lieber zu, dass du –« Damit brach die Frau ab, um verwundert auszurufen: »Gute Güte! Lies mal, was hier steht. Was hat das denn zu bedeu-«

Sayelle und Maximilian Longolius!

Die Stiefmutter und der Zeitungsfuzzi machten sich im Arbeitszimmer des Vaters zu schaffen!

Unerhört!

Plötzliche Wut übermannte Lukas. Ohne nachzudenken, stieß er die Tür auf, knipste das Licht an und stürmte mit einem Schrei der Empörung in den Raum: »Was habt ihr hier zu suchen, verda-«

Der Junge blieb wie angewurzelt stehen und starrte mit offenem Mund vor sich hin: Das Zimmer war leer! Keine Menschenseele weit und breit.

Keine Sayelle.

Kein Max Longolius.

Und auch sonst niemand.

»Aber …«, stammelte Lukas verwirrt und trat einen Schritt zurück, als sich eine Hand auf seine Schulter senkte.

Kapitel 14 ❧ Die Flatterflügler

ie drei Leuchtkugeln schwebten die Abgesandten der Flatterflügler im Dunkel der Nacht auf die Gralsburg zu. Von weitem ähnelten die geflügelten Wesen im Inneren der Kugeln übergroßen Libellen. Aus der Nähe jedoch war zu erkennen, dass sie mit Insekten nichts gemein hatten, sondern mit den Feen oder Lichtalben verwandt sein mussten. Ihre zierlichen, wie flüssiges Silber glänzenden Gestalten waren nicht viel dicker als ein Männerdaumen und maßen vom Scheitel des lockigen Blondhaars bis zu der Spitze des langen Schwanzes kaum mehr als die Spanne einer kräftigen Hand. Sie schienen es eilig zu haben, denn die großen, hauchfeinen Flügel auf ihren Rücken bewegten sich so schnell, dass ihre Konturen nicht auszumachen waren. Obwohl es für die Flatterflügler sicherlich ein Leichtes gewesen wäre, die Mauern von Hellunyat im Flug zu überwinden, hielten sie direkt auf das Tor der Gralsburg zu, um dort um Einlass zu bitten.

Galano, der an diesem Abend wieder einmal zur Torwache eingeteilt war, fielen fast die Augen aus dem Kopf, als die Leuchtwesen auf das Wachhäuschen zuschwirrten, in dem er auf einem Hocker vor sich hin döste.

»Hey, Stampffußling«, rief die Gestalt an der Spitze der Abordnung.

Ungläubig deutete der Soldat auf die eigene Brust. »Meinst du etwa mich?«

»Wen denn sonst, Stampffußling?« Ein leises Kichern flirrte durch die milde Nacht. »Oder siehst du hier am Tor noch weitere plattfüßige Vertreter deiner Art?«

»Werde bloß nicht frech, du Flatterwicht!«, blaffte Galano, während er sich erhob und aus dem Wachhäuschen trat. »Was führt euch drei hierher?«

Die Flatterflügler zuckten zusammen und hielten sich mit den feinen Händen die Ohren zu. »Weh, weh«, jammerte der Anführer. »Geht es nicht etwas leiser? Und warum seid ihr tollpatschigen Stampffußlinge nur so ungelenk, dass ihr bei jedem Tritt den Boden derart malträtieren müsst, als wolltet ihr den Roten Feuerdrachen höchstpersönlich aus dem Schlaf schrecken?«

Der Wachsoldat zog ein grimmiges Gesicht. »Jetzt habe ich aber genug!«, schimpfte er. »Noch ein einziges beleidigendes Wort, und ich scheuche euch von dannen – habt ihr verstanden?«

»Schon gut, schon gut«, antwortete das zierliche Wesen besänftigend und deutete vor der knollenförmigen Nase des Torwächters eine Verbeugung an. »Beruhigt Euch nur wieder, hochverehrter Wachstehling! Wir sind die rauen Töne und ungelenken Bewegungen von Euch Stampffußlingen einfach nicht gewohnt und verlieren bei jeder neuerlichen Begegnung kurzzeitig die Contenance!«

»Die Conte-was?«

Die Flatterflügler wechselten belustigte Blicke. Während seine Begleiter hämisch vor sich hin kicherten, wandte sich der Anführer wieder an Galano. »Vergesst es einfach, verehrter Aufpassling«, sagte er leichthin, »und meldet uns stattdessen lieber Eurem Herrn, dem Hüter der Lichts.«

Galano kniff die Augen zusammen. Es schien, als könne er die aufkeimende Wut nur noch mühsam im Zaume halten. »Was wollt ihr von unserem Herrn?«

»Das, du Neugierling, werden wir ihm höchstpersönlich berichten.«

»Wie ihr meint, ihr … ihr … Frechlinge.« Seinen Zorn mühsam unterdrückend, knirschte Galano mit den Zähnen. »Und wen soll ich bitte melden?«

»Hört, hört!« Mit zufriedenem Lächeln neigte sich der Flatterflügler seinen Begleitern zu. »Er lernt schnell, der Stampffußling. Ich bin Herr Virpo der Ältere. Und in meiner Begleitung befinden sich die Herren Yirpo und Zirpo.«

Attila!«, schrie der Junge und schnappte nach Luft. »Du hättest mich fast zu Tode erschreckt! Was machst du denn hier?«

»Das Gleiche könnte ich dich fragen, Lukas!« Wie ein mächtiger Fels ragte die hünenhafte Gestalt des Hausmeisters vor dem Jungen auf. In der erhobenen Rechten hielt Attila Morduk einen derben Eichenknüppel. Der Zwergriese blickte so finster drein, dass er selbst einem Höhlentroll Angst eingejagt hätte. »Was hast du mitten in der Nacht im Lehrerhaus zu suchen?«

Nachdem der Junge ihn aufgeklärt hatte, hellte Morduks Miene sich ein wenig auf. Trotzdem sparte er nicht mit Vorhaltungen. »Das war äußerst leichtsinnig von dir, Lukas! Das nächste Mal gibst du mir gefälligst Bescheid. Sir Bourbon, mein Alligator, konnte wieder mal nicht schlafen, und deshalb hab ich ihn ein bisschen spazieren geführt. Bei der Gelegenheit ist mir aufgefallen, dass sich jemand an der Eingangstür hier zu schaffen gemacht hat. Ich habe natürlich eine Schurkerei der Dunklen gewittert und bin sofort hierher geeilt. Du kannst von Glück reden, dass ich dich nicht niedergeschlagen habe.«

Während Lukas betreten zu Boden blickte, schaute der massige Hausmeister sich in dem vollgestellten Raum um. Die

Deckenlampe tauchte die beiden Schreibtische, die Aktenschränke und Bücherregale in ein warmes Licht. »Soso«, sagte Morduk schließlich mit vieldeutigem Unterton. »Du hast also einen Lichtschein gesehen und dann gehört, wie sich deine Stiefmutter und ihr Boss unterhalten haben?«

»Ähm«, stotterte Lukas und wurde immer kleinlauter. »Genau.«

»Was du nicht sagst!« Attila Morduk blickte so grimmig drein wie ein Höllenknecht. »Und warum war das Zimmer dann dunkel, als du die Tür geöffnet hast? Außerdem ... wo sind die beiden jetzt? Haben sich wohl in Luft aufgelöst?«

Lukas zog den Kopf ein. »Ich weiß, dass das alles ziemlich konfus klingt. Aber ich habe ihre Stimmen laut und deutlich gehört!« Aufmerksam spähte er in die Zimmerecken, die vom Deckenlicht kaum erhellt wurden. »Vielleicht gibt es ja irgendwo einen geheimen Ausgang?«

»Quatsch!«, blaffte Attila Morduk. »Ich kenne jeden Quadratzentimeter hier in Ravenstein.« Er beruhigte sich wieder, und seine Augen blitzten schalkhaft. »Ich bin zwar erst seit gut hundert Jahren im Dienst – aber trotzdem weiß ich mit Sicherheit, dass es in diesem Gebäude keine Geheimgänge gibt.«

Lukas zog die Stirn kraus. »Hast du vielleicht jemanden von hier wegschleichen sehen?«

»Nein, hab ich nicht.« Attilas Kugelkopf wackelte heftig. »Der Einzige, der hier rumgeschlichen ist, warst du!« Damit bohrte er Lukas den Zeigefinger seiner Pranke in die Brust – sein Zorn schien verraucht, denn nur einen Augenblick später schaute er wieder so freundlich drein wie ein Kuschelmonster. »Das kann schon mal passieren, Lukas«, sagte er verständnisvoll. »Manche Leute sehen Gespenster, und du hörst sie eben.«

Lukas holte tief Luft und ließ sie geräuschvoll wieder aus dem Mund entweichen. »Wird wohl so sein«, murmelte er, auch wenn seine Miene zeigte, dass er davon alles andere als überzeugt war. »Tut mir leid, dass ich dir unnötig Stress bereitet habe.«

»Ist schon in Ordnung.« Der Hausmeister grinste. »Schließlich haben wir zurzeit einiges um die Ohren. Nicht genug, dass wir uns um deine Schwester sorgen müssen, nun bereitet uns auch noch der Professor Kummer. Aber wie auch immer: Bei der ganzen Aufregung lässt man sich schon mal ins Bockshorn jagen.«

»Sieht ganz so aus.«

»Sag ich doch!« Attila patschte Lukas mit seiner Pranke so heftig auf den Rücken, dass der Junge ins Wanken geriet. »Und jetzt ab ins Bett!«

Lukas schaltete das Licht aus und wandte sich schon zum Gehen, als er noch mal stehen blieb und die Deckenlampe wieder anknipste.

»Hey!«, wunderte sich Attila. »Was soll denn das?«

»Nur eine Sekunde!« Mit hastigen Schritten eilte der Junge auf das große Bücherregal an der linken Wand zu, in dem ein Teil der riesigen Büchersammlung seines Vaters verwahrt wurde. »Mir ist da eben was eingefallen.« Den Kopf in den Nacken gelegt, wanderte Lukas suchend am Regal entlang.

»Eingefallen?« Neugierig geworden, folgte ihm der Hausmeister. »Was denn, mein Junge?«

»Einen Moment noch«, murmelte Lukas, bevor er anhielt und aufgeregt zum obersten Regalbrett deutete. »Da! Siehst du, was ich meine? Zwischen den beiden Bänden mit den braunen Lederrücken dort oben fehlt ein Buch.« Mit triumphierender Miene deutete der Junge auf die Mitte des obersten Regalbrettes, wo zwei dickleibige Wälzer standen. Dazwischen war eine kleine Lücke.

»Na und?« Der Zwergriese pustete Luft durch die gespitzten Lippen. »Das kann genauso gut Zufall sein.«

»Ist es aber nicht!«, widersprach Lukas. »Ich habe ein fotografisches Gedächtnis. Ich muss mir etwas nur ein einziges Mal ansehen und kann mich später haargenau daran erinnern. Das Arbeitszimmer habe ich schon tausend Mal gesehen. Als wir klein waren, hat Papa Laura und mich immer hierher mitgenommen und uns Geschichten vorgelesen. Das Buch, das da fehlt, ist recht unscheinbar und kaum hundert Seiten dick. Der Buchrücken hing schief, weil er sich an einigen Stellen bereits gelöst hatte«, erklärte er Attila Morduk. »Der Autor hieß Heinrich Freudenpert.«

»Aha.« Der Hausmeister kratzte sich am kahlen Schädel, der im Lichte der Deckenlampe wie eine Speckschwarte glänzte. »Und worum ging es in dem Buch?«

»›Geschichte und Geschichten unserer Heimat – und ihr Niederschlag in der bildenden Kunst‹, erschienen 1888«, zitierte Lukas aus dem Gedächtnis. »Ich erinnere mich auch deswegen so genau, weil es früher Oma Lena gehört hat. Jedenfalls hat Papa das immer erzählt.«

»Oma Lena?« Attila runzelte die Stirn. »Du meinst die Mutter eurer Mutter?«

»Genau.«

»Aber euer Vater hat diese Lena doch gar nicht gekannt. Soweit ich weiß, ist sie bei Annas Geburt gestorben.«

»Stimmt.« Lukas nickte. »Und trotzdem: Papa hat immer gut auf das Büchlein aufgepasst. Vielleicht, weil es eines der wenigen Andenken an unsere Oma war.«

»Tja.« Attila klang wehmütig. »Von manchen Menschen bleibt einem nicht viel mehr als die Erinnerung. – Weißt du zufällig, worum es in dieser Schrift ging?«

»Klar!«, erklärte der Junge mit herablassender Miene. »Dieser Heinrich Freudenpert war ein besessener Heimatforscher. Wenn ich mich nicht sehr täusche – und das kommt äußerst selten vor! –, dann hat er darin verschiedene Werke von Künstlern aus unserer Region vorgestellt: Holzschnitte, Kupferstiche und Gemälde.«

»Klingt ja ungemein spannend!« Morduk gab sich keine Mühe, seinen Spott zu verbergen. »Und dieses überaus fesselnde Werk, auf das die Menschheit sicherlich seit Jahrhunderten sehnsüchtig gewartet hat, sollen deine Stiefmutter und dieser Longolius also geklaut haben?«

»Auf alle Fälle ist es weg.« Lukas zuckte mit den Schultern. »Deswegen vermute ich, dass es sich dabei um das Buch handelt, das Sayelle verschwinden lassen sollte – was sie offensichtlich ja auch getan hat!«

Attilas Miene zeigte, dass ihn Lukas' Erklärungen nicht überzeugt hatten. »Fragt sich nur – warum? Und …«

»Das ist doch wohl logosibel, oder?«, unterbrach Lukas ihn hastig. »Weil darin irgendwas zu finden ist, was ihre Pläne gefährdet, wenn wir davon Wind bekommen – das hat Mr L doch gesagt!«

»Vorausgesetzt, du hast dir dieses Gespräch nicht bloß eingebildet«, gab der Hausmeister zu bedenken. »Zu dem Zeitpunkt jedenfalls, als du sie gehört haben willst, können Sayelle und dieser Knilch auf keinen Fall hier im Zimmer gewesen sein. Sonst hätte ich ihr Auto sehen müssen, während ich mit Sir Bourbon unterwegs war.«

»Und trotzdem …« Lukas kniff die Augen zusammen und schüttelte den Kopf. »Die beiden waren hier in Ravenstein und haben in Papas Arbeitszimmer rumgeschnüffelt – da bin ich mir ganz sicher!«

Seid mir herzlich gegrüßt, Ihr Herren Virpo, Yirpo und Zirpo.« Der Hüter des Lichts deutete eine Verbeugung vor den Flatterflüglern an, die kaum eine Armlänge entfernt vor seinem Thronsessel schwebten. Da im großen Saal zahlreiche

Kerzen brannten, wirkte das Leuchten, das von den zierlichen Wesen ausging, weniger hell. »Darf ich Euch eine Stärkung anbieten?«, fuhr Elysion mit wohlmeinendem Schmunzeln fort. »Wildblütennektar vielleicht oder frisch gepressten Königsfrüchtesaft?«

»Gerne, mein Gebieter«, antwortete Virpo, der der Ältere genannt wurde, obwohl er kaum eine Stunde früher als seine Begleiter aus der Larve geschlüpft war. Dazu verneigte er sich untertänig. »Wenn's vielleicht der Nektar sein dürfte? Am Saft der Königsfrüchte können wir uns nahezu täglich laben. Im Gegensatz zu Euch Stampffußlingen stellt es für uns kein Problem dar, an die Fliegenden Bäume zu gelangen.«

»Bloß keine Beleidigungen, Herr Virpo!« Der Hüter des Lichts lächelte nachsichtig und drohte dem vorlauten Wesen spielerisch mit dem Zeigefinger, bevor er eine von Morwenas Elevinnen herbeirief, die das Gewünschte aus der Küche beschaffen sollte.

»Bitte nehmt Platz!« Elysion wies auf die breite Lehne seines Thronsessels. »Und lasst mich den Grund Eures Besuches wissen.«

Während Virpo sich rechts von ihm niederließ, setzten sich Yirpo und Zirpo auf die linke Lehne und lauschten ihrem Anführer. »Wir bitten Euch und die Krieger des Lichts um Hilfe, Herr«, hob dieser an. Sein Puppengesicht nahm einen verzweifelten Ausdruck an. »Borboron, der Finsterling, hat uns von unserer angestammten Feierstätte vertrieben.«

Der Hüter des Lichts runzelte überrascht die Stirn, sodass sie beinahe der Borke einer verwitterten Kiefer glich. »Ihr meint das Leuchtende Tal, in dem Ihr Euch seit Urzeiten am Ende des Sommers versammelt?«

Virpo nickte so heftig, dass das blonde Lockenhaar flatterte.

»So ist es, so ist es!«, bekräftigten auch seine Gefährten.

»Am Tag, an dem Licht und Dunkelheit im Gleichgewicht

stehen, finden sich sämtliche Mitglieder unseres Volkes aus den verschiedensten Regionen Aventerras dort ein«, fuhr Virpo fort. »Wir feiern, singen und tanzen und sammeln Kräfte für die Monde des schwindenden Lichts. Zudem nehmen wir die frisch geschlüpften Flatterflügler in unsere Mitte auf und machen sie mit ihrer schwierigen Aufgabe vertraut.«

»Ich weiß, Herr Virpo.« Elysion nickte. »Ihr sorgt dafür, dass die Miesemotten, Zauderlinge und Gramkriecher nicht überhand nehmen – und wie all die Geschöpfe sonst noch heißen mögen, die überall nur schlechte Stimmung und Unmut verbreiten.«

»Ihr sagt es, Gebieter!« Der Flatterflügler fuchtelte aufgeregt mit den feingliedrigen Armen. »Unsere Jungen schlüpfen aus den Larven, die sich während der Lichtmonde beim ersten Sonnenstrahl des Tages aus den Tropfen des Morgentaus formen. Seit Anbeginn der Zeiten führt das Schicksal sie auf schnellstem Wege in das Leuchtende Tal, das versteckt auf der Ostseite der Feuerberge liegt. Dieses Wissen ist jedem von uns Flatterflüglern bereits in die Larve gelegt, wenn ich es so ausdrücken darf. Erst dort, an der Stätte, an der sich bereits unsere Vorfahren versammelt haben, erfahren die jungen Flatterflügler von ihrer Bestimmung.«

Ritter Paravain, der neben der Heilerin Morwena an der großen Tafel saß und dem hauchzarten Geschöpf bislang stumm zugehört hatte, erhob sich und trat näher an die seltsamen Wesen heran. »Ich weiß, dass Euer Volk, so klein seine Zahl auch sein mag, eine überaus wichtige Aufgabe zu erfüllen hat. Wenn es den Miesemotten und ihren Verwandten gelingt, Wankelmut und Zaghaftigkeit zu verbreiten, kommt das Borboron und seinen finsteren Absichten zugute!«

»Ganz recht, ganz recht!«, ereiferten sich Yirpo und Zirpo.

»Und deshalb ist es natürlich wichtig, dass Ihr Eure vielfältigen Erfahrungen auch an Eure Nachkommen weitergebt.«

»Genau! Genau!«, schwirrten die feinen Stimmchen der Flatterflügler durch den Thronsaal.

»Auf den Felshängen, die das Leuchtende Tal säumen, stehen vier große Spiegelsteine verteilt«, erklärte Virpo. »Nur am Tage der Herbstnacht, an dem sich das Licht und die Dunkelheit im Gleichgewicht befinden, steht die Sonne so über dem Tal, dass ihre Strahlen von den vier Steinen in solcher Weise gespiegelt und gebündelt werden, dass das gesamte Tal für einige Stunden von strahlend hellem Licht überflutet wird. Auf dieses Licht sind wir Flatterflügler angewiesen wie andere Wesen auf die Luft zum Atmen. Während dieses besonderen Tages baden wir darin und nehmen so viel wie möglich in uns auf. Das Licht verleiht uns nicht nur die Fähigkeit zum Leuchten, sondern schenkt uns die nötigen Kräfte, unserer Aufgabe gerecht zu werden. Deshalb ist dieser Ort so überaus wichtig für das Überleben unseres Volkes und damit auch für den Fortbestand von Aventerra.«

»Wann hat Borboron Euch denn aus dem Leuchtenden Tal vertrieben?«, fragte Elysion.

»Nun – außerhalb der Versammlungszeit halten sich dort stets nur wenige von uns auf, Herr.« Virpo schwebte auf Elysion zu. »Wir sind ja mit den Miesemotten, Zauderlingen und so weiter beschäftigt. Überall in Aventerra sammeln wir ihre Larven und Eier ein, damit diese üble Brut sich nicht über die Maßen ausbreitet. Vor einigen Wochen nun ist der Schwarze Fürst mit seiner Schwarzen Garde im Leuchtenden Tal aufgetaucht und hat die kleine Schar unserer Brüder, die sich dort aufhielt, gefangen genommen. Herr Yirpo aber …« – Er deutete auf den größeren der Gefährten auf der anderen Lehne – »… hat er mit einer Botschaft zu uns geschickt.«

Der Hüter des Lichts sah den Flatterflügler an. »Was solltest du deinen Brüdern denn mitteilen?«

»Dass sich keiner von uns je wieder im Leuchtenden Tal

blicken lassen soll«, antwortete der und schwirrte aufgeregt auf und ab. »Und dass jeder, der sich diesem Befehl widersetzt, auf der Stelle getötet wird.«

»Hört! Hört!« Auch Zirpo schien helle Empörung gepackt zu haben. »Dieser Finsterling, der elende!«, schimpfte er und fuchtelte mit den Ärmchen.

Der Hüter des Lichts stützte das Kinn auf die Hand und blickte die Besucher nachdenklich an. »Wissen die Herren vielleicht, was den Schwarzen Fürsten zu dieser schändlichen Tat bewogen hat?«

Wieder senkte Virpo resignierend den Kopf. »Nein. Und dieser widerliche Totschlagling hat bestimmt nicht die Absicht, uns das zu verraten.«

Elysion starrte gedankenverloren vor sich hin, während die junge Heilerin Paravain forschend musterte. Doch der Anführer der Weißen Ritter zuckte nur ratlos mit den Schultern.

»Wir bitten Euch, diesen Böseguling wieder aus dem Leuchtenden Tal zu vertreiben, Gebieter«, erklärte Virpo. Als Elysion immer noch schwieg, fuhr er fort: »Borboron hat uns schlimmes Unrecht zugefügt – und das gibt Euch das Recht, gegen ihn vorzugehen. Das besagen doch die uralten Gesetze Aventerras.«

»Das ist richtig, Herr Virpo.« Elysion nickte bedächtig. »Wer auch immer gegen die ungeschriebenen Regeln verstößt, die das Zusammenleben aller Geschöpfe unserer Welt bestimmen und denen natürlich auch der Schwarze Fürst unterliegt, darf dafür zur Rechenschaft gezogen werden. Wenn nötig sogar mit Gewalt.«

»Eben! Eben!«, zirpten Yirpo und Zirpo.

»Aber könnt Ihr Euch auch vorstellen, welche Folgen es haben würde, wenn wir gegen Borboron in den Kampf zögen? Unzählige Männer und Frauen müssten ihr Leben lassen – und deswegen, meine Herren, sollten wir uns fragen, ob es nicht eine andere Lösung gibt, als gewaltsam gegen unsere Feinde vorzugehen.«

»Hört! Hört!«, wisperten Yirpo und Zirpo sich zu, während Virpo der Ältere für einen Moment vergaß, mit den Flatterflügeln zu schlagen, sodass er beinahe abgestürzt wäre. »Wie würde eine solche Lösung Eurer Meinung nach aussehen?«, fragte er, nachdem er sich wieder gefangen hatte.

»Bevor wir diese Frage angehen, müssen wir erst herausfinden, was der Schwarze Fürst im Schilde führt«, erklärte der Hüter des Lichts. »Nur wer die Pläne des Feindes kennt, kann eine angemessene Gegenstrategie entwickeln.« Damit wandte er sich dem Anführer seiner Leibgarde zu. »Das ist es doch, was wir den Knappen und jungen Rittern während ihrer Ausbildung beizubringen versuchen – nicht wahr, Paravain?«

»Sehr wohl, Herr.« Der junge Mann verneigte sich und lächelte sanft. »Wer sich von seinem Gegner reizen und allzu schnell zu unbedachtem Handeln verleiten lässt, wird sich selbst zum größten Feind. Wer aber kühles Blut bewahrt, seinen Feind durchschaut und sich seine Schwächen zu Nutze macht, der vermag selbst gegen eine Übermacht zu bestehen.«

»Genauso verhält es sich!«, bekräftigte Elysion, an die Delegation der Flatterflügler gewandt. »Und deshalb gestattet mir, ihr Herren Virpo, Yirpo und Zirpo, dass ich Euch einen Vorschlag mache!«

»Habt ihr wohl geruht in der Nacht?« König Malik genoss dampfenden Tee aus einer Tasse aus durchscheinendem Porzellan und sah seine Gäste dabei fragend an. Trotz der frühen Stunde – auf den Blättern der Bäume, die durch die Glasfenster des königlichen Speisesaals zu sehen waren, glitzerte noch der Morgentau – wirkte der Regent des Goldenen Reiches hellwach.

»Hm, und wie!«, schwärmte Venik, ebenfalls in aufgeräumter Stimmung. »Ich habe schon lange nicht mehr so gut geschlafen wie in Eurem Bett.« Als habe der junge Magier seit Tagen nichts mehr zu essen bekommen, machte er sich über die verführerisch duftenden Brötchen her, die auf dem reich gedeckten Frühstückstisch standen. Sie waren aus Güldenländer Goldweizen gebacken und besaßen eine goldbraune Kruste. Dazu gab es süße, dottergelbe Süßrahmbutter und leckere Konfitüren, die aus den Früchten der Gleißenhaller Burggärten gekocht worden waren.

König Malik schmunzelte. »Du bist nicht der Erste, der von unseren Betten schwärmt. Die Daunen der Silbergänse, mit denen wir die Kissen und Decken füllen, sind unsagbar weich und deshalb in allen Regionen Aventerras überaus begehrt.« Vorsichtig schlürfte er von seinem heißen Tee, bevor er sich an Laura wandte. »Und was ist mit dir? Die Nacht scheint dir nicht ganz so gut bekommen zu sein wie deinem Kameraden?«

»Stimmt«, antwortete das Mädchen und konnte ein Gähnen nur mühsam unterdrücken. »Ich konnte kaum schlafen – was wahrscheinlich an diesem komischen Traum gelegen hat.«

Der König hob interessiert den Kopf. »Verrätst du ihn mir?«

Einen Augenblick spielte Laura mit dem Gedanken, ihren Traum für sich zu behalten. Andererseits wäre es ziemlich unhöflich, ihrem Gastgeber diese Bitte abzuschlagen, und so erzählte sie bereitwillig von ihrem nächtlichen Erlebnis.

Der König lauschte aufmerksam. Doch als sie berichtete, dass Anna, ihre Mutter, sich auch im nächtlichen Burghof gezeigt hatte, verzog Malik belustigt das Gesicht. »Aber Laura, das ist doch völlig unmöglich! Schließlich hast du uns gestern Abend selbst erzählt, dass sie schon vor Jahren den Tod gefunden hat.«

»Ich weiß.« Laura senkte verzweifelt den Blick. »Aber trotzdem – die Frau im Burghof hat genauso ausgesehen wie Anna: mittelgroß, schlank, lange blonde Haare und ein hübsches Gesicht. Und sie hatte die gleiche Haltung wie Mama.« Das Mädchen seufzte. »Sie wirkte furchtbar traurig, wie sie in ihrem pitschnassen Kleid dastand.«

Als Laura aufsah, hatte sich ein Schatten auf das Gesicht des Herrschers gelegt. Misstrauisch beäugte er sie.

Was hatte Malik denn plötzlich?

Während Laura noch darüber nachsann, ob sie etwas Falsches gesagt hatte, fiel ihr Blick auf die alte Kammerzofe, die neben einem livrierten Pagen dienstbereit im Hintergrund stand. Auch Saiimas Gesicht hatte einen seltsamen Ausdruck angenommen – als hätten Lauras Worte eine Erinnerung in ihr wachgerufen. Täuschte sie sich, oder zwinkerte ihr die Zofe verstohlen zu und wies mit dem Kopf in Richtung Tür? Wollte Saiima ihr etwa bedeuten, sich mit ihr draußen zu treffen?

Venik setzte Lauras Grübelei ein Ende. »Ich muss seiner Majestät Recht geben«, sagte er. »Deine Mutter kann unmöglich draußen im Hof gewesen sein.«

»Aber ich hab sie doch genau erkannt!«, protestierte das Mädchen.

»Das hast du gestern am See auch geglaubt«, erklärte der Magier. »Dabei war auch das nichts weiter als eine Täuschung.« Venik schüttelte mit Bestimmtheit den Kopf. »Vermutlich hast du das Aufwachen und den Gang zum Fenster ebenfalls nur geträumt. Solltest du aber tatsächlich zum Fenster marschiert sein, dann war die Gestalt im Burghof sicherlich ebenso Einbildung wie gestern die Erscheinung am Seeufer. Denk nur daran, was Ria-«

»Ja, ja, schon gut«, fiel Laura ihm hastig ins Wort, damit er den Namen des jungen Mannes nicht leichtfertig ausplauderte und damit den Unwillen ihres Gastgebers erregte. »Genauso wird es gewesen sein.«

»Freut mich, dass du das einsiehst.« König Malik wirkte erleichtert. Er fuhr sich mit der Serviette über den Mund und erhob sich. »Und jetzt entschuldigt mich bitte, aber auf mich warten dringende Amtsgeschäfte, die keinen Aufschub dulden.«

»Habt Ihr nicht noch ein paar Minuten Zeit für mich, Majestät? Ich hätte einige Fragen an Euch.«

»Tut mir leid, Laura.« Voller Bedauern hob König Malik die Hände. »Der Kämmerer erwartet mich schon.« Mit einem zuvorkommenden Lächeln deutete er auf den Tisch. »Aber lasst euch nicht davon abhalten, nach Herzenslust weiter zu frühstücken.«

Der Page, der bei der ersten Regung seines Herrn sofort herbeigeeilt war, um dessen Stuhl zurückzuziehen, stellte diesen nun gänzlich zur Seite. Ohne den Bediensteten auch nur eines Blickes zu würdigen, hielt der Herrscher auf die raumhohe Flügeltür zu, die mit prächtigen Intarsien geschmückt war. Während der Diener eilfertig zum Ausgang wieselte und die Türen für König Malik öffnete, hielt der noch einmal inne und warf einen Blick auf die kostbare Standuhr. »Vielleicht kannst du dich noch ein wenig gedulden, Laura«, sprach er. »In rund zwei Stunden, wenn sich meine Gemahlin und meine Kinder aus den Federn erhoben haben und ihr Frühstück einnehmen, leiste ich ihnen wie immer Gesellschaft. Bei dieser Gelegenheit werde ich dir deine Fragen gern beantworten.« Damit schritt er hinaus.

Laura schaute Venik fragend an. Doch der junge Magier zuckte nur mit den Achseln und griff zu einem weiteren Brötchen.

Die Zofe, die lautlos an den Tisch getreten war, meldete sich zu Wort. »Haben die jungen Herrschaften noch einen Wunsch?«

»Ähm … nein, danke«, stotterte Laura.

»Und der junge Herr?«

»Vielen Dank«, antwortete auch Venik. »Aber ich bin bestens bedient.«

»Dann gestattet, dass ich mich zurückziehe.« Saiima machte einen Diener und wisperte Laura mit einem verstohlenen Seitenblick auf den im Hintergrund lauernden Pagen zu: »In einer halben Stunde vor der Küche.«

Während die betagte Zofe mit gebeugtem Rücken zur Tür huschte, sah Laura ihr verwundert nach.

Kapitel 15 ❧ Der Bericht der Zofe

Das Licht der Morgensonne zauberte einen zartrosa Schleier auf die schrundigen Berggipfel. Alarik jedoch hatte dafür keinen Blick. Er war todmüde und glaubte keinen einzigen Schritt mehr tun zu können. Seine Füße, ja sein ganzer Körper schmerzten. Am frühen Abend des Vortages waren die Wolfsköpfigen aufgebrochen und hatten ihn und die Sklavenjungen in größter Hast aus der Dunklen Festung getrieben. Alarik hatte nicht einmal mehr Gelegenheit gefunden, sich von seiner Schwester Alienor zu verabschieden. Von kurzen Verschnaufpausen abgesehen, waren sie die ganze Nacht über ununterbrochen marschiert und von den Sklavenjägern so unbarmherzig angetrieben worden, als würden sie von einer Legion Dämonen verfolgt. Wer langsamer wurde und zurückfiel, bekam die Lederpeitsche des Anführers zu spüren. Doch obwohl die Kolonne nun schon seit Stunden bergan hetzte, hatte sie die Passhöhe noch nicht erreicht. Noch immer ragten die schroffen Vulkankegel wie schwarze Zahnstümpfe vor ihnen in den graublauen Himmel.

Alarik hatte diese Region Aventerras noch nie zuvor bereist. Dennoch war ihm längst klar, dass es sich um die Feuerberge handeln musste, die Heimat der Dunkelalben, die dem Schwarzen Fürsten als Waffenschmiede dienten. Gelegentlich waren gelbrote Flammenzungen aus den Bergspitzen zum Himmel aufgestiegen, und ihr gelbroter Schein hatte für

Momente die beklemmende Finsternis erhellt, die sie durcheilt hatten. Die Vulkane des Gebirgszuges waren zwar seit ewigen Zeiten nicht mehr ausgebrochen, aber immer noch aktiv, sodass es in regelmäßigen Abständen zu kleineren, meist jedoch völlig harmlosen Eruptionen kam. Das zumindest hatte Ritter Paravain seinen Knappen während der Ausbildung auf der Gralsburg erklärt. Beim Auftauchen des ersten Feuerstoßes war Alarik deshalb nicht beunruhigt zusammengezuckt, im Unterschied zu den anderen Sklaven, die derart erschraken, dass sie in Panik stehen blieben. Die Peitschenhiebe, die daraufhin über sie niedergegangen waren, hatten nicht zu ihrer Beruhigung beigetragen. Erst als Alarik seinen verängstigten Schicksalsgenossen zugeraunt hatte, dass ihnen von den auflodernden Flammen keinerlei Gefahr drohe, waren sie wieder zur Besinnung gekommen.

Endlich war die Passhöhe erreicht. Keuchend verharrte Alarik, um nach Luft zu ringen, und blickte in die Ferne. Vor ihm, im heller werdenden Licht des Morgens, erstreckte sich eine weite Geröllebene. Sie fiel leicht ab, wurde von zahlreichen Senken und Mulden durchzogen und am östlichen Ende von einer weiteren Kette hoher Berggipfel begrenzt. Ihrer Kegelform nach zu urteilen, musste es sich ebenfalls um Vulkane handeln. Schon wollte der Knappe sich weiterschleppen, als der Anführer der Wolfsköpfigen das Zeichen zur Rast gab. Alarik wollte sich eben auf den Boden sinken lassen, als er, nicht weit von den Vulkanen am Horizont entfernt, ein helles Aufblitzen gewahrte. Neugierig starrte er in die Ferne.

Erneut war dort ein gleißender Strahl zu sehen – als reflektiere ein großer Spiegel das Licht der Sonne. Während der Junge noch darüber grübelte, was das bedeuten mochte, bemerkte er, dass der Anführer der Sklavenjäger und zwei seiner Kumpane den Blick ebenfalls auf das Leuchtsignal gerichtet hatten und sich aufgeregt unterhielten. So unauffällig wie möglich schob der Junge sich an die Wolfsgesichtigen heran.

»Bist du sicher, Kroloff?«, fragte einer der Männer.

»Es besteht kein Zweifel«, entgegnete der Anführer. »Nur im Leuchtenden Tal findet man die Spiegelsteine, die so hell leuchten. Es kann also nicht mehr weit sein.«

»Wird ja auch Zeit, dass wir diese Bälger endlich loswerden!«, knurrte der Angesprochene. »Von wegen ›kein Umweg‹! Wenn Borboron uns diese Brut nicht aufgehalst hätte, läge ich schon längst in meiner Höhle.«

»Warum hast du es denn so eilig, Rokaar?« Der Anführer grinste breit. »Oder glaubst du, dein Weib ist erpicht darauf, dich wiederzusehen?«

Rokaar ließ ein wütendes Knurren hören, wagte jedoch keinen Widerspruch. Kroloff und der dritte Wolfsgesichtige brachen in hämisches Gelächter aus. Als sie sich wieder beruhigt hatten, zog der dritte ein nachdenkliches Gesicht. »Was Borboron dort wohl vorhaben mag?«, fragte er schließlich.

»Was glaubst du denn, Ruurk?« Kroloff blickte den Begleiter lauernd an. Speichel tropfte von seiner Zunge, die aus dem Mundwinkel hing, und ein leises Hecheln war zu hören.

»Keine Ahnung«, antwortete Ruurk. »Allerdings gibt es mir schwer zu denken, dass der Schwarze Fürst Gefallen an diesem abgelegenen Tal gefunden hat. Außer den Flatterflüglern, die sich seit undenklichen Zeiten dort versammeln, hat sich bislang noch niemand für diese Einöde interessiert. Zumal gleich dahinter das Drachenland beginnt, dessen Bewohner gefürchtet sind.«

»Nur zu Recht. Ich möchte jedenfalls nicht mit den Drachen aneinandergeraten. Dazu hänge ich zu sehr an meinem Leben«, stieß Rokaar hervor.

»Und an deinem Weib, was?« Das heisere Lachen von Kroloff erinnerte Alarik an Wolfsgeheul.

»Wieso lässt Borboron eine ganze Horde Sklaven in das Tal bringen? Und zwar ausnahmslos Jungen. Was meinst du, Kroloff?«

Der Angesprochene knetete mit der rechten Hand das spitze Kinn, und die gelben Wolfsaugen wurden zu Schlitzen. »Tja, Ruurk!«, knurrte er schließlich. »Was auch immer es ist, es muss verflucht wichtig sein, was dort vor sich geht! Sonst hätte Borboron uns niemals eine Belohnung dafür versprochen, dass wir die Sklaven hierher bringen.«

Alarik wurde ganz schwarz vor Augen. Schlagartig war ihm klar geworden, was auf ihn zukam: Wenn das, was im Leuchtenden Tal vor sich ging, für Borboron so ungemein wichtig war, dann konnte er nicht riskieren, dass Außenstehende davon erfuhren, und schon gar nicht seine Feinde. Deshalb würde er dafür sorgen, dass keiner der Sklaven, die dort zur Arbeit gezwungen wurden, das Tal jemals wieder verlassen würde.

Zumindest nicht lebend.

Die Knie des Jungen begannen zu zittern.

Als Attila am Vormittag von seinem Ausflug nach Hohenstadt zurückkam und aus der betagten Limousine des Professors stieg, konnte Lukas ihm von weitem ansehen, dass er schlechte Nachrichten hatte. »Erzähl schon«, sagte er beklommen. »Gibt's was Neues?«

»Ja.« Der Hausmeister machte ein betrübtes Gesicht. »Aber leider nichts Gutes: Der Richter hat Untersuchungshaft für den Herrn Direktor angeordnet!«

»Was?« Lukas schaute ihn entgeistert an. »Wieso das denn?«

»Gestern, am späten Abend, kurz nach dieser Fernsehsendung«, hob der Zwergriese an und patschte sich mit seiner

Hand auf den Schädel, »hat Kommissar Bellheim einen Anruf erhalten.«

»*Nach* der Sendung?«, wiederholte Lukas überrascht. Auch in seiner Vision hatte Bellheim einen Anruf erhalten! Doch das war *vor* der Sendung gewesen.

»Ja, klar – nach der Sendung!«, holten Attilas Worte ihn wieder in die Gegenwart zurück. »Zumindest hat er das gesagt.«

»Es hat sich also jemand auf Sayelles Auftritt hin gemeldet?«

»Genau. Und dieser Zeuge will gesehen haben, wie der Professor deine Schwester in der Nacht, in der sie verschwunden ist, verfolgt hat!«

»Nein!« Lukas hatte fast geschrien.

»Leider ja!«, bekräftigte der Hausmeister. »Der Mann ist heute früh höchstpersönlich auf dem Kommissariat erschienen und hat alles zu Protokoll gegeben.«

Lukas rang nach Luft. Ihm war schwindelig. »Und? Was genau hat er gesagt?«

»Keine Ahnung. Das wollte Bellheim mir nicht verraten – aus ermittlungstaktischen Gründen, wie er erklärt hat.«

»Aber dieser Zeuge lügt!«, rief Lukas empört. »Wer war es denn?«

»Auch das wollte der Kommissar mir nicht sagen.« Attilas Gesicht glich dem eines verzweifelten Ogers. »Sein Assistent aber, diese Spargelstange …«

»Du meinst – Anton?«

»Ja, genau – dieser Anton jedenfalls schien Mitleid mit mir zu haben und hat mir den Namen zugeraunt.«

»Und?«

»Der Mann heißt Horst Krone«, erklärte Attila Morduk, »und ist der Förster von Ravenstein.«

Da bist du ja endlich«, flüsterte die Zofe. »Komm mit!« Damit drehte sie sich um und schritt ohne jede weitere Erklärung davon. Laura blieb nichts anderes übrig, als ihr zu folgen.

Trotz ihres Alters bewegte Saiima sich behände durch die Gänge der Güldenländer Königsburg. Die Pagen, Zofen, Wachen und Mägde, denen sie begegneten, schenkten weder ihr noch dem Mädchen auch nur die geringste Beachtung.

Schon bald darauf hatte Laura die Orientierung völlig verloren. Allerdings vermutete sie, dass sie sich in einem abgelegenen Teil der Burg befanden, denn die Flure leerten sich zusehends. Während die Zofe sie durch ein enges Treppenhaus und über hohe Stufen Stockwerk um Stockwerk nach oben führte, fragte Laura sich immer wieder, was Saiima vorhatte.

Endlich waren sie auf dem obersten Treppenpodest angelangt. Die Alte hielt vor einer kleinen Tür an, zog einen altertümlichen Schlüssel unter der Schürze hervor und steckte ihn ins Schloss. Als sie ihn drehte, knirschte es im Schlüsselloch. Offensichtlich war es schon lange nicht mehr benutzt worden. Beim Öffnen knarrte die Tür so laut in den Angeln, dass die Alte sich erschrocken umdrehte und ins Treppenhaus spähte, als fürchtete sie, die Geräusche könnten sie verraten. Erst als alles still blieb, entspannte sich Saiima wieder. Ohne ein Wort der Erklärung trat sie durch die Tür.

Im diffusen Dämmerlicht konnte Laura zunächst nur ein Gewirr von Spinnennetzen erkennen, die sich zwischen Balken spannten. Dann bemerkte sie, dass sie sich auf einem Dachboden voller Gerümpel befanden.

Saiima trat ohne Zögern vor einen Schrank neben der Tür, zog eine Schublade auf und holte eine Kerze nebst Zündzeug daraus hervor. Nur Augenblicke später erhellte eine zuckende Flamme den staubigen Raum, in den die Zofe nun tiefer hineinschritt.

In der hintersten Ecke blieb Saiima vor einem Gegenstand stehen, der vollständig von einem Tuch verhüllt war. Erst als die Dienerin es zur Seite zog, erkannte Laura, dass es sich um eine Staffelei mit einem Ölgemälde handelte.

Es zeigte eine junge Frau.

»Mama!«, hauchte Laura ungläubig und schlug die Hand vor den Mund. »Das gibt's doch nicht! Wie kommt denn ein Bild von Mama hierher?«

»Du irrst dich, Laura«, sagte Saiima sanft. »Das ist nicht deine Mutter.«

»Nein?« Das Mädchen legte die Stirn in Falten. »Wer ist es dann?«

»Das ist Analina, die Tante unseres Königs«, erklärte die Zofe ruhig. »Wenn die Beschreibung stimmt, die du uns beim Frühstück von deiner Mutter geliefert hast, muss sie Analina verblüffend ähnlich gesehen haben. Das war sicherlich auch der Grund, weshalb unser Herr auf deinen Bericht von deinem nächtlichen Erlebnis so eigenartig reagiert hat.«

Also doch!

Ich habe mir die Reaktion des Herrschers also nicht nur eingebildet, dachte Laura.

»Aber …« Sie musterte die blonde Frau auf dem Gemälde versonnen. »Wenn das tatsächlich die Tante des Königs ist, warum modert ihr Porträt dann hier auf dem Dachboden vor sich hin und hängt nicht in der Ahnengalerie, die der König Venik und mir gestern Abend voller Stolz gezeigt hat?«

Lukas wollte gerade an die Zimmertür von Mr Cool klopfen, als er von drinnen Philipps lautes »Yo!« hörte. Verwundert schielte der Junge über den Rand seiner Hornbrille: Woher wusste Mr Cool, dass er vor der Tür stand?

Als Lukas jedoch ins Zimmer trat, war von Philipp weit und breit keine Spur zu entdecken. »Hä?«, entfuhr es dem Jungen. Hatte er sich dieses »Yo« auch nur eingebildet?

Wurde er langsam verrückt?

Bevor Lukas vollständig an seinem Verstand zweifelte, bemerkte er das Seil, das an einem Bettpfosten befestigt war und durch das offene Fenster nach draußen führte. Er beugte sich über das Fensterbrett und entdeckte Mr Cool, der gerade im Begriff war, sich an der Hauswand abzuseilen und mehr als zehn Meter über dem Erdboden baumelte.

»Hey!«, rief Lukas ihm zu. »Was soll das denn werden?«

»Wonach sieht's denn aus?« Mr Cool blickte mit breitem Grinsen zu ihm hoch. »Nimmst du den Fifty-Fifty-Joker – oder willst du jemanden anrufen?«

»Haha«, antwortete Lukas wenig amüsiert. »Soll ich ein Messer zum Seilabschneiden nehmen – oder besser eine Schere?«

»Deine Witze werden auch immer schlechter!«, brummte Philipp und blickte ihn auffordernd an. »Hast du Lust, es auch mal zu versuchen?«

»Ein anderes Mal vielleicht.«

Philipp kniff ein Auge zu. »Was willst du denn von mir?«

»Ich bin auf der Suche nach einem alten Buch, das ich ganz dringend brauche: ›Geschichte und Geschichten unserer Heimat – und ihr Niederschlag in der bildenden Kunst‹, erschienen 1888. Der Autor heißt Heinrich Freudenpert. Könntest du im Internet recherchieren, ob und wo das noch zu haben ist? Im Buchhandel, in Antiquariaten oder irgendwo in einer Bibliothek. Ich muss nämlich was Wichtiges erledigen und hab dafür im Moment leider keine Zeit.«

»Yo, kein Problem«, gab Mr Cool zurück und pendelte gelangweilt an dem Seil vor der Hauswand herum, als sei das die leichteste Übung der Welt. »Wird gemacht.« Dann verzog er fragend das Gesicht. »Aber was hast du denn vo-?«

Lukas unterbrach ihn hastig. »Ich hätte noch eine kleine Bitte an dich.«

Dann hat diese Analina also Anspruch auf den Königsthron des Güldenlandes gehabt?«

»Genauso verhält es sich, Laura.« Die Alte hatte auf einem ausrangierten Stuhl Platz genommen und nickte dem Mädchen, das sich auf den Boden gehockt hatte, anerkennend zu. »Sie war das erstgeborene Kind und vier Sommer älter als ihr Bruder Anasin. Nach den Gesetzen des Güldenlandes hätte der Thron ihr gebührt.«

»Aber dazu ist es nicht gekommen?«

»Nein, und niemand bedauert das mehr als ich.« Saiima seufzte. »Das alles liegt schon lange zurück, Laura. Analina und ich wurden im selben Sommer geboren und sind gemeinsam auf Gleißenhall aufgewachsen. Ich als Tochter einer einfachen Magd, sie als die Erstgeborene von König Dragan. Obwohl wir vom Stand her kaum unterschiedlicher hätten sein können, haben wir uns angefreundet. Das höfische Leben und all das vornehme Getue, das damit verbunden war, hat Analina nicht im Geringsten interessiert. Deshalb hat es sie auch nicht gestört, dass in meinen Adern kein königliches Blut fließt. Ganz im Gegensatz zu König Dragan, der ihr den Umgang mit mir auch untersagt hat. Aber darum hat Analina sich nicht geschert.«

Ungläubig verzog Laura das Gesicht. »Und deswegen durfte sie nicht Königin werden?«

»Nein, Laura, das war nicht der Grund.« Wehmütig schüttelte Saiima den Kopf. »Dass Analina nicht auf den Königsthron des Güldenlandes gelangt ist, hat mit den Drachen zu tun.«

»Mit den Drachen? Das verstehe ich nicht …«

»Wie solltest du auch?« Ein vieldeutiges Lächeln huschte über das Gesicht der Zofe. »Deswegen will ich dir Analinas Geschichte ja erzählen. Zumal ich glaube, dass dich viel mehr mit ihr verbindet, als du vielleicht ahnen magst.«

»Wie kommt Ihr denn auf diese Idee?«

»Nur Geduld, Laura«, antwortete Saiima, noch immer hintergründig lächelnd. »Du wirst schon bald verstehen.« Als sie dann jedoch zu erzählen anhob, wurden ihre Züge ernst.

Und so erfuhr Laura, dass Analina schon sehr früh einen eigenen Kopf hatte und ihre persönlichen Neigungen und Interessen selbst gegen den erbitterten Widerstand ihrer Familie, insbesondere des Vaters, durchsetzte. Im Alter von zwanzig Sommern begann die junge Frau die Geschichte des Güldenlandes zu studieren. Sie las sämtliche Bücher und Dokumente, die sich zu dem Thema in der gut bestückten Bibliothek und im umfangreichen Archiv der Burg fanden. Eine Region ihres Heimatlandes hatte es ihr besonders angetan: die Drachenberge, die das Goldene Reich im Norden von der Ebene von Calderan abgrenzen. Mit ungebremstem Forscherdrang versuchte sie, so viel wie möglich über das Drachenland und seine Bewohner herauszufinden. Analina durchforstete und sammelte sämtliche Dokumente, derer sie habhaft werden konnte – womit sie den Unwillen ihres Vaters erregte. König Dragan verbot ihr kurzerhand, sich weiterhin mit den Drachenbergen und den Drachen zu beschäftigen.

»Aber was ist denn so verwerflich daran, sich mit der Vergangenheit des eigenen Landes auseinanderzusetzen?«, wollte Laura wissen.

»Wenn ich das nur wüsste, Laura.« Saiima seufzte bekümmert. »Aber bis heute hat sich mir nicht erschlossen, was damals vorgefallen ist. Jedenfalls kam es eines Tages zu einem erbitterten Disput zwischen Analina und ihrem Vater. Der Zwist wurde immer heftiger, bis der erzürnte König seiner

Tochter sämtliche Ansprüche und Privilegien aberkannte und ihren Bruder Anasin, den Vater unseres jetzigen Herrschers, zu seinem rechtmäßigen Nachfolger ernannte.«

»Was heißt hier schon ›rechtmäßig‹?«, empörte sich das Mädchen. »Nur weil Analina sich mit den Drachen beschäftigt hat, wurde sie so streng bestraft?«

Saiima nickte. »Aber das war noch nicht alles: Analina wurde aus Gleißenhall verbannt und musste in das Jagdschloss der Familie ziehen, das am Oberlauf des Schlangenflusses gelegen ist. Mit ihr wurden auch die Bibliothek und das Archiv aus der Burg entfernt und ebenfalls dorthin geschafft. Analina aber wurde bei Todesstrafe verboten, jemals wieder einen Fuß in die heimatliche Burg zu setzen.«

Laura fehlten die Worte angesichts dieser Ungerechtigkeit. »Ähm«, stammelte sie schließlich. »Ich … Ich dachte, sie war Eure Freundin?«

Saiima zog die Brauen hoch.

»Habt Ihr Analina denn nie nach dem Grund für diesen Streit gefragt?«

»Doch, das habe ich.«

»Und?«

Der Kummer über das vergangene Geschehen ließ die Augen der Alten feucht schimmern. »Analina wollte mit niemandem darüber reden, selbst mit mir nicht. Sie hat nur angedeutet …«

»Ja?«, drängte Laura ungeduldig.

»Sie hat angedeutet, dass die Herrscherfamilie vormals ein großes Unrecht begangen und damit schwere Schuld auf sich geladen hat. Deshalb hat sie ihren Vater auch inständig gebeten, das schreckliche Geschehen schnellstmöglich wiedergutzumachen, weil …«

Laura sprang auf. »Ja, was denn?«

»Weil sich ihrer Überzeugung nach die ungesühnten Vergehen der Vergangenheit irgendwann rächen würden und der Fluch der Drachenkönige die künftigen Generationen ereilen könnte.«

»Das klingt alles sehr rätselhaft«, sagte Laura.

»Ja, leider.« Die Zofe seufzte. »Genauso rätselhaft wie das weitere Schicksal von Analina.«

Laura hielt den Atem an. Sie spürte plötzlich tief in ihrem Inneren eine seltsame Verbundenheit mit dieser geheimnisvollen Frau. Obwohl sie noch nie zuvor von ihr gehört hatte, erschien diese eigensinnige Königstochter ihr auf merkwürdige Weise vertraut.

»Nachdem Analina die Burg verlassen hatte, habe ich lange nichts mehr von ihr gehört. Sie hat sich an den Bannspruch gehalten und ist nie mehr hierher zurückgekehrt, bis eines Tages schließlich –« Saiima brach ab und schluckte.

Schon wollte Laura sie drängen fortzufahren, als sie gewahrte, dass ein Tränenfilm die Augen der Zofe trübte, und so wartete sie geduldig, bis diese sich wieder gefasst hatte. »Eines Tages erreichte uns die Schreckensnachricht, dass Analina sich das Leben genommen hatte. Ihre sterblichen Überreste allerdings wurden niemals entdeckt. Dafür aber fand man ihr Kleid und einen Abschiedsbrief am Ufer des Schlangenflusses. In dem Schreiben bat Analina ihre Familie um Verzeihung und um Verständnis für ihren Schritt. Er sei unausweichlich gewesen.«

»Wie schrecklich.« Laura war wie betäubt, und ihre Lippen formten die Worte fast von allein. »Und wie hat ihre Familie reagiert?«

»Mit großem Entsetzen, wie du dir vorstellen kannst. Schließlich gilt Selbstmord nicht nur im Güldenland als Frevel. Dann jedoch steigerte sich König Dragan in einen unbegreiflichen Zorn und ordnete an, sämtliche Erinnerungen an Analina unverzüglich aus der Burg zu entfernen. Darunter auch dieses Gemälde, das bis dahin in der Ahnengalerie hing. Wenn ich es nicht heimlich beiseitegeschafft hätte, wäre es mit Sicherheit ebenso ein Raub der Flammen geworden wie vieles andere. Aber damit nicht genug: Den übrigen Mitgliedern der Herrscherfamilie und dem gesamten Hofstaat wurde strengstens untersagt, das Jagdschloss am Schlangenfluss jemals wieder zu betreten. Inzwischen ist es vermutlich längst verfallen. Und mit ihm sicherlich auch all die Unterlagen und Dokumente über die Drachen, die Analina zusammengetragen hat – es sei denn, jemand hätte sich ihrer angenommen.«

»Haltet Ihr das für möglich?«

Saiima zuckte unschlüssig mit den Schultern. »Durchaus. Es wurde schon damals gemunkelt, dass Analina in all den Jahren auf dem Jagdschloss nicht alleine gewesen ist. Es soll jemanden gegeben haben, der sie und ihre Forschungen unterstützt hat.«

»Aber Ihr wisst nicht rein zufällig, um wen es sich dabei handelte?«

»Nein.« Saiima lächelte. »Vergiss nicht: Niemand von uns durfte das Haus am Schlangenfluss betreten. Und was noch weit schlimmer war: Gemäß königlicher Anordnung durfte Analinas Name auf Gleißenhall nie mehr ausgesprochen werden – ebenso wenig wie das Wort ›Drache‹. Deshalb ist meine Jugendfreundin inzwischen längst in Vergessenheit geraten, und nur die wenigsten von uns erinnern sich noch daran, dass vormals Drachen in den Drachenbergen hausten.«

Laura betrachtete noch einmal das Ölgemälde vor ihr. Die Ähnlichkeit zwischen dieser Analina und ihrer Mutter war einfach verblüffend. Obwohl die junge Frau aus dem Güldenländer Herrschergeschlecht eine ganze Generation vor Anna gelebt hatte, glichen die beiden sich wie Schwestern. Oder wie Mutter und Tochter. War das nicht ein seltsamer Zufall?

Oder sollte es gar kein Zufall sein?

Eigentlich hatte sie ja gelernt, dass es so etwas wie Zufälle gar nicht gab.

»Ähm«, räusperte sich das Mädchen und wandte sich wieder der Zofe zu, die in tiefe Gedanken versunken auf dem ramponierten Holzstuhl saß. »Warum habt Ihr mir das eigentlich erzählt?«

Saiima betrachtete Laura nachdenklich. »Erinnerst du dich noch an deine Worte vom gestrigen Abend?«, fragte sie schließlich. »Als Königin Auli ihre Verwunderung darüber geäußert hat, dass du in aller Frühe geweckt werden wolltest?«

»Natürlich«, antwortete Laura. »Ich habe ihr erklärt, dass wir heute viel vorhaben.«

»Und weiter?«

Das Mädchen zog ein überraschtes Gesicht. »Was weiter?«

»Was hast du noch gesagt?«

Laura musste nicht lange überlegen. »›Wer nicht anfängt, wird nicht fertig.‹ Ist es das, was Ihr meint?«

Die Zofe nickte und beugte sich zu ihr. »Waren das deine eigenen Worte, oder hast du den Spruch von jemandem gehört?«

»Oma Lena hat ihn immer gebraucht«, antwortete Laura. »Zumindest hat Papa mir das erzählt, denn ich habe sie ja leider nicht mehr gekannt. Großmutter ist bei der Geburt meiner Mutter gestorben.« Sie machte eine kleine Pause, bevor sie Saiima erneut ansah. »Warum fragt Ihr?«

»Weil Analina diesen Spruch auch stets im Munde geführt hat«, erklärte die Zofe. »Genau die gleichen Worte: ›Wer nicht anfängt, wird nicht fertig.‹ Das hat mir zu denken gegeben. Und das erst recht, als du von deinem Traum erzählt hast.«

»Aber ich habe von Mama geträumt, nicht von Analina.«

»Bist du sicher?« Die Alte beäugte sie mit dem Spähblick eines Adlers. »Du könntest in der Nacht doch auch beide gesehen haben – deine Mutter *und* Analina.«

»Ich dachte, diese Frau wäre tot?«

»Das ist deine Mutter doch auch«, entgegnete die Zofe ernst. »Aber trotzdem ist sie in deiner Erinnerung immer noch genauso lebendig, als würde sie noch leben, nicht wahr?«

Stimmt, dachte Laura überrascht. Ich fühle mich mit Mama so verbunden wie zu ihren Lebzeiten, wenn nicht sogar noch stärker! Verwundert musterte sie Saiima. »Nehmen wir einmal an, Ihr habt Recht und sowohl Mama als auch diese Analina haben sich mir in der Nacht gezeigt.«

»So wird es sein«, bekräftigte Saiima.

»Deshalb vermutet Ihr, dass es eine Verbindung zwischen uns dreien gibt, zwischen Eurer Jugendfreundin, meiner Mutter und mir?«

»Richtig, Laura. Ich bin davon sogar fest überzeugt!«

Kapitel 16 Das Leuchtende Tal

»Wer hat dir denn diesen Floh ins Ohr gesetzt, Laura?« König Maliks Gesicht verdüsterte sich wie der Himmel vor einem drohenden Gewitter. »In unserer ganzen Familie hat es niemals jemanden mit Namen Analina gegeben. Und du wirst in der ganzen Burg auch niemanden finden, der dir auch nur das Geringste über die … über diese schrecklichen Wesen erzählen könnte.«

Maßlos verblüfft musterte das Mädchen den Herrscher, der sich noch vor wenigen Augenblicken überaus freundlich mit ihr unterhalten hatte. Er hatte ebenso mit ihr gescherzt und gelacht wie seine Gattin, der Prinz und die Prinzessin. Seit Laura sich nach den Drachen erkundigt hatte, war der heitere Ton verflogen. Dennoch bemühten Malik und Auli sich krampfhaft um freundliche Mienen.

»Demnach stimmt es nicht, dass die Drachenberge nach den Drachen benannt wurden, die dereinst dort gehaust haben?«

»Nun, das Gebirge ist schroff und rau und nur schwer zugänglich. Auf unsere Vorfahren erweckte es deshalb den Eindruck, als sei es ihnen feindlich gesinnt. Es ist daher nur verständlich, dass sie ihm einen derart Furcht erregenden Namen gegeben haben, findest du nicht?«

Stimmt, dachte Laura. Klingt einleuchtend. Andererseits würde das bedeuten, dass Saiima mir einen haarsträubenden Unsinn erzählt hat – wozu sie jedoch nicht den geringsten

Anlass hatte. Das alles ließ nur einen Schluss zu: Irgendetwas stimmte hier nicht.

»Aber … wie kommt es dann, Majestät«, fuhr sie höflich, aber bestimmt fort, »dass selbst Eure Zofe erwä-«

»Ach, Laura«, unterbrach König Malik in mitleidigem Ton. »Die Bedauernswerte ist nicht mehr recht bei Sinnen. Sie hängt den alten Zeiten nach und hat darüber den Verstand verloren. Saiima sieht überall nur Gespenster – und du wohl manchmal auch.« Damit blickte der Herrscher zur Uhr und erhob sich. »Tut mir leid, dass ich dir nicht weiterhelfen kann, aber ich muss dringend wieder an meine Amtsgeschäfte«, erklärte er höflich. »Und auch du hast noch viel vor, wie du gestern erklärt hast. Deshalb wollen wir dich nicht länger aufhalten. Ich hoffe, du und dein Begleiter, ihr habt den Aufenthalt auf Gleißenhall ebenso genossen wie eure Reittiere. Und nun leb wohl, Laura!« Schon verschwand er durch die Tür, die von einem diensteifrigen Pagen unverzüglich aufgerissen worden war. Er hatte sich nicht einmal von seiner Familie verabschiedet.

Laura hatte den Wink verstanden. Sie erhob sich und deutete eine Verbeugung vor der Königin an. »Vielen Dank, Majestät. Ich hoffe, dass Ihr und Euer Gemahl eines Tages für die große Mühe belohnt werdet, die Ihr Euch mit uns gemacht habt.«

Laura reichte ihrer Gastgeberin die Hand und verließ den königlichen Speisesaal.

Während sie in ihrer Kammer die wenigen Habseligkeiten zusammensuchte, sann sie darüber nach, ob König Malik Recht hatte. Vielleicht war Saiima wirklich nicht mehr ganz Herr ihrer Sinne, seit sie ihre Freundin Analina verloren hatte. Und bestimmt hatte sie selbst diese Frau auf dem Burghof wirklich nur geträumt. Die Silberne Sphinx in ihren Albträumen war ja schließlich auch so realistisch gewesen, dass sie stets geglaubt hatte, leibhaftig vor dem schrecklichen Ungeheuer zu stehen. Vielleicht hatte sie in der Nacht tatsächlich nur ein Gespenst gesehen, wie Malik vermutete.

Es dauerte nicht lange, bis ihre Sachen gepackt waren. Schon wollte Laura das Gemach verlassen, als ihr Blick zufällig auf den Boden fiel. Dicht vor dem Fenster lagen die Scherben eines Kerzenleuchters! Demnach war er ihr in der Nacht tatsächlich vor Schreck aus der Hand gefallen, der Beweis, dass sie tatsächlich in der Nacht vor dem Fenster gestanden und in den Burghof geschaut hatte. Nun gab es für Laura keinerlei Zweifel mehr: Entweder Analina oder ihre Mutter hatten von dort unten zu ihr hinaufgeblickt.

Was vermutlich bedeutete, dass Saiimas Erzählungen ebenso wahr wie König Maliks Erklärungen gelogen waren.

Dafür muss es einen Grund geben!, dachte Laura und schnitt unwillkürlich ein grimmiges Gesicht, als sie die Kammer verließ. Es war fast so düster wie das Geheimnis, das auf Gleißenhall und seiner Herrscherfamilie lastete.

Mit schweißüberströmtem Gesicht strampelte Lukas auf dem Mountainbike von Alexander Haase durch Ravenstein. Mr Cool hatte ihm den Schlüssel für das Fahrrad seines Zimmergenossen anvertraut, das dieser während der Ferien stets im Internat ließ. Das T-Shirt klebte Lukas am Leib. Es war schon eine ganze Weile her, dass er das letzte Mal Rad gefahren war, und so schmerzten seine Beine und sein Hintern.

Das Anwesen des Försters lag außerhalb des Ortes am Waldrand.

Der Förster, ein wohlbeleibter Mann in den Fünfzigern, gab sich zunächst ziemlich abweisend und wollte Lukas' Fragen nicht beantworten. Erst als der Junge ihm erzählte, dass

Laura seine Schwester war, taute Krone auf. Er lud Lukas ein, sich an den groben Holztisch neben der Eingangstür zu setzen, und holte sogar eine Limonade aus dem Keller. Nachdem er dem Jungen eingegossen hatte, nahm er ihm gegenüber Platz, faltete die Hände über dem Bauch, der sich unter seinem grünen Jägerhemd spannte, und wurde zunehmend gesprächiger.

»Es stimmt«, sagte er. »Ich habe deine Schwester in jener Nacht tatsächlich gesehen. Das heißt – zunächst dachte ich ja, sie wäre ein Junge.«

Lukas stellte das Glas ab und wischte sich mit dem Handrücken über den Mund. »Weil sie Jungenkleider trug und auch ihre langen Haare nicht zu sehen waren?«

»Ja, genau!« Krone schob den Hut mit dem Gamsbart in den Nacken und tupfte sich mit einem Taschentuch den Schweiß von der Stirn. »Erst gestern Abend vor dem Fernseher ist mir dann klar geworden, dass es sich um Laura gehandelt haben muss. Sie kam von der Burg und ist in Richtung Dorf marschiert.«

Stimmt, dachte Lukas für sich. So weit hat der Mann Recht. »Und der Direktor?«, fragte er dann. »Wo war der?«

»Der ging etwa zwanzig Meter hinter ihr.«

»Er hat sie verfolgt?«

»Ganz offensichtlich.« Der Förster nickte. »Schließlich hat er sich immer in Deckung gehalten und darauf geachtet, dass sie ihn nicht bemerkt.«

Die Falte erschien auf der Stirn des Jungen. »Sind Sie denn sicher, dass es der Professor war und nicht jemand anderer?«

»Natürlich!« Krone griff nach der Bierflasche, die er aus dem Keller mitgebracht hatte, und öffnete sie mit einem lauten *Plopp*. »Ich hab doch alles durch mein Nachtglas beobachtet, und damit kann ich selbst in größter Dunkelheit alles ganz genau erkennen. Deshalb habe ich ja zuerst auch keinen Verdacht geschöpft.«

Das Bier gluckerte in einen bauchigen Seidel. »Ich kenn den Direktor doch noch aus der Zeit, als ich selbst das Internat besucht habe. Außerdem besitzt er einen ausgezeichneten Ruf. Aha, hab ich mir gesagt, Aurelius geht bestimmt einem seiner Schützlinge nach, um ihn davon abzuhalten, Blödsinn anzustellen. Was zu meiner Zeit öfter mal vorkam. Als ich allerdings gestern erfahren habe, dass deine Schwester verschwunden ist, hat das natürlich ein ganz anderes Licht auf die Sache geworfen!« Er nahm einen kräftigen Schluck Bier.

Das klingt leider einleuchtend, dachte Lukas. Der Professor sitzt ganz schön in der Tinte! »Was haben Sie eigentlich mitten in der Nacht im Feld gemacht?«, wollte er dann noch wissen.

»Ich muss öfter um diese Zeit raus«, erklärte der Förster. »Das gehört zu meinem Job! Ich muss immer einen genauen Überblick über den Wildbestand haben, und da viele Tiere erst nachts aktiv werden, bleibt mir nichts anderes übrig, als mir so manche Nacht um die Ohren zu schlagen.« Er seufzte und goss sich Bier nach.

»Wie ist die Sache denn weitergegangen?«

Der Förster starrte einen Augenblick ins Leere und zuckte dann mit den Schultern. »Das kann ich dir leider nicht sagen. Ich hatte den Professor kaum vor meinem Glas, als ein paar Sauen aus der nahe gelegenen Schonung getreten sind. Die waren ja eigentlich der Grund, warum ich auf dem Hochsitz war, und ich habe sie eine Zeit lang beobachtet. Als ich später wieder nach Laura und dem Professor Ausschau gehalten habe, waren sie verschwunden.«

»Sie haben also nicht mitgekriegt, was in der Zwischenzeit passiert ist?«

Krone sah Lukas fast vorwurfsvoll an. »Das sagte ich doch gerade.«

Lukas legte die Stirn in Falten. »Eine letzte Frage noch: Sie haben Kommissar Bellheim also erst nach der Fernsehsendung angerufen?«

»Ja, klar!« Der Förster schien den Sinn der Frage nicht zu verstehen. »Schließlich habe ich die Sache mit der Jungenkleidung doch erst von eurer Mu… ähm … Stiefmutter erfahren.«

»Und heute früh sind Sie persönlich auf dem Kommissariat erschienen?«

»Genau. Weil Herr Bellheim mich gestern Abend darum gebeten hat – warum fragst du?«

»Nur so«, wimmelte Lukas ihn ab, bevor er sich bei Förster Krone für die Auskunft bedankte und sich verabschiedete.

Der Mann hatte einen ehrlichen Eindruck auf ihn gemacht, es gab keinen Grund, an seinen Angaben zu zweifeln. Wie war es dann möglich, dass er das Telefonat zwischen Bellheim und Krone »gesehen« hatte – lange *bevor* es überhaupt stattgefunden hatte? Und warum hatte der Professor verschwiegen, dass er Laura in der Mitsommernacht heimlich nachgegangen war? Doch sosehr der Junge sein Hirn auch anstrengte, es wollte ihm einfach keine Antwort einfallen.

Was willst du denn in diesem verfallenen Jagdschloss?« Venik schien von Lauras Vorschlag nicht gerade begeistert zu sein.

»Mir kann es ja egal sein«, fuhr er fort. »Aber ich dachte, die Zeit drängt, und du kannst es gar nicht mehr erwarten, endlich ins Drachenland zu kommen?«

»Ja, schon«, gab Laura zurück. »Aber erstens ist es kein allzu großer Umweg für uns …«

»Und zweitens?«

»… sind die Unterlagen und Dokumente, die Analina über

das Drachenland und seine Bewohner zusammengetragen hat, vielleicht doch erhalten geblieben. Möglicherweise finden sich darin ja Informationen, die mir die Suche nach dem Sterneneisen erleichtern.«

Verwirrt schüttelte der Magier den Kopf. »Was hat dich denn auf die Idee gebracht?«

»Die Erkenntnisse, die Analina über die Drachen gesammelt hat, müssen schon ungeheuer wichtig gewesen sein. Sonst wäre es doch niemals zu dem Zerwürfnis zwischen ihrem Vater und ihr gekommen.«

»Oooch«, brummte Venik gedehnt. »Manche Leute geraten sich selbst wegen Nichtigkeiten in die Haare.«

»Mag sein. Aber in diesem Fall trifft das bestimmt nicht zu«, widersprach Laura. »Es muss schließlich einen Grund haben, weshalb die Herrscherfamilie sogar die bloße Existenz dieser Frau hartnäckig leugnet. Möglicherweise hat Analina ja Dinge herausgefunden, die niemand erfahren darf. Ja, vielleicht ...« Laura zuckte zusammen und hielt ihren Schimmel an. Ihr Gesicht war bleich geworden.

Auch Venik brachte den Hornbüffel zum Stehen. »Was ist denn los?«

»Vielleicht hat Analina ein so furchtbares Geheimnis entdeckt, dass sie keinen anderen Ausweg mehr sah, als sich das Leben zu nehmen«, flüsterte Laura beinahe tonlos.

Der junge Magier musterte seine Begleiterin schweigend. Ihm war anzusehen, dass er ihren Gedanken gar nicht so abwegig fand. Für einige Augenblicke lastete Stille über dem Tal. Nur das Glucksen eines Baches war zu hören, der sich durch die Wiese schlängelte, das Zwitschern von Vögeln und das Gebrumme von Fliegen. »Also gut«, sagte der Junge schließlich. »Wenn du unbedingt darauf bestehst, dann reiten wir eben zu diesem Jagdschloss. Vielleicht haben wir Glück und stoßen dort tatsächlich auf etwas, was uns von Nutzen sein kann.

Und – hey!« Sein Gesicht hellte sich auf. »Vielleicht treffen wir dort ja auch Riaanu wieder.«

»Stimmt!« Auch Lauras düstere Stimmung war schlagartig verflogen. »Er hat uns doch erzählt, dass er am Oberlauf des Schlangenflusses wohnt. Vielleicht hat er diese Analina sogar gekannt?«

»Wie soll das denn möglich sein? Überleg doch mal: Wenn diese Frau die Tante des jetzigen Königs war, muss sie zur gleichen Zeit gelebt haben wie deine Großmutter. Riaanu dagegen zählt kaum dreißig Sommer.«

Gequält verzog Laura das Gesicht. Zu blöd, ärgerte sie sich. Darauf hätte ich ja auch von alleine kommen können. Ein Glück, dass Lukas nicht hier ist. Er würde mich nur wieder als Spar-Kiu verspotten.

Bei dem Gedanken an den Bruder wurde ihr plötzlich ganz wehmütig ums Herz. Eine Sehnsucht befiel sie, die so mächtig war, dass sie ihr die Brust zuschnürte und sie kaum mehr atmen konnte. Laura fasste sich an den Hals und rang mühsam nach Luft.

»Was hast du denn?« In Veniks Gesicht hielten sich Sorge und Unverständnis die Waage. »Was ist denn los?«

Ein heiseres Krächzen war alles, was Laura hervorbrachte. Ihre Kehle war wie zugeschnürt, und die Welt vor ihren Augen verdüsterte sich. Erst nachdem sie sich kräftig geräuspert hatte, konnte sie wieder sprechen, und auch ihr Blick klärte sich.

»Was hast du denn?«, fragte der Junge beklommen.

»Mach dir keine Sorgen, Venik.« Laura mühte sich um eine zuversichtliche Stimme. »Es ist nichts, glaub mir. Wir sollten uns beeilen. Je eher wir dieses Jagdschloss entdecken, desto besser.« Sie wollte Sturmwind schon antreiben, als Schmatzfraß ängstlich fiepte und sich unter ihr Wams verkroch. Auch ihr Hengst schnaubte beunruhigt.

Verwundert blickte Laura auf – und gewahrte eine dunkle

Wolke am Horizont. Sie war riesengroß und trieb direkt auf sie zu. »Was ist das denn?«, fragte sie und deutete in die Ferne.

»Bei allen Dämonen«, hauchte Venik erschrocken. »Das sind Miesemotten!«

»Hä?« Verblüfft starrte Laura ihn an. »Miese-was?«

»Miesemotten, enge Verwandte der Zauderlinge«, erklärte der Magier. »Und offensichtlich gleich Tausende von ihnen, wenn ich mich nicht irre.«

»Sind sie gefährlich?«

»Wie man's nimmt. Sie greifen einen zwar nicht an und fügen auch niemandem körperlichen Schaden zu …«

»Aber?«

»Wer in den Dunstkreis der Miesemotten gelangt, dem verpesten sie das Gemüt. Sie verbreiten so eine üble Stimmung, dass man höllisch darunter leidet. Zudem können Tage vergehen, bis man sie endlich vertrieben hat.«

Mit wachsender Sorge beobachtete Laura die schwarze Wolke. »Dann sollten wir ihnen wohl aus dem Weg gehen, was?«

»Und zwar so schnell und weit wie möglich«, rief der Junge und preschte bereits davon. Laura gab ihrem Schimmel die Zügel frei, um den Hornbüffel nicht aus den Augen zu verlieren.

Der Graumahr jedoch, der ihnen wie Schmeißfliegen gefolgt war, verharrte für einen Augenblick und kicherte hämisch. Er schien sich am Anblick der Miesemotten zu laben, die Laura und Venik in die Flucht geschlagen hatten.

Kopfschüttelnd schaute Lukas vom Computermonitor auf. »Du hast Recht, Philipp. Es sieht tatsächlich so aus, als würde von Freudenperts Buch kein einziges Exemplar mehr existieren!«

»Sag ich doch!« Fast anklagend blickte Mr Cool den Jungen an. »Oder glaubst du, ich hätte den ganzen Nachmittag nur Däumchen gedreht? Was meinst du, bei wie vielen Antiquariaten, Bibliotheken und Museen ich angerufen habe? Von den Sammlern alter Bücher ganz zu schweigen! Aber es war kein Exemplar mehr aufzutreiben – nicht mal in den besten Uni-Bibliotheken!« Er sprang auf und begann unruhig in Lukas' Zimmer auf und ab zu wandern. »Ich hab allerdings auch nichts anderes erwartet.«

Lukas schielte ihn über den Rand seiner Brille an. »Und warum?«

»Das liegt doch auf der Hand, oder?« Mr Cool wirkte leicht genervt. »Du hast doch selbst recherchiert, dass nur fünfzig Stück von dem Teil gedruckt worden sind. Und zwar im vorletzten Jahrhundert, vor fast einhundertundzwanzig Jahren! Es würde mich deshalb auch nicht wundern, wenn die inzwischen alle längst verrottet wären.«

»Kann ich mir nicht vorstellen«, brummte Lukas und schob die Brille von der Nasenspitze zurück. »Das Buch in Papas Regal war zwar nicht gerade taufrisch, aber durchaus noch gut erhalten. Warum sollte es dann nicht auch noch ein paar andere geben?«

Mr Cool brummte ein paar unverständliche Worte. Seiner Miene nach zu urteilen, schien er Lukas' Überzeugung jedoch nicht zu teilen.

Lauras Bruder furchte die Stirn. »Was ist denn mit diesem Antiquar, der sich vage an das Buch zu erinnern glaubte?«

»Du meinst Kasimir Kardamom?«

»Genau. Hat er sich noch mal gemeldet?«

»Yo.« Philipp nickte. »Wir sollen morgen Vormittag bei ihm vorbeikommen, hat er gesagt. Er muss erst noch in seinen Unterlagen nachschauen, und das dauert seine Zeit.«

Der Talkessel war fast kreisrund. Steppengras mit scharfkantigen Halmen überwucherte den welligen Boden, aus dem sich vereinzelte Büsche und Sträucher erhoben. Inmitten des Runds lag ein kleiner Teich, der wohl von einer unterirdischen Quelle gespeist wurde und einen Bach füllte, der sich bis zur engen Eingangsschlucht schlängelte. Das Leuchtende Tal war nahezu vollständig von Felswänden eingeschlossen, die im Osten des Kessels eine steil aufragende, schier unüberwindliche Barriere bildeten. Erst auf den zweiten Blick bemerkte der Junge die provisorischen Unterkünfte, die an ihrem Fuß errichtet worden waren: einige hastig aus Balken, Brettern und grobem Tuch zusammengefügte Hütten. Als einer der Schwarzen Krieger, die dort müßig herumlungerten, die Neuankömmlinge erspähte, gab er seinen Kumpanen einen Wink, worauf der gesamte Trupp die Pferde bestieg und auf sie zusprengte. Während seine Männer in einiger Entfernung anhielten, zügelte der Anführer sein pechschwarzes Streitross, aus dessen Nüstern schwefliger Dampf aufstieg, erst unmittelbar vor den Sklavenjägern.

»Seid mir gegrüßt, Herr Aslan«, sagte Kroloff unterwürfig. »Wir haben Nachschub für Euch.«

»Ich bin ja nicht blind«, entgegnete der Anführer der Schwarzen Garde mürrisch und sprang aus dem Sattel. Während er die Reihe der Sklaven abschritt, musterte er jeden Jungen eindringlich.

Dann wandte er sich an Kroloff. »Brav, sehr brav!« Die triefende Ironie in seiner Stimme jedoch verriet, dass er sich über den Sklavenjäger lustig machte. »Wie es aussieht, habt ihr gut auf sie aufgepasst.«

»Natürlich.« Kroloff bellte wie ein tollwütiger Hund. »Genau so, wie Borboron uns angewiesen hat. Die armen Kerle können von Glück sagen, wenn ihr sie nur halb so gut behandelt wie wir.«

Wie von einem Giftschleicher gestochen, schoss Aslan auf den Sklavenjäger zu. »Hüte deine Zunge, du wölfischer Hohlkopf!«, herrschte er ihn an. »Ein falsches Wort noch – und deine Männer und du können dem Pack hier Gesellschaft leisten.«

»Das würde Euch wohl kaum helfen«, zischte Kroloff eher für sich.

Dem Anführer der Schwarzen Garde waren seine Worte jedoch nicht entgangen. »Was hast du gesagt?«, brüllte er.

»Dass wir Euch sehr gerne helfen würden – das habe ich gesagt, Herr Aslan«, erklärte der Wolfsköpfige und verneigte sich.

Der Schwarze Krieger musterte ihn von oben bis unten, bevor er in herrischem Ton befahl: »Trollt euch! Jetzt verschwindet endlich.«

Kroloffs Augen funkelten düster, doch er wagte keinen Widerspruch. »Mit Eurer Erlaubnis werden wir uns gerne zurückziehen«, sagte er vielmehr. »Wenn ich um die Belohnung bitten dürfte?«

»Die Belohnung?« fragte Aslan in betont freundlichem Ton. »Welche Belohnung denn?«

»Die Euer Gebieter uns versprochen hat, Herr Aslan.«

»Ach so«, entgegnete der Krieger leichthin, während ein vieldeutiges Lächeln um seine schmalen Lippen spielte. »Diese Belohnung meinst du!« Damit gab er seinen Männern einen Wink.

Zwei von ihnen lösten sich aus dem Trupp und ritten auf ihren Anführer zu. Sie hatten schwere Lederpeitschen in ihren Händen, die sie grinsend über den Köpfen kreisen ließen.

Immer noch lächelnd, wandte Aslan sich an die Sklavenjäger. »Wenn Ihr die Belohnung meint, die ungehorsamen Sklaven zuteil wird, dann wollen wir Euch gerne zu Diensten sein.«

Die Augen der Jungen wurden starr vor Entsetzen. Wie verängstigte Kaulquappen starrten sie auf die Peitschen, deren Knallen die Luft wie scharfe Schwerthiebe zerschnitt. Verängstigt duckten sie sich und rückten näher zusammen.

Kroloff und seine Männer dagegen wendeten wortlos ihre Steppenponys und preschten ohne Abschiedsgruß davon, während Aslan ihnen höhnische Blicke hinterherwarf. Dann wandte er sich an die Sklaven. »Kommt mit!«, herrschte er sie an. »Wir bringen euch zu eurer Unterkunft – und dann wird euch eure Arbeit zugewiesen. Los, marsch!« Damit sprang er auf sein Satansross und trieb die Knaben vor sich her.

Während sie den Talkessel durchquerten und auf die Hütten zustolperten, ließ Alarik den Blick schweifen. Er erspähte zwei Jungen in zerlumpten Gewändern, die aus einer schmalen Öffnung in der Felswand ins Freie traten. Mit vereinten Kräften schleppten sie einen Weidenkorb. Er war mit Steinen und Felsbrocken gefüllt, die sie sorgsam auf dem Boden verteilten.

Eigenartig, ging es dem Knappen durch den Kopf. Warum machen sie sich so viel Mühe und schütten den Dreck nicht einfach auf einen Haufen? Und warum schenkte keiner der Krieger den beiden auch nur die geringste Beachtung? Dabei trugen die Jungen keinerlei Fesseln, die sie am Davonlaufen hindern könnten.

Seltsam, überlegte Alarik. Warum sind Borborons Männer sich so sicher, dass sie nicht flüchten? Noch während er diesem Gedanken nachhing, bemerkte er die dunklen Schatten, die über den Sklaven gaukelten. Völlig geräuschlos schwebte eine halbes Dutzend Flugspinnen über dem Leuchtenden Tal! Sie hatten die haarigen Beine eng an den Körper gezogen und schlugen mit den beinahe dreieckigen Flügeln so gemächlich, dass sie an mächtige Rochen erinnerten. Nur, dass sie keine Stachelschwänze trugen und nicht durch die Wellen eines Ozeans, sondern durch das Blau des Äthers glitten! Obwohl sie sich in einiger Höhe bewegten, meinte Alarik zu erkennen, dass die vier Augenpaare, über die jedes der fliegenden Monster verfügte, stetig auf den Boden gerichtet waren, damit ihnen dort nichts entging. Schon beim geringsten Anzeichen einer Flucht würden sie auf die Jungen herabstoßen und sie mit ihren klebrigen Spinnfäden einfangen, aus denen es kein Entrinnen mehr gab.

Verzweiflung stieg in Alarik auf. Ob er seine Schwester jemals wiedersehen würde?

Laura staunte. Der Wald, den Venik und sie erreicht hatten, sah genauso aus wie der Märchenwald in ihrem Traum. Obwohl das fahle Grau der Dämmerung zwischen den mächtigen Bäumen stand und die weiten Kronen schwindendes Licht behüteten, gab es für Laura keinerlei Zweifel: Das Unterholz, die riesigen Farne und die übergroßen Fliegenpilze unterschieden sich nicht von denen, durch die sie in der Nacht zuvor geschritten war. Die Laub- und Moderschicht auf dem Boden war so dick, dass sie selbst die Tritte der beiden Reittiere dämpfte. Hätte Laura auch nur noch einen Rest an Zweifel besessen, er wäre spätestens in dem Augenblick verflogen, als sie auf einer Lichtung ein Gemäuer gewahrte.

Die Ruine eines kleinen Schlosses!

Keine drei Minuten später hielten Laura und Venik davor an, sprangen aus den Sätteln und musterten das zweistöckige Bauwerk. Laura kam es so vor, als sei es direkt einem der Gemälde von Caspar David Friedrich entsprungen. Große Löcher klafften in den aus Feldsteinen gefügten Außenwänden und im Dach, Fensterscheiben waren zerbrochen oder fehlten ganz. Efeuähnliche Pflanzen und großblättrige Weinranken krochen über die Mauern. Der schlanke Turm an der Ostseite machte einen überraschend intakten Eindruck.

Venik blickte Laura fragend an. »Ob hier jemand wohnt?«

»Keine Ahnung. Schauen wir doch einfach nach.«

Die schräg in den Angeln hängende Eingangstür öffnete sich quietschend. Dahinter lauerte die Dunkelheit wie ein Raubtier. Laura wollte umdrehen, als sie zwei Fackeln entdeckte, die in geschmiedeten Wandhaltern steckten. Fragend wandte sie sich an ihren Begleiter. »Hast du Zündzeug dabei?«

»Wozu?« Venik grinste breit. »Hast du schon vergessen, dass ich Magier bin?« Damit trat er vor eine der Fackeln hin, nahm sie ins Visier und schnippte mit den Fingern – und mit einem satten *Wuusshh* loderte die Flamme auf. Der Junge drehte sich um und verbeugte sich tief. »Bitte schön, meine Dame, ganz zu Ihren Diensten!«

Nachdem Laura die zweite Fackel an der ersten entzündet hatte, durchsuchten sie das Gebäude. Die Räume im Obergeschoss waren leer. Eine dicke Staubschicht auf dem Fußboden zeigte an, dass sie schon lange nicht mehr betreten worden waren. Zu ihrer großen Überraschung jedoch entdeckten die beiden schließlich zwei Räume im Erdgeschoss, die offenbar als Wohnung dienten. Das Mobiliar war zwar mehr als altertümlich, aber dennoch gut in Schuss.

Dasselbe traf für die Küche zu. Sie war vollständig eingerichtet – angefangen von Schüsseln, Tiegeln und Pfannen bis hin zu Besteck und Feuerholz fehlte es darin an nichts – und erweckte den Eindruck, als könne der Besitzer jeden Moment durch die Tür treten, um mit dem Kochen zu beginnen. Als Laura sich bückte, um das Schürloch zu öffnen, spürte sie die Wärme, die von der Asche aufstieg – offensichtlich war der altertümliche Herd vor nicht allzu langer Zeit benutzt worden. Die Vorratskammer neben der Küche war denn auch voller Lebensmittel – Kartoffeln, Gemüse, Eier, Speck, Würste, Brot und vielerlei mehr –, neben dem Herd stapelte sich das Feuerholz.

»Der unbekannte Bewohner scheint gerade unterwegs zu sein«, sagte Laura, als vom Flur die aufgeregten Laute des Swuupies erklangen.

Schmatzfraß hockte am Ende des Gangs und kratzte an einer dicken Holztür, die mit schmiedeeisernen Beschlägen gesichert war – der Eingang zum Turm.

»Bestimmt«, erklärte Venik in überzeugtem Ton, fuhr dann aber flüsternd fort: »Vielleicht wohnt er hier drin? Schließlich haben wir da noch nicht nachgeguckt.« Er zerrte an der Tür, doch sie war abgeschlossen. Alles Ziehen und Rütteln half nichts, sie ließ sich nicht einen Millimeter öffnen.

Plötzlich musste Laura grinsen. »Worauf wartest du denn noch, verehrter Magier?«, fragte sie herausfordernd.

Die Miene des Jungen verfinsterte sich. »Als ob wir Magier uns mit derlei profanen Dingen abgeben würden«, brummte er. »Außerdem darfst du nicht vergessen, dass ich meine Ausbildung noch nicht abgeschlossen habe.«

Laura wollte schon zu einer spöttischen Erwiderung anheben, als ihr einfiel, dass sie Venik dankbar sein musste, weil er sie auf ihrer schwierigen Mission begleitete. »Eigentlich geht es uns ja nichts an, was sich hinter der Tür befindet«, sagte sie deshalb und klopfte ihm besänftigend auf die Schultern. »Wir haben einen anstrengenden Tag hinter uns – und unsere Reittiere auch. Lass sie uns versorgen und eine Kleinigkeit essen, bevor wir uns schlafen legen. Und vielleicht kehrt dieser geheimnisvolle Bewohner ja auch während der Nacht zurück.«

Damit machte sie kehrt, um zur Küche zurückzugehen, erstarrte jedoch plötzlich. »Seltsam«, flüsterte sie und deutete auf den Fußboden.

In der Staubschicht auf den groben Steinfliesen zeichneten sich deutlich sichtbare Fußspuren ab. Sie kamen Laura bekannt vor, obwohl sie nicht auf Anhieb sagen konnte, von welchem Tier sie stammten.

Verwundert wandte sie sich an den Jungen. »Erkennst du diese seltsamen Abdrücke?«

»Hmm«, antwortete Venik. »Ich bin mir nicht sicher, aber eigentlich müssten das … Ich meine, wenn sie nicht so groß wären, dann würde ich sagen …«

»Jetzt mach doch schon!«, drängte Laura.

»… dass das Mäusespuren sind!«

»Mäusespuren?« Lauras Gesichtszüge entgleisten. »Unmöglich! So riesige Mäuse gibt es doch gar nicht.«

»Woher willst du das wissen?« Ein hintergründiges Lächeln spielte um die Lippen des Magiers. »Vergiss nicht: Wir befinden uns auf Aventerra – und nicht auf dem Menschenstern!«

Kapitel 17 Nächtliche Begegnungen

Mr Cool zielte nur ganz kurz, bevor er mit dem Queue die weiße Kugel anstieß. Diese traf die schwarze im perfekten Winkel, sodass die, wie an der Schnur gezogen, in die Seitentasche des Billardtisches traf. »Yo«, kommentierte er grinsend. »Zehn zu null.«

Entnervt legte Lukas den Billardstock zur Seite. »Schluss für heute«, sagte er. »Lass uns aufhören und ins Bett gehen.«

»Wie du meinst.« Mr Cool rieb sich die blauen Kreidespuren von den Händen. »Du bekommst natürlich jederzeit Revanche.« Er lächelte. »Vielleicht bist du dann ja besser in Form.«

»Klaromaro«, nuschelte Lukas. Er hatte so grottenschlecht gespielt wie schon ewig nicht mehr. Was allerdings kein Wunder war. Schließlich waren ihm dauernd andere Dinge durch den Kopf gegangen. Das Rätsel um diese ominöse Lea Mano zum Beispiel. Oder das geheimnisvolle Buch, das Sayelle und ihr Lover aus Papas Arbeitszimmer geklaut hatten. Und natürlich auch die Lage von Professor Aurelius Morgenstern, die sich durch die Zeugenaussage des Försters dramatisch verschlechtert hatte.

Wie sollte man da Billard spielen können!

Er wünschte Mr Cool eine gute Nacht und begab sich missmutig auf sein Zimmer.

Das Display seines Handys, das auf dem Schreibtisch lag, zeigte an, dass er ein Gespräch verpasst hatte. Der Anrufer hatte zwar keine Nachricht auf der Mobilbox hinterlassen, aber Lukas erkannte dessen Nummer sofort: Es war Nikodemus Dietrich, der Bauer, bei dem seine Schwester ihren Schimmel untergestellt hatte. Seine Telefonnummer hatte Laura in großen Ziffern auf einen Zettel geschrieben und an ihre Pinnwand geheftet, sodass sie einem gleich ins Auge stach, wenn man an ihren Schreibtisch trat.

Nanu?, dachte Lukas. Was kann der Bauer denn von mir wollen? Er griff sich den Kulturbeutel und wollte zum Waschraum gehen, als er wie vom Blitz getroffen stehen blieb und mit großen Augen vor sich hin starrte. Ich dämlicher, völlig bescheuerter Spar-Kiu!, durchfuhr es ihn. Ich hirnverbrannter, dreimal bekloppter Idiot! Warum bin ich bloß nicht gleich darauf gekommen?

Hastig griff er zum Handy und tippte Dietrichs Nummer ein. Obwohl er es endlos lange klingeln ließ, meldete sich niemand. Wo treibt der Typ sich bloß rum? Er wird doch nicht schon zu Bett gegangen sein? Dann fiel ihm eine weitere Erklärung ein: Vielleicht hat er noch im Stall zu tun? Vielleicht kümmert er sich um die Pferde und hört deshalb das Telefon nicht! Lukas entschied, die Sache umgehend persönlich in Angriff zu nehmen. Wenn Nikodemus Dietrich vor der Polizei aussagte, dass er Laura in der Mittsommernacht geraume Zeit *nach* dem Förster gesehen hatte – und zwar *lebend*! –, dann wäre Aurelius Morgenstern doch aus dem Schneider! Und genau aus diesem Grunde war die Angelegenheit viel zu wichtig, um sie auf die lange Bank zu schieben.

Nur Minuten später saß Lukas zum zweiten Mal an diesem Tag auf Hoppels Mountainbike. Er raste davon, ohne Philipp Bescheid zu sagen. Der würde bestimmt nichts dagegen haben, dass er das Rad seines Kumpels noch einmal benutzte. Schließlich war etwas Seltsames geschehen, als er das Treppenhaus hinuntergestürmt war: Er hatte plötzlich Reimar von Ravenstein auf sich zukommen sehen. Den Grausamen Ritter, der Laura in seiner zum Leben erweckten Steingestalt schon einige Probleme bereitet hatte. Die Vision hatte nur für Sekunden angedauert. Aber die hatten ausgereicht, um zu erkennen, dass Reimar sich in einer Scheune befand und sein mächtiges Schwert, den Schädelspalter, erhoben hatte. Etwas Schreckliches war im Gange! Nikodemus Dietrich war in Gefahr! Trotz seines schmerzenden Hinterteils trat der Junge in die Pedale. Als sei er von Furien verfolgt, bretterte er über die Landstraße zum Reitstall des Bauern.

Lukas hatte keinen Blick für das Denkmal des Grausamen Ritters, das sich nicht weit vom Burggebäude entfernt mitten im Park erhob. Sonst hätte er bemerkt, dass dort nur noch ein einsames Streitross stand. Von Reimar von Ravenstein selbst, dessen steinernes Abbild für gewöhnlich im Sattel des Zossen saß, war keine Spur zu entdecken.

Dafür stand eine gedrungene Gestalt im Schatten des Granitpferdes.

Albin Ellerking.

Der Nachtalb grinste hämisch, während er dem Jungen nachsah. Ich hab doch gewusst, dass er darauf hereinfallen würde, freute er sich insgeheim und rieb sich zufrieden die Hände.

Als Lukas den Bauernhof vor sich im Nachtdunkel aufschimmern sah, war er völlig ausgepumpt. Ihm war, als habe er nichts als Pudding in den Beinen. Wie eine altersschwache Dampfmaschine schnaubend, legte er die letzten Meter zurück.

In Nikodemus' Wohnhaus brannte kein Licht. Sollte sich der Bauer schon zu Bett begeben haben? Als er einen sanften gelben Schein hinter den Stallfenstern bemerkte, atmete der Junge erleichtert auf. Dietrich hatte also doch noch mit den Pferden zu tun.

Als Lukas die Stalltür aufzog, quietschte sie leise in den Angeln. Das Mahlen kräftiger Kiefer war zu hören, und das dumpfe Getrappel von Hufen. Der warme Geruch von Pferdeleibern, Heu und Stroh schlug dem Jungen entgegen. Und der unverkennbare Duft von Pferdeäpfeln. Unwillkürlich rümpfte Lukas die Nase, während er sich in den Stall hineinschob.

Fast sämtliche der Boxen links und rechts vom beleuchteten Mittelgang waren belegt. Ein gutes Dutzend Pferde unterschiedlicher Rassen war darin verteilt. Nur wenige – darunter auch Salamar, der Schimmel von Percy Valiant – hoben den Kopf von den gefüllten Raufen, um, gemächlich weiterkauend, den Eindringling zu beäugen.

Eigenartigerweise war von Nikodemus Dietrich keine Spur zu entdecken. Schon wollte der Junge wieder umkehren, als er ein Geräusch aus der angrenzenden Scheune hörte – machte sich der Bauer vielleicht dort zu schaffen?

Als Lukas durch die Tür in die Tenne trat, brannte dort zwar Licht, aber es war keine Menschenseele zu sehen. Sollte Dietrich auf den Heuboden geklettert sein? Doch dort gähnte nur samtschwarze Dunkelheit.

In diesem Moment hörte er ein Geräusch aus dem Stall. Ein scharrendes, schabendes Geräusch, wie wenn ein schwerer Steinklotz über einen Fliesenboden gezogen wird. Ein Schatten schob sich langsam aus der Türöffnung, und dann trat, gemächlich einen Granitfuß vor den anderen setzend, eine klobige Gestalt in die Scheune: Reimar von Ravenstein, der Grausame Ritter, den die Dunklen zum Leben erweckt hatten! Und in seiner Rechten hielt er tatsächlich sein mächtiges Schwert. *Den Schädelspalter.*

Das graue Granitgesicht im offenen Visier verzog sich zu einem hämischen Grinsen. Die Augen des Ritters funkelten verschlagen, während er den Jungen beobachtete.

Das kann doch nicht wahr sein! Nur weg hier!, durchzuckte

es Lukas. Schon wollte er zum Scheunentor hetzen, als die kleine Holztür, die darin eingelassen war, geöffnet wurde und eine zweite Gestalt in die Tenne trat, die nicht weniger Furcht erregend war: Konrad Köpfer. Kons, der ehemalige Henker von Burg Ravenstein. Der Wiedergänger, der im Laufe der Jahrhunderte, die er nun bereits zwischen dem Reich der Toten und der Welt der Lebenden hin- und herwechselte, einen weiteren Namen erhalten hatte: *Der Rote Tod!*

Auch der hagere Albino schien sich an dem Entsetzen, das den Jungen gepackt hatte, zu weiden. Ein unerbittliches Lächeln stand in dem fahlen Gesicht unter den feuerroten Haaren, und auch in seinen geröteten Augen las Lukas nur Grausamkeit. »Na, du Bankert«, höhnte er mit bleichen Lippen. »Damit hast du wohl nicht gerechnet, was?«

Lukas wirbelte auf dem Absatz herum und stürmte zum Hinterausgang der Scheune, als er das dicke Vorhängeschloss erblickte, das in der Verriegelung des Tores hing. Obwohl ihm der Verstand sagte, dass das Tor abgeschlossen sein musste, raste er wider alle Vernunft darauf zu und versuchte es aufzureißen – vergeblich.

Er steckte in der Falle. War rettungslos verloren!

Mit aufreizender Langsamkeit näherten sich die Verfolger. Reimar ließ das Schwert bedrohlich durch die Luft sausen, während der Rote Tod spielerisch die langen Knochenfinger krümmte – als wollte er Maß nehmen für den schmalen Hals seines Opfers.

Lukas schluckte. Seine Knie wurden zu Gummi, und seine Beine begannen zu schlottern. Die Brille rutschte ihm so weit nach vorn, dass er die beiden nur noch verschwommen wahrnahm. Mit angstgeweiteten Augen starrte er den unheimlichen Wesen entgegen.

Das ist das Ende!

Laura wurde durch ein jämmerliches Fiepen aus dem Schlaf geschreckt. Als sie sich auf ihrem Lager aufrichtete – sie hatte die kleine Schlafkammer gewählt, während Venik sich auf dem Diwan im Wohnraum zur Ruhe gebettet hatte –, erkannte sie, dass Schmatzfraß auf dem Fenstersims hockte und angespannt durch die Scheibe spähte. Das aufgeregte Pochen seines Herzens war zu erkennen, und immer wieder ließ er verängstigte Laute hören.

Laura erhob sich, huschte lautlos zum Fenster und blickte hinaus in die Dunkelheit. Sogleich erkannte sie den Grund für die Aufregung: In einem Fenster im obersten Stock des Turms flackerte ein schwaches Licht, als werde der Raum dahinter von Kerzen oder Fackeln erleuchtet. Und immer wieder verdunkelte ein Schatten die Scheibe, gerade so, als wandere jemand auf und ab. Offensichtlich war der Bewohner des verfallenen Jagdschlosses zurückgekehrt. Dass wir in sein Zuhause eingedrungen sind, scheint ihn nicht zu stören, überlegte sie. Sonst hätte er uns doch mit Sicherheit geweckt. Aber was treibt er mitten in der Nacht im Turm?

Lauras Neugierde war geweckt, und sie beschloss, der Sache auf den Grund zu gehen. Rasch schlüpfte sie in ihre Jeans. Die Schuhe jedoch ließ sie in der Kammer zurück, um keinen unnötigen Lärm zu machen. Mit Hilfe meiner telekinethischen Kräfte müsste ich die Tür zum Turm doch öffnen können, überlegte sie, während sie auf Zehenspitzen durch den dunklen Flur schritt.

Als sie am Eingang zum Turm anlangte, stand das schwere Portal sperrangelweit offen. Ein Glück!, durchfuhr es Laura. Brauch ich mich nicht damit abzumühen. Sorgsam jedes Geräusch vermeidend, erklomm das Mädchen die steilen Stufen der engen Wendeltreppe. Die schmale Tür zum obersten Geschoss war nur angelehnt. Behände huschte sie die letzten Tritte empor und spähte durch den Spalt.

Der gesamte Teil der Wand, den Laura von ihrer Position aus sehen konnte, wurde von einem raumhohen Regal eingenommen, das von Büchern, Schriften und Dokumenten überquoll. Über die Buchrücken tanzte der gleiche warme Lichtschein, den Laura von ihrem Schlafgemach aus bemerkt hatte. Auch einen Schatten konnte sie erkennen, der über die Wand und die Holzdielen wanderte.

Angestrengt starrte Laura auf den dunklen Umriss und versuchte daraus auf die Gestalt zu schließen, die ihn verursachte. Wenn Laura nicht alles täuschte, handelte es sich um einen Zweibeiner. Der Kopf allerdings, der auf dem menschenähnlichen Rumpf thronte, gab ihr ein Rätsel auf: Er hatte so gar nichts Menschliches an sich. Neugierig schlich sie näher an die Tür heran und schob sie herzklopfend auf.

Eine Bibliothek! Zwischen den Regalreihen voller Folianten standen geschmiedete Kandelaber, die ein anheimelndes Licht verbreiteten. In der Mitte des Raumes erhob sich ein großes Stehpult, das ebenfalls von zwei Kerzenständern flankiert war. In ihrem Schein war ein Wälzer zu erkennen, der aufgeschlagen auf dem Pult lag. Und über dieses mächtige Buch beugte sich …

Oh nein!

Wie vom Schlag gerührt, blieb Laura stehen. Unwillkürlich stieß sie ein ungläubiges Stöhnen aus. Laura glaubte ihren Augen nicht zu trauen.

Nein. Sie träumte. Ganz bestimmt. Denn so etwas hatte sie im wirklichen Leben noch nie zu Gesicht bekommen.

Der Rote Tod war Lukas inzwischen so nahe gekommen, dass seine Schädelknochen sich unter der wächsernen Pergamenthaut deutlich abzeichneten. Auch Reimar von Ravenstein, der das riesige Schwert unablässig durch die Luft kreisen ließ – *Wwoosshhh! Wwoosshhh! Wwoosshhh!* –, stapfte unaufhaltsam auf den Jungen zu. Der Tennenboden zitterte unter seinen schweren Tritten.

Lukas wich zurück, bis es nicht mehr weiterging. Wie gelähmt drückte er sich an die Scheunenwand und blickte mit angstgeweiteten Augen in die hässlichen Gesichter der beiden Killer. Nur Sekunden noch – und sein Leben wäre verwirkt.

Wie eine Katze, die ein grausames Spiel mit ihrer Beute treibt, bevor sie ihr endlich den tödlichen Biss versetzt, verharrte Konrad Köpfer und gebot seinem granitenen Kumpanen mit herrischer Geste anzuhalten, ließ Lukas jedoch keinen Moment aus den Augen. »Sollen wir dem Balg sagen, weshalb es sterben muss?«, fragte er lauernd.

»Warum eigentlich nicht?«, antwortete der Grausame Ritter mit Reibeisenstimme. »Wir sind ja schließlich keine Unmenschen.« Damit brach er in lautes Gelächter aus.

Es hallte derart schaurig durch die Tenne, dass Lukas von eisigem Grauen gepackt wurde und beinahe die Stimme überhört hätte, die aufgeregt über ihm rief: »Halt dich fest, Lukas! Schnell!«

War das vielleicht Mr Cool?

Mit einem Ruck löste Lukas sich aus der Erstarrung, hechtete nach vorn und klammerte sich mit beiden Händen an das dicke Tau, das plötzlich aus einer Luke in der Bretterdecke baumelte und sogleich nach oben gezogen wurde.

Der Rote Tod fauchte wie eine tollwütige Wildkatze, streckte die dürren Arme aus und hechtete verzweifelt nach vorn, um die Beine des entschwebenden Jungen zu packen. Was allerdings ebenso misslang wie der Versuch von Reimar von Ravenstein, Lukas mit dem Schwert zu treffen. Der wütende Streich verfehlte dessen rechten Fuß nur um Millimeter, und während die Klinge des Schädelspalters mit metallischem Klirren in die Wand fuhr, glitt Lukas unaufhaltsam in die Höhe.

Nur Sekunden später entschwand der Junge durch die Öffnung – und erkannte seinen Retter: Es war tatsächlich Philipp Boddin, dessen Konturen in der Finsternis unter dem Scheunendach auftauchten. Mr Cool zog mit aller Macht am Seil des Flaschenzuges, mit dem Nikodemus Dietrich schwere Heu- und Strohballen oder Futtersäcke nach oben beförderte.

»Danke, vielen Dank«, seufzte Lukas bei seinem Anblick. »Das war wirklich keine Sekunde zu spät.«

»Yo«, antwortete Philipp nur, während er dem sich mit letzter Kraft am Seil festklammernden Jungen zu einem sicheren Stand auf der Bohlendecke verhalf, die sich gut fünf Meter über der Tenne befand.

Lukas zitterte wie ein Strohhalm im eisigen Wind.

Ich konstatiere, dass dich mein Anblick über die Maßen in Erstaunen versetzt.« Das menschengroße Wesen nahm die runde Brille von der Nase und sah vom Lesepult auf. »Sei dennoch versichert: Ich tue dir nichts – ganz bestimmt nicht«, sagte es mit sanfter Stimme, während es mit trippelnden Schritten auf Laura zukam.

Mit offenem Mund starrte das Mädchen auf die sich nähernde Gestalt, deren schwarze Knopfaugen belustigt funkelten. Sie war einen Kopf größer als sie selbst, trug Lederhosen und ein helles Leinenhemd unter einer braunen Jacke. Der schmale, lippenlose Mund verformte sich zu einem verschmitzten Lächeln, sodass die langen Schnurrhaare unter der spitzen Nase zitterten. »Ich war mir gewiss, dass du den Weg hierher finden würdest, Laura, und bitte vielmals um Entschuldigung, dass ich am Abend nicht rechtzeitig zur Stelle war, um dich und deinen Begleiter zu begrüßen.« Das Wesen machte einen tiefen Diener. »Aber wie viele meiner Artgenossen werde ich erst bei Einbruch der Nacht richtig wach!«

Laura war immer noch fassungslos. Eine Ratte! Eine menschengroße weiße Ratte, die gekleidet war wie ein Mann, aufrecht auf den Hinterbeinen ging und zudem der Sprache mächtig war. Ihr langer haarloser Schwanz schleifte über die Dielen.

»Wo… Woher wisst Ihr, wie ich heiße?«, stotterte das Mädchen verwirrt. »Und wer … wer seid Ihr überhaupt?«

»Ach verzeih, dass ich mich noch nicht vorgestellt habe.« Die Ratte fuhr sich über die fliehende Stirn wie ein zerstreuter Professor. »Leider verirrt sich nur selten jemand in mein Reich, sodass ich die Etikette manchmal vergesse.« Damit streckte sie Laura die rechte Pfote entgegen. »Mein Name ist Aurian, und ich heiße dich hier auf das Herzlichste willkommen. Willst du nicht Platz nehmen und mir ein wenig Gesellschaft leisten?« Damit deutete die Ratte auf ein Tischchen im Hintergrund, auf dem zwei Karaffen und zwei Gläser bereitstanden. Daneben luden zwei plüschige Ohrensessel dazu ein, in den bequemen Polstern zu versinken.

Während Laura das seltsame Wesen immer noch ungläubig musterte, ließ es sich in einem davon nieder.

»Wasser oder Wein?«, fragte Aurian. Die maßlose Verwunderung des Mädchens schien ihn zu amüsieren.

»Ähm … Wa… Wa… Wasser, bitte.« Laura musste ein paar Mal tief durchatmen, bevor sie die Fassung wiederfand. »Ihr … habt mich erwartet?«

»Genauso ist es, Laura«, entgegnete die Ratte und schob ihr ein Glas Wasser hin.

»Und warum?«

»Das tut nichts zur Sache.« Die Schnurrhaare des Nagers zitterten. »Das wirst du noch früh genug herausfinden. Es ist, wie es ist, und für den Augenblick solltest du dich damit zufriedengeben. Alles andere wirst du schon bald verstehen.«

Obwohl sich Laura der Sinn von Aurians Worten nicht erschloss, bohrte sie nicht weiter nach. »Dann wisst Ihr wohl auch, aus welchem Grund ich hierhergekommen bin?«, fragte sie stattdessen.

»Natürlich, Laura. Du willst unbedingt wissen, was Analina über die Drachen herausgefunden hat.« Ein hintergründiges Lächeln verlieh seinem Gesicht ein menschliches Aussehen.

»Und wenn es so wäre?«, entgegnete Laura abwartend. Dass Aurian so genau über sie Bescheid wusste, war ihr unheimlich. »Könntet Ihr mir denn weiterhelfen?«

»Das will ich doch meinen!« Gleich einem Oberlehrer hob er den rechten Vorderfuß und ließ seine Krallen sehen. »Schließlich habe ich Analina als Bibliothekar so manchen Dienst geleistet. Und später dann, nach ihrem plötzlichen Verschwinden, habe ich nach besten Kräften dafür gesorgt, dass hier alles …« – Er wies in das Rund des Zimmers, das fast das gesamte Geschoss einnahm – »… in seinem ursprünglichen Zustand geblieben ist.«

Laura straffte den Rücken. »Habt Ihr ›Verschwinden‹ gesagt?«

Aurian nickte bedächtig.

»Ich dachte, Analina hat Selbstmord begangen?«

»Nun.« Wieder huschte ein menschliches Schmunzeln über Aurians Gesicht. »Diesen Eindruck hatte ich zunächst auch, als ich ihr Kleid am Ufer des Schlangenflusses fand. Daneben lag ein Brief, den ich ihrer Familie überbringen sollte.«

»Wisst Ihr, was da drin stand?«

Die Ratte nickte. »Ich muss gestehen, ich konnte es mir nicht verkneifen, einen Blick hineinzuwerfen.«

Damit ihr auch nicht eines seiner Worte entging, rutschte Laura aufgeregt nach vorn, bis sie nur noch auf der Sesselkante saß.

»›Das Leben hier ist mir unerträglich geworden‹, hat Analina geschrieben, ›und so muss ich diesen schweren Schritt nun gehen. Ich weiß, Ihr könnt mich nicht verstehen, aber dennoch bleibt mir keine andere Wahl. Ich bin sicher, dass ich mein Glück in einer anderen Welt finden werde. Verurteilt mich nicht – und lebt wohl! Wenn das Schicksal es will, wird es uns dereinst wieder zusammenführen.‹ So lautete ihr Brief, den ich auftragsgemäß König Dragan übergeben habe, ihrem Vater, der damals noch lebte. Und wie dieser darauf reagiert hat, hast du inzwischen bestimmt erfahren.«

Laura nickte stumm und brütete eine Weile betroffen vor sich hin. »Die Nachricht muss ihm einen Schock versetzt haben, anders ist seine Reaktion nicht zu erklären«, meinte sie schließlich und schaute Aurian fragend an. »Aber wenn ich Euch recht verstanden habe, seid Ihr nicht davon überzeugt, dass Analina tot ist. Warum?«

»Weil ich gelernt habe, hinter die Oberfläche der Dinge zu sehen, Laura, und deshalb weiß, dass vieles in Wahrheit ganz anders ist, als es auf den ersten Blick erscheinen mag.«

Die Ratte sah das Mädchen an, als erwarte sie Zustimmung. Als diese jedoch ausblieb, fuhr sie fort: »Zudem weiß ich, was unmittelbar vor Analinas Verschwinden geschehen ist, zumindest zum Teil. Und das wirft ein völlig anderes Licht auf ihr Verhalten.«

Laura schluckte, weil die brennende Neugier ihr die Kehle zuschnürte. »Nun erzählt schon, bitte, bitte!«, bettelte sie.

Der Bibliothekar schmunzelte, griff zu seinem Glas und trank einen Schluck von dem roten Wein. Danach berichtete er von den aufregenden Entdeckungen, die Analina vor vielen Jahren gemacht hatte, und je länger er erzählte, desto mehr geriet Laura ins Staunen.

Beklommen starrten Lukas und Mr Cool durch die Luke hinunter auf den Scheunenboden, wo sich der Rote Tod aufgebaut hatte und ihnen mit geballten Fäusten drohte. »Freut euch nicht zu früh, ihr Bälger«, krächzte der Albino. »Glaubt bloß nicht, dass ihr uns entkommen könnt.«

Der Steinerne Ritter an seiner Seite fuchtelte mit dem Schädelspalter in der Luft herum und ließ wütende Laute hören, die an tollwütige Hunde erinnerten.

Lukas sah Philipp zweifelnd an. »Glaubst du, dass sie hier hochkommen?«

»Durchaus möglich«, entgegnete Mr Cool. »Wenn sie die Leiter wieder aufstellen, die sie offensichtlich weggenommen haben, damit du ihnen nicht entwischen kannst.«

»Mist!«, brummte Lukas. »Und dann?«

»Verschwinden wir auf dem gleichen Wege, wie ich hier raufgekommen bin«, erklärte der Junge mit der Strickmütze. »Über die Regenrinne nämlich. Für einen Bergsteiger ist das doch kein Problem. Ob du das allerdings schaffst« – Er musterte Lukas grinsend – »muss sich noch zeigen.«

Lukas blieb stumm. Ihm war gar nicht nach Scherzen zumute, zumal Konrad Köpfer nun tatsächlich die lange Holzleiter heranschleppte und im Begriff war, sie aufzurichten. Nichts wie weg!, dachte Lukas, als der Rote Tod die Leiter unvermittelt fallen ließ und sich schleunigst durch die Hintertür davonmachte.

Reimar von Ravenstein stapfte schwerfällig hinter ihm her. Nur Momente später war keine Spur mehr von den beiden Bösewichten zu entdecken.

Dafür hörten Lukas und Philipp Motorengeräusche, die immer lauter wurden.

Als sie wenig später vor die Scheune traten, fuhr gerade die altersschwache Limousine von Aurelius Morgenstern auf den Hof und hielt vor dem Wohnhaus des Bauern an. Zwei massige Gestalten schälten sich aus dem Wagen: Attila Morduk und Nikodemus Dietrich.

Beim Anblick der Jungen waren die Männer mehr als überrascht. »Was treibt ihr denn hier mitten in der Nacht?«, wunderte sich der Bauer und zog an der Pfeife, die in seinem Mundwinkel hing.

Lukas ging ihm hastig entgegen. »Ich hab auf meinem Handy gesehen, dass Sie mich angerufen haben«, erklärte er. »Ich dachte, es wär wichtig, und bin deshalb hierher gefahren.«

Nikodemus zog die Brauen hoch. »Ich hab dich nicht angerufen.«

»Aber das Gespräch kam von Ihrem Apparat! Ich hab die Nummer doch erkannt.«

»Schon möglich.« Schulterzuckend blickte der Bauer zur Haustür. »Ich schließ doch so gut wie nie ab. Vielleicht hat jemand nur darauf gewartet, bis ich weg war, und dann …«

»So was Ähnliches habe ich mir auch schon gedacht.« Lukas grinste verlegen. »Leider zu spät. Wenn Philipp nicht gewesen wäre …« Er brach ab und warf dem Jungen an seiner Seite einen dankbaren Blick zu.

»Yo«, sagte Mr Cool nur. »Du hast ganz schön Schwein gehabt. Wenn ich nicht zufällig beobachtet hätte, wie Ellerking dir mit einem unverschämten Grinsen nachgeschaut hat, wäre ich dir bestimmt nicht nachgefahren. Aber so war mir gleich klar, dass da was nicht stimmen konnte.«

»Sehr gut, mein Junge!« Mit seiner mächtigen Pranke klopfte Attila Morduk Philipp anerkennend auf die Schulter. »Das hast du sehr gut gemacht!«

Lukas schaute den Zwergriesen vorwurfsvoll an. »Und wo kommt ihr her?«

»Woher wohl?« Attila warf dem Bauern einen verschmitzten Blick zu. »Aus Hohenstadt natürlich. Vom Kommissariat.«

Als Nikodemus Dietrich von der Zeugenaussage des Försters erfahren hatte, war ihm nämlich der gleiche Gedanke gekommen wie Lukas: Wenn er aussagte, Laura nach Krause noch lebend gesehen zu haben, war der Professor doch aus dem Schneider. Aus diesem Grunde hatte er Morduk gebeten, ihn zu Bellheim zu fahren.

»Und?« Lukas sah ihn gespannt an. »Wie hat der reagiert?«

Attila grinste. »Der war natürlich alles andere als erfreut und hat etwas von ›Aussage gegen Aussage‹ gebrummt. Aber es wird ihm wohl nichts anderes übrig bleiben, als Aurelius wieder auf freien Fuß zu setzen.«

»Ganz bestimmt!«, bekräftigte der Bauer. »Zumal ich mich daran erinnern konnte, dass Laura weder Mütze noch Sonnenbrille trug, als sie in der Nacht auf Sturmwind davongeritten ist. Und damit können die beiden angeblichen Indizien den Professor nicht mehr belasten.«

»Ein Glück.« Lukas atmete erleichtert auf. »Konntet ihr noch mal mit ihm sprechen?«

»Ganz kurz.« Der Hausmeister nickte. »Wir sollen uns keine Sorgen um ihn machen, hat er gesagt und mich gleichzeitig gebeten, dich noch mal an das Grab von Lea Mano zu erinnern.«

»Mann!« Lukas stöhnte gequält auf. »Ich hab doch keinen blassen Schimmer, was das zu bedeuten hat. – Du vielleicht?«

»Nein.« Attila Morduk legte den Kopf schief und blickte ihn mit einem merkwürdigen Funkeln in den Augen an. »Aber das findest du bestimmt heraus, wenn du lange genug darüber nachdenkst.« Wie zur Mahnung hob er den wulstigen Zeigefinger. »Da bin ich mir ganz sicher, Lukas!«

Kapitel 18 ❧ Ein schändlicher Betrug

Analina hat also herausgefunden, dass die Herrscher des Güldenlandes die Drachen schändlich betrogen haben?«

»Genauso ist es, Laura!« Ein weiteres Mal hob Aurian die rechte Vorderpfote, um die Bedeutung seiner Worte zu unterstreichen. »Die Vorfahren der Königsfamilie hatten schon lange ein Auge auf die wertvollen Gold- und Silberschätze in den Drachenbergen geworfen. Doch diese gehörten den dort lebenden Drachen, die sie hüteten wie ihren Augapfel und gegen kein Gut der Welt eintauschen wollten. Der Herrscher des Goldenen Reiches jedoch wurde von Habgier zerfressen. Sie ließ ihn nicht eher ruhen, bis er einen wunden Punkt der Drachen entdeckt hatte: Heimweh! Deshalb schlug er ihnen einen Handel vor: Wenn sie sich ins Drachenland zurückzögen, würde er ihnen zum Ausgleich für das Gold und Silber das Wertvollste aus dem Besitz der Königsfamilie überlassen: die Kronjuwelen, die drei große Schatzkammern füllten. Zum Beweis für die Ernsthaftigkeit seines Angebots schenkte er ihnen einen ganzen Korb voller kostbarer Edelsteine. Nachdem die Drachen die Steine geprüft und den Vorschlag eingehend erörtert hatten, erklärten sie sich schließlich einverstanden. Schon am nächsten Tag verließen sie die Drachenberge und zogen sich mit einem Dutzend Heuwagen, voll beladen mit Juwelensäcken, in ihre Heimat zurück. Doch weder ihnen noch ihren Artgenossen im Drachenland fiel auf, dass sie das Opfer eines schändlichen Betrugs geworden waren.«

»Wie das?«, fragte Laura überrascht.

»Weil dieser angebliche Schatz nur zum geringsten Teil aus echten Edelsteinen bestand, sondern überwiegend aus perfekten, aber dennoch völlig wertlosen Imitationen.«

»Oh nein! Und das hat keiner von ihnen bemerkt?«

»Nicht einer.« Die Ratte schüttelte den Kopf. »Wie du vielleicht weißt, sind die Güldenländer Glasbläser berühmt für ihre große Kunstfertigkeit. Nur ein Beispiel: Dir ist doch bestimmt die prächtige Uhr im Speisesaal der königlichen Familie aufgefallen?«

»Ja, klar«, erinnerte sich das Mädchen. »Sie muss überaus wertvoll sein bei den vielen Edelsteinen, mit denen sie verziert ist!«

»Genau das sollte man meinen.« Aurian lächelte. »Dabei stammen sie ausnahmslos aus der Güldenländer Glasmanufaktur. Diese Handwerker sind wahre Künstler. Deshalb ist es nicht verwunderlich, dass auch die Drachen den wertlosen Tand nicht von echten Juwelen unterscheiden konnten. Die Imitate haben ihnen so gut gefallen, dass sie den kompletten Thronsaal des Drachenpalastes damit ausgeschmückt haben, in dem der jeweilige König der Drachenkönige residiert.«

Laura sah die Ratte fragend an. »Und erst Analina …?«

»Genau!« Aurian nickte bedeutungsschwer. »Zufällig stieß sie auf ein unscheinbares Dokument im Archiv der Burg. Erst beim Lesen wurde ihr die Brisanz ihrer Entdeckung bewusst. Die Chronik, die vermutlich auf der Indiskretion eines reumütigen Glasbläsers beruhte, dokumentierte den Betrug in allen Einzelheiten. Analina war darüber so empört, dass sie auf der Stelle zu ihrem Vater eilte und diesen aufforderte, die Drachen um Verzeihung für die ungeheuerliche Tat zu bitten und ihnen eine Entschädigung zu zahlen.«

»Und wie hat König Dragan darauf reagiert?«

Die Ratte ließ ein bitteres Lachen hören. »Er hat seine Tochter nur ausgelacht. Er änderte selbst dann seine Haltung nicht, als Analina ihn eindringlich davor warnte, dass sich die Drachen mit Sicherheit rächen würden, sollten sie den Betrug entlarven. Und auch ihr Hinweis auf den Fluch der Drachenkönige vermochte ihn nicht umzustimmen. ›Soweit mir bekannt ist‹, sagte er kalt, ›wurde der nur über die Bewohner des Menschensterns verhängt. Außerdem: Warum soll ich mich für die längst vergangenen Sünden unserer Vorväter verantwortlich fühlen?‹ Damit seine widerborstige Tochter ihn nicht durch ihre bloße Anwesenheit ständig an das dunkle Kapitel in der Familiengeschichte erinnerte, verbannte er sie kurzerhand vom Hof.«

»Wie gemein!« Als sei das Unrecht ihr selbst zugefügt worden, stampfte Laura wütend mit dem Fuß auf. »Und Analina hat sich das einfach so gefallen lassen?«

»Was blieb ihr denn anderes übrig?« Wie zum Zeichen der Ohnmacht hob Aurian beide Vorderpfoten. »In ihrer ganzen Familie gab es niemanden, der auf ihrer Seite stand und sie unterstützte, weder ihre Mutter noch ihr Bruder Anasin.«

»Der wusste schon, warum!«, kommentierte Laura mit düsterer Miene. »Wenn seine Schwester sich nicht mit dem Vater überworfen hätte, wäre er doch niemals König geworden.«

»Genauso verhält es sich.« Die Ratte nickte voller Grimm. »Analina fügte sich also in ihr Schicksal. Doch bevor sie Gleißenhall ein für alle Mal verließ, prophezeite sie der Familie, dass der Fluch der Drachenkönige eines Tages auch sie ereilen werde.«

»Und?« Laura sah ihren ungewöhnlichen Gesprächspartner gespannt an. »Hat sich ihre Voraussage erfüllt?«

»Nein. Was auch nicht weiter verwunderlich ist, denn bis zum heutigen Tage ist den Drachenkönigen nicht aufgefallen, dass der Schmuck ihres riesigen Thronsaals in Wahrheit nur aus farbigem Glas besteht.«

Ungläubig schüttelte Laura den Kopf, bevor sie Aurian wieder ansah. »Und was ist aus Analina geworden?«

»Sie hat dieses Jagdhaus hier bezogen, wie von König Dragan befohlen. Erfreulicherweise hat es ihr hier viel besser gefallen als ursprünglich vermutet. Jedenfalls machte sie einen recht glücklichen Eindruck auf mich, als ich nur einige Monde später in ihre Dienste trat.« Er brach ab, um einen weiteren Schluck Wein zu nehmen.

Das Mädchen betrachtete die Ratte mit forschendem Blick. »Das muss doch ewig her sein, oder?«

»Stimmt.« Wieder lächelte Aurian dieses hintergründige Lächeln, das ihn so menschenähnlich machte. »Ich bin in der Tat nicht mehr der Jüngste, falls du das andeuten wolltest.« Dann wurde er wieder ernst. »Wie auch immer: Wir beide hatten eine sehr schöne Zeit damals. Analina hat sich ihren Studien gewidmet und zahlreiche Reisen unternommen. Die meisten davon ins Drachenland, denn die geheimnisvollen Wesen ließen sie einfach nicht mehr los. Auf einigen ihrer Ausflüge habe ich sie sogar begleitet. Bedauerlicherweise aber nicht auf ihrem letzten.«

»Ihr meint die Reise, bevor Analina verschwunden ist?«

»Genau.«

Laura legte die Stirn in Falten. »Was war daran denn so Besonderes?«

»Nun, genau das wüsste ich auch gern«, erklärte Aurian nachdenklich. »Aber leider hat meine Herrin sich mir gegenüber auf vage Andeutungen beschränkt. Danach ist sie im Reich der Drachen auf ein Geheimnis gestoßen, das bis dahin sorgsam gehütet wurde, ein Geheimnis, das sie offensichtlich in große Gefahr brachte. Denn sie ist völlig überstürzt und viel früher als geplant hierher zurückgekehrt und wirkte in der Folgezeit sehr verängstigt.«

»Und warum?«

»Das wollte sie partout nicht preisgeben. Um mein Leben nicht zu gefährden wie das ihre, hat sie mir erklärt. Am Tage des Ostarafestes ist sie dann verschwunden.«

»Aber …« Laura schluckte und blickte sich in der Bibliothek um. »Wenn Analina sich so eingehend mit den Drachen beschäftigt hat, wird sie ihre Erlebnisse und Erkenntnisse bestimmt irgendwo aufgeschrieben haben. Habt Ihr denn nicht nach diesen Notizen gesucht?«

»Doch, natürlich«, versicherte Aurian. »Ich hab alles auf den Kopf gestellt. Denn in der Tat hat meine Herrin für gewöhnlich alles schriftlich festgehalten, was ihr auch nur im Entferntesten wichtig erschien.« Er machte eine bedeutungsschwere Pause. »Wenn überhaupt, dann hat sie das große Geheimnis allein ihrem Tagebuch anvertraut – und das ist mit ihr verschwunden.«

»Schade«, murmelte Laura. »Vielleicht wären mir ihre Erkenntnisse ja bei der Suche nach dem Sterneneisen nützlich gewesen.«

»Gut möglich.« Die Ratte wiegte bedächtig den Kopf und wackelte mit den Ohren. »Aber vielleicht hätten sie dir auch geschadet. Wie sich nämlich schnell herausstellte, war Analinas Furcht nicht unbegründet. Sie war kaum verschwunden, als die Drachen hier auftauchten, wie sie es vorausgesehen hatte. Angeführt wurden sie von Gurgulius dem Allesverschlinger, einem Ungeheuer mit zwei Köpfen.«

»Den kenne ich.« Laura stand der Schrecken ins Gesicht geschrieben. »Der ist wirklich entsetzlich! Was wollten die denn hier?«

»Sie haben nach Analina gesucht – und nach einem Drachenei.«

»Nach einem Drachenei? Wieso das denn?«

»Tut mir leid.« Aurian zog die schmalen Schultern hoch, sodass von seinem kurzen Rattenhals nichts mehr zu sehen war. »Aber das entzieht sich meiner Kenntnis.«

In tiefes Schweigen versunken, starrten die beiden eine Weile in die Kerzen. Mit einem Male stieg ein Gedanke in Laura hoch. »Wenn Ihr Analina ins Drachenland begleitet habt, dann wisst Ihr doch sicherlich auch, wie man auf schnellstem Wege dorthin gelangt.«

»Natürlich.«

»Und …« Sie zögerte zunächst, die Bitte auszusprechen, fasste sich dann aber doch ein Herz. »Verzeiht mir die Unverfrorenheit, aber könntet Ihr Euch vorstellen, mir dorthin als Führer zu dienen?«

»Mit dem größten Vergnügen, Laura.« Zufrieden lächelnd leerte Aurian sein Glas und erhob sich. »Am besten, wir brechen in aller Frühe auf. Deshalb solltest du jetzt in deine Kammer zurückgehen und versuchen, noch einige Stunden Schlaf zu finden.«

»Da habt Ihr Recht.« Auch Laura trank aus, wünschte Aurian eine gute Nacht und eilte zur Tür. Dort drehte sie sich noch einmal um. »Wie konnte Analina nur voraussehen, dass die Drachen nach ihr su-«, hob Laura an, da bemerkte sie, dass die Ratte spurlos verschwunden war.

Als Paravain seinen Blick über die Schar seiner Begleiter schweifen ließ, musste er unwillkürlich lächeln. Seit er dem Hüter des Lichts diente, war er noch nie mit einer so seltsamen Truppe unterwegs gewesen: Zu seiner Linken schwirrte Herr Virpo, während ihnen in einigem Abstand eine große Wolke aus fliegenden Silberstiften zu folgen schien. In Wahrheit handelte es sich um einen Schwarm von Flatterflüglern, volle zwölf Dutzend an der Zahl. Anders als in dunkler Nacht leuchteten sie im hellen Licht des Morgens nicht selbst. Ihre Leiber gleißten in der Sonne.

Obwohl der Weiße Ritter und seine ungewöhnliche Entourage kaum länger als einen Tag unterwegs waren, lagen die Feuerberge bereits vor ihnen. Denn Paravain hatte sich Feenbraut, Morwenas Zweihorn, ausgeliehen, das schneller und zudem viel robuster war als sein Pferd. Wie die Einhörner stammten auch die Zweihörner aus den Feenwäldern, deren uralte Pfade ihnen deshalb bestens vertraut waren. Auf diesen geheimen Wegen, welche die Lande von Aventerra weithin durchzogen, gelangten die Wissenden nicht nur viel schneller an ihr Ziel, sondern waren auch vor den Einflüssen Schwarzer Magie geschützt. Niemand, nicht einmal Syrin mit ihrem Sehenden Kristall, würde Paravain und seine Begleiter aufspüren können, auch wenn die Kräfte der Gestaltwandlerin um ein Vielfaches gewachsen waren, seit sie das Rad der Zeit in ihren Besitz gebracht hatte.

Um die uralten Pfade benutzen zu können, hatte Paravain auf die Begleitung seiner zwölf Weißen Ritter verzichtet. Morwena war deswegen in großer Sorge. Sie hatte dem Weißen Ritter das Versprechen abgenommen, jeden Kontakt mit den Feinden zu meiden und sich nicht in Kampfeshandlungen verstricken zu lassen, bevor sie ihn zum Abschied mit einem tiefen Seufzer in die Arme schloss. Ihr inniger Kuss hatte um vieles süßer geschmeckt als alle anderen zuvor.

Bei dem Gedanken an die junge Frau wurde es Paravain ganz leicht ums Herz, doch er schob das lieb gewordene Bild der Heilerin beiseite und betrachtete die schwarzen Vulkankegel der Feuerberge. »Es wird wohl nicht mehr lange dauern, bis wir das Leuchtende Tal erreichen – habe ich Recht, Herr Virpo?«, fragte er seinen Begleiter.

Ein vorwitziges Grinsen legte sich auf das Puppengesicht des Flatterflüglers. »Alle Achtung«, zirpte er. »Welch erstaunliche Erkenntnis für einen Nichtsweißling wie Euch!«

Paravain zog eine Grimasse, sparte sich aber eine Erwiderung. Er wusste inzwischen, dass die spitzzüngigen Sprüche des Flatterflüglers nicht böse gemeint waren.

»Wo waren wir eigentlich stehen geblieben, Stampffußling?«, fuhr Herr Virpo fort.

Der Ritter blickte auf. »Ihr meint wohl, worüber wir geredet haben …«

»… bevor Ihr mich mit Eurer Bemerkung vom Thema abgebracht habt«, entrüstete sich der Flatterflügler. »Genau das meine ich!«

Paravain konnte sich ein Grinsen nicht verkneifen. »Nun – Ihr habt mir von Eurem heldenhaften Kampf gegen die Miesemotten und Zauderlinge berichtet.«

»Euch wird das Grinsen schon noch vergehen«, ereiferte sich Herr Virpo und fuchtelte mit seinen Ärmchen durch die Luft. »Spätestens dann, wenn Ihr von einem Graumahr befallen werdet. Dann wird es für Euch kaum Rettung geben.«

»Ich kann nur hoffen, dass wir von einem solchen Unglück verschont bleiben.«

»Nun, die Graumahre haben es besonders auf die Krieger des Lichts abgesehen. Ihr dürft Euch nicht zu sicher fühlen. Diese Bösetulinge sind dem Schwarzen Fürsten treu ergeben. Seine Feinde sind auch ihre Feinde.«

Paravain lächelte gequält. »Dieser ›Bösetuling‹, wie Ihr ihn nennt, versucht eben mit allen Mitteln, dem Ewigen Nichts zum Sieg zu verhelfen.« Sein jungenhaftes Gesicht verdüsterte sich. »Aber das eine schwöre ich Euch – solange ich lebe, wird ihm das nicht gelingen.«

»Da wäre ich mir nicht so sicher, Stampffußling«, widersprach der Flatterflügler. »Wie man hört, sollen die Vettern der Graumahre seit einiger Zeit ihr Unwesen sogar auf dem Menschenstern treiben. Immer mehr Erdlinge werden von ihnen befallen und verlieren die Freude am Leben – was den Dunklen Mächten nur zugute kommt.«

Paravain antwortete nicht. Nur das Flügelschwirren seiner seltsamen Begleiter war zu hören. Erst nach einer Weile wandte er sich erneut an Herrn Virpo. »Und Ihr habt wirklich keine Ahnung, weshalb die Schwarzen Krieger Euch aus Eurer Heimat vertrieben haben?«

»Nicht die geringste, Stampffußling!« Bedauernd hob der Flatterflügler die Hände. »Noch und noch habe ich mir den Kopf zerbrochen, was diesen Finsterling wohl zu seiner schändlichen Tat bewogen haben mag. Allein, es ist mir nichts eingefallen – ganz und gar nichts.«

»Es muss einen triftigen Grund dafür geben«, beharrte der Weiße Ritter. »Irgendetwas in diesem Tal muss von ungeheurer Wichtigkeit für Borboron sein, dass er euch mit aller Macht davon fernhalten will. Was könnte das nur sein, Herr Virpo?«

»Auch wir haben schon darüber nachgedacht, Ihr Besserweißling.«

»Sehr wohl, sehr wohl«, zirpten Yirpo und Zirpo, die sich unbemerkt genähert hatten. »Aber vergeblich! Leider, leider.«

Paravain verzichtete darauf, weiter in sie zu dringen, denn er hatte einen eigentümlichen Schatten bemerkt, der über den Boden huschte. Paravain legte den Kopf in den Nacken, sah in den wolkenlosen Himmel und erblickte ein Floß, das in großer Höhe mit dem Wind dahintrieb: Es maß schätzungsweise zehn auf zwanzig Schritte. In der Mitte des Gefährts blähte sich ein blaues Segel an einem Mast.

Das Luftfloß von Aeolon, schoss es Paravain durch den Kopf. Was der Levator wohl vorhat?, dachte er besorgt. Schließlich erinnerte der Weiße Ritter sich noch allzu gut daran, dass der Nomade der Lüfte vor nicht allzu langer Zeit die Schwester seines Knappen bedenkenlos den Wunschgauklern ausgeliefert hatte. Auch wenn Alienor ihn vermutlich selbst darum gebeten hatte, hätte er ihrem Wunsch niemals nachkommen dürfen. Schließlich wusste Aeolon nur allzu gut, was die Verführer aus Deshiristan mit den Irregeleiteten anstellten, die sich in ihre Gewalt begaben: Sie verkauften sie an Borboron, für den die Unglücklichen dann harte Sklavenarbeit leisten mussten. Paravain seufzte. Ob Alienor jemals aus der Schwarzen Festung entkommen könnte?

Ob der Levator wieder jemanden an Bord hat, den er in sein Unglück zu treiben gedenkt?, grübelte der Ritter.

Kurzerhand wandte er sich an seinen Begleiter. »Dürfte ich Euch um einen Gefallen bitten, Herr Virpo?«

»Natürlich – vorausgesetzt, Ihr verlangt nichts Unmögliches von mir.«

»Bestimmt nicht.« Paravain deutete hoch zum Luftfloß, das so rasch dahinglitt, dass es sich schon ein geraumes Stück entfernt hatte. »Im Gegensatz zu mir könnt Ihr fliegen, und deshalb solltet Ihr mit Leichtigkeit überprüfen können, wer sich dort oben an Bord befindet.«

Herr Virpo flatterte etwas höher und blickte angestrengt in die angezeigte Richtung. »Oh«, sagte er schließlich. »Das ist eine Aufgabe für unsere Spählinge.« Immer noch schwebend, drehte er sich um, steckte die Fingerchen zwischen die kaum sichtbaren Lippen und ließ einen hellen Pfiff hören.

Augenblicklich lösten sich drei Flatterflügler aus der silbrig glitzernden Eskorte. Pfeilschnell stiegen sie auf und schwirrten in Richtung des Schwebefloßes davon.

»Spählinge?«, fragte Paravain verwundert.

Herr Virpo sah den Ritter mit beinahe mitleidigem Augenaufschlag an. »Die Aufgaben bei uns sind klar verteilt, Ihr Nichtsweißling. Als unsere Kundschafter haben sich die Spählinge bewährt, geschickte und flinke Flieger.«

Paravain brummte.

»Dann sind da noch die Traglinge«, fuhr der Flatterflügler ungerührt fort. »Zwar vermögen wir allesamt ein Vielfaches unseres Körpergewichtes zu schleppen – aber dennoch gibt es auch ganz besonders kräftige Vertreter unserer Art. Drei bis vier von ihnen genügen, um einen gewöhnlichen Weidenkorb mit Königsfrüchten zu transportieren.«

»Tatsächlich?« Paravain stieß einen anerkennenden Pfiff aus. »Das ist in der Tat erstaunlich. Und was seid Ihr, mit Verlaub?«

»Ich bin ein Angeber! Das müsstet Ihr doch längst gemerkt haben!« erklärte Herr Virpo stolz.

»Oh, ja – Ihr sagt es.« Nur mit Mühe konnte Paravain das Lachen unterdrücken. »Natürlich hab ich längst bemerkt, dass Ihr ein Angeber seid.«

»Das will ich doch schwer hoffen!« Herr Virpo klang ein wenig verstimmt. »Wo kämen wir hin, wenn keiner angäbe, was zu tun ist? Das ist eine überaus wichtige und verantwortungsvolle Aufgabe, die nur von den erfahrensten und umsichtigsten Köpfen wahrgenommen werden kann. Deshalb erfüllt es mich mit Freude, dass mein Volk mich zum wiederholten Male zu seinem Angeber gewählt hat.«

»Meinen Glückwunsch, Herr Angeber!«

»Vielen Dank, Stampffußling.« Der Flatterflügler war sichtlich geschmeichelt.

Die Rückkehr der Späher unterbrach die Unterhaltung der ungleichen Gefährten. »Herr Aeolon befindet sich allein an Bord«, berichtete Herr Lupo, der Anführer. »Er lässt Euch schöne Grüße bestellen, Stampffußling.«

»Danke«, entgegnete der Ritter mürrisch. »Darauf kann ich gerne verzichten! Der Luftflößer sollte sich lieber entscheiden, auf welcher Seite er steht, und nicht dauernd versuchen, mit allen lieb Kind zu sein.«

»Hättet Ihr vielleicht die Güte zu erklären, was Ihr damit meint, Ihr In-Rätseln-Sprechling?«

»Wie alle Levatoren hängt Aeolon sein Mäntelchen stets

nach dem Wind. Wenn er auf uns Krieger des Lichts trifft, versichert er uns seiner Hochachtung – zugleich aber entrichtet er Borboron regelmäßig Tribut! Damit wird er nicht ewig durchkommen. Jeder von uns muss irgendwann die Entscheidung treffen, welchen Weg er beschreiten will: den einfachen, aber schändlichen Weg der Dunklen Mächte oder den sehr viel schwierigeren des Lichts, an dessen Ende das Gute steht. Wer glaubt, es allen recht machen zu können, wird daran zu Grunde gehen!

»Wir stehen seit Anbeginn der Zeiten treu auf der Seite des Li-« Herr Virpo unterbrach sich, abgelenkt von dem Donnergetöse, mit dem eine riesige Feuerzunge aus einem der Vulkangipfel aufstieg.

Auch Paravain beobachtete das Schauspiel fasziniert. »Was hat das zu bedeuten, Herr Virpo?«, fragte er. »Die Feuerberge sind Euch doch viel besser vertraut als mir.«

»In der Tat, in der Tat!«, meldeten sich Yirpo und Zirpo zu Wort, während ihr Anführer sich erstaunt die Augen rieb.

»Das ist höchst merkwürdig«, erklärte Virpo schließlich. »Ich kann mich nicht erinnern, dass dieser Berg jemals so heftig gespuckt und gefaucht hätte. Fast hat es den Anschein …«

»Ja?«, fragte der Ritter ungeduldig.

»Nun – ich kann nur hoffen, dass ich mich täusche«, fuhr der Flatterflügler mit besorgter Miene fort, »aber es hat fast den Anschein, als fühle sich der Rote Feuerdrache in seinem Schlaf gestört!«

»Aha«, antwortete der Ritter gedehnt. »Das klingt nicht gerade beruhigend.«

Venik glaubte Laura kein Wort, als sie ihm beim Frühstück von ihrer nächtlichen Begegnung mit der weißen Ratte berichtete, zumal die Tür zum Turm wieder fest verschlossen und von Aurian nicht die geringste Spur zu entdecken war. »Ich dachte, er hat dir versprochen, uns ins Drachenland zu führen?«, fragte der junge Magier und biss heißhungrig in den Kanten Brot, den er dick mit Butter bestrichen und mit einer Scheibe fetten Schinkens belegt hatte.

Laura stellte eine Schüssel mit Milch vor Schmatzfraß hin, über die sich der Swuupie gierig hermachte. »Er wird schon noch auftauchen. Wahrscheinlich hat er nur verschlafen.«

»Wers waubt!«

Als Laura Venik so mit vollem Mund sprechen hörte, musste sie an Kaja denken. Ihr wurde so weh ums Herz, dass sie dem Jungen richtig dankbar war, als er sie auf andere Gedanken brachte.

»Warum hast du mich eigentlich nicht geweckt?« Der Vorwurf in seiner Stimme war nicht zu überhören.

»Weil …« Laura verzog gequält das Gesicht, weil sie einfach nicht die richtigen Worte fand. »Ach, du tust so viel für mich – viel mehr, als ich verlangen kann. Ich wollte deinen Schlaf nicht stören. Schließlich zwingt dich nichts, mich auf meiner Reise ins Drachenland zu begleiten.«

»Wer behauptet das?«, fragte der Junge mit muffeligem Gesicht.

Erstaunt runzelte Laura die Stirn. »Aber was sollte dich denn dazu bewegen?«

Venik antwortete nicht, sondern trank einen Schluck von dem Kräutertee, den Laura aufgebrüht hatte.

Laura musterte ihn aus schmalen Augen. »Es hängt mit deinem Vater zusammen, nicht wahr?«

Der Junge zögerte, bevor er schließlich nickte.

»Willst du nicht endlich erzählen, was mit ihm geschehen ist?«

Venik schluckte, und die Farbe wich aus seinem Gesicht. Bevor er zur Antwort ansetzte, atmete er tief durch. »Du hast

Recht, Laura«, sagte er. »Es wird Zeit, dass ich dir reinen Wein einschenke.«

Und so erfuhr Laura, dass Milian, Veniks Vater, einer der letzten Vertreter der Weißmagier war, die ihr geheimes Wissen seit Anbeginn der Zeiten in den Dienst des Lichts stellten, während ihre dunklen Vettern, die berüchtigten Schwarzmagier, zu deren gefährlichsten Vertretern die Fhurhur zählten, von jeher auf der Seite Borborons kämpften. Der Schwarze Fürst versuchte ohne Unterlass, die Weißmagier für seine Sache zu gewinnen, doch es gelang ihm nur selten. Die meisten Weißmagier verweigerten ihm selbst bei Androhung des Todes die Gefolgschaft.

»Mein Vater hatte sein Wissen noch nicht vollständig an mich weitergegeben, als der Schwarze Fürst mit seinen Schergen bei uns auftauchte«, erzählte der Junge. »Papa konnte mich gerade noch auf dem Boden verstecken, bevor die Truppe in den Hof ritt –« Veniks Stimme versagte.

Mitfühlend legte Laura eine Hand auf Veniks Arm. »Schon gut«, sagte sie sanft. »Ich kann mir schon denken, was passiert ist.«

Der Junge räusperte sich. »Mein Vater hat sich standhaft geweigert, einen Eid auf die Dunklen Mächte abzulegen. Worauf Borboron« – Venik schluchzte und zitterte plötzlich – »sein Schwert gezogen und ihm eiskalt die Kehle durchgeschnitten hat.« Der junge Magier hob den Kopf und schaute das Mädchen aus tränennassen Augen an. »Ich habe alles mitangesehen und werde diesen Anblick nie vergessen. Am Grab meines Vaters habe ich geschworen, den Mord zu rächen und diesen Hund mit eigener Hand zu töten. Jetzt weißt du, Laura, warum ich dich ins Drachenland begleite.« Er straffte sich und wischte die Tränen fort. »Ich will, dass deine Aufgabe erfüllt und das Schwert des Lichts wieder zusammengeschmiedet wird. Dann kannst du in die Dunkle Festung eindringen und deinen Vater befreien. Und ich werde dich begleiten und meinen Schwur erfüllen.« Wilde Entschlossenheit stand in seinem kupferbraunen Gesicht. »Und jetzt lass uns endlich losreiten«, sagte er in übertriebener Hast, als wolle er die Trauer um seinen Vater verscheuchen. »Wir finden den Weg auch ohne diesen Aurian.«

Da schnaubte ein Pferd. Es war nicht Sturmwind, das erkannte Laura sofort. Alarmiert blickte sie Venik an und griff nach Alariks Schwertgürtel, den sie über einen Stuhl gehängt hatte.

Die Schlagzeilen der Morgenzeitungen trieften beinahe vor Blut. »Der Killer-Professor« oder »Professor Dr. Tod« waren fast noch die harmlosesten Titel, mit denen die meisten Blätter aufmachten. Auch die Unterzeilen erweckten den Eindruck, als sei Aurelius Morgenstern bereits des Mordes an drei Menschen überführt. Erst dem Kleingedruckten war zu entnehmen, dass er lediglich unter Tatverdacht stand – aber welcher Leser machte sich schon die Mühe, das Kleingedruckte zu lesen?

»Diese Schweine!«, brummte Lukas und ließ seine Zeitung auf den Frühstückstisch sinken.

»Wen meinst du?« Mr Cool sah von seinem Blatt auf.

»Die Journalisten – und natürlich auch Schwartz und Co, die das alles inszeniert haben. Dabei wussten sie ganz genau, dass Morgenstern unschuldig ist.«

»Echt?« Philipp ließ das Blatt sinken. »Wieso das denn?«

»Weil …«, hob Lukas an, nur um wieder abzubrechen und resigniert abzuwinken. »Ich weiß auch nicht, wie ich dir das erklären soll. Das ist alles so kompliziert.« Er legte seinem Gegenüber die Hand auf den Arm. »Glaub mir einfach, dass Laura noch am Leben ist – okay?«

Mr Cool musterte ihn eine Weile, bevor er nickte. »Okay. Aber wenn das so ist – warum haben die Typen diese angeblichen Beweise gegen den Professor dann überhaupt fabriziert?«

Lukas hob die Brauen. »Das ist doch nicht so schwer zu verstehen, oder? Du musst dir nur das hier anschauen!« Damit deutete er auf die verschiedenen Blätter, die den Tisch übersäten.

»Du meinst …?«

Lukas nickte.

»… es ist ihnen nur daran gelegen, dass Morgenstern in Verruf gerät?«

»Exaktenau!« Erneut nickte der Junge. »Überleg doch mal: Wenn du Kinder hättest, würdest du sie auf ein Internat geben, das von so einem Monster geleitet wird?« Sein Zeigefinger deutete auf ein Porträtfoto des Professors, das eine Titelseite zierte.

Mr Cool verzog das Gesicht. »Wohl kaum«, antwortete er dann leise.

»Na, siehst du! Ich wette, dass schon morgen die ersten Abmeldungen hier im Sekretariat eintrudeln. Zumal die Leute bestimmt noch die Schlagzeilen vom Frühjahr in Erinnerung haben, als Aurelius Morgenstern des Mordes an Pater Dominikus verdächtigt wurde.«

Mr Cool räusperte sich. »Ich fürchte, du hast Recht.«

»Klaromaro!« Lukas stieß mit dem Zeigefinger gegen seine Brust. »Wir werden bestimmt die Hälfte der Schüler verlieren, das garantiere ich dir, und dann kann Ravenstein dichtmachen!«

»Mist!«

»Du sagst es.«

»Und?« Philipp zog eine Grimasse. »Können wir nichts dagegen unternehmen?«

Lukas schüttelte den Kopf. »Nicht viel, fürchte ich. Es sei denn …«

Mr Cool war plötzlich ganz Ohr. »Ja?«

»Es sei denn, dieses Buch und das Grab dieser geheimnisvollen Frau fördern Dinge zutage, deren Bedeutung wir im Moment noch überhaupt nicht absehen können. Aber dazu müssten wir beide erst einmal finden!«

Kapitel 19 In größter Todesnot

Als Laura durch die Mauerritze spähte, entspannte sich ihre angestrengte Miene und ihr wild schlagender Puls kam augenblicklich zur Ruhe. Vor der Ruine stand Melusine, das Zweihorn von Riaanu. Und auf ihrem Rücken saß niemand anderer als der junge Mann selbst.

Grinsend sah er Laura und Venik an, die nun durch die Eingangstüre traten. »Da seid ihr ja endlich«, sagte er. »Wir wollten doch in aller Frühe losreiten.«

»Ähm. Wir … wollten … in aller Frühe …«, stammelte das Mädchen.

»Losreiten, ja.« Riaanu nickte. »Das haben wir heute Nacht so besprochen.«

»Heu… heute … N… N… Nacht?«, stotterte Laura, bis sie endlich verstand: Bei Riaanu und Aurian handelte es sich um dieselbe Person, wenn auch in unterschiedlichen Erscheinungsformen. »Oh, nein!«, hauchte sie fassungslos. »Bist du ein Gestaltwandler?«

»Keine Angst.« Laura las Verbitterung in Riaanus Zügen. »Ich bin das Opfer eines Gestaltwandlers. Oder besser gesagt: einer Gestaltwandlerin – Syrin hat mich mit dem Fluch belegt, der mir das Leben vergällt.«

Auch Venik stand mit offenem Mund da. »Tut mir leid, aber ich verstehe nicht das Geringste.« Sein Blick wanderte von Laura zu Riaanu und dann wieder zurück. »Wenn einer von euch mir vielleicht erklä-«

»Gerne«, fiel der junge Mann ihm ins Wort. »Aber das können wir unterwegs doch genauso gut, nicht wahr? Der Weg ins Drachenland ist weit, und deshalb sollten wir keinen Augenblick länger als nötig säumen.«

Als die Sonne im Zenit stand, hatten die drei das Güldenland längst hinter sich gelassen. Sie ritten am nördlichen Rand des Schwefelsumpfes dahin und hofften, noch am gleichen Abend den See der Roten Tränen zu erreichen.

»Was hast du ihr denn getan, dass sie dich so fürchterlich bestraft hat?«, wollte Laura wissen.

Riaanu lachte bitter. »Nichts, rein gar nichts – aber genau das war mein Verbrechen.«

»Hä?«

»Vor vielen Jahren bin ich dieser Syrin rein zufällig begegnet. Sie hat sich damals längere Zeit am Unterlauf des Schlangenflusses aufgehalten, keine Ahnung warum. Jedenfalls hat sie sich für mich erwärmt.«

»Erwärmt?« Laura glaubte sich verhört zu haben. »Willst du damit sagen, dass diese widerliche Kröte sich in dich … ähm … *verliebt* hat?«

»Verliebt ist der falsche Ausdruck, Laura, denn nichts ist den Dunklen mehr verhasst als die Liebe. Sie führen dieses Wort auch niemals im Munde.«

»Ich weiß.« Die Erinnerung an das Siegel der Sieben Monde stieg in Laura hoch, dessen Geheimnis sie vor nicht allzu langer Zeit hatte lösen müssen. »Aber wie würdest du es dann bezeichnen, was Syrin …?«

»Sie hat einfach Gefallen an mir gefunden und mich begehrt.« Riaanu seufzte. »Aus welchem Grunde auch immer. Was übrigens schon häufiger vorgekommen ist im Laufe ihrer fast endlosen Existenz. Und wie man hört, hat es durchaus schon Männer gegeben, die sich mit ihr eingelassen haben.«

Laura musste sich vor Schreck am Sattelknopf festhalten,

um nicht vom Pferd zu fallen. »Das glaub ich nicht!«, rief sie aus. »Das würde ja bedeuten, dass … dass …« Die Vorstellung war so entsetzlich, dass ihr die Worte fehlten.

»… dass sie Kinder haben könnte, genau. Syrin hat tatsächlich im Laufe der Jahrhunderte mehrere Sprösslinge in die Welt gesetzt.«

Oh nein!

Laura blieb fast die Luft weg. Nicht auszudenken, wenn Borboron mit ihr ein Kind gezeugt hatte! Wenn dieses Balg die unterschiedlichen Kräfte der beiden Dunklen in sich vereinte, musste es noch schlimmer sein als sein Vater, die Ausgeburt des Bösen!

»Ich habe Syrin nicht die geringste Beachtung geschenkt. Und das hat sie so erzürnt, dass sie mir einen bösen Fluch auferlegt hat: Sobald die Sonne untergeht, verwandele ich mich in eine Ratte – in Aurian eben. Beim Anbruch des neuen Tages werde ich wieder zurückverwandelt.« Er senkte den Blick und seufzte bekümmert. »Und wenn ich meinem Leben nicht selbst ein Ende setze, wird das wahrscheinlich immer so weitergehen, bis Syrin den Tod findet. Denn zu allem Übel bin ich in all der Zeit nicht einen Tag gealtert.«

Genau wie bei Silva, kam es Laura in den Sinn. Bis sie sich vom Turm der Burg Ravenstein in den Tod stürzte, wurde sie jeden Abend in einen Furcht erregenden schwarzen Wolf verwandelt. Erst am nächsten Morgen gewann sie ihre ursprüngliche Gestalt zurück. Auch bei ihr war verschmähte Liebe im Spiel. Sollte es gar nicht der von Silva zurückgewiesene Reimar von Ravenstein gewesen sein, der dafür verantwortlich war, sondern ebenfalls Syrin?, überlegte Laura. Schließlich hielt sich die Gestaltwandlerin damals auf der Erde auf und stand mit dem Grausamen Ritter auf vertrautem Fuß, wie Laura auf einer Traumreise zurück ins Mittelalter zu ihrem Leidwesen hatte erleben müssen.

Riaanus Worte holten sie in die Gegenwart zurück. »Selbst wenn ich gewusst hätte, welches schreckliche Schicksal mich erwartete«, erklärte der nun, »wäre ich niemals auf Syrins Avancen eingegangen.«

Ein verständnisvolles Lächeln spielte um die Lippen des Mädchens. »Du hattest wohl eine andere im Sinn, was?«

»Du meinst – Analina?«

Laura nickte.

»Nein, Laura. Die hatte ihr Herz längst an einen anderen vergeben – lange, bevor ich sie kennen gelernt habe. Und ich vermute, dass ihr das letztendlich auch zum Schicksal geworden ist.« Damit gab er Melusine die Sporen und preschte davon.

Auch Laura und Venik trieben ihre Reittiere an, um den Anschluss an den jungen Mann nicht zu verlieren, der versprochen hatte, sie auf dem schnellsten Weg in das Land der Drachen zu bringen. Der wilde Galopp schien Schmatzfraß überaus zu gefallen, denn er quiekte fidel.

Doch sosehr Sturmwind und Kraomir auch davonpreschten – es gelang ihnen nicht, das Wesen abzuschütteln, das sich gleich einem unheimlichen Schatten an ihre Fersen geheftet hatte.

Als Aeolons letzter Pfeil das Ziel verfehlte, wusste der Levator, dass er sein Leben verwirkt hatte. Das ist das Ende!, fuhr es ihm durch den Kopf. Noch immer drei von sieben Ungeheuern. Wie soll ich ihnen bloß entkommen?

Die Flugspinnen streckten bereits ihre haarigen Beine aus. Schon sah der Luftflößer sich in ihren klebrigen Fangnetzen gefangen. Was dann folgen würde, daran wagte er nicht einmal zu denken.

»Bin ja selber schuld«, jammerte der Wicht zitternd vor Todesangst. Er riss das Steuerrad seines Floßes herum und flog eine enge Kurve, um die Verfolger abzuschütteln. »Was gelüstet es mich auch nach gezuckerten Spinnenbeinen? Gibt doch

auch andere Leckereien – oder nicht?« Sein Gefährt war jedoch viel zu schwerfällig für solche halsbrecherischen Manöver, sodass es aus dem Gleichgewicht geriet und abzustürzen drohte. Nur mit Mühe konnte der Levator es abfangen und wieder in eine ungefährlichere Fluglage bringen.

»Will nie mehr nach gezuckerten Spinnenbeinen verlangen – oder vielleicht doch?«, jammerte Aeolon, während er verzweifelt die Flughöhe verringerte. Wenn er die mordlüsternen Verfolger nicht in der Luft abschütteln konnte, dann musste er es eben am Boden versuchen.

Dabei hatte der Tag so gut begonnen!

Der Flug ins Drachenland, der einzige Ort, an dem die köstliche Leckerei feilgeboten wurde, war völlig ruhig verlaufen. Wäre er bloß nicht eingedöst! So aber war sein Floß unbemerkt vom Kurs abgekommen und schließlich über das Leuchtende Tal getrieben. Erst die wütenden Befehle von Borborons Kriegern, mit denen sie die Flugspinnen auf ihn hetzten, hatten ihn geweckt.

Nun erblickte der Levator ein Wäldchen. Neuer Mut keimte in ihm auf, denn er erkannte Feuersträucher am Waldrand, vor deren Flammenblättern die Flugspinnen für gewöhnlich zurückschreckten. Wenn er sie rechtzeitig erreichte und sich dahinter verstecken konnte, war er vielleicht doch noch nicht verloren!

Aeolon warf einen Blick zurück. Die Verfolger waren nur noch eine Floßlänge hinter ihm! Gierig streckten sie die Kieferklauen an der Unterseite ihrer Vorderkörper aus, und die Spinnwarzen an ihren Hinterleibern erzeugten bereits klebrige Fäden.

Riaanu deutete in die Ferne. »Seht ihr die Vulkane dort? Gleich dahinter beginnt das Drachenland!«

Laura beschattete die Augen mit der Hand und spähte in die angezeigte Richtung. »Ganz schön hoch«, sagte sie. »Müssen wir über die Berge?«

»Es gibt einen Pfad, der zwischen den östlichen Ausläufern des Gebirges und dem See der Roten Tränen verläuft. Über den gelangen wir ohne größere Mühen ins Reich der Drachen – auch wenn das einen kleinen Umweg bedeutet.«

»Macht nichts«, entgegnete Laura. »Ein paar Meilen mehr sind bestimmt besser, als sich über dieses Gebirge zu quälen.«

»Damit magst du Recht haben. Allerdings …«

Laura zog die Augenbrauen hoch. »Ja?«

»Der Weg ins Gebirge wird dir trotzdem nicht erspart bleiben«, erklärte Riaanu. »Jenseits seiner höchsten Gipfel liegt die Hochebene der Eisigen Flammen, auf der die Dunkelalben beheimatet sind. Die musst du wohl oder übel aufsuchen, wenn das Schwert des Lichts wieder in seinen ursprünglichen Zustand geschmiedet werden soll.«

»Stimmt«, sagte Venik mit Blick auf Lauras Rucksack, in dem sie die drei Schwertteile aufbewahrte. »Aber so weit ist es ja noch nicht. Solange Laura kein Sterneneisen gefunden hat, brauchen wir uns noch keine Gedanken darüber zu machen, wie wir zu den Dunkelalben gelangen.«

»Das klingt nicht gerade so, als würdest du an den Erfolg von Lauras Mission glauben.« Der Vorwurf in Riaanus Stimme war nicht zu überhören. »Wie kommt es nur, dass du plötzlich so pessimistisch bist, junger Magier?«

Ein Anflug von Ärger verfärbte Veniks Gesicht. »Das bin ich doch gar nicht!«, entrüstete er sich. »Allerdings muss ich zugeben, dass du mir nicht gerade Mut gemacht hast.«

Riaanu schaute den Jungen verwundert an. »Ich verstehe nicht …?«

»Du hast uns doch berichtet, dass diese Analina Hals über Kopf vor den Drachen flüchten musste, weil sie offensichtlich ein lange gehütetes Geheimnis aufgedeckt hat.«

»Ja, und?«

»Warum sollten diese Ungeheuer Laura freundlicher gesonnen sein? Zumal sie vom Menschenstern stammt, dessen Bewohner die Drachenkönige mit einem Fluch belegt haben. Da wirst du es mir doch nicht verdenken, dass mir unser Besuch im Drachenland einige Sorgen bereitet, oder?«

Der Begleiter brummte nur und trieb sein Zweihorn an, das in einen gemächlichen Trab gefallen war.

Venik suchte Lauras Blick, als wolle er ihr trotz der Bedenken seine volle Unterstützung zusichern.

Das Mädchen nickte ihm mit dankbarem Lächeln zu. Sie hatte Verständnis dafür, dass der Magier sich sorgte. Schließlich hatte sie selbst nicht die leiseste Ahnung, was sie im Drachenland erwartete. Und wenn selbst Analina, die mit den Drachen weit besser vertraut gewesen war als sie, vor ihnen hatte flüchten müssen …

Plötzlich fiel ihr die Frage wieder ein, die ihr schon seit der ersten Begegnung mit Aurian im Kopf rumspukte. »Wie hat Analina denn voraussehen können, dass die Drachen nach ihr suchen würden?«, fragte sie den jungen Mann zu ihrer Rechten.

»Nun.« Ein geheimnisvolles Lächeln legte sich auf Riaanus Gesicht. »Das war nicht weiter schwierig für sie. Analina war eine Schattenseherin!«

»Eine Schattenseh…«, hauchte Laura fassungslos.

Venik stand der Mund offen.

Riaanu zügelte das Zweihorn, und Laura und Venik hielten ihre Reittiere an, um dem jungen Mann besser lauschen zu können. »Als Analina mir zum ersten Mal davon erzählt hat, habe ich nicht viel anders reagiert als ihr«, erklärte er. »Dabei ist die Sache viel leichter zu verstehen, als es den Anschein hat. Jedes Lebewesen strahlt eine gewisse Körperenergie aus, das eine mehr, das andere etwas weniger. Auch wenn wir diese Aura nicht sehen können, verfügen alle Geschöpfe über diese geheimnisvolle Energie.«

Stimmt, schoss es Laura durch den Kopf, die sich höchst vage an einen langen Vortrag erinnerte, den Lukas ihr über das Phänomen der menschlichen Aura gehalten hatte. Angeblich sollte man diese Ausstrahlung sogar fotografieren können!

»Bei jeder Begegnung zwischen zwei oder mehreren Geschöpfen kommt es zwangsläufig zu einem Austausch dieser Energien«, fuhr Riaanu fort. »Und das hinterlässt natürlich auch Spuren. Die meisten Wesen können diese jedoch nicht wahrnehmen, sehr wohl aber –«

»… die Schattenseher«, fiel Laura ihm aufgeregt ins Wort.

»Genau so verhält es sich.« Ein zufriedenes Lächeln spielte um die Lippen des jungen Mannes. »Die Zahl derer, die die Energiespuren anderer gleichsam wie einen Schatten erkennen können, ist verschwindend gering. Wer diese Gabe jedoch besitzt, wird Zeuge von Begegnungen und Ereignissen, bei denen er selbst gar nicht zugegen war.«

Lauras Gedanken begannen wie wild zu kreisen. Wie ihre eigenen fantastischen Fähigkeiten entzog sich dieses Schattensehen dem menschlichen Verstand. Allerdings schien es eine Ungereimtheit zu geben. »Durch dieses Schattensehen kann man ein vergangenes Geschehen nachempfinden, richtig?«

Riaanu nickte.

»Dann verstehe ich aber immer noch nicht, wie Analina voraussehen konnte, dass die Drachen zum Jagdschloss kommen würden«, fuhr das Mädchen fort. »Die sind doch erst nach ihrem Verschwinden dort aufgetaucht. Analina müsste ihre Energieschatten also schon wahrgenommen haben, bevor sie überhaupt erschienen sind!«

»Ich verstehe, dass das nur schwer vorstellbar ist, besonders für ein Menschenkind wie dich. Und dennoch: Mit Hilfe dieser besonderen Gabe kann man sogar eine gewisse Zeit in die Zukunft sehen. Gerade das macht die Sache so ungemein schwierig und verwirrend.«

Laura legte die Stirn in Falten.

»Wenn sich diese fantastische Fähigkeit erstmals offenbart, wissen die Schattenseher noch nicht zu unterscheiden, ob sie Zeuge eines vergangenen, gegenwärtigen oder gar zukünftigen Geschehens werden«, fuhr Riaanu fort. »Deshalb benötigen die jungen Schattenseher gerade in dieser Phase unbedingt die Hilfe eines Wissenden, der sie behutsam anleitet und mit dieser wertvollen Gabe vertraut macht. Sonst kann das ganz böse Folgen für sie haben.«

Laura lächelte. Sie musste an ihre Freundin Kaja denken. Die wäre zu Recht beleidigt, wenn sie ihr nachmittags vorhalten würde, am Vormittag drei Tafeln Schokolade in sich hineingestopft zu haben, obwohl das erst drei Stunden später geschehen würde. »Klingt einleuchtend«, sagte sie. »Und wann zeigt sich diese besondere Fähigkeit zum ersten Mal?«

Riaanu wollte gerade antworten, da ertönte ein gellender Hilfeschrei. »Lasst mich in Ruhe, ihr Monster, oder nicht!«, rief jemand in höchster Not.

Augenblicklich flogen die Köpfe der Gefährten herum, und auch der Swuupie spähte neugierig unter dem Wams hervor. Schon trieben die drei ihre Reittiere an.

Obwohl Sturmwind, Melusine und Kraomir kaum unterschiedlicher hätten sein können, schnellten sie gleich Pfeilen in die Richtung des Wäldchens, aus dem die panischen Rufe nicht abrissen. Allerdings hörten sie sich bereits schwächer an.

Das Antiquariat von Herrn Kardamom lag in einer kleinen Seitengasse ganz in der Nähe des Hohenstädter Rathausplatzes. Als Lukas das Geschäft im Erdgeschoss eines alten Giebelhäuschens erblickte, musste er unwillkürlich an »Die unendliche Geschichte« und den Laden von Karl Konrad Koreander denken. Auch das Ladeninnere mit seiner verstaubten

Einrichtung und den wurmstichigen raumhohen Holzregalen, zwischen denen sich Bücherstapel türmten, ähnelte dem des Films auf so verblüffende Weise, als habe es dem Ausstatter als Vorbild für seine Kulissen gedient.

Kasimir Kardamom hingegen besaß kaum Ähnlichkeiten mit seiner Filmfigur. Er war ein Männchen mit Kugelbauch, den eine bequeme Strickweste im Zaum zu halten schien. Mit seinen strähnigen weißen Haaren, die nach allen Seiten abstanden, erinnerte er an einen ergrauten Struwwelpeter. Er schaute Lukas aus schwarzen Schweinsäuglein durch eine randlose Brille an. »Ja, mein Junge?«, fragte er mit einer dünnen Stimme. »Was kann ich für dich tun?«

Lukas wechselte einen Blick mit Mr Cool, bevor er sich wieder dem Antiquar zuwandte. »Ich bin Lukas Leander, und das ist Mr … äh … Philipp Boddin. Er hat Sie gestern angerufen – wegen dieses Buches.«

Der alte Herr erinnerte sich augenblicklich. »Ja, ja«, krächzte er. »Ich hab das Büchlein von Herrn Freudenpert tatsächlich mal auf Lager gehabt. Ist allerdings schon viele Jahre her.«

Dennoch hellte sich die Miene des Jungen auf. »Dann haben Sie es also verkauft?«

»Natürlich. Schließlich ist das mein Geschäft.«

»Und wissen Sie auch noch an wen?«

»Gewusst hab ich's nicht mehr«, erklärte Herr Kardamom. »Aber zum Glück gibt's ja Unterlagen. Als ordentlicher Kaufmann hab ich natürlich auch ordentlich Buch geführt, nicht wahr?«

»Klaromaro!«, sagte Lukas, während er Mr Cool versteckt den Daumen zeigte.

»Als ihr gestern angerufen und den Titel des Buches erwähnt habt, hatte ich nicht viel mehr als eine vage Ahnung. Aber als ich später in meinen Papieren den Namen des Käufers gelesen habe, ist mir alles wieder eingefallen, und zwar haarklein.«

Die Falte trat auf Lukas' Stirn. »Was denn?«

»Der Mann hat mir nicht nur mein Exemplar abgekauft – und zwar ohne auch nur eine Sekunde über den Preis zu verhandeln! –, sondern hat mich zudem beauftragt, ihm auch alle restlichen Exemplare zu besorgen, die noch erhältlich waren.«

»Echt?«

»Ja. Dabei war das alles andere als einfach«, erklärte Kardamom. »Ich verfüge zwar über die besten Kontakte, die man sich in unserer Branche nur wünschen kann – aber trotzdem hat es mich Mühe gekostet, weitere Exemplare aufzutreiben.«

»Wieso denn das?«, wunderte sich Lukas.

»Weil das Buch so unbedeutend war, dass es kaum in Sammlungen Eingang fand. Ganze drei Stück habe ich noch aufgetan. Und wenn an einem mir unbekannten Ort nicht noch zufällig eins unentdeckt vor sich hinschlummert, müssten das die allerletzten gewesen sein.«

»Und alle hat derselbe Käufer erworben?«

»Das sagte ich doch schon! Aber irgendwie ...« – der Antiquar hüstelte – »... muss der nicht recht bei Sinnen gewesen sein.«

Lukas tauschte einen raschen Blick mit Mr Cool, doch der zuckte nur ratlos mit den Schultern. »Wie kommen Sie denn darauf, Herr Kardamom?«

»Nun, die Sache hat ihn eine schöne Stange Geld gekostet. In Fachkreisen hat sich nämlich schnell herumgesprochen, dass er diese Bücher unbedingt haben wollte, und so was treibt den Preis. Dabei waren sie, wie ich bereits erwähnt habe, eigentlich ohne jeden Belang und den Kaufpreis mit Sicherheit nicht wert.«

»Und warum nicht?«

»Weil die Künstler, über die Herr Freudenpert sich darin ausgelassen hat, allesamt unbedeutend und höchstens regional bekannt sind. Und das Gleiche gilt für ihre Werke. Nicht eines davon hat die Zeit überdauert. Sie sind allesamt längst in Vergessenheit geraten. Weiß der Himmel, wieso der Herr ausgerechnet an diesem Büchlein einen Narren gefressen hatte. Er war ja geradezu versessen darauf.«

»Haben Sie ihn nicht gefragt?«

»Doch, natürlich.«

»Und?« Lukas tauschte einen angespannten Blick mit Philipp. »Was hat er geantwortet?«

»Nichts«, erklärte der Antiquar. »Er hat nur gelächelt und erklärt, das sei sein Geheimnis.«

»Merkwürdig.« Lukas legte die Stirn in Falten. »Vielleicht ist er ein Nachkomme von diesem Freudenpert?«, rätselte er.

»Das halte ich für eher unwahrscheinlich. Seinem Namen nach zu urteilen zumindest.«

»Wieso?« Lukas hielt den Atem an. »Wie hieß er denn?«

»Longolius«, antwortete Kasimir Kardamom. »Maximilian Longolius!«

»Nein«, hauchte der Junge fast tonlos, bevor er für die Auskunft dankte und sich verabschiedete.

Philipp und er hatten die Ausgangstüre fast schon erreicht, als Kasimir Kardamom ihn noch mal ansprach. »Warte mal, mein Junge.«

Verwundert drehte Lukas sich um. »Ja?«

»Wenn ich dich so anschaue, deine Augen, die Haare und die Grübchen am Kinn – hast du irgendetwas mit Lena Luzius zu tun?«

»Lena Lu-« Vor Verwunderung klappte Lukas die Kinnlade herunter. »Ja. Sie war meine Oma. Die Mutter meiner Mama.«

»Dachte ich's mir doch!« Herr Kardamom nahm die Brille von der Nase und begann sie zu putzen. »Das ist schon ein merkwürdiger Zufall«, murmelte er vor sich hin.

»Was?« Lukas schloss die Tür wieder, deren Klinke er in der

Hand hielt, und trat mit großen Augen auf den Antiquar zu. »Was ist ein merkwürdiger Zufall?«

»Es ist schon viele Jahre her«, hob Kasimir Kardamom an, während er mit seinem Taschentuch unverwandt die Brillengläser polierte. »Ich hatte meinen Laden eben erst eröffnet, und Lena Luzius, deine Oma, war eine meiner ersten Kundinnen.«

»Echt?«, staunte Lukas.

Herr Kardamom nickte. »Und rate mal, welches Buch sie gekauft hat.«

Lukas hatte nicht die geringste Vermutung, und auch Mr Cool zuckte nur mit den Achseln.

»Genau das gleiche, nach dem du jetzt suchst!«, fuhr das Struwwelpeter-Männchen fort. »Das Bändchen von Heinrich Freudenpert!«

»Nein!« Die Augen des Jungen wurden groß. »Und daran erinnern Sie sich jetzt noch? Nach dieser langen Zeit?«

»Ja!« Die Schweinsäuglein funkelten. »Aus mehreren Gründen: Deine Oma ist nämlich plötzlich umgekippt, als sie in dem Buch geblättert hat.«

»Warum das denn?«

Herr Kardamom zog die Schultern hoch. »Keine Ahnung. Ein kleiner Schwächeanfall vermute ich, schließlich war sie damals hochschwanger. Deshalb war ich ja auch so durcheinander. Zum Glück hat sie sich schnell wieder erholt und das Buch dann auch gekauft.«

Lukas legte die Stirn in Falten. »Und weiter?«

»Die Arme ist ja bald darauf gestorben, wie du sicherlich weißt. Und wie es der Zufall so will – das Grab meiner Grete, die im letzten Jahr von mir gegangen ist, liegt genau neben dem deiner Oma.«

Kapitel 20 ❧ Der Angriff der Flugspinnen

Als Laura, Riaanu und Venik um ein Gehölz an der Südseite des Wäldchens preschten, bot sich ihnen ein seltsamer Anblick. Dicht vor einem Buschwerk, das in grünen Flammen zu stehen schien, lag ein Floß. Dabei war weit und breit nicht die geringste Spur eines Gewässers zu entdecken! Einen Steinwurf entfernt spielte sich ein grausames Geschehen ab: Drei riesige Flugspinnen rollten mit ihren haarigen Spinnenbeinen ein heftig zappelndes Wesen über den Boden, wobei sie es offensichtlich mit ihren klebrigen Fäden einsponnen.

Die schwarzen Ungeheuer hatten bereits einen so dichten Kokon um ihre Beute gewebt, dass deren Hilferufe nur noch erstickt zu hören waren.

Laura zögerte nicht einen Augenblick. Sie zog das Schwert und trieb Sturmwind auf die Monster zu. Sie hatte sie noch nicht erreicht, als zwei der Flugspinnen von ihrem Opfer abließen, sich in die Höhe schwangen und blitzschnell zum Angriff übergingen. Wie zwei Sturzflieger stießen sie Seite an Seite auf das Mädchen herab.

Die Ungeheuer kamen rasend schnell heran. Vier Augenpaare, allesamt blutrot glänzend, fixierten Laura. Die messerscharfen Kieferglieder mit den Giftklauen an den Enden bewegten sich bedrohlich hin und her. Spitze Schreie peinigten Lauras Trommelfell, während die Biester attackierten. Eine blitzschnelle Wendung von Sturmwind, der wie ein Quarterhorse abrupt auf der Stelle kehrtmachte, ließ ihren Angriff jedoch ins Leere gehen.

Lauras Schwert dagegen hatte offenbar getroffen, denn das Geheul der Spinnen wurde zu einem Crescendo, in dem sich Wut und Schmerz entluden. Doch die Wunden, die Laura ihnen zugefügt hatte, stachelten die Angreifer nur noch mehr an. Die Spinnen stiegen in den Himmel, um dann aus entgegengesetzten Richtungen erneut auf ihr Opfer herabzustoßen.

Starr vor Panik sah Laura sich um. Wo waren die Gefährten? Warum standen sie ihr nicht zur Seite? Laura konnte gerade noch beobachten, wie Riaanu sich aus dem Sattel seines Zweihorns warf und mit gezücktem Dolch auf den Rücken der dritten Flugspinne sprang, als ihre Gegner kreischend herabstürzten. Hektisch von einer Spinne zur anderen blickend, hielt sie die Zügel gestrafft und verharrte trotz der unerträglichen Anspannung, die sie in sich fühlte, ruhig an Ort und Stelle. Erst im allerletzten Moment gab Laura dem Hengst die Sporen – und Sturmwind katapultierte sie mit einem riesigen Satz aus der Flugbahn der Monster, die nur um Haaresbreite einen Zusammenstoß vermeiden konnten.

In der daraus resultierenden Verwirrung galoppierte Laura zu Riaanu, der sich mit der Linken auf dem Rücken der Spinne festklammerte, während er mit dem Dolch in der Rechten immer wieder auf sie einstach.

Das Untier schlug wild mit den Dreizackflügeln, um den lästigen Angreifer abzuschütteln. Gleichzeitig versuchte es, ihn mit den Beinen vom Rücken zu streifen, was allerdings ebenfalls misslang.

»Brauchst du Hilfe?«, schrie Laura.

»Nein, nein!« Riaanu schüttelte rasch den Kopf und deutete mit dem Dolch nach oben. »Pass auf!«, gellte seine Stimme an ihr Ohr. »Lass dich nicht einspinnen! Ihre Netze kleben so stark, dass es kein Entrinnen gibt!«

Da gewahrte Laura über sich lange schleimige Fäden, die sich rasend schnell auf sie zuschlängelten!

In ihrer Not ließ Laura ihren Schimmel zur Seite ausbrechen. Obwohl Sturmwind sich so abrupt bewegte, dass Laura das Schwert aus der Hand fiel, war es bereits zu spät: Einer der seidig glitzernden Spinnfäden hatte bereits ihren linken Arm erwischt und klebte daran wie ein Superblitzsekundenhaftkleber! Dass sie ihn mit der anderen Hand blitzschnell abzustreifen versuchte, war nur allzu verständlich – aber fatal. Schon bei der kleinsten Berührung haftete auch ihre Rechte daran fest. Die seidige Schnur war nur hauchdünn und trotzdem so fest, dass Laura sie selbst durch verzweifeltes Zerren und Ziehen weder zu lösen noch zu zerreißen vermochte. Schon glitschten weitere schleimige Fäden auf sie herab, hefteten sich an Kopf, Schultern, Arme und Beine. Gleichzeitig begannen die Spinnen über ihrem Opfer zu kreisen, um es mehr und mehr einzuspinnen. Es konnte nicht mehr lange dauern, bis Laura sich so in das Gespinst verstrickt hatte, dass sie zu keinerlei Bewegung mehr fähig war.

Da tauchte Venik neben Sturmwind auf, in der Hand einen Ast, der mit grünen Flammen bewehrt war. Er hielt ihn an das seidige Fadengewirr, welches Laura mit den über ihr schwebenden Monstern verband. Es fing augenblicklich Feuer. Mit einem lauten *Wussscchhh!* loderten die Flammen auf und fraßen sich rasend schnell in die Höhe, wo sie nach den Leibern der Ungeheuer gierten.

Noch bevor die Lohe sie erreichte, flogen die beiden Flugspinnen unter wütendem Gekreische davon.

Riaanu aber war immer noch in einen heftigen Kampf verstrickt. Als das inzwischen aus zahlreichen Wunden blutende Monster bemerkte, dass seine Gefährten die Flucht ergriffen, ließ es umgehend von dem jungen Mann ab, der sich mit einem federnden Sprung auf den Boden rettete, und schwang sich ebenfalls in die Luft. Nur Sekunden später waren alle Flugspinnen verschwunden wie ein nächtlicher Spuk im Licht des Tages. Einzig ihr Wutgeheul verhallte noch in der Ferne.

Laura jedoch bemerkte das nicht. Das an ihr haftende Gespinst hatte ebenfalls Feuer gefangen, und so glitt sie aus dem Sattel und rollte sich über den Boden, um den Brand zu löschen. Aber sie verstrickte sich nur noch mehr in den nun lichterloh brennenden Spinnfäden. Riaanu, der die Gefahr mit einem Blick erfasste, riss sich das Obergewand vom Leib, um die Flammen zu ersticken, während Venik herbeieilte und das Feuer am Boden austrat. Gemeinsam gelang es ihnen, Laura zu retten. Erleichtert knieten sie neben dem Mädchen nieder, das erschöpft auf dem Rücken lag.

Schmatzfraß, der sich hinter einen Busch geflüchtet hatte, swuupte herbei und leckte Lauras Wangen. Dazu stieß er sanfte Fieplaute aus, als wolle er sie trösten.

Auch Venik beugte sich besorgt über sie. »Alles okay?«, fragte er.

Das Mädchen verzog überrascht das Gesicht. »Was?«

»Ob alles okay ist, möchte ich wissen«, wiederholte der Magier.

»Ähm …«, antwortete Laura mit gerunzelter Stirn, um dann hastig hinzuzufügen: »Ja klar, Venik. Danke der Nachfrage.« Ohne sich um ihre schmutzigen Kleider zu kümmern, rappelte sie sich auf und deutete auf den glitzernden Kokon, der unweit von ihnen im Staub lag. »Lasst uns lieber nach dem Unglücklichen sehen, der weniger Glück hatte als ich.«

Die Beute, die die Flugspinnen zurückgelassen hatten, war so dicht verschnürt, dass nicht zu erkennen war, was sich in der Hülle verbarg. Ebenso wenig war auszumachen, ob das Opfer noch lebte.

Es dauerte eine geraume Weile, bis die drei Gefährten die

Spinnfäden mit Lauras Schwert und Riaanus Dolch durchtrennt hatten.

Zum Glück war es noch früh genug für das Wesen, das sich allmählich aus dem Kokon herausschälte. Als Laura es näher in Augenschein nehmen konnte, kam sie aus dem Staunen nicht mehr heraus: Es war ein Männchen, kaum größer als sie selbst. Gekleidet in ein blaues Gewand und gleichfarbige Lederstiefel. Sein gelber Ballonkopf erschien im Vergleich zu seinem schmächtigen Körper wahrhaft riesig. Was allerdings das Allerseltsamste an dem sonderbaren Wicht war: Er schwebte stets eine Handbreit über dem Boden.

Für Riaanu schien das die selbstverständlichste Sache der Welt zu sein. »So schnell sieht man sich also wieder, Aeolon«, grüßte er das Ballonmännchen. »Dabei hätte ich nicht damit gerechnet, dich hier in den Ausläufern der Feuerberge zu treffen.«

»Manchmal kommt es so, manchmal aber auch ganz anders. Und in den seltensten Fällen so, wie man es braucht«, entgegnete der Angesprochene mit hintergründigem Lächeln, während er sich den Staub aus dem pluderigen Gewand klopfte.

»Was du nicht sagst!« Sichtlich genervt von dem verquasten Gerede, verzog der junge Mann das Gesicht. »Aber wenn ich mich recht entsinne, wolltest du doch Königsfrüchte ernten? Damit du genug beisammen hast, wenn dein Tribut an Borboron fällig wird.«

»Wollte ich in der Tat. Ist aber noch geraume Zeit hin, bis meine Abgabe fällig wird, und so habe ich es mir anders überlegt. Hat allerdings kein Glück gebracht.« Aeolon wiegte nachdenklich den Kopf. »Oder vielleicht doch?«

Laura wusste nicht so recht, worüber sie sich mehr wundern sollte – über die unsinnige Ausdrucksweise oder das wundersame Schweben des Wichts.

Der wandte sich plötzlich an Laura. »Hast wohl noch nie

einen Levator gesehen, oder doch? Stammst am Ende sogar vom Menschenstern?« Die Füße eine Handbreit über dem Boden, verneigte sich der Levator vor ihr. »Bedanke mich natürlich auch bei dir, mein Mädchen. War äußerst knapp. Hätten mir ihr Gift in den Leib gespritzt und mich später aufgefressen, die Biester – oder vielleicht auch nicht?«

»Verzeiht meine Neugier«, antwortete Laura. »Warum waren diese Ungeheuer denn hinter Euch her?«

»Hab was gesehen, was offensichtlich nicht für mich bestimmt war«, antwortete Aeolon, bevor er den Gefährten berichtete, was er rein zufällig im Leuchtenden Tal beobachtet hatte: dass die Schwarzen Krieger dort Sklaven zur Arbeit antrieben.

Laura sah ihn überrascht an. »Sklaven?«

»Ja – und zwar ausschließlich Knaben. Gut fünf Dutzend bestimmt – wenn nicht sogar mehr oder auch weniger. Muss sogar einer vom Menschenstern darunter sein.«

»Was?« Das Mädchen verzog überrascht das Gesicht. »Wie kommt Ihr denn darauf?«

»Trägt ein seltsames rotes Kapuzenwams, der Knabe, mit einer schwarzen Wolfstatze drauf«, erklärte der Luftnomade. »Wie es nur in deiner Heimat üblich ist, mein Mädchen.«

»Alarik!«, entfuhr es Laura. »Das muss Alarik sein. Ich fasse es nicht!« Die unverhoffte Nachricht ließ ihr Gesicht strahlen. »Alarik lebt! Der Drache hat ihn also doch nicht getötet.«

»Das ist nicht gesagt.« Unsicher wiegte Venik den Kopf. »Das Gewand alleine beweist doch überhaupt nichts.«

»Natürlich!«, entgegnete das Mädchen erregt. »Es kann sich doch nur um den Anorak handeln, den ich getragen habe, als ich nach Aventerra gekommen bin. Alarik hat ihn übergezogen, um mich vor dem doppelköpfigen Drachen zu retten. Und wenn einer der Sklaven ihn trägt –«

»Muss das trotzdem nicht zwangsläufig dieser Alarik sein«,

unterbrach Riaanu. »Venik hat Recht: Es ist durchaus möglich, dass jetzt ein anderer das Gewand trägt. Jemand, der es vielleicht rein zufällig gefunden hat, zum Beispiel. Oder dass es gar nicht dein – wie hast du es genannt? – Anorak ist.« Damit wandte er sich an Aeolon. »Was stellen Borborons Männer mit diesen Sklaven denn an?«

»Schicken sie in den Berg, die Knaben, und lassen sie dort graben, vermute ich«, erklärte der Luftflößer. »Jedenfalls schleppen sie Körbe voller Erde, als hätten sie dort nach Erz gesucht – oder auch nicht.«

»Nach Erz?« Die ungewohnte Ausdrucksweise des Levators verwirrte Laura immer mehr. »Aber das ist doch keine Arbeit für Jungen?«, fragte sie. »Warum nehmen sie dazu keine ausgewachsenen Männer?«

»Werden schon wissen, warum«, antwortete das Männchen und wiegte bedächtig den Kopf.

Stirnrunzelnd strich Laura sich übers Kinn. Was mochte in diesem Leuchtenden Tal vor sich gehen? Es musste ziemlich wichtig sein, sonst hätten die Schwarzen Krieger doch nicht versucht, den harmlosen Luftflößer zu töten. Was konnten Borborons Vasallen dort treiben? Schon wollte sie weitere Fragen an den schwebenden Wicht richten, als sie bemerkte, dass Riaanus Miene sich plötzlich aufhellte.

»Hast du eine Idee?«

Der junge Mann nickte aufgeregt. »Ich glaub, ich weiß, was Borboron vorhat.«

Lauras Miene war angespannt, und auch Venik blickte den Begleiter erwartungsvoll an.

»Wenn ich Analinas Aufzeichnungen richtig entziffert habe«, erklärte Riaanu, »dann gibt es in ganz Aventerra nur einen einzigen Ort, an dem man das Erz finden kann, aus dem das Sterneneisen gewonnen wird: nämlich dort, wo das Reich der Drachen an die Drachenberge grenzt.«

Laura ahnte, worauf der junge Mann hinauswollte. Ihr Puls beschleunigte sich. »Und weiter?«

»Das Leuchtende Tal liegt exakt an der Grenze zum Drachenland, nicht weit von diesen Erzlagern entfernt«, fuhr ihr Begleiter fort. »Wenn Borboron also in den Berg dort graben lässt, dann kann das nur bedeuten –«

»Dass er den Drachen das Erz klammheimlich stehlen will, um selbst Sterneneisen daraus zu gewinnen«, fiel das Mädchen ihm aufgeregt ins Wort. »Du hast Recht, Riaanu, das muss es sein! Auch wenn es noch nicht erklärt, warum er dazu auf Jungen zurückgreift, nicht auf Erwachsene.«

»Das hat vielleicht mit ihrer Größe zu tun«, vermutete der Angesprochene. »Knaben können durch die engsten Gänge kriechen. Zudem wird niemand annehmen, dass man Kinder zum Erzschürfen einsetzt. Dazu ist diese Arbeit doch viel zu schwer und gefährlich. Deshalb vertraut Borboron vielleicht darauf, dass man nicht bemerkt, was er dort treibt.« Empört schüttelte er den Kopf. »Dieser verfluchte Tyrann! Er schreckt nicht einmal vor solcher Gemeinheit zurück!«

»Er ist das Böse in Person!«, erklärte Laura ernst und blickte ihre Begleiter auffordernd an. »Dann also los!«

»Los?« Verwirrt schaute Venik sie an. »Wohin denn?«

»Ins Leuchtende Tal – wohin denn sonst?«, entgegnete das Mädchen mit grimmiger Miene. »Wir müssen die Sklaven befreien, so schnell wie möglich.«

»Nein, Laura.« Riaanu schüttelte vehement den Kopf. »Das wäre Selbstmord und würde niemandem nutzen. Mit Sicherheit sind uns die Schwarzen Krieger zahlenmäßig weit überlegen.« Er wandte sich an Aeolon. »Habe ich Recht?«

»Und wie, Herr, und wie!«, antwortete der Luftnomade mit eifrigem Nicken. »Müssen bestimmt ein Dutzend sein – wenn nicht sogar mehr oder weniger.«

»Siehst du!« Der junge Mann fuchtelte mit dem Zeigefinger

vor Lauras Nase hin und her. »Gegen eine solche Übermacht können wir nichts ausrichten. Außerdem hast du Wichtigeres zu tun.«

»Ja, aber …«, antwortete das Mädchen kleinlaut.

»Kein Aber! Die Aussicht, an Sterneneisen zu gelangen, ist mehr als gering. Und sollten die Drachen entdecken, was Borboron im Leuchtenden Tal treibt, wird sie schwinden wie Frühnebel in der Morgensonne. Die Drachenkönige werden sich diesen dreisten Diebstahl nicht bieten lassen und in ihrem Zorn jeden zur Rechenschaft ziehen, dessen sie habhaft werden können – ob er mit dem Schwarzen Fürsten paktiert oder nicht.«

»Hat er sehr gut bedacht, der junge Herr!«, lobte der Levator und schwebte ganz nah an Laura heran. »Wurde vor Urzeiten dem Schutz des Roten Feuerdrachen unterstellt, dieses wertvolle Erz. Der wird Vorsorge getroffen haben, dass sich keiner daran vergreift. Wenn aber doch, wird er aus seinem Schlaf erwachen und seinen grausamen Bruder um Hilfe rufen, der auf dem Grund des Sees der Roten Tränen ruht. Ihre Wut wird die Drachenberge erbeben lassen – erzählt man sich jedenfalls.«

»Und dann?«, fragte Laura besorgt. »Was geschieht danach?«

»Weiß ich's?« Gleich einer ratlosen Schildkröte zog Aeolon den Kopf ein wenig ein. »Geschieht vielleicht dieses oder auch jenes. Hab's schließlich noch nie erlebt.«

»Wie auch immer«, beschied ihn Riaanu rasch. »So bedauerlich das auch sein mag, Laura, aber wir können den Sklaven nicht helfen.« Als er die Betroffenheit des Mädchens bemerkte, fügte er tröstend hinzu: »Jedenfalls noch nicht. Wenn es dir aber tatsächlich gelingen sollte, Sterneneisen zu beschaffen, können wir auf dem Rückweg ja immer noch versuchen, sie zu befreien. Da du ohnehin die Dunkelalben aufsuchen musst, würde das nicht mal einen Umweg bedeuten.«

Laura fühlte Verzweiflung. Obwohl Riaanus Ausführungen einleuchtend klangen, erschien es ihr schäbig, Alarik einfach im Stich zu lassen. Schließlich hatte er sein Leben riskiert für sie. Und deshalb …

»Riaanu hat Recht«, beendete der Magier ihr Grübeln. »Wenn du dich ins Unglück stürzt, wäre niemandem geholfen. Weder Alarik noch deinen Freunden. Und dir und deinem Vater schon gar nicht.«

Laura begriff, dass sie sich fügen musste, und steckte das Schwert zurück in die Scheide. »Also los! Versuchen wir unser Glück im Drachenland. Aber ihr müsst mir versprechen, dass wir danach sofort hierher zurückkehren, um die Sklaven zu befreien. Einverstanden?«

Riaanu und Venik ließen zwar keine Begeisterung erkennen, stimmten aber zu. Danach verabschiedeten sich die Gefährten von Aeolon. Laura trug ihm noch auf, Elysion umgehend von den Vorgängen im Leuchtenden Tal zu berichten. Was der Levator auch hoch und heilig zusagte, ohne die geringste Absicht zu haben, dieses Versprechen zu halten. Schließlich war ihm daran gelegen, für niemanden Partei zu ergreifen. Bevor Aeolon auf seinem Schwebefloß davonglitt, bedankte er sich ein weiteres Mal bei Laura für die Rettung aus allerhöchster Gefahr. »Hast was gut bei mir, mein Mädchen. Wenn du selber mal Hilfe brauchen solltest, lass es mich nur wissen. Bin sofort zur Stelle, wenn du nach mir rufst, oder auch nicht.«

Für Aeolon schien die Sache damit erledigt. Er rechnete nicht damit, dass Laura schon bald gezwungen sein würde, auf sein Angebot zurückzukommen.

Herr Virpo war außer sich vor Zorn. »Diese stampffüßigen Finsterlinge, diese elenden!«, empörte er sich, an die Herren Yirpo und Zirpo gewandt. »Dass sie sich zu einem derartigen Frevel hinreißen lassen würden, hätte ich niemals vermutet. Es scheint sie nicht im Geringsten zu kümmern, dass sie den Ort in höchste Gefahr bringen, der für das Überleben unseres Volkes und der Krieger des Lichts so ungemein wichtig ist.«

»Hört, hört!«, ereiferten sich seine Begleiter und spähten ein letztes Mal hinunter in den Talkessel, wo Borborons Männer die Sklaven unerbittlich zur Arbeit antrieben, wie die Flatterflügler mit Empörung beobachteten. Obwohl es eigentlich die Aufgabe der Späher gewesen wäre, das feindliche Lager auszukundschaften, hatten es sich die Herren Virpo, Yirpo und Zirpo nicht nehmen lassen, diesen wichtigen Auftrag persönlich zu erledigen. Selbst Paravain, der mit dem restlichen Schwarm der Flatterflügler im nahen Versteck zurückgeblieben war, hatte sie nicht davon abbringen können. Dabei war es nicht ungefährlich. Schließlich hatte Borboron jedem, der sich im Leuchtenden Tal und dessen Umgebung sehen ließe, den Tod angedroht. Aber die Herren Virpo, Yirpo und Zirpo hatten schon so manch heikle Mission gemeistert. Nun hatten sie genug gesehen und konnten an Rückzug denken.

Herr Virpo schwirrte in den Schatten eines Busches an der Kante der steil abfallenden Felswand. Er ließ den Blick nachdenklich über die Geröllebene schweifen, an deren Rand die Gipfel der Drachenberge im Sonnenlicht lagen. »Wie kann man nur so verblendet sein wie dieser Bösetuling Borboron.« Tiefe Verachtung lag in seiner zarten Stimme, in der unüberhörbar auch Sorge mitschwang. »Seit Anbeginn der Zeiten ist unser Volk bemüht, mit den Drachen in Frieden zu leben. Wenn diese jedoch erfahren, was die Reiterlinge des Schwarzen Fürsten hier treiben, wird der Rote Feuerdrache aus seinem Schlaf erwachen. Er und seine Brüder werden in maßlosen Zorn geraten und Tod und Verderben über das Leuchtende Tal bringen. Ihr Feueratem wird zum Himmel steigen und weite Teile der Drachenberge vernichten.«

»Gewiss, gewiss!«, pflichteten die Gefährten ihm bei. »Deshalb dürfen wir diese Unrechttulinge nicht weiter gewähren lassen!«

»Wie Recht Ihr doch habt, meine Herren!« Der Anführer der Flatterflügler hob die Hand, um seine Aussage zu unterstreichen. »Wir müssen dringend etwas gegen sie unternehmen.«

»Stimmt!«, antwortete Herr Yirpo. »Aber was?«

»Ja, was?«, fragte auch Herr Zirpo.

»Ja, was wohl?«, ereiferte sich Herr Virpo. »Wenn wir dem Zorn der Drachen noch entgehen wollen, bleibt uns nur ein einziger Ausweg. Wir müssen die Drachen auf schnellstem Wege darüber in Kenntnis setzen, was hier vor sich geht. Vielleicht richtet sich ihre Wut dann nur gegen Borboron und seine Finsterlinge, und die Krieger des Lichts und wir werden von ihnen verschont.«

»Hört, hört!«, erklärten seine Begleiter fast im Gleichklang und flatterten aufgeregt mit den Flügeln. »Worauf warten wir dann noch? Machen wir uns auf den Weg ins Drachenland!«

»So sei es, Ihr Herren!«, rief ihr Anführer aus. »Wenn wir uns beeilen, können wir das Verhängnis vielleicht doch noch abwenden!«

Herr Virpo flog eine Kehre, als eine barsche Stimme über ihm erklang: »Ich glaube nicht, dass ich euch das gestatten kann, ihr geflügeltes Geschmeiß!«

Mit einem spitzen Schrei der Überraschung fuhren die Flatterflügler herum und sahen sich einer riesigen Flugspinne gegenüber, die schräg über ihnen in der Luft schwebte. Auf ihrem Rücken saß ein Schwarzer Krieger. Noch bevor die silbrigen Wesen die Flucht ergreifen konnten, tropfte klebriger Speichel auf sie herunter. Nur Augenblicke später waren sie im Netz der Flugspinne gefangen.

Nach einem Abstecher in die Eisdiele radelten Lukas und Mr Cool gemächlich über die Fahrradwege von Hohenstadt. Sie hatten es nicht eilig, nach Ravenstein zurückzukehren.

Philipp nahm die Hände vom Lenker und verschränkte die Arme vor der Brust. »Eigentlich hätten wir uns den Besuch im Antiquariat auch sparen können«, sagte er. »So richtig ergiebig war er ja nicht.«

»Wieso?« Lukas wagte nicht die Lenkstange loszulassen. »Immerhin wissen wir jetzt, dass dieses Buch Mr L so viel bedeutet, dass er bereit war, richtig viel Knete dafür springen zu lassen.«

»Ja, schon.« Philipp wiegte den Kopf. »Aber so wirklich neu ist die Erkenntnis ja nicht. Schließlich hast du das schon vorher vermutet, oder?«

Lukas' Antwort war nicht zu verstehen.

»Was mich aber wundert«, fuhr Mr Cool fort. »Warum wollte er unbedingt alle Exemplare haben? Das Buch hat doch gar keinen besonderen Wert.«

»Für ihn offensichtlich schon!«, widersprach Lukas. »Es muss irgendwelche Informationen enthalten, die nicht in fremde Hände geraten dürfen, und deshalb hat er versucht, sämtliche noch verfügbaren Exemplare aus dem Verkehr zu ziehen.«

Philipp drehte sich zu ihm um und radelte weiter, ohne auf die Strecke zu achten. »Bist du dir sicher – oder vermutest du das nur?«

»Ich will es mal so ausdrücken.« Lukas grinste. »Das ist eine sichere Vermutung.«

Mr Cool sah ihn an, als würde er kein Wort glauben. »Und warum hat sich deine Oma Lena ausgerechnet für das gleiche Buch interessiert?«

»Keine Ahnu-«, hob Lukas an, um plötzlich laut aufzuschreien. »Vorsichtig, Philipp! Pass auf, wo du hinfährst!«

Doch es war bereits zu spät. Zwar konnte Mr Cool durch eine reaktionsschnelle Bremsung in letzter Sekunde vermeiden, dass er die älteren Herren, die am Rande des Fahrradweges auf einer Parkbank saßen, über den Haufen fuhr. Sein Vorderrad jedoch stieß an die Bank, und so kamen die Buchstabensteine auf dem Scrabble-Brett, das die beiden zwischen sich aufgestellt hatten, ins Rutschen.

Der Ältere, er trug einen altmodischen Pepita-Hut, sprang sichtlich verärgert auf. »Könnt ihr nicht aufpassen!«, schrie er die Jungen mit hochrotem Kopf an. »So ein Mist! Jetzt habt ihr uns alles durcheinandergebracht.«

»Sorry!«, sagte Mr Cool betreten. »Tut mir wirklich leid. Aber wenigstens ist kein Stein runtergefallen. Es liegen alle noch auf dem Brett.«

Was den Pepita-Hut keineswegs besänftigte. »Und was soll uns das helfen?«, blaffte er Philipp und auch den wie bedröppelt dastehenden Lukas an. »Alle Buchstaben sind jetzt doch durcheinandergeraten, nicht wahr!« Er deutete auf je zwei Steine, auf denen ein ›T‹ und ein ›O‹ aufgemalt waren. »Oder kannst du mir vielleicht sagen, ob wir damit ›OTTO‹ oder vielleicht ›TOTO‹ gelegt hatten?«

»Ähm«, sagte Mr Cool nur.

»Siehst du?« Fast triumphierend fuchtelte das Pepita-Männchen mit seinem Zeigefinger vor Philipps Nase herum, um sich dann Lukas zuzuwenden. »Und was ist mit dir?«

»Was meinen Sie?«, antwortete der Junge überrascht.

»Weißt du vielleicht, wie die Buchstaben angeordnet waren?«

»Wie … angeordnet?«

»In welcher Reihenfolge natürlich!« Der Hutträger schüttelte pikiert den Kopf. »Schließlich ist das von entscheidender Bedeutung!«

»Äh«, stammelte der Junge und schaute den Mann an, als

handele es sich um ein Alien. Dann ging ein Strahlen über Lukas' Gesicht. »Ja, genau!«, rief er aus. »Das ist es!« Damit ergriff er die Hand des Mannes und schüttelte sie heftig. »Danke! Vielen Dank«, sagte er überschwänglich und wendete das Rad. »Los, Philipp, komm schon!«, kommandierte er. »Dass mir Trottel das nicht eher eingefallen ist!«

Kapitel 21 ❧ Der See der Roten Tränen

Dieser verdammte Kristall! Syrin merkte, wie es in ihr zu gären begann. Gleich einer ständig anschwellenden Lavaflut machte sich rote Wut in ihrem Inneren breit. Nur unter größten Anstrengungen fand sie die Kraft zu einem letzten Versuch: Ein weiteres Mal strich sie mit ihren Krallenhänden über die kindskopfgroße Kugel, die vor ihr auf der Tafel im Thronsaal der Dunklen Festung lag, und wiederholte die uralte Beschwörungsformel von Mal zu Mal lauter und eindringlicher. Doch nichts geschah. Das Innere blieb auch diesmal in Dunkel gehüllt. Der Sehende Kristall versagte Syrin den Dienst, mochte sie ihre magischen Kräfte auch noch so sehr bemühen. Die Verzweiflung drohte ihr den Hals zuzuschnüren. »Verflucht!«, presste sie wütend hervor und verpasste der Kugel einen Stoß, die sich augenblicklich in Bewegung setzte und immer schneller auf die Tischkante zurollte!

Nur durch eine blitzartige Reaktion verhinderte der Schwarze Fürst, dass das schwarzmagische Artefakt auf den Marmorfliesen zerschellte: Er sprang vom Thronsessel auf, seine Hand schoss vor und fing die fallende Kugel auf. »Was soll das?«, tadelte er die Magierin barsch und nahm sie ins Visier, wobei seine Augen glutrot leuchteten. »Es gibt keinerlei Grund, die Beherrschung zu verlieren.«

Während Borboron einen verstohlenen Blick mit dem Fhurhur wechselte, der in seinen Kapuzenmantel gehüllt neben dem Thronsessel stand, suchte die Gestaltwandlerin nach einer unverfänglichen Erklärung für ihren jähzornigen Ausbruch. »N… N… Nein«, stotterte sie. »Natürlich nicht. Ich verstehe auch nicht, wie das geschehen konnte.«

»Ich noch viel weniger.« Der Schwarze Fürst bedachte sie mit einem lauernden Blick. »Du hast doch oft genug erklärt, dass die uralten Feenpfade vor deiner Magie geschützt sind.«

»Ja, Herr«, beeilte sie sich zu versichern. »Genauso verhält es sich.«

»Na, also.« Noch immer spielte dieses eigenartige Lächeln um die Lippen des Gebieters, das sie nicht zu deuten verstand. »Wenn der Sehende Kristall uns den Weißen Ritter nicht zeigt, dann wird er sich wohl immer noch auf diesen Feenpfaden bewegen. Denn dass er mit diesen lächerlichen Flatterwichten die Gralsburg verlassen hat, daran besteht doch keinerlei Zweifel. Unsere Späher werden Paravain ausfindig machen, das ist sicher.« Der Tyrann trat ganz dicht an sie heran, drückte ihr den Kristall in die Hände und versenkte seinen brennenden Blick in ihre Pupillen. »Keine Angst, Syrin, es läuft alles zum Besten«, sagte er. »Weshalb also regst du dich auf?«

»Weil …« Die Gestaltwandlerin sammelte ihre Gedanken. Sie konnte Borboron nicht verraten, was der wahre Grund für ihre Aufregung war: Sie hegte den Verdacht, dass Borboron sie mit Hilfe des Fhurhurs aus dem Weg räumen wollte. Sie hatte die beiden Männer belauscht und entsetzt vernommen, wie Borboron dem Schwarzmagier zugeraunt hatte: »Wir sind immer noch auf ihre Hilfe angewiesen. Aber nicht mehr lange. Sobald sie ihre Rolle in meinem Plan erfüllt hat und sich das Schwert in meinem Besitz befindet, ist sie ohne besonderen Nutzen für mich. Danach hast du freie Hand gegen sie.« Seither empfand Syrin abgrundtiefes Misstrauen.

»Äh … weil es mich einfach rasend macht, wenn ich nicht weiß, was andere im Schilde führen«, erklärte sie deshalb leichthin.

Fast mitleidig lächelte der Schwarze Fürst sie an. »Was kümmert dich dieser jämmerliche Ritter? Er kann uns nichts anhaben.«

»Und wenn er erfährt, dass sich Virpo, Yirpo und Zirpo in unserer Gewalt befinden?«

»Das ahnt er ohnehin.« Borboron setzte sich wieder auf den Thronsessel, zog einen Dolch aus dem Gürtel und säuberte seine Fingernägel mit der Spitze. »Selbst wenn dieser Knecht des Lichts herausfinden sollte, was wir im Leuchtenden Tal treiben, wird er nichts dagegen unternehmen. Das würde schließlich Krieg bedeuten. Und allein der Gedanke daran ist Elysion zuwider.«

Die schmalen Augen des Fhurhurs funkelten verschlagen. »Deshalb sollten wir diese Karte ausreizen.«

Der Schwarze Fürst grinste anerkennend, bevor er sich wieder an Syrin wandte. »Ebenso wenig wird Paravain wagen, die Drachenkönige zu unterrichten. Schließlich würde er damit das Leben der Sklaven in Gefahr bringen. Und zu seinem großen Pech sind die Drachen auf die Krieger des Lichts genau so schlecht zu sprechen wie auf uns.« Damit wandte er sich an den Fhurhur. »Schließlich haben sie auch allen Grund dazu, wie wir inzwischen herausgefunden haben, nicht wahr?«

»So ist es, Herr«, krächzte der Schwarzmagier unterwürfig und deutete eine Verneigung an.

»Tatsächlich?« Syrins Reptilienaugen begannen zu leuchten. »Und was ist der –«

»Das tut nichts zur Sache«, unterbrach der Gebieter sie harsch, bevor er sich um einen freundlicheren Ton bemühte. »Du hast sicherlich noch einiges zu tun, Syrin?« Sein Lächeln war ebenso falsch wie sein Blick. »Deshalb wollen wir dich nicht länger abhalten von deinen Geschäften.« Damit erhob er sich.

Syrin kochte innerlich. Sie schickten sie weg wie einen lästigen Dienstboten, um ungestört an ihren Plänen weiterzuspinnen! Sollten sie doch! Aber wenn sie glaubten, sich ihrer einfach entledigen zu können, dann hatten sie sich getäuscht.

Und zwar gründlich!

»Ihr seid zu gütig, Herr!«, erklärte sie falsch und zog sich mit einer tiefen Verbeugung zurück.

In ihrer Kammer stellte Syrin den Sehenden Kristall an den gewohnten Platz in der Nähe des Kamins. Diese Narren!, dachte sie. In ihrem Hochmut haben sie übersehen, dass der Thronsaal im Gegensatz zu den Feenpfaden nicht gegen die Macht des Kristalls gefeit ist!

Diesmal offenbarte die Kugel ihr Geheimnis sofort. Die Beschwörungsformel hatte die Lippen der Gestaltwandlerin kaum verlassen, als sich der Nebel im Inneren des magischen Steins lichtete und den Blick auf Borboron preisgab, der den Fhurhur vom Thron aus fragend anblickte. »Bist du sicher, dass deine Informationen stimmen?«

»Sie stammen aus der besten Quelle, die man sich nur wünschen kann, Herr. Oder habt Ihr schon vergessen, dass Gurgulius ebenfalls ein Drache ist und bereits Tausende von Jahren auf seinem schuppigen Buckel hat?«

»Demnach sollte er über diese Geschichte bestens Bescheid wissen«, erklärte der Tyrann nachdenklich.

»Mit Sicherheit! Dabei hat er bislang beharrlich darüber geschwiegen. Was habe ich nicht alles versucht, um ihn zum Reden zu bringen – und trotzdem ist es mir nicht gelungen. Seit sich dieses Mädchen in unserer Welt aufhält, hat sich das grundlegend geändert. Plötzlich rückt Gurgulius mit immer mehr Einzelheiten aus seiner Vergangenheit heraus. Nur weiß ich nicht, warum.«

»Wie auch immer.« Borborons fahles Gesicht verzerrte sich zu einer hässlichen Fratze. »Dieses Menschenkind kann einem ja beinahe leidtun. Wenn ich bedenke, welch schreckliches

Leid seine Vorfahren den Drachen zugefügt haben, möchte ich jedenfalls nicht in Lauras Haut stecken, wenn sie dem Drachenkönig ihr Anliegen vorträgt.«

»Sein Zorn wird unermesslich sein!« Die Schadenfreude war nicht zu überhören. »Wir können deshalb getrost auf Syrin verzichten. Sie wird immer unzuverlässiger. Laura hat ohnehin nicht die geringste Chance, den ursprünglichen Zustand von Hellenglanz wiederherzustellen. Sie wird ihren Ausflug ins Drachenland nämlich nicht überleben!«

Eingehend musterte der Schwarze Fürst die gesäuberten Fingernägel. »Ich habe schon zu viele unliebsame Überraschungen mit diesem Mädchen erlebt. Deshalb werden wir auch den Plan der Gestaltwandlerin so lange aufrechterhalten, bis er sich als überflüssig erweist.« Damit steckte er den Dolch zurück an den Gürtel und erhob sich. »Es ist langsam an der Zeit, deinen geflügelten Freund zu wecken. Seine Brüder sollen schließlich rechtzeitig erfahren, was auf sie zukommt!«

»Wie Ihr befehlt, Herr.« Mit einer tiefen Verbeugung zog der Fhurhur sich zurück.

Die Frau im smaragdgrünen Gewand strich über die Oberfläche der Kristallkugel, die sich augenblicklich wieder trübte, und starrte sinnierend vor sich hin. Was mochte dieser doppelköpfige Drache nur offenbart haben, dass der Schwarze Fürst und der Fhurhur so überzeugt von Lauras Tod sprachen?

Während Syrin noch darüber grübelte, nahm ein perfider Plan Gestalt an. Es wäre doch schade, dachte sie, wenn das Mädchen es nicht bis zur Hochebene der Eisigen Flammen schaffen würde. Das böte die Chance, Laura zu übertölpeln und unschädlich zu machen, gleichzeitig aber auch den Schwarzen Fürsten in die Knie zu zwingen. Und dann könnte sie, Syrin, sich zur Herrscherin über die Dunklen Mächte aufschwingen!

Laura staunte. Das Gewässer, das sich zu ihrer Linken bis zum Horizont erstreckte, war von einem so tiefen Rot, als sei es vollständig mit Blut gefüllt!

»Ich weiß, was du wissen willst«, sagte Riaanu in diesem Moment.

»Wieso?« Laura war verblüfft. »Kannst du am Ende auch Gedanken lesen?«

»Nein.« Immer noch lächelnd, schüttelte der junge Mann den Kopf. »Das ist auch gar nicht nötig. Es steht dir ins Gesicht geschrieben, was dich bewegt: Du willst wissen, ob der ›See der Roten Tränen‹ seinen Namen zu Recht trägt und tatsächlich mit roten Tränen gefüllt ist, nicht wahr?«

»Und? Ist er es?«

»Ja.« Riaanu zog die Stirne kraus. »Zumindest der Legende nach, die man sich in weiten Teilen Aventerras erzählt. Danach hat sich der See mit den Tränen aus den rotgeweinten Augen unzähliger Mütter und Väter gefüllt. Sie haben sie um ihre Kinder vergossen, die im Laufe der Zeit den Drachen zum Opfer gefallen sind.«

»Hm.« Das Mädchen rümpfte die Nase. »Eine anrührende Geschichte. Glaubst du die etwa?«

»Wie klug du doch bist«, entgegnete Riaanu mit sanftem Spott. »Nein, Laura – wie fast alle Legenden, so besitzt auch diese mit Sicherheit nur einen wahren Kern. Möglicherweise wurden am Ufer dieses Sees dereinst bittere Tränen geweint.«

»Die rote Farbe jedoch hat einen anderen Grund?«

»Bestimmt!«, mischte Venik sich ein. »Oder hast du schon mal erlebt, dass jemand rote Tränen vergossen hat?«

Laura wandte sich dem Magier zu, der sie vom Rücken seines Hornbüffels aus schräg angrinste, als wolle er sagen: Also ich nicht!

»Natürlich nicht. Zumindest nicht bei uns auf der Erde. Aber hast du mir nicht erklärt, dass das Leben auf Aventerra ganz anderen Gesetzen gehorcht als das auf dem Menschenstern? Warum also sollte es hier keine roten Tränen geben?«

»Ähm«, war alles, was der Junge darauf zu antworten wusste.

»Vielleicht hast du sogar Recht, Laura«, sprang Riaanu ihr bei. »Aber die Rotfärbung des Sees rührt trotzdem nicht von roten Tränen her.« Er legte den Kopf in den Nacken und spähte zum glühenden Ball der Sonne, die hoch am Mittagshimmel stand. »Wir sind gut vorangekommen«, sagte er, »und könnten eine kleine Pause gut vertragen.«

Im Schatten der Torkelweiden, die das Seeufer säumten, hielten sie an und befreiten die Reittiere von der Trense, damit sie grasen konnten.

Laura holte gerade einen Apfel aus der Proviantasche, als sie bemerkte, dass Sturmwind an das Gewässer trat, den Kopf senkte und das Maul ins rote Wasser steckte, um zu saufen. »Nicht doch! Lasst das sein!«, rief sie erschrocken aus, als sich der Swuupie dem Schimmel anschloss.

Riaanu legte ihr beruhigend die Hand auf den Arm. »Keine Angst«, sagte er. »Das ist bestes Trinkwasser, auch wenn es etwas merkwürdig aussieht – und auch so schmeckt.«

»Ähm – wie merkwürdig?«

»Probier doch mal.«

Laura zögerte, überwand den Ekel dann aber doch. Sie kniete am Ufer nieder, formte mit den Händen eine Kelle, schöpfte von der Flüssigkeit und führte sie zum Mund. Sie schmeckte in der Tat eigenartig. Irgendwie … metallisch.

Sturmwind jedenfalls schien gar nicht genug davon zu bekommen. Erst recht, als Kraomir und Melusine sich zu ihm gesellten und ihm beim Saufen Gesellschaft leisteten.

Laura schüttelte verständnislos den Kopf.

Die unwirsche Reaktion blieb Riaanu nicht verborgen. »Lass sie ruhig gewähren«, redete er ihr zu. »Vielleicht ahnen sie, dass wir auf unserem weiteren Weg nicht so schnell wieder an einem Gewässer vorbeikommen. Sie sollen sich ruhig satt trinken. Und auch wir dürfen nicht vergessen, die Wasserflaschen aufzufüllen.«

»Wie du meinst. Du stehst wohl auf Eisenwasser, was?«

»Jedenfalls besser, als zu verdursten«, gab er zurück, während er nach seiner Wasserflasche griff. »Aber da wir schon dabei sind: Eisen könnte durchaus der Grund für die eigentümliche Farbe sein. Möglicherweise sind verschiedene Metalle in dem Wasser gelöst, die es röten. Allerdings könnte die Farbe auch von kleinen Lebewesen herrühren.«

Während sie ihre Wasservorräte erneuerten, ertönte plötzlich ein kaum hörbares Pfeifen, das aus unendlicher Ferne zu kommen schien.

Selbst Sturmwind, Melusine und Kraomir schienen zu spüren, dass etwas Seltsames im Gange war: Längst hatten sie die Köpfe gehoben, die aufgestellten Ohren spielten unruhig hin und her, und Schmatzfraß sprang aufgeregt auf und ab.

Als der Pfiff schließlich im Wind verklang, senkte sich eine befremdliche Stille über den See. Selbst die Singvögel, die eben noch die Luft mit fröhlichem Gezwitscher erfüllt hatten, waren verstummt. Dann erhob sich ein Brausen, das aus der Tiefe des Sees zu kommen schien.

Die Gefährten fuhren herum und starrten gespannt auf das Wasser, das noch immer so glatt wie ein Spiegel vor ihnen lag.

Das Brausen schwoll immer mehr an, bis es wie ein Sturm tobte. Das Wasser in der Mitte des Sees begann zu brodeln, und eine riesige blutrote Fontäne schoss in den Himmel.

Laura wich erschrocken zurück, und Riaanu und Venik rückten verängstigt zusammen.

Nun teilten sich die Wasser, und mit heiserem Gebrüll tauchten zwei mächtige Köpfe auf: grün geschuppte, mit spitzen Hörnern besetzte Drachenköpfe, deren gähnende Mäuler lange Barteln in den Mundwinkeln trugen und Furcht erregende Gebisse aus messerscharfen Zähnen sehen ließen.

»Oh nein!«, schrie Laura in grenzenlosem Entsetzen. »Gurgulius der Allesverschlinger! Er sucht mich – nichts wie weg!«

Schon wollte sie sich auf Sturmwinds Rücken schwingen, als Riaanu sie zurückhielt. »Nicht doch, Laura! Das würde nur seine Aufmerksamkeit erregen. Schnell in den See, damit Gurgulius uns nicht riechen kann!«

Während der junge Mann die Reittiere unter das ausladende Geäst der Torkelweiden scheuchte, hechteten Laura und Venik ins seichte Wasser des schmalen Schilfgürtels am Ufer. Nachdem Riaanu neben sie geglitten war, spähten sie angestrengt durch die scharfkantigen Halme auf den See, wo das Ungeheuer brüllend die Schwingen ausbreitete. Die rote Flut spritzte auf, als Gurgulius sich mehr und mehr erhob und in die Lüfte schwang. Während er über dem See kreiste, schwangen die beiden Köpfe hin und her, als würden sie Beute wittern. Wieder riss der Drache die Mäuler auf, und sein Gebrüll tobte wie ein Unwetter und ließ das Schilf und die Bäume rauschen.

Laura und ihre Gefährten duckten sich tiefer in ihr Versteck. Entsetzen hatte sie gepackt. Gurgulius kreiste nicht mehr. Er kam direkt auf sie zu!

Lukas und Philipp stellten die Räder an der Friedhofsmauer ab. Sie mussten nicht lange suchen, bis sie das Grab fanden. »Ich Idiot«, sagte Lukas erneut und schüttelte verärgert den Kopf. »Ich hätte ja auch gleich drauf kommen können, dass Lea Mano ein Anagramm für ›Oma Lena‹ ist.«

»Ana-was?« Philipp grinste verlegen.

»Anagramm«, erklärte Lukas und klang ausnahmsweise mal

nicht wie ein Oberlehrer. »Alle nur einigermaßen intelligenten Menschen – und vor allem jene, die ›Sakrileg‹ gelesen haben – sollten doch wissen, dass man durch geschicktes Umstellen der Buchstaben aus fast allen Wörtern neue bilden kann, denen man auf den ersten Blick ihren Ursprung gar nicht mehr ansieht.«

»Und auf diese Weise hat der Professor aus ›Oma Lena‹ ›Lea Mano‹ gemacht?«

»Klaromaro!«

Mr Cool konnte sich ein Grinsen nicht verkneifen. »Und warum hat das bei dir dann so lange gedauert, bis du das herausgefunden hast?«

»Tja«, knurrte Lukas vergrätzt. »Das ist eine durchaus berechtigte Frage.« Er seufzte geknickt. »Aber genauso frage ich mich, warum der Professor mich ausgerechnet hierher schickt?« Er deutete auf das Grab, das fast vollständig von Efeu und einem blühenden Bodendecker überwuchert war. »Zum Gießen doch wohl nicht, denn das besorgt der Grabpflegedienst, den Papa schon vor Jahren damit beauftragt hat.«

»Kann ich mir auch nicht vorstellen.« Philipp lüftete die Strickmütze und kratzte sich am Kopf. »Selbst wenn Morgenstern das nicht gewusst haben sollte, war der Hinweis auf das Gießen wohl eher dazu gedacht, den Kommissar in die Irre zu führen.«

»Ist doch logosibel«, pflichtete Lukas ihm bei. »Womit meine Frage allerdings immer noch nicht beantwortet ist: Warum wollte der Professor, dass ich hierher gehe?«

Die Jungen musterten das Grab eine Weile schweigend. Es unterschied sich kaum von den anderen Gräbern. Der Gedenkstein war schlicht und trug neben den Geburts- und Sterbedaten von Lena Luzius nur einen Spruch: »Suche, himmlische Muse, um Erkenntnis, und lass dich von meiner Schrift leiten.«

Erneut kratzte Mr Cool sich am Kopf. »Vielleicht wollte der Direktor dich auf diesen Bibelspruch hinweisen.«

Lukas zog die Stirne kraus. »Wie kommst du darauf, dass das ein Zitat aus der Bibel ist?«

»Na ja. So was schreibt man doch gerne auf Grabsteine, oder? Zudem ist darin vom ›Himmel‹ die Rede und von ›meiner Schrift‹. Und da die Bibel auch als ›Heilige Schrift‹ bezeichnet wird, könnte die doch damit gemeint sein, oder?«

»Wohl kaum!«, antwortete Lukas im Brustton der Überzeugung. »Ich bin zwar kein Bibelwissenschaftler und auch kein Exeget …«

»Hä?«, fragte Mr Cool verwundert.

»Ein Ausdeuter von Schriftwerken, besonders der Bibel«, erklärte der Junge, während er die Brille von der Nasenspitze zurückschob. »Trotzdem weiß ich, dass der Ausdruck ›himmlische Muse‹ nicht der biblischen Terminologie entspricht.«

»Yo. Wenn du es sagst.« Mr Cool zuckte ratlos mit den Schultern. »Ist ja auch egal, woher er stammt. Die Frage ist vielmehr: Was hat der Spruch hier zu bedeuten?«

»Stimmt.« Lukas grinste seinen Begleiter an. »Da kann ich dir ausnahmsweise mal nicht widersprechen.«

»Und? Hast du eine Ahnung?«

»Leider nicht. Nicht die geringste«, entgegnete Lukas, bevor er seine Handykamera zückte, um den Grabstein zu fotografieren.

Die massige Gestalt, die sich hinter der großen Engelstatue ganz in ihrer Nähe verborgen hielt und sie mit finsterem Blick beobachtete, bemerkten weder Lukas noch Philipp. Und ebenso wenig fiel ihnen auf, dass sie verfolgt wurden, als sie den Friedhof verließen.

Mit heiserem Gebrüll fegte Gurgulius über das Schilf und die Torkelweiden dahin, bevor er sich mit kräftigen Schwingenschlägen immer höher in die Lüfte schraubte und davonflog. Es dauerte nicht lange, da hatte eine dichte Wolkenbank den Drachen verschluckt.

Der Swuupie sprang als Erster ans Ufer und schüttelte sich. Blutrote Tropfen spritzten aus seinem Pelz. Dann krochen Laura und die Männer aus der Deckung.

Der mit knapper Not überstandene Schrecken stand allen ins Gesicht geschrieben.

»Ich habe schon gedacht, meine letzte Stunde hat geschlagen«, sagte Venik.

»Ich hatte auch kaum noch Hoffnung«, gestand Laura mit gequältem Lächeln.

»Vergiss nicht, dass Gurgulius blind ist!«, erinnerte Riaanu sie. »Er kann dich nicht sehen, ganz egal, wie nah oder weit entfernt er ist. Und riechen konnte er uns eben auch nicht.«

»Weil du uns ins Wasser gescheucht hast«, sagte Laura mit dankbarer Miene. »Das war unsere Rettung.«

»Eben.« Ein schelmisches Grinsen legte sich auf das Gesicht des Führers. »Dabei verstehe ich mich kein bisschen auf Magie wie unser junger Freund hier!«

»Was hätte ich denn tun sollen? Selbst mein Vater Milian hätte es mit diesem Ungeheuer nicht aufnehmen können, und der war schließ-«

»Schon gut«, fiel Laura Venik ins Wort »Hört auf, euch zu streiten! Lasst uns lieber überlegen, was wir jetzt tun sollen.«

»Nun, erst folgen wir dem Pfad bis zum Drachenland und versuchen auf schnellstem Weg in den Palast der Drachenkönige zu gelangen«, antwortete Riaanu.

»Viel zu gefährlich!« Laura schüttelte mit Nachdruck den Kopf. »Hast du nicht bemerkt, dass Gurgulius genau die gleiche Richtung eingeschlagen hat?«

»Ja, aber …«

»Vielleicht hat er ja den Auftrag, den Pfad zu überwachen? Dann wären wir doch ständig in der Gefahr, von ihm erwischt zu werden!«

Der junge Mann knetete sein Kinn. Es war ihm anzusehen, dass er fieberhaft nachdachte. »Deine Einwände sind nicht von der Hand zu weisen«, gab er schließlich zu.

»Gibt es keine andere Möglichkeit, zum Palast der Drachen zu gelangen?«

»Nun, es gäbe da schon noch einen Weg.«

»Auf dem wir Gurgulius nicht fürchten müssten?«

»Wohl kaum«, erklärte Riaanu, klang dabei aber gar nicht begeistert.

Das Mädchen musterte ihn abwartend.

»Dieser Weg ist allerdings nicht weniger gefährlich, Laura. Im Gegenteil: Er führt durch das Labyrinth der Drachenkönige, und das ist schlechterdings lebensgefährlich!«

Kapitel 22 ❧ Der Atem der Drachen

Ich werde euch Beine machen, faules Pack! Ab sofort werden die Schichten verlängert und die Pausen gestrichen – und zwar so lange, bis ihr dieses verdammte Erz endlich gefunden habt.«

Alarik spürte das unterdrückte Murren der Jungen um ihn herum, doch keiner wagte den Widerspruch. Die meisten Sklaven hatten die Hoffnung längst aufgegeben, das Leuchtende Tal jemals lebend zu verlassen. Angesichts der fliegenden Spinnenungeheuer, die ständig über ihnen kreisten, war an Flucht ohnehin nicht zu denken. Resignation stand in ihren hohlwangigen Gesichtern, während sie dem Appell ihres Peinigers lauschten.

»Damit ihr euch in Zukunft ein bisschen mehr anstrengt«, fuhr Aslans schneidende Stimme in Alariks Ohr, »werden wir von nun an am Ende eines jeden erfolglosen Tages einen von euch auswählen und ihm eine Sonderbehandlung zuteil werden lassen.« Mit unverhohlenem Grinsen blickte er zu den beiden Schergen an seiner Seite, die schwere Lederpeitschen in den Händen hielten und bei den Worten ihres Anführers betont auffällig damit spielten. »Ich denke, das wird euch ein Ansporn sein, euch in Zukunft besser anzustrengen. Und nun an die Arbeit mit euch, marsch!«

Gefügig trotteten die Sklaven in das schwarze Loch, das in den Berg führte. Schon nach wenigen Schritten erreichten sie eine größere Höhle, die von Fackeln in spärliches Licht getaucht wurde. Dort erwartete sie bereits der Dunkelalb, der die

Arbeit im Berg beaufsichtigte. Wie Alarik aus einem heimlich belauschten Gespräch zwischen ihm und Aslan wusste, hatte der grobschlächtige Kerl vor einigen Monden auf einem Streifzug durch die Feuerberge rein zufällig das Gewirr von Gängen entdeckt, das offensichtlich von Granitdachsen in den Berg gewühlt worden war. Sofort hatte er Beolor, dem Herrn der Dunkelalben, von dem aufregenden Fund berichtet. Der hatte die Nachricht kaum an Borboron übermittelt, als dieser seine Schwarze Garde auch schon in das Tal beordert hatte.

Wie alle Angehörigen seiner Art hatte der Dunkelalb kurze Beine und übermäßig lange Arme. Der massige Schädel saß fast übergangslos auf seinem gedrungenen Rumpf und war fast vollständig von langem schwarzem Zottelhaar bedeckt. Selbst vor dem Gesicht machte der Haarwuchs nicht Halt, sodass davon nicht viel mehr als der breite Mund mit den wulstigen Lippen, die dicke knollenförmige Nase und die wie grüne Smaragde funkelnden Augen zu erkennen war. Während er den Jungen das Werkzeug überreichte – Picken, Schaufeln und Transportkörbe –, knurrte er sie mit kehliger Stimme an.

»Beeilt euch, ihr Bälger! Oder habt ihr nicht gehört, was Herr Aslan euch angedroht hat? Das war ernst gemeint, das kann ich euch versichern. Deshalb würde ich mich an eurer Stelle verdammt anstrengen, um dieses Erz endlich zu finden. Also rein mit euch in den Stollen!« Damit deutete er auf eine schmale Öffnung in der Höhlenwand, vor der sich mehr und mehr Sklaven versammelten.

»Verzeiht die Frage, Herr«, sprach Alarik ihn vorsichtig an. »Aber …?«

Der Dunkelalb drehte ihm das finstere Gesicht zu. »Ja?«

»Woran lässt sich dieses Erz erkennen? Ich meine, vielleicht sind wir ja schon darauf gestoßen und haben es nur übersehen?« Er deutete auf seine Schicksalsgenossen. »Schließlich sind wir ja keine Bergleute.«

»Das ist auch gar nicht nötig«, knurrte der Dunkelalb. »Dazu gibt es ja mich.«

»Ja, schon«, antwortete Alarik schnell. »Aber trotzdem wüsste ich gerne, wie dieses Erz aussieht.«

Der Dunkelalb rollte die Augen. »Nun denn«, brummte er. »Wenn es dich glücklich macht, sollst du wissen, dass das Erz viel leichter ist als gewöhnliches Gestein, und außerdem schimmert es silbrig, wenn das Licht der Flatterflügler darauffällt.«

Alarik schaute den Dunkelalb erstaunt an. »Ich dachte, die wären nur dazu da, uns in der Dunkelheit zu leuchten?«

»So, dachtest du das?«, knurrte der massige Schrat. »Genug jetzt! An die Arbeit!«

Während sich der Junge eine Schaufel griff, stapfte der Dunkelalb zu einer Nische in der Höhlenwand, die mit einem dichten Spinnennetz verschlossen war. Vorsichtig darauf bedacht, nicht daran festzukleben, löste er einige Fäden und schuf eine Öffnung, die höchstens armbreit war. »Raus mit euch, ihr Flatterwichte!«, befahl er barsch. »Macht schon! Los, los!«

Ein Licht nach dem anderen leuchtete in der Vertiefung auf. Dann schwebte der erste Flatterflügler in die Höhle. Ein gutes Dutzend seiner Artgenossen folgte ihm und ließ den Raum in hellem Licht erstrahlen.

Jetzt erst war ein Vogelkäfig zu sehen, der von der Decke hing. Seine Gitterstäbe waren zusätzlich mit einem feinmaschigen Gespinst gesichert. Darin schwirrten drei weitere Flatterflügler umher: die Herren Virpo, Yirpo und Zirpo.

Der Dunkelalb deutete mit seinem wurstigen Zeigefinger auf den Käfig. »Eigentlich überflüssig, es jeden Tag aufs Neue zu erwähnen«, sprach er, »aber wenn auch nur einer von euch einen Fluchtversuch unternimmt, werden wir uns an euren Anführern schadlos halten!«

»Hört nicht auf diesen Schwarzgesichtling«, rief Herr Virpo

seinen Untergebenen zu. »Nehmt keine Rücksicht auf uns und flücht-«

»Halt's Maul!«, schrie der Dunkelalb und verpasste dem Käfig einen heftigen Stoß, sodass er ins Schaukeln geriet. »Ein Wort noch – und ich zerquetsche einen deiner Flatterfreunde mit der bloßen Hand!«

Aufgeregt wispernd schwirrten die geflügelten Wesen durcheinander, bevor sie wie jeden Tag mit den Sklaven in die Stollen eindrangen, um ihnen bei der Arbeit das nötige Licht zu spenden.

»Na also, geht doch«, brummte der Dunkelalb, nachdem sie im Berg verschwunden waren. Als auch der letzte Lichtschein erlosch, als habe der finstere Schlund eines Ungeheuers alle verschluckt, stapfte er zum Ausgang. Sicherlich warteten Aslans Männer schon ungeduldig darauf, endlich mit dem Kartenspiel beginnen zu können.

Der finstere Kerl war eben verschwunden, als ein kaum merkliches Zittern durch die Höhle ging: Es war nicht stärker als die Bewegung, die der Fall eines winzigen Tautropfens auf dem Wasserspiegel eines riesigen Sees verursacht.

Den Flatterflüglern allerdings blieb es trotzdem nicht verborgen. Mit erschrockenen Gesichtern sahen sie sich an.

»Oh weh, oh weh«, wisperten die Herren Yirpo und Zirpo fast im Gleichklang.

»Ihr sagt es, Ihr Herren«, antwortete ihnen Herr Virpo mit großem Ernst. »Wenn es das ist, was ich vermute, dann fürchte ich das Schlimmste für uns!«

Als Morwena in den Burghof von Hellunyat trat, glaubte sie ihren Augen nicht zu trauen: Der Hüter des Lichts duellierte sich mit einem Ritter seiner Leibgarde! Obwohl die Heilerin sogleich erkannte, dass es sich nur um eine Übung handelte, fuhr ihr ein mächtiger Schrecken in die Glieder. In all den Jahren, die sie Elysion nun schon auf der Gralsburg diente, hatte ihr Herr noch niemals eine Waffe in die Hand genommen, geschweige denn benutzt. Und jetzt sah es ganz so aus, als würde er sich ernsthaft auf einen Kampf vorbereiten!

Obwohl der Hüter des Lichts mindestens dreimal so alt und seinem Gegner auch von der Statur her unterlegen war, setzte er sich geschickt zur Wehr. Funkenstiebend klirrten die scharfen Klingen aufeinander, während der alte Mann und der junge Ritter verbissen miteinander fochten. Überraschend flink und behände wehrte Elysion die Attacken des hünenhaften Kriegers ab, um schließlich sogar selbst zum Angriff überzugehen. Allerdings war der nicht von Erfolg gekrönt. Im Gegenteil: Der Recke parierte die überstürzte Attacke seines Gebieters mit Leichtigkeit und schlug ihm das Schwert aus der Hand, sodass dieser plötzlich wehrlos vor ihm stand.

Mit erleichtertem Lächeln hob Elysion die Hände zum Zeichen der Aufgabe. »Vielen Dank, junger Freund. Ich habe zwar noch vieles nachzuholen, aber für heute mag es genügen. Ich wäre dir allerdings sehr verbunden, wenn wir die Übung schon morgen fortsetzen könnten.«

Der Ritter bückte sich nach der Waffe seines Herrn und reichte sie ihm zurück. »Es wird mir eine Ehre sein.« Damit verneigte er sich und zog sich zurück.

Morwena trat neben den Hüter des Lichts. Die Übung hatte ihn offensichtlich sehr angestrengt. Sein faltiges Gesicht glänzte vor Schweiß, und sein Atem flog wie der eines Pferdes nach einem anstrengenden Ritt. Seine Augen jedoch leuchteten zufrieden, als er sich an die Heilerin wandte. »Was gibt es so Wichtiges, dass du im Burghof nach mir suchst?«

»Pfeilschwinge, der Adler des Lichts, ist zurückgekehrt«, meldete die junge Frau. »Er hat eine Botschaft von Paravain überbracht.«

Immer noch keuchend, griff der Hüter des Lichts zu einem

Leinentuch, das er wohl vorsorglich mit in den Hof gebracht hatte, und trocknete sich das Gesicht ab.

»Sein Unternehmen steht unter keinem glücklichen Stern.« Morwenas Antlitz verschattete sich vor Sorge. »Die Schwarzen Krieger haben die Anführer der Flatterflügler gefangen genommen. Außerdem sind sie allem Anschein nach dabei, einen Stollen in den Berg zu graben, um an das Erzlager der Drachenkönige zu gelangen.«

Sichtlich alarmiert, blickte Elysion auf. »Sterneneisen! Deshalb also die Sklaven!«

Die Heilerin nickte bekümmert. »Alle Anzeichen deuten darauf hin.«

»Ich habe es befürchtet«, erklärte der Hüter des Lichts betroffen und stützte sich auf die Heilerin. Als habe plötzliche Müdigkeit ihn übermannt, schloss er die Augen und wandte das immer noch feuchte Gesicht der Sonne zu. So verharrte er schweigend, bis er schließlich ihren Arm losließ und heftig den Kopf schüttelte, dass seine Graumähne Schweißtropfen versprühte. »Borboron, dieser Narr!«, presste er hervor. »Er scheint nicht zu wissen, was er anrichtet.«

Morwena sah den Gebieter erwartungsvoll an. Da er stumm blieb, erklärte sie: »Paravain wartet auf eine Antwort. Er möchte wissen, was er tun soll.«

Der Hüter des Lichts straffte sich. »Nichts«, befahl er knapp. »Der Weiße Ritter soll abwarten und die Vorgänge im Tal weiter beobachten. Unter keinen Umständen soll er eingreifen, es sei denn, die Sklaven oder sonst wer im Leuchtenden Tal geraten in Lebensgefahr«, erklärte Elysion. »Dann versteht es sich von selbst, dass er ihnen zu Hilfe eilt. Aber das ist Paravain ohnehin klar, sodass du darauf verzichten kannst, Pfeilschwinge zu ihm zu schicken.«

»Sicher ist sicher«, antwortete Morwena, bedacht, dem Blick ihres Herrn auszuweichen, damit er nicht bemerkte, dass sie mit den Gedanken längst bei der persönlichen Botschaft war, die sie Paravain übermitteln wollte. Bevor die Heilerin zu Pfeilschwinge eilte, fragte sie: »Verzeiht die Neugier, Herr, aber steht es so schlimm um Aventerra, dass Ihr Euch an der Waffe übt?«

Ein versonnenes Lächeln huschte über Elysions Antlitz. »Du erinnerst dich sicher an die Botschaft, die die Wissenden Dämpfe dir unlängst übermittelt haben?«

»Natürlich.« Verwunderung machte sich im Gesicht der Heilerin breit. »›Wenn aus Licht Dunkelheit wird und aus Dunkelheit Licht, wird sich das Schicksal entscheiden. Und nur der wird die Prüfung bestehen, der die wahre Natur der Dinge erkennt‹ – so lautete der Orakelspruch.«

»Du sagst es«, antwortete Elysion mit einem seltsamen Blick, den sie nicht recht zu deuten vermochte. »Es ist deshalb an der Zeit, dass ich mit den Vorbereitungen beginne.«

»Mit den Vorbereitungen? Auf diesen Tag?«

»So ist es, Morwena.«

»Aber ... dieser Orakelspruch ... er ist doch auf dieses Mädchen gemünzt, auf die Schwertträgerin!«

»Und was ist, wenn wir uns täuschen, Morwena? Wenn wir die wahre Natur der Dinge nicht richtig erkennen, wie es in der Botschaft heißt? Dann werden wir die Prüfung nicht bestehen können, nicht wahr?« Der alte Mann wandte sich zum Gehen. Ein Ruck schien durch seinen betagten Körper zu gehen. »Und das würde unser Ende bedeuten! Aventerra wäre ebenso dem Untergang geweiht wie der Menschenstern. Das dürfen wir nicht zulassen, und deshalb bereite ich mich vor. Damit ich selbst dann gewappnet bin, wenn das Orakel etwas ganz anderes meinen sollte, als wir im Moment glauben.«

»Aber ... was, Herr? Was könnte es sonst noch bedeuten?«

Der Hüter des Lichts trat dicht vor sie hin und sah sie eindringlich an. »Denke darüber nach, und du wirst schon bald verstehen.« Damit ging er davon.

Resigniert schlug Lukas die Bibel zu, die er aus der Internatsbibliothek geholt hatte. Glücklicherweise besaß Attila Morduk einen Generalschlüssel für alle Räume, und so hatte er Lukas Zugang zu Fräulein Bröselsams Reich gewähren können. »Wie ich schon vermutet habe«, erklärte er an Mr Cool gewandt. »Der Spruch stammt nicht aus der Heiligen Schrift.«

»Schade.« Philipp drehte sich vom Computermonitor weg und hob bedauernd die Hände. »Es war zumindest den Versuch wert. Schließlich habe ich im gesamten Internet keinen Hinweis auf den Satz gefunden.«

»Wenn man bedenkt, was das bedeutet, ist das in der Tat schade«, bestätigte Lukas und verzog bekümmert das Gesicht.

»Und was bedeutet das?«

»Ist das nicht offensichtlich?« Er musterte Mr Cool von oben herab. »Überleg doch mal: Es gibt keinen auch nur halbwegs bekannten Spruch, Aphorismus, Zitat und so weiter, den man nicht im Internet finden kann. Jeder Dilettant stellt doch heutzutage seine Werke ins Netz.«

Philipp schien immer noch nicht zu verstehen, worauf Lukas hinaus wollte. »Ja, und?«, fragte er.

»Wenn der Spruch von Oma Lenas Grabstein nicht im Web zu finden ist«, fuhr der Junge fort, »dann ist er wahrscheinlich eigens für diesen Zweck erfunden worden – von ihr selbst oder von jemand anderem.«

»Und wenn das so wäre?«

»Dann scheint es doch nahe liegend, dass er eine besondere Botschaft enthält. Die Frage ist nur – welche?«

Lukas überspielte das Handyfoto auf den Computer und vergrößerte es so sehr, dass der Spruch fast den gesamten Bildschirm ausfüllte: »Suche, himmlische Muse, um Erkenntnis, und lass dich von meiner Schrift leiten.«

»Vielleicht ist das Ganze auch so ein Anadingsbums«, gab Mr Cool zu bedenken, »und wir müssen nur lang genug die Buchstaben vertauschen, bis wir auf die richtige Lösung kommen.«

»Hmm«, brummte Lukas. »Warum eigentlich nicht? Versuchen wir es einfach.«

Alle ihre Versuche erwiesen sich jedoch als ergebnislos. Obwohl sie sogar ein Computerprogramm zu Hilfe nahmen, gelang es ihnen selbst in zwei Stunden nicht, aus den Buchstaben auch nur einen einigermaßen sinnvollen neuen Satz zu bilden. Und so musste Lukas schließlich einsehen, dass sie sich auf dem Holzweg befanden. »Es hat keinen Zweck«, sagte er. »So kriegen wir das nie raus.«

Er wollte den Computer schon herunterfahren, als ihm plötzlich etwas auffiel. »Hey!«, sagte er und beugte sich näher zum Monitor. »Siehst du das?«

»Was denn?« Auch Mr Cool näherte sich dem Bildschirm, bis seine Nasenspitze fast anstieß. »Was meinst du?«

»Hier!« Lukas deutete auf einige Buchstaben. »Wenn mich nicht alles täuscht, dann sind die hier erhabener als die anderen.«

Mr Cool rückte noch näher an den Monitor heran, und da sah er es auch: Achtzehn der Lettern waren in der Tat größer als die anderen:

»Suche, **himmlische** Muse, um **Erkenntnis**, und lass dich von meiner Schrift leiten.«

Plötzlich war Philipp wie elektrisiert. »Vielleicht klappt es, wenn wir nur diese achtzehn Buchstaben benutzen?«

»Okay, warum nicht.« Lukas nickte. »Schau'n wir einfach, was wir daraus machen können.«

Die Sonne war längst untergegangen, aber Laura und ihre Begleiter hatten das Labyrinth der Drachenkönige immer noch nicht erreicht. Gurgulius der Allesverschlinger hatte sich nicht blicken lassen. Zunächst waren sie am Ufer des Sees der Roten Tränen entlanggeritten, um dann nach Süden abzubiegen und eine karge Steppe zu durchqueren, die schließlich einer Felslandschaft gewichen war.

Hier sieht es aus wie auf dem Mond, kam es Laura beim Anblick der Geröll- und Steinhügel in den Sinn, die sich rechts und links vom Weg erhoben, dem die Reiter nun schon seit geraumer Zeit folgten. Im fahlen Licht, das die Nacht nur spärlich erhellte, konnte sie weder Baum noch Strauch erkennen, noch die geringsten Anzeichen eines Lebewesens ausmachen. Es schien, als würden sie sich durch eine unwirkliche, tote Welt bewegen. Wie in einem düsteren Wildwestfilm wehte der Wind unablässig Staub und Dreck vor sich her. Das gleichmäßige Rauschen in den Ohren drohte Laura einzuschläfern, und ein lähmendes Gefühl erfasste sie. Während Sturmwind sie im Sattel hin und her schaukelte und der Swuupie unter ihrem Wams sanft schnarchte, nahm die bleierne Schwere ihrer Glieder mehr und mehr zu, bis sie schließlich grenzenlose Erschöpfung fühlte.

Seufzend wandte sich Laura Riaanu zu, der zu ihrer Rechten ritt, und erschrak so heftig, als sei sie eines Dämons ansichtig geworden: Im Sattel des Zweihorns saß eine mannsgroße weiße Ratte, die den Zügel so lässig in den Vorderpfoten hielt, als sei das die selbstverständlichste Sache der Welt.

»Was schaust du mich so an, Laura?«, fragte Aurian verwundert. »Hast du schon wieder vergessen, was bei Sonnenuntergang mit mir geschieht?«

»Ähm … nein, nein«, entgegnete sie hastig. »Natürlich nicht.« Trotzdem war der Anblick mehr als gewöhnungsbedürftig.

»Also – was ist los?«

Das Mädchen verzog gequält das Gesicht. »Mir reicht's langsam«, sagte es. »Lass uns endlich Rast machen und morgen weiterreiten. Heute erreichen wir unser Ziel ohnehin nicht mehr.«

Mit undurchdringlichem Gesichtsausdruck sah Aurian sie an. »Wer sagt das?«

»Ich sage das!«, entgegnete Laura trotzig und beschrieb mit der rechten Hand einen Halbkreis. »Sieh dich doch nur um! Bis zum Horizont nichts als dieses dämliche Geröll! Kein Labyrinth der Drachenkönige weit und breit!«

Aurian antwortete nicht, sondern drehte sich im Sattel um, spähte angestrengt in alle Richtungen und sog witternd die Luft durch die Nase. Seine langen Schnurrhaare zitterten aufgeregt.

»Was hast du?«, fragte das Mädchen überrascht. »Wonach hältst du Ausschau?«

»Nach einem Graumahr!«

Lauras Verwunderung wuchs. »Warum?«

»Deine Worte deuten darauf hin, dass du unter den Einfluss eines dieser Wesen geraten sein könntest«, erklärte die Ratte, ohne die Umgebung aus den Augen zu lassen. »Vermutlich ist er dir bereits länger auf der Spur, ohne dass wir es bemerkt haben.«

Das Mädchen schaute den Gefährten nur fragend an.

»Diese Mutlosigkeit, die aus deinen Worten gesprochen hat, entspricht so gar nicht deinem Charakter. Deshalb vermute ich, dass sie dir von einem Graumahr in den Mund gelegt worden sind, der nur ein Ziel verfolgt: anderen den Mut und die Zuversicht zu rau-«

»Das weiß ich doch längst!«, maulte das Mädchen. »Und trotzdem habe ich keine Lust mehr. Ich steige jetzt ab und lege mich schlafen.«

Während Aurian sie eindringlich musterte, spiegelte sich Besorgnis in seinen schwarzen Augen. »Nein, Laura, das wirst du nicht tun!«, sagte er mit Nachdruck in der Stimme. »Wir sind fast am Ziel.«

Ungläubig blickte das Mädchen umher. »Wo ist es denn bloß, dieses Labyrinth?«

»Nur Geduld! Komm weiter. Wir dürfen keine Zeit verlieren. Nur dort sind wir vor den Graumahren sicher. Denn nicht einmal die wagen sich in das Labyrinth.«

Die Ratte gab vor, Lauras wütende Blicke gar nicht wahrzunehmen, und trieb Melusine an.

Wenig später lenkte Aurian das Zweihorn in eine schmale Senke, die in eine enge Schlucht überging, der die Reiter so lange folgten, bis sie sich zu einem Talkessel weitete. Als die Ratte endlich das Zeichen zum Anhalten gab, sah das Mädchen sich einer riesigen Nebelbank gegenüber, die sich nach allen Seiten ausbreitete. Das milchige Weiß, in dem der Nebel leuchtete, verlieh ihm einen unwirklichen Anstrich. Was ist das denn?, dachte Laura gerade, als Aurian absaß und sich an Melusines Halfter zu schaffen machte.

Lauras Blick suchte Venik. Doch der junge Magier schien genau so ratlos zu sein wie sie selbst. Jedenfalls zuckte er nur mit den Schultern. »Ich sehe nichts als Nebel«, brummte sie mürrisch.

»Das ist kein Nebel«, erklärte Aurian, während er seelenruhig den Sattelgurt des Zweihorns löste. »Das ist der Atem der Drachen!«

Laura fühlte sich benommen, als sie vom Pferd stieg. Der Atem der Drachen?

»Du ziehst ein Gesicht, als hättest du noch nie davon gehört. Früher haben auch die Bewohner des Menschensterns gewusst, was es damit auf sich hat.«

»Ähm«, machte Laura nur.

»Drachen sind Meister der Täuschung«, fuhr Aurian fort. »Sie verstehen sich geschickt zu verbergen. Aber auch Drachen müssen atmen. Deshalb tarnen sie ihren heißen Atem als Nebel, wenn sie sich verstecken wollen.« Die Ratte deutete auf die Wand vor ihnen. »Mit diesem Nebel hier hat es allerdings eine ganz besondere Bewandtnis: Er verhüllt das Labyrinth der Drachenkönige, in dem seit Anbeginn der Zeit der geheime Zugang zu ihrem Palast liegt. Wer den richtigen Weg durch das Labyrinth findet, gelangt direkt ins Zentrum des Drachenreiches – in den Thronsaal des Großen Drachenkönigs.«

Das Mädchen legte die Stirn in Falten. »Und was passiert, wenn man sich darin verirrt?«

»Dann, Laura, ist man rettungslos verloren. Entweder man entdeckt den Eingang zum Drachenpalast – oder man wird ein Opfer des Labyrinths!«

Laura schluckte und warf Venik einen beklommenen Blick zu.

Der Magier war sichtlich blass geworden.

»Du kannst es dir ja noch einmal überlegen«, sagte sie deshalb rasch. »Du brauchst mich nicht zu begleiten, wenn du nicht willst.«

Venik zog die Stirn kraus und kratzte sich hinterm spitzen Ohr. »Du willst es also tatsächlich wagen?«, fragte er leise. »Trotz der großen Gefahr, die damit verbunden ist?«

Laura bemühte sich um eine feste Stimme. »Ich muss es einfach versuchen, wenn ich meine Aufgabe erfüllen will!«

Da mischte sich Aurian ein. »Dennoch solltest du bedenken, wie schwierig diese Prüfung ist. Der Pfad durch das Labyrinth ist nicht leicht zu erkennen und erschließt sich nicht auf den ersten Blick.« Beschwörend hob er die Vorderpfoten. »Wenn du auch nur ein einziges Mal in die Irre gehst, bist du verloren.«

Laura antwortete nicht. Sie war im Widerstreit der Gefühle. Furcht stieg in ihr auf, aber auch Entschlossenheit. Sie musste an ihre Mutter und ihren Vater denken und wusste, dass ihr Entschluss feststand. Schließlich hatte sie mehr als nur einmal geschworen, Marius zu befreien, selbst wenn es sie das Leben kosten sollte.

Es gab kein Zurück!

Mit feierlichem Ernst wandte sie sich an ihre Begleiter. »Ich danke euch, dass ihr mir bis hierher gefolgt seid.«

»Äh«, stotterte der Magier verlegen. »Was heißt hier ›bis hierher‹? Ich werde dich doch jetzt nicht allein lassen!«

Ein Gefühl der Dankbarkeit überkam Laura. Wie schön, dass Venik Wort hielt! Und wie mutig von ihm, dass er sein Leben aufs Spiel setzte, obwohl ihn nichts dazu verpflichtete! Ihre Zuversicht wuchs. Bestimmt hatten sie gemeinsam größere Chancen, heil durch das Labyrinth zu kommen.

Während Laura sich zu sammeln versuchte, streckte Aurian ihr auffordernd die Pfoten entgegen. »Lass Schmatzfraß bei mir«, sagte er. »Er wäre dir nur im Weg.«

Das Mädchen holte den schlafenden Swuupie unter dem Wams hervor und reichte ihn dem Gefährten. »Pass gut auf den Kleinen auf, ja?«

»Versprochen«, sagte Aurian und umarmte Laura. »Viel Glück! Und denke immer daran: Mit Hilfe des Lichts kann dir alles gelingen.« Dann verabschiedete er auch Venik mit einer innigen Umarmung.

»Aber du wartest doch auf uns, oder?«, fragte Laura noch.

»Keine Angst«, entgegnete Aurian. »Wenn ihr den Weg in den Drachenpalast findet und den Besuch heil übersteht, werde ich mit euren Reittieren zur Stelle sein – und natürlich auch mit Schmatzfraß. Und jetzt geht endlich!« Mit verschmitztem Rattengrinsen zwinkerte er ihnen zu. »Du weißt doch, Laura: ›Wer nicht anfängt, wird nicht fertig.‹«

Kapitel 23 Das Labyrinth der Drachenkönige

Als das Mädchen in den Nebel trat, war da nichts als wattiges Weiß. Doch es verflüchtigte sich auf wundersame Weise, und Laura bemerkte, dass sie am Rand eines kreisrunden, gelb strahlenden Sandplateaus stand. Eine schier unübersehbare Zahl mächtiger Felssäulen ragte darauf empor, die allesamt fünf Meter hoch sein mochten: Skulpturen von Drachen in den unterschiedlichsten Gestalten. Es gab Horndrachen und Blanknasendrachen; Drachen mit vier und mit zwei Beinen; mit ausladenden Schwingen und kaum erkennbaren Flügelchen; geschuppte und glatthäutige; mit langen und kurzen Schwänzen; solche mit nur einem Kopf bis hin zu siebenköpfigen; plumpe Viecher mit Zacken und Kämmen auf dem Rücken und ungemein schlanke Exemplare, die eher an geflügelte Schlangen oder Aale erinnerten. Die Monumente standen so weit auseinander, dass man bequem zwischen ihnen hindurchgehen konnte. Von einem Pfad allerdings war nicht eine Spur zu entdecken.

»Unfassbar«, hauchte Venik an ihrer Seite. »Wer diese Drachen wohl geschaffen hat? Und hättest du dir das Labyrinth der Drachenkönige so vorgestellt?«

»Ich habe mir überhaupt nichts vorgestellt. Ich frage mich nur, wie wir den richtigen Weg finden sollen, der uns zum Eingang des Drachenpalastes führt.«

»Lass es uns einfach probieren«, schlug der Magier vor. »Allein durch Nachdenken kommen wir bestimmt nicht ans Ziel.«

Damit ging er entschlossen auf das Gewirr der steinernen Drachen zu und schritt zwischen zwei Felssäulen hindurch.

Laura folgte ihm, blieb jedoch abrupt stehen, sobald sie an dem ersten Drachen vorbei war. Etwas Eigenartiges war geschehen: Mit ihrem ersten Schritt hatten sich auch die Skulpturen in Bewegung gesetzt! Wie von Geisterhand bewegt, hatten sie sich über den Sand geschoben, um dann ebenso plötzlich anzuhalten wie sie! Wo eben noch ein Drache mit einem spitzen Horn gestanden hatte, ragte nun einer mit einer platten Nase auf. Der mit den mächtigen Schwingen hat den Platz mit dem langschwänzigen getauscht, und an der Stelle des geschuppten Ungeheuers stand nun ein Drache mit langen Barteln und spitzem Stachelkleid.

»Oh nein«, jammerte Venik im selben Moment. »Wie soll man sich in diesem Durcheinander bloß zurechtfinden?«

Mit ein bisschen Magie vielleicht?, wollte Laura spotten, als sie schlagartig begriff, was das Labyrinth der Drachenkönige so gefährlich machte: Es würde gänzlich unmöglich sein, sich darin zurechtzufinden, wenn sich die Wegmarken ständig veränderten! Es gab also nur eine Rettung: Das Labyrinth der Drachenkönige augenblicklich wieder zu verlassen. »Schnell!«, rief sie Venik zu. »Wir gehen zurück.«

Als Laura sich umdrehte, musste sie jedoch erkennen, dass es dazu zu spät war: Sie war vollständig von Felssäulen umringt. Von der weißen Nebelwand, die das Plateau begrenzt hatte, war nicht eine Spur mehr zu entdecken, sodass es ganz den Anschein hatte, als wäre sie von einem endlosen Meer steinerner Drachen umgeben.

»Was machen wir denn jetzt?« Der junge Magier klang verzagt. »Hier finden wir doch nie wieder raus!«

Lauras Puls beschleunigte sich. Ruhig, nur ruhig!, befahl sie sich insgeheim. Wenn du jetzt die Nerven verlierst, dann ist es um dich geschehen!

Das Mädchen atmete ganz tief durch und versuchte sich zu konzentrieren. Das ist doch nicht das erste Labyrinth, mit dem du es zu tun hast, kam es ihm in den Sinn. Also denk nach und versuche dich zu erinnern, ob es etwas gibt, was all diesen Irrgärten gemeinsam ist! Laura schloss die Augen und blendete alle störenden Gedanken aus, wie sie es von ihren Telekineseübungen her kannte. Ein

Labyrinth!

Labyrinth!

Labyrinth!

hämmerte es durch ihren Kopf, bis nichts anderes mehr darin Platz hatte. Worauf kommt es an bei einem Labyrinth? Wofür steht es, und was ist sein tieferer Sinn? Da stieg ein Gedanke auf aus der Tiefe ihres Bewusstseins, und als er mehr und mehr an Gestalt annahm, wusste Laura plötzlich, dass sie den geheimen Eingang zum Drachenpalast finden würde.

Nach zwei Stunden gaben Lukas und Philipp endlich auf. Es war ihnen zwar gelungen, aus den achtzehn Buchstaben unzählige verschiedene Wörter zu bilden. Und auch zahllose Wortkombinationen, von denen sich einige durchaus originell anhörten. Wie zum Beispiel ›Heimchens Kerl sinnt‹. Oder ›Mischehe rennt links‹. Und auch ›Schlehen mit Rennski‹. Aber ein Satz oder Hinweis, der für ihre Zwecke auch nur einigermaßen tauglich gewesen wäre, fand sich leider nicht darunter.

»Mist!«, schimpfte Lukas und ließ den Stift fallen, mit dem er Wort um Wort auf einen Block geschrieben hatte.

»Yo«, gab Mr Cool ihm Recht. »Ich denke, wir lassen es sein und gehen schlafen.«

In diesem Moment klopfte es an der Tür, und Attila Morduk steckte seinen Kopf ins Zimmer. »Kann ich die Bibliothek wieder abschließen?«, fragte er mit bärbeißiger Miene. »Es ist spät, und ich will endlich ins Bett.«

»Klaromaro!«, antwortete Lukas schnell, griff sich die Bibel und brachte sie dem Hausmeister. »Und vielen Dank für deine Mühe.«

»Schon gut«, brummte Attila. »Versteh mich bitte nicht falsch, aber in meinem Alter ist man nicht mehr erpicht darauf, sich die Nächte um die Ohren zu schlagen. Mir reicht es völlig, wenn Sir Bourbon mir ab und an den Schlaf-« Der Hausmeister brach ab und stierte nachdenklich vor sich hin.

»Was hast du denn?«, fragte Lukas verwundert.

»Mir fällt gerade was ein«, antwortete Attila, immer noch sinnierend.

»Und was?«

Langsam kam wieder Leben in seine starre Miene. »Du erinnerst dich doch an neulich Nacht? Als du behauptet hast, du hättest eure Stiefmutter und Herrn Longolius in Percys Arbeitszimmer gehört?«

»Ja, sicher. Aber ich verstehe nicht …?«

»Und ich dir klargemacht habe, dass du dich getäuscht haben musst?«

»Oder du«, brummte Lukas verstimmt.

»Nee, nee, bestimmt nicht!« Der Zwergriese schüttelte den Bowlingkugelschädel. »Dafür aber habe ich die beiden einige Tage früher gesehen.«

»Was?« Lukas' Augen wurden so groß wie Untertassen. »Hier in Ravenstein?«

»Genau!« Attila strahlte übers ganze Gesicht. »Du erinnerst dich doch an die Mittsommernacht?«

Lukas nickte.

Blut stieg in Morduks Wangen, und binnen kurzem glich sein Schädel einer riesigen Leuchtbirne. »Damals hat Dr.

Schwartz mich doch weggeschickt, damit ich die Lautsprecheranlage für die Abschlussfeier besorge, und ich bin erst nach Mitternacht nach Ravenstein zurückgekehrt. Als ich in die Auffahrt einbiegen wollte, ist mir ein Auto entgegengekommen. Ich hab mich noch gewundert, was der Wagen um diese Zeit wohl auf dem Burggelände zu su-«

»Hast du das Auto erkannt?«, unterbrach ihn Lukas ganz aufgeregt.

»Es war der BMW von Longolius, und er selbst saß hinterm Steuer – da bin ich mir ganz sicher! Und neben ihm auf dem Beifahrersitz hockte eure Stiefmutter!«

»Nein! Das glaub ich jetzt nicht.« Lukas schüttelte den Kopf. »Und uns gegenüber hat Sayelle behauptet, sie wäre auf Geschäftsreise in Asien. Zusammen mit ihrem Chef!«

»Was ja wohl nicht stimmen kann, nicht wahr?« Der Hausmeister grinste fröhlich. »Vielleicht sind die beiden ja in dieser Nacht ins Arbeitszimmer eingebrochen?«

»Du könntest Recht haben, verdammt«, hauchte der Junge tonlos. »Hast du gesehen, in welche Richtung das Auto gefahren ist?«

Attila Morduk nickte. »Natürlich. Nachts ist das ja nicht besonders schwer: Er ist auf die Straße nach Hohenstadt abgebogen.«

Lukas legte die Stirn in Falten. »Vielleicht sind sie zu uns nach Hause gefahren?«, überlegte er laut, als wie aus dem Nichts ein Bild vor seinem inneren Auge aufstieg: Er befand sich plötzlich im Wohnzimmer des heimischen Bungalows. Es war Nacht, und im Kamin flackerte ein Feuer. Sayelle, seine Stiefmutter, kniete davor und hatte einen Gegenstand in der Hand: ein Buch.

Das Buch aus Papas Arbeitszimmer!

Als sie es ins Feuer warf, ging es sofort in Flammen auf – aber da war die Vision auch schon wieder vorbei.

Lukas war weiß geworden wie ein Leichentuch. Er zitterte, und sein Atem ging keuchend.

War das, was er gesehen hatte, schon vorbei?

Oder fand es gerade statt?

Oder würde es sich erst noch ereignen?

Er hatte keine Ahnung.

Allerdings: Wenn diese Verbrennung erst noch stattfinden würde, dann bedeutete das …

»Schnell, Attila!«, schrie er den Hausmeister an. »Fahr mich nach Hohenstadt. Vielleicht befindet sich das Buch noch in unserem Bungalow!«

»Verdammt!«

Albin Ellerking wich erschrocken von dem alten Schornstein zurück, der die Gespräche im Raum des Jungen gleich einem Schalltrichter verstärkte, sodass man sie selbst noch auf dem Speicher verfolgen konnte. Hektisch schloss der Nachtalb die Reinigungsklappe und holte das Handy aus der Tasche seines Arbeitskittels hervor.

Der Chef musste unbedingt erfahren, was der Bengel vorhatte, damit er die entsprechenden Vorkehrungen treffen konnte!

Bist du wahnsinnig, Laura?«, brüllte Venik. »Mach die Augen wieder auf! Wenn wir diesen Steinmonstern vor die Füße laufen, werden sie uns zermalmen.«

»Sei still!«, befahl sie dem Jungen so barsch, dass der erschrocken zurückwich. »Stör mich bloß nicht noch einmal, sonst werden deine Befürchtungen vielleicht doch noch wahr!« Trotz der Rüge griff Venik nach ihrer Hand und klammerte sich daran wie ein Ertrinkender an einen Rettungsring.

Laura ließ ihn gewähren. Sie schloss die Lider und versenkte sich in das Bild des keltischen Labyrinths, das deutlich vor ihrem inneren Auge stand. Schließlich zierte das uralte Symbol den Deckel des geheimnisvollen Schmuckkästchens mit dem Rad der Zeit, das die im Zeichen der Dreizehn geborenen Wächter an ihre Nachfolger weiterreichten – jenes goldene Amulett, das seinem Träger besondere Kräfte verlieh. Bertrun von Drachenthal, eine ihrer Vorgängerinnen, hatte es zudem auf dem alten Gemälde verborgen, das in der Eingangshalle von Burg Ravenstein hing, und Laura damit den entscheidenden Hinweis auf die verschiedenen Verstecke des zerbrochenen Schwertes geliefert. Und da eben dieses Schwert der Grund für Lauras Besuch im Drachenland war und das keltische Labyrinth keinen Irrweg bezeichnete, sondern vielmehr den Weg zur wahren Mitte beschrieb, hoffte Laura, dass sein verschlungener Pfad sie vielleicht auch zur wahren Mitte des Drachenlandes führen könnte – direkt in den Thronsaal des Drachenpalastes. Es war zumindest den Versuch wert, genau den gleichen Weg durch das Labyrinth der Drachenkönige einzuschlagen!

Während Laura sich von der Erinnerung an das Labyrinth und vom Glauben an die Kraft des Lichts leiten ließ, blendete sie alles aus. Sie spürte Veniks ängstlichen Händedruck nicht mehr, und auch das Schaben und Knirschen, mit dem sich die steinernen Drachenmonster über den Sand schoben, erreichte sie nicht. Laura konzentrierte sich auf den Pfad, der viele Wendungen und Kehren nahm. Entschlossen schritt sie auf dieser imaginären Linie voran. Obwohl sie die Augen fest geschlossen hielt und die Felssäulen ständig in Bewegung waren, stieß sie nicht mit einer einzigen zusammen. Mit jedem Schritt, den Laura in blindem Vertrauen auf die gute Sache, für die sie kämpfte, hinter sich brachte, wuchs ihre Gewissheit, dass sie auf dem richtigen Weg war – bis sich der Boden unter ihren Füßen auftat und sie, Venik mit sich reißend, in die Tiefe stürzte!

Alarik war restlos erschöpft. Trotzdem freute er sich nicht auf das Ende der Schicht. Wenn Aslan Wort hielt – woran nicht die geringsten Zweifel bestanden –, würde einer der Sklaven die Peitsche zu spüren bekommen, weil sie immer noch nicht auf Erz gestoßen waren. Und die schwarzen Schergen waren wegen ihrer Brutalität gefürchtet. Bei dem Gedanken an die drakonische Strafe trieb Alarik seine Picke wütend in die Stollenwand. In dem Loch, das sich auftat, bemerkte er ein schwaches Schimmern. »Was ist das denn?«, rief er dem Flatterflügler zu, der in seiner Nähe schwebte.

Sofort schwirrte das Wesen in die Höhlung und erhellte sie. Ein großer Gesteinsbrocken leuchtete darin auf. »Oh, oh! Das ist ja kaum zu glauben!«, jubelte der Flatterflügler. »Du hast es tatsächlich gefunden, kleiner Stampffußling – das Erz, aus dem das Sterneneisen gewonnen wird!«

Mit großen Augen blickte Alarik auf den silbrig glänzenden Stein. Dahinter mussten sich noch weitere befinden, denn auch dort funkelte und gleißte es silbrig. Der Junge streckte den Arm aus, um nach dem Brocken zu greifen, als der Flatterflügler ihn erschrocken zurückhielt: »Nein, nicht doch, du Wahnsinnsling! Lass das bloß sein!«

Alarik fuhr zurück. »Aber … wieso denn?«

»Das Erz gehört den Drachenkönigen. Ihr Zorn wird dich treffen, wenn du sie bestiehlst.«

»Und wenn schon«, erwiderte Alarik. »Aslans Zorn wird noch furchtbarer sein, wenn wir auch heute wieder ohne das Erz zurückkommen.«

»So kann nur jemand reden, der die Drachen nicht kennt, du Nichtsweißling!« Aufgeregt schwirrte das leuchtende Wesen vor dem Gesicht des Jungen auf und ab. »Dieses Erz ist so kostbar, dass es von dem Roten Feuerdrachen bewacht wird. Deshalb hat es auch schon seit ewigen Zeiten niemand gewagt, sich daran zu vergreifen. Sollte das geschehen, wird der Drache aus seinem Schlaf erwachen und seine Wut unermesslich sein. Sein glühender Hass wird den Berg zum Bersten bringen und uns darunter begraben.«

Gut möglich, dass er Recht hat, überlegte Alarik. Aber mit leeren Händen vor Aslan hinzutreten hat ebenfalls schlimme Folgen. »Dann lass uns hoffen, dass dieser Drache nicht erfährt, was wir hier treiben!«

Der Flatterwicht verdrehte die Augen. »Niemand kann den Roten Feuerdrachen hinter das Licht führen, du elender Nichtsweißling! Gut möglich, dass es einen oder zwei Tage dauert, bis er den Diebstahl bemerkt, aber es wird ihm auffallen – und dann wird sein Zorn die Frevler unter sich begraben.«

»Hör bloß nicht auf ihn!«, ließ sich einer der anderen Sklaven vernehmen, die sich inzwischen um Alarik versammelt hatten. »Oder willst du, dass sie einen von uns totschlagen. Und morgen wieder einen?«

Erneut verfiel der Junge ins Grübeln. Was immer sie auch tun würden, es würde böse enden. »Hört zu«, sagte er schließlich. »Wir nehmen erst mal nur einen Brocken mit. Dann haben sie keinen Grund, uns zu bestrafen. Außerdem können wir auf diese Weise feststellen, ob dieser Rote Feuerdrache überhaupt etwas merkt.«

»Unsinn!«, widersprach der Flatterflügler. »Der Rote Feuerdrache lässt sich nicht überlisten.« Auch seine Kameraden, die sich inzwischen ebenfalls am Fundort versammelt hatten, protestierten lautstark. Alle Sklaven jedoch stimmten für Alariks Vorschlag, und so bückte sich der Junge, um den Steinbrocken aufzuheben.

Obwohl fast so groß wie der Kopf eines Kleinkindes, war er überraschend leicht. Alarik verspürte ein warmes Prickeln in der Hand, das wie eine wärmende Welle durch seinen Körper lief.

Eigenartig!

»Kommt!«, sagte er noch ganz unter dem Eindruck dieser Empfindung. »Lasst uns den Fund melden.«

Sie hatten den Ausgang der Höhle noch nicht erreicht, als im Berg ein dunkles Grollen ertönte. Es schien unendlich weit entfernt – und war dennoch nicht zu überhören.

Als Laura wieder zu sich kam, war um sie herum nichts als pechschwarze Finsternis. »Venik?«, fragte sie zögernd und setzte sich auf.

Ihre Stimme hallte, als befände sie sich in einem riesengroßen Raum.

»Laura!« Der Magier musste ganz in ihrer Nähe sein. »Hier bin ich!«

Hastig rappelte das Mädchen sich auf und schritt zögernd in die Richtung, aus der die Stimme gekommen war. Dabei streckte es die Arme weit aus, um ein mögliches Hindernis rechtzeitig zu ertasten. Als Lauras Fingerspitzen schon nach wenigen Schritten ein Stück Stoff berührten, war sie erleichtert. »Venik!«, rief sie erfreut. »Alles in Ordnung mit dir?«

»Ja.« Der Magier ergriff sofort ihre Hand. »Mit dir auch?«

»Scheint so.« Venik stand so dicht vor ihr, dass sie seinen warmen Atem auf ihrer Wange fühlte.

»Wo sind wir hier?«, fragte er gepresst. »Und wie sind wir hierhergekommen?«

»Keine Ahnung.« Obwohl der Verstand Laura sagte, dass es zwecklos sei, drehte sie sich um die eigene Achse und schaute sich um. Doch überall sah sie nur die gleiche nachtschwarze Dunkelheit. »Irgendwo muss es doch einen Ausgang ge-«

Da rasselte etwas in ihrem Rücken wie ein Schlüsselbund. Laura fuhr herum. Dann ein Knarzen. Sekunden später zeigte sich ein lichter Spalt, der immer größer wurde, bis sie in dem gleißend hellen Rechteck, das sich in der Dunkelheit aufgetan hatte, schließlich eine Gestalt erkennen konnte: ein Drache.

Obwohl er auf den Hinterbeinen ging, war er kaum größer als ein Mann. Sein Kopf, der aus einer uniformähnlichen Kleidung herausragte, sah aus wie der eines Krokodils. Seine vier Gliedmaßen und sein langer Schwanz erinnerten ebenso an eine Echse wie die Farbe seines Schuppenpanzers.

Offenbar konnte er Laura und Venik in der Dunkelheit deutlich erkennen. »Oh, diesmal sind es gleich zwei auf einmal. Wenn das nichts zu bedeuten hat!«, sagte er überrascht. Die Krallen an seinen bloßen Tatzen machten klackende Geräusche auf dem Boden. »Mitkommen!«, befahl der Krokodildrache nun. »Wiru-Wuru erwartet euch schon!«

Damit stützte er sich auf die Hellebarde in seiner rechten Vordertatze und watschelte eilends davon. Ihnen blieb nichts anderes übrig, als ihm zu folgen.

Die Gänge und Räume, die sie, angeführt von dem Krokodildrachen, durchschritten, erinnerten Laura an ein märchenhaftes Traumschloss aus einem kitschigen Disneyfilm. So prächtig Gleißenhall ihr vor wenigen Tagen noch vorgekommen war, so schäbig erschien ihr die Burg im Vergleich zum Drachenpalast. Die Fußböden waren mit farbigem Marmor belegt, die Wände mit reinstem Gold und Silber verkleidet. Lüster aus feinstem Kristall funkelten an den Decken. Mehr als einmal musste Laura die Augen zusammenkneifen, um von all dem glitzernden Prunk nicht geblendet zu werden.

Mindestens ebenso staunend betrachtete Laura die Drachen, die ihnen auf den Gängen und in den Sälen begegneten. Sie waren alle ungemein prächtig gekleidet. Das Mädchen sah schneidige Uniformen; schmucke Livreen; vornehme Anzüge; steife Fräcke; farbenprächtige Roben; aufregende Gewänder; gewagte Kostüme – allesamt aus kostbaren Stoffen geschneidert! Laura glaubte sich am Drehort eines Hollywoodfilms – nur dass in all den fantastischen Kleidern keine Menschen, sondern Drachen in vielerlei Gestalt steckten, die den Besuchern erstaunte Blicke zuwarfen.

»Ich fasse es nicht«, flüsterte sie Venik zu, während sie sich bemühten, den Anschluss an das Krokodilwesen nicht zu verlieren. »Ich glaube fast, ich träume.«

»Das glaube ich weniger«, flüsterte der Magier ängstlich. »Und wenn, dann handelt es sich bestimmt um einen schlechten Traum.«

Inzwischen war ihr Führer vor einem großen Portal angelangt, das mit Gold beschlagen war. Zudem trugen beide Flügel zwei Kronen aus funkelnden Edelsteinen. Laura vermutete deshalb, dass es sich um den Eingang zum Thronsaal handelte. Zwei mit Hellebarden bewaffnete Drachen in Uniform bewachten den Eingang. Sie waren mindestens doppelt so groß wie ihr krokodilartiger Kollege. Spitze Hörner zierten ihre braunbeschuppten Häupter. Die Mundwinkel, aus denen hauerartige Eckzähne aufragten, waren mit langen dunklen Barteln besetzt.

»Halt!«, befahl einer der Wächter mit Donnerstimme und stieß feurigen Atem aus. »Wohin des Wegs?«

Der Krokodildrache verdrehte aufgebracht die Glupschaugen. »Siehst du nicht, wen ich bei mir habe?« Damit deutete er auf Laura und Venik. »Deshalb solltest du dir vorstellen können, dass Seine Majestät es wahrscheinlich gar nicht erwarten kann, unsere Gäste endlich zu empfangen.«

»Spiel dich bloß nicht auf«, blaffte der Wächter. »Du weißt doch, dass wir unsere Vorschriften haben.« Dennoch riss er eilfertig die Flügeltüren auf.

Selbst der wohlhabendste irdische Herrscher wäre grün vor Neid geworden angesichts dieser märchenhaften Pracht, die sich nun vor Laura auftat. Wände und Decken des Thronsaals waren mit Abertausenden von Edelsteinen besetzt: Diamanten, Rubine, Smaragde, Granate, Opale, Turmaline und Aquamarine funkelten in allen Farben des Regenbogens.

Zahllose kostbar gekleidete Drachen scharwenzelten im Thronsaal umher. Als Venik und Laura den Saal betraten, kehrte schlagartig Ruhe ein. Ohne dass es eines Befehls bedurft hätte, öffnete sich eine schmale Gasse in der Schar der Anwesenden. Sie führte direkt zu einem Thron aus purem Gold, den ebenfalls Edelsteine zierten. Während Laura darauf zuschritt, bemerkte sie, dass die Drachen sie so vorwurfsvoll anschauten, als habe sie ein Verbrechen begangen.

Eigenartig, dachte sie. Was haben sie nur?

Ein riesiger Drache erhob sich auf dem dicken Sitzpolster des Thronsessels. Ein wahrer Gigant. Obwohl sein Schädel Laura an einen blutgierigen Tyrannosaurus erinnerte, fürchtete sie sich nicht, denn sein warziges Gesicht wies überraschend sanfte Züge auf. Sein Schuppenkleid, das am Kopf und den Tatzen sichtbar wurde, war von einem angenehm warmen Blau. Ein roter Seidenmantel, dessen Kragen und Ärmelaufschläge mit weißem Hermelinpelz besetzt waren, umhüllte den Leib. Und auf dem gehörnten Drachenkopf saß tatsächlich eine goldene Krone. Der Anblick kam Laura so lächerlich vor, dass sie sich nur mit größter Mühe ein Schmunzeln verkneifen konnte.

»Auf die Knie!«, befahl der Krokodildrache. »Verneigt euch vor Wiru-Wuru, König der Drachenkönige und Gebieter des Windes.«

Venik stand wie angewurzelt und starrte den Drachenkönig verängstigt an.

»Tu, was er sagt!«, zischte Laura und boxte ihm in die Rippen, bevor sie auf die Knie fiel und sich tief verneigte. Glücklicherweise gehorchte der Magier sofort.

»Ihr könnt euch wieder erheben.« Wiru-Wurus Stimme hatte einen angenehm sanften Klang. Aus runden Drachenaugen, die fast so groß wie Fußbälle waren, musterte er Laura neugierig. »Wie ist dein Name, Menschenkind?«

»Laura«, antwortete das Mädchen hastig. »Laura Leander.«

»Und du?« Wiru-Wuru blickte den Magier an.

»Ve… Venik.«

»Nun, Laura, nur wenige haben bisher den Mut besessen, es mit dem Labyrinth aufzunehmen. Kaum einer hat die schwere Prüfung bestanden. Dein Anliegen muss ungemein wichtig sein, da du dieses Wagnis auf dich genommen hast.«

»Das stimmt«, antwortete sie mit gebeugtem Haupt.

»Majestät!«, raunte der Krokodildrache vorwurfsvoll.

»Ähm … Das stimmt, Majestät«, wiederholte sie hastig.

Das samtblaue Drachengesicht von Wiru-Wuru nahm einen unergründlichen Ausdruck an. »Ich weiß nicht, was ich mehr bewundern soll, Menschenkind«, sagte er mit einem merkwürdigen Unterton. »Deinen großen Mut – oder deine maßlose Unverfrorenheit.«

»Ähm«, machte Laura überrascht. »Ich verstehe nicht, Majestät.«

»Nein?« Wiru-Wuru schien verwundert und wandte sich an den schmächtigen Horndrachen, der zu seiner Rechten stand und sich ein Monokel ins Auge geklemmt hatte. Er war der Vorsitzende des großen Drachenrates, der die Drachenkönige in allen wichtigen Angelegenheiten beriet. Der Horndrache stellte sich auf die Spitzen seiner Hintertatzen und flüsterte seinem Gebieter etwas ins Ohr.

Erneut sah der Drachenkönig sie an. »Willst du damit sagen, dass du den Fluch nicht kennst, den die Drachenkönige über die Bewohner des Menschensterns verhängt haben?«

»Ja, schon, Maje-«

»Und trotzdem wagst du dich hierher?«, donnerte Wiru-Wuru. »Hältst du dich für besser als deine Mitmenschen und glaubst, dass wir dich verschonen werden?«

»Nein, Majestät.«

»Oder meinst du, dein Anliegen sei von solcher Wichtigkeit, dass es uns zu einer Ausnahme bewegen könnte?«

»Ähm … genau!« Laura fühlte jähe Freude in sich aufsteigen und machte aufgeregt einen Schritt nach vorn. »Genauso ist es, Majestät!«

Wiru-Wuru verzog misstrauisch das Gesicht. Als er die Stirn in Falten legte, neigten sich die Drachenhörner nach vorn. »Lass hören, Menschenkind!«

»Nun … Ähm …« Laura suchte verzweifelt nach den richtigen Worten. »Ich weiß nicht, was zu dem Zerwürfnis zwischen Eurem Volk und uns Menschen geführt hat. Dennoch glaube ich, dass Euch nicht daran gelegen sein kann, den Dunklen Mächten zum Sieg und dem Ewigen Nichts zur Herrschaft zu verhelfen.«

»Wohl wahr«, bestätigte der Drachenkönig. Sein Ausdruck aber wollte Laura gar nicht gefallen. Nicht eine Spur jener Sanftheit, die sie so beruhigt hatte, lag darin. Im Gegenteil: Wiru-Wuru ähnelte immer mehr einem mordgierigen Saurier. Seine Stimme klang allerdings immer noch beherrscht. »Wir wollen weder das Böse noch das Gute siegen sehen«, erklärte er. »Niemand hat das Recht, sich zum Herrscher über andere aufzuschwingen – und schon gar nicht über die unbezähmbaren Kräfte der Natur. Deshalb sehnen wir Drachen uns auch nach jener Zeit zurück, als noch nicht unterschieden wurde zwischen Gut und Böse. Weil sich alle Kreaturen ohne jede Ausnahme dem natürlichen Lauf der Dinge unterwarfen und niemand die Welt nach seinem Willen formen wollte.«

»Das will ich auch nicht, Majestät.« Demütig verneigte sich Laura vor dem Drachenkönig. »Aber ich will ebenso wenig wie Ihr, dass Borboron und seine Dunklen Heere den Sieg erringen, und deshalb bitte ich Euch inständig um eine kleine

Menge Sterneneisen. Nur so viel, dass das Schwert des Lichts wieder in seinen ursprünglichen Zustand geschmie-«

Ein Aufschrei des Entsetzens ließ Laura abbrechen. Überrascht drehte sie sich um und sah nichts als Gesichter, die von maßloser Wut und unbändigem Zorn gezeichnet waren. Ein Raunen ging durch den Saal, das immer mehr anschwoll, bis es wie das Summen eines aufgebrachten Hornissenschwarms klang.

Als der Gebieter der Winde die mächtige Tatze hob, verstummte es schlagartig, und es wurde wieder so still im Thronsaal, dass man das Fallen einer Schneeflocke hätte hören können. Wiru-Wuru, der Gebieter des Windes, starrte Laura so finster an, dass sie es mit der Angst zu tun bekam. »Das Schwert des Lichts?«, fragte er lauernd. »Hellenglanz?«

»G… G… Genau«, stotterte das Mädchen. »Das Schwert, das Ihr am Anfang der Zei-«

»Schweig!«, donnerte der Drachenkönig. Sein heißer Atem rollte auf Laura zu wie eine Feuerwalze. »Entweder, du bist nicht mehr richtig bei Sinnen, Menschenkind, oder du willst dich über uns lustig machen.«

»A… A… Aber, Majestät«, stammelte das Mädchen. »I… I… Ich verstehe nicht …«

»Wie kannst du die Dreistigkeit besitzen«, fauchte Wiru-Wuru, »uns ausgerechnet um die Wiederherstellung jenes Schwertes zu bitten, mit dem dereinst der Stolz aller Drachen, der größte und mächtigste, der klügste und gütigste aller Könige, die uns Drachen jemals regiert haben, niedergemetzelt wurde – und das von einem Menschenkind! Von einem deiner Brüder, Laura!«

Nein!« Lukas schrie wie von Sinnen auf, als Attila in die Straße einbog, die zu ihrem Bungalow führte. Denn schon von Ferne sah er, dass im Wohnzimmer noch Licht brannte. In der Einfahrt parkte ein Auto.

Der BMW von Maximilian Longolius!

Dem Jungen wurde schwarz vor Augen. War er vielleicht zu spät gekommen? Waren Sayelle und ihr Typ gerade dabei, das Buch den Flammen zu übergeben?

Noch bevor die altehrwürdige Limousine stand, öffnete er die Beifahrertür, sprang heraus und rannte auf den Hauseingang zu.

Die beiden sollten ihn kennen lernen!

Kapitel 24 Die Heimtücke des Drachentöters

Im großen Thronsaal des Drachenpalastes herrschte eine atemlose Spannung. Alle Anwesenden, vom Pagen bis hin zu den Mitgliedern des Großen Drachenrates, hatten sich um den Thron versammelt, um der Geschichte zu lauschen, die der Gebieter der Winde Laura und Venik vortrug.

Vor langer Zeit, so erzählte der König der Drachenkönige, waren die Drachen auch auf dem Menschenstern heimisch. Sie lebten in den Bergen, Wäldern, Höhlen, Flüssen, Seen und in allen sieben Meeren. Die Menschen neideten ihnen die Reichtümer, die sie besaßen, und versuchten sie aus ihren angestammten Regionen zu vertreiben, um sich ihre Schätze anzueignen. Die Drachen setzten sich gegen das Unrecht zur Wehr. Da griffen die Bewohner des Menschensterns zu einer bösen List: Bis in die entferntesten Winkel des Planeten verbreiteten sie Gräuelmärchen, in denen sie die Drachen der übelsten Schandtaten bezichtigten. Immer mehr Menschen wurden dadurch in Angst und Schrecken versetzt und machten Jagd auf die vermeintlichen Ungeheuer. Besonders auf jenem Kontinent der Erde, der von den Menschen Abendland genannt wurde, bekämpfte man die Drachen erbittert. Drachentöter zogen durch die Lande und schlachteten die Drachen unter dem Vorwand, unschuldige Frauen und Kinder zu beschützen, gnadenlos ab. In Wahrheit waren die meisten Drachentöter nur blutgierige Meuchler, die

es auf die Gold- und Silberschätze ihrer Opfer abgesehen hatten.

Da das Morden kein Ende nahm, schickten die Drachen einen Abgesandten nach Aventerra, um die Drachenkönige um Hilfe zu bitten. Rahab, der damalige König der Drachenkönige, versammelte die drei anderen Regenten um sich, zu denen auch sein Bruder gehörte, und berief den großen Drachenrat ein, um die Lage zu erörtern. Als der Bote vom Menschenstern seinen Bericht vorgetragen hatte, war die Empörung groß. Schnell wurden Stimmen laut, gegen die Menschen in den Kampf zu ziehen und Rache zu üben.

Rahab jedoch, der größte aller Drachenkönige, der ob seiner Klugkeit von allen Drachen geliebt und verehrt wurde, beruhigte die Hitzköpfe. Der Grund für die Feindschaft der Menschen, so erklärte er seinen Brüdern, sei nur in ihrer Unwissenheit zu suchen. Deshalb wolle er dem Menschenstern einen Besuch abstatten, um dessen Bewohnern eine Friedensbotschaft der Drachen zu überbringen. »Gewalt zeugt immer nur neue Gewalt«, so sprach er zu den Mitgliedern des Großen Drachenrates, »und deshalb müssen wir die Menschen davon überzeugen, dass es besser ist, in Frieden miteinander zu leben. Nur so können wir die Welt, die uns gemeinsam anvertraut worden ist, mit all ihren Reichtümern auch für zukünftige Generationen bewahren. Ich bin sicher, dass die Menschen das verstehen werden, sind sie doch ebenso von Vernunft beseelt wie wir. Wenn wir sie also über unsere wahre Natur aufklären, werden sie erkennen, dass wir ihnen nichts Böses wollen, und endlich Frieden mit uns schließen – zumal ihnen das genauso zum Vorteil gereichen würde wie uns!«

Rahab sandte eine Botschaft an die Menschen, in der er seinen Besuch ankündigte und um eine friedliche Unterredung bat. Dann machte er sich alleine und unbewaffnet auf den Weg in die Menschenwelt. Dort wurde er schändlich hintergangen:

Die Menschen hatten ihm einen Ritter namens Georg angekündigt, der sich die Botschaft des Besuchers anhören solle. Doch das war nichts anderes als eine heimtückische Falle. Georg war nämlich ein Drachentöter, der gefürchtetste von allen, und unter seinem Gewand führte er das Schwert des Lichts mit sich.

Scheinbar aufmerksam lauschte der Ritter Rahabs Botschaft. Als der Drachenkönig geendet hatte, lachte Georg jedoch nur höhnisch auf, tat die Ausführungen als Blendwerk des Satans ab, zog das Schwert – und trieb es dem Drachenkönig mitten ins Herz. Während Rahab tödlich getroffen zu Boden sank, zersprang Hellenglanz in drei Teile – zum Zeichen, dass es für einen schlimmen Frevel missbraucht worden war.

Der Todesschrei des Drachenkönigs war bis nach Aventerra zu hören – worauf sein Bruder, ein doppelköpfiger Silberdrache, so in Wut geriet, dass er seine Mitkönige dazu veranlasste, einen Fluch über die Menschen zu verhängen: Solange der feige Mord an Rahab nicht gesühnt wäre, sollte zwischen den Drachen und den Menschen erbitterte Feindschaft herrschen, und jedes Menschenkind, das sich ungebeten ins Drachenland begebe, solle dafür mit dem Leben zahlen.

Dem heimtückischen Georg aber war klar geworden, dass das zersprungene Schwert von dem Unrecht zeugen würde, das er an dem Drachenkönig begangen hatte. Und so setzte er eine Mär in die Welt, die den Verlauf des Geschehens ins Gegenteil verkehrte: Rahab, so erzählte der Ritter, habe ihn unvermittelt angegriffen und sein Schwert zerschmettert, sodass er zu seiner Lanze greifen musste, um das Untier zur Rettung des eigenen Lebens zu töten. Die Bewohner des Menschensterns schenkten dem Ritter Glauben und verehrten ihn fortan als einen der tapfersten und edelsten aller Drachentöter. »Und noch heute verehrt man Georg als Heiligen auf dem Menschenstern«, beendete der Drachenkönig seinen Bericht.

Mit flammendem Blick sah Wiru-Wuru das Mädchen an.

»Und da wagst du es, in unser Reich einzudringen und uns um Sterneneisen zu bitten? Damit du das Schwert wieder zusammenschmieden kannst, mit dem König Rahab heimtückisch ermordet wurde?«

Laura wurde von eiskaltem Entsetzen gepackt. Ihr war längst klar geworden, dass sie keinerlei Unterstützung von den Drachen erwarten konnte. Im Gegenteil: Sie würde die ganze Härte des Fluches zu spüren bekommen, den die Drachenkönige dereinst über die Menschen verhängt hatten.

»Packt sie und werft sie ins finsterste Verlies«, befahl Wiru-Wuru den Wächtern, bevor er sich an den Horndrachen wandte. »Lasst sofort den Großen Drachenrat zusammentreten, damit wir auf der Stelle beraten, auf welche Weise dem Fluch Genüge getan werden kann.«

Schon stapften zwei hünenhafte Drachen auf Laura und Venik zu. Doch dann geschah etwas höchst Seltsames: Während der eine das Mädchen packte, griff der andere nach dem jungen Magier – und der verwandelte sich plötzlich selbst in einen Drachen, der wie eine Miniaturausgabe von Wiru-Wuru aussah!

Bevor Laura sich einen Reim auf das Geschehen machen konnte, warf Venik sich vor dem Drachenkönig nieder. »Verschont mich, Majestät!«, flehte er. »Ich bin doch einer von euch!«

»Schweig!«, donnerte Wiru-Wuru, um sich an die Wachen zu wenden: »Schafft sie mir aus den Augen!«

Dunkle Wolken ballten sich über der Hochebene zusammen, auf der ein eisiger Wind toste. Der See, der sich über weite Teile des Plateaus erstreckte, schien dennoch in hellen Flammen zu stehen. Immer wieder loderten Feuerzungen aus seiner Tiefe empor und schossen in den Nachthimmel. Den Anführer der Sklavenjäger kümmerte das nicht. Ihn trieb etwas ganz anderes um. Deshalb hatte er den Nebelflößer, der seit Urzeiten den Fährdienst auf dem See versah, gebeten, ihn zu Beolor zu bringen.

Endlich hatte das seltsame Floß, das wie ein Dunstschleier zwischen den Flammen dahinglitt, das Ufer erreicht. Ohne den Flößer auch nur eines Blickes zu würdigen, sprang der Wolfsköpfige an Land, schnürte den Pelz, den er über seine Lederkleidung geworfen hatte, enger um den Leib und eilte auf den nahen Vulkankegel zu, der die Schmiedehöhle barg.

Wie immer wartete Beolor auch dieses Mal bereits vor dem Eingang seiner Höhle. Die Sprache der Nebelflößer, die sich ohne Worte, nur mit Hilfe ihrer Gedanken, zu verständigen pflegten, war ihm bestens vertraut. Daher wusste der Anführer der Dunkelalben stets, wer auf dem Weg zu ihm war, noch ehe er die Umrisse des Nebelfloßes gewahrte. Die Kälte konnte Beolor offenbar nichts anhaben, denn unter der ledernen Schmiedeschürze trug er nichts weiter als einen einfachen Leinenkittel, der im Laufe der Jahre eher die Farbe von Ruß angenommen hatte.

Kroloff hechelte über den leicht ansteigenden Pfad zur Schmiedehöhle und streckte dem hünenhaften Dunkelalben wortlos die pelzige Hand entgegen. Dessen Händedruck war so kräftig, wie es vom besten Schmied von ganz Aventerra nur zu erwarten war.

»Kroloff, mein Vetter«, grüßte er mit kehliger Stimme. »Was führt dich zu mir?«

»Ich will nicht lange drum herumreden.« Kroloffs Stimme ähnelte einem bösen Knurren. »Ich weiß, dass du ebenso wie wir schon lange in Borborons Diensten stehst, und deshalb bin ich gekommen, um dich vor ihm zu warnen.«

Er berichtete seinem Vetter, was im Leuchtenden Tal vorgefallen war und wie sehr es seine Männer und ihn erbost hatte, dass man ihnen nicht nur den versprochenen Lohn schuldig geblieben war, sondern sie auch noch sehr geringschätzig behandelt hatte. »Borboron und seine Schergen gebärden sich immer schlimmer. Sie führen sich auf, als gäbe es niemanden außer ihnen. Wie ich bei meiner Rückkehr in unser Dorf erfahren habe, warst du es, der ihn auf den Gedanken gebracht hat, ins Leuchtende Tal einzufallen. Was immer auch der Grund dafür gewesen sein mag, Beolor, sei auf der Hut: Borboron ist nicht mehr zu trauen. Er wird auch dich betrügen.«

Der Herr der Dunkelalben musterte den Besucher forschend. Das dichte Zottelhaar verbarg jede Regung seines Gesichtes. Nur das Aufblitzen der Augen verriet, dass Kroloffs Worte ihn berührten. »Ich danke dir für den Rat, Vetter«, sagte er, während er dem Wolfsköpfigen besänftigend eine Pranke auf die Schulter legte. »Aber sei unbesorgt! Ich habe längst bemerkt, dass der Schwarze Fürst sich in der letzten Zeit sehr verändert hat. Borboron scheint es kaum noch erwarten zu können, Elysion und die Krieger des Lichts endlich zu besiegen, und diese Gier nach Macht lässt ihn jedes Maß und jede Rücksicht vergessen. Aus diesem Grunde habe ich ihn ja auf das Leuchtende Tal aufmerksam gemacht.«

»Aber …« Kroloff ließ die Zunge aus dem Mundwinkel hängen. Seine gelben Wolfsaugen weiteten sich. »Ich verstehe nicht …«, hechelte er.

»Einer meiner Männer hat dort zufällig ein Labyrinth von schmalen Gängen entdeckt, die bis tief in den Berg führen – bis in die Nähe der Erzlager, die den Drachen gehören.«

Die Augen des Wolfsköpfigen wurden noch größer. »Du meinst das Gestein, das von den Sternen geregnet ist?«, fragte er ungläubig.

»Genau! Es ist ungemein kostbar – und dennoch würde ich es niemals wagen, mich daran zu vergreifen. Mit dem Roten Feuerdrachen ist nämlich nicht zu spaßen, und deshalb habe ich Borborons Aufmerksamkeit ja auch darauf gelenkt, verstehst du?« Beolor grinste listig.

Kroloffs Unterkiefer klappte herunter. »Du glaubst, dass er trotz allem nicht davor zurückschrecken wird, das Erz zu schürfen?«

»Du sagst es, Kroloff!« Die smaragdgrünen Augen funkelten belustigt. »Der Schwarze Fürst war mir überaus dankbar für den Hinweis. Dabei ist sein Unternehmen nicht nur lebensgefährlich, sondern auch fast aussichtslos. Doch selbst wenn Borboron Erfolg haben sollte, benötigt er immer noch unsere Hilfe, um Waffen aus dem Eisen schmieden zu lassen. In diesem Falle wird genau das geschehen, was du befürchtest: Er wird uns reichen Lohn versprechen – und nicht im Traum daran denken, sein Versprechen zu halten. Aber darauf sind wir bestens vorbereitet, Vetter – und so wird Borboron eine große Überraschung erleben, wenn wir in den Besitz von Sterneneisen gelangen sollten!«

Als Lukas die Wohnzimmertür aufriss, fuhr seine Stiefmutter erschrocken herum und starrte ihn an. »Lukas!«, hauchte sie – und warf das Buch in den Kamin.

Es fing augenblicklich Feuer.

»Nein!«, schrie der Junge auf und stürzte zur Feuerstelle.

Er hatte sie fast schon erreicht, als Maximilian Longolius ihn abfing. »Aber, aber«, tadelte er. »Was soll denn das?«

»Lass mich!« Der Junge versuchte sich loszureißen, doch der Mann hielt ihn eisern fest, sodass Lukas ohnmächtig mit ansehen musste, wie das alte Papier ein Raub der Flammen wurde. Tränen traten in seine Augen. »Das werdet ihr noch bereuen, das schwöre ich euch!«

Sayelle gab vor, gar nichts zu verstehen. »Wovon sprichst du, Lukas?«

»Jetzt tu doch nicht so!«, fuhr er die Stiefmutter an, um deren geschminkte Lippen ein süffisantes Lächeln spielte. »Du weißt ganz genau, was ich meine!« Er deutete auf die verkohlten Reste des Buches. »Ihr habt es aus Papas Arbeitszimmer in Ravenstein gestohlen. In der Mittsommernacht!«

»Unsinn!« Die Stiefmutter schaute ihn tadelnd an. »Warum sollten wir? Außerdem wäre das gar nicht möglich gewesen. An dem Tag waren wir doch in Japan unterwegs, nicht wahr, Max?«

Longolius nickte nur.

»Wart ihr nicht!«, schrie Lukas. »Und dafür gibt es Zeugen.«

Sayelle schüttelte den Kopf. »Also ehrlich, Lukas. Langsam mach ich mir Sorgen um deinen Geisteszustand. Der Umgang mit diesem alten Zausel von Professor scheint dir gar nicht zu bekommen. Es wird wohl besser sein, wenn wir dich endlich dort abmelden, nicht wahr?«

»Das könnte dir so passen!«, zischte Lukas voller Wut.

»Hey, hey!« Sayelle verengte den Blick. »Ich bin immer noch deine Erziehungsberechtigte – vergiss das nicht, Bürschchen!«

»Sei nicht so streng zu ihm!«, meldete Longolius sich zu Wort. »Lukas ist im Moment sicher ganz durcheinander. Das Verschwinden seiner Schwester macht ihm bestimmt schwer zu schaffen – und deshalb darfst du nicht alles auf die Goldwaage legen, was er sagt.«

»Halten Sie sich da raus!«, giftete Lukas den Mann mit der Gelfrisur an. »Erklären Sie mir lieber, warum Sie alle diese Bücher aufgekauft haben?«

»Diese Bücher? Welche Bücher denn?« Longolius klang überrascht.

»Die von Heinrich Freudenpert!«

Mr L warf Sayelle einen Blick zu. »Weißt du, wovon er spricht?«

Mit schmalem Lächeln schüttelte die Frau den Kopf.

»Also wirklich.« Longolius gab sich nun keinerlei Mühe mehr, seinen Spott zu verbergen. »Wie ich schon gesagt habe: Der Junge ist ganz durcheinander. Aber wir wollen ihm das nicht verübeln. Er kann schließlich nichts dafür!«

Kaum war die Kerkertüre hinter Venik und Laura ins Schloss gefallen, nahm der Magier wieder seine ursprüngliche Gestalt an. »Hätte mein Vater vor seinem Tod bloß genügend Zeit gefunden, mich eingehend in der Kunst der Verwandlungsmagie zu unterrichten«, jammerte er zerknirscht.

Laura antwortete nicht. Sie wanderte in der kleinen Zelle auf und ab und rüttelte immer wieder an der Gittertür, die gleich mit zwei dicken Schlössern gesichert war.

Sie wusste nicht, wie lange sie so hin und her gerannt war, als sie ein ersticktes Schluchzen hörte. Es kam von der Pritsche, auf der sich Venik ausgestreckt hatte.

Sie trat zu ihm. »Was hast du denn?«

»Es kann nicht mehr lange dauern«, jammerte er. »Todesurteile werden für gewöhnlich im Morgengrauen vollstreckt.«

»Unsinn! Glaubst du denn nicht, dass wir hier lebend rauskommen?«

»Wie denn?«, schniefte Venik.

Laura blieb stumm. Natürlich hatte sie längst über eine mögliche Flucht nachgedacht. Doch sosehr sie sich auch den Kopf zermartert hatte, es war ihr nicht eingefallen, wie sie aus dem Verlies entkommen könnten.

Da sprang Venik auf und starrte Laura an, als wäre sie ein Mondkalb. »Moment mal«, hauchte er.

»Was ist denn los? Was hast du denn so plötzlich?«

Doch Venik raunte nur: »Natürlich! Genauso müsste es gehen!« Er eilte zu dem Gitter, vor dem der Kerkerwärter an einem Tischchen saß und sich in eine Zeitung vertieft hatte. Allgemeines Drachenblatt stand in großen Lettern über der Titelseite. »Dürfte ich eine Bitte äußern?«, fragte der Junge den Drachen mit den drei Leguanköpfen.

»Nur zu!« Der Wärter legte die Zeitung beiseite und setzte die Brille ab, die er auf die Nase seines mittleren Kopfes geklemmt hatte. »Ob ich sie dir allerdings auch gewähren kann, steht auf einem anderen Blatt.«

»Ach«, sagte Venik leichthin. »Das wird bestimmt kein Problem für Euch sein. Alles, worum ich Euch bitten möchte, ist ein Krug mit frischem Wasser. Das Mädchen und ich, wir haben schrecklichen Durst.«

Zum Glück entging dem Dreikopfdrachen, dass Laura überrascht aussah. »Nun«, sagte er, während er sich von seinem Schemel erhob, »das dürfte in der Tat nicht weiter schwierig sein.« Er lächelte den Jungen sogar freundlich an. »Ich werde euch etwas zu trinken besorgen. Schließlich ist es unter zivilisierten Völkern selbstverständlich, dass man selbst seine schlimmsten Feinde mit Anstand behandelt. In euren letzten Stunden soll es euch an nichts fehlen.« Damit huschte er davon wie eine aufgeschreckte Eidechse.

»Schnell, Laura!«, rief Venik. »Komm her!«

»Und wieso?«

Venik deutete auf die Schlösser. »Vielleicht kannst du die ja mit Hilfe deiner telekinethischen Kräfte öffnen!«

»Mit Hilfe meiner teleki-« Laura brach ab. Wie vom Schlag getroffen, starrte sie den Jungen an.

»Jetzt mach schon, bevor der Wärter wieder auftaucht.«

Unfassbar!, schoss es Laura durch den Kopf. Dass ich da nicht früher draufgekommen bin!

Sofort konzentrierte sie alle Gedanken auf die Schlösser – doch alle ihre Anstrengungen waren vergeblich.

Enttäuscht boxte sie mit der Faust gegen das Gitter. »Mist!«, schimpfte sie. »Meine besonderen Fähigkeiten können uns offensichtlich genauso wenig helfen wie dein falscher Zauber. Ein Schloss ist eben viel stabiler als ein Wassergla-« Plötzlich stand Laura wie eine Salzsäule da. Dann schlug sie sich mit der flachen Hand an die Stirn. »Natürlich! Jetzt weiß ich, wie wir hier rauskommen!«

»Ach!« Der junge Magier winkte enttäuscht ab. »Das sagst du doch nur, um mir Mut zu machen. Wie willst du das denn anstellen?«

»Genau wie du es vorgeschlagen hast«, antwortete Laura mit breitem Grinsen. »Mit Hilfe meiner telekinethischen Kräfte!«

Ach, Lukas«, versuchte Attila den Jungen zu trösten, nachdem sie die Limousine auf dem Lehrerparkplatz abgestellt hatten und ausgestiegen waren. »Nimm dir das doch nicht so zu Herzen. Du hast dein Bestes versucht. Nur eine halbe Stunde früher, und du hättest das Buch gerettet.«

»Ich bin aber keine halbe Stunde früher gekommen!«, erwiderte Lukas mit bebender Stimme. Seine Wangen zeigten Tränenspuren. »Was machen wir jetzt? Nun ist auch das Geheimnis, das das Buch enthalten hat, in Rauch aufgegangen.«

»Falls überhaupt eins darin verborgen war«, gab der Zwergriese zu bedenken. »Aber das ist keinesfalls erwiesen.«

»Klaromaro!«, widersprach der Junge heftig. »Du hättest die triumphierenden Gesichter von Sayelle und Max mal sehen sollen, dann wüsstest du, dass ich Recht habe.« Lukas schniefte. »Und jetzt kann es niemand mehr entschlüsseln.«

Er blieb stehen und richtete den Blick nach Osten, wo bereits der Morgen graute. Am Himmel verblasste der Mond. Seine Schwester kam ihm in den Sinn. Und auch sein Vater. Wie aus dem Nichts flog ihn ein Gedanke an. »Vielleicht …«

Er trat vor den Hausmeister hin. »Wenn Laura Papa befreit … vielleicht kann er sich dann ja an den Inhalt des Buches erinnern.«

»Aber natürlich!« Attila Morduk tätschelte dem Jungen aufmunternd die Schulter. »Marius weiß mit Sicherheit, was darin stand.« Damit wuschelte er ihm liebevoll durch das Haar. »Na, siehst du, Lukas. Jetzt hast du dir ganz umsonst Sorgen gemacht.«

Der Junge antwortete nicht und behielt die Gedanken, die ihm durch den Kopf gingen, lieber für sich. Schließlich war es keineswegs sicher, dass der Vater gerettet und wiederkommen würde. Und wenn, dann war es vielleicht längst zu spät, und das Geheimnis konnte ihnen nichts mehr nutzen?

Als ein düsterer Eulenschrei an sein Ohr wehte, fröstelte es Lukas. Der Ruf hatte irgendwie merkwürdig geklungen.

Nach Gefahr.

Und Verderben.

Oder gar Tod.

Kapitel 25 Tohuwabohu im Drachenpalast

Der König der Drachenkönige war gar nicht begeistert, als der dreiköpfige Kerkerdrache Laura und Venik vor seinen Thron führte. Zumal sie mitten in die Sitzung des Großen Drachenrates platzten, der sich darüber die Köpfe heiß redete, wie der Fluch der Drachenkönige umzusetzen sei. »Habe ich nicht befohlen, die beiden wegzusperren?«, fuhr Wiru-Wuru den Wärter aufgebracht an.

Dieser verneigte sich tief. »Ich weiß, Majestät.«

»Und warum schleppst du sie dennoch hierher und beleidigst nicht nur meine Augen, sondern störst meine Minister und mich auch noch bei einer wichtigen Besprechung?«

Erneut machte der Dreikopfdrache einen tiefen Bückling. »Weil es ihr Wunsch war, Majestät«, erklärte er mit fester Stimme.

Die Augen des Drachenkönigs weiteten sich bedrohlich. »Weil … es … ihr … Wunsch … war?«, wiederholte er gedehnt, wobei er die Pausen zwischen den Worten mit feurigen Wolken füllte, die er aus seinem Schlund aufsteigen ließ.

»Sehr wohl«, entgegnete der weit kleinere und um vieles unbedeutendere Kerkerdrache, der sich auch durch die vorwurfsvollen Blicke der Ratsmitglieder nicht einschüchtern ließ. »Und diesen Wunsch konnte ich ihnen nicht abschlagen, Majestät. Ihr wisst doch, dass es bei allen zivilisierten Völkern Sitte ist, Todgeweihten einen letzten Wunsch zu gewähren. Während sich die meisten dieser Unglücklichen auf ihre niederen Instinkte besinnen und sich eine Leckerei servieren lassen – gezuckerte Spinnenbeine zum Beispiel, Moorteufelfilets und gefüllte Giftschleichermägen –, hat dieses Mädchen um eine Audienz bei Eurer Majestät und dem Großen Drachenrat gebeten, Majestät. Der Junge hat sich der Bitte angeschlossen. Wir dürfen den beiden den Wunsch nicht verwehren, wenn wir auch weiterhin zu den zivilisierten Völkern gezählt werden wollen.«

Ein Seufzer rang sich aus der mächtigen Drachenbrust von Wiru-Wuru, bevor er Laura heranwinkte. »So sei es denn. Trage vor, was du auf dem Herzen hast.«

»Danke, Majestät.« Laura verbeugte sich und heftete den Blick auf die sieben Ratsmitglieder, die sich um den König versammelt hatten. »Als Erstes möchte ich betonen, dass ich von Herzen bedaure, was dieser hinterlistige Ritter Eurem König Rahab angetan hat. Und es gibt bestimmt noch eine Menge anderer Menschen, die genauso fühlen wie ich.«

Der Gebieter der Winde winkte verbittert ab. Er beugte sich vor, sodass sein Fieberatem Laura mitten ins Gesicht schlug. »Komm endlich zur Sache, Mädchen!«

»Das, was ich Euch und den hohen Herren des Rates sagen will, kann das Unrecht, das wir Menschen Eurem Volk zugefügt haben, nicht ungeschehen machen, aber …«

»Ja?« Der Gebieter der Winde schien langsam ungeduldig zu werden.

»Ähm … Wusstet Ihr eigentlich, Majestät, dass wir Menschen nicht die Einzigen sind, die Euch auf schändliche Weise hereingelegt haben?«

»Was redest du für einen Unsinn, Mädchen?«, fuhr Wiru-Wuru sie an. »Bist du vom Wahn befallen, oder hoffst du nur auf einen schnellen Tod?«

»Weder das eine noch das andere«, entgegnete Laura mit großem Ernst, um dann auf die verschwenderisch mit Edelsteinen besetzten Wände und Decken des Thronsaals zu deuten. »Es stimmt doch, dass es sich bei diesen Steinen, mit denen ihr den Saal geschmückt habt, um die Kronjuwelen handelt, die Euch dereinst von der Königsfamilie von Gleißenhall übereignet wurden?«

»Genau.« Wiru-Wuru nickte majestätisch.

»Als Ausgleich für die riesigen Gold- und Silberschätze, die ihr in den Drachenbergen zurückgelassen habt, nicht wahr?«

»Auch das ist richtig«, bestätigte der Drachenkönig. »Aber ich wüsste nicht ...«

»Nun«, fuhr Laura ungerührt fort. »Nur bei dem geringsten Teil dieser Juwelen handelt es sich um echte Stücke. Die meisten sind Imitationen aus billigem Glas.«

»Du lügst!«, donnerte der Gebieter der Winde sie an. »Das ist nichts als blühender Unsinn!«

»Genauso sehe ich das auch, Majestät!«, pflichtete der Horndrache ihm bei. »Welch niederträchtige Verleumdung!«

»Du solltest dich schämen, Menschenkind!«, schleuderte Wiru-Wuru Laura entgegen. »Nichts ist schändlicher, als jemandem übel nachzureden, der sich nicht dagegen wehren kann.«

Laura wahrte die Ruhe, obwohl ihr ganz elend zumute war. Sie wusste, wenn dieser Auftritt scheiterte, würde es keine Rettung für sie und Venik geben. »Tut mir leid, Majestät, aber alles, was ich Euch erzählt habe, stimmt. Es ist die reine Wahrhei-«

»Schluss jetzt!«, donnerte der Drachenkönig so laut, dass die Kristallleuchter klirrten. »Schaff sie mir aus den Augen!«, befahl er dem dreiköpfigen Kerkerdrachen.

»Nun gut, Majestät«, sagte Laura fest und straffte sich. »Ihr habt es nicht anders gewollt!«

Damit schloss sie die Augen und sammelte sich. Sie vergaß die Drachen um sich herum, die sie verständnislos anglotzten, und konzentrierte sich auf die Schmucksteine im Raum.

Gehorche mir, Glas, und beuge dich der Kraft des Lichts!, beschwor sie diese.

Und da geschah es: In der hintersten Ecke des Saales ertönte ein leises »Pling«. Dann gab es ein »Peng«, das schon kräftiger war, bevor allseits ein Klirren zu hören war, das sich in ein Getöse verwandelte. Überall, an Decken und Wänden, sprangen die gefälschten Edelsteine aus ihren Fassungen und regneten mit ohrenbetäubendem Lärm auf die Drachen herab. Laura hatte Venik beim ersten »Pling« in eine Ecke gezogen. Die Mitglieder des Drachenrates brachen in Panik aus, und selbst Wiru-Wuru, der Gebieter der Winde, verlor den Kopf und schloss sich seinen Ministern an, die sich in wilder Flucht in Sicherheit zu bringen suchten. Niemand achtete mehr auf Laura und Venik, sodass ihnen im allgemeinen Durcheinander, das bald den gesamten Palast erfasst hatte, mühelos die Flucht gelang.

Auch vor dem Schloss herrschte inzwischen Panik. Die völlig kopflos aus dem Gebäude stürzenden Drachen hatten auch die übrigen Bewohner angesteckt, die wie aufgescheuchte Kaninchen durch die Straßen der Stadt rannten und sich in Sicherheit zu bringen suchten. Dass es dazu nicht den geringsten Grund gab, schien in der allgemeinen Hektik niemandem aufzufallen. Und dass es sich bei Laura und Venik nicht um ihre Artgenossen handelte, schon gar nicht. Und so blieben das Mädchen und der Magier völlig unbehelligt.

Riaanu – Es war inzwischen wieder heller Tag – hatte Wort gehalten: Er erwartete die beiden auf dem großen Platz vor dem Drachenpalast. Er hatte sich hinter dem Brunnen verborgen, als dessen Wasserspeier eine riesige Skulptur des sagenhaften Drachenkönigs Rahab diente.

Riaanu strahlte über das ganze Gesicht, als Laura und Venik auf ihn zueilten. »Ich habe es gewusst«, sprudelte es aus ihm hervor. »Ich habe es gewusst!«

Laura runzelte die Stirn. »Was hast du gewusst?«

»Dass du den Weg durch das Labyrinth finden würdest und die richtigen Schlüsse aus dem ziehen würdest, was ich dir anvertraut habe.«

Laura war baff. »Aber warum hast du mir den Tipp mit den falschen Edelsteinen nicht einfach –«

»Nun, Laura, es ist ein Unterschied, ob man etwas nur gesagt bekommt – oder es aus sich heraus erkennt!«, unterbrach er sie in ernstem Ton. »Das solltest du inzwischen gelernt haben.«

Laura schwieg betroffen. Riaanu hatte Recht: Sie sollte längst wissen, dass einem die entscheidenden Erkenntnisse nicht einfach in den Schoß fielen, sondern man sie sich selbst erarbeiten musste. Auch wenn das größte Mühen kostete. Schon Professor Morgenstern hatte ihr das wiederholt klarzumachen versucht – und trotzdem vergaß sie es immer wieder. Laura seufzte bekümmert und schluckte die Frage herunter, die ihr auf der Zunge lag. Wie hatte Riaanu es bloß geschafft, so schnell von dem vernebelten Tal vor den Drachenpalast zu kommen? Wahrscheinlich würde er ihr nur wieder erklären, dass sie das ganz allein herausfinden müsse.

»Und was jetzt?«, holte Venik sie aus den Gedanken. »Wollen wir uns nicht ein wenig umschauen in der Drachenstadt?«

»Bist du wahnsinnig?«, wies Laura ihn zurecht. »Willst du, dass sie uns wieder schnappen? Nein, Venik. Die allgemeine Panik wird sich bestimmt bald legen, und dann sind wir nicht mehr sicher. Lass uns also so schnell wie möglich von hier verschwinden!«

Riaanu hatte die Reitpferde in einem Hinterhof zurückgelassen. Sturmwind begrüßte Laura mit lautem Wiehern. Das Mädchen schlang die Arme um seinen Hals. »Schon gut, mein Alter«, sagte sie mit glücklichem Lächeln und strich ihm über die Nüstern. »Ich freu mich doch auch, dich wiederzusehen.«

In diesem Moment swuupte Schmatzfraß auf ihre Schulter und schleckte ihr mit der rosigen Zunge über die Wange. »Und dich natürlich auch, du Racker.« Laura kraulte ihm den Pelz.

»Ich will die allgemeine Freude ja nicht trüben«, sagte Riaanu, »aber wie steht es mit dem Sterneneisen? Hast du welches bekommen?«

Schlagartig wich das Lächeln aus dem Gesicht des Mädchens. Es schüttelte nur stumm den Kopf.

»Und nun?«, fragte der junge Mann. »Was hast du jetzt vor, Laura? Willst du aufgeben?«

»Aufgeben? Kommt nicht in Frage! Zumal wir dringend etwas erledigen müssen.«

Der Magier schaute sie verwundert an. »Was meinst du?«

Grimmig schüttelte Laura den Kopf. »Sag bloß, du hast schon vergessen, was wir vor unserer Reise ins Drachenland beschlossen haben?«

Lukas hatte furchtbar schlecht geschlafen in der Nacht. Das Bild des brennenden Buches hatte ihn bis in seine Träume verfolgt, sodass er immer wieder aus dem Schlaf geschreckt war. Nach dem Aufwachen wäre er am liebsten liegen geblieben. Lustlosigkeit hatte ihn befallen, und für einen Moment war er versucht, einfach die Bettdecke über den Kopf zu ziehen und alles zu vergessen.

Dieses Buch, das ihm nun wohl auf immer verschlossen bleiben würde.

Die Inschrift auf Oma Lenas Grab, die er immer noch nicht entschlüsselt hatte.

Und wohl nie entschlüsseln würde.

Plötzlich war ihm, als blicke sein Vater ihn an. Marius lächelte, hob aber gleichzeitig tadelnd den Finger. »Du weißt doch, Lukas«, flüsterte er sanft. »Nur wer aufgibt, hat schon verloren.« Und damit löste er sich wieder in Nichts auf.

Der Junge warf sich im Bett hin und her. Diese verdammten Trugbilder – die hatten ihm gerade noch gefehlt!

Sie brachten ihn total durcheinander. Zum einen hatte er keine Ahnung, warum er plötzlich von ihnen befallen wurde. Und zum anderen hatte er noch nicht gelernt, sie zeitlich richtig einzuordnen. Und das verwirrte ihn mehr und mehr.

Schließlich quälte er sich doch aus dem Bett. Sein Magen knurrte, und außerdem musste er Philipp berichten, was in der Nacht vorgefallen war.

Als Lukas die Brille auf die Nase setzte, fiel sein Blick auf den Ausdruck der Grabinschrift:

»Suche, **him**m**lisch**e Muse, um **Erkenntnis**, und lass dich von meiner Schrift leiten.«

Er zwinkerte und rieb sich den Schlaf aus den Augen, um den Print dann erneut anzuschauen – und in diesem Moment erkannte er, was sie falsch gemacht hatten. »Oh nein!«, stöhnte Lukas. »Dass wir das nicht früher entdeckt haben!«

Aslans Worte klangen Alarik noch in den Ohren. Vor Arbeitsbeginn hatte ihnen der Anführer der Schwarzen Garde in der Eingangshöhle den Erzbrocken entgegengehalten, den sie am Vortag entdeckt hatten. »Wo einer liegt, müssen auch noch weitere zu finden sein«, hatte er gebrüllt, und der Dunkelalb an seiner Seite hatte nur bestätigend genickt. »Deshalb erwarte ich, dass ihr heute gleich mehrere Körbe herbeischafft, ihr nichtsnutzigen Bälger.« Damit hatte er den Stein in die geräumige Nebenhöhle geworfen, die völlig leer war. »Falls heute Abend nicht wenigstens der Boden hier mit Erz bedeckt ist«, hatte er hinzugefügt und auf die Schwarzen Krieger mit den Peitschen gedeutet, »werden meine Männer euch die zum Himmel stinkende Faulheit ein für alle Male austreiben.«

Beim Füllen des ersten Korbes verspürte Alarik ein mulmiges Gefühl. Ob sich der Rote Feuerdrache bemerkbar machen würde? Doch mit jedem Brocken Erz, den die Sklaven aus dem Gestein brachen, stieg ihre Zuversicht, und so war der Rote Feuerdrache bald vergessen.

Die Arbeit war sehr hart. Schweißüberströmt kniete Alarik in dem Stollen und trieb die Picke immer und immer wieder in die vor ihm liegende Wand, um das harte Gestein zu lockern, in dem das Sternenerz eingeschlossen war.

»Merkst du immer noch nicht, warum der Berg es dir so schwer macht, kleiner Stampffußling?«, fuhr ihn der Flatterflügler neben ihm beinahe mitleidig an. »Er will, dass du das sein lässt und dich nicht an Dingen vergreifst, die dir nicht gehören. Deshalb hält er das Erz so unerbittlich fest.«

»Ja, ja«, antwortete der Junge, der nicht enden wollenden Vorhaltungen des wunderlichen Wesens überdrüssig. »Ist ja schon gut, Herr Besserweißling!« Damit legte er die Spitzhacke zur Seite und warf die Brocken in einen Weidenkorb. Da begann der Boden unter ihm zu zittern. Gleichzeitig drang ein Grollen an sein Ohr. Erschrocken ließ Alarik den Abraum fallen. »Was hat das zu bedeuten?«, fragte er den fliegenden Wicht.

»Was wohl?« Der Flatterflügler fuchtelte vorwurfsvoll mit seinen Ärmchen. »Ich hab dich gewarnt, Stampffußling. Aber du wolltest ja nicht hören!«

»Das war ein großer Fehler, Herr Paravain, das könnt Ihr mir glauben.« Herr Lupo, wie der Leiter des Spähtrupps genannt wurde, schüttelte betrübt das Puppenköpfchen. »Anstatt nur tatenlos hier herumzuschwirren und dem Unheil seinen Lauf zu lassen, hätten wir schon längst versuchen sollen, unseren

Angeber und seine Begleiter aus den Händen dieser Finsterlinge zu befreien.«

»Und wie – wenn ich Euch fragen darf?« Paravain musste sich Mühe geben, um nicht ungehalten zu klingen. Aber das anhaltende Genörgel der flatternden Winzlinge setzte ihm mittlerweile gehörig zu. Dabei konnte er sie sogar verstehen. Auch ihm bereitete es nicht die geringste Freude, einfach nur untätig herumzusitzen. Aber genauso hatte Elysions Befehl gelautet, den Pfeilschwinge, der Adler des Lichts, ihm überbracht hatte: die Vorgänge im Leuchtenden Tal einfach nur zu beobachten und unter keinen Umständen voreilig einzugreifen! »Die Schwarzen Krieger sind uns zahlenmäßig weit überlegen«, fuhr der Weiße Ritter fort. »Und mit diesen Flugspinnen ist auch nicht zu spaßen, wie die Herren Virpo, Yirpo und Zirpo am eigenen Leib erfahren mussten.«

»Wenn schon!« Empörung rötete das schmächtige Gesicht von Herrn Lupo. »Jedenfalls hätten sie uns niemals im Stich gelassen, wie wir es gemacht haben. So was ist uns Flatterflüglern völlig fremd. Wir würden lieber sterben, als jemandem, der in Not geraten ist, die Hilfe zu versagen!«

»Hört, hört!«, erklang es aus der silbrig glänzenden Wolke, die im Schatten der Samteiche schwebte, unter deren weit ausladender Krone der Weiße Ritter lagerte. »Und deshalb lasst uns kämpfen – sofort!«

Paravain kniff unwirsch die Augen zusammen und setzte zu einer Erwiderung an, als aus einem der nahen Gipfel unter lautem Donnern und Zischen eine Feuerwolke aufstieg, der eine größere folgte. Die Erde unter seinen Füßen bebte.

Erschrocken sprang der Weiße Ritter auf und starrte in Richtung des Leuchtenden Tals, über dem zwei Rauchsäulen standen. Und plötzlich war ihm, als würde er von dort auch ein dumpfes Grollen vernehmen.

»Habt ihr das gehört?« Laura zügelte Sturmwind und deutete zum Horizont, wo eine Feuerzunge in die Höhe schoss. Ein Fauchen war zu hören, wie von einem wütenden Tier, und Donner hallte durch die Luft. »Was hat das zu bedeuten?«

Veniks Miene ließ erkennen, dass er nichts Gutes ahnte.

»Ich fürchte, es ist so weit«, erklärte Riaanu. »Die Drachen setzen sich gegen den dreisten Diebstahl zur Wehr.«

»Und weiter?«, fragte Venik, als habe er nicht die geringste Ahnung, was das bedeuten könnte.

»Wenn es stimmt, was man sich im Drachenland und den angrenzenden Regionen erzählt, ist der Rote Feuerdrache nun aus dem Schlaf erwacht. Sein feuriger Atem steigt in den Himmel, und seine Wut lässt die Berge erzittern. Lava und Gesteinsbrocken werden auf die Übeltäter hinabregnen und sie unter sich begraben.«

Erschrocken riss das Mädchen die Augen auf. »Das Leuchtende Tal wird verschüttet?«

»Genau das ist zu befürchten.«

Alarik rannte um sein Leben. Der Berg brüllte nun so gewaltig wie ein Ungeheuer aus Fleisch und Blut, das wie wild tobte. Immer neue Erdstöße brachten den Boden zum Wanken. Mehr und mehr Steine lösten sich aus den Stollenwänden und hagelten von der Decke auf Alarik und seine Leidensgenossen nieder. Staubwolken stiegen auf und wurden immer dichter, sodass sie kaum noch die Hand vor Augen sehen konnten.

Bestimmt wären die Jungen bereits zu diesem Zeitpunkt rettungslos verloren gewesen, hätten die Flatterflügler nur an das eigene Überleben gedacht. Obwohl die geschickten Flieger sich leicht hätten in Sicherheit bringen können, wichen sie nicht von der Seite der Sklaven, die ohne sie in der Dunkelheit keinen Schritt vorangekommen wären. Dabei war die Lage für die geflügelten Geschöpfe nicht minder gefährlich. Immer wieder wurde einer der Wichte von einem Gesteinsbrocken getroffen und in den Tod gerissen. Ihre Kameraden jedoch ließen sich dadurch nicht beirren.

Diese Selbstlosigkeit wurde selbst Alarik zu viel. »Jetzt fliegt endlich schneller!«, schrie er. »Bringt euch endlich in Sicherheit. Wir finden auch ohne euch hinaus!«

»Kommt nicht in Frage, Stampffußlinge«, beharrte ein Winzling, der vor ihm flog. »Es entspricht einfach nicht unserer Art, jemanden, der unsere Hilfe benötigt, im Stich zu lassen.«

»Seid doch nicht so stur!« Alarik fühlte sich der Verzweiflung nahe. »Bitte! Wenn wir alle sterben, ist doch niemandem geholfen.«

»Noch leben wir ja«, entgegnete der Wicht trotzig. »Du an meiner Stelle würdest es doch genauso machen, kleiner Stampffußling.« Trotzdem flog er nun schneller und entfernte sich ein Stück von Alarik – was ihm das Leben rettete. Sonst hätte der Brocken, der sich aus der Stollendecke löste, den Flatterflügler mit Sicherheit erschlagen.

Alarik war mittlerweile fast blind. Der Staub war überall. Nicht nur in den Augen, sondern auch in seiner Kehle, in der Lunge, in Nase und Ohren. Die einzige Orientierung bildete das diffuse Licht, das vor ihm schwebte. Aber auch das wurde immer matter. Nicht mehr lange, und er würde wahrscheinlich überhaupt nichts mehr erkennen können.

Der Junge hatte schon mit dem Leben abgeschlossen, als er in der Ferne ein fahles Leuchten gewahrte. Gleichzeitig fühlte er einen Luftstrom im Gesicht. Mit letzter Kraft schleppte Alarik sich voran. Als er schließlich keuchend stehen blieb, um sich den Staub aus den Augen zu reiben, begriff er, dass er unmittelbar vor dem Höhleneingang angelangt war.

Gerettet!

Er war gerettet!

Hustend und nach Atem ringend, schaute Alarik sich um. Keine Spur von dem Dunkelalb, der sie hier für gewöhnlich in Empfang nahm. Wahrscheinlich hatte er sich längst in Sicherheit gebracht. Zu seiner Erleichterung spuckte der Stollen, der in die Tiefe führte, nun immer mehr Jungen aus, die am Ende ihrer Kräfte in die geräumige Höhle stolperten. Ihre Gesichter waren schwarz. Viele bluteten aus Wunden, die herabstürzendes Gestein ihnen geschlagen hatte.

»Schneller!«, rief Alarik. »Raus aus dem Berg, bevor er in die Luft fliegt!« Wie zur Bestätigung rumorte nun auch der Boden der Höhle. Wände und Decke zitterten und wankten. »Raus, nichts wie raus!« Damit stürzte Alarik ins Freie – und direkt in die Arme von Aslan und seinen Männern. Über ihnen kreisten die drei Flugspinnen, die sich sofort auf die Flatterflügler stürzten, die aus dem tobenden Berg entkommen waren.

»Los, in eure Unterkunft!«, brüllte der Anführer der Schwarzen Krieger. »Wird's bald!« Damit deutete er auf die grob zusammengezimmerte Bretterhütte am Fuße des steilen Berghanges, in der die Sklaven ihre kurzen Nächte verbrachten. Die Tür stand sperrangelweit offen.

»Aber, Herr!« Aufgebracht sprang Alarik auf den Mann zu. »Wenn der Berg einstürzt, werden wir darin erschlagen werden.«

»Was du nicht sagst!« Ein böses Grinsen legte sich auf das Gesicht des Anführers.

Schlagartig wurde dem Jungen klar, dass die Schergen unter allen Umständen verhindern wollten, dass ein Außenstehender von den Vorgängen im Leuchtenden Tal erfuhr.

Schon wieder fauchte der Berg und spuckte Asche und Feuer in den Himmel. Auch die umliegenden Vulkane rauchten schon gewaltig, und lauter Donner grollte durch die Luft.

»Jetzt macht endlich!«, schrie Aslan wie von Sinnen, während die beiden Krieger an seiner Seite brutal von der Peitsche

Gebrauch machten. Angetrieben von Panik und Wut, hieben sie unerbittlich auf die Sklaven ein, denen nichts anderes übrig blieb, als sich in die Hütte zu flüchten. Kaum hatte der letzte die Schwelle überschritten, fiel die Tür hinter ihnen ins Schloss. Der Riegel wurde vorgeschoben und mit einem dicken Vorhängeschloss gesichert – wie in jeder der vergangenen Nächte.

Alarik musste gar nicht erst an der Tür rütteln, um zu wissen, dass es keinen Ausweg mehr gab.

Sie waren verloren.

Kapitel 26 Die Rache des Roten Feuerdrachen

Schneller! Macht schneller, sonst kommen wir noch zu spät!«, schrie Laura, während sie, tief über den Hals ihres Schimmels gebeugt, im rasenden Galopp dahinstürmte, als wolle sie selbst den Wind überflügeln.

Auch Melusine und Kraomir fegten mit ihren Reitern in halsbrecherischem Tempo auf das Leuchtende Tal zu, das von einer Wolke aus Asche und Ruß verdunkelt wurde, die der Rote Feuerdrache aus der Tiefe des Berges aufsteigen ließ.

Die Geröllebene unter den Hufen erbebte. Laura spürte, dass die Erdstöße an Heftigkeit zunahmen, und trieb ihren Schimmel noch mehr an.

Sie hatten den Eingang zum Tal noch nicht erreicht, als Laura einen Trupp Schwarzer Krieger bemerkte, die auf ihren Teufelsrössern in panischer Flucht aus der Schlucht preschten, als seien die Dämonen der Hölle hinter ihnen her. Laura fürchtete schon das Schlimmste, aber die Männer würdigten sie nicht eines Blickes. Verwundert sah sie ihnen nach. »Diese feigen Hunde!«, schrie sie außer sich vor Zorn. »Sie haben die Jungen im Tal zurückgelassen!«

Der Schwarm der Flatterflügler legte sich so gewaltig ins Zeug, dass die zarten Stimmchen sich zu überschlagen drohten. »Hierher, ihr Herren! Hierher!«, riefen sie, so laut es ging. »Hier seid ihr vor den Untieren in Sicherheit!« Aus der Deckung eines Gebüsches starrten die geflügelten Geschöpfe bang auf die Hand voll ihrer Artgenossen, die den sie verfolgenden Flugspinnen zu entkommen versuchten.

Ritter Paravain hieb mit dem Schwert eilends dürre Äste von den umstehenden Bäumen und Sträuchern, formte daraus zwei Bündel und setzte sie in Brand. Mit diesen provisorischen Fackeln, die hell aufloderten, stürmte der Ritter den fliegenden Monstern entgegen, die immer noch nicht von den Flatterflüglern ablassen wollten. Selbst nachdem sich diese in das Buschwerk geflüchtet hatten, setzten die Spinnen ihnen unerbittlich nach. Mit wütendem Zischen stießen sie herab und versuchten mit ihren Greifzangen die Flatterwichte zu packen – glücklicherweise ohne Erfolg. Doch das stachelte sie nur noch mehr an. Wüst kreischend stiegen sie auf und begannen dicht über dem Gebüsch zu kreisen. Aus den Spinnwarzen ihrer Hinterleiber tropften klebrige Fäden und schlängelten sich auf das Geäst zu.

»Die schwarze Brut soll mich kennen lernen«, stieß Ritter Paravain zwischen den zusammengebissenen Zähnen hervor. Damit schleuderte er die Fackeln gleich einem Brandsatz den Monstern entgegen. Das erste der lodernden Bündel verfehlte das Ziel. Das zweite jedoch landete genau auf dem Rücken der Flugspinne, die dem Boden am nächsten war, und löste sich. Schon fingen die Spinnfäden, die aus dem Hinterleib des Untiers quollen, Feuer. Die Bestie heulte vor Schmerz laut auf und versuchte das brennende Gespinst abzustreifen. Die beiden anderen Spinnen kamen ihr zu Hilfe, und alle drei nahmen mit wildem Flügelschlag Reißaus.

Lauter Jubel brandete im Schwarm der Flatterflügler auf. Die Ungeheuer waren noch nicht ganz außer Sichtweite, als sich der erste von ihnen auch schon wieder aus dem sicheren Versteck wagte. Es war Herr Lupo, der Anführer der Späher, der sofort auf den Weißen Ritter zuschwebte. »Das war gar nicht so schlecht für einen Stampffußling«, sagte er. »Wie Ihr die Ungeheuer in die Flucht geschlagen habt, gebührt allergrößte Hochachtung! Besser hätte ich es auch nicht machen können.«

»Warum denn so bescheiden, Herr Lupo!«, antwortete der Ritter mit gespieltem Respekt. »Das hättet Ihr doch mit dem linken Flügel bewerkstelligt, da bin ich ganz sicher!«

Aber Herr Lupo hatte plötzlich keinen Sinn für Scherze. Denn er war sich soeben bewusst geworden, dass sich ihr Angeber und seine Begleiter immer noch im Leuchtenden Tal befanden. Ganz gegen ihre Art hatten sie die drei einfach im Stich gelassen!

Aus!, dachte Alarik, als der erste Gesteinsbrocken mit einem lauten »Rummms« auf das Dach polterte und die Hütte in Erschütterung versetzte. Ich werde in die ewige Dunkelheit eingehen!

Während die Jungen um ihn herum in laute Entsetzensschreie ausbrachen, schloss Alarik die Augen, um sich zu sammeln. Die letzten Momente seines Lebens wollte er in Gedanken an jene verbringen, die ihm so viel bedeuteten.

König Malik und Königin Auli, seine Eltern.

Maira und Merinik, seine kleinen Geschwister.

Ritter Paravain, sein Herr.

Morwena, die freundliche Heilerin.

Elysion, der Hüter des Lichts.

Alienor, seine geliebte Schwester!

Nie mehr würde er mit ihr lachen und nie mehr mit ihr weinen. Nie mehr würden sie zusammen durch den Auwald tollen oder auf dem Rücken seines Steppenponys im rasenden Galopp über die Ebene von Calderan reiten. Die Erinnerung wurde so übermächtig, dass er das Trommeln der Hufe zu hören glaubte.

Es dauerte eine Weile, bis Alarik gewahrte, dass er sich den

Hufschlag nicht nur einbildete. Er öffnete die Augen, richtete sich auf und lauschte. Tatsächlich: Das Trommeln kam nicht aus dem Berg und schon gar nicht von dem Roten Feuerdrachen.

Sollte doch noch nicht alles verloren sein?

»Hier! Wir sind hier! So helft uns doch, schnell!«

Gefolgt von Venik und Riaanu, stürmte Laura auf die Hütte zu, aus der die Hilferufe drangen. Sie hatte sie fast schon erreicht, als ein heftiger Erdstoß die Erde erzittern ließ und alle drei von den Füßen riss.

Hastig rappelte sich Laura auf und sprang zur Tür. Als sie das Schloss erblickte, stieg Panik in ihr auf. Würde sie es schaffen, es durch ihre telekinetischen Kräfte zu öffnen, bevor der Berg einstürzte? In ihrer Verzweiflung wandte sie sich an Venik. »Kennst du nicht irgendeine Magie, die hier hilft?«

Der Junge wurde ganz bleich. »Äh … nicht, dass ich wüsste.«

Laura hatte bereits die Augen geschlossen, als sie Hufgetrappel hörte. Überrascht schlug sie die Augen auf. Das war doch Paravain, der Weiße Ritter, der dort auf einem Zweihorn heranpreschte!

Noch bevor Feenbraut zum Stehen kam, sprang er aus dem Sattel, zog das Schwert und schlug das Schloss mit einem entschlossenen Hieb entzwei.

Fassungslos schaute Laura ihn an. »Aber … Herr Paravain«, stammelte sie. »W… W… Wie ist das nur möglich?«

»Du wirst schon bald verstehen!«, antwortete der Ritter mit sanfter Stimme. Er riss die Tür auf und brüllte den Gefangenen entgegen: »Raus mit euch, und dann lauft! Lauft, so schnell ihr könnt! Es kann nicht mehr lange dauern, bis der Rote Feuerdrache sich blicken lässt!«

Obwohl die Jungen nicht so recht zu verstehen schienen,

wie ihnen geschah, drängten sie ins Freie und rannten auf den Ausgang des Talkessels zu.

Alarik jedoch fiel vor dem Weißen Ritter auf die Knie, um sich bei ihm für die Rettung zu bedanken.

»Bist du nicht recht bei Sinnen?«, fuhr der seinen Knappen an. »Los jetzt, bevor es zu spät ist.« Um dann etwas freundlicher hinzuzufügen: »Willst du bei mir aufsteigen, oder lieber auf Lauras Pferd mitreiten?«

»Ähm …«, antwortete der Junge überrascht. »Bei Laura, wenn Ihr nichts dagegen habt.«

Seite an Seite mit Laura rannte Alarik auf Sturmwind zu. »Wer hat dich denn hierher geführt?«, fragte er. »Auch die Flatterflüg-« Wie vom Schlag getroffen, blieb der Junge stehen. »Oh, nein«, stammelte er leichenblass.

Laura war ebenfalls stehen geblieben. »Was ist los?«

Der Junge hielt ihr nur auffordernd die Hand entgegen. »Mein Schwert, Laura«, sagte er.

»A… A… Aber …«

»Bitte, Laura, schnell!« Alariks Ton duldete keinen Widerspruch.

Wie in Trance reichte Laura ihm die Waffe.

Alarik drehte sich wortlos um und rannte zurück in Richtung Stollen.

»Nein, Alarik, nicht«, brüllte der Weiße Ritter ihm aus Leibeskräften hinterher. »Komm sofort zurück!«

Der Knappe schenkte ihm keinerlei Beachtung. Er beschleunigte seine Schritte und war wenig später im Berg verschwunden.

Im gleichen Augenblick fauchte erneut eine Rauchwolke aus seiner Spitze empor. Die Eruption war so heftig, dass sich ein Teil der Wand löste und in die Tiefe stürzte. Unter lautem Getöse polterten die Gesteinsmassen auf das Dach der Hütte und zerquetschten sie wie eine Streichholzschachtel.

Laura erwachte aus ihrer Erstarrung und wollte Alarik folgen. Doch nach wenigen Schritten hatte Paravain sie eingeholt und hielt sie eisern fest. »Hiergeblieben, Laura!«, sagte er mit düsterer Miene. »Es reicht, wenn einer den Verstand verliert.«

Verwundert starrte Philipp auf das Blatt, das Lukas ihm entgegenhielt. »Wie bist du denn darauf gekommen?«, fragte er.

»Ist doch egal!« Der Junge verdrehte die Augen. »Lies einfach, und lass dabei die erhabenen Buchstaben und Kommata weg.«

»Suche im Museum, und lass dich von meiner Schrift leiten«, entzifferte Mr Cool und schaute Lukas überrascht an. »Yo – klingt plötzlich ganz vernünftig.«

»Sag ich doch. Offensichtlich hat Oma Lena in dem Museum irgendwas versteckt – und diese ominöse Schrift kann uns verraten, wo.«

»Und du bist sicher, dass das Drachenmuseum in Drachenthal gemeint ist?«

»Klaromaro. Schließlich war Oma Lena dort Stammgast, wie Papa mir erzählt hat.«

»Aber was ist mit dieser Schrift gemeint?«

»Das ist eine wirklich spannende Frage.« Lukas schielte über den Rand seiner Hornbrille. »Vielleicht handelt es sich tatsächlich um das Büchlein, das sie bei Kardamom gekauft hat.«

Mr Cool kniff die Augen zusammen. »Aber hätte sie dann nicht ›Freudenperts Schrift‹ geschrieben?«

Lukas wiegte bedächtig den Kopf. »Dann hätte aber jeder sofort verstanden, was gemeint war, oder?«

»Yo«, murmelte Philipp. »Da ist was dran.«

»Aber vielleicht hat sie ja selbst eine Schrift hinterlassen?

Ein Buch oder sonst was? Und das befindet sich ebenfalls im Museum – was durchaus dem Wortlaut des Spruches entsprechen würde.«

Frau Wegener, die Leiterin des Drachenmuseums, erwies sich als überaus hilfsbereit. Sofort wälzte sie sämtliche Kataloge. Allerdings konnte Lukas ihr, noch bevor sie den Mund aufmachte, ansehen, dass ihre Suche vergeblich gewesen war. »Tut mir leid, mein Junge«, sagte sie. »Aber hier im Museum gibt es keine Schrift, die von eurer Oma verfasst wurde. Und anderswo auch nicht. Nirgendwo ist eine Publikation von Lena Luzius verzeichnet.«

»Nein?«

Die hagere Vierzigjährige schüttelte so heftig den Kopf, dass ihre blonde Ponyfrisur in Aufruhr geriet.

Lukas schnaufte enttäuscht. »Dürfen wir uns hier trotzdem mal umsehen?«

»Aber natürlich.«

Den beiden Jungen wurde schon nach wenigen Minuten klar, dass es aussichtslos war, aufs Geratewohl im Museum nach dem Versteck von Oma Lena zu suchen. Bei den Tausenden von Büchern und Exponaten gliche das der sprichwörtlichen Suche nach der Nadel ihm Heuhaufen.

Mr Cool zog eine Flappe. »Und jetzt?«, fragte er.

»Keine Ahnung.« Lukas zuckte niedergeschlagen mit den Schultern. »Wie es aussieht, sind wir noch keinen Schritt weitergekommen.«

Schon nach kürzester Zeit hatten Alariks Augen sich an die Dunkelheit gewöhnt. Allerdings konnte er sich kaum auf den Beinen halten, so heftig bebte der Höhlenboden. Nur unter größten Mühen gelang es dem Jungen, sich zu der Stelle

vorzuarbeiten, wo der Vogelkäfig mit den Flatterflüglern von der Decke hing. Das Behältnis schaukelte wie eine Nussschale im Sturm.

Alariks erster Schwerthieb ging denn auch fehl. Doch bereits mit dem zweiten Streich konnte er das Tau durchtrennen, das den Käfig hielt. Er stürzte zu Boden, und schon mit dem nächsten Hieb ging die Türverriegelung zu Bruch, sodass die drei Herren einer nach dem anderen aus ihrem Gefängnis schwebten.

»Vielen Dank, Stampffußling«, sagte Herr Virpo.

»Genau, genau«, pflichteten die Herrn Yirpo und Zirpo ihrem Angeber bei. »Du hast uns das Leben gerettet.«

»Jetzt aber raus mit Euch, sonst hätte ich mir das alles sparen können!«, rief Alarik.

Augenblicklich schwirrten die Geschöpfe davon. Alarik verlor das Gleichgewicht, weil erneut ein Erdstoß den Boden ins Wanken brachte. Ein wütendes Brüllen erklang aus dem Berg. Schon wollte der Junge ins Freie hasten, als ihm der Erzbrocken einfiel. Sterneneisen!, fuhr es ihm blitzschnell durch den Kopf. Niemand wird es dringender brauchen als Laura! Er hatte den Gedanken noch gar nicht zu Ende gedacht, als er auch schon einen kindskopfgroßen Brocken an sich genommen hatte.

Der nächste Erdstoß war so heftig, dass er Alarik zu Boden warf. Ein Riss klaffte in der Decke auf und ließ Gestein auf ihn niederregnen. Benommen sprang der Junge auf die Füße und stürzte zum Ausgang.

Er hatte ihn schon beinahe erreicht, als ein ohrenbetäubendes Fauchen hinter ihm ertönte und ein Schwall feuriger Luft seinen Rücken streifte. Überrascht drehte Alarik sich um – und erblickte den Kopf eines riesigen Drachen, der nur aus einer züngelnden Lohe zu bestehen schien. Der Rote Feuerdrache! Da wusste Alarik, dass seine Todesahnung ihn nicht getrogen hatte.

»Wo bleibt er nur?« Laura sah den Weißen Ritter fragend an, der sie noch immer eisern festhielt.

»Sorge dich nicht um den tapferen Stampffußling«, sagte Herr Virpo in beruhigendem Ton und umschwirrte sie und Paravain. »Er wollte bestimmt noch Sternenerz besorgen.«

Da tauchten Alariks Umrisse im Höhleneingang auf, und Laura fühlte, dass Paravain den Griff lockerte. Schon wollte sie sich losmachen und Alarik entgegengehen, als es hinter dem Jungen flammenrot aufloderte.

Was war das?

Alarik verharrte einen Moment wie erstarrt – und das wurde ihm zum Verhängnis. Vor ihm klaffte plötzlich ein tiefer Spalt im Boden, der rasend schnell breiter wurde!

Alarik war gefangen!

Laura riss sich los. Wie von Sinnen stürzte sie auf den Jungen zu. Der Abgrund, der sie trennte, war unüberwindbar. Heißes Gestein brodelte daraus hervor. »Alarik!«

Der Junge wirkte nun vollkommen ruhig. Er zuckte bedauernd mit den Achseln. »Fang, Laura!«, schrie er. Damit schleuderte er ihr einen großen Gesteinsbrocken entgegen, der im hohen Bogen auf sie zuflog.

Laura hatte nicht die geringste Mühe, ihn aufzufangen. Sie kam nicht dazu, ihn näher zu betrachten, denn aus der Tiefe des Berges schnellte ein flammender Kopf hervor. Der Rote Feuerdrache!, schoss es ihr durch den Kopf, als das Untier das Maul aufriss, ein Feuerstoß aus seinem lodernden Schlund fuhr und Alarik verschlang. Im selben Moment explodierte der Berg und donnerte über dem Drachen und dem Jungen zusammen.

Laura erstarrte – und verlor das Bewusstsein.

Natürlich war das ein großer Fehler von mir!« Professor Morgenstern sah Lukas betroffen an, der ihm an seinem Schreibtisch gegenübersaß. »Aber kannst du dir nicht vorstellen, wie viel Sorgen ich mir in der Mittsommernacht um deine Schwester gemacht habe?«

»Klaromaro.« Lukas nickte. »Und deshalb sind Sie ihr heimlich nachgegangen?«

»Natürlich. Du weißt doch, dass unseren Feinden alles zuzutrauen ist, und so bin ich Laura bis zu der Stelle gefolgt, wo Nikodemus Dietrich mit Sturmwind auf sie gewartet hat.«

»Verstehe.« Der Junge rieb sich die Augen. »Und dass der Förster Sie beobachtet hat, haben Sie nicht bemerkt?«

»Natürlich nicht.« Der alte Herr schüttelte die graue Löwenmähne. »Und dass Laura die Sonnenbrille und die Mütze zurückgelassen hat, ebenso wenig. Aber das war nicht mal mein größter Fehler.«

»Ich weiß.«

Der Direktor schmunzelte. »Hab ich mir fast schon gedacht, du Super-Kiu!«

Gegen seine Gewohnheit wurde Lukas verlegen. »Sie haben vergessen, Lauras Verschwinden bei der Polizei anzuzeigen – was auch nur zu verständlich ist. Schließlich wussten Sie ja, wo sie sich befindet.«

»Es war trotzdem unverzeihlich.« Morgenstern erhob sich und wanderte in seinem Büro auf und ab. »Als mir das bewusst wurde, war es allerdings schon zu spät. Denn im Gegensatz zu mir haben unsere Gegner nicht geschlafen und mein Versäumnis eiskalt zu ihrem Vorteil genutzt. Auch wenn Nikodemus mich letztendlich entlasten konnte, müssen wir nun mit den Folgen leben – leider!« Er deutete auf seinen Schreibtisch, auf dem sich ein gutes Dutzend Briefe stapelte.

»Alles Abmeldungen?«, fragte Lukas beklommen.

Der Direktor nickte betrübt. »Es werden sicherlich noch

mehr werden, und deshalb sehe ich schwarz für die Zukunft von Ravenstein.«

Der Professor schwieg, und auch der Junge brütete für eine Weile stumm vor sich hin. Es war so still im Büro, dass das fröhliche Vogelgezwitscher, das durch die Fenster drang, fast wie eine Belästigung klang.

Nach einer Weile brach Lukas das Schweigen. »Warum haben Sie mich eigentlich an das Grab von Oma Lena geschickt?«

Als würde er von der Erinnerung übermannt, nickte Morgenstern versonnen. »Weißt du«, sagte er schließlich, »deine Oma war eine sehr geheimnisvolle Frau. Sie hat nicht viel geredet, und schon gar nicht über die Zeit, bevor sie hierhergekommen ist und ihren späteren Mann kennen gelernt hat. Selbst Michael Luzius, der zwar kein Wächter, uns aber nahe verbunden war, hat sie kaum etwas über ihre Vergangenheit erzählt.«

»Warum denn nicht?«, fragte Lukas neugierig.

»Weil sie ihn nicht in Gefahr bringen wollte – jedenfalls hat sie ihm das auf die entsprechenden Fragen geantwortet. Eines Tages aber hat sie ihm anvertraut, dass sie im Besitz eines großen Geheimnisses sei. Und dass sie Sorge dafür getragen habe, dass derjenige, für den es bestimmt sei, davon auch erfahren werde – selbst nach ihrem Tod.«

»Aber …« Der Junge sah den Professor aus großen Augen an. »Wieso glauben Sie, dass sie mich damit gemeint haben könnte?«

»Weil sie ihrem Mann anvertraut hat, dass derjenige es an seinen besonderen Fertigkeiten erkennen würde, die ihn von anderen Menschen unterscheiden.«

»Sie meinen diese Trugbilder, die ich in letzter Zeit sehe?«

»Richtig, Lukas.« Morgenstern trat vor den Jungen hin und bedachte ihn mit einem ernsten Blick. »Auch dein Vater hat entsprechende Andeutungen gemacht. Obwohl er natürlich wusste, dass du nicht zum Kreis von uns Wächtern zählst, meinte er Hinweise zu haben, dass deine Oma dir außergewöhnliche Fähigkeiten vererbt hat. Deshalb habe ich dich zu ihrem Grab geschickt. Weil ich wusste, dass sie den Stein lange vor ihrem Tod in Auftrag gegeben und die Inschrift selbst bestimmt hat.«

»Aber was es mit dieser geheimnisvollen Schrift auf sich hat, wissen Sie auch nicht?«

»Nein, Lukas.« Der alte Mann sah sehr besorgt aus. »Ich habe dir alles erzählt, was ich weiß. Aber vielleicht hat ja dein Vater mehr über sie rausfinden können? Lass uns also darauf hoffen, dass Laura ihn tatsächlich befreien und mit ihm zu uns zurückkehren kann.«

Laura war tagelang nicht ansprechbar. Sie verweigerte jede Nahrung und war kaum zum Trinken zu bewegen. Die meiste Zeit lag sie apathisch auf dem Lager im Schatten der großen Samteiche und starrte schweigend vor sich hin. Dass Riaanu, der ihr so wertvolle Dienste geleistet hatte, inzwischen mit den Sklavenjungen aufgebrochen war, um diese nach Hause zu geleiten, hatte sie nicht gemerkt. Und dass er Schmatzfraß mitgenommen hatte, ebenso wenig. Lauras Gedanken kreisten um den toten Knappen.

Dass Alarik dem Roten Feuerdrachen zum Opfer gefallen war, hatte ihr jeden Lebensmut genommen. Sie fühlte sich schuldig an seinem Tod. Er hatte sein Leben gelassen, um ihr bei der Erfüllung ihrer Aufgabe zu helfen. Wie viele werden noch sterben müssen, nur weil ich nach Aventerra gekommen bin? Ritter Paravain vielleicht? Und was ist, wenn ich Papa trotzdem nicht befreien kann? Immer quälender wurden die Fragen, die durch Lauras Kopf wirbelten und sie mehr und mehr benebelten. Schließlich war sie so vom Scheitern ihrer Mission überzeugt, dass sie am liebsten sterben wollte.

Vielleicht sollte ich in das zerstörte Tal zurückkehren und mich dem Roten Feuerdrachen opfern – so wie Alarik es getan hat?, überlegte Laura. Plötzlich ließ der Gedanke sie nicht mehr los. Sie wartete nur auf eine günstige Gelegenheit, um sich davonstehlen zu können.

Die bot sich schneller als erhofft. Veniks Hornbüffel geriet ohne erkennbaren Grund in Panik und stürmte blindlings davon. Der Junge rannte umgehend hinter Kraomir her, aber Paravain erkannte, dass der Magier das außer Rand und Band geratene Tier niemals einholen würde. Deshalb schwang der Ritter sich auf Feenbraut und galoppierte los, um den Hornbüffel wieder einzufangen.

Darauf hatte Laura nur gewartet. Sie erhob sich und schlug sich so leise wie möglich in die Büsche.

Im selben Moment löste sich ein grauer Schemen aus den Sträuchern, aus denen er das Mädchen über Tage beobachtet und auf eine Gelegenheit zum Zuschlagen gelauert hatte.

Laura war noch keine zwanzig Meter vom Lager entfernt, als sie im kniehohen Gras ein Knäuel nachtgrauer Tentakel bemerkte, das sich gleich einem Dutzend fiebriger Schlangen völlig geräuschlos auf sie zuschlängelte. Noch ehe sie wusste, wie ihr geschah, erhob sich vor ihr eine schattenhafte Gestalt, die sie aus rotglühenden Augen anstierte. Augenblicklich erstarrte Laura. Sie war zu keiner Bewegung mehr fähig. Der Anblick nahm ihr die Luft. Ihre Kehle war wie zugeschnürt, und die Welt vor ihren Augen verdüsterte sich wie bei einer Sonnenfinsternis. Sie versuchte sich zu räuspern, brachte aber nicht mehr als ein heiseres Röcheln zustande.

Der Graumahr schien sich an der Panik, die sie lähmte, zu weiden. Jedenfalls war Laura, als geistere ein irres Lächeln über sein konturloses Gesicht. Dann streckte er seine wabernden

Fangarme nach ihr aus und schlang die Schattenfinger um ihren Hals. Dunkelheit senkte sich über das Mädchen, als der Graumahr sich anschickte, von ihr Besitz zu ergreifen.

Endlich hatte Paravain den davonstürmenden Kraomir eingeholt. Herr Virpo, der seinen wilden Ritt gespannt verfolgt hatte, drehte sich erleichtert um – und schrie noch im gleichen Moment gellend auf. »Habt Acht, Ihr Herren! Habt Acht!«, warnte er seine Gefährten. »Schnappt Euch den Widerling, bevor er Laura verschlingt! Schnell!«

Seine Gefolgschaft hatte den Befehl kaum vernommen, als sie auch schon wie ein Geschwader winziger Jagdflieger hinter dem Graumahr hersausten.

Als der die Gefahr erkannte, unternahm er einen letzten verzweifelten Versuch, sich Lauras Körper zu bemächtigen. Doch dazu war es zu spät. Die Flatterflügler hatten ihn bereits eingeholt und stürzten sich mit Todesmut auf das unheimliche Wesen.

Der Graumahr schrie auf und schlug wie Berserker nach den geflügelten Wichten. Seine Augen glühten vor Zorn. Trotz seiner ungelenken Bewegungen zerschmetterte er einige der Flatterflügler mitten im Flug. Jede Berührung mit ihnen schien ihm jedoch irrsinnige Schmerzen zu bereiten, denn immer wieder heulte er, vor Wut und Pein zugleich, auf.

»Nicht nachlassen, Ihr Herren!«, kommandierte der Angeber seine tapfere Schar. »Auf ihn mit der Macht des Lichts!«

Laura war weder zu einer Bewegung noch zu einem Gedanken fähig. Stumm und starr wie eine Statue stand sie da und beobachtete, wie sich der Schwarm der Flatterflügler neu formierte und gleich einem leuchtenden Pfeil auf das Schattenwesen zuraste. Das Licht, das sie verströmten, war so gleißend hell, dass das Mädchen die Augen mit der Hand beschatten musste.

Und da war es um den Graumahr geschehen. Er kreischte laut auf und wälzte sich mit wildem Zucken auf dem Boden, bevor er sich nach und nach in nichts auflöste wie ein Vampir, dem die Strahlen der Sonne den Garaus machen.

»Verdammt!« Mit wutverzerrter Fratze wich Syrin von dem Sehenden Kristall zurück, der ihr und Borboron die Vorgänge um Laura offenbart hatte. »Verflucht sollen sie sein, diese Kreaturen des Lichts! Ohne sie wäre es jetzt um das Balg geschehen.«

»Langsam gebe ich die Hoffnung auf, Syrin«, herrschte der Schwarze Fürst sie empört an. »Wann begreifst du endlich, dass man mit kühlem Blut mehr erreicht als mit heißem Zorn?«

Wie von Sinnen fuchtelte die Frau mit ihren Krallenhänden in der Luft herum. »Es hätte nicht viel gefehlt, und dieses Problem wäre ein für alle Mal beseitigt gewesen!«

Borboron musterte sie mit stechendem Blick. »Wir haben die Lage unter Kontrolle. Dieses Balg kann uns wohl kaum gefährlich werden. Vielleicht gerät es uns sogar zum Vorteil, wenn es ihm gelingt, dieses Schwert wieder zusammenzuschmieden. Allerdings …« Seine Mundwinkel zuckten verächtlich. »In einem solchen Falle ist es unerlässlich, dass man Ruhe bewahrt und nicht die Nerven verliert. Deshalb sollte ich in Zukunft vielleicht lieber auf deine Mithilfe verzichten.«

»Aber nicht doch, Herr« – Syrin fiel vor Borboron auf die Knie und griff nach seiner Hand –, »das wird nicht wieder vorkommen, bestimmt nicht. Das verspreche ich Euch!«

Der Schwarze Fürst antwortete nicht. Er stieß die Frau von sich und stapfte zur Tür, die krachend hinter ihm ins Schloss fiel.

Syrin sah ihm nach. »Freu dich bloß nicht zu früh!«, zischte sie gehässig.

Mit verwunderter Miene kam Percy Valiant auf Lukas und Philipp zu, die auf dem Basketballcourt Körbewerfen übten. »Was treibt i'r denn 'ier?«, fragte er und stellte seine Reisetasche ab. »Iisch 'atte gedacht, dass i'r längst in den Ferien seid und in der Sonne faulenzt?«

»Yo.« Mr Cool grinste breit. »Habe ich auch gedacht.«

Lukas warf noch schnell einen Korb, bevor er sich dem Sportlehrer zuwandte. »Leider haben sich ein paar Dinge ergeben, die es uns ratsam erscheinen ließen, hierzubleiben und die Augen offen zu halten.« Spöttisch fügte er hinzu: »Es reicht ja, wenn sich einer zum Whiskygurgeln in Schottland rumtreibt!«

Die bissige Bemerkung schien Percy nicht im Geringsten zu stören. »Nur kein Neid«, entgegnete er mit freundlichem Lächeln. »Bestimmt 'abt i'r auch o'ne miisch die Situation jederzeit fest im Griff ge'abt.«

»Schön wär's«, knurrte Lukas und informierte den Lehrer in knappen Worten über die Ereignisse der letzten Tage.

»Merde!«, sagte Percy mit kummervoller Miene. »Das 'ört siisch ja gar niischt gut an.«

»Das ist reichlich untertrieben!«, erwiderte Lukas. »Die Zukunft von Ravenstein steht auf dem Spiel, und wir treten auf der Stelle. Wir kommen keinen Schritt weiter, und dabei spüre ich, dass dieses Geheimnis, das Oma Lena offensichtlich hinterlassen hat, uns bestimmt helfen könnte.«

Percy Valiant verengte die Augen. »Wenn iisch diisch riischtiisch verstanden 'abe, dann bist du fest davon überzeugt, dass dieses Büschlein, das deine Stiefmutter und i'r feiner Gefä'rte aus dem Arbeitszimmer entwendet 'aben, der Schlüssel dazu sein könnte?«

»Exaktenau!« Lukas schob seine Brille zurück. »Da sie keine anderen Aufzeichnungen hinterlassen hat, vermute ich das stark. Aber leider hilft uns das nicht weiter. Longolius hat doch dafür gesorgt, dass alle Exemplare vernichtet wurden. Deshalb werden wir wohl nie erfahren, was in dem Buch stand. Es sei denn, dass Papa sich daran erinnern kann.«

»Rischtiisch.« Der Sportlehrer nickte. »Aber es gibt durschaus noch eine andere Möglischkeit!«

»Sie wollen doch nicht behaupten, dass Sie in der Lage sind, den Inhalt des Buches herauszufinden, obwohl kein Exemplar mehr davon existiert?«, fragte Mr Cool ungläubig.

»*Certainement!*« Percy Valiant lächelte und sah Lukas fragend an. »Wann, glaubst du, 'aben diese Kanaillen das Buch geklaut?«

Kapitel 27 Die Ebene der Eisigen Flammen

Der Ritt über den schmalen Saumpfad war mühsam. Paravain lenkte sein Zweihorn voran, ihm folgte Venik auf Kraomir, und Laura auf Sturmwind bildete den Schluss. Je höher sie kamen, umso heftiger fegte ihnen der Wind ins Gesicht, sodass sich die Gefährten immer tiefer in die Felle verkrochen, die sie übergeworfen hatten.

Das Rot am westlichen Himmel kündete bereits den Abend an, als sich in der vor ihnen aufragenden Bergflanke ein Durchlass auftat, der kaum breiter war als der Pfad. Dahinter öffnete sich eine weite, von Gipfeln gesäumte Ebene, die zu Lauras Überraschung fast vollständig in Flammen zu stehen schien. Erst auf den zweiten Blick erkannte sie, dass die Feuerzungen aus einem großen See auf loderten, der den größten Teil des Plateaus bedeckte.

Unwillkürlich zügelte Laura ihr Pferd. Seltsam, dachte sie. Ein See mit einer brennbaren Flüssigkeit? Doch im selben Moment ging ihr auf, dass das nicht stimmen konnte. In diesem Fall hätte doch die gesamte Oberfläche gebrannt! Ratlos wandte sich das Mädchen an den Weißen Ritter. »Was ist das denn?«

Ein verständnisvolles Lächeln spielte um Paravains Lippen. »Unser Reiseziel, Laura: die Ebene der Eisigen Flammen.«

Eisige Flammen?

So absurd diese Bezeichnung auch anmutete, hätte sie dennoch kaum treffender sein können: Obwohl die Feuerzungen gewöhnlichen Flammen glichen, strahlte der See eine solch unerbittliche Kälte aus, dass Laura schauderte.

Auch Venik verkroch sich tiefer in seinen Umhang und musterte das brennende Gewässer skeptisch.

»Siehst du den schneebedeckten Berg dort drüben?« Paravain deutete zu einer mächtigen Erhebung, die wie der Furcht erregende Schädel eines Urzeittieres am jenseitigen Ufer aufragte. »Das ist der Schauderberg. An seinem Fuß liegt der Eingang zu Beolors Höhle.«

Das Mädchen ließ den Blick suchend in die Runde schweifen. »Wie sollen wir dort hinkommen? Ich sehe nirgends einen Weg, der um den See führt.«

»Wir bitten den Fährmann, uns überzusetzen!«, erklärte Paravain lächelnd.

Am Ufer angekommen, legte der Ritter die Hände wie einen Trichter um den Mund und ließ einen lauten Ruf erschallen: »Du Meister der Schemen, Gebieter des grauen Gespinsts, uns Besuchern der Alben erweise den nötigen Dienst!«

Als gliche der Ruf einem Windhauch, der über das Wasser strich, neigten sich die Flammen zur Seite, um danach nur noch höher aufzulodern.

Laura glaubte schon, dass Paravains Bitte ungehört bleiben würde, als sich das Flammenmeer teilte und ein hünenhafter Schemen, der ständig die Gestalt wechselte, sich aus der Mitte des Feuers schob.

Ein Nebelflößer!

Inzwischen war das durchscheinende Wesen so nahe gekommen, dass Laura das graue Gewand erkannte, das ihm wie ein Dunstschleier von den Schultern floss und bis auf die Wasseroberfläche reichte.

Die Nebelkapuze fiel dem Flößer so weit in die Stirn, dass nichts von seinem Gesicht zu sehen war. Dafür aber vernahm Laura seine wortlose Stimme, die wie aus weiter Ferne durch ihre Gedanken hallte. »Wer seid ihr, Fremde? Nennt Eure Namen!«

Paravain stellte dem seltsamen Fährmann sich und die Begleiter vor. »Wir haben ein wichtiges Anliegen«, fügte er hinzu, »und bitten dich deshalb, uns zu Beolor, dem Herrn der Dunkelalben, zu bringen.«

»Nur das Mädchen und den Knaben«, entgegnete die stumme Stimme, in der keinerlei Gefühlsregung mitschwang. »Aber nicht dich, Ritter.«

In einem Anflug von Ärger verzog Paravain das Gesicht. »Und warum ihn und mich nicht?«

»Weil er noch ein Eleve ist und du nicht«, hallte es durch Lauras Kopf. »Oder solltest du vergessen haben, dass das Gebot der ›Leeren Hand‹ in ganz Aventerra gilt? Und damit auch am See der Eisigen Flammen?«

Der Weiße Ritter winkte enttäuscht ab. »Er hat Recht«, seufzte er. »Ich hatte gehofft, dass sich die Nachricht nicht bis hierher herumgesprochen hätte.« Rasch lenkte er sein Zweihorn an Sturmwinds Seite. »Nur Mut, Laura«, sagte er aufmunternd. »Du hast schon so viele Prüfungen bestanden und musst deshalb auch vor dieser nicht zurückschrecken. Denke immer daran: Im Vertrauen auf das Licht kann dir alles gelingen.«

Obwohl Laura weh ums Herz war, bemühte sie sich um eine zuversichtliche Miene. »Ich werde alles tun, um Euch nicht zu enttäuschen. Aber …« Sie schluckte. »Hattet Ihr mit diesen Dunkelalben schon zu tun?«

Paravain nickte bekümmert. »Sie haben uns übel mitgespielt. Deshalb höre auf meinen Rat, Laura: Nimm dich vor Meister Beolor in Acht. Er ist bekannt für seine Verschlagenheit. Selbst wenn er freundlich tut, ist ihm nicht zu trauen.« Damit wandte er sich an den Jungen. »Und du, Venik, halte die Augen offen und unterstütze Laura, so gut es dir möglich ist – versprochen?«

»Gewiss, Herr. Ich werde Laura beistehen, als ginge es um mein Leben.«

»Wir wollen hoffen, dass es dir gelingt, junger Freund«, brummte Paravain. An das Mädchen gewandt, fügte er hinzu: »Rufe nach mir, sobald du das Schwert des Lichts in den Händen hältst. Dann werde ich mich am vereinbarten Treffpunkt einfinden und dir helfen, deinen Vater zu befreien.«

Verwundert schaute Laura ihn an. »Ich dachte, Ihr wartet hier auf uns?«

Die blauen Augen des Ritters schimmerten geheimnisvoll. »Tu einfach, wie ich dir gesagt habe. Rufe nach mir, wenn du bereit bist – und Pfeilschwinge wird mir deine Botschaft übermitteln. Aber vergiss nicht: Der Plan, den wir uns zurechtgelegt haben, kann nur gelingen, wenn du bei dem Schmied Erfolg hast und rechtzeitig zur Stelle bist.«

»Das weiß ich doch, Herr Paravain«, antwortete Laura ernst und wandte sich an den Nebelflößer. »Sollen wir unsere Reittiere mitführen?«

»Nicht nötig«, ertönte da eine Stimme in ihrem Rücken.

Laura fuhr herum und erblickte eine höchst merkwürdige Gestalt: Obwohl kaum größer als ein Kind, besaß sie den gedrungenen Oberkörper und das verschlagene Gesicht eines Trolls. Ihre Beine jedoch glichen den Hinterläufen eines Pferdes, und als Laura genauer hinblickte, erkannte sie, dass am Hinterteil des seltsamen Wesens ein Pferdeschweif hing!

»Seid unbesorgt«, fuhr der Pferdetroll fort. »Ihr könnt mir eure Tiere ruhig anvertrauen. Sie sind bei mir gut aufgehoben bis zu eurer Rückkehr. Es wird ihnen an nichts fehlen.«

Laura suchte den Blick des Weißen Ritters. Als Paravain zustimmend nickte, gab sie Sturmwind in die Obhut des geheimnisvollen Zwitterwesens und bestieg mit Venik das Nebelfloß.

Reglos wie ein Findling stand der Herr der Dunkelalben vor der dunklen Öffnung des Schauderberges. Sein dicht behaartes Gesicht ließ keinerlei Gefühlsregung erkennen, als Laura und Venik vor ihn hintraten.

Laura verneigte sich mit klopfendem Herzen. »Seid gegrüßt, Meister Beolor«, sagte sie. »Ich bin Laura Lea-«

»Ich weiß«, fiel der Dunkelalb ihr harsch ins Wort. »Ganz Aventerra kennt inzwischen deinen Namen. Und nach allem, was ich über dich gehört habe, wird man ihn auch so schnell nicht wieder vergessen.« Die Miene des finsteren Alben war noch immer unbewegt. Nur in seinen smaragdgrünen Augen glaubte Laura so etwas wie Hochachtung zu lesen. »Was führt dich zu mir, Laura?«

Das Mädchen nahm den Rucksack vom Rücken, holte die drei Schwertteile hervor und hielt sie Beolor entgegen. »Ich bin gekommen, weil ich Euch bitten möchte, das Schwert des Lichts wieder zusammenzuschmieden.«

Einen Augenblick lang herrschte Stille. Wortlos musterte der Dunkelalb die Schwertteile, die trotz des schwindenden Lichts glänzten. »Weißt du nicht, dass man dazu Sterneneisen benötigt?«, fragte er.

Laura erschrak über die gelben Zahnstummel in seinem Mund. »Doch. Natürlich weiß ich das.« Rasch kramte sie das Gestein aus dem Rucksack. »Ich hoffe, der Brocken ist groß genug.«

Beolor nahm den Erzklumpen entgegen und wog ihn bedächtig in der Pranke. Er ließ sich Zeit mit seinem Urteil, das Laura mit angehaltenem Atem erwartete. »Eigentlich sollte das genügen«, knurrte er schließlich. »Allerdings nur, wenn wir uns vorsehen und nicht das Geringste davon verschwenden.«

Erleichtert atmete das Mädchen auf. »Versuchen wir es einfach«, rief es ungeduldig, als es ein ungehaltenes Zucken im Gesicht des Dunkelalben zu erkennen glaubte. »Verzeiht,

Meister Beolor«, setzte Laura deshalb hinzu. »Aber ich kann es kaum mehr erwarten, dass Ihr Hellenglanz wieder so herrichtet, dass es in seinem ursprünglichen Glanz erstrahlt!«

»Wenn das so ist, hättest du dir den Weg zu mir sparen können«, knurrte der finstere Schmied. »Diesen Wunsch kann ich dir nämlich nicht erfüllen.«

»Was?« Ein Ausdruck blanken Entsetzens legte sich auf das Gesicht des Mädchens. »Habt Ihr nicht selbst gesagt, dass das Erz ausreichen müsste?«

»Stimmt«, antwortete Beolor ungerührt.

Wut stieg in Laura auf. Da hatte sie so viele Mühen und Gefahren auf sich genommen, um Sterneneisen zu besorgen – und nun sollte alles vergeblich gewesen sein? »Ihr lügt!«, schrie sie den Herrn der Dunkelalben an. »Ihr weigert Euch, mir zu helfen, nur weil Ihr auf der Seite der Dunklen Mächte steht!« Noch im selben Moment bereute Laura ihre heftigen Worte.

Der Riese blieb erstaunlich gelassen. »Beschimpfe mich nur«, sagte er ruhig, »auch wenn das nicht das Geringste zu ändern vermag. Ich kann das Schwert des Lichts wirklich nicht zusammenschmieden, selbst wenn ich es wol-«

»Das stimmt nicht!«, fuhr das Mädchen dazwischen. »Der Geist, der über den Wassern schwebt, oder wie immer er auch genannt wird, hat es mir doch verraten!«

»Bist du sicher?« Beolor musterte sie. »Was hat er denn gesagt?«

Laura versuchte fieberhaft, sich an den genauen Wortlaut zu erinnern. »›Nur die Dunkelalben, die in den Feuerbergen beheimatet sind, wissen das Schwert wieder in seinen ursprünglichen Zustand zu versetzen.‹ So waren seine Worte!« Sie machte einen Schritt auf den unheimlichen Hünen zu und schaute ihn furchtlos an. »Wollt Ihr immer noch behaupten, dass Ihr Hellenglanz nicht wieder zusammenschmieden könnt?«

»Ja. Es entspricht der Wahrheit.« Mit einem resignierten

Seufzer schüttelte Beolor das Haupt. »Du hast offensichtlich nicht richtig zugehört – oder nicht richtig verstanden, was der Geist gesagt hat. Er hat erklärt, dass wir *wissen*, wie Hellenglanz in seinen ursprünglichen Zustand versetzt werden kann. Davon, dass wir das Schwert *schmieden* können, war allerdings nicht die Rede. Habe ich Recht, Laura?«

»Ähm …« Das Mädchen schnappte nach Luft wie ein Karpfen, und seine Augen wurden groß. »A… A… Aber wer kann es dann?«

»Nur der Schwertträger«, erwiderte Beolor eindringlich und deutete mit seinem schwieligen Zeigefinger auf das Mädchen. »Nur du, Laura, nur du kannst das Schwert des Lichts wieder zusammenschmieden! Unsere Aufgabe besteht lediglich darin, dich dabei anzuleiten.«

Plötzlich verstand Laura den tieferen Sinn der Worte, die aus der Dunstwolke über dem verwunschenen See im Fatumgebirge an ihr Ohr gedrungen waren. Sie hätte wissen müssen, dass nur derjenige die ihm anvertrauten Aufgaben bewältigen kann, der sie aus eigener Kraft angeht und nicht darauf wartet, dass ihm ein anderer zu Hilfe kommt.

Hatte Professor Morgenstern ihr nicht häufig genug erklärt, dass jeder die essenziellen Wahrheiten des Lebens selbst herausfinden und am eigenen Leibe verspüren musste? Und hatte nicht auch Rika Reval, die Archäologin, ihr deutlich zu machen versucht, dass auch den großen Helden der Sagen und Mythen nichts in den Schoß gefallen war? Fast jeder von ihnen hatte sich die Fähigkeiten und Hilfsmittel, die ihm später zum Sieg verhelfen sollten, erst mühsam aneignen müssen. Siegfried von Xanten, zum Beispiel, hatte das Schwert, mit dem er den Drachen Fafnir tötete, selbst geschmiedet. War es da nicht folgerichtig, dass sie die Waffe, mit deren Hilfe sie ihren Vater befreien wollte, ebenfalls von eigener Hand anfertigen musste?

Wie dumm von ihr, dass sie das nicht früher erkannt hatte!

Beolor schien auf eine Antwort zu warten.

Laura räusperte sich. »Nun gut«, sagte sie schließlich. »Wenn es sich so verhält, wird mir wohl nichts anderes übrig bleiben, als das Schmieden zu lernen.«

Beolor starrte das Mädchen unverwandt an.

»Ähm – wie lange wird das denn dauern?«

»Nun …« Endlich brachte der Dunkelalb die Stummelzähne auseinander. »Bis man die Kunst des Schmiedens beherrscht, können viele Sommer vergehen.«

»Oh, nein!«, entfuhr es dem Mädchen.

»Aber dir ist ja nicht daran gelegen, unser Handwerk zu erlernen«, fuhr Beolor fort. »Du willst lediglich drei Schwertteile zusammenfügen, was weit geringere Anforderungen stellt.«

Laura warf Venik einen erleichterten Blick zu. »Wie lange also?«

»Das hängt nur von dir ab!« Der Herr der Dunkelalben verengte die Smaragdaugen. »Aber auch wenn du dich geschickt anstellst – mit einigen Wochen musst du schon rechnen.«

Mit einigen Wochen!

Rasch überschlug Laura, wie viel Zeit vergangen sein mochte, seit sie sich auf Aventerra befand, und wie viele Tage noch blieben bis zum Herbstnachtsfest. Bis zu jener Nacht, in der sich die magische Pforte wieder öffnen würde, durch die sie den Rückweg zur Erde antreten konnte. Obwohl ihr Zeitgefühl gelitten hatte, schätzte sie, dass sie sich höchstens drei Wochen in der Welt der Mythen aufhielt. Das bedeutete, dass ihr noch rund zehn Wochen blieben, um ihren Auftrag zu erfüllen und den Vater aus der Dunklen Festung zu befreien.

Gut zwei Monate, dachte Laura überrascht. Das müsste doch reichen! Zumal der Befreiungsplan, den ich mit Ritter Paravain ausgeheckt habe, so raffiniert ist, dass er bestimmt gelingen wird. Allerdings nur, wenn ich es schaffe, Hellenglanz rechtzeitig wieder zusammenzuschmieden.

»Also gut, Meister Beolor«, sagte sie fröhlich. »Worauf warten wir noch? Fangen wir einfach an.«

»Wie du willst«, antwortete der Dunkelalb und wandte sich ab, damit Laura das spöttische Grinsen nicht bemerkte, das er sich nicht länger verkneifen konnte.

Wie erstarrt lag Percy Valiant auf Lukas' Bett. Die Jungen beobachteten ihn gespannt, während sie darauf warteten, dass er aus der Trance erwachte.

Mr Cool schien langsam ungeduldig zu werden. »Sollen wir ihn nicht wecken?«

»Lieber nicht! Vielleicht ist er noch nicht fertig, und dann wäre es fatal, seine Traumreise zu beenden!«

Zum Glück dauerte es nicht mehr lange, bis der Sportlehrer wieder zu sich kam. Wie ein Schläfer, der aus tiefem Schlummer erwacht, reckte und streckte er sich und gähnte ausgiebig, bevor er die beiden Jungen verschmitzt anlächelte.

»Und?« Lukas konnte seine Neugier nicht länger bezähmen. »Hat es geklappt?«

»Certainement!« Percy zeigte seine weißen Zähne. »Oder 'abt i'r etwa geglaubt, iisch 'ätte das Traumreisen verlernt?«

»Nein, natürlich nicht«, versicherte Lukas eilig und hibbelte unruhig auf dem Schreibtischstuhl hin und her. »Dann haben Sie also was entdeckt?«

Plötzlicher Grimm zeichnete Percys Miene. »I'r werdet es niischt glauben, was iisch zutage gefördert 'abe. Das 'ätte iisch mir in meinen schlimmsten Träumen niischt vorgestellt!«

»Aber was denn, Percy? Sagen Sie doch endlich!«

»Wozu denn sagen? Kommt lieber mit, und schaut es eusch selber an!«

Erst im Arbeitszimmer ging Lukas auf, was Percy gemeint hatte: Der Wächter hatte nicht nur eine Traumreise in die Zeit unternommen, als das Büchlein noch im Regal gestanden hatte, sondern es auch komplett fotokopiert – und so seinen Inhalt für die Nachwelt gerettet.

»Phänotastisch!«, staunte Lukas und wollte sich schon dem Stapel Kopien zuwenden, der neben dem Kopierer lag, als der Sportlehrer ihn zurückhielt und auf die zwei Blätter deutete, die er offensichtlich aussortiert hatte. »Es reischt, wenn i'r eusch die 'ier anschaut. Sie sind mir schon beim Kopieren aufgefallen!«

Zwei Ölgemälde waren darauf zu sehen. Obwohl Lukas alles andere als ein Kunstexperte war, erkannte er auf den ersten Blick, dass sie völlig unbedeutend waren. Die Künstler, die sie gemalt hatten, waren allenfalls begabte Laien.

Dafür aber hatten es die Motive in sich: Das eine zeigte Reimar von Ravenstein, das andere einen Unbekannten. Im Bildhintergrund aber war jeweils eine Frau zu erkennen. »Ich fasse es nicht!« Die Augen des Jungen wurden groß. »Das ist ja –«

»Syrin! Diese un'eimliische Gestaltwandlerin – genau!« Percys Miene war ernst. »Aber wenn du gelesen 'ast, was dieser Freudenpert über die Bilder schreibt, wirst du noch viel me'r staunen!«

Der Sportlehrer hatte nicht zu viel versprochen. Aus den Ausführungen des Forschers ging nämlich hervor, dass es sich bei der Frau auf den Gemälden um die Mutter des jeweiligen Porträtierten handelte. Syrin hatte also nicht nur Reimar von Ravenstein geboren, sondern gut dreihundert Jahre später auch den anderen Mann, einen berüchtigten Inquisitor. Lukas wollte seinen Augen nicht trauen, als er las, dass dieser Hexenjäger so fanatisch war, dass er selbst die eigene Mutter, eben Syrin, auf den Scheiterhaufen gebracht hatte! Als das Feuer erloschen war, hatte sich angeblich nicht einmal ein Knöchelchen von der Verurteilten mehr gefunden – nur ein Herz, so hart wie Stein. Allerdings tat selbst Freudenpert das als pure Anekdote und Erfindung der abergläubischen Bevölkerung ab.

Kopfschüttelnd ließ Lukas die Kopien sinken. »Das ist ja nicht zu fassen. Offensichtlich wollte Syrin auf diese Weise zur Verbreitung des Bösen beitragen!«

»Genauso se'e iisch das auch!«, bestätigte Percy Valiant. »Und i're Brut 'at i'r auch alle E're gemacht, niischt wa'r?«

»Aber warum wollte Maximilian Longolius verhindern, dass jemand davon erfährt? Zum einen ist das doch schon Hunderte Jahre her und zum anderen: Was hat er mit Syrin zu tun?«

»Iisch weiß es niischt!«, erwiderte der Sportlehrer und reichte Lukas eine weitere Kopie. »Dafür 'abe iisch noch was Interessantes entdeckt. Das 'ier stand auf der ersten Seite, gleisch nach dem Vorsatz.«

Es handelte sich um einen Vers in einer gut leserlichen Handschrift:

»Nimm eins, zwei, drei,
dann ist's dabei,
obwohl stets zwei sind dann zu viel.
Dem Stolz von Wales
bestimmt gefällt's,
wenn wie Kolumbus kommst ans Ziel.«

Verwundert blickte Lukas von der Kopie auf. »Sie glauben, dass dieser Spruch von Oma Lena stammt?«

»Wenn dieses Büschlein i'r ge'ört 'at, erscheint das doch na'e liegend, oder? Und vielleischt ist genau das die Schrift, von der auf dem Grabstein die Rede ist?«

Lukas runzelte die Stirn. »Was bedeuten würde, dass dieser Spruch uns zu ihrem Versteck führt.«

Der Lehrer grinste. »Iisch wusste doch, dass du ein überaus kluges Kerlschen bist!

Die Zeit bei den Dunkelalben verging wie im Flug. Die Tage von Laura und Venik waren so mit Arbeit gefüllt, dass sie gar nicht dazu kamen, sie zu zählen. Der Morgen graute noch, wenn sie von Beolor geweckt wurden. Während er mit seinem Gehilfen Braamir – ein ebenso finsterer Geselle wie sein Meister und lediglich eine Handbreit kleiner als er – das Feuer der Esse anschürte, bereiteten Laura und Venik das karge Frühstück vor. Es bestand aus warmer Bergziegenmilch, hartem Brot und einer leicht süßlich schmeckenden Wurst, die offensichtlich ebenfalls von Bergziegen stammte. Während Beolor und Braamir es hastig hinunterschlangen, wechselten sie kein Wort miteinander, sodass auch Laura und Venik sich darauf beschränkten, sich mit Blicken zu verständigen.

Danach ging es in die Schmiede. Laura und Venik schleppten Kohle aus der Tiefe des Berges herauf und schütteten sie in einer Ecke der Höhle auf, damit Braamir die Esse immer am Glühen halten konnte. Dann mussten die Eisen- und Metallrohlinge aus den Vorratshöhlen herbeigeschafft und für Beolor und Braamir griffbereit gelagert werden. Die Wasserbottiche mussten ständig aus dem nahen See nachgefüllt werden, damit die Schmiede das glühende Metall rasch abkühlen konnten, sobald sie es auf dem Amboss bearbeitet hatten. Die Schöpfeimer waren so schwer, dass Laura und Venik sie anfangs selbst gemeinsam kaum anzuheben vermochten. Als Laura am ersten Tag weit nach Sonnenuntergang auf ihr Lager gesunken war, hatte sie sich wie erschlagen gefühlt. Dass jedes Körperteil schmerzte, hatte sie gar nicht mehr gemerkt, denn sie war auf der Stelle eingeschlafen. Am nächsten Morgen wurde sie von Muskelkater geplagt – selbst an Stellen, an denen sie niemals Muskeln vermutet hätte. Es dauerte allerdings nicht lange, bis Laura sich an die schwere Arbeit gewöhnt hatte. Mit der Zeit ging ihr das Kohle- und Wasserschleppen immer leichter von der Hand, bis sie es eines Tages sogar schaffte, den schweren Eimer ganz allein vom Seeufer bis in die Schmiede zu tragen. Und dennoch weigerte Beolor sich immer noch, mit dem Schmiedeunterricht zu beginnen.

Das neue Schuljahr auf Ravenstein begann mit einem Schock: Fast die Hälfte der Schüler war infolge der üblen Schlagzeilen von ihren Eltern abgemeldet worden. Dass Professor Morgenstern längst wieder aus der Haft entlassen worden war und die Staatsanwaltschaft sogar darauf verzichtet hatte, Anklage gegen ihn zu erheben, war der Presse keine Zeile wert gewesen. Und so hatten die Dunklen mit ihrer schändlichen Aktion tatsächlich ihr Ziel erreicht: Die Existenz des Internats war ernsthaft in Gefahr, und wenn es dem Direktor nicht schnellstens gelang, andere Finanzierungsmittel aufzutreiben, würde Ravenstein wohl geschlossen werden müssen.

Fast alle waren über diese Entwicklung mehr als betrübt – mit Ausnahme von Dr. Schwartz und Rebekka Taxus natürlich. Die beiden gaben sich nicht die geringste Mühe, ihre Freude zu verbergen. Dass sie mit der Schließung der Internatsschule auch die eigene Existenz verlieren würden, schien sie nicht zu bekümmern. Was nicht weiter verwunderlich war, denn es wurde gemunkelt, dass sie Angebote eines neu eröffneten Internats vorliegen hätten und nur darauf warteten, dass ihre Arbeitsverträge mit der Insolvenz von Ravenstein beendet würden. Zwar hüllten die beiden sich in Schweigen, aber die entsprechenden Gerüchte wollten einfach nicht verstummen.

»Von mir aus sollen sie dahin verschwinden, wo der Pfeffer wächst«, giftete Kaja eines Morgens beim Frühstück. »Die Tussi und dieser Macker gehen mir so was von auf den Geist!«

»Und mir erst, zum Geier!«, pflichtete Magda Schneider ihr bei. »Ich frag mich, warum Morgenstern sie nicht einfach rausschmeißt?«

»Das kann er nicht«, erklärte Lukas mit wichtiger Miene. »Sie haben schließlich gültige Arbeitsverträge. Und außerdem …« Er linste die Mädchen über den Rand seiner Brille an.

»Ja?«, fragten Kaja und Magda fast synchron.

»Solange die beiden hier auf Ravenstein sind, kann er sie viel besser im Auge behalten. Wechseln sie auf eine andere Schule, dann ist das nicht mehr der Fall!«

Magda winkte ab. »Ist mir doch egal! Ich gäbe sonst was drum, wenn wir sie endlich los wären.«

»Aber Laura sieht das bestimmt anders«, sagte Lukas vorwurfsvoll, bevor er sich wieder seinem Frühstück zuwandte. Obwohl er sich Mühe gab, seinen Seelenzustand zu verbergen, war ihm anzusehen, dass ihn etwas bedrückte. Und das schon seit Wochen. Allen Anstrengungen zum Trotz war es ihm nämlich immer noch nicht gelungen, Oma Lenas Spruch zu entschlüsseln.

War es denn möglich, dass sein Superhirn nicht mehr funktionierte? Oder hatte er nur eine winzige Kleinigkeit übersehen, wie schon bei den vorherigen Rätseln, und biss sich nur deswegen die Zähne an dem Vers aus?

Lukas wusste es einfach nicht, und mit jedem Tag, der verging, wuchs seine Verzweiflung.

Es verstrichen Wochen, bis Beolor Laura mit der Esse vertraut machte. Er zeigte ihr, wie das Kohlenbett möglichst gleichmäßig aufgeschüttet und ständig glühend gehalten wurde, und sie lernte, die Glut mit dem Blasebalg anzufachen. Bis das Mädchen all diese Arbeiten hinreichend beherrschte, vergingen endlose Tage.

Endlich kam das Schmieden an die Reihe. Als Beolor sie im Gebrauch der Werkzeuge unterwies, verstand Laura plötzlich, wozu das Kohle- und Wasserschleppen gut gewesen war. Ohne diese Schufterei, die nicht nur ihre Arme, sondern ihren ganzen Körper gekräftigt hatte, wäre sie niemals in der Lage gewesen, den schweren Schmiedehammer zu schwingen. Was ohnehin weit schwieriger war, als von ihr vermutet. Anfangs wollte es Laura nicht einmal gelingen, die glühenden Eisenteile überhaupt zu treffen, geschweige denn an den richtigen Stellen. Wieder und wieder schlug sie daneben, sodass der Hammerkopf Funken stiebend auf den bloßen Amboss prallte. Doch nachdem die Anfangsschwierigkeiten überwunden waren, erzielte Laura rasch Fortschritte, bis sie schließlich eine Klinge schmieden konnte und sogar das Aneinanderschmieden zweier Klingenteile zu Beolors Zufriedenheit beherrschte.

Auf Ravenstein war längst wieder der Alltag eingekehrt; alles verlief im bekannten Trott. Professor Morgensterns Suche nach einem neuen Finanzier war bislang erfolglos geblieben, und die Dunklen schienen nur darauf zu warten, dass er endlich aufgeben musste.

Lukas hatte den Hinweis noch immer nicht geknackt, den Oma Lena ihm hinterlassen hatte. Der Junge wurde immer stiller und sprach kaum noch mit Kaja und Mr Cool. Alle Aufmunterungsversuche, auch die von Miss Mary und Percy, blieben erfolglos.

So wunderte Kaja sich, als Lukas sie eines Tages nach dem Unterricht plötzlich ansprach. »Was ist denn mit dir los?«, fragte er. »Du bist ja so fröhlich – oder täusche ich mich?«

»Nein – tust du nicht!« Das Pummelchen strahlte über beide Wangen.

»Und?« Lukas legte die Stirn in Falten. »Was ist der Grund?«

»Wir haben heute unsere Englischarbeit zurückgekriegt.«

»Du warst doch nie besonders gut in Englisch – obwohl du Unterricht bei Miss Mary hast!«

»Stimmt!« Kaja strahlte noch mehr. »Aber rate mal, was ich diesmal bekommen habe!« Und noch ehe der Junge antworten konnte, sprudelte es aus ihr heraus: »Eine Eins, eine glatte Eins! Ist das nicht irre?«

»Ähm«, staunte Lukas. »In der Tat!«

»Dann waren meine langweiligen Sprachferien wenigstens nicht ganz umsonst.«

»Stimmt ja«, erinnerte sich der Junge. »Wie war es denn in Wales? Erzähl doch mal.«

»Oh, nö!« Das Mädchen stöhnte und winkte ab. »Lieber nicht. Außer Wiesen, Weiden, Flüssen und Meer gibt's da nicht viel zu sehen. Ein paar alte Burgen und Bergwerke noch, das ist schon alles.«

»Klingt doch ganz aufregend.«

»Ja, ja«, maulte Kaja. »Wem es gefällt! Aber am schlimmsten fand ich die Sprache. Viele Waliser sprechen nämlich gar kein Englisch.«

»Nein?«, fragte Lukas überrascht.

Kaja grinste. »Das hast du wohl nicht gewusst, du Super-Kiu? Das Kymrische, eine alte keltische Sprache, ist dort noch immer weit verbreitet!«

»Klingt doch cool.« Langsam taute Lukas auf. »Kannste mal einen Satz sagen?«

Kaja verdrehte die Augen. »Noch nicht mal ein Wort! Das Einzige, was ich super fand in Wales, war die Flagge.«

Die Falte kerbte sich in die Stirn des Jungen. »Wieso das denn?«

»Weil da ein Drache drauf ist. Ein mächtiger roter Drache, der vor Stolz kaum laufen kann.«

»Ein Dra-« Lukas erblasste. Seine Augen drohten aus den Höhlen zu treten. »O nein!«, stöhnte er dann auf und schlug sich mit der flachen Hand an den Kopf. »Ich hirnverbrannter Idiot. Natürlich – das ist die Lösung!«

Kapitel 28 Das Geheimnis des Dracheneis

Beolors Helfer hatten aus dem großen Erzbrocken einen Klumpen reinsten Sterneneisens gewonnen. Er war kaum größer als eine Babyfaust, sodass Laura sich fragte, ob es zum Schmieden von Hellenglanz ausreichen würde.

»Das ist in der Tat nicht besonders viel«, erklärte auch der Dunkelalb mit gerunzelter Stirn. »Das Eisen reicht höchstens für einen einzigen Versuch. Wenn er fehlschlägt, wird das Schwert des Lichts dreigeteilt bleiben.«

Laura wurde ganz schwindelig. Selbst Beolor unterliefen Fehler beim Schmieden, wie sie wiederholt beobachtet hatte, und dabei war er ein unbestrittener Meister seines Fachs. Der beste Schmied von ganz Aventerra, wie Braamir ihr wiederholt mit sichtlichem Stolz mitgeteilt hatte. Wenn selbst einem Könner wie ihm gelegentlich etwas misslang, wie sollte sie, eine blutige Anfängerin, Hellenglanz dann auf Anhieb zusammenschmieden können?

Doch ihr blieb zum Üben kaum Zeit. Die Tage waren inzwischen deutlich kürzer geworden. Am Morgen hatte sie zudem Wildgänse entdeckt, die in der typischen Keilform über die Vulkangipfel am Rande der Ebene dahinzogen. Laura vermutete, dass das Herbstnachtfest nur noch wenige Tage entfernt sein konnte.

»Meister Beolor«, sprach sie den Schmied deshalb an. »Wann, glaubt Ihr denn, dass ich mich an das Schwert des Lichts wagen kann?«

»Nun … Du hast nur einen Versuch und solltest nichts überstürzen.«

»Ich weiß«, sagte Laura beklommen. »Aber die Zeit drängt, und deshalb dachte ich …?«

»Wie du meinst. Dann lass uns morgen eine Probe mit einem gewöhnlichen Schwert machen. Sollte sie gelingen, übst du noch einige Tage, um an Sicherheit zu gewinnen, bevor du dir Hellenglanz vornimmst – einverstanden?«

Laura strahlte übers ganze Gesicht. »Das ist ein guter Vorschlag, finde ich.«

»Das wird sich noch herausstellen«, brummte Beolor so leise, dass Laura es nicht hören konnte. Lauter setzte er hinzu: »Jetzt aber Schluss für heute! Du solltest dich früh schlafen legen, damit du morgen ausgeruht bist.«

Da wurde Laura bewusst, dass sie hundemüde war. Sie verabschiedete sich eilig und warf sich auf das Lager, das man ihr in einer kleinen Höhle bereitet hatte.

Lukas schüttelte den Kopf. »Ich verstehe einfach nicht, dass ich da nicht früher draufgekommen bin«, sagte er und zeigte auf die Kopie mit dem Spruch. »Wenn ich's mir recht überlege, ist die Antwort doch kinderleicht, oder nicht?« Erwartungsvoll sah er Kaja und Philipp an, die neben ihm vor dem Drachenmuseum von Drachenthal standen.

Kaja nahm ihm das Blatt aus der Hand und las:

»Nimm eins, zwei, drei,
dann ist's dabei,
obwohl stets zwei sind dann zu viel.
Dem Stolz von Wales
bestimmt gefällt's,
wenn wie Kolumbus kommst ans Ziel.«

Naserümpfend schaute sie den Jungen an. »Oh, nö!«, sagte sie. »Tut mir leid, aber ich raff das nicht.«

»Nein?«

»Nein!« Sie schaute zu Mr Cool. »Du vielleicht?«

Philipp stierte auf den Zettel und kratzte sich dann am Kopf. »Sorry«, sagte er schließlich. »Aber mir ist das auch zu hoch!«

Lukas konnte es nicht fassen. Die Verzweiflung der letzten Wochen war von ihm abgefallen wie lästige Pfunde, sodass er wieder ganz der Alte war. »Dabei ist das doch so *easy*!«, sagte er und begann zu dozieren. »Passt auf: Wenn wir die Wörter ›eins‹, ›zwei‹ und ›drei‹ nehmen – was ist allen gemeinsam?«

»Es sind alles Zahlen«, schlug Kaja vor.

Lukas zog eine Grimasse.

»Sie haben alle vier Buchstaben«, vermutete Mr Cool.

»Schon besser!« Lukas lächelte. »Und weiter?«

»Yo!«, sagte der Junge und kniff die Augen zusammen. »Und in allen drei Wörtern ist ein ›ei‹ enthalten.«

»Exaktenau!« Lukas strahlte. »Das ist die Lösung. Von allen drei Wörtern bleibt ein ›ei‹ übrig, wenn man die zwei Buchstaben, die zu viel sind, wegnimmt.«

»Oh, nö!« Kaja schnaufte empört. »Das ist ja pipieinfach!«

»Sag ich doch.« Lukas knuffte sie. »Und da es sich beim ›Stolz von Wales‹ um einen Drachen handelt, kann nur ein Drachenei damit gemeint sein.«

»Ja, logisch!«, erklärte das Mädchen. »Das hab ich doch gleich gesagt.«

»Yo!«, kommentierte Mr Cool. »Jetzt kapiere ich auch, warum du uns hier ins Drachenmuseum schleppst. Weil es hier –«

»– eine weithin berühmte Sammlung von Dracheneiern gibt«, fiel Lukas ihm ins Wort. »Und ich bin fest davon überzeugt, dass Oma Lena in einem davon etwas versteckt hat.«

Nur Minuten später standen die drei vor der Sammlung, die sich im ersten Stock des Museumsgebäudes befand. In einer großen Glasvitrine waren rund zwei Dutzend Dracheneier auf blauem Samt ausgebreitet. Auf der Hinweistafel war das Wort »Dracheneier« allerdings in Anführungszeichen gesetzt. Kein Wunder: Für die meisten Menschen gehörten die Tiere allein dem Reich der Fabel an, und so war es für sie auch nicht vorstellbar, dass es echte Dracheneier geben konnte. Den meisten der Exponate war auch auf den ersten Blick anzusehen, dass es keine waren. Bei einigen handelte es sich wohl um die Eier von Straußen und sonstigen Großvögeln, während andere ganz offensichtlich Steine waren, denen eine Laune der Natur zufällig Eiform verliehen hatte. Alle Ausstellungsstücke waren bemalt oder verziert, sodass sie fast wie überdimensionierte Ostereier wirkten.

Lukas erkannte das gesuchte Drachenei sofort. Es war etwas größer als ein Straußenei und trug eine signifikante Zeichnung: einen roten Drachen!

Sachte stieß er Kaja an. »Sieht der Drache auf der Waliser Flagge auch so aus?«

»Könnte sein«, antwortete das Mädchen. »Die Ähnlichkeit ist zumindest verblüffend.«

Frau Wegener war nicht gerade begeistert, als Lukas sie bat, die Vitrine aufzuschließen. »Aber wieso denn? Man kann die Eier doch auch so gut sehen.«

»Klaromaro«, erklärte Lukas. »Aber …«

»Ja?«

»Wir schreiben einen Bericht für die Schülerzeitung. Da wollen wir natürlich ins Detail gehen und nicht nur das Äußere beschreiben, sondern auch das Gewicht, die Haptik und so weiter – Sie verstehen schon, was ich meine?«

»Äh – ja, klar«, brummte die Blonde mit der Ponyfrisur, bevor sie ihren Schlüsselbund zückte. »Dass ihr mir aber ja keines kaputtmacht!«

Nachdem die Museumsleiterin verschwunden war, holte Lukas das Ei mit dem roten Drachen aus der Vitrine und betrachtete es andächtig von allen Seiten. Es war nicht so schwer, wie er vermutet hatte.

»Vielleicht ist es hohl?«, fragte Kaja.

»Möglich.« Lukas hielt das Ei ans Ohr und schüttelte. Es war nichts zu hören. Kein Scheppern, kein Klappern – nichts.

»Klingt so, als wäre es leer«, vermutete Mr Cool.

Lukas zog die Achseln hoch. »Keine Ahnung. Schauen wir einfach nach.«

»Was?« Kaja stierte ihn an, als wäre er ein Mondkalb. »Du hast doch gehört, was Frau Wegener gesagt hat. Die flippt doch aus, wenn wir es kaputtmachen.«

»Ist auch gar nicht nötig«, entgegnete der Junge lächelnd. »In dem Vers steht doch, wie wir es öffnen können.« Er deutete auf eine Textstelle: »Wenn wie Kolumbus kommst ans Ziel«, las er vor.

Das Pummelchen schüttelte verwirrt den Kopf. »Heißt das, wir müssen mit dem Ei nach Amerika segeln?«

»Quatsch!« Lukas konnte sich ein Lachen nicht verkneifen. »Ich erzähl dir die Geschichte ein anderes Mal, aber der Ausdruck bedeutet, dass wir das Ei auf den Kopf, seine schmale Seite also, stellen sollen.« Damit richtete er das Drachenei vorsichtig auf, sodass die Spitze nach oben zeigte, und drückte die gegenüberliegende Seite vorsichtig auf den Boden der Vitrine – und da geschah es: Gleich den Blättern eines Blütenkelches öffnete sich das Ei völlig lautlos und gab den Blick auf das Innere frei.

Zwei dünne Pergamentrollen waren darin zu erkennen, die exakt so lang waren, dass sie genau in das Ei passten. Mit andächtiger Miene nahm Lukas die Schriftrollen heraus und begann die Texte zu lesen.

Als er damit fertig war, schaute er die Freunde entgeistert

an. »Das ist unglaublich!«, staunte er. »Laura muss unbedingt erfahren, was darin steht. Das könnte lebenswichtig für sie sein!«

Beolor räumte das Werkzeug zusammen, als ein plötzliches Geräusch in seinem Rücken ihn zusammenzucken ließ. Er griff sich einen schweren Hammer und fuhr mit einer blitzschnellen Drehung herum. Zu seinem Erstaunen stand eine dunkelhaarige Frau vor ihm.

»Syrin!«, rief der Herr der Dunkelalben überrascht aus. »Mit Euch hätte ich am allerwenigsten gerechnet. Der Nebelflößer hat Euch gar nicht angekündigt.«

»Seit wann bin ich auf dieses Nebelgespenst angewiesen, wenn ich den See der Eisigen Flammen überqueren will?« Die Gestaltwandlerin lachte spöttisch.

»Stimmt«, knurrte der Dunkelalb, während er den Hammer zu den übrigen Gerätschaften stellte. »Wie dumm von mir! Diese Harpyie, in die Ihr Euch so gerne verwandelt, benötigt natürlich kein Floß, um zu mir zu gelangen. Sprecht! – Was führt Euch zu mir?«

»Ich möchte Euch einen Vorschlag machen, Meister der Schmiede.« Ihre Reptilienaugen leuchteten auf. »Ich habe gehört, dass ihr Dunkelalben und auch eure Vettern, die Wolfsköpfigen, einen tiefen Groll gegen Borboron hegt, und könnte mir deshalb vorstellen, dass ihr dem Schwarzen Fürsten nur allzu gerne eine Lektion erteilen würdet.«

Der Schmied verschränkte die kräftigen Arme vor der Brust. »Und wie sollte die aussehen?«

»Nichts leichter als das.« Wieder leuchteten die Augen der Gestaltwandlerin auf. »Behaltet das Schwert des Lichts doch einfach für Euch, sobald dieses Mädchen es wieder in seinen alten Zustand zurückgeschmiedet hat.«

»Daran habe ich auch schon gedacht«, gab Beolor stirnrunzelnd zurück. »Nur wird das leider nicht möglich sein.«

Syrin musterte ihn lauernd. »Warum nicht?«

»Weil Borboron weiß, dass dieses Balg Sterneneisen besitzt und wir ihm bei Hellenglanz behilflich sein müssen.« Beolor grunzte abfällig. »Ich habe den Schwarzen Fürsten doch umgehend benachrichtigt, nachdem das Mädchen bei uns aufgetaucht ist.«

Syrin grinste übers ganze Gesicht. »Ihr seid ein wahrhaft gehorsamer Diener Eures Herrn!«

»Der Schwarze Fürst erwartet deshalb, dass diese Laura bei ihm auftaucht, sobald das Schwert des Lichts wieder im alten Glanz erstrahlt. Schließlich ist ihr ganzes Streben darauf ausgerichtet, ihren Vater zu befreien.«

»Und weiter?«

Der Dunkelalb runzelte die rußverschmierte Stirn. »Wenn das Mädchen ausbleibt, wird Borboron sofort vermuten, dass wir das Schwert für uns behalten haben. Noch bevor wir uns versehen, wird er mit seiner Schwarzen Garde bei uns aufmarschieren und uns zur Rechenschaft ziehen.«

»Das mag durchaus seine Richtigkeit haben.« Ein verschlagenes Lächeln huschte über das fahle Gesicht der Gestaltwandlerin. »Deshalb müssen wir dafür sorgen, dass dieser Verdacht bei Borboron gar nicht erst aufkommt.«

Unwirsch schüttelte Beolor den Kopf. »Habt Ihr mir nicht zugehört? Wenn wir dem Menschenkind das Schwert nicht aushändigen, dann …«

»Aber davon war doch gar nicht die Rede«, zischte Syrin und züngelte wie eine Schlange vor dem tödlichen Biss. »Niemand hat behauptet, dass Ihr Laura das Schwert entwenden sollt!«

»Nein?« Beolor sah sie aus schmalen Augen an.

Wieder huschte ein Grinsen über ihr Natterngesicht, bevor

sie wieder ernst wurde. »Hört gut zu«, sagte sie mit gedämpfter Stimme. »Ich habe mich an die Zeit erinnert, als Ihr im Auftrag der Drachenkönige die beiden Schwerter geschmiedet habt. Das ist beinahe eine Ewigkeit her, aber trotzdem ist mir eingefallen –«

»Ich fasse es nicht!« Beolor konnte nun nicht mehr länger an sich halten. Seine wulstigen Lippen entblößten die Zahnstummel, und seine Augen leuchteten wie grünes Feuer. »Sagt bloß, Ihr hattet den gleichen Einfall wie ich?«

»Sieht ganz so aus!« Syrins Miene zeigte grenzenlose Zuversicht. »Wenn Ihr Euch an den Plan haltet, den ich mir zurechtgelegt habe, werden wir nicht nur dieses Balg vom Menschenstern vernichten, sondern auch Borboron stürzen – und dann werden wir beide, du und ich, über Aventerra herrschen, bevor wir dem Ewigen Nichts zur Regentschaft verhelfen!«

Als Lukas die Hütte von Attila Morduk betrat, fütterte der Hausmeister gerade seine Lieblinge – seine Spinnen, Leguane, Skorpione und andere Tierchen. Nicht zu vergessen seine Schlangen natürlich.

Als die Kobra ihn entdeckte, richtete sie sich sofort auf und nahm Angriffshaltung an. Ihr Hals war weit gespreizt, und die gespaltene Zunge zuckte aus ihrem Maul.

Spontan wich Lukas einen Schritt zurück.

»Keine Angst«, rief Attila ihm zu. »Sie tut dir nichts. Außerdem ist sie doch in ihrem Terrarium.«

»Dann pass auf, dass sie dir nicht entwischt«, antwortete Lukas mit skeptischer Miene. »Nicht auszudenken, wenn sie frei kommt und rüber in die Burg kriecht.«

»Keine Sorge. Wird schon nicht passieren.«

Trotzdem hatte der Junge ein mulmiges Gefühl, als er in den Wohnraum trat und dem Zwergriesen ein Päckchen überreichte. »Hier! Der Postbote hat mich gebeten, es dir zu bringen.«

»Vielen Dank, mein Junge.« Attila strahlte wie ein glücklicher Oger. »Da wird Cleopatra sich aber freuen.«

Cleopatra?

Befand sich in dem Paket etwa Futter für Attilas Monsterboa?

Schon allein bei dem Gedanken fühlte Lukas Übelkeit in sich aufsteigen.

Der Hausmeister schien das gar nicht zu bemerken. »Willst du was trinken, mein Junge?«, fragte er freundlich.

Lukas wehrte hastig ab. »N… N… Nein, danke«, stammelte er. »Ich hab's eilig.«

»Ja, dann«, entgegnete Attila leichthin, bevor er die Stirn in Falten legte. »Hast du eigentlich schon Erfolg gehabt?«

Der Junge wusste nicht, was gemeint war.

»Percy hat mir erzählt, dass du deine Schwester zu einer Traumreise veranlassen willst«, erklärte der Zwergriese. »Hat das schon geklappt?«

»Leider nicht.« Lukas schüttelte den Kopf. »Percy glaubt, dass das nur gelingen kann, wenn bei Laura der Eindruck entsteht, dass ich in allergrößter Gefahr bin.« Bekümmert verzog er das Gesicht. »Aber wie soll das denn gehen? Ich hab schon alles Mögliche versucht, aber Lebensgefahr kann man nun mal nicht faken.«

»Ist wohl wahr«, brummte Attila. »Entweder hat man den Eindruck, dass es einem an den Kragen geht oder nicht.«

»Schade.« Lukas klang resigniert. »Und deshalb wird Laura wohl auch keine Traumreise zu mir machen. Dabei könnte sie meine Information doch so gut gebrauchen.«

Lauras Gesicht glänzte vor Schweiß. Klebrige Rinnsale flossen über ihren Rücken. Angespannt starrte sie auf die glühenden Metallteile, die vor ihr in der Esse lagen. Daneben stand eine Schmelzpfanne, in der das flüssige Schwerteisen rötlich schimmerte. Während Braamir den Blasebalg bediente und die Glut anfachte, stand Beolor mit einer Zange in der Hand neben ihr.

»Gut so«, sagte er. »Und jetzt auf den Amboss damit!«

Laura packte ein glühendes Schwertstück mit der Zange und legte es geschwind auf den Amboss, während Beolor es ihr gleichtat. Nachdem sie die beiden Bruchstücke sorgsam aneinandergefügt hatten, ließ das Mädchen etwas geschmolzenes Eisen darüber rinnen, um sie miteinander zu verbinden.

»Gut so!«, lobte Beolor. »Sehr gut – und nun ab in den Bottich!«

Zischend stieg eine Dampfwolke aus dem Wasser, während Laura das glühende Metallstück darin versenkte, bevor es erneut zum Glühen gebracht und auf dem Amboss bearbeitet wurde – immer und immer wieder, bis nicht mehr zu erkennen war, dass die Klinge vormals aus zwei Teilen bestanden hatte.

»Sehr gut, Laura!« Das Gesicht des Schmiedes schimmerte rot im Schein der glühenden Esse. »Jetzt nur noch die Spitze, und du hast die Probe bestanden.«

Laura fühlte Erleichterung in sich aufsteigen. Obwohl ihr rechter Arm höllisch schmerzte, hämmerte sie mit wachsender Begeisterung auf die glühende Klinge. In ihrem Übereifer jedoch tat sie des Guten zu viel: Die eben angeschmiedete Schwertspitze rutschte über den Rand des Ambosses hinaus, und als der Hammer mit voller Wucht auf sie traf, brach sie ab und polterte scheppernd und funkenstiebend auf den Steinboden. Maßlos enttäuscht ließ Laura das Werkzeug sinken und blickte den Schmied beklommen an.

»Wehe, wenn das bei Hellenglanz passiert!«, erklärte Beolor ungerührt. »Dann gibt es keinen zweiten Versuch.« Als wolle er Laura trösten, senkte er die schwere Pranke auf ihre Schulter. »Für den Anfang war das aber gar nicht so schlecht«, sagte er. »Außerdem bleiben dir ja noch ein paar Tage zum Üben.«

Auch Venik gab sich alle Mühe, die deprimierte Laura wieder aufzurichten. »Du hast wirklich keinen Grund, den Kopf hängen zu lassen«, erklärte er ihr nach dem Abendbrot, das sie wie immer schweigend in der Gesellschaft der beiden Dunkelalben eingenommen hatten. »Selbst Beolor gelingt doch nicht alles. Außerdem hast du ja immerhin zwei Teile richtig zusammengeschmiedet, vergiss das nicht!«

»Und wenn schon? Bei Hellenglanz würde mir das gar nichts nützen. Entweder gelingt es mir, das Schwert des Lichts wieder vollständig herzurichten, oder ich kann alles vergessen, und mein Vater –« Laura brach ab, weil der Gedanke einfach zu schmerzlich war. Tränen der Verzweiflung nässten ihre rußverschmierten Wangen.

Lukas wurde von einem Zischen geweckt. Vorsichtig richtete er sich in seinem Bett auf – und erstarrte augenblicklich zu Stein. Im Mondlicht, das in sein Zimmer schien, konnte er eine Kobra erkennen.

Eine aufs Äußerste gereizte Kobra!

Ihr Kopf war keinen Meter von seinem entfernt. Ihre Zunge glitt aus dem Maul, während sie bedrohlich zischte.

Attilas Kobra!, durchzuckte es den Jungen. Er hat vergessen, das Terrarium zu schließen, und sie ist entwischt!

Der Kopf der Schlange pendelte hin und her – als wolle sie Maß nehmen und eine geeignete Stelle suchen, in die sie ihre Giftzähne schlagen könnte.

Das Herz schlug Lukas bis zum Hals. Sein Blut raste.

Er war verloren.

Nur Sekunden noch, und die Kobra würde vorschnellen und zubeißen!

Und da konnte Lukas nicht mehr an sich halten. Er schloss die Augen und stieß einen markerschütternden Schrei aus.

In der Nacht schlief Laura unruhig. Sie träumte, Lukas brauche dringend Hilfe. Er befand sich in allergrößter Not, und sie war die Einzige, die ihn retten konnte. Worin die Gefahr bestand, wurde ihr jedoch nicht klar. Trotzdem war der Eindruck, dass der Bruder ohne sie rettungslos verloren war, so übermächtig, dass sie schließlich mit klopfendem Herzen erwachte und sich auf ihrem Lager aufrichtete.

Schwer atmend blickte Laura sich in der kleinen Höhle um. In der Dunkelheit konnte sie nichts erkennen. Nur das sanfte Schnarchen des jungen Magiers drang aus der entgegengesetzten Ecke an ihr Ohr.

Laura atmete mehrere Male tief durch, um sich zu beruhigen. Es gelang ihr allerdings nicht, die Erinnerung an den verstörenden Traum abzuschütteln. Wie ein anschwellendes Echo hallte er in ihr nach und wurde immer bedrückender, bis sie schließlich sogar Lukas' gellenden Hilferuf zu hören glaubte.

War Lukas tatsächlich in Gefahr?

Lukas lag mit geschlossenen Augen da und wartete noch immer auf den tödlichen Biss, als er plötzlich eine bekannte Stimme hörte: »Alles in Ordnung«, sagte Attila Morduk beruhigend. »Du kannst die Augen wieder aufmachen.«

Mit breitem Grinsen stand der Zwergriese neben seinem Bett und hatte die Schlange hinter dem Kopf gefasst. Sie krümmte und ringelte sich, als wolle sie sich seinem Griff entwinden.

Einen Augenblick war Lukas noch wie gelähmt, dann fing er an zu zittern. »Bist du wahnsinnig geworden!«, schrie er den Hausmeister an. »Kannst du nicht aufpassen auf deine Viecher? Nur eine Sekunde später – und ich wäre jetzt tot!«

»Wohl kaum.« Der Zwergriese grinste und hielt die Schlange hoch. »Hab ich dir nicht erzählt, dass sie keine Giftzähne mehr besitzt? Seitdem ist sie völlig harmlos.«

Die Kinnlade des Jungen klappte herunter. »W… W… Was?«, stammelte er ungläubig.

»Ja.« Attilas Grinsen wurde breiter. »Selbst wenn sie dich gebissen hätte, wäre rein gar nichts passiert.«

»D… D… Dann habe ich mich also völlig grundlos gefürchtet?«

»Das würde ich so nicht sagen«, entgegnete der Hausmeister vieldeutig. »Immerhin hast du echte Lebensgefahr empfunden – und wenn Laura das nicht fühlt, dann fühlt sie gar nichts mehr.«

Während Lukas ihn immer noch mit schreckgeweiteten Augen anstarrte, drehte Attila sich zu Mr Cool um, der mit hämischem Grinsen am Türrahmen lehnte. »Immerhin hast du nicht ins Bett gemacht«, erklärte er, wieder an den Jungen gewandt. »Dein Kumpel hier hat das nämlich vermutet, als ich ihm erzählt habe, dass ich die Kobra auf deine Decke setzen würde.«

Der Verzweiflung nahe, stützte Laura den Kopf auf die Hände. Was soll ich nur tun?, zermarterte sie sich das Gehirn. Soll ich es wagen, eine Traumreise auf die Erde zu unternehmen, um meinem Bruder beizustehen?

Natürlich wäre das purer Wahnsinn. Selbst wenn sie den fantastischen Ausflug durch Raum und Zeit auf ein paar Minuten beschränkte, würde er sie so sehr anstrengen, dass kaum noch Aussicht bestand, das Schwert des Lichts rechtzeitig wieder zusammenzuschmieden. Andererseits würde die Sorge um den Bruder sie so sehr quälen, dass an das Arbeiten in der Schmiede ebenfalls nicht zu denken wäre. Wie das Mädchen es auch drehte und wendete – es blieb ihm gar keine andere Wahl, als die Traumreise zu wagen, mochte das Unternehmen auch noch so gefährlich sein.

Laura schloss die Augen, um ihren Geist aus seinen Fesseln zu befreien, damit er, losgelöst von allen Beschränkungen der Materie, frei zwischen den Welten und Zeiten umherschweifen konnte. Wie von selbst kamen ihr die uralten Verse über die Lippen:

»Strom der Zeit, ich rufe dich;
Strom der Zeit, erfasse mich!
Strom der Zeit, ich öffne mich;
Strom der Zeit, verschlinge mich!«

Schon im nächsten Augenblick wurde Laura von reinem Licht eingehüllt. Es war so überirdisch hell, dass sie trotz der geschlossenen Augen geblendet wurde. In ihren Ohren dröhnte ein gewaltiges Brausen. Ein sich immer schneller drehender Wirbel aus Strahlen umkreiste sie, bis sie unwiderstehlich in seine Mitte gesogen wurde – ihre Reise in eine Dimension, die mit dem menschlichen Verstand nicht zu erfassen war, hatte begonnen.

Als Laura die Augen aufschlug, lag sie im Zimmer ihres Bruders auf dem Boden.

Lukas saß auf seinem Schreibtischstuhl und grinste sie breit an. »Phänotastisch«, sagte er. »Es hat also doch geklappt.«

Erst da bemerkte Laura, dass er nicht allein war. Mr Cool saß auf seinem Bett. Er lächelte verlegen und hob lässig die Hand. »Hey, Laura.«

»Ähm …« Laura räusperte sich, rappelte sich auf und warf Lukas einen forschenden Blick zu. »Ist … Ist alles okay mit dir?«

»Klaromaro«, antwortete der Junge. »Das siehst du doch, oder?«

»Eigenartig.« Das Mädchen schüttelte verwirrt den Kopf. »Ich … Ich war fest davon überzeugt, dass du in Lebensgefahr bist?«

»Ah, ja?«, antwortete der Bruder gedehnt. An dem unterdrückten Grinsen, das um seine Mundwinkel spielte, bemerkte Laura jedoch, dass etwas nicht stimmte.

»Hey!« Sie musterte ihn grimmig und warf auch Philipp einen forschenden Blick zu, der rasch die Augen niederschlug. »Was geht hier eigentlich vor? Raus mit der Sprache!«

Lukas erhob sich und machte vorsichtig einen Schritt auf die Schwester zu. »Das ist doch völlig unwichtig«, sagte er, während er sie über den Rand seiner Hornbrille anblickte. »Hauptsache, du bist hier.«

»Unwichtig?«, brauste sie auf. »Ist dir eigentlich klar, welche Folgen diese Traumreise für mich haben kann? Ich werde Tage verlieren und –« Laura brach ab, hastete zum Fenster und riss den Vorhang zur Seite. Das Laub der Bäume im Park färbte sich bereits. Ihr Herz tat einen wilden Sprung. »Welcher Tag ist heute?«, fragte sie mit angehaltenem Atem. »Welches Datum, meine ich?«

»Der siebzehnte September«, antwortete Lukas.

»Was?« In ihrem fassungslosen Entsetzen schrie Laura die Jungen an. »Seid ihr wahnsinnig geworden, mir so kurz vor dem Herbstnachtfest eine Traumreise aufzuzwingen?«

»Es ist wichtig, glaub mir.« Der Bruder klang gekränkt und

wechselte einen schnellen Blick mit Mr Cool, bevor er sich wieder an die Schwester wandte. »Es gibt ein paar Dinge, die du unbedingt wissen musst.«

»Da bin ich aber gespannt!«, entgegnete Laura reserviert.

»Wir haben nämlich herausgefunden«, hob Lukas an, »dass diese schreckliche Syrin Kinder hat …«

»Na, und?« Laura verdrehte die Nase. »Das weiß ich doch längst.«

»Was?« Mr Cool wirkte völlig perplex. »Aber woher …?«

»Ist doch egal! Ich weiß es eben.«

»Wie auch immer«, kommentierte der Bruder mit säuerlicher Miene. »Aber wusstest du auch, dass sie hier auf der Erde Söhne hatte? Reimar von Ravenstein zum Beispiel? Oder einen berüchtigten Hexenjäger, der einige Jahrhunderte später geboren wurde?«

»Echt?« Laura war nun doch überrascht. »Aber ihr habt mich doch nicht deshalb …?«

»Nein, natürlich nicht!«, erklärte Lukas hastig. »Wir dachten nur, es würde dich interessieren. Der Grund, warum wir dich gerufen haben, ist das hier.« Er griff hinter sich, nahm zwei Pergamentrollen vom Schreibtisch und überreichte sie der Schwester.

Laura setzte sich auf den Schreibtischstuhl, den Lukas ihr zugeschoben hatte, und wandte sich dem ersten Dokument zu, das in gut lesbarer Handschrift verfasst war. »Dieses Geheimnis aber wahren die Drachen wie ihren allerkostbarsten Schatz«, murmelte das Mädchen halblaut vor sich hin, »dass nämlich jeder von ihnen nicht nur einen, sondern gleich zwei Namen trägt: einen, der allgemein bekannt ist und ihrem äußeren Auftreten entspricht. Wie zum Beispiel Feuerwolke, Brüllauge, Wirbel-Wurbel, Gierschlund oder Alleserschrecker. So Furcht erregend diese Namen auch klingen mögen, sind sie doch nichts weiter als Maskerade und haben nicht das Geringste mit ihrem wahren Namen zu tun. Denn dieser wird ihnen von ihrem Vater in dem Augenblick verliehen, in dem sie aus dem Ei schlüpfen. Diesen Namen, der ihrer wahren Natur entspricht, kennt niemand außer ihrem Vater und ihnen selbst. Damit hat es schließlich eine ganz besondere Bewandtnis: Wenn ein Fremder den wahren Namen eines Drachen herausfindet, gewinnt er uneingeschränkte Macht über ihn. Der Unglückliche muss ihm bedingungslos zu Willen sein und ihm alle seine Schätze und Besitztümer übereignen. Aus diesem Grunde hüten die Drachen nicht nur ihre wahren Namen, sondern auch das Geheimnis darum wie das allerhöchste Gut.«

Laura ließ die Rolle sinken und blickte die Jungen mit undurchdringlicher Miene an, bevor sie sich dem zweiten Pergament widmete. Es trug einen längeren Text mit dem Titel »Die Legende von Goldleib und Silberschwinge – eine Gutenachtgeschichte, die Drachenmütter auch heute noch ihren Drachenkindern erzählen«.

Laura überflog ihn rasch und ließ dann das Pergament sinken. »Schade, dass ich die Schriftstücke nicht früher gekannt habe«, sagte sie. »Sonst wäre mein Ausflug ins Drachenland vielleicht ganz anders verlaufen. Aber so?« Sie zuckte mit den Achseln. »Beim Zusammenschmieden des Schwertes werden sie mir wohl kaum helfen.«

»*Sorry*«, entgegnete Lukas sichtlich geknickt. »Philipp und ich haben die Dokumente doch erst heute entdeckt. Die Hinweise, die Oma auf ihr Versteck hinterlassen hat, waren nämlich verdammt raffiniert.«

»Oma? Du meinst doch nicht etwa … Oma Lena?«

»Genau die!« Der Junge nickte.

»Was?« Laura staunte nicht schlecht. »Wie ist sie denn an diese Pergamente gekommen?«

»Keine Ahnung.« Lukas hob ratlos die Hände.

»Allerdings … dass sie die Schriftstücke so gut versteckt hat, deutet auf zweierlei hin.«

»Und das wäre?«

»Dass Oma unter allen Umständen verhindern wollte, dass sie den falschen Leuten in die Hände fallen – vermutlich den Dunklen.«

»Und zweitens?«

»Dass sie ungemein wichtig sind. Deshalb habe ich auch gedacht, dass du unbedingt davon erfahren solltest!«

»Leider zu spät«, erwiderte Laura und erhob sich. »Ich muss jetzt dringend zurück. Bestell Kaja bitte ganz liebe Grüße von mir. Und natürlich auch Percy, Miss Mary und dem Professor. Apropos …« Sie runzelte die Stirn. »Hat sich die Geschichte mit diesem blöden Mordverdacht endlich erledigt?«

»Du meinst … Pater Dominikus?«

Laura nickte stumm.

Nahezu synchron schüttelten Lukas und Philipp den Kopf. »Leider nicht«, erklärte der Bruder. »Und nach den letzten Ereignissen wird Bellheim mit aller Macht versuchen, dem Professor wenigstens den Mord an dem Mönch anzuhängen.«

Unmutig schüttelte das Mädchen den Kopf. »Dabei ist es doch längst bewiesen, dass er es nicht war.«

Mit dem Zeigefinger tippte sie dem Bruder an die Brust. »Du warst doch selbst dabei, als Kevin Teschner uns gestanden hat, dass der Pater von Konrad Köpfer ermordet wurde.«

»Ja, und?« Gleich drei Falten kerbten sich in die Stirn des Jungen, der sie über den Rand seiner Hornbrille anstarrte. »Bei der Vernehmung durch die Polizei hat er das entschieden abgestritten.«

»Mann!« Laura verdrehte die Augen. »An seiner Stelle hättest du das doch genauso gemacht. Deshalb müsst ihr herausfinden, wo der Kerl steckt. Wenn ihr ihn ordentlich bearbeitet, besinnt er sich vielleicht und ist endlich bereit, Morgenstern zu entlasten.« Sie hielt dem Bruder die geballte Faust vor die Nase. »Verstehst du, was ich meine?«

»Klaromaro.« Lukas pfiff anerkennend durch die Zähne. »Alle Achtung – so was hätte ich von dir nicht erwartet.«

»Ich auch nicht«, gestand Laura mit scheuem Lächeln. »Aber dass der Professor immer noch unter diesem albernen Verdacht steht, macht mich einfach wütend.« Damit setzte sie sich aufs Bett und schloss die Augen. Es dauerte nur Momente, bis sich ihre Traumgestalt vor den Augen der Jungen in nichts auflöste und nach Aventerra zurückreiste.

Laura, hörst du mich?«, schrie Beolor ins Ohr des Mädchens. »Wach endlich auf, jetzt mach schon!« Doch sosehr der Dunkelalb Laura auch rüttelte, sie rührte sich nicht.

Braamir spähte durch den Höhlenausgang, um sich zu vergewissern, dass Venik außer Hörweite war. Dann stapfte er auf seinen Herrn zu. »Spart Euch die Mühe, Meister«, sagte er mit gedämpfter Stimme. »Wer zwei Tage lang bewusstlos daliegt, dem ist eben nicht mehr zu helfen.« Mitleidslos zuckte er mit den Schultern. »Was soll's? Ist doch nicht schade um die-«

»Halt dein dummes Maul!«, fuhr der Schmied ihn an. »Geh lieber und bestelle dem Pferdetroll, dass er einen Trank für das Mädchen braut, damit es schnell wieder zu Kräften kommt.«

»Aber …« Braamirs Augen wurden groß. »Wieso das denn, Meister?«

»Hast du es immer noch nicht begriffen, du Hohlkopf?« Kopfschüttelnd schaute der Schmied seinen Gehilfen an. »Weil Laura die Einzige ist, die das Schwert des Lichts wieder zusammenschmieden kann!«

»Das weiß ich doch.« Der Gehilfe bedachte ihn mit einem irritierten Blick. »Aber warum wollt Ihr das zulassen? Wenn Hellenglanz wieder in seiner ursprünglichen Macht erstrahlt, wird dieses Menschenkind zu einer großen Gefahr für Borboron werden.«

»Das stimmt – aber nur, wenn es das Schwert in die Finger kriegt«, antwortete Beolor, bevor sich seine Lippen zu einem hämischen Grinsen verzogen. »Aber genau das werde ich verhindern, Braamir. Verstehst du jetzt, was ich vorhabe?«

Es dauerte eine Weile, bis Braamir in das schadenfrohe Gelächter seines Meisters einfiel, ein Gelächter, das tief aus Beolors Kehle kam und von den Höhlenwänden zurückgeworfen wurde.

Fast schien es, als dringe es sogar in Lauras todesähnlichen Schlaf. Denn sie zuckte kaum merklich zusammen.

Kapitel 29 Eine hinterlistige Täuschung

Als Lukas in sein Zimmer trat, schauten Kaja Löwenstein und Mr Cool ihn neugierig an. Seine Miene allerdings verriet, dass er keinen Erfolg gehabt hatte. Das Pummelchen schüttelte enttäuscht den Kopf. »Sag bloß, du hast nicht rausgefunden, wo Kevin Teschner jetzt wohnt?«

»Leider nicht.« Sichtlich geknickt ließ Lukas sich auf seinen Schreibtischstuhl sinken und stützte das Kinn auf die Hände.

»Dann hat die Pieselstein die Infos also doch nicht rausgerückt, die du dir von ihr erhofft hast?«, fragte Mr Cool.

»Ganz im Gegenteil! Die Internatssekretärin hat mir sogar Einblick in seine Schüler-Akte gewährt.«

»Und?« Kaja ruckelte unruhig auf ihrem Stuhl herum. »Hast du was Neues erfahren?«

»Kaum.« Lukas klang niedergeschlagen. »Das Meiste war uns schon bekannt: zum Beispiel, dass Kevin am selben Tag wie Laura geboren wurde. Oder dass seine Mutter, Kora Teschner, die Schwester beziehungsweise die Stiefschwester von Maximilian Longolius ist.«

»Und sein Vater?« Mr Cool zog die Strickmütze ab und legte sie neben sich auf Lukas' Bett, auf das er sich gelümmelt hatte. »Stand über den auch was drin?«

Lukas schüttelte den Kopf. »Kevin ist ein uneheliches Kind. Kora hat nie verraten, wer sein Vater ist.«

»Oh, nö!«, stöhnte Kaja. »Da kann er einem ja fast leidtun. Jeder Mensch möchte doch wissen, wer sein Vater ist – oder?«

Sie schaute die Jungs an, die nur beifällig nickten. Plötzlich zog das Mädchen die Nase kraus. »Aber wieso heißt er dann Teschner mit Nachnamen und nicht Longolius?«

»Das hab ich doch schon erklärt, du Spar-Kiu«, antwortete Lukas gereizt. »Weil Maximilian und Kora Stiefgeschwister sind – deshalb.«

»Natürlich«, antwortete das Pummelchen mit größter Selbstverständlichkeit. »Ist doch völlig logisch!«

Während Lukas nur resigniert abwinkte, grinste Philipp belustigt, bevor er sich wieder an Lauras Bruder wandte. »Aber in seiner Akte müsste doch nicht nur seine Heimatanschrift verzeichnet sein, sondern auch die Schule, an die er nach seinem kurzen Gastspiel hier in Ravenstein gewechselt ist?«

»Ist sie ja auch – allerdings …«

Mr Cool und Kaja spitzten die Ohren. »Ja?«

»Als ich dort angerufen habe, hat mir die Schulsekretärin erklärt, dass Kevin kurz vor Ende des Schuljahres Deutschland verlassen hat und zu seiner Mutter in die USA gezogen ist.«

»Mist!« Kaja schlug sich mit der geballten Faust auf die Handfläche. »Dann kommt die Polizei ja gar nicht mehr an ihn ran. Und wir erst recht nicht.«

»Exaktenau.« Lukas nickte. »Und damit ist es Essig mit Lauras schönem Plan.« Er setzte die Brille ab und rieb sich die Augen. »Die Sache ist allerdings irgendwie merkwürdig«, setzte er nachdenklich hinzu.

Kaja und Mr Cool tauschten verwunderte Blicke.

»Ich meine, warum hat Kevin uns nie davon erzählt, dass seine Mutter in den Staaten lebt? Schließlich hat er ja vorgegeben, mit Laura und mir befreundet zu sein. Und immerhin hat er wochenlang mit mir in einem Zimmer gewohnt.«

»Stimmt!«, empörte sich Kaja. »Ihr wolltet mir ja nicht glauben, dass er ein hinterhältiger Schleimer ist!«

Lukas ging auf den Vorwurf gar nicht ein. »Zudem: Warum

geht er so kurz vor Ende des Schuljahres von der Schule ab?«, fuhr er fort. »Am zwanzigsten Juni, um genauer zu sein, weil sein Flug am einundzwanzigsten ging. Auf die paar Tage bis zu den Ferien wäre es doch bestimmt nicht mehr angekommen.«

»Yo!«, bestätigte Mr Cool. »Dann hätte er sein Zeugnis gleich mitnehmen können, anstatt dass man es ihm nachschicken musste.«

»Stimmt!«, brummte Kaja.

»Aber genau das macht die Sache ja noch merkwürdiger!« Lukas stand auf und begann hin und her zu wandern. »Er hat gar keine Adresse hinterlassen! Und ich frage euch: Wie will der Typ in den USA eine Schule finden, wenn er nicht mal sein letztes Zeugnis vorweisen kann?«

»Yo!« Philipp verzog das Gesicht zu einer Grimasse. »Damit dürfte er echt Probleme kriegen.«

»Exaktenau!« Lukas' Zeigefinger schoss nach vorn. »Langsam habe ich das dumpfe Gefühl, dass hier was faul ist, wenn nicht sogar oberfaul. Deshalb schlage ich vor, dass wir der Sache auf den Grund gehen und so viel wie möglich über Kevin Teschner und seine Bagage herauszufinden versuchen.« Er schaute erst Kaja und dann Philipp an. »Einverstanden?«

»Klar«, sagte das Pummelchen.

»Yo!«, antwortete Mr Cool.

»Okay.« Lukas lächelte zufrieden. »Wenn wir die ersten Ergebnisse vorliegen haben, treffen wir uns wieder und tauschen uns aus.«

Schlag es dir aus dem Kopf, Laura!« Beolor schaute das Mädchen finster an, das hohlwangig und mit dunklen Augenringen vor ihm stand. »Du hast drei Tage und Nächte geschlafen und bist noch viel zu schwach, um dich an diese schwierige Aufgabe zu wagen!«

Die Beklommenheit, die Laura seit dem Aufwachen fühlte, wuchs. Nicht, weil sie geschwächt oder erschöpft gewesen wäre wie nach früheren Traumreisen. Im Gegenteil: Sie fühlte sich überraschend frisch und ausgeruht. Aber ihr drohte die Zeit davonzulaufen, denn bereits mit dem nächsten Sonnenaufgang würde der Tag der Herbstnacht anbrechen. Wenn es ihr nicht schnellstens gelang, das Schwert des Lichts wieder zusammenzuschmieden, würde sie den mit Paravain vereinbarten Treffpunkt nicht mehr rechtzeitig erreichen – und damit wäre der wunderbare Plan zur Befreiung ihres Vaters zunichte!

»Bitte, Meister!«, flehte sie den Dunkelalb an. »Lasst es mich versuchen!«

Die Miene des Schmiedes blieb unbewegt. »Ich weiß nicht, ob das klug wäre. Du hast nur eine Chance, und wie du dich bestimmt erinnerst, ist die Probe gründlich danebengegangen.«

Laura schluckte. Der Gedanke an den missglückten Versuch stimmte sie nicht gerade zuversichtlich. Doch sie musste es einfach wagen. »Ihr habt ja Recht, Meister. Nicht, dass ich mich mit Euch vergleichen möchte, aber wenn Euch etwas danebengeht, gebt Ihr Euch ja auch nicht sofort geschlagen. Und warum sollte mir nicht heute gelingen, woran ich noch vor wenigen Tagen gescheitert bin?«

Der Herr der Dunkelalben zögerte nachdenklich und nickte schließlich zustimmend. »Nun denn«, sagte er. »Offensichtlich bist du eisern entschlossen, dein Glück zu versuchen. Aber beklage dich nicht bei mir, wenn es schiefgeht!«

Ja!

Laura musste an sich halten, um ihre Freude nicht laut hinauszuschreien. In ihrer grenzenlosen Freude bekam sie gar nicht mit, dass Beolor zufrieden lächelte und seinem Gehilfen versteckt zublinzelte.

Als die drei Teile von Hellenglanz in der Esse glühten und das flüssige Sterneneisen in der Schmelzpfanne schimmerte, wurde es Laura schlagartig mulmig zumute. Ihre Knie fühlten sich wie Gummi an, und ihre Arme schienen aus Wackelpudding zu bestehen. Die Schmiedezange in ihrer Hand zitterte wie ein dürrer Ast im Wind.

»Ruhig, ganz ruhig!«, mahnte Beolor. »Wenn du auch nur ein Stück fallen lässt, können wir die ganze Sache vergessen.«

»Ja, ja, Meister«, antwortete sie hastig. »Keine Angst, es ist gleich vorüber.« Das Mädchen schloss die Augen und versuchte sich zu sammeln. Wie schon unzählige Male zuvor konzentrierte Laura sich auf ihre Aufgabe und blendete alles Störende aus, bis sie ganz bei sich war. Die Umgebung verschwamm vor ihren Augen, und Laura war nur noch von einem einzigen Gedanken beseelt:

Das Schwert des Lichts,
das Schwert des Lichts,
das Schwert des Lichts,

hämmerte es durch ihren Kopf, bis sie, wie von einer unsichtbaren Macht geleitet, zu schmieden begann. Ihre Bewegungen erfolgten wie von selbst. Als habe sie ihr ganzes Leben nichts anderes gemacht, hämmerte sie das glühende Schwerteisen und kühlte es im Wasser ab, um es von neuem in die Glut zu legen und mit kraftvollen Schlägen auf dem Amboss zu bearbeiten. Als befände sie sich jenseits von Zeit und Raum, schuftete Laura, bis sie wusste, dass das große Werk vollbracht war. Erst dann hielt sie inne und schaute, wie aus einer tiefen Trance erwachend, verwundert auf die prächtige Klinge, die auf dem Amboss vor ihr lag. Obwohl Hellenglanz noch geschliffen und poliert werden musste, ging ein seltsamer Glanz von ihm aus, der von der großen Macht des Schwertes zeugte.

Die Schmiede waren in Ehrfurcht erstarrt. Beolor und Braamir staunten stumm, bevor der Meister endlich sichtlich beeindruckt murmelte: »Alles, was recht ist, das war eine

Glanzleistung!« Zum Zeichen der Anerkennung legte er Laura die schwere Pranke auf die Schulter. »Meinen Glückwunsch! Besser hätte ich das auch nicht gekonnt.«

Da fiel alle Last von Laura ab. Sie begann zu zittern, und ohne dass sie sich dagegen wehren konnte, strömten heiße Tränen über ihre rußverschmierten Wangen. »Hellenglanz«, flüsterte sie andächtig. »Das Schwert des Lichts.« Als sie sich wieder gefasst hatte, wandte sie sich an Beolor. »Vielen Dank für Eure Hilfe, Meister. Und wenn Ihr mir auch bei den weiteren Arbei-«

»Nicht doch!«, fiel der Herr der Dunkelalben ihr ins Wort. »Deine Arbeit in der Schmiede ist getan. Um den Rest werden wir uns kümmern. Du hast Wichtigeres zu erledigen.«

Laura runzelte die Stirn und schaute Beolor verwundert an.

»Hellenglanz ist doch keine gewöhnliche Waffe«, erklärte der Schmied. »Genau wie Pestilenz zeugt auch das Schwert des Lichts von der besonderen Macht jener Elemente, die seit Anfang der Zeiten existieren. Damit es im alten Glanz erstrahlt und seine ursprüngliche Kraft wiedererlangt, musst du die Geister, die den Lauf der Welt bestimmen, um Beistand bitten.«

Noch ehe das Mädchen nachfragen konnte, hörte es eine Stimme in seinem Kopf. »Komm, Laura!« Verwundert drehte es sich um und sah den Schemen des Nebelflößers am Eingang der Schmiedehöhle stehen.

»Der Fährmann wird dich zur Insel der Tanzenden Schatten bringen, die in der Mitte des Sees liegt«, erklärte Beolor. »Niemand wird dich dort stören, während du deine Gedanken sammelst und den Segen der Geister für das Schwert des Lichts erbittest. Wenn du morgen früh bei Sonnenaufgang zu uns zurückkehrst, kannst du es strahlender und mächtiger denn je in Empfang nehmen. Und jetzt geh, Laura!«

Ohne ein Wort des Widerspruchs drehte das Mädchen sich um und verließ im Gefolge des Fährmanns die Höhle.

Braamir schaute den beiden noch nach, bis sie im grauen Dämmerlicht vor dem Eingang verschwunden waren. Dann wandte er sich an seinen Herrn. »Seltsam, Meister«, sagte er verwundert. »Warum habt Ihr mir nie davon erzählt? Dass man die Nacht in der Einsamkeit der Insel verbringen muss, meine ich, um dem Schwert des Lichts zur alten Macht zu verhelfen?«

»Ganz einfach – weil ich es bis heute auch nicht gewusst habe.« Das Gestrüpp in Beolors Gesicht vermochte den Triumph nicht zu verbergen, der seine Miene zeichnete. »Ich habe mir die Geschichte doch nur einfallen lassen, damit uns dieses Balg in der Nacht nicht in die Quere kommt. Die Tanzenden Schatten werden Laura so beschäftigen, dass sie gar nicht auf den Gedanken kommt, misstrauisch zu werden!«

Die Insel maß kaum mehr als zwanzig Schritte in der Länge und der Breite und bestand lediglich aus nacktem Fels, aus dem einige kahle Baum- und Strauchgerippe emporragten. Die Eisigen Flammen bildeten einen dichten Ring aus lodernden Feuerzungen um das Eiland, sodass Laura die Ufer des Sees nicht erkennen konnte. Nur der Blick zum nächtlichen Himmel war frei. Er war von dunklen Wolken verhangen, die gelegentlich aufrissen und den gelben Goldmond und den blauen Menschenstern sehen ließen.

Zum Glück hatte der Nebelflößer Laura daran erinnert, ein wärmendes Fell mitzunehmen. Doch selbst das konnte nicht verhindern, dass ihr die Kälte in alle Glieder kroch. Sie fror so entsetzlich, dass es ihr unmöglich war, ihre Gedanken zu sammeln. Noch dazu begannen plötzlich die Tanzenden Schatten zu spuken, die der Insel den Namen gegeben hatten.

Schemen wirbelten über die Insel, die Laura allesamt bekannt vorkamen. Einmal meinte sie die Umrisse Beolors und gleich darauf die seines Gehilfen zu erblicken. Dann schien ihre Mutter an ihr vorbeizuwabern, gefolgt von Alarik und Alienor. Mal schimmerte die Gestalt eines riesigen Drachen auf, bald die Silhouette eines Klauenmorks. Der Hüter des Lichts geisterte an ihr vorbei, bevor Borboron um sie herum tanzte. Professor Morgenstern tauchte vor ihr auf, gefolgt von Percy Valiant und Miss Mary. Selbst ihr Vater und ihr Bruder Lukas ließen nicht auf sich warten. Schließlich glaubte Laura sogar, der Rote Feuerdrache wälze sich auf sie zu, und auch die beiden Köpfe von Gurgulius dem Allesverschlinger schoben sich vorüber. Und dennoch: Nicht eine dieser Truggestalten – um nichts anderes konnte es sich handeln! – schien sie selbst wahrzunehmen. Alle wirbelten und tanzten an Laura vorüber, als sei sie gar nicht vorhanden. Ihre verschiedenen Stimmen überlagerten sich mit dem Prasseln der Flammen und dem Brodeln des Sees zu einem dissonanten Getöse, das völlig unverständlich war.

An Schlummer war nicht zu denken. In einem Zustand der Benommenheit dämmerte das Mädchen vor sich hin, während die Zeit verging.

Weit nach Mitternacht ließ ein höhnisches Gelächter Laura aufschrecken.

Als sie aufsah, erblickte sie die Umrisse eines geflügelten Wesens. Ein weiterer Tanzender Schatten – oder eine Harpyie?

Vielleicht sogar Syrin?, kam es ihr in den Sinn, aber da war das Hohngelächter schon verklungen.

Lauras Kopf schmerzte so sehr, dass sie sich die Schläfen massierte. Was die Pein allerdings nicht linderte. Und schon gar nicht vermochte es den Gedanken an Syrin zu vertreiben.

Die Reptilienaugen der Gestaltwandlerin leuchteten vor Begeisterung auf, als Beolor ihr das Schwert des Lichts entgegenhielt. Die frisch polierte Waffe strahlte im Schein des Feuers, das die Schmiedehöhle erhellte. »Dieses Balg verfügt über weit größere Kräfte, als ich vermutet hätte«, zischte sie anerkennend. »Seid Ihr auch sicher, dass sie den Betrug nicht bemerken wird?«

»Vollkommen sicher«, erklärte der Herr der Dunkelalben. Rasch trat er an einen groben Holztisch und schlug das darauf liegende Tuch zur Seite. Darunter kam ein weiteres Schwert zum Vorschein, das er mit der Linken ergriff.

Syrin erkannte mit einem Blick, dass sich die Waffen wie ein Ei dem anderen glichen. Beide Schwerter waren Meisterstücke der Schmiedekunst. »Unglaublich«, staunte die Gestaltwandlerin. »Niemand wird sie auseinanderhalten!«

»Nicht wahr?« Beolor zeigte ein triumphierendes Grinsen. »Selbst Braamir hat nicht bemerkt, dass ich die Schwerter vertauscht habe. Dabei gibt es außer mir in ganz Aventerra niemanden, der so viel von Waffen versteht wie er! Allerdings ...«

»Ja?«

Der Dunkelalb hob das rechte, dann das linke Schwert. »Wer das nötige Gespür dafür besitzt, wird feststellen, dass Hellenglanz nicht ganz so schwer ist wie die Kopie. Sterneneisen ist leichter als jedes andere Metall. Um den Unterschied herauszufinden, muss man allerdings schon beide Waffen in den Händen halten.« Der Anflug eines Lächelns huschte über sein finsteres Gesicht. »Die Gelegenheit werden wir diesem Balg aber nicht bieten, nicht wahr?«

»Natürlich nicht.« Syrins Augen glänzten. »War das nicht ein toller Einfall von mir?«

Der Dunkelalb rümpfte die Knollennase. »Als wäre das allein Eure Idee gewesen!« Ein Grinsen verformte die wulstigen Lippen des Schmieds. »War es nicht weitsichtig von mir, das

Musterschwert aufzubewahren, das wir damals für die Drachenkönige hergestellt haben?«

»In der Tat! Zumal ich schon weiß, wozu die Kopie von Pestilenz gut sein könnte«, antwortete Syrin mit zufriedenem Lächeln. »Sobald sich beide Schwerter in unserer Hand befinden, kann uns keiner mehr etwas anhaben – selbst Borboron nicht!« Die Gestaltwandlerin streckte die Krallenhand aus, strich mit dem Zeigefinger behutsam über die Schneide von Hellenglanz und zuckte zurück. »Verflucht!« Ungläubig starrte sie auf die Blutstropfen, die aus der Fingerspitze quollen. »Ich habe es doch kaum berührt!«

Der Schmied grinste schadenfroh. »Ich habe Euch doch gewarnt! Nur das Schwert des Schwarzen Fürsten ist genauso scharf wie das Schwert des Lichts.«

»Dann passt gut auf Hellenglanz auf!«, mahnte Syrin, während sie den Daumen auf die Wunde presste. »Verwahrt es an einem sicheren Ort, bis sich auch Pestilenz in unserem Besitz befindet.« Ihr fahles Gesicht verdüsterte sich. »Dann aber soll Borboron uns kennen lernen! Und glaubt mir, der Hund wird noch bereuen, dass er uns so rüde behandelt hat!«

Mit übertriebenem Eifer deutete Beolor eine Verbeugung an. »Ich kann es kaum mehr erwarten, ihm die verdiente Lektion zu erteilen.«

»Und ich erst!« Damit nahm Syrin wieder ihre Harpyiengestalt an und flatterte aus der Höhle.

Beolor wartete, bis sie verschwunden war. Dann trat er zu einem Eisenring in der Wand, wie er für das Anbinden von Vieh benutzt wurde. Als der Dunkelalb daran zog, schwang der schwere Amboss lautlos zur Seite, und eine Vertiefung im Boden wurde sichtbar.

Beolor kniete neben dem Geheimversteck nieder, als er ein Geräusch vernahm. Es kam aus der dunklen Ecke, in der der Kohlehaufen zum Befeuern der Esse aufgeschüttet war. Misstrauisch stand er auf und richtete den Blick dorthin. Als er nichts entdecken konnte, ging er näher heran. Da sprang ein Tier hinter dem Haufen hervor und huschte davon.

Eine harmlose Maus!

Beolors Miene entspannte sich wieder. Erneut kniete er nieder und bettete das Schwert des Lichts behutsam auf ein Fell, das in der rechteckigen Vertiefung ausgebreitet war. Nachdem er es sorgsam eingeschlagen hatte, ging er zur Wand zurück und zog an einem zweiten Ring. Augenblicklich schwang der mächtige Amboss ebenso geräuschlos wie zuvor in seine ursprüngliche Position zurück. Und niemand, der nicht in das Geheimnis eingeweiht war, hätte noch erkennen können, welch wertvoller Schatz darunter verborgen lag.

Lukas hob den Blick von den Notizzetteln, die er auf dem Schreibtisch ausgebreitet hatte, und sah die Freunde erwartungsvoll an. »Seid ihr bereit?«

»Klar«, antwortete Kaja, zog die Beine an und schlang die Arme darum. »Ich bin schon ganz gespannt.«

»Yo!« Mr Cool lümmelte sich aufs Bett und ließ Lukas nicht aus den Augen.

»Also dann«, hob der an und wanderte wie Inspektor Columbo hin und her. »Fangen wir mit seiner Geburt an: Kevin Teschner wurde in einer Privatklinik entbunden, die seinem Onkel Maximilian gehört. Auch die verschiedenen Wohnungen, unter denen er im Laufe der Jahre gemeldet war, gehören allesamt Longolius. Seine ersten Lebensjahre hat er überwiegend in den USA verbracht. Seine Mutter Kora leitet nämlich seit langem die amerikanische Niederlassung des Medien-Imperiums ihres Bruders und wollte ihren Sohn natürlich bei sich haben.«

»Ist doch verständlich, oder?«, kommentierte Kaja.

»Als Kevin schulpflichtig wurde«, fuhr Lukas ungerührt fort, »kehrten seine Mutter und er wieder zurück, damit er hier eingeschult werden konnte. Seitdem pendeln die beiden ständig zwischen den Staaten und Deutschland hin und her, wobei Kora Teschner sich viel häufiger in den USA aufhält als ihr Sohn.«

»Und wo wohnt Kevin dann?«, wollte das Mädchen wissen.

»Hab ich doch schon gesagt – bei seinem Onkel.«

»Ja, klar!«, bestätigte Kaja hastig.

Mr Cool grinste hintergründig. »Und weiter?«

»Nichts weiter«, antwortete Lukas. »Das heißt: Ich hab herausgefunden, dass Kora Teschner vor kurzem einer renommierten amerikanischen Wirtschaftszeitung ein großes Interview gegeben hat, in dem sie nicht nur über ihren Job, sondern auch über ihr Privatleben Auskunft gibt. Leider ist die Ausgabe am Zeitungskiosk nicht mehr erhältlich, deshalb habe ich sie in den Staaten nachbestellt. Vielleicht erfahren wir ja Neues, wenn die Zeitung endlich hier eintrudelt.«

»Mal sehen«, sagte Mr Cool und grinste erneut.

»Und ihr?« Lukas sah die Freunde fragend an. »Habt ihr auch was entdeckt?«

»Oooch«, antwortete Kaja gedehnt. »Nichts, was du nicht auch vorgetragen hättest.«

»Ach, nee«, sagte der Junge verstimmt und blickte Philipp an. »Und was ist mit dir?«

»Nun.« Mr Cool zog die Lippen breit. »Es ist nicht besonders viel, dafür aber absolut der Hammer.«

»Echt?« Die Skepsisfalte kerbte sich in Lukas' Stirn.

»Jetzt erzähl schon!«, drängte Kaja.

»Immer mit der Ruhe!« Philipp hob abwehrend die Hände. »Damit kein falscher Eindruck entsteht: Es war purer Zufall, dass ich darauf gestoßen bin. Ich interessiere mich doch fürs

Bergsteigen, insbesondere für Freeclimbing und die Typen, die es vor vielen Jahren auch bei uns populär gemacht haben. Aus diesem Grunde habe ich alte Zeitungen aus dem Alpenraum durchforstet – und bin dabei auf diesen Artikel gestoßen.« Er griff in seine Tasche, zog ein Blatt hervor und reichte es Lukas.

Es war die Kopie eines Zeitungsberichtes. Dessen Überschrift lautete: »Longolius-Group feiert Klinikeröffnung«. Schon wollte Lukas zu lesen beginnen, als sein Blick auf den Kliniknamen fiel. »Hey!«, sagte er erstaunt. »Ist das nicht das Krankenhaus, in dem Kevin Teschner geboren wurde?«

»Genau!« Mr Cool nickte. »Es hat eine Woche davor den Betrieb aufgenommen.«

Kaja Löwenstein blies die Backen auf. »Und was sagt uns das?«

»Nichts«, erklärte Mr Cool mit sanftem Lächeln. »Aber schau dir mal dieses Foto an.« Er deutete auf das zweite Bild, das den Eröffnungsbericht illustrierte. »Die Frau hier im Hintergrund, die ihr Gesicht zu verdecken versucht, es aber nicht mehr ganz schafft.«

Lukas beugte sich ganz dicht über die Kopie, um sich dann plötzlich wieder aufzurichten. »Oh nein!«, stöhnte er. »Das ist ja – Syrin!«

»Genau!«, ließ sich da auch schon Kaja vernehmen. »Und wie dick die damals war!«

Lukas schüttelte pikiert den Kopf. »Das ist doch völlig unwichtig!«, tadelte er, bevor er sich an Mr Cool wandte. »Aber so richtig weiter bringt uns der Artikel auch nicht, oder?«

»Yo«, sagte Philipp. »Allerdings beweist er, dass es sehr wohl eine Verbindung zwischen Maximilian Longolius und dieser Gestaltwandlerin gibt!«

Sieh nur, Venik, wie es funkelt!« Mit leuchtenden Augen hielt Laura dem Jungen das Schwert entgegen, das sie soeben aus den Händen des Schmieds in Empfang genommen hatte.

»Du hast Recht!«, entgegnete der Magier, der seinen Blick gar nicht abwenden konnte. »Es glänzt so sehr, dass man fast geblendet wird.«

Beolor trat aus der Höhle und gesellte sich zu den beiden, die im frühen Licht des Morgens standen. »Du bist jetzt im Besitz einer mächtigen Waffe, Laura«, sprach er. »Vergiss das nicht, und erweise dich ihrer als würdig!«

»Das werde ich, ganz bestimmt!«, entgegnete das Mädchen und verneigte sich vor dem Schmied. »Und vielen Dank auch, dass Ihr mir geholfen habt, Hellenglanz wieder zusammenzuschmieden.«

»Nicht der Rede wert.« Ein seltenes Lächeln erhellte das Gesicht des Dunkelalben. Zum Abschied schenkte er Laura einen Schwertgürtel und reichte ihr die schwielige Hand. »Leb wohl, Laura«, sagte er. »Ich hoffe, du verstehst, dass ich dir bei dem Unternehmen, das du in Angriff nehmen willst, kein Glück wünschen kann?«

»Warum denn nicht?«, entgegnete das Mädchen. »Es ist nie zu spät, sich zu besinnen und auf den rechten Weg zurückzukehren. Sagt Euch einfach von Borboron los und wechselt auf die Seite des Lichts!«

Immer noch lächelte der Herr der Dunkelalben. »Ich werde darüber nachdenken«, sagte er. »Und jetzt geh – dir bleibt nicht mehr viel Zeit!«

»Dieser Narr!« Mit gespielter Entrüstung trat Syrin von dem Sehenden Kristall zurück, damit ihr Gebieter einen besseren Blick darauf hatte. »Ich verstehe nicht, wie er dieses Balg einfach so gehen lassen kann mit dem Schwert.«

»Warum denn nicht?« Der Schwarze Fürst lächelte hintergründig. »Beolor weiß doch genauso gut wie wir, dass davon nicht die geringste Gefahr für uns ausgeht.«

»Was?« Syrin glaubte, das steinerne Herz in ihrer Brust müsse stehen bleiben. War es möglich, dass Borboron etwas von der Abmachung ahnte, die sie mit dem Dunkelalben getroffen hatte? »Wi... Wi... Wie meint Ihr das, Herr?«, fragte sie verwirrt. »Vergesst nicht: Es handelt sich um eine überaus machtvolle Waffe, die uns gefährlich werden könnte.«

»Nur, wenn sie Elysion und seinen Knechten in die Hände fällt.« Ein dunkles Feuer begann in Borborons Augen zu glühen. »Aber das wird nicht geschehen, Syrin. Weil dieses Balg noch heute vor den Toren unserer Festung erscheinen wird.«

Die Gestaltwandlerin hatte Mühe, ihre Erleichterung zu verbergen. »Um seinen Vater zu befreien?«, fragte sie betont arglos.

Der Schwarze Fürst schaute sie verständnislos an. »Laura bleibt doch nur die kommende Nacht, um auf den Menschenstern zurückzukehren. Deshalb wird sie unter allen Umständen versuchen, mit Hilfe von Hellenglanz in unser Verlies einzudringen.« Seine Mundwinkel zuckten. »Sie kann ja nicht wissen, welche schreckliche Überraschung dort auf sie wartet – nicht wahr?«

»Äh ... natürlich nicht, Herr, natürlich nicht.« Syrin kniff die Reptilienaugen zu schmalen Schlitzen zusammen. »Aber was ist, wenn die Krieger des Lichts hier aufkreuzen, um das Menschenkind zu unterstützen?«

»Nur keine Angst! Ihre Zahl ist viel zu gering, um gegen uns zu bestehen. Sie werden es niemals wagen, uns anzugreifen.«

»Und dennoch seid Ihr überzeugt, dass Laura ihren Vater befreien will?«

»Natürlich!« Borboron lächelte zufrieden. »Allerdings nicht im offenen Kampf. Sie wird versuchen, uns zu überlisten – aber was immer sie auch unternehmen wird, sie hat nicht die geringste Aussicht auf Erfolg.« Er trat so dicht an die Gestaltwandlerin heran, dass sie seinen Höllenatem riechen konnte. »Sei versichert, Syrin: Nicht nur das Schwert des Lichts wird in meine Hände fallen, sondern auch dieses Mädchen. Und von diesem schweren Schlag wird Elysion sich nicht erholen.« Erneut begannen seine Lavaaugen zu glühen. »Es wird nicht mehr lange dauern, und der Sieg ist unser.«

Ritter Paravain hatte Wort gehalten und sich rechtzeitig am vereinbarten Treffpunkt, einem versteckten Talkessel in der Nähe der Dunklen Festung, eingefunden. Allerdings war er nicht allein. Er hatte die zwölf Weißen Ritter mitgebracht.

»Ihr wollt den Schwarzen Fürsten doch nicht angreifen?«, fragte Laura.

»Nein! Das wäre Selbstmord«, erklärte Paravain. »Wenn unser Plan allerdings gelingt und du deinen Vater tatsächlich befreien kannst, werdet ihr jemanden brauchen, der euch den Rücken freihält, wenn ihr euch auf den Weg ins Tal der Zeiten macht!«

Da meldete sich Venik zu Wort. »Wollt ihr mich nicht endlich in diesen geheimnisvollen Plan einweihen, den ihr euch ausgedacht habt?«, beklagte er sich. »Schließlich hat Laura versprochen, dass ich sie in die Festung begleiten darf, nicht wahr?«

»Dieses Versprechen werde ich auch einhalten«, entgegnete das Mädchen lächelnd. »Keine Angst, Venik, du erfährst früh genug, was wir vorhaben.«

In diesem Moment schwebte Aeolon an Bord seines Luftfloßes in den Kessel. Paravain hatte ihn gebeten, sich dort einzufinden, weil der Levator eine wichtige Rolle bei der Befreiungsaktion übernehmen sollte.

Als Laura und der Weiße Ritter ihm ihre Pläne erläutert hatten, zeigte Aeolon sich jedoch wenig begeistert. »Kann gut gehen, aber auch nicht«, erklärte er. »Weiß nur eins: Wenn der

Schwarze Fürst erfährt, was gespielt wird, ist es um mich geschehen – oder auch nicht.«

»Aber wieso sollte Borboron denn Verdacht schöpfen?«, wandte Laura ein. »Deine Tributzahlung ist nun mal heute fällig – und was spricht dagegen, dass du die Königsfrüchte diesmal direkt in die Dunkle Festung bringst?«

»Hab ich noch nie getan, mein Mädchen«, gab Aeolon zu bedenken. »Weiß Borboron auch. Wird es bestimmt merken, welchem Zweck mein Besuch dient, oder auch nicht.«

Laura spürte, dass es in ihr zu gären begann.

Paravain jedoch legte ihr besänftigend die Hand auf den Arm und sah den Levator eindringlich an. »Hat Laura nicht etwas gut bei dir?«, fragte er im vorwurfsvollen Ton. »Ist das etwa der Dank dafür, dass sie dich vor den Flugspinnen gerettet hat?«

Aeolon wand sich wie ein Aal und willigte schließlich doch ein. »Nun denn«, sagte er und nickte bedächtig mit dem Ballonkopf. »Hab zwar geschworen, dass mich keine tausend Windgeister in die Dunkle Festung bringen, aber was soll's!« Warnend fuchtelte er mit seinem dürren Zeigefinger vor den Gesichtern der beiden herum. »Stehe euch nicht zur Seite, wenn Borboron euer Spiel durchschaut. Werde mich aus allem raushalten, oder auch nicht.«

Laura lächelte. »Wie du meinst. Hauptsache, du überquerst genau zum richtigen Zeitpunkt die Mauern der Dunkeln Festung und landest mit deinem Floß direkt vor dem Südwestturm!«

Marius Leander erkannte den Schwarzen Fürsten schon von weitem. Niemand in der Dunklen Festung stampfte so herrisch auf wie Borboron. Seine Fußtritte hallten im Gang zum Kerker wie ein böses Omen.

Erst als der Hüne im schwarzen Umhang direkt vor dem Gitter seines Verlieses auftauchte, bemerkte Marius, dass er nicht allein war. Der Fhurhur begleitete ihn wie ein scharlachroter Schatten. Der Gefangene erschrak.

Mit einer herrischen Kopfbewegung bedeutete Borboron dem Trioktiden, der vor der Zelle wachte, die Gittertüre zu öffnen. Kaum hatte der das Schloss aufgesperrt, als der Tyrann den dreiäugigen Wärter rüde zur Seite schob und, gefolgt von seinem Schwarzmagier, das Verlies betrat.

Marius erhob sich von seiner Pritsche und sah dem Tyrannen furchtlos entgegen.

Borboron musterte ihn mit spöttischem Blick, bevor er zu sprechen anhob. »Ich habe eine gute und eine schlechte Nachricht für dich. Welche möchtest du zuerst hören?«

Marius schnaufte verächtlich. »Wollt Ihr mich beleidigen? Ich bin zu alt für solche albernen Spielchen. Sagt, was Ihr zu sagen habt, oder lasst mich in Frieden.«

Der Schwarze Fürst verengte die Augen. Für einen Moment sah es so aus, als wolle er aus der Haut fahren, doch dann grinste er nur höhnisch. »Deine dreisten Worte werden dir schon noch vergehen. So höre: Laura, deine Tochter, wird noch heute hier erscheinen –«

»Habe ich Euch nicht prophezeit, dass Laura Euch zur Rechenschaft ziehen wird?«, frohlockte Marius.

»Mag sein. Aber leider wird ihr das nicht gelingen – und ich bedaure es zutiefst, dass du keine Gelegenheit haben wirst, die Stunde ihrer Niederlage mitzuerleben.«

Marius hielt den Atem an. »Dann wollt Ihr mich jetzt töten?«

»Aber nicht doch!« Das Grinsen des Schwarzen Fürsten wurde breiter. »Wir werden uns nicht die Finger an dir schmutzig machen. Du wirst heute Nacht sterben – aber nicht durch uns, sondern durch die Hand deiner Tochter!« Borboron trat zur Seite, damit der Schwarzmagier sein grausames Werk verrichten konnte.

Es war kurz vor Sonnenuntergang, als Laura und Paravain die Dunkle Festung ein letztes Mal von ihrem geheimen Beobachtungsposten ausspähten.

Die Lage in der Trutzburg hatte sich nicht verändert. Alles schien seinen gewöhnlichen Gang zu gehen, und so begaben sie sich wieder zu ihren Pferden, die sie im Schutz eines Wäldchens zurückgelassen hatten.

Als Sturmwind Laura erblickte, ließ er ein aufgeregtes Schnauben hören. »Psst«, mahnte Laura und hastete auf den Hengst zu, um ihm die Hand aufs Maul zu legen. »Sei bloß still, Alter! Oder willst du, dass die Schwarzen Krieger auf uns aufmerksam werden?«

Natürlich nicht!, schien der Blick aus den großen Pferdeaugen zu bedeuten. Dennoch schnaubte der Hengst erneut, etwas leiser zwar, aber deutlich vernehmbar.

»Jetzt ist aber genug!«, zischte das Mädchen und tätschelte dem Schimmel, den eine ungewohnte Unruhe erfasst hatte, besänftigend den Hals. Seine spitzen Ohren spielten aufgeregt hin und her, und seine Flanken zitterten. »Keine Angst«, flüsterte Laura. »Ich bin genauso nervös wie du.« Da stieg ein ungewohnter Geruch in ihre Nase. Sie drehte sich in den Wind und schnupperte. »Eigenartig«, sagte sie an Paravain gewandt. »Was riecht hier so komisch?«

Auch der Weiße Ritter blähte die Nasenflügel und sog die Luft ein. »Schwefel«, stellte er schließlich fest. »Was jedoch nicht verwunderlich ist. Der Schwefelsumpf erstreckt sich schließlich bis vor die Mauern der Burg.« Paravain wollte schon in den Sattel steigen, als er sich eines anderen besann und auf das Mädchen zutrat. »Es gibt allerdings etwas, was mich beunruhigt.«

Laura schaute den Ritter neugierig an.

Ein grübelnder Ausdruck verschattete sein jungenhaftes Gesicht. »Hast du dich nicht auch gewundert, dass Beolor dich einfach hat gehen lassen mit diesem Schwert? Du hättest dich doch kaum wehren können, wenn er Hellenglanz für sich behalten hätte.«

»Wahrscheinlich nicht.« Laura lächelte so verschmitzt, dass das Grübchen an ihrem Kinn deutlich hervortrat. »Und deswegen hat er es ja auch getan.« Ihr Grinsen wurde breiter. »Zumindest glaubt er das.«

Verwirrt schüttelte der Weiße Ritter den Kopf. »Tut mir leid. Ich kann dir nicht folgen.«

»Wirklich nicht?« Laura runzelte die Stirn. »Dabei habt Ihr mich doch vor der Verschlagenheit der Dunkelalben gewarnt. Völlig zu Recht, denn offensichtlich hatte Beolor von Anfang an geplant, mich zu betrügen und mir nach dem Schmieden nicht das Schwert des Lichts auszuhändigen, sondern eine täuschend echte Kopie. Er konnte also sicher sein, dass ich auf den Betrug hereinfallen würde. Was er allerdings nicht wissen konnte …«

Gespannt spitzte Paravain die Ohren. »Ja?«

»Während der vergangenen Nacht, die ich auf der Insel der Tanzenden Schatten verbringen musste, habe ich eine Harpyie bemerkt, die zum Schauderberg geflogen ist.«

Der Ritter erbleichte. »Syrin?«

»Genau das habe ich auch vermutet. Deswegen habe ich umgehend eine Traumreise in die Höhle gemacht.«

»Und? Was hast du dort erfahren?«

»Dass mein Verdacht richtig war! Syrin und Beolor haben diesen schändlichen Plan offensichtlich gemeinsam ausgeheckt. Die Gestaltwandlerin wollte in der Nacht nur überprüfen, ob sich die beiden Schwerter tatsächlich so ähnlich sind, dass ich den Tausch nicht bemerken würde.«

Paravain wurde noch blasser.

»Nachdem Syrin verschwunden war, hat Beolor das Schwert des Lichts seinem Geheimversteck anvertraut.« Die Erinnerung zauberte Laura ein Grinsen ins Gesicht. »Dabei hätte er mich um ein Haar entdeckt, aber eine kleine Maus hat mich gerettet. Wenig später habe ich mir dann Hellenglanz geholt – und mir heute Morgen auch noch die Kopie überreichen lassen. Beolor sollte doch nicht merken, dass ich ihm auf die Schliche gekommen bin.«

»Wie hast du das Schwert des Lichts vor ihm verborgen?«, wunderte sich der Weiße Ritter. »Es wäre ihm doch sofort aufgefallen, wenn du es bei dir gehabt hättest.«

»Stimmt! Nach meiner Rückkehr auf die Insel habe ich es ans jenseitige Seeufer geschafft – mit Hilfe meiner telekinethischen Kräfte! So hat niemand bemerkt, dass ich die Ebene der Eisigen Flammen mit zwei Schwertern verlassen habe. Weder Beolor noch der Nebelflößer, noch dieser seltsame Pferdetroll. Und Venik natürlich auch nicht.«

Paravain legte Laura die Hand auf die Schulter. »Du bist nicht nur tapfer, sondern auch sehr klug. Deshalb bin ich sicher, dass du heute Nacht gegen Borboron bestehen wirst, auch wenn das nicht einfach sein wird.«

»Ich hoffe, Ihr behaltet Recht.« Wehmut legte sich auf das Gesicht des Mädchens. »Ich wünsche mir so sehr, dass ich meinen Vater endlich befreien und mit ihm zur Erde zurückkehren kann.«

Laura und Paravain waren kaum davongeritten, als es in dem umliegenden Wald zu knacken und zu knistern begann. Eine riesige Gestalt schob sich aus dem dichten Unterholz hervor und richtete sich zu voller Größe auf. Es war Gurgulius der Allesverschlinger. Der Drache reckte die beiden Hälse in die Luft und horchte dem Geräusch der Hufe nach, die nach und nach in der Ferne verklangen. Schwefliger Dampf quoll aus seinen Nasenlöchern, und die Drachenmäuler verformten sich. Es hatte beinahe den Anschein, als lächele Gurgulius zufrieden.

Kapitel 30 Goldleib und Silberschwinge

Nacht hatte sich über die Dunkle Festung gesenkt. Über dem Sumpf hing eine Wolke aus Schwefeldämpfen und giftigen Gasen und schimmerte schmutzig gelb in der Dunkelheit. Wie eine finstere Drohung ragte der Nordostturm der Trutzburg vor Laura auf, die angestrengt in den Himmel spähte.

Venik stand neben ihr. »Worauf warten wir denn noch?«, fragte er ungeduldig. »Ich kann diesen Gestank nicht mehr ertragen. Wenn wir nicht bald von hier fortkommen, muss ich mich übergeben!«

Obwohl der Geruch nach faulen Eiern auch Laura fast den Atem nahm, harrte sie tapfer aus. Schließlich durfte sie nichts überstürzen, wenn ihr Plan gelingen sollte. »Es ist gleich so weit«, vertröstete sie den Jungen, ohne den Blick vom Himmel zu wenden. »Nur noch ein wenig Geduld, bitte.«

Der Magier brummte Unverständliches, runzelte die Stirn und deutete auf die Waffe, die Laura in der Hand hielt. »Warum nimmst du gleich zwei Schwerter mit in die Festung?«

»Kannst du dir das nicht denken?« Lächelnd hielt Laura ihm das Schwert entgegen. »Das hier ist für meinen Vater. Damit ich mich nicht nur auf Hellenglanz …« – Sie deutete auf die Waffe an ihrem Gurt – »… verlassen muss, wenn uns die Schwarzen Krieger überraschen sollten.« Bedauernd zuckte sie mit den Schultern. »Leider bist du den Umgang damit ja nicht gewohnt.«

»Dafür habe ich andere Qualitäten«, entgegnete Venik. Als er den zweifelnden Blick des Mädchens bemerkte, fügte er rasch hinzu: »Das wirst du schon noch merken!«

Anstelle einer Antwort spähte Laura erneut zum Himmel und winkte plötzlich in die Dunkelheit. »Es kann losgehen, Herr Virpo!«, rief sie mit gedämpfter Stimme.

Das silbrige Sirren winziger Flügel war zu hören, und schon schwirrten die Flatterflügler wie eine Wolke übergroßer Glühwürmchen auf Laura und Venik zu.

»Wir sind bereit«, ließ sich ihr Anführer vernehmen. »Nicht wahr, meine Herren?«

»Jederzeit, jederzeit«, lautete die vielstimmige Antwort.

Der Eifer der Flatterwichte ließ Laura lächeln. »Nur eine Frage noch«, sprach sie Herrn Virpo an. »Ihr habt diesem Mädchen meine Botschaft doch übermittelt?«

»Ja, klar!« Der Flatterflügler hob wie zur Bekräftigung den Zeigefinger. »Alienor hat alles vorbereitet und erwartet Euch am vereinbarten Ort!«

»Gut!«, sagte Laura erleichtert. »Dann kann es losgehen.«

Die Wachen auf den Mauern glaubten zu träumen, als ein Luftfloß mit geblähtem Segel auf sie zuhielt und über das geschlossene Tor hinwegschwebte. Der Levator am Ruder reagierte nicht auf ihre wütenden Rufe, sondern setzte seelenruhig zur Landung im Burghof an. In unmittelbarer Nähe des Südwestturms brachte er das Gefährt dicht über dem Boden zum Halten.

Im Nu war Aeolon von Schwarzen Kriegern, neugierigen Bediensteten und einer Meute kläffender Hunde umringt.

Rücksichtslos bahnte sich der Anführer der Schwarzen Garde einen Weg durch die Gaffer, pflanzte sich vor dem Floß auf und musterte den Levator finster. »Entweder seid Ihr von Sinnen oder lebensmüde«, blaffte er.

»Bitte um Vergebung, Herr«, entgegnete der Luftnomade,

über das breite Ballongesicht lächelnd. »Bin weder das eine noch das andere, sondern nur gekommen, um Eurem Herrn meine Aufwartung zu machen.«

Aslan schien sich nicht sicher zu sein, was er von Aeolons Erscheinen halten sollte. »Mitten in der Nacht und ohne Euch bei den Wachen zu melden?«

»Verstehe Euer Befremden, Herr«, erklärte Aeolon. »Ist mir leider viel zu spät eingefallen, dass mein Tribut heute fällig ist. Habe deshalb beschlossen, Borboron die Königsfrüchte direkt zur Burg zu bringen.« Der kleine Kerl, der eine Handbreit über dem Deck des Floßes schwebte, deutete eine Verneigung an. »Bitte nochmals um Verzeihung, falls es Unannehmlichkeiten bereiten sollte.«

»Das kann man wohl sagen«, brummte der Schwarze Krieger und deutete auf die Schar der Neugierigen, die noch größer geworden war. »Zumindest habt Ihr für Aufsehen gesorgt.« Damit streckte er Aeolon auffordernd die Hand entgegen. »Gebt das Zeug schon her und dann verschwindet, damit hier endlich wieder Ruhe einkehrt.«

Der Luftflößer jedoch schüttelte den Kopf und verschränkte die Ärmchen vor der Brust. »Tut mir leid, Herr«, sagte er bestimmt. »Überreiche meinen Tribut nur dem Schwarzen Fürsten höchstpersönlich! Habe es immer so gehalten – oder auch nicht.«

Als wäre sie schwerelos, schwebte Laura durch die Nacht auf die Turmspitze zu. Drei Dutzend sanft leuchtender Flatterflügler hielten sie an Armen, Beinen, Schultern und am Rücken und flatterten nun mit leisem Flügelschwirren empor. »Ich hoffe, ich bin euch nicht zu schwer«, sagte sie zu Herrn Virpo, der es sich nicht hatte nehmen lassen, höchstpersönlich anzupacken.

»Woher denn! So ein Persönchen wie Ihr ist für unsere Träger nicht das geringste Problem.«

Alienor erwartete Laura bereits. Als die Flatterflügler sie auf dem Turm abgesetzt hatten, schlossen sich die beiden Mädchen in die Arme.

Nachdem auch Venik auf dem Turm angekommen war, schlichen sich die drei ins Treppenhaus und steuerten auf die Kammer des Fhurhurs im obersten Stockwerk zu. Während Alienor im Flur zurückblieb, um Wache zu stehen, huschten Laura und der Junge völlig geräuschlos in das Gemach des Schwarzmagiers.

Der große Schrank mit den Zaubertränken stand noch immer an derselben Stelle, die Laura von ihrem letzten Besuch her in Erinnerung hatte: an der Wand gegenüber der Tür. Rasch trat sie darauf zu, öffnete ihn und betrachtete die Tiegel, Flaschen, Becher, Schalen, Töpfe, Glaskolben und Phiolen, die darin aufgereiht waren.

»Was suchst du hier eigentlich?«, fragte Venik verwundert.

»Das Gegenmittel, das Papa aus der Todesstarre holen wird«, entgegnete das Mädchen. »Wie ich den Schwarzen Fürsten und seinen Fhurhur kenne, haben sie ihn mit Sicherheit wieder mit dieser grausamen Folter belegt.«

Die Phiole mit der giftgrünen Flüssigkeit stand immer noch auf dem obersten Brett. Zwei Tropfen davon genügten, um das Opfer zu Stein erstarren zu lassen, obwohl es bei vollem Bewusstsein blieb. Das Fläschchen mit dem Gegenmittel hatte bei dem letzten Besuch rechts daneben gestanden. Laura griff schon danach, als sie innehielt. Oder war es die linke Seite gewesen?, kam es ihr plötzlich in den Sinn.

»Was ist?«, wunderte sich der Magier. »Stimmt etwas nicht?«

»Nein, nein. Alles in Ordnung.« Damit griff Laura entschlossen nach dem kleinen Behälter und ließ ihn in der Tasche verschwinden.

Als Laura aus der Kammer trat, schaute Alienor sie gespannt an. »Hast du es gefunden?«

»Ja, klar.« Laura nickte. »Und jetzt schnell ins Verlies!«

Alienor eilte ihnen voran, während sie die Treppe hinunterhuschten. Sie waren schon fast im Erdgeschoss angekommen, als sie sich zu Laura umdrehte. »Hoffentlich hält dieser wankelmütige Levator sein Versprechen«, sagte sie. »Sonst wird es schwierig, ungesehen über den Burghof zu kommen.«

Die Menge der Neugierigen, die sich um das Luftfloß versammelt hatte, teilte sich, und der Schwarze Fürst kam mit herrischen Schritten auf Aeolon zu.

Dem Luftflößer wurde nun unwohl zu Mute. Borboron zog ein Gesicht, als wolle er ihn auf der Stelle auffressen. Hastig verbeugte sich der Levator. »Seid mir gegrüßt, Herr«, sagte er unterwürfig.

»Du mir auch«, entgegnete der Schwarze Fürst, die Hände auf dem Rücken verschränkt.

Aeolon schwebte zur Ladefläche seines Floßes, ergriff den mitgeführten Korb und hielt ihn dem Tyrannen nach einer Verbeugung entgegen. »Hier, Herr. Der Tribut, der Euch zusteht.«

Borboron rührte sich nicht. »Und dafür stürzt du die ganze Burg in Aufruhr?«, fragte er nur. »Wegen ein paar lausigen Königsfrüchten?«

»Nun …« Der Luftflößer wurde unruhig. »Stehen Euch nun mal zu, die leckeren Früchtchen. Haben es doch so vereinbart – oder nicht?«

»Stimmt – aber du hast den fälligen Tribut doch noch nie in die Dunkle Festung gebracht«, entgegnete der Tyrann lauernd. »Weiter als bis zum Steinernen Forst hast du dich doch bislang nicht herangetraut. Was hat dich veranlasst, es diesmal anders zu machen?«

»Nun …«, antwortete Aeolon mit zitternder Stimme.

»Ja? Ich warte!«

»Ich … Äh … Ich habe …«

Wie eine angreifende Schlange schnellte die Rechte des Schwarzen Fürsten hinter seinem Rücken hervor und packte den Levator am dünnen Hals. »Spuck es endlich aus, aber plötzlich!«

Angeführt von Alienor schlichen Laura und Venik durch den Gang, der ins Verlies führte. Fackeln tauchten ihn in ein schummeriges Licht. Der saure Geruch von Schweiß und Moder stieg Laura in die Nase.

Den Eingang zum Treppenhaus, das in die Tiefe des Kerkers führte, bewachte der gleiche fettleibige Trioktid wie bei Lauras letztem Besuch. Allerdings hing der Dicke mit der Schutzklappe über dem dritten Augen wie ein schlaffer Sack auf dem Schemel, hatte den Kopf an die Wand gelehnt und schnarchte laut vor sich hin. Sein Mund stand so weit offen, dass Laura den einzigen gelben Zahnstummel sehen konnte, der sich darin befand. Ungläubig schüttelte sie den Kopf. »Merkwürdig«, murmelte sie.

»Was ist daran denn so merkwürdig?«, flüsterte Alienor mit verschmitztem Grinsen. »Die Wärter vertrauen mir. Sie ahnen ja nicht, dass ich lange genug bei Morwena in die Lehre gegangen bin, um einen kräftigen Schlaftrunk brauen zu können.«

Auch der Trioktid vor der Zelle des Vaters schlummerte tief. Alienor hatte ganze Arbeit geleistet.

Lauras Herz klopfte immer stärker, je näher sie an das Gitter trat. Ihr Vater lag reglos auf der Pritsche. Borborons Schergen hatten ihn tatsächlich in die Todesstarre versetzt.

Ob ich es schaffen werde, die Zellentür zu öffnen?

Panik stieg in Laura auf angesichts der dicken Schlösser. Dennoch konzentrierte sie sich auf die beiden Schlösser in der Gittertür, als Alienor fragte: »Wie wär's denn damit?« Sie zog einen Schlüsselbund unter dem Gewand hervor. »Dem Diensthabenden in der Wachstube hat mein Trank auch geschmeckt.« Nachdem sie die Tür geöffnet hatte, drehte sie sich um. »Ich bringe rasch den Schlüssel zurück«, erklärte sie. »Solange der Kerl noch schläft.«

Marius sah erbärmlich aus. Das hohlwangige Gesicht war mit Bartstoppeln übersät, das dichte Haar verdreckt und verfilzt. Laura schossen die Tränen in die Augen, aber zugleich warnte eine Stimme in ihrem Inneren: Nicht doch, Laura! Wenn dich deine Gefühle überwältigen, wirst du scheitern!

Wie wahr!

Laura straffte sich, legte das Schwert, das sie in der Hand hielt, neben Marius und holte das Fläschchen mit dem Gegenmittel aus der Tasche. Nachdem sie dem Vater zwei Tropfen eingeflößt hatte, wandte sie sich an Venik. »Wir müssen warten, bis es wirkt«, erklärte sie. »Das kann einige Minuten dauern!«

»Rede endlich!«, schrie Borboron den Levator an. »Oder soll ich dir den verdammten Hals umdrehen?«

Da verlor Aeolon die Nerven. »Kann doch nichts dafür, Herr«, jammerte er. »Schulde dem Mädchen doch einen Gefallen, oder nicht, und habe mich breitschlagen lassen.«

»Dachte ich's mir doch!«, entgegnete der Schwarze Fürst düster und ließ den Wicht los. »Aber was ist denn mit mir? Hast du mir nicht geschworen, niemals gemeinsame Sache mit meinen Feinden zu machen, wenn ich dich in Ruhe lasse?«

»Habe ich, Herr«, entgegnete der Wicht mit weinerlicher Stimme. »Habe allerdings auch dem Mädchen mein Versprechen gegeben und konnte also nicht anders handeln – oder doch?«

»Nun …« Borborons Augen glühten gefährlich. »Irgendwann muss sich jeder entscheiden, auf welcher Seite er steht, ohne Wenn und Aber. Man kann nicht zwei Herren dienen,

Aeolon. Wie es aussieht, fällt dir die Entscheidung schwer. Deshalb werde ich sie dir abnehmen!«

Mit einer blitzschnellen Bewegung zog er sein Schwert und stieß es dem Levator mitten ins Herz! Während dieser sein Leben aushauchte, drehte Borboron sich um und eilte davon.

»Sollen wir Euch begleiten, Herr?«, rief Aslan ihm nach.

»Nicht nötig«, entgegnete der Schwarze Fürst. »Mit diesem Balg werde ich auch allein fertig. Zumal die größte Überraschung seines jungen Lebens auf es wartet!«

Als Kaja endlich in Lukas' Zimmer eintraf, saß Mr Cool bereits am Schreibtisch des Jungen und hatte sich über eine Zeitung gebeugt. »Sorry«, sagte sie keuchend. »Aber es ging nicht schneller. Ist immerhin ein schönes Stück Weg vom Mädchentrakt hierher.«

»Schon okay.« Lukas erhob sich von seinem Stuhl, damit das Pummelchen darauf Platz nehmen konnte, und ließ sich auf seinem Bett nieder.

Kaja schaute ihn fragend an. »Was gibt es so Dringendes, dass du mich hierher beordert hast?«

»Beordert?« Lukas lächelte. »Ich hab dich nur gebeten zu kommen. Ich dachte, die Neuigkeit interessiert dich.«

»Immer – das weißt du doch!« Die Rothaarige grinste über beide Wangen. »Schieß schon los!«

Lukas deutete auf das Magazin, in das Mr Cool sich vertieft hatte. »Die Zeitschrift mit dem Interview mit Kora Teschner ist endlich gekommen.«

»Da bin ich ja mal gespannt!«

»So aufregend ist es auch wieder nicht, zumindest was den geschäftlichen Teil betrifft. Typisches Managergeschwafel eben, ohne jede tiefere Erkenntnis oder gar Originalität. Interessant wird es erst, wenn sie sich zu ihrem Privatleben äußert.«

Das Mädchen schürzte die Lippen. »Und weshalb?«

»Der Interviewer fragt sie, ob sie nicht irgendwann vorhabe zu heiraten und Kinder zu bekommen.«

»Und was antwortet sie darauf?«

»Dass sie sich das nicht vorstellen kann, zumindest nicht in nächster Zukunft.« Lukas verengte die Augen, als konzentriere er sich. »Und dann fügt sie wörtlich hinzu: ›Mein Job lastet mich voll und ganz aus. Und ich wäre mit Sicherheit nicht halb so erfolgreich, wenn ich mich daneben auch noch um Mann und Kinder kümmern müsste.‹«

»Oh, nö!« Empört schüttelte Kaja den Kopf. »So ein verlogenes Biest! So schlimm ist Kevin doch auch nicht, dass sie ihn einfach verleugnet. Warum macht sie denn so was?«

»Keine Ahn-«, hob Lukas an, brach aber mitten im Satz ab und starrte wie in Trance vor sich hin.

»Hey!« Mr Cool ließ die Zeitung sinken und blickte den Jungen verwundert an. »Was hast du denn?«

»Stör ihn nicht«, wies Kaja ihn zurecht. »Er denkt nach.«

Da richtete Lukas sich wieder auf. Seine Wangen glühten wie im Fieber. »Schnell!«, kommandierte er Philipp. »Gib mir noch mal die Kopie.«

»Die Kopie?«

»Ja. Den Bericht über die Klinikeröffnung.«

Mr Cool reichte ihn Lukas, der zu seiner Lupe griff und dadurch das Bild mit Syrin betrachtete. Keiner der Freunde sagte einen Ton. Bedrückendes Schweigen lastete über dem Zimmer, bis Lukas sich aufsetzte. Er war leichenblass. »Wisst ihr was?«, sagte er tonlos. »Syrin ist gar nicht dick, sie ist *schwanger*!«

»Aber …« Mr Cool starrte Lukas beklommen an. »Was … hat das denn zu bedeuten?«

Lukas schluckte. »Wenn es so ist, wie ich vermute, dann läuft Laura wahrscheinlich geradewegs in ihr Verderben!«

Mit wachsendem Entsetzen starrte Laura den Vater an, der immer noch reglos dalag. »Er müsste doch langsam zu sich kommen.«

Venik schien ebenso besorgt zu sein wie sie. »Bist du sicher, dass du das richtige Elixier erwischt hast? Bei den vielen Fläschchen, Phiolen und Behältern, die in dem Schrank waren, hast du vielleicht das falsche gegriffen?«

»Unsinn!« Laura schüttelte unwirsch den Kopf. »Ich war doch schon mal in der Kammer und hab mir genau gemerkt, wo das Fläschchen mit dem Gegenmittel steht.«

»Vielleicht wäre es besser gewesen, wenn du auf das Fläschchen selbst geachtet hättest«, ertönte eine höllentiefe Stimme in ihrem Rücken. »Aber selbst dann hättest du deinen Vater nicht retten können.«

Laura wirbelte herum. In der geöffneten Gittertüre stand der Schwarze Fürst, das gezückte Schwert in der Rechten.

»Was … Was wollt Ihr damit sagen?«, stammelte Laura entgeistert.

»Nun, wir haben damit gerechnet, dass du dir das Gegenmittel besorgst«, erklärte der Tyrann. »Deshalb haben wir es ausgetauscht und durch ein tödliches Gift ersetzt.« Er grinste hämisch.

Fassungslos blickte Laura zu ihrem Vater, der immer noch wie versteinert dalag, als wäre er tatsächlich tot.

Da konnte sie nicht länger an sich halten. Mit wilder Wut riss sie ihr Schwert aus der Scheide und stürzte sich auf Borboron. Wie ein Berserker drang Laura auf ihn ein, denn es war ihr völlig egal, ob sie sterben würde oder nicht.

Der ungestüme Angriff kam so überraschend, dass der Tyrann zu spät reagierte. Noch bevor er Pestilenz zur Abwehr heben konnte, schlug Laura ihm die Waffe aus der Hand, trat ihm zwischen die Beine und schmetterte ihm den Schwertknauf an die Schläfe, sodass der Hüne zu Boden ging und stöhnend auf dem Rücken liegen blieb. Sofort sprang Laura hinzu und setzte ihm die Spitze ihres Schwertes an den ungeschützten Hals! »Stirb, du Hund!«, zischte sie.

»Nicht, Laura, nein!«, schrie Venik in diesem Moment. »Bitte, Laura – überlass mir den tödlichen Stoß!«

»Dir?«

»Weißt du denn nicht mehr, was ich am Grab meines Vaters geschworen habe?«

Laura atmete tief durch. »Also gut«, sagte sie. »Wie du wünschst.«

Venik nahm die Waffe aus ihrer Hand und musterte sie voller Ehrfurcht. Plötzlich ging ein irres Grinsen über sein Gesicht. Seine Miene verzerrte, sein Körper verformte sich – und nur Momente später hatte er seine wahre Gestalt angenommen, und Kevin stand vor Laura.

Kevin Teschner!

Kaja sah Lukas verständnislos an. »Sorry«, sagte sie, »aber ich habe keine Ahnung, wie du auf diese Vermutung kommst.«

»Echt nicht?«

Das Mädchen schüttelte den Kopf.

Lukas verdrehte die Augen. »Dabei ist doch alles so offensichtlich«, erklärte er. »Man muss nur die Fakten aufzählen und die richtigen Schlüsse daraus ziehen.« Er nahm die Finger zu Hilfe. »Erstens: Wie du richtig erkannt hast, hat Kora Teschner nicht den geringsten Grund, einen Sohn zu verleugnen. Zumindest nicht in den USA, wo niemand um den Kampf zwischen den Wächtern und Dunklen hier in Ravenstein weiß. Wenn sie also dort behauptet, kinderlos zu sein, dann wird das auch stimmen. Zweitens: Zum Zeitpunkt von Kevins Geburt war Syrin hochschwanger – und hielt sich zudem in der gleichen Klinik auf, in der er geboren wurde. Da es sich um die Privatklinik von Longolius handelte, dürfte es kein Problem gewesen sein, das Kind, das Syrin zur Welt gebracht hat, als das von Kora Teschner auszugeben.«

»Aber – wozu war das denn nötig?«

»Wozu wohl?« Lukas schien langsam die Geduld zu verlieren. »Kannst du dir vielleicht vorstellen, dass die Gestaltwandlerin ein Kind großzieht? Noch dazu hier auf der Erde?«

»Natürlich nicht«, musste Kaja zugeben.

»Zudem hat es nur Vorteile, dass Kora Teschner als Kevins leibliche Mutter angesehen wird. Auf diese Weise vermutet doch niemand, dass in dem Jungen ein ungeheures böses Potenzial schlummert. Schließlich wird er die besondere Fähigkeit seiner Mutter geerbt haben, wenigstens zum Teil.«

»Oh, nö!« Kaja stöhnte entsetzt auf. »Du meinst, Kevin kann ebenfalls die Gestalt wandeln?«

»Zumindest auf Aventerra! Wahrscheinlich war das der Hauptgrund, warum Longolius und Syrin sich zu diesem wahnsinnigen Akt entschlossen haben.«

»Mann!« Mr Cool sah aus, als habe ihn der Schlag getroffen. »Das ist ja unfassbar. Aber langsam kapiere ich, weshalb der Typ all diese Bücher vernichtet hat.«

»Ja, klar – damit keiner entdeckt, dass Syrin schon mehrere Kinder in die Welt gesetzt hat und dadurch vielleicht Verdacht schöpft, dass er ebenfalls eines mit ihr gezeugt hat!« Lukas' Gesicht war rot angelaufen vor lauter Aufregung. »Aber es geht noch weiter: Da Kevin nicht der Sohn von Kora Teschner ist, ist es nahe liegend, dass er sich in seiner Kindheit nicht in den USA aufgehalten hat …«

»Sondern?«, fragte Kaja ängstlich.

»… wahrscheinlich auf Aventerra, der Heimat seiner leiblichen Mutter, wo die ihn vermutlich in ihre schwarzen Künste eingeweiht hat!«

»Oh, nö!«

»Und ebenso wahrscheinlich ist Kevin am einundzwanzigsten Juni auch nicht in die USA geflogen, sondern hat sich durch die magische Pforte auf unseren Schwesterstern begeben.«

»Yo!«, pflichtete Mr Cool ihm bei. »Was unter anderem erklärt, weshalb Attila Morduk in der Mittsommernacht das Auto von Longolius hier in Ravenstein gesehen hat!«

»Exaktenau! Er musste seinen Bengel doch zum Drudensee und zur Pforte bringen – was natürlich niemand von uns ahnen konnte.«

Kaja verdrehte ungläubig die Augen. »Dann glaubst du also, dass Kevin der Sohn von Mr L ist?«

»Klaromaro!« Lukas nickte ernst. »Dem Typ ist doch alles zuzutrauen.«

Damit hast du wohl nicht gerechnet?« Noch immer dieses irre Grinsen im Gesicht, starrte Kevin Laura an. »Du hast wohl geglaubt, dass du mich ein für alle Mal los bist, nicht wahr?«

Laura war niedergeschmettert. Sie senkte beschämt den Kopf. Wie konnte es nur geschehen, dass sie diesem Verräter wieder in die Falle gegangen war?

»Es ist aus, Laura. Du wirst den Kerker nicht mehr lebend verlassen und dein Vater ohnehin nicht«, erklärte Borboron, während er sich aufrappelte. »Du hättest das Schwert des Lichts nicht aus der Hand geben dürfen.« Er warf einen Blick auf das Schwert, das in der Hand des Jungen glänzte. »Eine schöne Waffe, fürwahr«, sagte er mit ehrlicher Anerkennung.

»Freut Euch bloß nicht zu früh!«, zischte Laura. »Ihr habt schon mehrmals versucht, mich zu überlisten, und es ist Euch niemals gelungen.«

»Das mag alles sein, Laura, aber diesmal ist dein Leben

verwirkt.« Der Schwarze Fürst machte einen Schritt auf sie zu. Seine bleiche Miene war zu einer Fratze wahnsinnigen Triumphes geworden, die Augen glühten wie das Höllenfeuer. »Erinnerst du dich an die Worte, die ich dir bei unserem letzten Treffen mit auf den Weg gegeben habe? Damals habe ich dir prophezeit, dass all deine Mühen am Ende vergeblich sein würden. Du wolltest mir nicht glauben, nicht wahr?« Mit einem theatralischen Seufzer wiegte Borboron das schwere Schwert in seiner Rechten. »Aber jetzt wirst du wohl einsehen müssen, dass ich Recht gehabt habe.« Damit nahm er Pestilenz in beide Hände und hob es hoch über den Kopf.

Laura erstarrte. Das ist das Ende, dachte sie. Ich habe versagt. Und deshalb werden Papa und ich nicht nach Hause zurückkehren können.

Niemals!

Aber ...« Kaja war den Tränen nahe. »Was soll Kevin denn in Aventerra?«

»Verstehst du denn immer noch nicht?« Lukas beugte sich ganz dicht zu dem Mädchen. »Kevin kennt Laura doch viel besser als jeder Bewohner dieser fremden Welt. Außerdem weiß er genau, wie ein Mensch denkt, fühlt und sich verhält. Wenn er Laura dort also in einer anderen Gestalt gegenübertritt, wird es ein Leichtes für ihn sein, ihr Vertrauen zu gewinnen – und so hat sie diesmal vermutlich nicht die geringste Chance, gegen den gemeinen Kerl zu bestehen.«

Den sicheren Triumph vor Augen, kam Borboron mit erhobenem Schwert auf Laura zu, als er, wie vom Blitz gefällt, reglos in sich zusammensackte.

Hinter ihm wuchs die Gestalt von Marius Leander aus dem

Dämmerlicht der Zelle. »Fang, Laura!«, rief er seiner Tochter zu und warf ihr blitzschnell das Schwert zu, mit dem er den Tyrannen niedergeschlagen und ins Reich der Träume geschickt hatte.

Laura fing die Waffe keinen Moment zu spät, denn Kevin griff bereits an. Mühelos parierte sie den ersten Hieb und attackierte ihrerseits.

»Ihr werdet trotzdem sterben, dein Vater und du!«, schrie der Junge, während er den nächsten Angriff versuchte. »Gegen das Schwert des Lichts habt ihr keine Chance.«

»Das mag schon sein«, entgegnete Laura gelassen. »Aber du schon gar nicht!« Mit einem einzigen Hieb schlug sie Kevin die Waffe aus der Hand, die laut polternd zu Boden fiel. Während Marius sich danach bückte und sie aufhob, hielt Laura dem Jungen ihr Schwert unter die Nase. »Das hier ist Hellenglanz und nicht die Waffe, mit der du gefochten hast. Ich habe mit den Schwertern nämlich das Gleiche gemacht wie Borboron mit dem Gegenmittel – ich habe sie vertauscht!«

»W... W... Was?« Kevins Augen wurden tellergroß. »A... A... Aber wieso denn?«

»Ganz einfach!« Wütend starrte das Mädchen ihn an. »Weil ich dich schon vor einiger Zeit durchschaut habe, und so bin ich im Gegensatz zu euch nicht auf die Finte hereingefallen.«

»Nein.« Ungläubig starrte der Junge sie an.

»Du hast die Sache verbockt, Kevin«, entgegnete Laura grimmig. »Du hast behauptet, niemals auf dem Menschenstern gewesen zu sein – und trotzdem wiederholt Ausdrücke gebraucht, die nur auf der Erde gebräuchlich sind. ›Okay‹, zum Beispiel.«

»Verdammter Mist!« Ärger zeichnete das Gesicht des Jungen.

»Und im Drachengefängnis hast du meine telekinetischen Fähigkeiten erwähnt. Allerdings habe ich das Wort hier niemals in den Mund genommen, und so ist mir spätestens bei den Drachen klar geworden, dass mit dir etwas nicht stimmt und du wohl versuchen würdest, mich in eine Falle zu locken.« Sie verengte die Augen. »Eigentlich wollte ich dich schon damals zur Rechenschaft ziehen. Aber dann ist mir klar geworden, dass das ein Fehler wäre. Durch den Sehenden Kristall hätte Syrin umgehend davon erfahren, und so habe ich beschlossen, euer hinterhältiges Spiel bis zum Schluss mitzuspielen. Zum Glück ist euch ja nicht aufgefallen, dass nicht mehr ihr die Fäden in der Hand hattet, sondern ich!«

In diesem Moment stürzte Alienor in den Kerker. Nach einem schnellen Blick auf den immer noch besinnungslosen Schwarzen Fürsten wandte sie sich an Laura. »Ihr müsst euch beeilen, schnell! Die Schwarze Garde wird Borboron bald vermissen und nach ihm suchen!«

»Verdammt!«, entfuhr es Laura gegen ihren Willen, bevor sie Kevin einen Schlag verpasste, der ihm ebenfalls das Bewusstsein raubte. »Und jetzt los!«

»Einen Moment.« Marius Leander hielt die Tochter zurück, die davoneilen wollte. »Wie sollen wir denn unbemerkt über den Burghof kommen? Deine Fechtkünste in allen Ehren – aber selbst mit Hellenglanz wirst du gegen die Schwarzen Kohorten nicht bestehen können.«

»Vielleicht können wir die Flatterflügler dazu bringen, uns direkt am Kerkereingang abzuholen?«

Der Vater schüttelte den Kopf. »Selbst wenn das gelingen sollte, wird es nicht viel helfen. Wir geben doch ein tolles Ziel für die Bogen- und Armbrustschützen ab, wenn sie uns hoch zu den Mauern tragen.«

»Dein Vater hat Recht«, meldete Alienor sich zu Wort. »Nicht einer von uns würde das überleben.«

»Hm.« Betroffen biss Laura sich auf die Lippen, als ihr Blick auf den immer noch bewusstlosen Borboron fiel. »Moment mal«, sagte sie gedehnt, und ihre Augen wurden schmal vom Nachdenken. »Ich habe eine Idee.«

Einige Minuten später trat der Schwarze Fürst aus dem Kerker in den nächtlichen Burghof, in dem nur noch ein spärliches Feuer züngelte. Den Kopf tief auf die Brust geneigt, trieb er Laura vor sich her. Die Linke grob in ihren Blondschopf gekrallt, drückte er ihr mit der Rechten eine blanke Schwertklinge an den Hals. Während er mit seiner Gefangenen den Hof überquerte, huschte Alienor neben ihm her.

Sie waren schon fast am Eingang zum Hauptgebäude angekommen, als sich Aslan näherte. »Endlich, Herr«, rief er freudig aus. »Endlich habt Ihr dieses Balg erwischt.«

Eilends huschte Alienor dem Anführer der Schwarzen Garde entgegen. »Seht Euch bloß vor, Herr Aslan«, flüsterte sie ihm zu. »Unserer Gebieter ist außer sich vor Wut. Nicht dass Ihr seinen Zorn abbekommt.«

»Da sei der Teufel vor«, brummte der Schwarze Krieger und zog sich hastig zurück.

Erst auf der Spitze des Turms ließ Marius Leander den Umhang des Schwarzen Fürsten von den Schultern gleiten. Erleichterung stand ihm ins Gesicht geschrieben. »Meine Güte«, sagte er. »Ich hätte niemals gedacht, dass das gut geht.«

»Wieso denn nicht?« Augenzwinkernd sah Laura ihn an. »Du weißt doch: Nur wer aufgibt, hat schon verloren.«

Marius wollte die Tochter in die Arme schließen, als das blonde Mädchen in ihrer Begleitung ihn am Ärmel zupfte. »Später«, flüsterte sie mit verständnisvollem Lächeln. »Wenn wir in Sicherheit sind.« Damit deutete sie auf den Schwarm der Flatterflügler, der eben über die Turmkrone schwirrte. »Willst du den Anfang machen?«

Die geflügelten Geschöpfe brachten die drei wohlbehalten aus der Burg und zum Versteck der Weißen Ritter, die das

Tor der Dunklen Festung im Blick hatten, um möglichen Verfolgern entgegenzutreten. Schweren Herzens verabschiedeten sich Vater und Tochter von den Kriegern des Lichts und von Alienor.

Die Mädchen fielen sich in die Arme. »Hab Dank für alles«, flüsterte Laura Alienor zu. »Und pass gut auf dich auf.«

»Und du auf dich, Laura. Ich hoffe, dass wir uns wiedersehen.«

»Bestimmt! Ich bin sicher, dass das nicht allzu lange dauern wird.«

»Jetzt aber los mit euch!«, mahnte Paravain. »Es kann nicht mehr lange dauern bis zum Sonnenaufgang.«

»Einen Augenblick noch!« Lächelnd löste Laura den Schwertgurt und reichte dem Weißen Ritter das Schwert des Lichts. »Darf ich Euch um einen Gefallen bitten?«, fragte sie.

Paravain lächelte ihr aufmunternd zu.

»Reitet zu Elysion, und bringt ihm Hellenglanz. Er wird wissen, was damit zu tun ist.«

»Gewiss«, antwortete der Ritter. »Und vielen Dank, dass du vor der großen Aufgabe nicht zurückgescheut bist, den Frevel von ihm zu nehmen.«

Laura gürtete sich mit der Kopie und stieg in den Sattel von Sturmwind. Marius kletterte auf den Rücken eines Schimmels, den die Ritter ihm überlassen hatten. Nach einem letzten Winken preschten sie davon, dem Tal der Zeiten entgegen.

Lukas wurde langsam unruhig. Scheinbar ewig schon verharrte er auf der Insel im Drudensee und wartete sehnsüchtig darauf, dass die Schwester endlich zurückkehrte.

Und sein Vater natürlich auch!

Obwohl er die magische Pforte nicht sehen konnte, spürte er das Kraftfeld der endlosen Lichtsäule, die über der Mitte des

Eilands stand. Die Härchen auf seinen Unterarmen standen senkrecht ab, als wäre sein Körper elektrisch geladen.

Die ersten Vögel waren längst aus dem Schlaf erwacht. Während ihr fröhliches Gezwitscher an das Ohr des Jungen drang, blickte er besorgt zum Himmel im Osten. Ihm war, als schimmere bereits ein schmaler Streifen graues Licht über dem Horizont: Die Sonne würde wohl bald aufgehen.

Lukas schluckte.

Wo Laura nur bleibt?, fragte er sich beklommen. Wenn sie sich nicht beeilt, wird die Pforte sich wieder schließen, und dann ist ihr für die nächsten drei Monate die Rückkehr verwehrt.

Und das wäre eine Katastrophe!

Ob etwas schiefgegangen ist?

Vielleicht hat sie Papa nicht befreien können?

Oder sie ist dem Schwarzen Fürsten in die Hände gefallen?

Während Lukas noch grübelnd vor sich hinstarrte und sich nicht entscheiden konnte, welche der beiden Möglichkeiten die schlimmere wäre, verschwamm mit einem Mal die Welt vor seinen Augen - und dann erblickte er einen Drachen.

Ein grün geschupptes Monster mit zwei Köpfen!

Unter lautem Gebrüll und mit weit ausgebreiteten Flügeln stapfte das Ungeheuer auf eine schmächtige Gestalt zu, die in seinem Weg stand. Lodernde Feuerzungen zuckten aus seinen Mäulern.

Das unbewaffnete Wesen jedoch bewegte sich nicht. Fast hatte es den Anschein, als habe es sich bereits damit abgefunden, von dem Monstrum verschlungen zu werden.

Als Lukas das unglückliche Opfer endlich erkannte, wurde es schwarz vor seinen Augen, und ohne dass er es wollte, schrie er seinen Schmerz laut heraus: *»Nnneeeiiinnn!«*

Es war Laura – und es schien keine Rettung mehr für sie zu geben!

Borboron war außer sich vor Wut. »Bei allen Dämonen!«, fluchte er, während er im Thronsaal auf und ab marschierte. »Bin ich denn von lauter Tölpeln umgeben? Wie konnten dieses Balg und sein Vater unerkannt aus der Dunklen Festung entkommen?«

Aslan zog den Kopf ein und schwieg betreten. Auch Syrin duckte sich. Nur der Fhurhur schaute seinen Gebieter an. »Es gibt eben nur wenige, Herr, auf die man sich wirklich verlassen kann«, erklärte er viel sagend.

»Wie Recht du doch hast!«, schrie der Schwarze Fürst, sich den schmerzenden Schädel reibend. »Gleich morgen werde ich die Verantwortlichen zur Rechenschaft ziehen und ohne Erbarmen über sie richten. Nur …« Mit einem schweren Seufzer ließ er sich auf seinen Thronsessel sinken und vergrub enttäuscht den Kopf in den Händen. »Das wird leider auch nichts daran ändern, dass die beiden entkommen sind.«

Der Fhurhur räusperte sich. »Noch sind sie nicht in Sicherheit«, sagte er vieldeutig.

Laura und Marius flogen dahin wie der Wind. Schon von weitem sahen sie die majestätische Lichtsäule der magischen Pforte, die im Tal der Zeiten aufragte und bis in die Unendlichkeit zu reichen schien. Als sie in den Talkessel einritten, erstrahlte er in einem solch überirdischen Glanz, dass Laura unwillkürlich ihr Pferd anhielt. »Sieh nur, Papa! Wir haben es gleich geschafft!«, jubelte sie und deutete auf das Licht. Sie wollte Sturmwind erneut antreiben, um die letzten Meter bis zur Pforte zurückzulegen, als ein bedrohliches Rauschen an ihr Ohr drang. Gleich darauf stieß Gurgulius der Allesverschlinger aus dem Nachthimmel herab und setzte zur Landung an. Oh nein!, fuhr es Laura durch den Kopf.

Es ist aus!
Wir sind verloren.

Wie erstarrt stand Lukas da. Heiße Tränen strömten über seine Wangen. Alle Kraft hatte ihn verlassen, und er fühlte sich hohl und leer.

Obwohl die Vision genauso schnell wieder vergangen wie sie gekommen war, wusste er, dass es sich keineswegs um ein Trugbild gehandelt hatte. Egal, ob die Begegnung zwischen Laura und dem Drachen bereits stattgefunden hatte oder sich erst noch ereignen würde, an der Konfrontation der beiden gab es keinerlei Zweifel. Und an ihrem Ausgang wohl ebenso wenig. Was sollte die wehrlose Laura gegen dieses schreckliche Ungeheuer schon ausrichten können?

Wahrscheinlich würde er die Schwester nie mehr wiedersehen!

Und seinen Vater auch nicht!

Die Beine des Jungen knickten ein, und ohne dass Lukas sich dagegen wehren konnte, sank er in das hohe Gras. Wie durch einen Schleier erkannte er noch, dass der Lichtstreifen über dem Horizont sichtbar breiter geworden war – dann verlor er das Bewusstsein.

Der giftgrüne Drache brüllte auf und tapste schwerfällig auf Laura zu.

»Es tut mir so leid, mein Kind«, rief Marius und schaute die Tochter aus traurigen Augen an. »Es ist meine Schuld, dass wir nun sterben müssen.«

Laura war nicht fähig zu antworten. Gurgulius näherte sich und stieß einen wütenden Schrei aus. Sie konnte den Blick nicht abwenden. Reglos sah sie ihrem unabwendbaren Schicksal entgegen, aber ihre Gedanken kreisten. Es musste einen Ausweg geben. Da fiel ihr plötzlich die Legende wieder ein, die Lukas ihr während der Traumreise zu lesen gegeben hatte – und da erkannte Laura, wie alles zusammenhing. Sie drehte sich zum Vater und lächelte ihn beruhigend an. »Hab keine

Angst, Papa«, sagte sie. »Es wird alles gut.« Damit stieg sie aus dem Sattel und ging langsam auf den Drachen zu.

»Nicht doch!«, schrie Marius entsetzt. »Er wird dich zerreißen!«

»Lass mich!«, rief sie ihm über die Schulter zu. »Ich weiß ganz genau, was ich tue.« Furchtlos setzte sie Schritt vor Schritt.

Für einen Moment schien selbst der schreckliche Drache über das aberwitzige Mädchen zu staunen. Dann jedoch spreizte er die mächtigen Schwingen und öffnete die Mäuler.

Den Feuerzungen geschickt ausweichend, griff Laura zum Gurt und löste die Schnalle, sodass das Schwert zu Boden sank. Dann zog sie den Dolch und warf ihn achtlos ins Gras. Unbewaffnet und mit ausgebreiteten Armen trat sie vor das immer noch tobende Monster hin. »Sei mir gegrüßt – *Silberschwinge*!«, sagte sie lächelnd.

Und da geschah das Unglaubliche: Das Brüllen des Drachen erstarb, und die Lohe, die aus seinen Mäulern fauchte, erlosch; seine flatternden Schwingen hielten mitten in der Bewegung inne. Für einen Moment herrschte atemlose Stille. Dann ließ das Untier einen lauten Seufzer hören. »Endlich«, hauchte es, »endlich habt Ihr mich erlöst.«

Damit begann sein giftgrüner Leib sich zu verfärben, bis der Drache schließlich ganz von silbrig glänzenden Schuppen überzogen war. Auch seine Schwingen schimmerten wie reinstes Silber. »Ich danke Euch, Herrin, dass Ihr mir meinen wahren Namen zurückgegeben habt«, hauchte Silberschwinge, während sich seine beiden Häupter vor Laura verneigten. »Ich stehe tief in Eurer Schuld und wünsche Euch aus ganzem Herzen, dass Ihr das Geheimnis, das Eure Mutter umweht, auch noch zu lösen vermögt.«

Das Mädchen erbleichte und schaute mit großen Augen auf das silbrige Schuppentier. »Das Geheimnis um meine Mutter?«, stammelte es ungläubig. »Was … Was willst du damit sagen, Silberschwinge?«

Bevor der Drache antworten konnte, war Marius mit den Pferden heran. »Schnell, Laura«, rief er besorgt. »Spring in den Sattel. Die Sonne wird jeden Moment aufgehen!«

Als Laura nach Osten blickte, sah sie, dass ein heller Streifen den östlichen Horizont färbte. Hastig saß sie auf und trieb Sturmwind an. Silberschwinge trat zur Seite, und so ritt Laura Seite an Seite mit dem Vater auf die Pforte zu. Bevor sie Sturmwind in das rettende Portal lenkte, warf sie einen letzten Blick über die Schulter – und da war ihr, als hebe Silberschwinge seine riesigen Flügel und winke ihr zum Abschied zu.

Laura und ihr Vater waren kaum aus der magischen Pforte herausgeritten, als die Lichtsäule sich schon in Nichts auflöste. Im Osten lugte eben die Sonne über den Horizont. Ihre ersten Strahlen tauchten Burg Ravenstein und den Park in mattes Grau. Das Wasser des Drudensees schimmerte wie Blei.

Marius Leander, der wie seine Tochter sein Pferd gezügelt hatte, sog gierig die frische Morgenluft in seine Lunge und blickte sich dann mit ungläubigem Kopfschütteln um. »Endlich«, sagte er erschöpft. »Endlich bin ich wieder zu Hause!«

Damit glitten die beiden aus den Sätteln und fielen sich wortlos in die Arme. Aus Lauras Augen strömten heiße Tränen, und auch der Vater weinte vor Glück.

Als sie sich nach einer Weile voneinander lösten, kratzte Marius sich am Kopf und schaute die Tochter fragend an. »Was ich nicht verstehe: Woher wusstest du den wahren Namen des Drachen?«

»Ganz einfach.« Laura lächelte zufrieden. »Weil ich mich an die Legende erinnert habe, die Lukas erst kürzlich entdeckt hat.«

Marius verengte die Augen und runzelte die Stirn.

»Oma Lena hatte sie in einem Drachenei versteckt. Beim Anblick von Gurgulius ist sie mir zum Glück wieder eingefallen, und zwar Wort für Wort:

›Es waren einmal zwei Drachenbrüder, die hießen Goldleib und Silberschwinge. Ihr Vater hatte sie so genannt, weil der Leib des einen glänzte wie pures Gold und der andere von silbrigen Schuppen überzogen war. Seine mächtigen Schwingen aber sahen aus, als bestünden sie aus feinstem Silber. Auch das Wesen der beiden entsprach ihrem Aussehen: Goldleib hatte ein Herz aus Gold, und Silberschwinges Edelmut wurde weithin gerühmt. Die beiden waren unzertrennlich und liebten einander wie kaum zwei Brüder zuvor.

Eines Tages aber trennten sich ihre Wege, denn ein wichtiger Auftrag, der keinen Aufschub duldete, führte Goldleib in eine fremde Welt. Silberschwinge bot sich an, ihn zu begleiten, doch Goldleib lehnte ab, und so nahmen die beiden unter Tränen Abschied voneinander. Fast schien es, als hätten sie zu diesem Zeitpunkt bereits geahnt, welch entsetzliches Schicksal Goldleib schon bald ereilen sollte: Fern der Heimat fiel er einem feigen Meuchelmord zum Opfer.

Als die traurige Nachricht von seinem Tod im Drachenland eintraf, wollte es Silberschwinge fast das Herz brechen. Reines Herzblut floss aus seinen vier Drachenaugen. Er weinte so lange, bis er blind wurde und seine blutigen Tränen einen ganzen See gefüllt hatten. Sein silbriger Leib aber verfärbte sich giftgrün – und fortan war Silberschwinge, der vorher die Sanftheit selbst gewesen war, nicht wiederzuerkennen. Kalte Wut hatte Besitz von seinem Herzen ergriffen, und niemand war vor ihm sicher. In seinem Gram hatte Silberschwinge nämlich nicht nur seinen wahren Namen vergessen, sondern auch die Erinnerung an sein wahres Wesen verloren. Und wenn niemand ihn erlöst und ihm seinen Namen ins Gedächtnis zu-

rückruft, wird er wohl bis ans Ende der Zeit dazu verdammt sein, Angst und Schrecken zu verbreiten.‹«

Laura seufzte. »Und ich hatte gedacht, Gurgulius wäre von Natur aus böse«, sagte sie. »Dabei konnte er gar nichts für sein Verhalten. Ich hoffe, dass er endlich Frieden findet.«

»Bestimmt.« Marius lächelte und wuschelte ihr durchs Blondhaar.

Das Mädchen erwiderte das Lächeln des Vaters. »Was hat er denn damit gemeint?«

»Womit?«

»Mit diesem Geheimnis, das Mama angeblich umweht?«

Erneut runzelte der Vater die Stirn, und Ratlosigkeit verschattete sein hohlwangiges Gesicht. »Ich wünschte, ich wüsste, was er damit andeuten wollte.«

»Genau!«, erklang da eine Stimme hinter ihm. »Aber das werden wir schon noch herausfinden!«

Laura und Marius wirbelten herum.

»Lukas!«, schrien sie wie aus einem Munde, und dann stürzten sie auf den Jungen zu, der sie mit bleichem Gesicht anlächelte, und schlossen ihn ganz fest in ihre Arme.

Inzwischen war es hell geworden. Die Burg und ihre Umgebung funkelten im Morgenlicht. Fröhliches Vogelgezwitscher ertönte, und Laura wurde von der Hoffnung erfüllt, dass sie das große Rätsel um ihre Mutter vielleicht doch noch lösen würde – auch wenn sie nicht die geringste Ahnung hatte, was es damit auf sich haben konnte.

E * N * D * E

Inhalt